战略学札记

ZHANLÜEXUE ZHAJI

张文木 著

海洋出版社

2023年 · 北京

图书在版编目（CIP）数据

战略学札记 / 张文木著. —北京 ：海洋出版社，2018.5

ISBN 978-7-5027-9975-5

Ⅰ. ①战…　Ⅱ. ①张…　Ⅲ. ①杂文—作品集—中国—现代　Ⅳ. ①I266.1

中国版本图书馆CIP数据核字(2018)第075201号

责任编辑：高朝君　侯雪景
责任印制：安　森

海洋出版社 出版发行

http: //www. oceanpress. com. cn
北京市海淀区大慧寺路8号　邮编：100081
鸿博昊天科技有限公司印刷
2018 年 5月第 1 版　2023年 4月北京第 6 次印刷
开本：787 mm × 1092 mm　1/16
印张：40.75
字数：620千字
定价：98.00 元
发行部：62100090　邮购部：62100072
总编室：62100034　编辑室：62100038

这部《战略学札记》，从1996年开始记录，都是思想火花：包括人生感悟、读书体会，好句摘抄等方面的内容；既可作当时的思想记录，又可作今后的写作素材。点点滴滴，受到学友的喜爱。全书以半百为节，与朋友分享。

学无止境，思想将伴随我的一生。

——张文木

认识和改造世界的基本方法

（自序）

今天中国已发展到新的历史起点，新起点需要我们进行具有许多新的历史特点的伟大斗争，伟大斗争需要正确的世界观和方法论。认识世界的本质是世界观形成的前提。1958 年 3 月 25 日，毛泽东在成都会议上说："马克思主义的理论基础，第一是唯物论，第二是辩证法。"毛泽东还批评"我们许多同志对此并不那么看重"。[①]今天看来，用唯物论和辩证法这两条基本原理观察世界形势并形成相应的战略判断，"增强政治领导本领，坚持战略思维、创新思维、辩证思维、法治思维、底线思维"，对于"科学制定和坚决执行党的路线方针政策，把党总揽全局、协调各方落到实处"[②]具有重大意义。

"社会是在矛盾运动中前进的，有矛盾就会有斗争。"[③]对于社会矛盾产生的原因的解释，人类实践及其认识迄今没有超越马克思和恩格斯的结论，他们说：

任何人类历史的第一个前提无疑是有生命的个人的存在。因此第一个需要确定的具体事实就是这些个人的肉体组织，以及受肉体组织制约的他们与自然界的关系。

---

①中共中央文献研究室：《毛泽东年谱（1949—1976）》第 3 卷，北京：中央文献出版社，2013 年，第 324 页。

②③习近平：《决胜全面建成小康社会 夺取新时代中国特色社会主义伟大胜利——在中国共产党第十九次全国代表大会上所作的报告》，载《人民日报》，2017 年 10 月 28 日，第 1 版。

我们首先应当确定一切人类生存的第一个前提也就是一切历史的第一个前提，这个前提就是：人们为了能够“创造历史”，必须能够生活。但是为了生活，首先就需要衣、食、住以及其他东西。因此第一个历史活动就是生产满足这些需要的资料，即生产物质生活本身。①

不错，人总是要思考的，所以笛卡尔（Rene Descartes，1596—1650年）将人的思维当作人存在的第一属性，他说：“我思想，所以我存在。”②但人更是要吃饭的，可以确定的是，吃饭是思考的前提而不是结果。天下所有的认识问题一碰到“吃饭”问题，都会“退居二线”。现在讨论的粮食安全，如果大家吃饱了，就会一人一个结论；如果饿三天，大家的结论就会归于统一，那就是要吃饭。饿肚子的事跟文凭高下没有关系，无论是哈佛毕业，还是北大毕业，饿三天都是一个感觉，感觉即感性认识接近了，大家的理性认识也就接近了。要吃饭，就得抓枪杆子；饿急了，就要革命。成功的革命没有不用暴力的。这也不是一个会上理论讨论的问题，而是生死实践问题。还是饿三天，大家就会找到感觉：在馒头左边放了一束玫瑰、右边放一把枪，人饱时没有一个人去抓枪，都抢玫瑰。为什么，玫瑰好看，好听，名声又好，很有面子；人饿急了就顾不上面子了，要抓枪，要斗争，不然肚子不答应。枪是什么？对国家而言就是我们的军队。由于吃饱了，在和平时期生活得太久了，很多人在研究国家安全的时候，手里尽捧玫瑰。毛泽东批评王明说，这个人不知道人要吃饭，不知道子弹能打死人，不知道走路是靠双脚。王明碰到矛盾不是开展积极的斗争，而是跑到莫斯科去，坐在莫斯科瞎指挥，这样的人不败才怪。

为了经济利益即吃饭问题，人们需要进行斗争，他们为此组成各种社会集团，并以集团的名义展开阶级的和民族的斗争，这种集团发展的最高形式

① [德] 马克思、恩格斯：《费尔巴哈》，见《马克思恩格斯选集》第1卷，北京：人民出版社，1972年，第24、32页。

②北京大学哲学系外国哲学史教研室：《西方哲学原著选读》上卷，北京：商务印书馆，1981年，第368页。

便是国家。古代国家内外关系以血统皇权维系，近现代国家内外关系则以主权维系。这样，起源于资源即吃饭问题而形成的主权就成了现代国家理论的逻辑起点，由此便派生出如国家力量、国家权力、国家权利、国家制度和国际民主等范畴。列宁说："范畴是区分过程中的一些小阶段，即认识世界的过程中的一些小阶段，是帮助我们认识和掌握自然现象之网的网上纽结。"[①]范畴是形式逻辑演绎的"纽结"，而资源则是历史逻辑演绎的"纽结"，形式逻辑无非是历史逻辑的反映。资源问题就是吃饭问题。因此，资源，从而吃饭，而不是笛卡尔说的"思想"，便成了"一切历史"的生发原点，也是一切社会理论的生发原点。

"社会是在矛盾运动中前进的"，不斗争便不能进步。人类在诞生之初就面临资源与发展的矛盾，在人类进入"发展才是硬道理"[②]的市场经济快车道后，这对矛盾就变得更加突出。资源的绝对有限性和发展极其安全的绝对无限性的矛盾决定了国际政治中的对立和斗争是绝对的，而合作与调和——尽管值得争取——则是相对的。因此，研究国家安全问题，我们不能书生气太重；我们的学术观点不能脱离马克思所说的"一切历史的第一个前提"。

但人毕竟与动物不同，在吃饭之后，人还是要思考的；国家在需要资源的同时，也要有意识形态和相应的社会制度。物质资源，尤其是战略性物质资源的有限性与极难再生性，决定国家间的关系是一种绝对博弈关系；但是绝对博弈中可能出现的绝对"零和"结果，又使这种绝对博弈关系在许多情况下变为相对博弈关系，即在国家力量的边界寻求理性和解。一张世界地图，其边界线的曲折变化告诉我们的就是这样的道理：国家边界的曲折程度反映了围绕资源争夺的国家关系的矛盾深度。从这个意义上说，国家崛起本身并不仅仅是国家为获得资源释放国力的物理过程，确切说，它更是一个政治过程。国家政治是

---

① [俄] 列宁：《哲学笔记》，北京：人民出版社，1974 年，第 90 页。

② "要注意经济稳定、协调地发展，但稳定和协调也是相对的，不是绝对的。发展才是硬道理。"参阅邓小平：《在武昌、深圳、珠海、上海等地的谈话要点》，见《邓小平文选》第 3 卷，北京：人民出版社，1993 年，第 377 页。

国家力量的理性使用。亚里士多德说，人是天生的政治动物①；马克思补充说："人即使不像亚里士多德所说的那样，天生是政治动物，无论如何也天生是社会动物。"②

"必须进行具有许多新的历史特点的伟大斗争"③，是我们思考新时代一切战略问题的出发点，也是贯穿我们战略研究始终的"底线思维"。辩证唯物主义的历史观要求我们要树立斗争意识，这是因为世界资源是有限的，而发展则是无限的。政治问题就是吃饭问题，要吃饭就要有为争取资源而进行的民族的或阶级的斗争，这就决定斗争是事物矛盾中的主要方面，是反映事物本质的东西。国家是保卫本国生存和发展所依赖的资源而存在的，如果放弃斗争意识，那"戈尔巴乔夫"式的唯心论及由此导致的苏联解体就是前车之鉴。

世界上有两种国家要失败，一种是"身体"不好的，一种是"脑子"不好的。身体不好的就是丧失经济自主权、国家自主性整个被西方殖民主义者击垮了的南方国家。这样的国家——比如一些石油国家——可能很有钱，但没有发展，因为他没有自我发展的内在能力及由此产生的国家自主性。脑子不好的就像戈尔巴乔夫那样搞唯心论。国际斗争中，如果对手国家不能打倒你的自主性，那剩下的就是用唯心论使你脑残。西方就是用后一种方法击倒苏联的。1991年11月，撒切尔在美国休斯敦明确表示，苏联对西方真正构成威胁的是社会主义制度及其生产方式，她说：

苏联是一个对西方世界构成严重威胁的国家。我讲的不是军事威胁。从本质上讲，军事上的威胁并不存在。我们这些国家装备精良，包括核武器。我指的是经济上的威胁。借助计划政策，加上与独特的精神和物质刺

---

①"人类自然是趋向于城邦生活的动物（人类在本性上，也正是一个政治动物）。凡人由于本性或由于偶然而不归属于任何城邦的，他如果不是一个鄙夫，那就是一位超人，这种'出族、法外、失去坛火（无家无邦）的人'荷马曾卑视为自然的弃物。"参阅［古希腊］亚里士多德：《政治学》，北京：商务印书馆，1995年，第7-8页。

②［德］马克思：《资本论》第1卷，北京：人民出版社版，1975年，第363页。

③习近平：《决胜全面建成小康社会 夺取新时代中国特色社会主义伟大胜利——在中国共产党第十九次全国代表大会上所作的报告》，载《人民日报》，2017年10月28日，第1版。

激手段相结合，苏联的经济发展指标很高。其国民生产总值增长率过去比我们高出一倍。如果再考虑到苏联丰厚的自然资源，如果加以合理地运营，那么苏联完全有可能将我们挤出世界市场。因此，我们一直采取行动，旨在削弱苏联经济，制造其内部问题。

撒切尔的话概括起来就是，西方的资本主义制度无法按正常方式竞争过社会主义制度，唯一的办法只有用非常规的方式“制造其内部问题”，将其击败。撒切尔接着说：

很快得到情报说苏联领袖逝世后，经我们帮助的人可能继任，借助他能够实现我们的想法。这是我的专家智囊的评估意见（我周围始终有一支很专业的苏联问题智囊队伍，我也根据需要促进和吸引苏联境内对我们有用的人才出国移民）。这个人就是米·戈尔巴乔夫。我的智囊们对此人评价是：不够谨慎，容易被诱导，极其爱好虚荣。他与苏联政界大多数精英（即主张新自由主义的所谓“改革派”——引者注）关系良好，因此，通过我们的帮助，他能够掌握大权。

苏联解体的重要原因在于其治理国家的能力不成熟，用柳宗元的话说就是：“失在于政，不在于制。”[①]苏联解体的教训告诉我们：即使是社会主义国家，如果治理国家的能力跟不上，最终还是要垮台，要被开除球籍的。

历史经验表明，国家意识形态只要自陷唯心论——比较典型的如中国历史上的宋朝，放弃伟大斗争，那离亡国的日子就不远了。戈尔巴乔夫上台不久就向世界宣布了他的以放弃社会主义和资本主义斗争为主旨、以“在未来的世纪中，自由能遍及地球的每个角落”“不同社会制度的和平竞赛能无拘无束地展开”[②]为目标的“新思维”，撒切尔从其中看到击倒苏联的战略契机，她在休

① （唐）柳宗元：《封建论》，北京：中华书局，1979 年，第 73 页。

② [苏] 米·谢·戈尔巴乔夫：《改革与新思维》，苏群译，北京：新华出版社，1987 年，第 335 页。

斯敦讲话结束时一语道破天机说：

> 事实上现在苏联已经解体了，不过在法律上苏联还存在。我负责任地告诉诸位，不出一个月的时间你们就会听到法律上苏联解体的消息。①

不要忘了，苏联是在“五大三粗”即军事实力仍然强大时解体的。解体前苏联仍是令西方国家非常恐惧的国家。我们知道，欧洲广大平原地形对俄罗斯非常有利，使欧洲各国根本没有办法跟拥有强大陆军的俄罗斯抗争。大家知道，陆军的作用只有在山地受到限制——比如第二次世界大战中，南斯拉夫的山地游击队就打得有声有色。但欧洲山地很少，若能看到这一点，就知道，在军事上西方国家对俄罗斯是无能为力的。昨天拿破仑战争中，俄军反手横扫欧洲，直抵巴黎；今天如果没有远东牵制，欧洲国家乃至北约对俄罗斯仍是无可奈何。所以，撒切尔说苏联对西方没有军事威胁，是说和平时期。若在战时，欧洲国家不是俄罗斯的对手。

撒切尔承认对西方构成威胁的是苏联的社会主义制度。他说：“借助计划政策，加上与独特的精神和物质刺激手段相结合，苏联的经济发展指标很高。其国民生产总值增长率过去比我们高出一倍。如果我们再考虑到苏联丰厚的自然资源，如果加以合理地运营，那么苏联完全有可能将我们挤出世界市场。”撒切尔说的是对的。事实上，直到 1978 年之前，美国实际国内生产总值（GDP）增长率始终不如苏联。如下页图所示。

为什么苏联经济只是在 1978 年后严重下滑直至解体？这是由于苏联的霸权扩张在这一年最终将中国和美国逼至一条战线，中美联手，苏联外交形式严重恶化：1–2=–1，其失败结果不言自明。霸权是与社会主义原则格格不入的，放弃辩证唯物主义认识论，继而放弃建立其上的社会主义国家必须坚持的“不称霸”的外交原则，是苏联衰落直至解体的根本原因。

---

①李慎明：《世界社会主义跟踪研究报告（2010—2011）》，北京：社会科学出版社，2011 年，第 424–426 页。

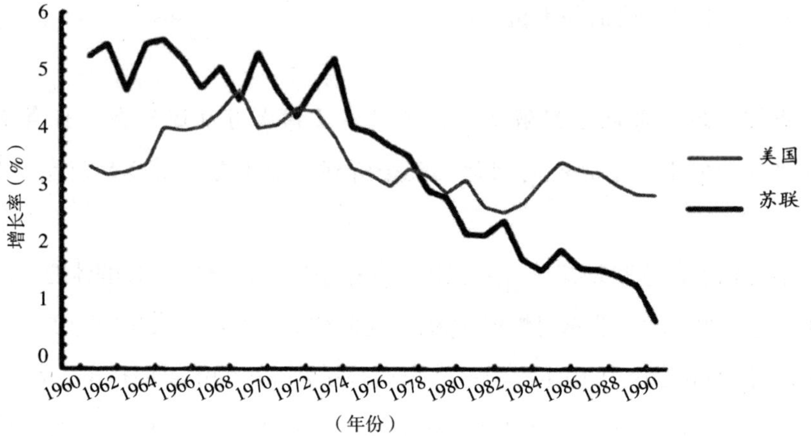

美苏实际 GDP 年均增长率变化对比
（按照 10 年移动平均线计算）

资料来源：根据世界大型企业联合会发布的《Total Economy Database 2016》数据计算；参阅［英］约翰·罗思义：《无论谁上台，中美对抗都不符合双方利益》，http://www.guancha.cn/LuoSiYi/2016_11_07_379648.shtml。

如果说霸权主义政策及由此导致的苏联解体是苏联背叛社会主义原则的结果，那么，对目前正在衰落的美国来说，那是资本本性必然导致的结果。如果社会主义国家不放弃马克思主义的辩证唯物主义原理，资本主义制度是无法与社会主义制度竞争的。如果不能正常竞争，西方国家只有使阴招：扶持社会主义国家的唯心主义意识，苏联的戈尔巴乔夫及其“新思维”就是这个政策“和平演变”的结果。撒切尔说：“借助他（戈尔巴乔夫）能够实现我们的想法。”就这样，苏联在东西方较量中被打败了。败在哪呢？败在放弃伟大事业必然要求的伟大斗争，搞唯心论。

中国这些年的发展速度超出西方资本主义国家的预料。我们靠的是什么？靠的不仅仅是文化、技术等因素，更重要的还有社会主义制度。在中国，土地国有制度最彻底，只有发生了社会主义革命的国家才能做到这一点。在此基础上中央才可以集中力量办大事，政府才有可能把握好市场与计划之间的平衡。中国也利用了市场经济，但没有搞完全的市场经济。如果中国实行彻底的市场经济，那土地就要私有化，这样我们国家反倒失去了集中力量办大事的优势，我们的经济遑论高铁就不会有这样的“多快好省”的速度。

印度可以说是“拉美模式”在东方的复制。修一条公路遑论高速铁路的速度，印度远不如中国。为什么？中国土地是国有的，印度土地是私有的，印度用地得给钱。我们现在相当部分的房产已私有，拆人家房得给钱，这大大增加了建设的成本。印度更甚，用一块地遑论地上建筑也要给钱，这样代价就太大了，做不到“多快好省”。投资下去，先期购买土地使用权的费用就耗得差不多了。最近日本要在印度修高铁，其中支出最大的不是高铁费用本身，而是沿线对大大小小的土地私有权的补偿。可见，只有社会主义的发展才是多快好省的，社会主义不仅可以救中国，也可以救世界。这一点连资产阶级政客都看得清楚。1943 年 11 月 8 日，就在德黑兰第一次会议“前一个小时”，罗斯福与斯大林见面，谈话直抄英国的“后路”即印度的前途，据档案记载：

罗斯福说，他希望同斯大林随便谈谈印度问题。他认为，议会制政体对印度是不适合的，最好的解决办法是在印度创立某种类似苏维埃的制度，从下面开始，而不是从上面开始，也许这个就是苏维埃制度。

斯大林答，从下面开始——这意味着走革命的路。[①]

革命，尤其是社会主义革命，是一场翻天覆地的伟大斗争。这对印度来说，在未来相当长的时期内，是不可思议的。

伟大斗争需要有唯物论，更要有辩证法。唯物论可以让人守住底线，而辩证法可以让人明了生死极限；前者让人不至饿死，后者让人不至撑死。纵观历史，饿死的人有之，但撑死的人更多。对国家而言，被入侵亡国的不多，过度扩张导致亡国的不少。古罗马帝国、拿破仑帝国、大英帝国，还有昨天已解体的苏联和今天正在衰落的美国，都是这样。由于资本主义私人所有制解决不了生产与消费平衡发展的问题，而生产与消费失衡必然要引起经济危机，危机必然要导致战争，这样不断扩张就成了资本主义国家不归的宿命。资产阶级政

---

① 《斯大林与罗斯福的会谈记录》(1943 年 11 月 28 日)，见沈志华:《苏联历史档案选编》第 17 卷，北京：社会科学文献出版社，2002 年，第 404 页。

治家可以运用辩证法，但由于阶级的剥削属性——比如蒋介石集团——使其不能将辩证唯物主义贯穿彻底，其结果也只能成为资本的牺牲品。

毛泽东说：“中国应当是辩证法发展的国家。”[①]中国的“福”字，包含了国家兴衰的辩证法。“礻”，作揖状[②]，拜一口田，畐，“满也”[③]，不求多。它传达出的信息在于：守底和节制。有一口田，这对个人而言，就有了基本的生活保障，对国家而言，就有了基本主权。有了主权，肯定饿不死，这是底线；此后防止的是被撑死。不能饿着，这是唯物论；不能撑着，这是辩证法。中国历史上没有扩张传统，其认识论基础就在这里。黑格尔看清这一点，他说“中国的宗教，亦即度的宗教”，“对这些度及其演化的详细探考，则成为对整个中国哲学和学术的研究”[④]。事实上，印度也是辩证法发展的国家，但社会主义制度在中国建立又使中国人运用辩证法和唯物论的能力在当代得以最完美的展现。

“人世难逢开口笑，上疆场彼此弯弓月。”[⑤]人只有在生死存亡的时候才重视唯物论，才能认识到强调伟大斗争的深远意义。研究国家的安全，要有生死感；指导伟大斗争，不能脱离辩证唯物主义。唯物论使我们具有敢于斗争的勇气，辩证法使我们具有善于斗争的能力。

进行和指导伟大斗争，必须具有准确把握时代本质的能力；准确抓住了时代本质及其变化特点，伟大斗争才会引导人民走向伟大的未来。1956 年中国完成了对农业、手工业和资本主义工商业的社会主义改造。中国进入建设社会主义的新时代。当年 9 月，中国共产党召开第八次代表大会，会议报告提出社会主义建成后“我们国内的主要矛盾，已经是人民对于建立先进的工业国的要求同落后的农业国的现实之间的矛盾，已经是人民对于经济文化迅速发展的需要

---

①中共中央文献研究室：《毛泽东年谱（1949—1976）》第 3 卷，北京：中央文献出版社，2013 年，第 118-119 页。

②《说文》：说文：“示，神事也。”

③《说文》：畐（fú），满也。象高厚之形。

④［德］黑格尔：《宗教哲学》，魏庆征译，北京：中国社会出版社，2005 年，第 199 页。

⑤毛泽东：《贺新郎 · 读史》（1964 年春），参阅吴正裕：《毛泽东诗词全编鉴赏》，北京：中央文献出版社，2003 年，第 378 页。

同当前经济文化不能满足人民需要的状况之间的矛盾。这一矛盾的实质，在我国社会主义制度已经建立的情况下，也就是先进的社会主义制度同落后的社会生产力之间的矛盾。”[①]1957年2月，毛泽东同志在最高国务会议第十一次扩大会议上作了《关于正确处理人民内部矛盾的问题》的重要讲话，认为“没有矛盾的想法是不符合客观实际的天真的想法”[②]，指出：“在社会主义社会中，基本的矛盾仍然是生产关系和生产力之间的矛盾，上层建筑和经济基础之间的矛盾。”[③]1981年6月，中国共产党十一届六中全会再次重申八大关于国内主要矛盾的提法[④]。2017年10月，中国共产党召开具有重大历史意义的第十九次代表大会，在总结历史正反两面经验的基础上，会议坚持马克思列宁主义的历史唯物主义和辩证唯物主义的认识方法，提出“中国特色社会主义进入新时代，我国社会主要矛盾已经转化为人民日益增长的美好生活需要和不平衡不充分的发展之间的矛盾”。报告坚持马克思主义生产力和生产关系之间的矛盾是社会主义社会前进的动力的学说，指出“社会是在矛盾运动中前进的，有矛盾就会有斗争。我们党要团结带领人民有效应对重大挑战、抵御重大风险、克服重大阻力、解决重大矛盾，必须进行具有许多新的历史特点的伟大斗争，任何贪图享受、消极懈怠、回避矛盾的思想和行为都是错误的。”[⑤]

治病如治国，治国如治家，战略思想在修齐治平等实践诸形式中是相通的。古人云：“远取诸物，近取诸身”[⑥]，自己说的道理应先在自身试验；说国事，

---

①《中国共产党第八次全国代表大会关于政治报告的决议》，载《人民日报》，1956年9月28日，第1版。

②③毛泽东：《关于正确处理人民内部矛盾的问题》，见《毛泽东选集》第5卷，北京：人民出版社，1977年，第364、373页。

④“在社会主义改造基本完成以后，我国所要解决的主要矛盾，是人民日益增长的物质文化需要同落后的社会生产之间的矛盾。党和国家工作的重点必须转移到以经济建设为中心的社会主义现代化建设上来，大大发展社会生产力，并在这个基础上逐步改善人民的物质文化生活。”参阅《关于建国以来党的若干历史问题的决议》，载《人民日报》，1981年7月1日，第1版。

⑤习近平：《决胜全面建成小康社会 夺取新时代中国特色社会主义伟大胜利——在中国共产党第十九次全国代表大会上所作的报告》，载《人民日报》，2017年10月28日，第1版。

⑥《易·系辞下传》：“古者包牺氏之王天下也，仰则观象于天，俯则观法于地，观鸟兽之文，与地之宜，近取诸身，远取诸物，于是始作八卦，以通神明之德，以类万物之情。”参阅《白话易经》，南怀瑾、徐芹庭译注，长沙：岳麓书社，1988年，第379页。

应将自己的“真话”先在自家试验。如能用身家性命试验过的“真话”，大体才可应用于国事。目前我国发展到了新时代的历史起点上，这“意味着近代以来久经磨难的中华民族迎来了从站起来、富起来到强起来的伟大飞跃”。今天的中国正在向“强起来”的目标大步前进。而要完成新时代赋予我们的伟大任务，不进行具有许多新的历史特点的伟大斗争是不行的。为了避免“行百里者半九十”的可能性并实现伟大斗争的最后胜利，我们就必须坚持马克思辩证唯物主义认识和改造世界的基本方法。

在读者阅读这本书之前，笔者有几点需要说明：首先，全书形散神不散，生死存亡是贯穿全书的红线。这对个人人生而言，关乎安身立命；对国家而言，关乎生死存亡或兴衰成败。这些都是战略研究的基本问题。其次，取名《战略学札记》，并不能理解为作为学科的“战略学”札记，而是作为战略研究的心得和体会。最后，这不是专业性很强的学术著作，相反，它是在写作专业性学术著作前所做的准备。当然，在记录这些思想片段时，也为将来用时方便，我也坚持引文必有出处、论点必有根据的原则。本书从 1996 年始写至今日，都是些思想火花，包括心得、史鉴、治学、笔记、人物、人生、文艺、字词等方面。点点滴滴，记录了笔者的思想历程。学问是对思想的论证。学问不能没有思想，但做学问的能力主要不是思想的能力，而是对某一思想论证的能力；智慧的增长主要不表现为思想论证能力的增长，而表现为对思想直接获取并举一反三地运用能力的进步。看我其他百万字的大部头著作有利于形成做学问的能力，但做学问毕竟是少数人的事；而读这本札记的最大好处则是可将其中的思想火花、片段、语录等直接用于工作，当然也可为专业研究提供相关资料极其索引。

智慧使人美丽，使思想骨感；学问使人成熟，使思想久远。这主要是一本让读者长智慧的书，整个内容涵盖“修齐治平”，既涉及修身齐家，也涉及治国理政。本书中以半百为节，与读者分享。学无止境，战略研究将伴随我的一生。

总 目 录

心得

之一 大国崛起于地区性守成，消失于世界性扩张／／3
之二 弱国多补唯物论，强国多补辩证法／／11
之三 台海布局，贵在谋势／／23
之四 中印之争，乃制度之争／／36
之五 在国力极限处发动攻势，是国家崩溃的开始／／48
之六 喜光晕血，乃为政大忌／／59
之七 神多民弱，权散国乱／／74
之八 中国崛起最需要的不是鸽派或鹰派，而是龙派／／93
之九 雷锋不是超阶级的牧师／／116
之十 英雄的高度即民族的高度／／130
之十一 没有方向的知识只能成为学科而不能成为科学／／146
之十二 战略是关于国家“养生”的学问／／171
之十三 听其言而观其行，是判断美国外交走向最简洁的方式／／196

史鉴

之一 列宁：单靠农业的丰收还不够，我们还要有重工业／／225
之二 地众分说明国家分裂，神众分说明民众分裂／／284

■ 治学

之一　青年凭才气彰显学理，老来靠学问贴切事理／／297
之二　能说出新颖观点，那叫才气；能证明出这种观点，那叫学问／／308
之三　写文章犹如建房，不能只在读者面前摆出摞摞青砖而不拿出蓝图／／317
之四　讲真话，不如讲真理。讲真话需要勇气，而讲真理则需要过脑子／／330

■ 笔记

之一　战争比和平发达得早／／353
之二　要团结绝大多数人，这是战略问题／／379
之三　坏事越多，好处就要来了／／390
之四　做好事也要商量着做／／401

■ 人物

之一　当面临新的历史性难题，大多数中国人都会想到毛泽东／／433
之二　“好施小惠，言不及义”式的牧师情怀，既无益于内政也无补于外交／／477

■ 人生

之一　《老子》，天下第一／／521

之二　生死之地有真理／／526
之三　竞争乃境界之争／／531
之四　落潮之时，越游离岸越远；涨潮之际，静漂自可登陆／／537
之五　人压不垮，但可吹垮；国事亦然／／543
之六　朋友要好，谈钱要少；感情要深，主义要真／／549
之七　没有历史坐标的道德是苍白的／／556

■ 文艺

之一　好作家创造的是一个时代，而不是一群“粉丝”／／565
之二　在当下，只要“我想去延安”，中国就有希望／／576

■ 字词

之一　一个中心为“忠”，两个中心为“患”／／603
之二　吴，东南之谓，主谈。不谈曰“吞”／／608
之三　势由形出，形随势变，是谓“形势”／／613
之四　祖，族之根／／621
之五　毛泽东说：“我发明了一个英文词汇paper tiger”／／626

心得

战略学札记

目录

之一　大国崛起于地区性守成，消失于世界性扩张 //3
之二　弱国多补唯物论，强国多补辩证法 //11
之三　台海布局，贵在谋势 //23
之四　中印之争，乃制度之争 //36
之五　在国力极限处发动攻势，是国家崩溃的开始 //48
之六　喜光晕血，乃为政大忌 //59
之七　神多民弱，权散国乱 //74
之八　中国崛起最需要的不是鸽派或鹰派，而是龙派 //93
之九　雷锋不是超阶级的牧师 //116
之十　英雄的高度即民族的高度 //130
之十一　没有方向的知识只能成为学科而不能成为科学 //146
之十二　战略是关于国家“养生”的学问 //171
之十三　听其言而观其行，是判断美国外交走向最简洁的方式 //196

之一

大国崛起于地区性守成，消失于世界性扩张

1. 1958年10月6日凌晨，毛泽东在起草《告台湾同胞书》中告诫美国人说："西太平洋是西太平洋人的西太平洋，正如东太平洋是东太平洋人的东太平洋一样。"[①]1959年2月22日，毛泽东在审阅并修改陈毅报送的《陈毅外长答新华社记者问，驳斥杜勒斯诬蔑中国的谰言》一文时再次强调"西太平洋"的概念。毛泽东写道：

> 所有西太平洋各国人民不了解，处在遥远地方的美国人，为什么，有什么理由，要跑到西太平洋这些国家来，以其军事、政治、经济、文化的力量，对这些国家加以控制呢？实在说不出理由的。所以总有一天，不论迟早，如同美国要从世界其他地区放手、缩回家去一样，美国也一定要从世界的西太平洋这部分地区放手，缩回家去。如果美国人自己不走，硬是要无限地赖在这些国家的话，那末，总有一天，各国人民要起来把它赶走的。[②]

从"三海一体"的角度看，我们可沿着毛泽东从中国视角提出的"西太平洋"的构想，用"西太平洋中国海"的概念统合"南海""东海""黄海"分割式的孤立表述。其中，用"西太平洋中国海南方海域"表述南海中

①②中共中央文献研究室：《毛泽东年谱（1949—1976）》第3卷，北京：中央文献出版社，2013年，第459、595-596页。

与中国主权相关的部分水域，用“西太平洋中国海东部海域”和“西太平洋中国海北部海域”表述与中国主权相关的东海和黄海水域。这样可以避免“头痛医头，脚痛医脚”式的政策倾向并以此推动中国人对中国海的整体认识。在此认识基础上，在不远的将来，将并排于中国东部海域的北海、东海和南海三大海上力量合编为统一的西太平洋舰队指挥系统实属必要。

在这样的海上作战力量体系中，解决台湾问题以及捍卫东海、南海海域的中国主权已成应有之义，同时又不至将其力量伸展过远，大体在远东雅尔塔体系安排之内。只要我们坚持不懈地努力，在不远的将来，切实将中国海上实际控制线前移至台湾东界——这原本就是中国领土的东界，届时台湾和平回归就是可以想象的事。两岸统一意味着中国有效的安全边界真正推至西太平洋深海海域，有了深海，中国的核潜艇才可发挥终极反击作用，中国航母建设才能大步向前迈进，中国大陆的经济建设成果才能得到有效保卫，中国大陆安全的压力将会大幅降低。

2．中国不同于远离印度洋的西方海权国家。远道而来的西方海权国家在印度洋只能靠占领岛屿而存在，目前我们能读到的海权理论提供的都是这样的视角。但中国并不是这样的远在千里的国家，而是临近印度洋的亚洲最大的国家：它背靠可称作全球战略制高点的昆仑山，放眼世界面积最大的海域——东接太平洋（这里是世界新兴市场最密集的地区），南近印度洋（这里是世界工业资源储量最丰富的地区），居昆仑观两洋为周边，尽占地利优势，这样的地缘政治形势在世界各国中是绝无仅有的。中国有的是时间不用任何领土扩张的方式而用与沿岸国家合作的方式将其经济政治影响力推进到印度洋。

3．建构主义和结构主义理论，在国际政治学中犹如一枚硬币的两面，而统一两者的是国家实力。脱离实力制衡的建构是张伯伦式的天使，具有实力却不讲建构的则是东条英机式的野兽。与农夫和蛇的故事一样，天使与野兽相遇则是人类灾难的开始。因此，成熟的国际政治学是自觉与自然的历史统一，即基于结构的建构和以建构为目标的结构。

4．看《动物世界》的目的不是为了人类返祖和征服，而是为了与自然和谐相处。

5．人类两性间的压迫远比阶级压迫古老，人对动物的奴役远比人对人的奴役古老。如果说两性平等是阶级解放的天然尺度①，那么，人与动物和谐相处，则是人与自然最终和解的序幕。

6．将动物语言与人类语言相链接，不仅是动物世界，同时也是人类的终极福音。

7．公民国家是民族主义与自由主义的最终归宿。在这里，民族主义的自决权利已让渡于国家主权，自由主义的人权诉求已让渡于与公民责任不能分割的公民权利。“公民国家”顾名思义，是以国家为依托的自由主义、民族主义和以自由人联合体为发展目标的国家主义的统一。历史转型中的强制时期除外，没有公民权利的国家与没有国家责任的公民一样，在已崛起的现代国家成长经验中，都是不可思议的。

8．和平诞生于理想而归宿于均势。

9．市场支撑着利益，而资源则支撑着市场。资源的有限性决定了无所不利的全球化是不存在的。

10．大国崛起于地区性守成，消失于世界性扩张。

11．财富的灵魂是政治，交换的本质是暴力。

①恩格斯在《社会主义从空想到科学的发展》一书中谈到傅立叶时指出：“他第一个表明了这样的思想：在任何社会中，妇女解放的程度是衡量普遍解放的天然尺度。”参阅《马克思恩格斯选集》第3卷，北京：人民出版社，1972年，第411-412页。

12．中亚是世界地缘政治的中枢，也是世界霸权的坟墓。

13．历史上财富每次大规模地国际转移，本质上是靠军事暴力而非自由贸易完成的。

14．宇宙是群环共和式的结构。

15．圆形跑道上飞奔的车轮下的线条永远是笔直的，圆通过否定直线来肯定自身，是不断否定中的直线片断的微积。

16．历史逻辑的展开是网状和开放的而非单线循环的，是通过非逻辑发生的偶然性实现的，是以散状分布的偶然事件为结点共和而成的合力巨网。偶然性是认识之外的其他必然性。历史必然性是偶然事件（结点）之间无数有限连线（必然性）的总和，是人思维中的事后抽象；而历史路线的选择则由瞬间的主客观偶然因素，特别是由丰富的领袖个性及其所处的特殊环境所决定。比如“西安事变”“萨拉热窝事件”“9 · 11事件”等。反者，道之动。也就是说，偶然性是历史运动的火车头，它牵动着历史的量变，也带动着历史的质变。

17．冷战是和平的常态。和平只能有冷和平而没有“战略伙伴”式的热和平。热和平多发生于战争，特别是大规模战争之前。

18．霸权扩张广度与其强度成反比。

19．深海，是大国防务最后的决斗场。

20．海军必须是远程和深海的，不然就不配称为海军。

21．资本在技术中增值，财富在铁血中循环。

22．两岸统一，是世界发给中国参与国际事务的首张资格认证书。

23．在大国兴衰史中，被打败并由此衰落的多是富国。

24．导弹也是一种学术语言，在许多时候还是学术的终极语言——图穷匕见，此之谓也。因此，学术争鸣永远要给历史实践留下发言的余地。

25．国家之事不可书生意气。林肯统一南方时，南方的棉花比北方的工业品赚钱，经济效益好。短期看是统一成本与收益不成比例；但长期看，林肯给美国奠定了伟大的国基即统一的民族市场。毛泽东搞原子弹，短期看，投入成本与产出效益不成比例；长期看，中国得到了三十多年的和平和安全的融资环境。研究国际政治的学者如果学成了账房先生，其学百害而无益。

26．政治的要义就是用最大的力量扩张利益并在最恰当的地方实行妥协。

27．无坐标便无方向，无战略则无情报。

28．认识之外无错误。

29．时间不对称，也不守恒，它只不过是衡量必然性多元运动的尺度。光速之外的时间，是与我们生活的宇宙的时序逆向而行的，其衡量尺度也是不统一的。

30．两种必然性逆向而行，是时间倒流的本质。

31．规定即肯定，有限性是力量之源。

32．历史上没有一个国家是在本国工农大量破产和生活持续恶化中崛起的，却有许多国家在主权即将分裂时因彷徨犹豫而衰落。

33．海权是一个国家的海洋权利（Sea Right）、海洋利益（Sea Interests）和海上力量（Sea Power）三位一体的复合体系。

34．在大国兴衰的历史画卷中，尽见和平衰落的前辙，不见和平崛起的先例。

35．黑格尔说："助成民族精神的产生的那种自然的联系，就是地理的基础。"[①]黑格尔这句话说透了地缘政治即地理和政治的关系。地缘政治，其要义在政治，不然就只能是地理学，而地理学是没有方向的存在。地理学一旦被应用，它就必须是政治的。

36．"外交无小事"，但小事——如果它脱离政治的话——就绝对不是外交。

37．国际政治，多是胜利者的政治；国际格局，多是胜利者对国际资源的分割格局。

38．军队，是国家安全不能再退的最后防堤。

39．在远古生存竞争中，被打败并从森林落荒逃出的，后来便进化为人类；而昔时胜利并占据森林的，则成了被人类追猎捕杀的猿猴。

---

① [德] 黑格尔：《历史哲学》，王造时译，上海：世纪出版集团、上海书店出版社，2001年，第82页。

40．哥伦布将加勒比诸岛误认为是印度（India），将那里的人误以为是印度人（印第安，Indian），这对印度和印度人，乃至对整个亚洲和亚洲人来说，真是一种幸运。

41．货币不仅仅是财富的表现形式，在更多情况下，它是私有权之间的“润滑剂”。产权关系分割得越细密，经济活动所需货币量就越多。当这种增量达到不合理的界限时，货币就会通过恶性扩张即通货膨胀的形式转化为压迫生产力和剥夺劳动者的力量，于是产权兼并和两极分化时代也就到来，这在小农居多的国度，便是动乱和革命。从这个意义上看，明细产权，尽管有利于调动个人的积极性，但产权分割如过于明细，就会造成国家货币短缺以致对海外金融过度依赖。其结果是，细密的产权关系反成了瓦解国家经济和国家政权，乃至国家主权的力量。

42．历史从不支持那种仅凭善意就能迎来盛世的观点。

43．铁路是一国经济的血脉，其布局和走向反映一国的利润去向。昔日拉美的铁路呈扇状向港口集中，而非网状在国内市场中横纵穿行。这反映其国民利润靠海外需求而非国民自主需求拉动，因而它是一种外向供血型的依附型经济结构。

44．时下国际政治文章中使用频率日见增多的词是“软”字：“软挤压”“软外交”“软实力”“软权力”“软战略”，等等，软并没有错，但太多了就会让人心冷骨软。

45．富国只不过是强国在海外的另类银行。

46．外交怕呆，更怕愣。呆不致犯大错，愣则会断送国运。小布什外交如西班牙斗牛，见红布就冲，既呆又愣，有战无略，国衰之象也。

47．近些年美国人不太需要政治家而更需要政治表演家，已不太需求美国，而只是在纵情地消费美国，这与阿拉伯国家的人民只知纵情地消费石油而不知需求石油的后果完全一样：四年一次的大选就像中国的春节联欢晚会，最后选出的不是政治家而多是演员。

48．东西方的方法论差别在于简繁二字。东方人是用最简单的方法解决最复杂的问题，而西方人则是用最复杂的方法解决最简单的问题。这正如东方人饮食丰富，但就餐仅用一双竹筷，西方人饮食简单，就餐却要用一堆刀叉；东方人治大病往往只用简单号脉和几方草药，西方人治小病却要动用一大堆机器。

49．人物绘画的基础是素描，素描的基础是骨骼临摹；国际政治研究的基础是原始文件，而原始文件的基础则是其背后的国家力量，尤其是大国间的力量格局。

50．平时海边的人疯狂捕鱼，以至不放过鱼苗；印度洋海啸中，鱼疯狂捕人，以至十几万下海者事后竟没有多少尸体漂还。

之二

弱国多补唯物论，强国多补辩证法

1．权力是纵向的，权利是横向的。

2．弱国多补唯物论，强国多补辩证法。

3．小学生课桌刀刻的中间线，是萌动于童年心中的地缘政治学。

4．一个没有勇气正视自己所犯战争罪行的国家，是心理脆弱的不正常国家；一个不愿认罪并且还要继续伤害其他国家人民感情的民族，永远不会成为真正的大和民族。和而不同，大和也。礼之用，和为贵。

5．威信，威而信。

6．有治理世界能力的国家，一定要有成熟的治理世界的理论。基于世界地缘政治及其体系学说的大国制衡理论，是近现代尤其像英美这样有世界影响力的国家治理世界经验中最精髓的部分。

英国人在开辟工业全球化历史进程的同时，也相应获得了治理世界的经验。美国人在与英国博弈并从英国人手中接棒的同时，也学会并成功运用了老牌英国治理世界的经验。法国的拿破仑、德国的俾斯麦是大国战略博弈的高手，而美国的西奥多·罗斯福、富兰克林·罗斯福、尼克松、基辛格等，都是娴熟运用世界地缘政治理论为本国的国家利益服务的大师。

进入21世纪并正在崛起的中国，是一个担当传承世界文明责任并必将再次恢复其世界影响力的国家。因此，批判性地总结近现代大国博弈及其治理世界的经验，学习世界地缘政治理论，从世界体系的视角理解和拓展中国的地缘政治利益并由此形成能够说明中国国家利益的关于世界地缘政治的原创性理论与学说，这对当下和未来的中国都是一种有益且必需的思想准备。

7. 全球化的进程，同时也是资本国家化和国家资本化分裂式并进的过程，前者是欧美式国家主宰资本的自主道路，后者是拉美式资本主宰国家的依附道路；前者是“融”入全球化，后者则被全球化所“溶”入，一字之差，命运却判若云泥。

8. 劳动力而非劳动才是财富源泉。

9. 有人说西方是想让中国放弃社会主义，走资本主义道路。其实不是，西方人实际上是想让中国走拉美式的依附型资本主义，而不是欧美式的自主型资本主义道路。美国南北战争的实质是美国要走自主型的资本主义道路，美国人为此与欧洲霸权发生冲突并获得成功。退一万步讲，即使中国真要走欧美式的自主型资本主义道路，与美国当年面对的形势一样，西方人，尤其美国人不会答应并为此一定要与中国发生冲突。反过来看，即使是走社会主义道路，也有自主型的苏联模式和依附型的东欧模式。毛泽东拒绝的是社会主义运动中的东欧模式，并为此与苏联发生了冲突：称苏联是“社会帝国主义”，称苏共为“修正主义”。

10. 中国的改革要有适合中国国情的标准，这就是社会主义制度的标准，人民的标准。社会主义改革的主体不能被改为改革的客体，改革的主力不能被改为改革的对象。我们知道改革能解放生产力，但革命也能解放生产力。如果改革将中国生产力改到需要革命来进一步解放，那中国的改革就失去了历史进步作用。中国改革的底线就是不能把共产党改革到人民的对立面。

11. 从生态农业看，将来中国的小块土地精耕细作技术一定会以新的形式复兴，只不过是眼下他们的技术在西方利益主导的市场中贬值了。正如文官制度是中国人发明①而现在我们却要到西方取经一样，不知是否将来我们还需再到哈佛或牛津学习小农业耕作技术。

12. 战略研究不能研究成账房先生，台海研究不能研究成票房先生。政治是抓国计民生中主要矛盾的学问，而战略则是抓其主要矛盾的主要方面的学问。

13. 奥地利在19世纪曾是雄视大半个欧洲的奥地利帝国（1804—1867年）和奥匈帝国（1867—1918年）的国都，其首相梅特涅在拿破仑失败后的维也纳会议上还是决定欧洲政治的关键人物。可它到20世纪却成了在地图上需要用放大镜才能找到的袖珍小国。公元800年，查理大帝将群雄纷争的欧洲归于一统，其历史贡献类似中国的秦始皇，可在不到半个世纪的时间里，统一的欧洲就被查理大帝的三个“崽卖爷田不心疼”的孙子于公元843年竟用一纸《凡尔登条约》②一分为三，这不仅奠定了后来意、法、德三国的雏形，而且在欧洲大陆地缘政治中深埋了极难修复的破碎性的根基，这反过来

---

①“西方国家的学者和联合国的专家们一致公认，中国是世界文官制度的创始国。中国的文官制度已有1300多年的历史，而西方国家是吸收了古代中国的公开考试择优任官制度以后在17世纪开始建立和发展文官制度的。在文官制度的基础上经过多次改革又发展为现代公务员制度。”谭健：《西方公务员制度》，北京：北京出版社，1989年，第1页。

②公元843年，法兰克王国查理大帝的三个孙子在凡尔登签订划分领土的条约。规定长孙罗退尔（Lothar，约795—855年）承袭皇帝称号，并领有自莱茵河下游迤南，经罗讷河流域，至意大利中部地区；查理（Charles Le Chauve，823—877年）分得埃斯考河、马斯河以西地区，称西法兰克王国；路易（Ludwig der Deutsche，约804—876年）分得莱茵河以东地区，称东法兰克王国。

为欧洲绵延千年之久的混战及为地处欧洲大陆边缘的不列颠岛国最终成长为世界大国提供了天然的地缘政治条件。面对同样的事件，中国人就幸运得多。公元前403年，周天子威烈王正式分封韩、赵、魏为诸侯，由此导致国家分裂，战国纷争。好在此种乱局于公元前221年为秦王嬴政定为一统，中国由此有了在亚洲迄今不能撼动的主体性大国地位。①20世纪日本人很重视英国利用欧洲地缘政治的破碎性操纵欧洲大陆的经验，并于40年代将中国分割成类似欧洲那样四分五裂的局面。有幸的是，毛泽东领导的中国共产党带领中国人民在1949年再次实现了国家统一。

14．如果说，公元800年几乎将欧洲统为一体的查理大帝，其对欧洲的贡献可比作中国的秦始皇，那么其断送欧洲未来的三个孙子的罪过则不会轻于中国的汪精卫。公元843年将欧洲一分为三的《凡尔登条约》，为欧洲大陆的地缘政治深埋了一个极难修复的破碎性的根基，这又反过来为处于欧洲大陆边缘的小岛英国最终成长为世界大国提供了天然的地缘政治条件。这一点可以从中国在亚洲的主体板块使岛国日本不可能成长为英国那样的世界大国的历史结果以及日本历次要肢解中国的企图中得到反证。历史表明，大规模国际战争较少的地区，是像亚洲、美洲这样一些具有主体地理板块的地区。

15．如果我们比较一下公元843年欧洲查理大帝的三个孙子用一纸《凡尔登条约》将欧洲大陆版图一分为三后对欧洲带来动乱不断的历史，就会认识到1979年中国对越自卫反击战的实施及其胜利，对中国和亚洲的和平发展，对整个亚洲的稳定有着无论怎么估计都不会过高的深远意义。不然，目

①毛泽东非常重视秦王嬴政的这一贡献。1964年，毛泽东会见外宾时说，我赞成秦始皇，不赞成孔夫子。因为秦始皇第一个统一中国，统一文字，修筑宽广的道路，不搞国中之国，而用集权制，由中央政府派人去各地方，几年一换，不用世袭制度。1973年他在写给郭沫若的《读〈封建论〉》一诗中说：“劝君少骂秦始皇，焚坑事业要商量。祖龙魂死秦犹在，孔学名高实秕糠。”参阅薛泽石：《听毛泽东讲史》，北京：中央文献出版社，2003年，第77、83页。

前位于南中国海所有国家间的战略平衡就会被破坏，不仅中沙群岛、南沙群岛，甚至马六甲海峡都不会有今天这样的稳定形势，我们今天解决台湾问题的难度也会大幅度增加。

16．现代印度的南亚主体性大陆板块是不幸为英国百年占领的后果。历史上印度的古“长城”多建在国内，这样的国中之“国”可数百计，被圈出的地盘没有中国一个县城大。而中国唯一的一道长城是在国家北疆延伸。如果说公元843年的《凡尔登条约》使欧洲在成长之初就得了“粉碎性跟骨骨折”，那么，同期的印度则一直是带着“粉碎性盆骨骨折”蹒跚爬行。比较欧洲和印度，中国数千年版图只有边疆盈缩而最终没有出现内部器质性裂变。与近代印度不同，近代中国受到的只是外伤，外伤观瞻不雅但不伤根本。

17．20世纪70年代末至80年代初的对越自卫反击战打破了越南将印支三国兼并为一个政治邦联的企图。如果当时越南整合中南半岛的目标实现，那东亚大陆就会出现欧洲那种地理板块对称型破碎（比如德国、法国、西班牙、意大利等）的格局，这不仅对中国，甚至对稳定的亚洲政治的传统格局而言，无异于经历一次无法愈合的“骨折”。

18．东海问题，虚为实用，实为虚用，旁敲侧击，活血化瘀。

19．印度北方问题只涉及领土远近，而南方问题却关乎生死存亡。

20．美国的历史表明：国家如果不能驾驭资本，尤其是金融资本，资本就会反客为主，反转过来驾驭并毁坏国家和人民。

21．伊斯兰教倡导的“圣战”（Jihad）只不过是穆斯林实现公平和正义的一种手段。它既可为人民反帝斗争所用，也可为恐怖主义所用。如果我们考察持续二百多年的基督教对穆斯林世界的十字军东侵及其对东方人民带来的苦难，我们就应当明白，当前的恐怖主义与伊斯兰教及其教义实现的“维护信仰”手段并无必然联系，这与我们并不能将小布什动用军事暴力使伊拉克人民陷入苦难，以及伊拉克战争后美国监狱发生的“虐囚事件”等过错，归罪于基督教教义的道理完全一样。

22. 克劳塞维茨的“主力决战”的军事理论，是通过大面积毁灭性自杀而实现杀他，这是见癌细胞就知道要“化疗”的西医式思维。东方兵法则讲究正奇相兼、虚实转换，讲究釜底抽薪和活血化瘀。第一次土地革命战争时期，毛泽东同志用“农村包围城市”的方法，活农村之“血”化了城市之“瘀”；解放战争时期，毛泽东同志从平津和淮海下“药”，和平地解决了北平问题。同样的道理，当今世界表现在北方的“炎症”，也要从南方下药。总而言之，今后治西方全球化之病要用东方药方。

23. 比较一下19世纪下半叶俄国在中国修建“中东铁路”和20世纪下半叶毛泽东支援非洲修建的“坦赞铁路”，前者忙乎的结果是与受援者结了半个世纪的怨恨，后者花钱不多却在非洲留下至今还在传诵和延续的友谊。

24. 戈尔巴乔夫西医式改革与邓小平极富弹性的“摸着石头过河”式的改革不同：他大刀阔斧，从大手术入手，直切苏联政治“心脏”。苏联本来只是一个“病人”，却到最后硬是被戈尔巴乔夫放在“手术台”上治成了被肢解的“死人”。①

---

①当时苏联“改革派”奥·拉齐斯就对盖达尔改革做了这样的比喻：“当病人已经躺在手术台上，并且外科医生也操起了手术刀的时候，再以民主方式讨论医师操刀动作，这对病人来说就有致命危险了。专家必须自己拿主意。目前我们全国正好处于这种病人的状态。”俄罗斯学者谢·卡拉－穆尔扎在《论意识操纵》一书中写道：“于是，杰弗里·萨克斯便被请来了，准备用他的手术刀给‘我们全国’开膛破肚治大病。”参阅［俄］谢·卡拉－穆尔扎：《论意识操纵》下，徐昌翰等译，北京：社会科学文献出版社，2004年，第503页。

25. 研究国内生产总值（GDP）一定要看其构成。如果棺材铺子也成为“拉动GDP新的增长点”的话，那人类离末日就不远了。

26. 现实海权不出制海权范围，而制海权之外的只能是理论上的海权。

27. 现在世界问题很多，而西方人治理这个世界的方法却很少。资本全球化使北方世界“朱门酒肉臭”，使南方世界“路有冻死骨”；一部分人穷得要命，另一部分人富得要死。“9 · 11”敲响的不仅是美国的警钟，同时也敲响了西方发展模式的丧钟。在这种模式中，文明被异化为人类的对立物：南北世界犹如今天的富人豪宅小区，有钱人与外面的穷人彼此防备，不敢也不愿交流，这说明人际关系在全球化催生下严重“发炎”。“非典”（SARS）、禽流感、疯牛病等此起彼伏，这说明物际关系在全球化催生下也严重“发炎”。对此一筹莫展的美国人除了挥舞拳头外还是挥舞拳头，这说明美国已没了治理世界的能力，其发展模式已入死途。小布什率领美国大兵犹如西班牙斗牛，谁抖红布就冲向谁。他刚上任时说“中国威胁”，后又冲到阿富汗、伊拉克。反恐几年，世界形势越反越恐，天怒人怨，整个世界被小布什政府搞得一塌糊涂。

28. 青藏铁路，那是上帝撒在天上昭示未来的中华飘带。

29. 没有对手的外交，是不成熟的外交，而对手太多的外交则一定是失败的外交。

30. 人才是从哪里来的呢？学校里考场中是出不了人才的，人才只有在进行伟大斗争的大风大浪中才能涌现出来。因为真理是从对立面展开的，现代教育中没有对立面，靠考试设计对立面是绝对不行的。没有对立面就不会有担当意识，更不用说坚定的信念。苏联解体、美国衰落，问题都不出在枪炮不足，也不出在生产力不足，而是人的脑子坏了，治国理政的能力越来越弱。层层考试，考到最后，生产力上去了，干部的治国理政能力下去了，随之而来的就是国家的解体和衰落。基辛格说：“美国的国际地位似乎沦落到无以复加的最低点之时，共产主义却开始解体。”面对苏联的解体，基辛格接着感叹说：“从来没有一个世界强权未经交战失利，就如此迅速、彻底四分五裂。”[①]我们今天的许多干部也是学院考试教育出来的。那将来会不会出现苏联那种生产力上去了、人才下去了、国家解体了的悲剧呢？如果这样，那十九大报告中要求我们警觉的“行百里者半九十”的危险，就离我们不远了。

31．出远门得背干粮，还得拿上打狗棍。前者是我们的产品，后者则是我们的海军。

32．古罗马人得鱼忘筌，他们得到地中海之后，也就失去欧洲大陆；日本人贪得无厌，当他们的力量覆盖太平洋时，就开始失去亚洲大陆。因此，只有与国力相匹配的国家目标，才是可实施和可持续的。

33．正如骨骼结构决定生命体生长的极限和底线的道理一样，国家版图也铸定了国家发展的极限和底线。只有老鼠体格却怀揣着老虎胃口的国家，对世界是危险的；而具有老虎体格却只有老鼠胆量的国家，则对自己是危险的：前者如明治至东条时期的日本，后者如19世纪末的大清国、沙皇俄国及20世纪末的苏联。

34．今美大疾，病在肾虚。实体经济，国之“肾”。

35．黑格尔说，一切伟大的世界历史事变和人物都出现两次；马克思补

---

① ［美］亨利·基辛格：《大外交》，顾淑馨、林添贵译，海口：海南出版社，1998年，第706页。

充说："第一次是作为悲剧出现，第二次是作为笑剧出现。"[①]美国两个布什总统与法国历史上两个拿破仑皇帝所扮演的历史角色相似，前一个是悲剧即正剧人物，后一个在政治家圈中绝对是世界级的笑剧即滑稽人物。

36. 金融问题只不过是资源问题的倒影。

37. 毛泽东1962年西南一役与诸葛亮七擒孟获，曲异而工同。

38. 马汉海权理论的致命缺陷是右手拿着大棒，而左手却丢掉了圣经。

39. 胜战的节点就是停战的节点；停战的节点又是国家资源可支撑的节点。

40. 形式逻辑完备而经验逻辑不足，战略目标论证成立而支撑其结论的资源匹配不足，是"二战"后，尤其是从杜鲁门到约翰逊乃至小布什时期美国战略思维的通病。当这种思维被应用于东方战场，其短处则更显得致命。

41. 德国威廉二世直至希特勒的形而上学战略的副作用还可以有幸得到康德和黑格尔辩证法的矫正，而没有辩证思维传统的美国人和日本人就没有那么幸运，他们国家战略设计中的形而上学优势因得不到辩证法的矫正而转化为"一根筋"式的认识及由此带来有巨大惯性且极难挽救的国家灾难。

42. 如果说，中国"文革"是所谓"专制制度"的产物，那么，比中国"文革"早发生16年并对美国后来极右意识形态有持续影响的"麦卡锡主义"又是什么"制度"的产物？"文革"初期有"红色恐怖"，麦卡锡主义

---

① [德] 马克思：《路易·波拿巴的雾月十八日》，见《马克思恩格斯选集》第1卷，北京：人民出版社，1972年，第603页。

期间美国则是白色恐怖：上至政府要员，下至平民百姓，人人自危；中国问题专家拉铁摩尔、费正清、斯诺、美国“原子弹之父”奥本海默等著名人士均遭迫害，大批政府雇员被解雇。

43．与采集时代不同，早期农业社会对劳动力的大需求——农耕早期可不是一胎而是尽可能地多胎生育——将女性推上“生育劳动”的第一线，私有制对继承权血缘纯正性的要求，断绝了人类早期女性的社会交往。铁的出现扩大了人类开发自然的能力，也出现了有铁兵器的国家，并由此形成男性对女性的统治，这使女性异化为用于满足农业生产对劳力大需求的生育工具。

需要持续生育的人是不可能有力的，而没有社会交往的人，也是不可能有思想的。因此，在文化上居统治地位的男性给这非人性的残酷罩上美学光环，将女性的悲惨置于“柔美”之地。

然而辩证法是无情的，劣势产生于优势。科学在解放劳动力同时，也降低了劳动对人力的需求，这将女性从生育中解放了出来，大量的自由时间又使女性智慧开始直线上升，而重男轻女的观念严重地破坏了男性独立气概的形成，这反增加了女性人格的力度。琼瑶小说中“男孩”概念是中国男性雌化的开始。这时，“柔美”对女性而言已摆脱了它的残酷内容，更多地成为女性既可走出又可以融入的美学形式，她们可以在“女神”和“女汉子”中自由穿梭。

44．历史无事实，有的只是国家民族存亡的结果；事实是对结果的解释。

45．台湾主权在日本战败中回归中国。此后出现的以两岸分治为特征的“台湾问题”，是近代以来帝国主义插手并试图分裂中国的历史“阑尾”式存在：它不影响大局，但时有炎症，令人隐隐作痛。因久拖未决的“台湾问题”，中国至今不能远行。

46. 台湾问题不仅仅是台湾一个岛屿的问题，而是地区格局问题。对日本来说，占领台湾的同时还意味着必须配之以对台岛外围辐射地带的有效控制：在西面绝对控制中国东部沿海地区，尤其是浙闽地区；在东面绝对控制小笠原群岛、北马里亚纳群岛及关岛等，在南面则要控制菲律宾，这样才能巩固其对台湾的有效占领。对美国而言，占领台湾则意味着北对日本，西对中国沿海地区，南对菲律宾的有效控制。对中国而言，拥有台湾则可在不必改变东亚主权国家的安全结构的前提下进入太平洋。鉴于中国所据有的亚洲地缘政治主体板块的天然优势，在台湾问题的博弈中，只有中国可以大持小，以重持轻，以久待速，以大陆之近制犯台国家之远，并由此最容易实现稳定台湾的目标。另外，台湾依托中国大陆也最有可持续发展的稳定条件。所有这些便构成台湾"自古以来"就是中国领土的自然前提和法权主题，这也应验了黑格尔"现实的就是合理的"的哲学命题。

47. 对日本而言，占领台湾是一个需要改变整个东亚地缘政治版图的事情：它必须首先与中国，继而与美国，最后与西太平洋地区的所有东南亚国家作对。对日本的岛国资源而言，这是一个无力承受的政治负担。对美国而言，尽管有巨大的资源，但占领台湾却需要劳师远行，并与中国这样版图巨大的国家作近距离的长期对峙，这对两洋都有防务重任的美国而言，也是"不能承受的生命之轻"①。

因此，可以提前断定：美国在台湾的控制力是早晚——其时限要比我们想象得早——要撤出的，此后谁来填补西太平洋战略真空的问题，马上就摆在中国面前。

因此，我们还可以提前断定：如果日本填补这个战略真空，对亚洲，尤其对中国而言，将是一场比20世纪前半叶更大的灾难。而日本如果控制台湾岛，则是这场灾难的开始。

---

①这里借用捷克作家米兰·昆德拉写的一本小说的书名《不能承受的生命之轻》（上海译文出版社，2003年）。

48．台湾在“二战”后雅尔塔和平体系中回归中国，不仅仅是一个主权收复的问题，它同时还意味着中国被赋予了在战后与苏联、美国一起防止日本法西斯死灰复燃、维护战后和平的国际责任。20世纪40年代后半叶出现的冷战，是对以大国合作为特征的雅尔塔和平体系的反动，而中国实现两岸统一，是维护雅尔塔法律体系下的世界和平的有机组成部分，是历史的进步。

49．航母不是一般的战舰，它也不仅仅属于海军，它是一个集海陆空及一切最先进军事技术于一身并在全球范围具最机动性质的作战平台。它本质上是国家作战力量而不仅仅是海军作战力量的标志。其次，航空母舰是与经济发展概念相联系的因而具有攻势性的军事工具，而发展本身就是一种攻势社会运动。没有航母，我们在国际上任何重大涉我事件中，就不会有实质性的发言权；没有航母，我们就不能对影响我国海外安全的行为，在其初始阶段实行制止。最后，没有航母，中国日益卷入世界的巨大的海外利益就不会有实质性的保障，从而中国国内经济就会因资源进口和利润回流中断而发生危机并由此阻碍中国崛起。

50．20世纪末，亚洲的根本问题是内部问题，其间有中国珍宝岛自卫反击战、苏联入侵阿富汗、越南入侵柬埔寨以及中国对越自卫反击战等，这些都是尼克松主义的结果；21世纪初，亚洲的问题是外部问题，其间有阿富汗战争、伊拉克战争以及朝鲜核试验等，这些都是以反恐为核心的小布什主义的结果。

之三

台海布局，贵在谋势

1．欧洲的崛起是靠非洲黑人的尸骨堆起的，美国的崛起则是建立在无数印第安人的头盖骨之上的。我们不能因为有了比如赖斯、鲍威尔和奥巴马等黑人的“成功”就否认当年西方贩卖黑人的罪行；也不能由于今天为数不多的印第安后裔过上美式生活就由此默认当年美国屠杀印第安人那段令人发指的历史。欧美人自己至今也未对此道歉，那我们就更不能在讨论西方崛起时替他们掩饰这段历史。

2．毛泽东同志讲“一些阶级胜利了，一些阶级消灭了。这就是历史，这就是几千年的文明史”①；历史学家黄仁宇也说“历史上重要的转圜之点，总是避免不了武装冲突。于是史家也别无选择余地”②。目前讨论大国崛起，然读史迄今，怎么也看不出穷人只要放下刀枪，换上西服，打上领带就能被富人纳入“文明”行列。1927年陈独秀以为革命就是“绘画绣花”，听蒋先生的话放下了刀枪，还没来得及换上洋服，千万共产党员的头颅就落了地。

3．1871年法国巴黎公社无产阶级对资产阶级的仁慈是基于法国人对

①毛泽东：《丢掉幻想，准备斗争》（1949 年 8 月 14 日），见《毛泽东选集》第 4 卷，北京：人民出版社，1991 年，第 1487 页。

②黄仁宇：《中国大历史》，北京：生活 · 读书 · 新知三联书店，1997 年，第 56 页。

1789年法国大革命期间资产阶级对封建保皇党人那段红色恐怖历史的误读，这种误读又产生于英国人为了制衡欧洲大陆的需要对这段历史的歪曲，其结果换来的却是梯也尔入城后那不亚于1789年的屠杀。屠杀又唤醒了马克思的无产阶级专政的理论及1917年俄国十月革命的成功。

4．外空信息技术、空中预警技术、陆海空远程精确打击技术，这三大不可分割并有机联系的技术链环是未来中国国防现代化必须攻克的关键。未来的中国海权不应当只是海军的事，它实际是国家总体国防力量的集中表现，它应是在外层空间、空中预警两大技术链拉动和引导下，集陆海空导弹精确打击技术并被应用于海上作战的力量结构。

5．在海上有战略意义的岛屿，必有大国插手。亚齐是马六甲西北出口处的属于印度尼西亚的地区，地理位置十分重要。历史上看，凡是海峡密集的地方必然出现小国，新加坡、巴拿马、厄里特里亚、塞浦路斯等都是这样。

6．在革命年代，没有人民的军队，便没有人民的一切；但在经济全球化时代，没有包括强大海军在内的强大国防，国家最终将会失去一切。

7．工业和军事强大的国家的地理版图越小，其对外围缓冲区的需求就越大。

8．未来中国的军人要有世界眼光，这是英美人教给我们的经验。未来的中国外交要从本土防卫政策向地区性守成政策转化，从内敛型守拙政策向外向型积极防御政策转化，长期经营亚洲，与邻为善，为中国百年国运打下深深的根基。

9．武装的部落反对另一个武装的部落，是目前阿富汗国内政治的特点之一，而枪杆子里面出政权，则是阿富汗国内政治的一般规律。

10. 广大的地理纵深，是国家防务的无价资产。

11. “守险不守障”是太平天国创立的守城战法，其特点是将精锐兵力用于控制环城四周险地，造成敌军四面受制而无力集中攻城的战略张力。这在文学上与陆游说的“功夫在诗外”的创作方法，异曲同工。

12. 不管大国争霸的历史条件多么不同，争霸战略如何诡谲多变，但它们对弈的地缘政治“棋谱”大体是不变的。这个“棋谱”所反映的地缘政治关系大体说来就是“一个中心、两个基本点”。一个中心，就是印度洋及其北岸地区；两个基本点，就是大西洋与太平洋及其沿岸地区。如果把英美这样的海洋国家比作“矛”，那么其争霸路径基本上就是：遏制两翼，围堵中亚，死保印度洋。如果把法国、德国、俄国这样的内陆国家比作“盾”，那么，其争霸路径则与海洋国家正奇相合，即两翼突破，决战中亚，拿下印度洋。由于历史条件和战争手段不同，大国争霸“棋谱”中的“两翼”的概念也有差异；但无论如何，双方争夺印度洋，尤其是争夺印度洋北岸的目标都是相同的。

13. 强大的海军是经济全球化时代国家财富积累和民主政治发展的保证。没有一支强大的海军，中国肯定就没有伟大的未来。

14. 在辽沈战场连连败北的情况下，蒋介石在国统区实行的大力度银行改革是从内部自毁的关键原因。蒋介石垮台前夕，江北共产党军队的攻势和江南的通货膨胀都已不可遏制，而此时的美国驻华大使司徒雷登还在敦促蒋介石必须实行“最彻底的改革”。无独有偶。就在中国政府大力扭转严重的社会分化现实的当口，2006年12月美国财长保尔森率团访华前夕也“要求中国加快市场开放步伐”。二者比较，司徒雷登的建议有利于中国共产党领导的中国革命成功，而保尔森的“要求”则会从内部加剧中国社会分化并为在东海可能出现的外部危机做好铺垫。

15．国家的生命期与所谓“民主制度”并非产生必然联系。比如资本主义制度下的张伯伦和社会主义制度下的斯大林在希特勒面前反应都迟缓并都受到重创；美国政府也是在国会的压迫下错误地走上朝鲜和越南战场的，导致国家国力严重受挫。而尼克松与中国改善关系，拯救美国于战争泥潭，还是在国会不知情的情况下实现的。可以说没有尼克松的“秘密”外交，就没有美国后来战胜苏联的历史。

国家的生命期与国家文化有着不可分的联系。与我们保持身体健康的道理一样，只有承认物质的多样性、世界的多元性，知道节制国力的国家，才能较久地维持国力。

16．1972年1月6日，毛泽东同周恩来、叶剑英谈外事工作时说：“其实这个公报[①]没把基本问题写上去。基本问题是，无论美国也好，中国也好，都不能两面作战。口头上说两面、三面、四面、五面作战都可以，实际上就是不能两面作战。”[②]送走尼克松后，7月24日，毛泽东在与周恩来、姬鹏飞、乔冠华等谈国际问题时，再次叮嘱：“在两个超级大国之间可以利用矛盾，就是我们的政策。两霸我们总要争取一霸，不两面作战。”[③]

世界上没有一个大国有力量可以与两个以上的大国对抗。古罗马人开始只是为了自卫，先与北方的高卢人打仗，后又与南方迦太基人发生战争，取得辉煌胜利，后继续向整个地中海国家进攻，结果导致整个罗马帝国灭亡；19世纪初，拿破仑与英国作战，取得辉煌的胜利，继而于1812年轻率深入俄国，其后三年便遭到失败；20世纪40年代，德国希特勒开始跟英国作对，赢得西欧，1941年正在得意之际挥师直奔俄国，其后又是三年便遭到失败；同期的日本开始与中国开战，初期取胜，1941年年底又与美国开战，其后还是三年失败；20世纪50年代在朝鲜战场上，美国与中国和苏联对阵，美国三年便败；60年代在越南战场上，美国还是与中国和苏联作对，时间是长了些，

①指正在拟订中的《中美联合公报》。

②③中共中央文献研究室：《毛泽东年谱（1949—1976）》第6卷，北京：中央文献出版社，2013年，第422、441页。

但结果也是败得没有面子。勃列日涅夫时期的苏联与中美作对，结果苏联很快败阵并于戈尔巴乔夫时期解体。“9 · 11”事件后小布什更是点名向七个所谓“邪恶轴心”的国家叫板，如果有一点历史知识的人，都会知道这是老虎吃天，只能是耗尽虎力后一无所获。

17．1948年印度和中国都面临有外来支持的国家分裂的危险。结果是受着西式“民主”熏陶的尼赫鲁放走了巴基斯坦；而毛泽东则“不可沽名学霸王”打过长江，1950年年初又一气拿下西藏。年底又入朝参战击退美国人。不同的领袖，不同的结果：现在印度原来的版图上有着两颗互为目标的原子弹，而在中国则是统一使用管理的核武器和刚刚飞上“世界屋脊”的青藏铁路。

18．目前的中国已在太空中“飞龙在天”，未来的中国还要在深海中“潜龙在渊”。

19．那些不着边际而又满嘴“世界前景无非三种可能性”“其结果是机遇与挑战并存”的学者，如冲在国际前台，鉴于他们的真诚和不知疲倦的劲头，确实有着积极且他人不可替代的战略迷惑作用。这些人对中国崛起是有特殊“贡献”的；塔利班和萨达姆没有这种“人才”，反将刚上台就喊着中国是“潜在对手”的小布什引向并使之陷入中东。由此，中国在新旧交替因而是比较脆弱之际获得了难得的“战略机遇期”。

20．男权压迫最终将压出一个日益扩大的女性总统群体及其主导国际政治的时代，而导致男性能力快速衰退的原因不是别的，正是男权至上的观念和重男轻女的习俗。

21．与戈尔巴乔夫的妻子赖莎不同，克林顿妻子希拉里已意识到能将丈夫扶上总统宝座，自己当然也能坐上总统宝座。

22. 国际边界的拐点其实都是国家实力较量过的结果。拐点越多，流血越多。

23. 看了除夕夜奔放在天空中的多节万向窜天烟花，深觉美国爱国者导弹就不是技术；昨天我们的四大发明没有变成坚船利炮，今天这些同类技术再不能只应用于嬉戏而不应用于国防。

24. 海战和空战都必须是攻势的，因为海上和空中没有用于防御的可持续的补给。

25. 天高不过九重，地广不出五极[①]，故曰：九五至尊。

26. 台湾犹如被美国人绑架了的中国孩子，绑匪的目标并不是要领养孩子，而是要敲诈孩子的父母。如果中国不接受敲诈，那绑匪也无法“撕票”，最终也只能以尼克松“亚洲是亚洲人的亚洲”的美辞，将台湾——在挑拨日本与中国为此冲突之后——抛给中国大陆而不是日本。这是因为日本在西太地区是离美国最近的完全海洋型并以海权为生命的国家，而中国则是离美国本土较远的陆海兼容型国家。

27. 近代中俄在朝鲜半岛绥靖日本留下的教训是：喂猪不可驱虎。

28. 笑到最后的是笑得最好的。1937年中国全面抗战，1940年中国已被分成若干个政治实体，1945年中国简化为两个政治实体并成为四大战胜国之一，到1949年中国除台湾外基本完成国家统一。1953年中国在朝鲜战场上打败曾打败日本人的美国人，1964年中国成为世界上为数不多的有核国家，而中国完成这样的神奇转变只用了27年的时间。

---

① “‘五’正是中央（‘一’）加四方（‘四’）构成的。”参阅［日］井上聪：《先秦阴阳五行》，武汉：湖北教育出版社，1997年，第147页。

29．“野蛮的征服者总是被那些他们所征服的民族的较高文明所征服，这是一条永恒的历史规律。”①如果说利用日本肢解中国主体地缘政治板块是一百多年来美国东亚外交的重要目标，那么借助美国来虚化这一目标从而保住了中国在亚洲的主体地位，则是“二战”中中国政治家赢得的最大成就。看看1940年前后中国支离破碎的状况，再比较“二战”后被一分为二的朝鲜、印度，可以说中国才是“二战”中太平洋战场上的最大赢家。

30．朝战和越战中，美国打仗为了外交“面子”，中国参战则是为了生存的“里子”。保面子使美国的战争目标失去了底线，保里子则使中国目标始终不出三八线。此间，美国领导人犯了与后来苏联赫鲁晓夫和戈尔巴乔夫同样的扮演世界“超女”的错误：风头出尽后便是洋相十足。

31．穷时防贼，富时防匪，家国同理。

32．如果说19世纪日本侵略台湾的企图是以1872年10月15日吞并琉球开始，以1895年《马关条约》的签订结束，那么，21世纪台湾的命运也必将从中日不能搁置的钓鱼岛主权“争议”开始，以争议的结果而确定。

33．航母是海上作战体系的标志而非体系本身，而保证航母有效战斗力的基础一半在太空，另一半则在深海。

34．目前朝鲜导弹技术发展尚处于“社会主义初级阶段”，威力大且打不准，有时升到半空还会掉下来，这比日本精确性能较好的导弹更具威慑力。

35．2006年10月9日，朝鲜进行了核试验，10月11日上午8时56分，日本东北地区发生里氏6级地震。震中位于福岛县附近海底。

---

①［德］马克思：《不列颠在印度统治的未来结果》，见《马克思恩格斯选集》第2卷，北京：人民出版社，1972年第70页。

36. 东海布局，贵在谋势，其次谋地。

37. “不谋全局者，不足谋一域”，不谋西太平洋者，不足谋台海。

38. 在20世纪50年代的两次炮击金门中，中华人民共和国在与台湾当局的台海“拔河”中测试出了蒋介石和美国的底线和极限：蒋介石的底线是保住台湾，极限是不将赛绳拉断；美国的极限是希望将赛绳拉断，底线是两岸长期分治。前者只是想赢得与大陆的“比赛”，而后者只想最大限度地利用这场“比赛”，却不愿为这场“比赛”付出任何代价。

39. 如果中国自己不出现重大——比如太平天国式的——动乱或分裂，在中美太平洋东西两岸“拔河赛”中，美国希望台海之间拉断赛绳，但不希望中美之间拉断本用于阻挡日本南下的赛绳。因此，在台湾问题上，美国最终会两利相权取其重：以牺牲或部分牺牲台湾的利益换取与中国在全球合作中的战略利益，并将台湾问题作为烫手山芋引诱而不抛给日本，让中国经过与日本交手而取回台湾。美国在“二战”后留下的“钓鱼岛问题”，就是为这场交手抛在东海的“金苹果”①。

40. 美国《福布斯》双周刊2001年6月11日刊登英国著名史学家兼作家保罗·约翰逊《关于美中关系的七点意见》的文章，认为中国有两条主要边界线：太平洋西岸的海上边界和中亚地区的陆上边界。美国必须让中国明白，设法开拓中亚地区的经济机遇将得到美国的赞许、必要时还会得到美国的帮助。必须不惜一切代价让中国相信，命中注定它的前途在亚洲。②在中国东部形势日益危险的当口，中国一些学者也主张中国放弃海洋而掉头西进，不管

①金苹果是希腊神话中著名的宝物。金苹果最早出现在宙斯和赫拉的婚礼上。大地女神盖亚从西海岸带回一棵枝叶茂盛的大树给宙斯和赫拉作为结婚礼物，树上结满了金苹果。宙斯派夜神的四个女儿看守栽种金苹果的圣园，还有百头巨龙帮助她们看守。

②《关于美中关系的七点意见》，载《国际展望》，2001 年 8 月，总第 425 期。

如何绕弯，他们的这些观点与约翰逊的“意见”异曲同工。

41．日本的麻烦是不能量体裁衣，本来是小脑袋，可明治天皇却给日本定做了根本顶不起的大帽子，硬要做世界大国。从此日本就没好日子过。所谓“明治大帝之遗策”成了大和民族的精神负担，而日本也由此成了亚洲人民的精神负担。

42．仅凭金钱是解决不了国家安全问题的。犹太人当时有钱，就是因为没有国家，叫希特勒整个地送到奥斯威辛去了。从那出来的人组建了国家，这就是以色列。恐怖主义把美国打得鸡飞狗跳，为什么打不倒以色列？以色列国家小，但爱国心强。

43．有人说，中国出兵朝鲜却丢了台湾，事实并不是这样。

中国人民志愿军1950年10月才入朝作战，而在6月份美国舰队就将台湾海峡封锁了。当时斯大林告诉中国，朝鲜战场上打不败美国，中国就再也别想拿回台湾。事实也是这样，中国当时如果示弱，那今天的台海形势就会更糟。

也有人说，中国参战是被斯大林“利用”了，事实并不是这样。

我们知道，1945年雅尔塔秘密协定中，苏联拥有在旅顺港的驻军权和中东铁路的使用权。这些都是苏联在远东的战略利益，这些利益又被蒋介石国民党政府所承认。1950年中苏友好同盟条约中，苏联极不情愿地表示应当废止这项秘密条约，但主张保留形式。中国革命的胜利从根本上改变了远东的格局，也迫使苏联重新调整对华政策。随之而来的朝鲜战争及中国人民志愿军打败美国人的结果，让最具现实主义政治眼光的斯大林也看明白了中国人在朝鲜战场上驱逐的不仅是美国人，还有苏联人。结果1953年年初，苏联将大连、旅顺及中东铁路不折不扣地无偿归还中国，1955年，中国将旅顺正式收回。至此，苏联在雅尔塔条约中已吞到嘴里的战略利益又悉数吐出，这对在“二战”中大获红利的斯大林来说，是一种说不出的痛楚：一场战争下来，在苏联的支援下中国军队由弱变强，不仅组建了强大的空军，还将美国赶到三八线以南。而苏联却告别了自彼得大帝起就追求而斯大林刚获得的大连和旅顺这两个进入太平洋最便捷的不冻港。

中国及时在三八线停火。中国军队因此没有透支。现在回头看，如果中国拒绝停战打过三八线，那必然要透支国力，结果反会对苏联形成严重依赖，并易受制于苏联。果真如此，后来的大连和旅顺的移交可能就不会那样不折不扣；果真如此，那才叫“为斯大林所利用”。1952年9月15日，中苏两国发布公告，中长铁路正式移交给中华人民共和国。1953年1月苏联移交中东铁路，3月15日，斯大林病逝。斯人已逝，而在中国——如果再联想起1945年斯大林曾将东北留给中共却没有由此换到毛泽东不过长江的“回报”的难堪经验——问题上，却是甘苦自知。

事隔半个多世纪后的今天，还有人撰文说“毛泽东也认为发动朝鲜战争是错误的”[①]。事实并不是这样。

第一，毛泽东并没有“发动朝鲜战争”，发动朝鲜战争的是决意要越过“三八线”的以美国为首的联合国联军；面对美国的骄横，毛泽东只是在朝鲜同志的请求下毅然启动了中国抗美援朝的决定。与美国在韩国不同，停战后中国没有在朝鲜留下一兵一卒。

第二，说毛泽东认为“帮助朝鲜打这场仗是错误的”，这当然更不符合事实。1975年10月21日，毛泽东最后一次接见基辛格，据基辛格回忆，在谈话中，毛泽东提起朝鲜战争，据基辛格记录：

---

①“毛泽东也认为发动朝鲜战争是错误的。朝鲜战争结束三年之后，毛泽东就已一再表示，帮助朝鲜打这场仗是错误的。只是他把这笔账完全算到了金日成和斯大林的头上。1956年9月18日他同前来参加中共八大的朝鲜代表团谈话时就说：‘对朝鲜劳动党的做法，过去就有意见，例如朝鲜战争，开始就提醒金日成不该打，后又警告他敌人可能从后方登陆。’9月23日，他对也是来参加中共八大的米高扬说：‘朝鲜战争根本错误，斯大林应该负责。’1957年7月5日米高扬到杭州通报苏共打掉以马林科夫为首的‘反党集团’问题时，毛泽东又和他谈到朝鲜战争问题，还抱怨说：‘斯大林、金日成对中国刻意隐瞒发动战争的时机及作战计划，最后，中国却被牵连进战争，这是错了，绝对错了。’这说明，毛泽东实际上已经承认抗美援朝不对。”参阅何方：《抗美援朝的得与失》，载《炎黄春秋》，2013年第12期，第12页。注：原文中的这些引语均无出处。

毛泽东：联合国通过了一个美国提出的决议，说是中国侵略了朝鲜。

基辛格：那是25年前的事了。

毛泽东：对，所以跟你没有直接关系。那是杜鲁门时代的事。

基辛格：对，那是很久以前的事了，我们的看法已经改变了。

毛泽东：可是决议并没有取消，我现在还戴着这顶“侵略者”的帽子。我同样认为这是一种无上荣耀。好，好得很。

基辛格：这么说我们就不应该修改这项联合国决议了？

毛泽东：不，不用改。我们从来没有提出这个要求……不过，你可不可以帮我把这个声明公之于众，或者是在你的通报里公开地说一下？

基辛格：我想还是你公开为好。我不一定能做到历史上正确无误。①

这段在毛泽东同志临逝世前一年发表、直到2011年才由基辛格在《论中国》一书披露的珍贵文献，可视作毛泽东本人对这场战争必要性的最终态度，毛泽东说：“我同样认为这是一种无上荣耀。好，好得很。”

44．1962年的中国形势真是“高天滚滚寒流急”：中国国内正面临严重自然灾害，蒋介石在东南准备反攻大陆，苏联在北方制造居民“外逃”事件，印度借机在中印边境燃起战火。但毛泽东总体上还是认为印度是朋友，不能真打，一仗下来，只是将印度的屁股打响了些，并没有让它伤筋动骨。同时在战争规模上，毛泽东也控制在有限范围内，不让第三国卷入。在时间上毛泽东巧妙利用了古巴导弹危机，10月20日，美国封锁古巴海域，苏美剑拔弩张。当天中国全线反击。11月20日，赫鲁晓夫与肯尼迪妥协，同意拆除导弹基地。第二天中国也对印全面停火。一个月后，中国又将印度俘虏养得黑胖黑胖，把印军的枪擦得干干净净交还给他们。战争结果与朝鲜战争不同，朝鲜战争要将美国逼到三八线，而1962年的对印自卫反击战则意在打出持久和平。研究一下毛泽东1962年西南一役，它与诸葛亮七擒孟获，曲异而

① ［美］亨利·基辛格：《论中国》，胡利平等译，北京：中信出版社，2012年，第306-307页。

工同。其目的不仅仅是打赢，更是长期稳定大西南。今天看来，毛泽东的军事艺术大张大合，但张合有度，毕诸葛亮“七擒”之功于一役，令后人扼腕赞叹。反观毛泽东出手过的东北和西南，至今无战事。

45．1962年，毛泽东“打得一拳开，免得百拳来”[①]，他亮剑西南，震慑周边。此后蒋介石“反攻大陆”的计划基本偃旗息鼓。1964年5月27日，尼赫鲁去世；10月16日，中国第一颗原子弹试验成功；此前两天（14日）赫鲁晓夫被赶下台。

46．有位美国人说过，他们不怕中国军事现代化，就怕中国军人毛泽东化[②]。历史表明，没有共产党就没有新中国，没有毛泽东思想，就不会有中国人民解放军。毛泽东思想是中国人民解放军的真正灵魂和战无不胜的力量源泉。

47．美国在1999年科索沃战争中保护的是伊斯兰人，可仅仅两年后，就在反恐战争中攻打伊斯兰人。为了牵制中国在东部海区的力量，将来它必然要在中国西陲边境再次“保护”伊斯兰人，这与19世纪末英国扶持日本以牵制俄国南进印度洋的道理一样。

48．2007年6月26日美国众院外委会通过了要求日本就“慰安妇”问

---

①周彦瑜、吴美潮：《毛泽东与周世钊》，长春：吉林人民出版社，1993年，第120页。

② 2007年，原广东军区政委蔡多文将军访问美国五角大楼，据蔡将军回忆，在交谈中，蔡将军问身边的一位美方军官：“假如将来有一天中国军队与美国军队在战场上再次相遇，你预测结局会怎样？”这位军官足足思索了10秒钟之久，尔后回答说：“美国军人最崇敬的两个中国的、也是全人类的兵家泰斗，一个是孙武，还有一个就是毛泽东。中美之间不要再打仗，否则将会是两败俱伤，后果不堪设想。假如有一天不得不打的话，我只能祈望那时的中国军队不再有太多的毛泽东色彩。美军不怕中国军队现代化。因为在这方面你们永远赶不上我们。怕的是中国军队的‘毛泽东化’，就像你们现在讲的‘革命化’。”听后，我俩都会心地笑了，算是相互认同这一观点吧。参阅蔡多文：《军号嘹亮》，广州：花城出版社，2012年，第762页。

题进行正式道歉的决议案。6月30日，日本防长久间章生似在提醒美外委会说：长崎也曾遭到美国原子弹袭击的灾难。7月3日，久间章生受到责难而辞职。7月10日，日本表示不会就广岛和长崎投掷原子弹问题向美国提出抗议。7月30日美国国会众议院一致通过了谴责“慰安妇”的决议案。7月31日，日本首相安倍晋三对此“感到遗憾”。

美国历史学家戴维·贝尔加米尼在《日本天皇的阴谋》中披露：1945年8月23日，即日本宣布投降后的第8天，日本便组织一个“招待同盟国士兵‘游兴会’”。在几周之内，该会便在东京开设了33处服务性企业。位于东京商业区的一家大军需工厂被改造成一座被称为“柳溪”的饭店。“在禁止美国大兵入内之前，它已经有了一条由250名姑娘组成的‘生产线’，平均每天接客限额为3750名美国大兵”。当时日本的“一群群豪门才女邀请了艳名远噪的艺妓并向她们传授取悦男人的诀窍”。[①]

读史至此，深觉安倍的“遗憾”中包含了太多的酸苦。

49. 国际关系犹如张开的橡皮圈：在国力相等的“等边”国家中，拉得过长（扩张）或伸展不足（受到入侵）的一边，均是较脆弱的一边。

50. 与橡皮圈某边过于伸展就会被扯断，而过于收缩也会改变其周长的道理一样，在多边的国际关系中，国家不管大小，其国力伸缩的时间和空间均有其不能越过的极限和底线：越过极限的扩张和没有底线的收缩都会导致国家的崩溃，并由此产生国际体系——比如拿破仑体系、维也纳体系、“一战”后的凡尔赛体系及“二战”后的雅尔塔体系等——的瓦解和重组。因此，对国家力量，尤其是对大国国力伸缩极限和底线的研究，是国际关系及建立其上的国家安全战略研究的关键环节，也是国家崛起时空研究的关键环节。

---

① [美] 戴维·贝尔加米尼:《日本天皇的阴谋》, 张震久等译, 北京: 商务印书馆, 1984 年, 第 194-195 页。

之四

中印之争，乃制度之争

1．1938年11月11日，蒋介石在日记中说："倭人气量短窄，事尚彻底，非生即死，决无对弱者中途妥协与让步之理。"[①]萌生于明治时代的争强政策，使日本经历了从明治前期的"大和"到昭和后期的大"核"的生死变化，更可怕的是，这种变化迄今也未结束。2006年9月20日，日本政府的评估文件称，日本若试制小型核弹头，将需三到五年。历史将表明，21世纪在日本制造核灾难并为此再次付出代价的将是日本人。

2．朝鲜战争中，美国在时间和空间上均越过其国力极限，因而败得既没面子也没里子。而1962年10月古巴导弹危机中赫鲁晓夫将手伸出了其国力不可承受的空间极限，但这一失误很快以时间上的收缩得到矫正，尽管失了面子却保住了里子。有了这次失败的经验，赫鲁晓夫在越南问题上就慎重了许多；而在古巴导弹危机中赢得面子的美国，却很快挥师越南，铸成难以挽回的大错。

3．在1962年中印之战中，毛泽东恰当地把握了国力伸缩的时间和空间：我方长距高寒的空间劣势却以迅雷不及掩耳的大张大合的时间优势而弥

①转引自黄仁宇：《从大历史的角度读蒋介石日记》，北京：中国社会科学出版社，1998年，第248页。

补，等到争执于古巴的苏、美和国会争吵不休的印度三家醒过神来，毛泽东已全胜收兵。一仗下来，既赢了面子——中国人打出了威风和气势，也赢了里子——中国人在西南打出了近半个世纪的和平与安定。

4. 1962年在北方苏联、东南蒋介石、西南印度的三面压力中，毛泽东虚修东南“栈道”——布兵东南，多多益善，实度西南“陈仓”——出手西南，迅猛如雷且攻其不备。结果是高调轻拳从西南打开四面僵局，其手法似是“四渡赤水”的重演。

5. 与同期的美苏领袖比，毛泽东稳蹲“马步”，善亮短剑，剑锋所向，攻其不备。即使长期出境作战，也兵不出周边，而不是像杜鲁门和赫鲁晓夫那样劳师征远。这使战争在时间上的长期劣势得到战场空间的近位优势弥补。这些军事艺术终使新中国冲出先是美国后是苏联的围追堵截，其过程似是“四渡赤水”的重演。

6. 中国这块土地上生活着十三亿人，其中只有百分之零点几的人可以移居国外，而绝大多数人的利益都必须与自己祖国的命运联系在一起。因此，中国学者的学术活动只有与中国及中国绝大多数人的命运息息相关，才能获得可持续发展的动力和不朽的生命力。

7. 制定国家战略，难不在确立目标，而在确立国力边界，即国力扩张的极限和不能后退的底线。

8. 哪里有两极分化，哪里就有马克思和恩格斯；哪里有穷人，哪里就有列宁和毛泽东。

9. 国家崛起于贫寒，沉沦于脂粉。

10．只有民族的才可能是民主的。近世民族主义与民主主义是一对孪生子，而催生这对孪生子的正是近世不能分割的民族民主革命。因此，今天那些要批判所谓“极端民族主义”的人，他拿出来的可能就是“极端民主主义”的内容。

11．没有民族个性的民主，是民主的反动；而没有民主的民族，同样是对“民族”的误读。

12．在中国历史上，蒋介石是最早在中国推行拉美模式的人。拉美模式的特点是依赖外国资本，通过官僚体制把外国资本引入国内，然后牺牲工农的利益满足已给国际资本让渡了巨额利益的国内资本，发展官僚阶层和所谓的精英阶层，使他们从买办利益中获得财富，其结果是越发展国家越贫困，工农损失越大，最后工农纷纷破产，许多人走向格瓦拉式的革命道路。当时共产党和国民党都重视农民问题，但蒋介石后来在农民问题上反水了，他突然支持地主和官僚买办阶层，原因是他的政权建立在乡绅的基础上，还有另外一些基础是海外资本。自从蒋介石背叛工农，他就失去了北伐时那种挥洒自如的战略能力。

13．国民党时代的中国是亚洲最早的、也是规模最大的拉美道路的试验国，蒋介石建立的政权属于讨好国外资本、高额剥削国内工农的拉美式政权。结果，中国发展成了恶性循环：为了发展就必须大量引进外资，“依靠外国输血”，越发展工农破产越厉害。因“发展”而衰退，是蒋介石政权垮台的真实原因。所以说，那时的“星星之火”主要是蒋介石点燃的，而外资更是火上浇油。与印度不同，中国有长期的革命传统，因此，在中国政治中，谁都能得罪，就是不能得罪作为“百分之八九十”的工人农民。

14．有人说，中国近世受侵略是因为天朝制度落后。那制度落后是否就该受侵略呢？英国现在还是女皇体制，日本还有天皇体制，那怎么就没有别国如此大规模侵略它们呢？话说起来也简单：国际政治是不太讲斯文的，联合国五大常任理事国，拥有一票否决权。凭什么，就凭这些国家后面戳着原子弹，不是娃哈哈。

15. 本来世界财富集中在东方，西方也整个地依附于东方，这归因于在工业全球化之前的“农业全球化”。当时世界上有农业、手工业、渔业、牧业等，但只有农业生产方式可以保持国家的可持续发展和大国地位。原因很简单，有耕地就有粮食，有粮食就有劳动力，有劳动力就有税赋和兵源，有兵源就有更多的耕地和更多的税赋。这些都是强国必备的物质条件。东方的四大文明古国都是农业国。

16. 中国的地缘政治特点呈“簸箕”或“太师椅”状：以华北平原为中心，东面有台湾岛前接太平洋，东北和东南有朝鲜半岛与中南半岛为两屏，西面更有广袤且难以翻越的青藏高原得以依靠。这种平原小开口、山脉大纵深的地理环境为中国安全提供了难得的双层防御即“双保险”的国防功能。这种地缘政治优势在世界各大国中是不多见的。

17. 日本地缘形势呈鳄鱼状，首部向南，台湾为前冲，琉球群岛是颈椎，日本岛是身体，千岛群岛是它的尾巴。目前日本的地缘政治形势极脆弱，北方四岛（俄罗斯称“南千岛群岛”）有俄罗斯踩着，它只有一个身子，颈椎被美国掐着，中国台湾现在尽管还不在大陆手里，理论上也不是日本的。日本想要，但是要不到。在这种情况下，再加上朝鲜的核力量，日本不敢轻举妄动。

18. 我们国家现在越来越重视海外工作人员了。国家领导人出国重视海外华人的生活工作情况；如果有人出事，外交部也尽快赶到现场。这是因为在海外的中国人是开拓海外市场和海外资源的前锋，中国经济的一半几乎要靠海外拉动。现在的问题是这些海外工作人员的生命保障光靠外交使馆是不行的，要有海军。

19．中国人不能靠“账房”来解决发展问题，更不能靠“票房”解决台湾问题，要靠国家战略，要靠国家战略能力的提高。选票是小账，如靠选票就能解决国家统一问题，还要军队、警察、监狱干什么？我们要传递给世界的信息是，中国并不只有大红灯笼和红裙子，中国还有强大的人民海军。要建立平等待我的国际规则，仅靠嘴皮子是拿不下这个任务的。

20．英美国家的友谊规则是：好朋友，明算账。雅尔塔会议上，罗斯福求斯大林出兵打日本，就像商人谈生意。斯大林说你要我出兵可以，你得给我点什么。罗斯福答应了苏联战后拥有千岛群岛的主权、日本北方四岛的占领权、中国大连旅顺的驻兵权等条件，斯大林就出兵了。斯大林打完德国，就开火车把德国的矿产、机器全部拉回去，根本不讲“之乎者也”。太平洋战争中，罗斯福帮英国时也从丘吉尔口袋里掏出太平洋上的十几个岛屿，租期与香港一样也是99年。英美国家办事一点也不含糊：一手交钱一手交货，不见兔子不撒鹰。

21．这个世界是一个“丢手绢”的世界，“手绢”开始是悄悄地丢在戈尔巴乔夫的后面，大家都不告诉他，西方人还用诺贝尔奖章忽悠他，结果将苏联忽悠倒了。苏联倒下后，西方人都喊“快点快点捉住他”。苏联解体后世界又开始第二轮“丢手绢”，开始是轻轻丢在中国的后面，因为中国人当时还真相信所谓“经济全球化”可以救中国。科索沃战争，尤其是伊拉克战争后中国人明白了是西方人在忽悠中国，没有上当。后来西方人又忽悠小布什，借“反恐”之名将“手绢”又静悄悄地丢到了小布什的后面。小布什陷在沼泽里面难以自拔，这就给其他大国以新的机会。

22．国家统计局2007年9月18日发布的发展回顾报告称：“我国人均国民收入从2002年的1100美元增加到2006年的2010美元，四年翻了近一番。按照世界银行的划分标准，中国已经由低收入国家步入了中等收入国家的行列。”

这个统计的不足是其方法没有介入基尼系数。因为只有在基尼系数处于合理即均富的条件下，这个“人均收入”才是良性的，这个“中等发达国家”才是真实的和靠得住的。超过基尼系数安全警戒线的“人均收入”只是虚拟的，其水平越高，这个国家就越接近动荡。因此，将只是少数人的极高收入以“莫须有”的“人均”名义平摊到大多数极低收入的人身上，以掩盖社会严重的两极分化及由此可能会引发社会动荡的现实，其结果只能是掩耳盗铃。

23. 在私有，尤其是在基尼系数日益扩大的私有社会中，“劳动光荣”就难得成为劳动者的心声。

24. 现在的中国只是一个生产大国，而不是一个在国际分配体系占据重要位置的大国，它在现存的国际分配体系中赚到的只是工钱而不是利润。其实，国际政治角逐的真正焦点并不在生产而在分配。这就是目前中国贸易顺差巨大而利润却很低的深层原因。

25. 中国共产党已初步学会了驾驭国内资本，如果要开创中国特色社会主义的新境界，在未来，我们必须学会驾驭——继而最终消灭——国际资本。

26. 人民是国家民主的生命，民族则是国际民主的生命；没有人民的国家民主是不可想象的，没有民族的国际民主也是不可想象的。

27. 马克思列宁主义是讲枪杆子的，不然，它就变成了戈尔巴乔夫式的政治童话而不是一种政治主张。

28. 道义在革命时期，需要革命者在战场上的胜利来支撑，而在建设时期，就需要国家不断地盈利来支撑；没有实际利益——在革命中是阶级利益，在建设时期是国家利益——的获得，革命和建设都会成为斯巴达克式的殉难。

29．战略设计的要义在于战略目标和国家战略能力相匹配。美国所有的失败，都可归结于战略目标大于国家能力。20世纪50年代那位赫赫有名的战略问题专家凯南①为他的国家设计出的“遏制战略”，是一个只有上帝才能完成的任务；不仅这样，当时美国背后还有麦卡锡用“反共”的鞭子赶着往凯南吆喝的战车跳——这辆战车昨天叫“反共”，后来在小布什那叫“反恐”，其共性几乎是要与全世界为敌，结果是给美国带来几十年的灾难。当美国人碰得头破血流又不好意思后退时，美国出现尼克松主义。尼克松主义是对麦卡锡主义和凯南战略的“拨乱反正”，是美国人真智慧的表现。

30．今天美国人可以叫拉丁美洲走印度式道路，但绝不能让他们走美国式的道路，正如当年英国人可以让美国走印度式道路，也不能走英国式道路的道理一样。现在他们正在试图将中国诱向印度式道路。

31．美国西太平洋的核心地缘政治利益在哪呢？美国要保的主要是关岛、菲律宾，目的是保住由美国通往马六甲海峡的海上运输线的安全。台湾只在这条线的“辅路”上。只要不影响美国的核心地缘政治利益，美国就不会为它动用全部力量。所以当年美国打日本的时候，就是绕远从南向北打，而不是相反，目的就是要确保自己的海上运输线。

32．要美国动用极端手段，必须是针对核心目标。台湾并不是美国的核心利益，并且连关键利益也轮不上。既然如此，“台独”分子指望美国用它

---

①乔治·凯南，美国“遏制”政策的提议人。1946年2月22日，时任美国驻苏联使馆代办的乔治·凯南通过明码电报，向国务院发回长达5542个英语单词的电报，这封电报被认为是导致美苏冷战的先声。在电报中凯南对苏联的内外政策进行了深入的分析，提出了对付苏联的长期战略。1947年7月，凯南化名“×”，在《外交季刊》上发表《苏联行为的根源》一文，明确提出“遏制（Containment）战略”并被美国政府所采纳。

的全部资源，只为其面子与中国大陆全面开战，美国人是不干的。同样，朝鲜也不是美国人的核心利益，正因此，老罗斯福才把进入中国东北打日本的活交给斯大林，美国人——那个不太懂事的麦克阿瑟除外——不会在这个地区投入全部力量。

33. 国际博弈遵循“三角形任意两边之和大于第三边”的原则；用国际政治专业术语说，就是一个国家不能和两个大国同时发生冲突。

34. 国力扩展的原则是不能将国力“拉断”，这是极限；国力收缩的原则是不能缩得受到严重入侵，这是底线。只要研究出这两个点，就会对这个国家外交政策的判断心中有数。

35. 近世以前的东西方关系，是在东方支配西方景观中发生的；那时的世界是以东方为中心，亚洲力量向西方不断强势辐射的世界。今天的印第安人、匈牙利人都是那时东方人对北美和欧洲“远征”的活化石，而“上帝之鞭”阿提拉则是这一时期东方草原民族远征欧洲留下的迄今都让西方人敬畏不止的传说。

36. 似乎是因果轮回，蒙古人对俄罗斯长达二百多年的残酷统治及压迫，在后来俄罗斯文化中注入了非扩张不能生存的意识，这又导致俄罗斯人崛起后重复并沿着蒙古人的路径逆推，以世界历史上罕见的规模扩张，并在扩张中去征服东西方民族，尽管其有效扩张却始终没有达到蒙古人的规模。

37. 下面长波段历史中的中印比较材料，尤其是1952年中国土改完成和1978年中国改革开放后的比较材料说明：1952年和1978年是中印之间差距拉开的两个关键年份，麦迪森之所以选择这两年比较，是因为在这两年中中国完成了土地改革的任务和实现了改革开放的转变。由此得出的结论是：中印之争，乃制度之争。

1700—1995 年印度与中国经济水平比较

年份	印度	中国
国民生产总值［单位：1990年10亿“国际元”（dollars）］		
1700年	81.2	82.8
1820年	111.0	228.6
1952年	226.6	305.7
1978年	630.8	935.9
1995年	1437.0	3196.3
人口总数（单位：百万）		
1700年	153	138
1820年	209	381
1952年	372	569
1978年	649	956
1995年	917	1205
人均国民生产总值［单位：1990年10亿“国际元”（dollars）］		
1700年	531	600
1820年	531	600
1952年	609	537
1978年	972	979
1995年	1568	2653
在世界国民生产总值中的地位（单位：%）		
1700年	22.6	23.1
1820年	15.7	32.4
1890年	11.0	13.2
1952年	3.8	5.2
1978年	3.4	5.0
1995年	4.6	10.9
国民生产总值的增长率（每年平均复合增长率）（单位：%）		
1700—1820年	0.26	0.85
1820—1952年	0.54	0.22
1952—1978年	4.02	4.40
1978—1995年	4.63	7.49
人均国民生产总值的增长率（每年平均复合增长率）（单位：%）		
1700—1820年	0.00	0.00
1820—1952年	0.10	-0.08
1952—1978年	1.81	2.34
1978—1995年	2.53	6.04

资料来源：根据［英］安格斯·麦迪森：《中国经济的长远未来》，楚序平、吴湘松译，北京：新华出版社，1999 年，第 57-58 页。

38．1703年彼得大帝迁都近海的彼得堡，意在迫使俄国人面向大海，只有面向大海的民族才能面向世界。

39．望洋兴叹，那是俄罗斯的命运。

40．有人认为中国放弃海权就可以避免与美国冲突，按这个逻辑，放弃西域就可以避免与俄罗斯的冲突。如此一来，留给中国人的只有打地洞的份了。不要忘记，萨达姆就是在自废武功并钻入地洞后，被揪出来吊死的。

41．战略是刀尖上的哲学，是国家为生存和发展与他国博弈的学问，解决这方面的问题是要带刀子的；同时战略又是研究国家能力边界即底线和极限的学问，解决这方面的问题没有哲学是不行的。刀子容易锻造，而哲学却不能一蹴而就。古今国家的失败多不是没有刀子而是没有哲学，其创伤恢复的速度更是取决于该国公民哲学素养的深浅。同样的战败创伤，在黑格尔的故乡就容易平复，而在富士山脚下迄今仍在频频作痛。尼克松是美国少有懂哲学的领袖，为了抚平越战创伤，他来北京说要与毛泽东讨论哲学问题。

42．毛泽东思想的深远意义是我们在看到现在的问题后才会有更深刻的体会。毛泽东同志是人不是神，他如果有什么“失误”——即使有，还应放到更长的历史时段中才能做出科学的结论，那也只是社会主义道路探索中的问题。同样的道理，我们今天对邓小平同志历史地位的认识，不能看到一些问题就再走偏颇，更不要等到将来出了别的问题再认识邓小平理论的深远意义。偏颇不仅是列宁批评的“‘左派’幼稚病”，也有右派“幼稚病”。在忠于国家的前提下，左和右都有各自的道理，因为它们在中国发展进程中起着重要的平衡作用，我们反对的只是其中的片面和幼稚的成分。今天改革出现的“失误”，与计划经济后期出现的问题一样，都是社会主义道路探索中的问题。由此而论，反“左”还是反右，应当根据不同历史阶段的任务需要而定。如果说昨天的任务需要防“左”，那今天的右可能就是应当警惕和反对的阻碍中国进步的主要危险。但不管是反“左”还是反右，我们都不能因洗澡水脏了就连同水中的婴儿一起倒掉。

43. 中国发展道路是波浪式前进的，其前进的动力来源是前后相随的毛泽东思想和邓小平理论。没有毛泽东，中国现在可能就是印度那个样子；而没有邓小平，中国现在可能就是苏联的结局。中国犹如巨型列车，启动不能不猛，不猛则不能达到效果。但猛了也有其副作用。我们不能因此而又刹车太急，急了容易翻车。历史经验表明，保守，不管它的色彩是“左”还是右，往往是保留革命成果的形式，比如法国大革命的土改成果就是通过法国大革命的反形式即被作曲家贝多芬怒斥的帝制下的《拿破仑法典》保留下来的。

44. 战略底线，事关国家生死存亡，公民对此比较容易达成共识；而战略极限，事关国家发展，则往往容易被渲染夸大并由此导致许多国家其兴也勃，其亡也忽。历史上的帝国多在捍卫国家战略底线中崛起，在无节制地突破其战略极限中败亡。毛泽东同志告诫中国人民不要称霸世界，所以才有新中国可持续的高速发展；明治天皇告诉日本国民要征服整个亚洲，要称霸世界，结果却使日本不仅成了世界上唯一经历核打击的国家，其近代“成就”也随之灰飞烟灭。因此，在战略底线和极限间，后者是战略学研究的重点，是主要矛盾的主要方面。

45. 阿古柏在中国新疆猖獗十年，却被左宗棠一年消灭，其原因就是占据印度的英国够不着，而沙俄又不愿为其得罪中国，最重要的是阿古柏盘踞的地区并不在俄国和英国关键利益区域。故此英俄均犯不上为阿古柏与中国冲突。英国的关键利益是印度洋，因而它只在印度洋北岸下注；俄国只管通往印度洋的中亚线路，沙俄后来向中国拖延交还的伊犁地区，就在这条线路的东侧。现在反视“台独”分子，论其所处形势已与阿古柏时期有天壤之别，台湾海峡的海上屏障作用已经消失，台湾岛对美国屏障中国东进的作用也接近消失，那敢于玩火的“台独”分子的命运，就不会比阿古柏更好。

46．国力极限处，便是政治妥协的地方。

47．世界地图是国际政治的“化石”：它既刻录了国际政治的历史，也规定着国际政治的未来。

48．大国崛起的规律性现象是两个实力相当的对手之间要有相当的缓冲空间；这种空间的大小与正在崛起的大国之间的冲突概率和烈度成反比。如果在地理上没有空间间隔的条件，那么保持双方的战略力量，尤其是其中的战略武器的均势则是和平的保证。所以，大凡国际和平体系，不管是维也纳体系还是雅尔塔体系，多是从这两方面入手制定的；同理，一个国际和平体系的解体也首先是从这两个方面的消失而开始的。

49．国际政治，不管如何变化，它本质上反映的是一种在总量守衡中此消彼长的“力学结构”。

50．与古罗马的命运大体一致，美国崛起是被逼出来的，但美国的霸权却是自找的。自从美国称霸世界，美国就不美了。恩格斯说：“任何民族当它还在压迫别的民族时，不能成为自由的民族。”①

① ［德］马克思、恩格斯：《论波兰》，见《马克思恩格斯选集》第1卷，北京：人民出版社，1972年，第288页。

之五

在国力极限处发动攻势，是国家崩溃的开始

1．海军必须是面向大洋的，中国“沿海地区”当伸至台湾东岸。

2．美国人在将中亚的伊斯兰人视为“恐怖分子”的同时，又将巴尔干同样信奉伊斯兰的科索沃人称为“民主战士”。不知亨廷顿能否解释一下：这是哪家文明与哪家文明的“冲突”？

3．与今天的东方文明是在抵御西方刺刀中成长的道理一样，今天的西方文明也是在反抗东方“上帝之鞭”和马刀剿杀中成长的。

4．利随势定，故曰“势利”。在历史大势中，财富是养人的因素；离开了大势，财富往往就成了毁人的因素。同样的道理，顺应了历史大势，人的优点才是优点；偏离了历史大势，人的优点往往就成了缺点。

5．国际体系，一定是一个法权体系。只要法权关系没有变，就不能轻言“体系解体”。比如美国承认台湾是中国的一部分，就是与雅尔塔法权体系一致的表述，而在“雅尔塔体系解体”的说辞下，就不能解释美国表述的法律依据。现在流行的“雅尔塔体系解体”说，是将以美国与苏联为首的两个阵营的“冷战体系”张冠李戴地放到美、苏、中、英四大国合作的“雅尔

塔体系”头上。雅尔塔条约是国际公法的法权体系，而冷战期间美苏双方阵营内部签订的一系列安全保障条约是国际私法的法权体系。公法高于私法，二者不能混为一说。

6. 2008年4月5日北京时间14时，北京奥运会火炬接力活动在纪念“二战”胜利的圣彼得堡市胜利广场正式开始，人类第一位女宇航员捷列什科娃持火炬跑步经过停泊在涅瓦河边的向冬宫发射第一炮并由此揭开了十月社会主义革命序幕的“阿芙乐尔”号巡洋舰，火炬接力传递终点选择在冬宫广场。

俄方这条线路的安排激活了今人尘封已久的回忆，让人有一种时光倒流——从正在崛起的俄罗斯回到打败法西斯的苏联，继而再回到不甘做西方附属国并为此夺得十月革命胜利的苏维埃俄国——的感觉，同时也让人想起毛主席说苏联“卫星上天、红旗落地”的预言。可喜的是，与毛泽东旗帜正在中国人民心中再次冉冉升起的同时，这面落了地的列宁红旗现正在俄罗斯人民心中再次冉冉升起。

7. 在台湾尚未回归、祖国尚未统一之时，不管生活多么富裕，我们当慎言“盛世”。

8. 今人常谓“民主和平”，可仅有的两次世界大战就是在“民主国家”最集中的欧洲爆发。

9. 国家抵抗侵略应用尽全部资源，而境外作战，不管其性质如何，所用国家财政一般不应超过三分之一。1905年，日本几乎用尽了全部战争资源，而俄国则保留着继续作战的财力，于是俄国在因国内政治危机而必须停战时获得了比较优厚的议和条件。1953年，中国支撑入朝作战的财政支出在达到三分之一的时候及时停战，由此实现了外交利益最大化。如果不得已用于境外作战的资源超过国家财政的三分之一，这时最忌讳的就是不能再与另一个大国结怨。这是1905年日本对俄停战的高明之处，也是1945年日本失败的根本原因。

10．据统计，1931年日本军费占国民生产总值的比例是3.76%；1937年日本全面侵华战争开始，军费已占国民生产总值14%；1941年达18%；1942年日本对美宣战，军费已占国民生产总值34.6%；1943年达46.7%；到战争结束前一年即1944年军费迅速冲至98.5%，[①]也就是说日本国民总产值已近全部投入战争，由此日本全面失败已不可避免。基辛格说："可惜自俾斯麦去职后德国最欠缺的就是节制。"[②]这话对于自明治那代政治家去世后的日本来说，也是适用的。

11．2008年西方对待中国圣火传递的态度表明，不是东风压倒西风，就是西风压倒东风，在路线问题上确实没有调和的余地。

12．环球传递的北京奥运圣火，瞬间照亮了这世界的黑白，让中国人看清了"谁是我们的敌人，谁是我们的朋友"，看清了中国迈入世界的外交方向，看清了"与国际接轨"的实质。

13．2008年4月巴黎发生干扰奥运火炬传递事件，中国网民呼吁抵制法国商品。4月15日，中国外交部发言人姜瑜说，这些都是事出有因，法方应很好地深思和反思。4月16日，法国海军反潜驱逐舰组成的舰艇编队，缓缓驶进上海吴淞军港，开始对上海进行为期六天的"友好访问"。4月21日法国参议院议长蓬斯莱专程看望我国奥运火炬手金晶并转交了法国总统萨科齐致金晶的慰问信。金晶当日在接受采访时表示："议长的态度很诚恳。"但法方的表态只有"遗憾"没有"道歉"，这也让她感到遗憾。4月24日至26日，欧盟委员会主席巴罗佐率领9位欧盟委员会委员访问中国。欧委会派遣如此庞大阵容访华，不仅是中欧关系史上的第一次，在欧盟对外关系史上也

①中国抗日战争史学会、中国人民抗日战争纪念馆：《抗日战争时期重要资料统计集》，北京：北京出版社，1997年，第388页。

②［美］亨利·基辛格：《大外交》，顾淑馨、林添贵译，海口：海南出版社，1998年，第149页。

属罕见。看了这几条紧密相连的消息，耳边响起毛泽东“萧瑟秋风今又是，换了人间”的诗句。

14．中国的崛起再次惹起曾经羡慕中华文明的西方人妒忌狭隘的复杂心理，他们这种老城住户特有的小家子心态在北京奥运火炬传递途中终于按捺不住并转成“豆腐西施”式的市井谩骂。通观历史，我们发现，骂街，急了还要打人，这对欧洲人并不是什么新奇的事，当年欧洲人就是以这种市井态度来对待美国的，结果硬是逼着美国成为世界强国。有意思的是，今天美国人也有了欧洲人的同种心态，他们借奥运火炬传递之机竟与欧洲市井们不顾“大国”身份拉了几个上不了台面的“藏独”分子，一起拼凑起反华“大合唱”。与奥运作对，几乎就是与人类文明作对。西方这种不合时宜且非常失态的做法，说明西方人真的是没了以往的自信，以至连奥运会这种机会也舍不得放过。

15．1897年7月，俄国财政大臣维特对来访的德皇威廉二世谈到美国时说：“要不了多久，欧洲就会变成一个被文人雅士仰慕过的曾经美似天仙而现在已经老态龙钟、步履艰难的妇人了。”[①]老妇人总是要对“灰姑娘”说三道四的，这是因为她已失去了少妇遑论少女时的自信。现在看来，今天的美国离这一天也不远了。

16．有效的外交，是罗斯福或俾斯麦式的嘴上说得好听，而手里攥着置敌死地的武器。目前西方对华外交是在漫天骂街的同时手中又无制约中国的绝对武器。这说明：目前西方反华外交，如果不是弱智的话，那它演的就是“空城计”。

---

① [俄] 谢尔盖·尤里耶维奇·维特：《俄国末代沙皇尼古拉二世——维特伯爵的回忆》，张开译，北京：新华出版社，1983年，第36、96、383页。

17．今天的美国人对其霸权形成的历史及其地缘政治基础已是完全无知，他们将马歇尔时期美苏之间“周瑜打黄盖”式的相对对立关系转变为“汉贼不两立”的绝对对立关系。马歇尔与斯大林共同拉起的即丘吉尔1946年所描述的“从波罗的海的什切青到亚得里亚海的特里斯特”的“铁幕”，在今日欧洲不仅没有消失，反而与1946年比正好翻了过来：从东欧的西界实实在在地推至俄罗斯家门口。欧洲力量及其依托的地理基础又接近恢复到“二战”前的状态，罗斯福、马歇尔联合斯大林为挤压欧洲而设计出的“小欧洲”地缘政治布局已近丧失。

18．苏联解体后，在美国人帮助下欧洲人用了近20年的时间将俄罗斯逼出波罗的海、逐出东欧。就在俄国人倒下去的同时，美国也为自己掘好了必将由欧洲人来填土的墓坑。其间为美国敲响丧钟的人，很可能就是美国历史上仅有的两个布什总统：前者在20世纪末从地缘政治上摧毁了苏联，后者则在21世纪初为欧洲崛起扫除了地缘政治障碍。与美国历史上的两个罗斯福相比，罗斯福堂兄弟先后奏响的是美国步入世界霸权的晨钟，而布什父子俩先后敲响的则是美国退出世界霸坛的暮鼓。

19．1988年，戈尔巴乔夫担任苏联最高苏维埃主席团主席，宣布苏联将放弃勃列日涅夫教条，为此他于1990年10月15日获诺贝尔和平奖。1991年12月25日苏联正式解体。2008年9月18日，美国国家宪法中心作为奖励，又向戈尔巴乔夫颁发“自由勋章”，而为戈氏挂奖章的人就是当年利用戈氏善意瞬间踹倒苏联的美国总统乔治·布什。布什对戈氏说：这是一个真正的荣誉。

20．1972年中日建交签署的《中华人民共和国和日本国政府联合声明》中的第（二）、第（三）款称：“日本国政府承认中华人民共和国政府是中国的唯一合法政府”；“中华人民共和国政府重申：台湾是中华人民共和国领土不可分割的一部分。日本国政府充分理解和尊重中国政府的这一立场，并坚持遵循波茨坦公告第八条的立场。”[①]1979年《中华人民共和国和美利坚合众国关于建立外交关系的联合公报》中，美国方面开宗明义：“美利坚合众国承认中华人民共和国政府是中国的唯一合法政府。”并在公报结束时再次确认：“美利坚合众国政府承认中国的立场，即只有一个中国，台湾是中国的一部分。”[②]这就是说，日本只是“理解和尊重”而不是像美国那样“承认中国的立场，即只有一个中国，台湾是中国的一部分”。[③]

2008年5月7日，《中日关于全面推进战略互惠关系的联合声明》第五款日方重申，将“继续坚持在《日中联合声明》中就台湾问题表明的立场”。与35年前相比，在台湾问题上，日方至今半步也没有“推进”。

21. 日本“入常”，犹如在押且死不服罪的盗匪当了公安局副局长。

22. 人有了炎症，不怀好意的治法有两种：一是下毒药；二是猛下“消炎药”。后一种因其隐蔽性而产生的破坏性更大。国事同理。

23. 1895年甲午战败，“中国被迫向日本赔款，其数额占到日本GDP的三分之一，以至于中国从国外借钱来支付赔款”[④]。而1945年中国打败日本后却放弃了赔款。可迄今日本仍不愿承认他们发动的是侵略战争，也不愿向中国人民正式道歉。

---

①田桓：《战后中日关系文献集（1971—1995）》，北京：中国社会科学出版社，1997年，第111页。

②《中华人民共和国和美利坚合众国关于建立外交关系的联合公报》，载《人民日报》，1978年12月17日，第1版。

③ 1972年11月8日，日本外相大平正芳就《中日联合声明》中“台湾条款”的问题，代表日本政府给予官方的统一解释。他说：“台湾是中华人民共和国领土的不可分割的一部分，这是中华人民共和国政府的立场。我国对此表示充分理解并予以尊重。因此，中华人民共和国政府与台湾之间的对立问题，基本上是中国的国内问题。作为我国，希望这一问题能在当事者之间和平解决，并且认为这一问题实际上不会有发展成武装冲突的可能性。”参阅田桓：《战后中日关系文献集（1971 ~ 1995）》，北京：中国社会科学出版社，1997年，第129页。

④ [英] 安格斯 · 麦迪森：《世界经济千年史》，伍晓鹰等译，北京：北京大学出版社，2003年，第111页。

24．救灾部队在2008年四川汶川大地震后缓慢推进的速度，使人想起了已被取消的骑兵、铁道兵和工程兵兵种。这向我们发出警告：新军事变革不能丢掉传统。如果说未来在东部海域我们主要面临的是高技术条件下的现代战争，那么，未来在西南边陲我们的军事力量的运用，可能要更多地依赖传统手段。

25．看了汶川复杂的山川地形，才明白20世纪30年代李德将适合于欧洲平原的战争理论运用于中国山地，是遵义会议前中国红军惨败的原因。

26．西方人只要看看在北京奥运圣火传递途中表现出色的中国青年，尤其是海外青年对祖国的感情，再看看汶川地震救灾中表现出的中国政府与人民的血肉情谊，就应当明白，利用西方价值观从中国内部改变中国的发展方向、让中国成为西方附庸的企图，绝无希望。

27．2008年四川汶川大地震中出现了许多狗冒死救主的事，也出现了上课时面对一教室学生起身先跑并在事后声称“哪怕是我母亲，在这种情况下我也不会管”①的人。

28．20世纪80年代，国家正值开放之初，机会极充裕，有胆就可发财；上了大学，就基本可当白领。所以那时社会需要更多的自由。要自由就排斥单位约束。这是当时“自由主义”在中国存在的思想基础。现在越来越多的人即使读了博士也难当白领，家里弟妹为了他们读书在外多年打工，在他们毕业后又无以回报。目前这个阶层连同其对公平的要求正在日益扩大。要公平就需强力国家，这就是目前爱国主义和反“新自由主义”意识日益增长的思想基础，同样也是目前中国红潮已起和“新自由主义”式微的原因。国民党在中国失败的教训告诉我们：中国是以工农为主体的国家，他们要没好，那谁也没好。

---

①转引自黄晓光：《教师职业道德修养》，长春：东北师范大学出版社，2009 年，第 67 页。

29．殖民文化的特点是将国家的主权分解为多个民族自决权，将民族自决权分解为互不联系的个人人权，将个人人权分解为人的本能，将本能分解为基因，将基因分解为碳水化合物。其暗示的结论是自己的国家、民族、家庭等本不存在，存在的仅是一堆堆碳水化合物。

30．台湾当局与日本的“钓岛之争”，唱的是一出“周瑜打黄盖”：台湾当局这是在变相宣示台之“主权”，如日让岛于台，一则变相承认台为“国家”，二则台日在钓岛可能会通过某种“签约”的形式在“共同开发”中形成持久的联盟。

31．“软实力”，不能被理解成越软越有实力。

32．19世纪俾斯麦之前的德国外交部宣讲外交政策，犹如妇人谈战略，大义凛然却不着要领。

33．欧洲版图形成遵循微积分原理。

34．看到电视片“动物世界”中有一匹被鳄鱼咬住并准备拖入水中的斑马因反咬鳄鱼一口而脱身，这使我联想起向美国无原则让步并终被美国撕裂的伊拉克，以及已长出核牙齿并使美国万般无奈的伊朗和朝鲜。

35．2008年北京奥运临近时，西方扯出并大肆炒作卡拉季奇①一事，意在“声西击东”。

---

①拉多万·卡拉季奇，1945 年生于南斯拉夫黑山共和国尼克希奇市的佩特尼察，曾任波黑塞族共和国第一任总统（1992—1996 年）。1995 年开始，他被国际法庭战争罪行法庭通缉，被指控涉及种族灭绝和战争罪行。1996 年 5 月 18 日，波黑总统卡拉季奇迫于内外压力辞职。1996 年 7 月 19 日，卡拉季奇宣布退出政治舞台。2008 年 7 月 21 日卡拉季奇在贝尔格莱德被捕，2008 年 7 月 30 日被引渡至海牙受审。

36．没有海军为后盾的经济扩张，无异于八面威风却不能奔走的泥足巨人。

37．如果奥运足球赛场上伊拉克队踢败了美国队，这并不表明伊拉克强于美国，这与希腊并没有因是奥林匹克的发祥地而免遭斯巴达征服、黑人并没有因比白人多拿了体育奖牌而使非洲摆脱依附白人历史的道理一样。

38．北京奥运只是给西方人更深入了解中国的机会，而不说明中国已挤入了强国行列。

39．不要认为西方人不了解中国的“文房四宝”，八国联军进北京在紫禁城烧杀抢掠后“拍卖”的尽是这些东西，现在大英博物馆中还有不少当年掠走的中国文物。

40．将产生并适合于欧洲平原的军事技术及建立其上的大纵深战术应用于中国，若在中国西北地区，这没有问题。但2008年四川汶川大地震时，中国部队救灾遇到的问题提醒我们，这种理论及建立其上的兵力投入方式并不适用于中国西部山地，这与当年李德及黄埔毕业的红军指挥员运用西方战术，作战非常勇猛却败得很惨的原因十分相似。中国西部多山，可以肯定，将来若在这一地带再出现自卫反击战或反分裂军事行动，我们还将更多地依赖中国传统作战方式。因此，中国陆军和海军的军事变革也要更多地在传统上推陈出新，因地制宜，而不可照搬西方。比如，在未来中国西南山地，我们可以训练山地特种作战力量；在西北地区，可更多地借鉴西方大纵深战术；在东部海区，则要更多地向西方海洋国家学习。

41．从2008年年初的雪灾、5月的地震救灾经验看，在中国南方山地，水运仍是人力和物资投送最便捷、最稳定的通道，而保证中国统一的最核心因而最具全局战略意义的纽带是中国长江。正是由于曾国藩控制了长江，才保证了近代中国的南北统一；正是有了长江，抗战初期中国东南战略物资才有可能在短期内实现向大西南的大规模迁移和抗战胜利后国民政府从西中部迅速调运军队收复东南失地。相反，抗战中，武汉的失陷使中国东南再次出现政治分裂的格局；换言之，日本控制中国长江为汪伪政权的存在提供了安全前提。

改革开放以来，我们在重视长江经济价值的同时却忽略甚至削弱了长江的国防价值。目前，我们在长江修的许多水库犹如一道道篱笆，而中国东西两面只有长江可以天然贯通。在马匹运输有限且已经废弃的情况下，自然水运如再不畅通，一旦陆路通道和天空航线因天灾人祸而中断，那我们的国家安全就会因军事力量不能东西（东至台海，西至川藏）两面及时调度而不得不面临重大困难。

42．中国2008年的抗灾胜利，说明经济活动的底线实际上是由国家保障的，在危机时刻，国家是依靠军队而不是所谓“市场的力量”或所谓“国际慈善机构”来解决经济困难的。

43．军队是国家最有组织和纪律性的部分，组织纪律性不仅是中国的，同时也是世界所有国家的经济安全的终极保障力量。国家政治如果为了“自由开放”以致失去组织纪律性，变成一片散沙，那因“富裕”和“自由”而倾覆的宋朝就是前车之鉴。

44．在大国博弈中明确承诺自己“永远不结盟”，这无异于战事未开先自掘坟墓。“二战”中，若不与美苏英结盟，中国今天就不可能有联合国安理会常任理事国的席位；中华人民共和国成立初期，若不与苏联结盟，中国就可能在美蒋合击中倒下；改革开放之初，如果不与美国建立强有力的战略伙伴关系，在北方苏联大兵压境的情况下，中国至今可能还在“备战备荒”。

45．在战略力量极限处发动攻势，尤其是发动连续攻势，是国家崩溃的开始。

46. 近代史表明，印度洋是世界一流强国的战略力量伸展的极限所在。海湾战争中，在联合国授权的情况下老布什仅在科威特发动极有限的攻势，因而赢得声誉；小布什则借“9 · 11”从印度洋向中亚发起连续攻势，结果输得精光。

47. 历史上许多国家的战争多败在守不住，而不是打不赢。因此，战略之难不仅在于打得赢，更在于守得住。取得战果需要勇敢，而巩固战果则需要哲学。

48. 新自由主义是美国用于砸垮中国的石头，不想石头扔出后反弹回来，在2008年砸伤了自己。

49. 2008年世界性的金融危机对以新自由主义为理论基础的全球化无疑是致命的一击，对新自由主义的大本营美国，更不是一个好兆头。新自由主义曾为美国立下过汗马功劳，它曾为美国忽悠倒了苏联，现在又反弹回去击伤了美国。

50. 目前我们所讨论两岸统一的历史的前提，是日本主张的“北方四岛”（俄罗斯称“南千岛群岛”）尚无结果，朝鲜半岛尚未统一；而在可预见的时期，这个前提不会改变。但是，“北方四岛”在俄日间总要有一个了结，朝鲜半岛的统一，与台湾回归中国一样，也是或迟或早要发生的事。对中国具有紧迫意义的是，如前两者出现于中国两岸统一之前，那届时台湾问题向有利于中国方向解决的难度将会成倍地增大。

之六

喜光晕血，乃为政大忌

1．1953年中国在朝鲜战场上胜利的意义是极其深远的。它不仅将美国抵到三八线以南，同时也使苏联看到中国军事力量的不可战胜，从而放弃了在雅尔塔秘密条约中获得的并为蒋介石承认了的在东北的利益。1953年1月，就在朝鲜战争即将签订停战条约的前夕，苏联将从赤塔到满洲里经哈尔滨最终至大连港这条贯穿苏联远东关键利益线的中东铁路无偿移交中国。此举不仅将中国北方的安全线——在蒋介石时期的中国东北方向的安全线一直游移于山海关一线——大幅北移，更重要的是，它也使独立不久的外蒙古通往海参崴（符拉迪沃斯托克）和辽东半岛出海口关键陆上通道从苏联控制区转入中国手中。朝鲜战争胜利给中国带来的这一意外成果对蒙古的发展和中蒙两国的未来关系定位有着如何估计都不会过高的意义。对此，我们真要感谢毛泽东及其战友们，感谢他们为中华民族所做的这一伟大贡献。

2．历史上取得胜利而又失去胜利并为胜利所毁灭的例子，远比取得胜利并巩固胜利的案例要多。因此，最好的战略不是仅能取得胜利，而是能巩固并消化胜利成果的战略。

3．制定战略最忌讳的是大而无当：其目标如天女散花，什么都重要，什么都不能忽视；战略制定者眼中要么全是朋友，要么都是敌人，要么到处都是危险，要么到处都是鲜花；战略无时间空间限制，或战略适用时间过长

（比如千年），空间过大（比如宇宙），对象过泛（比如人类、动物）。这样的战略一般都因过于空泛而不可实施。

4．现代意义上的海军，并不是一个兵种，它是上至外空下至深海的国家战略性武装力量向海洋的延伸。

5．如果将制海权比喻为“输液”，那么制陆权就是“吃药”，“输液”能以更快的速度通过血液直接将药物送达病灶。血液就是人体的“海洋”。观察各关键海峡的货运量——这相当于中医的“号脉”，则可看到相关国家的“身体健康”状况。

6．地缘政治版图的对称型破碎是大陆政治大规模持久动荡，以及由此产生的某种文明失传的主要原因。比较四大文明古国，最先毁灭的是位于地缘政治版图破碎地带的中亚巴比伦文明；同样也正是地缘政治版图的对称型破碎才使欧洲成为两次世界大战策源地。

7．西医与中医各有优劣，二者差异的关键在于：前者长于局部，后者长于总体和生命的可持续；二者优势的极端处便是它们各自的劣势。战略亦然。

8．在残酷的国家冲突中，道德总是与胜利联系在一起的，而胜利总是与哲学而非道德联系在一起。

9．在外交词典中，“和平”的含义是“必须保障我方的利益”；“用一切手段寻求和平”的含义是“不惜一战”；“表示强烈抗议”的含义是“无可奈何”；“表示最强烈的抗议”的含义是“拿你真的没办法”。在有关国际争执的声明中只有反对而没有实际的阻止措施，如果不是在暗示对方我将待价而沽的话，那就反向世人透露出抗议方的无奈和无能。

10．只有生产资料，从而生产力掌握在自己手里的时候，“咱们工人”才能“有力量”；不然“每天每日工作忙”的结果，求来的并不是“解放”，而是为雇佣工资而从事的雇佣劳动。

11．中国在历史上有好几次化险为夷。八国联军进来之后，中国差点被解体了，欧洲发生第一次世界大战，这给中国一个喘息的机会，结果中国民族资产阶级上升并接近统一中国；20世纪40年代，日本已将中国分裂成几个傀儡“国”，与此同时日本也出了个赳赳武夫东条英机，打了珍珠港，迫使日本两面作战，结果在中国和美国的夹击下，日本全面失败，台湾回归中国。1999年，李登辉鼓吹“两国论”，结果台湾大地震，把“台独”分子震得锐气大挫。2001年小布什上来后又说中国是潜在的对手，结果来了个“9·11”。小布什见“红布”就冲，挥师直奔中东，并深陷伊拉克不能自拔。2008年4月，西方联合起来在西藏问题上刁难中国，在奥运期间又将中国股市砸到谷底，结果到年底整个西方世界发生自1929年以来最深刻的经济危机，其中，美国经济受伤最重。

这些都说明：中国的崛起是有天命的。

中国曾领世界文明之先。在中世纪，中国处于世界文明巅峰。近代运势西渐，从阿拉伯半岛到意大利，经西班牙到荷兰和英国，最后到美国。从20世纪末，这种运势又开始从美国向太平洋西岸移动。出乎人们意料的是，新世纪伊始，这种移动速度与美国衰落的速度同步加快。好在中国曾作为世界超级大国的文化布局的底蕴还在，华夏文明在东亚仍在延续，毛泽东思想还在中国发展。如果在传统的基础上能够批判性地吸收盎格鲁·撒克逊文明中的优秀成分，那么，中华民族在世界范围的伟大复兴就不是遥不可及的事业。

12．中国的世界观产生于中国人固有的实事求是精神。我们常说“事情”“事理”等，不管是“情”还是“理”，在中国人这里都得让位于现实中的“事”。未知生，焉知死，现实的总要高于天边的。天下道理，须出自

“实事”，天下“致知”必先“格物”。历史上大凡有生命力的民族都是注重实事求是的民族。

13. 苏联解体的重要原因在于其治理国家的能力不成熟，用柳宗元的话说就是：“失在于政，不在于制。”[①]即使是社会主义国家，如果治理国家的能力跟不上，最终还是要垮台，要被开除球籍的。

14. 地缘（格局）随资源而变，资源（分配）随人缘而变。建立在实力基础上的国家战略能力的变动是国际关系变动中的决定性要素。

15. 台湾海峡，爬是爬不过去的，得靠海军；两岸统一，求是求不来的，得靠战略。

16. 海权是只有主权国家才有资格享有的海洋权利，对于没有国家主权资格的中国台湾地区来说，它没有海权。至于台湾地区目前拥有一定的海上武装力量，那只是连公司也会拥有的制海权（Sea Power or Command of Sea），而不是海权（Sea Right）。

17. 历史上因赢而败的战争要比因败而赢的战争多得多。

18. 1588年，英国在海上打败西班牙并由此一跃成为海上强国的史实说明，国家海军在世界上的排名结果是由战场较量而不是由造船厂里的吨位决定的。

19.海军吨位，与国民生产总值（GNP）大小一样，只说明胖瘦，而不说明强弱。

---

① （唐）柳宗元：《封建论》，北京：中华书局，1979 年，第 73 页。

20．检验海军实力的终极指标，是国家连续着的海外基地的多少，而非海军航程的远近和国内船厂造船吨位的大小。

21．战略是刀尖上的哲学。历史上灭亡的国家有两种：一种是有哲学而无刀子的，另一种则是有刀子而无哲学的。前者如中国历史上的宋朝，后者如20世纪40年代的日本和德国。

22．地下埋的东郭先生一定比狼多。

23．大国博弈，不要说朋友，即使是战略性的盟友，仅靠张伯伦式的努力是不能够赢得的。天要下雨，张伯伦和斯大林的差别在于，前者忙着躲雨，而后者在雨前积极“插秧播种”。结果，当雨停的时候，苏联已实现了相当的战略利益，尤其是苏联当时要解决且是最紧迫的战略利益；而英国则将老本赔了个精光。

24．中国与日本的矛盾是表现在台湾问题上的合法的核心利益与非法的核心利益的冲突。这两种核心利益相交，难有调和余地。就在《中日联合声明》签署后不久即1974年5月25日，毛泽东会见英国前首相希思，在回答他提出的“你们是否相信日本人所说的和平意图”的问题时，毛泽东说：“在可能估计到的一段时间内是信的，将来很难说。”①

25．国家成长与人的成长一样，儿时都有穿“开裆裤”时的幼稚期，但其中有的人和西方有的国家在长大后就四处说他们打小就没穿过“开裆裤”，并告诉发展中国家，在国家成长之初穿“开裆裤”是不文明的，不文明是不能崛起的。第三世界国家如果真信了这些鬼话，其结果就可想而知。

---

①中华人民共和国外交部、中央文献研究室：《毛泽东外交文选》，北京：世界知识出版社、中央文献出版社，1994 年，第 602 页。

26．历史是螺旋式前进的，历史事件在其中也会反复再现。2015年2月6日，法德首脑屈尊在莫斯科就乌克兰问题解决方案与普京进行了长达五小时的谈判[①]——其间被排斥在外的乌克兰总统波罗申科一定有了1938年9月被排斥在慕尼黑会议之外的捷克总统贝奈斯无奈等候祖国任由大国宰割的屈辱感受，而2月15日法德俄乌签署的《明斯克协议》则是欧洲大国以牺牲乌克兰甚至英美的利益为代价与俄罗斯达成的妥协。与20世纪初曾全力投靠并依赖欧洲的捷克和波兰被欧洲大国出卖的命运一样，21世纪初全力投靠并依赖欧盟的乌克兰也就这样被欧洲出卖了。这样的结果对苏联解体后齐刷刷地转入欧盟的东欧影响是深刻的：它势必勾起那里的人民对18世纪波兰三次被欧洲强国瓜分[②]、20世纪捷克及波兰被欧洲列强瓜分的痛苦回忆。出卖不可能是一次性的，今后东欧在被欧洲大国反复出卖后转向俄罗斯的趋势将会持续加强。

27．世界，尤其是工业革命以来的世界，无论如何离不开世界治理。而世界治理在任何时代都不可能是基于所有国家权利的绝对平等。事实上，权利平等和实力平等是两回事，权利是受实力制约的。马克思解释得完全正确，他

---

① 2015 年 2 月 6 日，俄罗斯总统普京、德国总理默克尔和法国总统奥朗德在莫斯科克里姆林宫进行了约 5 小时的闭门会谈，就乌克兰危机解决方案展开磋商。俄总统新闻秘书佩斯科夫对媒体说，与会各方进行了“建设性、内容丰富的实质性会谈”。他表示，根据德法两国领导人提出的建议，目前俄德法三方正在起草一份关于实施明斯克协议的文件，其中包括乌克兰总统波罗申科的建议和普京的建议，这份文件随后将交给乌克兰冲突所有相关方。《俄德法领导人就乌克兰问题举行会晤》，环球网，http: //world. huanqiu. com/hot/2015-02/5637849. html。

② 1772 年 5 月，沙皇俄国、普鲁士、奥地利三国在彼得堡会谈，于 8 月 5 日签署第一次瓜分波兰的条约。据此，波兰丧失了约 35% 的领土和 33% 的人口，波兰成为俄、普、奥的保护国。1793 年 1 月 23 日，俄、普在彼得堡签订第二次瓜分波兰的协定，经第二次瓜分，波兰成为仅剩领土 20 万平方千米，人口 400 万的小国，成为沙俄的傀儡国，波兰国王未经沙皇许可，不得与外国宣战与媾和。1795 年 1 月 3 日，俄、奥签订第三次瓜分波兰的协定，10 月 24 日，普鲁士也在协定上签署。根据该协定，波兰领土被全部瓜分。俄国吞并了立陶宛、库尔兰、西白俄罗斯和沃伦西部，把边界推进到涅曼河—布格河一线，共 12 万平方千米，人口 120 万。奥地利占领了包括克拉科夫、卢布林在内的全部小波兰和一部分玛佐夫舍地区，共 4.75 万平方千米，人口 150 万。普鲁士夺得其余的西部地区、华沙、其余部分的玛佐夫舍地区，共 5.5 万平方千米，人口 100 万。至此，存在了 800 多年的波兰国家灭亡了。

说："权利永远不能超出社会的经济结构以及由经济结构所制约的社会的文化发展。"事实上，在国际社会中，只有有实力的国家——未来的中国就是这样的国家之一——才能对世界担起更多的责任并在事实上获得更多的权力。马克思说："所以就它的内容来讲，它像一切权利一样是一种不平等的权利。"①

28．一道万里长城抵不住一个吴三桂。

29．认识国力的存量并不难；而认识国力的变量，则需要真功夫。这与认识皮筋本身长短并不难，而认识皮筋可以伸展的长短及其受力时间则需真功夫的道理一样。认识国力的存量，需要逻辑推论，而认识国力的变量，则需要历史经验。变量是国力计量的本质，是主要矛盾的主要方向。

30．自编笑话一则："体制问题"

有患痔者问病于医，答曰：体制问题。再及祛病之道，答曰：直立出痔，如不自杀，唯爬行而无他途。后患者爬如蛇，走如狗，未敢直立也。然病不祛，复问计于医。答曰：祖宗直立，盖遗传基因也。后患者天天爬往坟地，刨坟头，骂祖宗。某日遇狼，因不敢直立而战终为狼噬于野。

人闻而笑曰：其痴俄人如戈尔巴乔夫、盖达尔之辈，国人如污蔑中国革命的"公知"之流也。

31．20世纪30年代，蒋介石和毛泽东都认识到了农民问题，但对策却十分不同：蒋介石在农村搞"新生活运动"②，毛泽东则搞土改；蒋介石给农民

---

①［德］马克思：《哥达纲领批判》，见《马克思恩格斯选集》第3卷，北京：人民出版社，1972年，第12页。

②"新生活运动"，指1934年至1949年中华民国政府推出的国民教育运动。蒋介石要民众把"礼义廉耻"结合到日常的"衣食住行"各方面。"新生活运动促进会"举办各种如升降旗礼、清除垃圾和污水、灭蝇竞赛等活动，针对愚民陋习、不良风气开展如识字、禁烟、禁毒等运动。但由于它不触动产生中国落后生活方式的封建的生产关系，加上对新生活运动的过度宣传导致形式主义泛滥，其间出现许多虚伪作假的乡愿风气，随国民党政权的失败，"新生活运动"遂成一场闹剧。

送去的是“糖”和“洋货”，毛泽东则给农民送去土地和枪；蒋介石给农民输“血”，毛泽东则帮着农民造“血”。农民有了生产资料就有了自我造血的功能，就能自主劳动。毛泽东由此建立了新中国。20世纪50年代初蒋介石也在台湾搞土改，送农民以土地，并由此在台湾立住了脚。

32. 历史反复表明，大规模财富的国际转移本质并不是靠交换而是靠暴力完成的。马克思说：“大家知道，在真正的历史上，征服、奴役、劫掠、杀戮，总之，暴力起着巨大作用。但是在温和的政治经济学中，从来就是田园诗占统治地位。”[①]马克思还说：“资本来到这个世界上，每个毛孔都流着血和肮脏的东西。”[②]

33. 当代中国军人要有“两个大局”[③]的意识和战略眼光。今天中国经济已走向并融入世界，中国文化正在大步走向世界，中国军人也应该走出去。闺女嫁出去了受欺负，大多是娘家不行。海外华人华侨的“娘家”就是中国，中国要成为全体华人信心的支撑点。国家有事，当年的苏联军人和现在的美国军人先展开世界地图，从世界政治的变动分析国家政治，我们中国军人也会有这么一天。

34. 宣传战的最高境界是用对手的嘴说我们的话。

35. 软实力研究的底线是不能软得没有实力。软实力研究不能软到“发嗲”的程度。发嗲就让人瞧不起。有人拿今天的中国跟新加坡比，绝对不

---

①② ［德］马克思：《资本论》第1卷，北京：人民出版社，1975年，第790、829页。

③ “必须统筹国内国际两个大局，始终不渝走和平发展道路、奉行互利共赢的开放战略，坚持正确义利观，树立共同、综合、合作、可持续的新安全观，谋求开放创新、包容互惠的发展前景，促进和而不同、兼收并蓄的文明交流，构筑尊崇自然、绿色发展的生态体系，始终做世界和平的建设者、全球发展的贡献者、国际秩序的维护者。”参阅习近平：《决胜全面建成小康社会 夺取新时代中国特色社会主义伟大胜利——在中国共产党第十九次全国代表大会上的报告》，载《人民日报》，2017年10月28日，第1版。

行，那是两回事。新加坡能“发嗲”，中国则不能：五大三粗的，发嗲是没人信的。

36. “损有余而补不足”似乎是上帝对人类的照顾。离大海最远的俄罗斯得到了世界最大的陆地版图的补偿。俄罗斯民族的悲剧在于它拥有巨大的黑土地的同时又做着蓝海的梦。

37. 喜光晕血，乃为政大忌。

38. 血抽得过多了人就会发抖，石油抽得过多了地球也要颤抖。

39. 国事如家事，若要求事事透明——如没有特别的目的——是政治幼稚的表现。有些事情可以而且必须透明，但还有更多的事情，一透明就没有回旋余地了，这样反不利于问题的解决。两口子吵架，一定要将家里伤心事放在大庭广众中“晒晒”，那么家人的感情肯定就被“晒”完了；底部尽是烂泥的西湖要是放在阳光下“晒晒”，那杭州就没有人去了；人体要是透明了，那么气管以下的体内腑脏就不能保留，这样选美大赛就搞不下去了；尼克松与中国结盟的想法如先放到国会“在阳光下运作”，那中美关系可能现在还在冷战之中；与玫瑰花三天两头要连根拔起在阳光下晒晒的结果一样，戈尔巴乔夫搞政治“公开化”，将党内矛盾和历史上的问题全拿出来“晒晒”，结果苏联瞬间解体。家事也如人事。许多很有成就的人——比如卢梭——在青年时也做过一些不恰当的事，但他后来在自己成长过程中认识、忏悔并自我改正了这些错误。如果这些事在当时也被拿出来“晒晒”，这个人很可能就被毁了。而毁掉卢梭这样的思想家，那才是人类的悲哀。1789年法国大革命中，反腐败口号排山倒海，反腐标准越提越高，以致最后将发动并一直站在这场革命最前沿的罗伯斯庇尔送上了断头台并继而不得不由拿破仑·波拿巴皇帝来为这场革命收尾。①历史上最激进的革命以如此保守的方式结束，这真是历史的讽刺。

40．在宪法范围内，尽可能地包容并善意留给公民或国家领导人一定的认识和调整失误的时间和空间，是一个民族的民主素养成熟的表现；同样，能够理解和支持敢于顶住舆论压力的领袖，让其在历史的关键时刻——比如毛泽东挥师过江统一中国的1949年——为国家的整体和长远利益而放手一搏，并愿意为此付出相应的牺牲，也是这个民族的民主素养成熟的表现。

黑格尔说："公共舆论中有一切种类的错误和真理，找出其中的真理乃是伟大人物的事。谁道出了他那个时代的意志，把它告诉他那个时代并使之实现，他就是那个时代的伟大人物。他所做的是时代的内心东西和本质，他使时代现实化。谁在这里和那里听到了公共舆论而不懂得去藐视它，这种人决做不出伟大的事业来。"

黑格尔还说："公共舆论值得重视，又不值一顾。"[②]

41．用放大青春痘病理的方法否定青春，是目前一些"伤痕文学"的惯用套路。1949年以来，中国的问题是"青春痘"问题，西方的问题是"癌变"问题，将这两种本质不同的问题混淆甚至有意颠倒，是隐藏在这类作品中的黑线，其心不良。

42．现在媒体常说"让人民更有尊严"，但尊严问题本质上是生产关系而不是"财富"即钱的问题，劳动者尊严建立的物质基础是生产资料归属于劳动者集体的所有制。拥有生产资料从而能自主劳动的人才能有尊严。没有生产资料，人的活动就不能形成劳动，这时的人只是为资本家提供剩余价值的劳动力。劳动力有了属于自己的生产资料就可以形成为自己生活而开展的

① 1799年12月15日，拿破仑·波拿巴在他当选首席执政官后宣布新宪法时说："大革命是按发动革命时的原则确定的，现在革命结束了。"转引自［法］弗朗索瓦·傅勒：《思考法国大革命》，孟明译，北京：生活·读书·新知三联书店，2005年，第1页。

② ［德］黑格尔：《法哲学原理·第三篇·伦理》，范扬、张企泰译，北京：商务印书馆，2009年，第334页。

劳动，这时的人才可称为劳动者而不是劳动力，这样的人民才可能是有尊严的，而人民没有尊严的社会是很难长治久安的。

43. 今日的惠民政策不能只集中于分配领域，而应集中于生产领域；不能只送给农民工人生产的结果即产品，比如电冰箱之类的东西，而要送去生产的原因即生产资料所有权、市场和劳动者集体所有制。实现劳动力与生产资料最直接结合，才能最充分地焕发出生产力中最核心的要素即劳动者身上的能动性。而这种能动性的高低与劳动者和生产资料结合的紧密程度成正比。一部中国革命斗争史，就是劳动者寻求与生产资料直接而非间接结合的历史。解放战争中，共产党直接将土地交到农民手中，而国民党则给农民和士兵以银元；共产党的士兵为保卫家中的土地而战，国民党的士兵则为大洋、金条而战，结果共产党赢得了天下；国民党痛定思痛，到台湾后，一改在分配领域“好施小惠”的办法，从生产资料入手，搞土改并由此在台湾立住了脚。中华人民共和国成立后，在国家垄断了市场的条件下，毛泽东送给工人农民以生产资料和劳动者集体所有制，中国社会主义建设才获得了人民支持并由此成功；邓小平用提高农产品价格的方式率先将市场让渡给农民和农业，这样才有了20世纪80年代初期改革的成功。

44. 中国与欧美国家不同。由于殖民历史的原因，欧美有从南方国家剥削而来的世界资源和财富回流以弥补本国社会分配领域的差距，所以他们那里的“民主社会主义”可以解决他们那里的问题。中国和整个发展中国家没有这样的分配条件，所以，它们选择了马克思列宁主义。列宁主义，是东方国家在没有世界财富回流的条件下共产党该如何获得人民支持的学说。从生产资料领域而不是从分配领域入手，是马克思列宁主义与民主社会主义的本质区别。比较而言，列宁主义反映了马克思学说的本质，它也更接近东方国家现代化的成功经验。

45. 社会主义不仅仅是一个消费的概念，它更是一个生产的概念。社会主义条件下的工人农民不仅是消费者，他们更是生产者和历史的创造者。历史表明，劳动人民一旦失去生产资料和市场，其身份立即转变为流民。流民人数的增长是社会动荡乃至社会革命产生的根本原因。因此，只在分配领域谈论“公平正义”还是不够的，毛泽东批评这是“言不及义，好行小惠，难矣哉”①。只有巩固劳动者在生产资料和市场中的主体（主人翁）地位，才是实现“公平正义”的根本。在“东家”和长工之间，“公平正义”的标准不仅仅在于缩小收入差距，而在于消灭造成长工身份的经济原因。世上鲜有长工因提高了工资待遇就在雇主面前有“尊严”的事。

46. 19世纪中叶的德国学者（比如李斯特等）及政治家（比如俾斯麦等）正确地汲取了刚刚经历过的从法国大革命到拿破仑帝国崩溃（1789—1815年）这段历史的经验教训，因此他们能够一步到位地选择了稳健路线，并将“铁血”人物俾斯麦推上领导地位，而不是像19世纪初的法国人和21世纪初的俄国人那样经过世纪末的大劫难后才意识到拿破仑和普京的价值。俾斯麦使德国避免了国家转型过程中很难避免的国家震荡及修复震荡后遗症所空耗的宝贵时间。法、德、俄这几段历史的经验，今天中国人应予以注意。

47. 资本的死穴是革命。

48. 《红楼梦》是一部通过家族兴衰折射王朝兴衰的历史小说。毛泽东说：“作为一个中国人，既然有阅读能力，不可不读《红楼梦》，不读就不懂中国封建社会。读一遍也不行，最少看三遍，不看三遍没有发言权。”②毛泽东还说：“《红楼梦》可以读，是一部好书，读《红楼梦》不是读故

---

①《关于农业互助合作社的两次谈话》，见《毛泽东选集》第5卷，北京：人民出版社，1977年，第120页。

②董志新：《毛泽东读〈红楼梦〉》，沈阳：万卷出版公司，2011年，第95页。

事，而是读历史。这是一本历史小说。”[①]2010年5月7日，朝鲜歌剧《红楼梦》在北京电视台剧场举行访华演出[②]，似乎是在善意地提示我们：不要忘记马克思列宁主义；不要忘记世界上还存在着残酷的阶级斗争；不要忘记社会主义苏联倾覆的教训。

49. 气候变暖以及北极解冻属于未来学意义上的推测，其可能引起的变化对世界战略格局的影响不能低估。

北极解冻将使俄罗斯在历史上破天荒地不得不面临来自“四面八方”的安全压力并因此大大改变俄罗斯原有的无“北顾之忧”的国防结构——这与曾为中国安全提供绝对保障的东海在被拥有蒸汽动力和远航技术的西方人征服后所引起的中国安全“后院起火”及中国海军由此诞生的情形非常相似。鉴于俄罗斯人口增长速度过于缓慢以及北方边境过于漫长，这种新产生的安全压力对未来的俄罗斯来说将是难以承受的，但这同时又为中俄战略合作提供了更为广阔的空间。

北极解冻对中国国家安全产生的冲击是巨大的。从积极方面看，北极解冻和中国崛起的现实变化将使俄国乃至日本与中国进行战略合作的需求增大，中国在东北亚的地位日益增强，中俄在东北亚地区的合作有了更好的基础。而北极航道通航时间日益延长，将提高白令海峡的战略地位，这迫使日本、俄国和美国的外交更加聚焦以白令海峡为中心的白令海区，中国成了日本的“后方”，美国在不放弃南海线路的前提下，如果国力不再衰落，将需要腾出相当的精力从南海线路移至白令海线路。届时台湾在美国、日本等地缘战略中的地位将会下降，中国东部安全边界就会进一步向东拓展，届时——台湾可能已经回归中国，如果没有——两岸统一及南海问题解决的条件将更加成熟。这是有利的方面。

从不利方面说，气温上升也导致中国海平面的抬升，预计：“未来30

①董志新：《毛泽东读〈红楼梦〉》，沈阳：万卷出版公司，2011 年，第 105 页。
②《朝鲜歌剧〈红楼梦〉在京演出》，载《中国文化报》，2010 年 5 月 8 日，第 1 版。

年，中国沿海海平面将继续上升，平均升高幅度均为80～130毫米。”[①]中国大陆海岸线长达18 000千米，但海岸带海拔高度普遍较低，尤其是长江三角洲、环渤海湾周边地区和珠江三角洲，学者推测：海平面上升100厘米，长江三角洲海拔2厘米以下的1500平方千米的低洼地将受到严重影响或淹没；海平面上升30厘米，渤海湾西岸可能的淹没面积将达10 000平方千米，天津全市泛滥面积将占全市面积的44%，其中塘沽、汉沽被淹面积达100%。[②]

海平面上升至极端水位时，将对中国东部沿海经济“黄金地带”造成致命的打击，如果再考虑到在这一地带分布比较广泛的核电生产，那这种打击就不仅仅限制在经济层面，在生态和社会稳定方面造成的灾难更是无法估量的。如果以日本“3·11”大地震为场景，那这只是未来海平面上升对中国东部沿岸造成灾难的冰山一角，届时历史将再现《淮南子》中描述的“天柱折，地维绝。天倾西北，故日月星辰移焉；地不满东南。故水潦尘埃归焉”[③]的场景。

《联合国海洋法公约》规定岛屿本身可以拥有面积从领海至200海里的专属经济区和大陆架等各类海域。我国大陆海岸线长达18 000千米，面积大于500平方米的所属岛屿超过600个，其岛屿海岸线超过14 000千米。我国主张管辖的海域面积约300万平方千米。同时，我国拥有面积不足500平方米的岛屿一万多个。海平面上升后由这些岛屿产生的专属经济区及连带主权利益，将大为受损。与此相应，在相关海域的国际岛屿之争也日趋激烈。在海平面上升的场景中，我国东部特别是渤海湾、长江三角洲、江苏浙北沿岸地带的陆地沿海线大面积西退，与此相应，中国东部海域则大面积扩大。海水向中国中原腹地入侵至北京附近，以泰山为中心，山东可为海水包围并成孤岛。这些将导致中国东部海域纵深加大，并对中国海防造成极为巨大的压力。届时，中国海上协调力量必须相应地加强和扩大、海军军种的比例在目

---

①②中国国家发展和改革委员会应对气候变化司、中国21世纪议程管理中心：《气候变化对中国的影响评估及其适应对策——海平面上升和冰川融化领域》，北京：科学出版社，2012年，第46、52页。

③张双棣：《淮南子校释》（全二册），北京：北京大学出版社，1997年，第245页。

前军事改革中必须做相应的提升。如此一来，重新认识毛泽东同志提出的“三线”布局，大幅提升西北、西南的军工装备生产能力，在沿海一线为海水突破后，西北尤其是西南军事能力的托底作用将尤显迫切。

50. 国家军力比较的要义不在于技术，而在于技术运用的环境及新技术与这种环境的切合程度。而运用技术环境的能力优劣则是古今战争成败的关键。

之七

神多民弱，权散国乱

1. 好的军事方案是敌人越打越少，坏的军事方案是敌人越打越多，最差的军事方案是战事未开，就已八面树敌，四面楚歌。2010年8月，美国选择在中国黄海军演，其评价可归入最后的选项。

2. 现在的美国女人爱打仗。奥尔布赖特上任打科索沃，赖斯上任打阿富汗和伊拉克，希拉里·克林顿在任则挥师黄海。从科索沃到伊拉克，美国打得一仗比一仗差，如它还在黄海动手，那美国的气数也就指日可待了。当年英国首相撒切尔携马岛胜利余威来到中国与邓小平谈香港问题，结果是交出香港。今天希拉里若幻想科索沃战争的“回光”能在中国“返照”的话，那结果一定是美国退出包括台湾在内的东海海域，正如1814年英国退出美国西部近海海域的道理一样。

3. 大国关系的紧张程度与世界资源的稀缺程度为正比。

4. 缺点只不过是优点的过度伸展，而缺点自身的极致表现有时也会转化成优点，比如西方人形而上学思维缺点的极致应用带来了近现代技术革命和工业文明，而东方人综合辩证思维的优势在这方面有明显的短板。发轫于西方的工业文明的过度发展又使其在今天进入自我否定，需要东方综合辩证思维的矫正阶段。

5. 有迹象表明，2009年的“奥巴马主义”与2010年年初希拉里 · 克林顿“重返亚洲”的讲话发生了分野。奥巴马在向尼克松回归，而希拉里 · 克林顿则向她的前任奥尔布赖特回归。奥尔布赖特打击的目标是南联盟，而希拉里 · 克林顿打击的目标则是中国。奥巴马政策伤及的是美国军火和能源财团的利益，保护的是中小工商业的利益，它有利于扶持美国本不景气的民生产业；而希拉里 · 克林顿咄咄逼人的强势政策则符合美国军火、能源等大财团的利益。如果这一愚蠢政策不能调回，那就说明美国外交真的为军火、能源等大财团“绑架”了，他们迫使美国国家利益让位于财团的利润，美国政府成了为这些财团而不是为全体美国人民谋利的工具。当年古罗马就是沿着国家权力与国家利益相分离的道路衰落的，当今美国公司利益也与国家利益相分离，国家权力成了大财团盈利的机器，如果美国不能从中自拔，那美国的衰落也就无可挽回了。

马克思说过：“一个工业民族，当它一般地达到它的历史高峰的时候，也就达到它的生产高峰。实际上，一个民族的工业高峰是在它还不是以既得利益为要务，而是以争取利益为要务的时候。在这一点上，美国人胜过英国人。”①今天的美国已从“以争取利益为要务”的国家异化为“以既得利益为要务”的国家，其曾经有过的“工业高峰”已异化为“军火工业”和金融业的高峰。与此相应，今天的中国已替代了当年美国“以争取利益为要务”的角色，在这一点上，今天的中国人已胜过了美国人。正如当年英国的历史高峰已成为往事一样，今天美国的历史高峰不久的将来也会成为只存在于好莱坞大片中的传说。

6. 治国者当以正为本，以奇为用。台湾问题的出现主要不是台湾同胞的责任，而是美国及其西太平洋主要盟国干涉的结果。这样，解决台湾问题，如果没有极端的“台独”事件或外来势力直接干涉的出现，就不应该有

---

①参阅［德］马克思：《〈政治经济学批判〉导言》，见《马克思恩格斯选集》第 2 卷，北京：人民出版社，1972 年，第 89 页。

“直捣黄龙”式的思路。当年的康熙和后来的毛泽东，都没有采用这种思路，他们对台政策的目的并不是将台湾打跑而是为了将台湾抱回。

7. 黄海，是中国海权的最核心地带，是中国海权神经的最敏感部位。触动黄海就触动了中国人民那痛苦的近代记忆；不仅如此，进入黄海，也就接近了中国内陆的政治心脏。1894年的甲午战争和1950年的朝鲜战争都表明，决意在黄海动手的国家，都是准备与中国摊牌的国家。

8. 美国在中亚被拖得疲于奔命之际，又于2010年1月提出“重返亚洲”的外交目标，其战略重心继续东移。与20世纪50年代美国在亚洲军事“屡战屡败”的特点正好相反，21世纪初美国在亚洲的军事特点则是“屡败屡战”。

9. “二战”后期，美国跟苏联用“暗盟”的方式在东欧合伙拉出一道“铁幕”。当时美国与苏联有许多矛盾，但在打倒欧洲问题上两家的目标则是高度一致。且不说在事关战后地缘政治布局的第二战场的开辟地点上斯大林与罗斯福的想法如何一致，就是直到1956年东欧爆发“波匈事件”时，美国只是空喊并不对苏联动真，相反却在同时发生的埃及收复苏伊士运河事件上，美苏更是利用联合国联袂将英法逐出了中东。当时，美国与苏联在欧洲的地缘政治上有默契：对美国而言，只有让苏联占领东欧，西欧才能听美国的话。反之，东欧一旦回到西欧，大欧洲就会出现，这样欧洲的翅膀就会硬起来，就会反美国。这不是美国所希望的结果。

10. “二战”之后美国翻身有赖于罗斯福联合苏联对欧洲版图做了大“手术”，即在“二战”中将东欧让给了苏联并由此大大压缩了欧洲的地缘政治空间。丘吉尔说的“铁幕”实际上是美国与苏联合伙拉起的，目的是挤压欧洲空间。对此丘吉尔恨得咬牙，罗斯福和斯大林去世后，他一纸《铁幕演说》便把美国忽悠到朝鲜战场，若没有艾森豪威尔的随后纠正，美国早就被英国唱衰。1945年艾森豪威尔访苏，斯大林告诉随行的哈里曼："艾森豪威尔将军是一位极其伟大的人物"[①]。

11．事实上，丘吉尔之后的欧洲人并没有停止用"狐狸赞美乌鸦"的方式削弱美国。20世纪50年代，就在美国人在朝鲜战场流血并对新中国实行全面制裁之际，英国却拉着英联邦国家率先与新中国建立外交关系。21世纪始，英国首相布莱尔也忽悠美国冲上阿富汗和伊拉克战场，再次将美国拖垮。2015年，就在美国准备战略东移，再次围堵中国之际，英国又第一个响应中国倡议加入亚洲基础设施投资银行。这令美国十分不快。布莱尔在其出版的回忆录中表示："我并不后悔作出参战的决定，之后我会给出理由。"[②]这话一般的英国人读不懂，但能让长眠于九泉之下的丘吉尔感到欣慰。

时至20世纪末，欧洲已不动声色地收复了"二战"后失去的半壁江山，整个东欧已融入欧洲。今天欧洲地缘政治版图已恢复到"二战"前的大欧洲的水平，随之而来的必然是欧洲力量的增强和扩大。美国撤离中亚以后，欧洲向美国叫板的声音还会更响。在亚洲崛起的今天，我们又听到了"四海翻腾云水怒，五洲震荡风雷激"的历史回响。

12．20世纪末苏联在失去中亚阿富汗后便失去了世界霸权，21世纪的美国也将从伊拉克失去其在世界政治中的主导权。老布什帮着欧洲打倒了苏联，克林顿和小布什帮着西欧东扩拿到了东欧，基本恢复了欧洲在雅尔塔体制前的地缘政治版图，接下来就是欧洲摆脱美国控制。难道今后美国还要在亚洲再帮着日本恢复雅尔塔体制前的地缘政治利益？我们不能说美国的政治家有这个意图，但客观上却有这个可能。目前美国高层的国家战略似乎乱了阵脚。2010年美国的经济政治形势与20世纪70年代尼克松时期相似，甚至更

① [美] W．艾夫里尔·哈里曼、伊利·艾贝尔：《哈里曼回忆录》，吴世民等译，北京：东方出版社，2007 年，第 601 页。

② [英] 托尼·布莱尔：《旅程：布莱尔回忆录·序言》，李永学、董宇虹、江凌译，南京：译林出版社，2011 年，第 329 页。

糟，但其战略操作水平却与尼克松时期判若泥云。

13．尼克松的战略目标是在亚洲尽量减少对手，集中力量实现美国的核心利益；反观今天美国战略家们是在不断增加对手的情况下来推行美国的利益。战争是政治的继续，可小布什在任期间却将战争打成战争的继续，对手越打越多。小布什曾破天荒地将七个国家列为“邪恶轴心”，似乎要打遍天下无敌手。结果“反恐战争”从阿富汗开始，打到伊拉克就打不动了。中亚更是越反越恐。后来希拉里·克林顿又高调来到东亚，以当年赖斯女士的咄咄气势挥师直逼曾数次造成亚洲政治翻转的“枢纽”即黄海海域。赖斯时期美国在中亚已打得——与反恐战争前相比较——对手林立，在这点上希拉里·克林顿比她的前任有过之而无不及；与赖斯“动真格”风格不同的是，希拉里·克林顿战事未开就惹得东北亚天怒人怨：俄国和中国的海军均在自己的领海举行了大规模的海上反制性军事演习；美韩在黄海的军事演习也刺激了在2009年曾向美国示好的朝鲜，朝鲜以前所未有的强硬态度对美国提出抗议，这使美国在相当的时期内失去了通过拉拢朝鲜复制尼克松1972年策略的历史性时机。

14．20世纪50至60年代美国以“反共”为幌子而发动的朝鲜战争、越南战争，继而在21世纪头十年以“反恐”为幌子发动的阿富汗战争及伊拉克战争，美国在这些战争中的失败，均说明美国没有独吞世界的能力。对美国最有益因而最具可持续的外交是与大国分享利益的外交，这是西奥多·罗斯福和富兰克林·罗斯福战略哲学的精髓。尽管美国在离东北亚最近的阿拉斯加有自己的军事基地，尽管从阿拉斯加出兵解决东北亚危机的有利条件并不亚于俄国，但两个罗斯福总统都面临过并回避了东北亚的挑战。前者将东北亚问题留给日本解决，后者则将出兵东北的活儿留给斯大林苏联。正是由于罗斯福的有限安排，美国与苏联分享了近半个世纪的和平。而尼克松之后，美国人忘记了罗斯福的思想精髓，为欧洲担当起战略“清道夫”的任务，冲在前面打倒了苏联。结果事与愿违，美国不仅没有回收苏联的雅尔塔遗产，反而被欧洲怂恿着进行更大的扩张并随后使欧洲大获其利。苏联解体迄今，美国日益被“领导世界”的重任压垮。当年紧随并怂恿美国冲到阿富汗的英国前首相布莱尔看到了美国的颓势，在其出版的回忆录中表示：“我并不后悔作出参战的决定，之后我会给出理由。”[①]如果我们知道“二战”前的英国那段呼风唤雨的历史，就不难理解布莱尔这句表面顺从的话中所包含的英国人对美国人那刻骨铭心的仇恨。

15．李普曼[②]是美国少有的战略思想家。他的思想可追溯到罗斯福在与苏联分治世界中有限扩张的战略，其哲学要义是“有多少干粮走多少路”。李普曼知道，虽然美国是世界上最强大的国家，但其力量也只够保住几条关键利益线，这是老牌英国治理世界的经验，也是两位罗斯福及尼克松等在危机时刻为美国赢回荣光的经验。有意思的是，在英国人的宣传中，李普曼被淡化为“记者”，而将最不靠谱的外交官凯南、麦卡锡[③]等捧为“战略家”。李普曼因此在麦卡锡之后为美国战略界长期埋没和淡忘，这显然是中国古代秦国“立庸君以弱晋，得城池而强秦”[④]手法在当今国际思想战中的再现。看看美国一届比一届弱智的总统及今天美国不可逆转的衰落，就会知道最终赢得冷战的并不是美国人而是在第二次世界大战中输得最惨的欧洲人：冷战中，美国打倒了苏联，而欧洲则借力打力，打倒了苏联和美国。

16．似乎是上帝的眷顾，李普曼远比地缘政治大师麦金德幸运，1947

---

①［英］托尼·布莱尔：《旅程：布莱尔回忆录·序言》，李永学、董宇虹、江凌译，南京：译林出版社，2011年，第329页。

②沃尔特·李普曼，美国新闻评论家和作家，长于国际问题的战略分析，在传播学史、宣传分析和舆论研究方面享有很高的地位。

③约瑟夫·麦卡锡（Joseph Raymond McCarthy）是美国共和党人，狂热极端的反共分子。1946年，他依靠激进的反共观点当选为参议员，其间，他推动在全美清理共产党运动，指挥调查委员会调查美国民主党成员以及政敌、对他有意见的新闻人物，不少人被撤职、逮捕甚至被处死。后来他在军队中搞忠诚调查，引致艾森豪威尔的不满。1954年，参议院通过法案谴责麦卡锡的政治迫害行为。

④张分田：《秦始皇传》，北京：人民出版社，2003年，第33页。

年麦金德逝世，他死前看到的是印度独立和大英帝国即将崩溃的前景；1974年85岁高龄的李普曼溘然长逝，他在去世前欣慰地看到了自己的思想通过尼克松的外交实践挽救了国家。在冷战结束后，经历过尼克松中兴的凯南，坚决反对克林顿政府时期扩大北约的政策，认为这是后冷战时代美国最致命的政策失误。可以说，他所主张的美国外交应该是一种“谦虚而温和的”外交。2005年3月17日晚，乔治·凯南去世，也似乎是上帝的惩示，去世前凯南看到傲慢的小布什再次高扬起让他已后悔不迭的遏制理论，承担起美国背不动的在全球与“撒旦”斗争的任务。不同的只是，美国与之斗争的对象从以前的“共产主义”变为“恐怖主义”，以前以“反共”划线变为现在以“反恐”划线。但结果都是一样：美国再次在伊拉克陷入“越战”式的灾难。

17. 李普曼的文章长期受到毛泽东的关注。1950年11月，朝鲜战争爆发不久，毛泽东注意到李普曼的观点，曾经要求印发李普曼的有关专栏文章，以供党内领导阅读研究。1958年11月12日，李普曼在《纽约先驱论坛报》上发表《苏联的挑战》一文，认为西方的军事集团和基地包围政策不能遏止共产主义的发展。新华社《参考资料》第2512期刊载了这篇文章，毛泽东在读了李普曼的这篇文章后，写下批语：“此件印发。值得一看。”①1972年年初，尼克松到中国访问，毛泽东夫人江青见到尼克松，“她问起沃尔特·李普曼，说她读过他的一些文章”②。

18. 有经验的人总比没经验的人看问题清楚：有过古巴导弹危机失败经验的赫鲁晓夫，在法国撤出中南半岛时就不像后来的勃列日涅夫那样与美国在此一争高低；看到美国被遏制战略拖垮的凯南就对克林顿和奥尔布莱特的

---

①中共中央文献研究室：《建国以来毛泽东文稿》第7册，北京：中央文献出版社，1992年，第603页。

②［美］尼克松：《尼克松回忆录》（中册），董乐山等译，北京：世界知识出版社，2001年，第684页。

北约东扩政策持批评态度，而有过科索沃战争经验的奥尔布莱特则对小布什和赖斯入侵伊拉克持批评态度。2005年9月24日，她发表措辞严厉的声明，抨击布什的伊拉克政策，她在艾奥瓦州出席一个研讨会时指出，美国2003年入侵伊拉克“不仅没有赢得朋友，伊拉克战争毒化了美国与中东地区和伊斯兰世界许多国家的关系”。在伊拉克问题上，美国“现在没有好的选择，坏日子也许还在前头”。那么，不知现在的赖斯或小布什对希拉里·克林顿2010年年初那咄咄逼人的“重返亚洲”的讲演会做何感想呢？至少没有见到这位前任美国国务卿对此有过任何支持性的评论。

19．战略框架的设计属于战略哲学层面的工作。其基本内容包括战略目标、时间和空间；其次是确定战略对手。历史上从来没有脱离特定时空的战略对手。格物才能致知。格物，就是确定事物存在的时间和空间；致知，就是在这确定的时空中确定战略对手和战胜对手的原则。战略哲学研究的是战略对手向战略伙伴转化的边际。明智的战略是对手越打越少，而不是相反，更不是战事未开就已四面楚歌。朋友和对手在不同的战略时空中总是不停地转化。从哲学意义上说，战略是将敌人打为朋友，从而将战争转化为和平的工作。

20．21世纪初的世界历史已经到了由量的积累到从东亚开始的局部质变的“关节点”：美国来到黄海，日本在钓鱼岛高调寻衅，这些都为中国在不久的将来突破美国强加给中国的海上封锁，掌握中国历史进程的“整个链条”提供了历史机遇。反者道之动，历史从不支持那种仅凭善意就能迎来盛世的观点，我们必须以严肃的态度提前做好准备。

21．东急西重是当今及今后相当一段时期内中国战略安全环境的基本特点。

22．中国近中期的战略重点在东亚区域，其中心任务是以两岸统一为牵引，突破美国在东部海域意在封锁中国的从日本南经台湾岛、菲律宾、巽他群岛、终至马六甲海峡的所谓“第一链条”。至于从日本东进关岛南折菲律宾的“第二链条”，则在相当长的时期内不应是中国制海权寻求的重点。

为什么这样说呢?

这是由于中国在东亚的战略利益扩展也有其先定的地缘政治底线和极限。我们知道，中国在东亚的战略利益底线是由第二次世界大战后的雅尔塔法权体系奠定的。在这个体系中，台湾——当然还有“满洲”“澎湖群岛”等——在法律上从日本侵略者手中回归中国，在这方面，中国与美国利益一致并获美国外交承认，而与日本利益不一致并没有获得日本外交完全承认。这就是说，在“第一链条”内有着中国的核心利益即两岸统一，这些方面，中美间的矛盾是同一个利益共同体即雅尔塔法权体制中的冷战矛盾，这种矛盾中的中美关系在雅尔塔体制中是伙伴关系，而在冷战体制中则是对手关系。日本则不同，日本是受到雅尔塔体制制裁而又至今不服输的战败国。因此，在台湾问题上日本与中国的矛盾表面看是冷战矛盾，深层或本质上看则是体制（雅尔塔体制）性的矛盾。在冷战中，日本与美国是伙伴，与中国是敌手，但在雅尔塔体制中，日本与美国、中国都是敌手。鉴于此，在日本明确承认——而不仅仅是“尊重和理解”——中方“台湾是中华人民共和国领土不可分割的一部分”的立场之前，中国和日本的矛盾是无法调和的结构性矛盾。结构性矛盾关乎生死，而这生死矛盾又主要集中于“第一链条”内，于情于理，中国都必须为两岸统一而打碎“第一链条”并将“第二链条”以西的海区变为真正的和平之海。鉴于苏联解体后，美国不仅没有放弃反而更加强化了遏制中国海外发展的冷战政策，可以说，在打碎封锁中国的“第一链条”的过程中，美国对中国是主要矛盾——这是由于美国没有放弃遏制中国的冷战政策，而日本则是主要矛盾的主要方面——这是由于日本不仅没有对其在“二战”中的罪行认真反省，而且还企图颠覆雅尔塔和平体制。

23. 台湾关乎中国生存的核心利益，是中国国家安全不能退让的底线。而近代史上所有侵占台湾的国家，都先取黄海；反之，获得黄海制海权的国家，也必得台湾。1895年中国失去台湾是始于甲午黄海海战，1950年中国台海两岸分离始于美国进入黄海并由此启动了朝鲜战争。这两次历史教训留下的经验是，得黄海者必得台湾，得台湾者必得东亚。台湾是东亚变局的关键，当然也是中国打开西太平洋制海困境的枢纽。

24．目前关于中日美之间的军事力量比较，更多地以海军技术和军舰吨位为参照，对中国海上力量得出不同的评价。其实，国家军事力量比较不仅要看技术，更要看技术运用的环境；而技术运用环境的好坏并不完全是静态即固定不变的，而是动态的即冲突双方各自的战略家们谋划的结果。比如，在鸦片战争中曾大显威风的英国洋枪，却在中国乡野三元里大雨中百无一用；蒋介石时期在中国东南平原一带发挥了重要作用的重装备却在西南山区反成国民党部队的包袱。今天的中国已不是1894年甲午海战前的中国，那时的黄海对中国而言就是远海。远海作战，当然技术占先。现代信息和导弹技术已缩小了地球间的距离，这时的黄海就成了中国的近海。外来的航空母舰，不管它技术装备如何先进，在这片水域，对中国大陆而言，无异于儿童游艇。与美国和日本相比，今日中国海上力量的劣势在远海；至于近海，确切地说，就是在“第一链条”以西水域，中国海军则有相当的优势。这是因为它拥有在时间和空间上几乎是无限的资源供给——这恰恰又是美日海军远不及中国的地方。这个道理我们也可从1962年10月赫鲁晓夫在美国家门口挑起古巴导弹危机和2008年8月美国海军在俄罗斯家门口声援格鲁吉亚那高调而来却蒙羞而去的结果得到反复证明。鉴于此，中国应对近中期海上战事的策略应当是：你打你的，我打我的；近战可久，远战当速，就近而舍远。

25．19世纪末，日本征服亚洲的计划起始于黄海，发动于东三省；当代中国崛起始于入朝作战的胜利。同样的道理，未来中国在东亚安全及战略地位保障的根基亦在黄海及其所依托的中国东北地区的国防力量。“原大则饶，原小则鲜”，原，基也，前提也。从西太平洋战略态势看，中国东北的国防力量是保障黄海海上安全的前提，中国黄海的战略力量又是保障台海和平统一的前提，而两岸统一则是实现包括南海在内的中国整个东部制海权的关键前提。

26．虽然东海较东北亚对中国更具直接威胁，但从东海入侵中国的势力如没有内陆沿线的配合，就不可能形成大规模和长期占领，而无大规模占领的入侵，就只能攻城而不能掠地，由于海上和山险之地均不能形成成建制的大规模、长期的装备和资源持续跟进的空间条件，因而从东海入侵并不能动摇中国国力的根本，而从朝鲜半岛登高西进后就是一泻千里的东北大平原；占据东北大平原就可形成成建制的大规模、长期的装备和资源的持续跟进。有了源源不断的装备跟进——而这些在海上和山地是不能实现的，就可造成地区性长期占领、建立傀儡政权的物质条件。由于占据东北三省，20世纪三四十年代日本侵略中国的战争可以持续14年；由于没有陆基，19世纪40年代英国只能对中国短期侵扰。经验表明，装备跟进的规模和持续时间长短决定战争的成败，陆基而非海基的大小决定装备制造及其跟进的持续时间长短。明乎此，也就明白了加强而不是削弱东北国有企业装备制造业的优势地位，对中国国家安全所具有的生死攸关的战略意义。据此观察，中国甘肃和东三省对中国安全均具有全局的意义。为了保障西域的稳定，自古凉州多好马，大规模地养马在古代就是重装备制造，这是平乱部队有效发挥作用的先决条件。有了这些条件，中原可保无虞。

27．近年来，尽管中国海军获得了长足发展，但它远未获得深入远海单独作战的能力。这就是说，与美日海军相比，中国海军的中远程作战能力仍处在襁褓阶段。2010年7月下旬靠近中国东海岸的美国海军之所以不能使中国感受到1895年那样的灭顶般的海上压力，其重要原因是这时中国战略导弹部队已具有成熟的中远程精确打击能力，而不仅仅是由于近年来中国海军的快速且不成熟的发展。换言之，如果没有部署于中国大陆的战略导弹部队的强大威慑力量，中国海军在东部近海的作战半径，乃至发展空间都会向大陆大幅收缩。中国海空军与美国的不同，当然也不能仿照美国导弹部队依托于海军发展而发展的模式。美国海军与空军已拥有独立和巨大的远程作战能力，而中国海军在其从近海向远海推进初始阶段却需要依赖本国陆基导弹提供的强大且具有覆盖性的火力网护送。这种近中程海上护送对于没有多少现代战争实践，尤其没有多少与海上强国较量经验的中国海军成长尤为必要：在中国大陆导弹部队的护送下，中国海军就能够度过从浅海到深海这段艰难阶段并能成长为具有远海独立作战能力的海上力量；反之，如果失去了这种护送，今天中国海军在黄海同样会感受到1895年甲午海战中北洋水师面临的压力并遭遇海上"黄继光"的惨烈；继而，中国海军就不能在中国现代化的伟大进程中担负起统筹"国际国内两个大局"的历史使命。鉴于此，加强国家战略导弹部队建设，将中国战略导弹部队建设为不仅拥有巨大威慑力而且具有强大的独立战斗能力，并能为中央"统筹国际国内两个大局"的伟大部署提供战略支撑的强大兵种，尤为必要。

28. 真是历史的讽刺，当今英国也"以其人之道还治其人之身"，仿效美国在两次世界大战中的做法，在中亚乘美国之危，趁火打劫，大做军火生意。2008年6月16日英国《金融时报》披露国防与安全组织（Defence and Security Organisation, DSO）的报告数据，2007年英国成为世界最大武器出口国名单上的佼佼者，在武器市场订单数额方面多年领先的美国退居第二位。2007年英国接到其他国家价值100亿英镑（约860亿元人民币）的国防采购新订单，占世界武器出口市场份额的33%。报告说，2006年出口订单数额达到55亿英镑。帮助英国冲进佼佼者行列的有沙特阿拉伯"台风"（Typhoon）战斗机的大型订单（交易额为43亿英镑）以及与阿曼、特立尼达和多巴哥的岸防舰出口订单。文件指出，来自北美国家的订单也起了不小的作用：2007年美国从英国购买的武器超过其他任何一个国家。值得回味的是，英国在怂恿美国冲入中亚后与当年的罗斯福一样也在双面赢利。2010年10月21日，塔利班组织一名指挥官对英国《每日电讯报》表示，英国是该组织最大的资金来源。按他的话说，塔利班受到英国各地清真寺和穆斯林社区中心收到的捐款资助。这名塔利班指挥官告诉英国天空新闻台："我们不像政府，我们依靠个人（捐助）。我们从英国的穆斯林兄弟那里获得捐款，进行圣战。他们帮助我们……这就是我们获得资金、购买武器和开展战斗的方式。”[①]1857年马克思在《印度起义》一文中指出：“人类历史上存在着某种类似报应的东西，按照历史上报应的规律，制造报应的工具的，并不是被压迫者，而是压迫者本身。”[②]看来，马克思说的“报应的规律”在当今美国身上得到了应验。

29．2009年7月28日，日本政府允许“疆独”头目热比娅访日，意在“声西击东”。东，即东海。

30．19世纪是一个有趣的世纪。世纪初有法国拿破仑的冒险。世纪中即60年代有世界大国普遍出现锐意进取而又稳健的政治家：德国有俾斯麦，法国有梯也尔，俄国有维特，日本有伊藤博文，美国有林肯，中国有曾国藩等。此间，中国曾国藩于1864年镇压了太平天国革命，法国梯也尔于1871年镇压了巴黎公社革命，德国和美国实现了国家的铁血统一。这一时期的稳健政治在欧洲造成了维多利亚黄金时代以及中国的短暂稳定。世纪末，冒失政治家在世界政治舞台上再次闪亮登场：德国有威廉二世，俄国有尼古拉二世和别佐布拉佐夫，中国有光绪和康有为等。这一时期的冒失政治导致第一次世界大战和中国大清王朝的崩溃。

20世纪的历史似乎出现了命运的轮回：世纪初的第一次世界大战让人们对激进政治的危害有深切的体验，这使世纪中叶出现罗斯福、斯大林和毛泽东这样一批经验丰富的稳健政治家，他们的政治设计为世界赢得了半个多世纪的和平。可到世纪末，冒失政治家又纷至沓来，在苏联有勃列日涅夫和戈尔巴乔夫，在美国有小布什。结果在雅尔塔体系中本是一家的美国和苏联发

---

①《塔利班头目称英国是其最大资金来源》，http://world. huanqiu. com/roll/2010-10/1189934. html。

②［德］马克思：《印度起义》（1857年9月4日），见《马克思恩格斯全集》第12卷，北京：人民出版社，1962年，第308页。

生“火并”，美国“周瑜”生生把苏联“黄盖”给打死了。结果在苏联解体不久，美国也看到了它的黄昏，而被雅尔塔体系剥夺最多的欧洲则在与美国玩的一场场“丢手绢”的游戏中悄然崛起。

人说富不过三代，家国同理。

31．毛泽东说：“保守的一面，也有积极作用，可以使不断变革中的植物、动物，在一定时期内相对固定起来，或者说相对稳定起来。”[①]人类社会也是如此。法国拿破仑用旧体制保留了大革命创造出的新文化，德国黑格尔在国家哲学中保留了革命的辩证法。保守在许多时候是巩固和消化革命成果的必要形式，是人类进步中起着“历史的火车头”[②]作用的激进革命的必要补充。

32．1762年卢梭在他的著作《社会契约论》中说：“欧洲却还有一个很可以立法的国家，那就是科西嘉岛。这个勇敢的民族在恢复与保卫他们的自由时所具有的豪迈与坚决，的确是值得有一位智者来教导他们怎样促使自由。我有一种预感，总有一天那个小岛会震惊全欧洲的。”[③]七年后，拿破仑在科西嘉岛出世。1799年年底，从埃及回到法国的拿破仑发动雾月政变，成为法兰西第一共和国执政官。随后拿破仑带领大军横扫欧洲并将法国大革命的成果转化为资产阶级的法律文件，这就是“震惊全欧洲的”《拿破仑法典》。

33．目前中国国内舆论中值得警觉的一种带有规律性的现象是，亲美者反日并以此表现爱国心，亲日者反美并以此表现爱国心；至于亲英者——

---

①毛泽东：《读苏联〈政治经济学教科书〉的谈话》，见中共中央文献研究室：《毛泽东文集》第8卷，北京：人民出版社，1999年，第107页。

②“革命是历史的火车头”。参阅［德］马克思：《1848年至1850年的法兰西阶级斗争》，见《马克思恩格斯选集》第1卷，北京：人民出版社，1972年，第474页。

③［法］卢梭：《社会契约论》，何兆武译，北京：商务印书馆，2003年，第65页。

与当年丘吉尔、汤因比等在战后骄纵美国并由此消耗美国的策略一样——则自21世纪始骄纵并消耗中国。三者相同点在于：在中国问题上，这些人都以“爱国”名义一致主张以西方为标准的“普世价值”，在国际问题上，他们一致贬损第三世界，尤其是损贬朝鲜、伊朗等。

34. 法国大革命中那完全顺从而不主动引导和塑造舆论的政策的结果恰恰是革命的反动。拿破仑专政和帝国是对法国大革命中那盲目以“群众满意不满意”为绝对标准的舆论政策的矫枉过正。

35. 靠光电打出来的“盛世”，如侯宝林相声所说，“手电筒一关”后是要掉下来的。

36. 研究浪花运动规律的前提是在了解地球引力的基础上，搞清洋流运动规律；研究洋流运动及其规律的前提是在了解地球引力的基础上，搞清大洋盆底构造及其规律；研究降雨量变化的前提是在了解地球引力的基础上搞清大气运动及其规律；研究国际事件趋势的前提是搞清国际政治的历史运动及由此形成的大国间的力学结构及其变化规律。正如在月球引力场和地球引力场中同一体重的人跳跃的极限是不同的道理一样，知道了国家的“体重”，又知道了国际政治的“引力场”结构，那么，这个国家——不管其意识形态如何——扩张的底线和极限也就一目了然。

37. 神多民弱，权散国乱。

38. 看世博会上空打出的五彩光电，让人想起离它不远的钓鱼岛，在那里升起的可能是炮火硝烟。“盛世”只能在炮火中诞生并需经受炮火的洗礼和考验。

39. 历史上国家饿死的不多撑死的不少。而防止后者的发生则是战略研究最难和最有价值的方面。

40．在当今中国鼓吹西式“普世价值”，无异于反季播种，简直是瞎忙活。

41．日本明确承认——而不仅仅是“理解和尊重”——中国政府关于“台湾是中华人民共和国领土不可分割的一部分”的立场，是检验日中“战略互惠”关系发展程度的试金石。

42．2010年12月20日日本驻华大使丹羽宇一郎到访江苏南京，表示：“中日间超越夫妻关系，即使吵架也不会离婚。”[①]但现在的问题是日本不承认“婚前”的“财产公证”。

我们知道，1972年日本在《中日联合声明》中对中国政府的“台湾是中华人民共和国领土不可分割的一部分”的立场，仅表示充分“理解和尊重”而不是“承认”。2010年7月26日，即将赴任的日本新任驻中国大使丹羽宇一郎更是直白表示，1972年《中日联合声明》中有关“台湾是中国不可分领土的一部分”的主张，日本的立场只是“理解并予尊重”，并未直接承认，今后日本对此问题仍然坚持同样的态度。[②]

不承认台湾归属中华人民共和国，还要与中国保持“婚姻”关系，这真是揣着明白装糊涂。

43．中国共产党第十七届五中全会重提“正确处理人民内部矛盾”，意义重大。有“人民内部矛盾”，也就有了人民外部的“敌我矛盾”。谁是我们的朋友，谁是我们的敌人，这不仅是社会主义革命时代，也是社会主义建

---

①《日本大使与南京市民一起锻炼称中日吵架因“太了解”》，http://news. eastday. com/m/20101222/u1a5625615. html。

②《日本使馆回应新大使“从未承认台湾是中国领土”言论》，http://world. people. com. cn/GB/12267551. html。

设中的改革开放时代必须回答的首要问题。

44. 对西方反华手法，我们仅仅警惕是远远不够的，我们更要认真学习；学习的目的是“请君入瓮”[①]。

45. 据2011年1月8日美国《纽约时报》报道，美国国防部长盖茨在访华前夕接受记者采访时表示：“我有生以来已两三次听到人们谈论美国衰落，20世纪70年代后期时尤其严重，但我的忠告是，无论是在美国国内还是国外，那些认为美国衰落并低估美国韧性和活力的人终将被丢进历史的垃圾堆。”[②]

其实，目前人们说“美国衰落”，并不是说美国必死，而是说它老了。老是正常现象，这时身体吸取营养的能力就不那么强了，就吃不了那么多了，而与大家分享可能对美国的“健康”有利。尼克松时期的美国就是在向中国让出战略空间后度过危机的。盖茨不仅不这么理解，反而发狠说谁要说她（美国）老了就跟谁没完，要把人家“丢进历史的垃圾堆”。

没有自信的女人怕说老。现在看来，美国离这一天也不远了。

其次，我们所说“美国衰落”的深层语意是作为帝国的美国衰落，而不是说美国本身的衰落。与昨天的英帝国已经衰落而英国仍在、前天的奥地利帝国已经消失而奥地利仍在、更早的罗马帝国已灰飞烟灭而罗马仍在的道理一样，美帝国之后作为主权国家的美国仍将在国际政治中发挥相应的作用。

46. 历史经验表明，在社会矛盾日增和生产力水平不足以提供更多就业岗位的情况下，将大批农民与土地分离并以“加快推进城镇化”的名义将其推入城镇“无产者”行列，这样的政策无异于抱薪救火，其前途就是1789年

---

① “兴曰：‘此甚易尔！取大瓮，以炭四周炙之，令囚入中，何事不承！’俊臣乃索大瓮，火围如兴法，因起谓兴曰：‘有内状推兄，请兄入此瓮。’兴惶恐叩头伏罪。”参阅《资治通鉴·唐纪·则天皇后天授二年》，北京：中华书局，1956年，第4672页。

② 《美防长没摸到中国底牌》，载《安徽商报》，2011年1月17日，第B02版。

的法国，其进速与这种政策的推进力度成正比。

47. 昔日英国圈地养羊，今日中国圈地盖房。养羊促进了纺织业的发展，而盖房加剧了经济泡沫。

48. 国家关系如果过于客气的话，双方关系也就开始疏远了。礼，离也，家国同理。

49. 在当下中国，坚持资本主义市场化的所谓“自由派”的每一分“胜利”，都会造成他们的掘墓人即中国劳苦大众人数和力量的十倍扩大。从这个意义上看，与19世纪欧洲那个“共产主义幽灵”是欧洲资产阶级全力围堵造成的结果一样，今天中国排山倒海般的“毛泽东热”也是这些“自由派”催生的结果。与西方国家不同，中国是以工农兵为公民绝对主体的国家，他们在绝对资本化的市场导向面前是最脆弱的，由此得到的辩证结果则是他们反抗资本主义市场化的力量——与西方国家相比——却是无比强大的。由此可以预见，中国绝对市场化“改革”失败的速度将比他们成功的速度更快。

毛泽东注意到这个规律，他说“中国自从1911年皇帝被打倒以后，反动派当权总是不能长久的。最长的不过二十年（蒋介石），人民一造反，他也倒了”“凡是右派越嚣张的地方，他们失败就越惨，左派就越起劲”。为什么呢，毛泽东说“因为代表百分之九十以上的人民利益的一切革命者是不会容忍的”。毛泽东说这话的时间是中国“文化大革命”开始的1966年，但毛泽东并没有专指这场运动，而是在总结中国历史规律，因为毛泽东说“文革”只是“一次全国性的演习”，毛泽东最后说，通过这次“演习”，中国的“左派、右派和动摇不定的中间派都会得到各自的教训”[①]。

时至今天，中国这些经历过那次“演习”的人们，应该总结出了相应的

---

①中共中央文献研究室：《建国以来毛泽东文稿》第12册，北京：中央文献出版社，1998年，第73-74页。

“教训”。尽管智者见智，但一个基本的教训应当是：右不能极右，极右会逼出“极左”。而不管是极右还是“极左”，在中国都是不可持续的，它们对中国的前途也都是不好的。1789—1815年法国从雅各宾共和国崛起到拿破仑帝国崩溃，以及苏联从赫鲁晓夫到勃列日涅夫再到戈尔巴乔夫这些忽右忽“左”政策导致的灾难性后果，便是中国的前车之鉴。

毛泽东是善于吸取历史教训的人，也是在中国共产党内与极右和“极左”斗争最坚决的人。如果不是这样的话，毛泽东在1972年——这时“文革”已取得决定性的胜利——会见尼克松时就不会说“我喜欢右派”，也不会于当年告诉王洪文读读《刘盆子传》。

50. 当社会进入“能拿钱办成的事就不是事”的时候，这个社会除了堕落就无事可做了。堕落包括：卖地、卖人和卖国。因为这三项是不用劳动就能赚大钱的“买卖”。

之八

中国崛起最需要的不是鸽派或鹰派，而是龙派

1. 电视上看日本外相前原诚司，其形象使人想起《红楼梦》中的贾宝玉。与中国清末相似，男性中“宝哥哥”——当下日本称之为“食草族”、中国称之为“小鲜肉”——辈出的时候，国家也就开始衰落。

2. 政治家们娴熟运用枪杆子和笔杆子是国家战略能力的重要体现。进入21世纪的美国政治家真的失去了这种能力。其特点是他们善于纵火——他们还拥有比如所谓“一小时打击”这样的纵火高科技，但拙于控制和引导火势，结果总是引火烧身。2001—2003年美国人用枪杆子启动阿富汗和伊拉克战争，结果便是目前中亚亲美政治力量日益孤立，人民反美——而不是美国希望的所谓“民主”——浪潮日益高涨。2011年年初美国人又用笔杆子在整个中东煽起“茉莉花”动荡，其结果是亲美政权纷纷瓦解，遍布于中东的反美火星已有燎原之势。可以预言，如果美国再将这种“动荡”引入中国，其结果将在东亚，至少在中国就会出现“东风压倒西风”[①]的政治形势。

3. 日本“3 · 11”灾难是三分天灾，七分人祸。天灾来自海啸和地震，人祸来自核泄漏。核武器是日本右翼长期追求的目标。对前者，我们已有学

---

①这里转借毛泽东“不是东风压倒西风，就是西风压倒东风，在路线问题上没有调和的余地”，参阅《毛泽东选集》第5卷，北京：人民出版社，1977年，第434页。

人“伸出温暖援手”[①]，表示“大爱无疆，有难同当”[②]，对后者，我们不能忘记要坚决进行揭露和斗争。

“天作孽，犹可违；自作孽，不可逭。”[③]九级大地震毁灭了日本的核储备，重挫了日本的核能力。

4．2011年3月11日发生的日本海啸和地震震出了福岛一号核电站三号反应堆使用铀钚混合型燃料的内情，这说明东北亚“核查”的对象不能光是朝鲜，还要包括日本。所谓“朝核问题”应改为“东北亚核问题”。

日本与欧洲国家不同，它毕竟是遭受过美国原子弹打击的国家。对美国人而言，日本拥有核武器比朝鲜拥有核武器更为可怕。在东北亚核查问题上，美国人最不便直说的就是日本核问题。也就是说，一个已拥有核武器的日本是美国在亚太的绝对敌人，而无核的日本则是可以让美国放手纳入“后院”且死心塌地为美国效命的“盟友”。日本东部地区发生的“3·11”九级大地震的政治意义在于它几乎瞬间毁灭了日本几十年来埋头发展的核能力，同时也为美国放手日本右翼势力搅局亚洲除去了心病。

5．目前中国学界有人提出“先秦时代的国际关系”[④]的概念，认为战国时期的“七国”已是主权意义上的“国家”，似乎中国在战国时期就出现了

---

①《专家：超越道德和解历史 向日本伸温暖援手》（原题《让我们向日本伸出温暖的手——100名中国学者的倡议书》），载《环球日报》，2011年3月16日，第14版。

②刘江永：《面对天灾，中日有难同当》，载《人民日报》（海外版），2011年3月13日。

③江灏、钱宗武：《今古文尚书全译》，贵阳：贵州人民出版社，1992年，第140页。

④目前国内学界有人提出“先秦时代的国际关系”或“先秦国家间政治”的概念，认为战国时的“七国”已是主权意义上的“国家”。《研究先秦时代的国际关系》一文认为：“可以肯定，春秋时代的那些‘国’，既不是城邦，更不是简单的部落，而是具备所有‘国家’特征的实体。那里有国家认同、有疆界、有包括军队和税收体系在内的，功能相当完备的政府。国内还有对研究‘先秦国际关系’的禁忌，视之为‘国内关系’。然而，先秦时代各国的关系显然是‘主权国家’之间的关系，是外交关系。”载《凤凰周刊》，2004年第28期，第75页。

“威斯特伐利亚体系”[①]。事实上，那时相互战争的诸侯或“邦”与周王朝还是臣属而非“国”际关系，“七国”之上在法理上还有个“周”国家形式存在。正是在这个意义上，孟子才说：“春秋无义战。”孟子解释说：“征者，上伐下也。敌国不相征也。”[②]这就是说，当时的战争，是在周王朝宗法权内部的纷争，不是主权国家与主权国家的战争，因而是没有正义性可言的。秦始皇统一中国后建立秦朝，从法权关系上说，只是周王朝宗法主权的继承和继续[③]，而不是对七国“主权”的强行兼并。不承认这一点，在法逻辑上就会推导出中国本来就不是一个国家，而是由秦始皇强行将其他“主权国家”兼并后出现的国家的错误结论，由此，中国包括战国时期在内的先秦历史中连贯和统一的（宗）法权基础便会断裂或荡然无存；秦王朝及随后的历史就成了非法的存在；由此，中国的历史就被削去了一半，中国历史只能从公元前221年的秦朝而不是从公元前21世纪的夏朝开始。这在学术上是不对的，在法逻辑上是混乱的，在政治上更是糊涂和危险的。

6. 战略的主要任务不是打击和削弱敌人的力量，而是造成使敌人不能使用力量的形势。敌人被打败多不是因为无力，而是因为动弹不得。

7. 美国“击毙”本·拉登，一切都是彩排好的，就像是在上演仅有排练人叫好的大戏，大戏过后正反演员迅速消失，根本不让观众上台与演员“合影留念”。

---

①威斯特伐利亚体系（Westphalian System），意指由 1648 年 10 月 24 日签订的象征 30 年战争结束的威斯特伐利亚和约确定的欧洲国家间的法权关系，以及建立其上的国际和平体系。签约双方分别是统治西班牙、神圣罗马帝国、奥地利的哈布斯堡王室和法国、瑞典以及神圣罗马帝国内勃兰登堡、萨克森、巴伐利亚等诸侯邦国。威斯特伐利亚体系的核心是承认国家主权像人的生命一样不可随意被剥夺，从 1648 年以来，国家主权的观念已经存在了 350 多年，被世界各国普遍接受。

②《孟子·尽心下》，见《四书全译》，刘俊田、林松、禹克坤译注，贵阳：贵州人民出版社，1988 年，第 634-635 页。

③“秦代周德，所从不胜。”参阅（汉）司马迁：《史记》卷六《本纪第六·秦始皇嬴政》，见许嘉璐：《二十四史全译·史记》第一册，上海：汉语大词典出版社，2004 年，第 75 页。

8．美国这么一个大国，用十年时间“击毙”了一个本·拉登，反而将塔利班越打越多，这样的成绩，奥巴马还好意思对着全世界说美国“无所不能”[①]。

9．美国金融问题的源头不在华尔街而在中东。

10．高科技抵不过塔利班。

11．改革的红利历代都是相同的，不幸的后果却各有不同。

12．在世界治理方面，美国人是欧洲人——具体说就是英国人——“均势”策略学校中的时差时好的学生。美国人用扩大苏联在东欧的势力范围的方式制衡了西欧并获得在那里的绝对控制权；在海湾战争和阿富汗战争中美国保留了萨达姆和本·拉登，并借此获得了在科威特和阿富汗的石油利益和在那里长期驻军的借口。与美国有意放东欧于苏联是为了制衡欧洲的道理一样，今天看来，为了迫使伊拉克新政权的屈从，美国也会有意适度放纵伊拉克反对派武装。目前美国在那里的困境并不源于伊拉克反政府力量的存在，而是源于伊拉克政府与反政府力量间的失衡。如此类推，长期保留利比亚政府军与反对派之间的力量平衡，将是欧美的共识。欧盟方面可以由此获得利比亚内部各派的忠诚和北约力量进一步在地中海南岸立足，美国方面则可以在其间获得“离岸平衡战略”（Off Shore Balancing Strategy）[②]带来的红利，并在地中海动荡中保持世界石油价格——如果它还以美元结算的话——的高

---

① 2011 年 5 月 2 日，奥巴马在白宫主持一项颁奖仪式时再次表示：“国家兑现了承诺，正义得以伸张，世界因为拉登之死变得更美好、更安全。今天让我们知道，作为一个国家，我们没有什么是做不到的。”参阅《奥巴马：击毙拉登证明美国无所不能》，载《新闻晚报》，2011 年 5 月 3 日，第 A1 版。

②“离岸平衡”，美国进攻性现实主义国际关系理论学者米尔斯海默的学术用语。参阅［美］约翰·米尔斯海默：《大国政治的悲剧》，王义桅、唐小松译，上海：上海人民出版社、世纪出版集团，2003 年。

位运行。欧美双方的需求为这场战争埋下了两种结局。一是老布什“海湾战争”式的结局，即在保留卡扎菲政府巨大压力的同时，反政府“政权”也能长期存在，这是对欧盟最好的结局；二是小布什“伊拉克战争”的结局，即由于英法国力不支而使利比亚两种力量失衡，这既能阻止欧盟进一步向中非——法国已在科特迪瓦打好了前站——扩张并与美国在此争利，又能保持英法对美国力量的持续依赖，美国由此重新获得在欧洲的绝对影响力。这是有利于美国的结局。

13．人之将去，其言也善。2011年6月2日，即将卸任的美国国防部长盖茨在专机上对中国《环球时报》随行记者谈到中美关系，他一方面称“美国不想遏制中国发展”“中国现在是将来也是全球性力量”；另一方面，他也含蓄地提醒中国“不要学习苏联”。[①]盖茨前半句话的真实性他本人无法保证，但后半句话——不管盖茨出于何种目的——却对未来的中国外交是大有裨益的中肯之语。今天看来，雅尔塔体系的解体，勃列日涅夫时期的苏联也有相当的责任。当时苏联外交将从全球范围击败和逐出雅尔塔体系的另一关键支柱国家美国列入外交目标[②]，卡特的忍让换来的后果却是“卡特执政期间，苏联强权无论在何处都能够所向披靡。苏联政治局成员们踌躇满志，认为不需要再出台什么新方针了”[③]。苏联的咄咄逼势导致美国里根时期的强烈反弹，以至决定单方面放弃雅尔塔体制。这样才有了美国试图与欧洲结盟，重建盎格鲁-撒克逊人共治共享新格局的外交走向。这段周瑜假打黄盖成真的教训，是我们中国外交值得认真汲取的重要经验。

---

①《盖茨声称美不会遏制中国发展 警告中国“别学苏联”》，http://world. huanqiu. com/roll/2011-06/1733488. html。

② 1975 年 6 月 4 日，苏共中央书记波诺马廖夫发表文章称“我们的时代是社会主义发动稳固的不可逆转的历史性进攻的时代”。转引自邢广程：《苏联高层决策 70 年 · 第 4 分册》，北京：世界知识出版社，1998 年，第 202 页。

③［美］孔华润：《剑桥美国对外关系史》（下），王琛等译，北京：新华出版社，2004 年，第 432–433 页。

14．1985年邓小平同志曾提出“和平和发展是当代世界的两大问题”，1992年他又在著名的南方讲话中明白地指出：“世界和平与发展这两大问题，至今一个也没有解决。”邓小平同志去世后，他说的“至今一个也没有解决的”“两大问题”被表述为“和平与发展是当代世界的两大主题，是我们对时代特征基本概括”[①]，随后便出现党的十五大报告中“和平与发展是当今时代的主题”、十六大报告中“和平与发展仍是当今时代的主题”和十七大报告中“和平与发展仍然是时代主题”的提法。

15．我们不能说世界上的一两个政治团体就能决定历史的进程，但有能量的团体确能加速历史进程或使之暂时偏斜。除去远古传说外，早期“共济会”[②]是封建行会时期新兴的资产阶级为了反抗封建专制的压迫而建立起的各业主联合的互助“兄弟会”组织，与早期基督教相似，这时的共济会对历史起着相当的进步作用。比如，共济会曾发起了启蒙运动并且在不到半个世纪的时间里迅速扩散到西欧、中欧和北美，建立起可以和天主教会匹敌的广泛的组织联系，以至当时的伏尔泰、孟德斯鸠、歌德、海顿、萨德侯爵、莫扎特、腓特烈大帝、华盛顿、富兰克林、马克·吐温、柯南道尔、加里波第等曾为人类历史做出重要贡献的人士都参加了共济会。但问题在于，当资产阶级完成反封建的任务并在全球范围建立了自己的绝对统治后，共济会组织结构也就日益贵族化，其历史作用由进步便异化为反动，成为资本家为对抗“共产主义的幽灵”而结成的“神圣同盟”[③]，其目标是维护资本及西方

---

①苏星、龚育之、杨春贵：《建设有中国特色社会主义理论教程》，北京：中共中央党校出版社，1996年，第322页。

②共济会（Freemasonry），世界最大的秘密团体，旨在传授并执行其秘密互助纲领。共济会的传播是由英帝国的向外扩张引起的。共济会起源于中世纪的石匠和教堂建筑工匠行会。参阅《简明不列颠百科全书》第3卷，北京：中国大百科全书出版社，1985年，第440页。

③“一个幽灵，共产主义的幽灵，在欧洲游荡。为了对这个幽灵进行神圣的围剿，旧欧洲的一切势力，教皇和沙皇、梅特涅和基佐、法国的激进派和德国的警察，都联合起来了。”参阅［德］马克思、恩格斯：《共产党宣言》，见《马克思恩格斯选集》第1卷，北京：人民出版社，1972年，第250页。

权贵对全世界工人阶级、继而整个北方压迫民族对南方被压迫民族的绝对统治。这迫使近代欧洲无产者便由资产阶级的同盟军转变为与资本家相对立的阶级并开始为本阶级的利益与曾经的行会业主——资本家展开有组织的跨国斗争。

资本，尤其是金融资本没有祖国，所以马克思、恩格斯在《共产党宣言》中说："工人没有祖国"①；马克思说："资本不是一种个人力量，而是一种社会力量"②，所以马克思、恩格斯在《共产党宣言》中号召："全世界无产者，联合起来！"③继而列宁号召："全世界无产者和被压迫民族联合起来！"④为此，世界工人阶级在其导师的指导下成立了第一国际（1864—1876年）、第二国际（1889—1914年）和共产国际（1919—1943年）。

值得研究的是，在社会主义运动日益高涨的时候，为了建立国际反法西斯力量，世界劳动者联合组织共产国际已于1943年自行解散，而在同一背景下的资本家的跨国联盟组织共济会却日益与资本主义国家权力、大托拉斯和大财团结合得更加紧密，其目标更加长远，其手段对共产主义和南方国家，更加冷酷无情。他们在20世纪末推倒了社会主义苏联，现在，美国又重返亚洲，目标将是中国。不管西方国家有多少矛盾，在共同对付社会主义国家方面，他们的目标是一致的。马克思在《资本论》中对共济会评价说："资本家在他们的竞争中表现出彼此都是假兄弟，但面对整个工人阶级却结成真正的共济会团体。"⑤

16．2008年欧洲大陆统一在科索沃收口的同时又通过"地中海联盟"

---

①～③⑤［德］马克思、恩格斯：《共产党宣言》，见《马克思恩格斯选集》第1卷，北京：人民出版社，1972年，第221、266、270、286页。

④"我们现在不仅是全世界无产者的代表，而且是被压迫民族的代表。不久以前共产国际出版了一种叫作'东方民族'的杂志。共产国际为东方民族提出了这样的口号'全世界无产者和被压迫民族联合起来！'"列宁：《在俄共（布）莫斯科组织积极分子大会上关于租让的报告》（1920年12月6日），见《列宁全集》第40卷，北京：人民出版社，1986年，第73—74页。

计划开始乘胜向非洲北岸推进，2010年美国不顾自身的经济危机高调提出“重返亚洲”政策并在“天安舰事件”后开展持续数月的针对“朝鲜威胁”的大规模海上军事演习，2011年中东如火如荼的“茉莉花革命”及北约对利比亚开展的军事打击，在这一系列事件中，欧盟与美国双方的分工在时间上如此切合，环环相扣，它向人们展示出一幅逻辑连贯的战略示意图，即在美国帮助欧洲摧毁那里的雅尔塔体系并基本实现地区统一后，接下来的目标将是欧洲——作为回报——支持在远东建立由美国主导的“华盛顿体系”。这是一个在新的即欧洲统一初步完成、宗主国—殖民地关系已成为历史的表面上看起来还是由美国主导的“华盛顿—凡尔赛体系”。苏联解体后，这个体系的后半部分即“凡尔赛体系”在欧洲已经完成，接下来则是前半部分即“华盛顿体系”在远东完成，届时，中国将是美欧共同的打压目标，正如当年苏联是欧美共同打击的目标一样。其间的日本——鉴于它与美国之间因核打击产生的血海深仇——则是中国之后西方并不信任的压榨对象。至于欧美之间的矛盾，尽管他们在共同重新瓜分世界资源方面已达成原则一致，在这些原则不变的情况下，他们在未来的矛盾将主要表现在对世界主导权的争夺方面。

17. 与其对手相比，西方人有着更强的协调机制——为此，英国在撒切尔时期主动放弃了几百年来让其受惠无穷的分裂欧洲大陆并在其中实行均势操纵的外交传统，于1973年加入欧共体，而同年国际社会主义阵营却出现根本性的分裂；西方人还有跨国组织，不仅有北约及其他政治经济共同体，还有庞大财力支持的跨国组织共济会[①]在幕后协调，而与此相对应的世界工人

---

①目前在这方面的资料最集中、最全面的披露，可参阅何新：《统治世界：神秘共济会揭秘》，北京：中国书籍出版社，2011 年。

阶级的跨国协调组织“共产国际”[①]及后来的苏联东欧社会主义国家建立的“共产党和工人党情报局”（1948—1956）和与北约相对立的“华沙条约组织”（1954—1991）则于20世纪后半叶先后谢幕。

18. 就在法国向利比亚开战的同时，它又派出“独角兽”特种部队介入科特迪瓦内争，培植亲法政权。略瞥一眼地图就可知道，欧洲人已在为利比亚之后进行着更大的布局。可以预料，在搞定北非后，法国将乘胜向几内亚湾——那里在近代史中是它的传统势力范围——南进，接着就是欧盟发布欧洲人的“门罗宣言”，以恢复其在非洲的传统影响。这个进程不会比欧洲的统一进度更慢。

显然美国注意到欧洲向非洲进军的后果。2007年2月，也就是欧盟批准地中海计划，准备进军北非的前一年，美国抢先批准组建非洲司令部的计划，逐渐接手全部非洲军事事务[②]。这说明，美国并不准备与欧洲分享非洲。至此，笔者想起19世纪末英法在非洲发生的“法绍达事件”（Fashoda Incident）。这是第一次世界大战前帝国主义矛盾激化的标志性事件之一。当时法国为了应对英国的非洲战略，制定了一个贯穿非洲东西的宏大目标，这又与英国的打通非洲南北的殖民计划相矛盾。1898年7月，英法两国的殖民军队终于在苏丹法绍达村爆发了“法绍达危机”，两军对峙，战争一触即

①共产国际即第三国际。1919 年 3 月，列宁领导创建的世界各国共产党和共产主义团体的国际联合组织，总部位于莫斯科。第一次世界大战爆发后，第二国际破产和十月革命的胜利，促进了各国共产党的建立，客观形势要求建立新的国际组织。1919 年 3 月 2 日在莫斯科召开了国际共产主义代表会议，有来自 21 个国家的 35 个政党和团体的 52 名代表参加。大会通过了《告国际无产阶级宣言》《共产国际行动纲领》《关于资产阶级民主和无产阶级专政的提纲》等文件，宣告第三国际在列宁领导下成立，总部设于莫斯科。1943 年 5 月 15 日，共产国际执行委员会主席团为适应反法西斯战争的发展，并考虑各国斗争情况的复杂，需要各国共产党独立自主地处理面临的问题，作出《关于提议解散共产国际的决定》，并于 5 月 22 日向全世界公布了这个决定。同年 6 月 10 日，鉴于共产国际在某种程度上是为了反对协约国而创，而美国此时成为苏联拉拢以反对法西斯德国的重要对象，共产国际执行委员会决定共产国际正式宣告解散。

②杨洁勉：《国际形势年鉴 2008》，上海：上海辞书出版社，2008 年，第 289 页。

发。最后双方达成不利于法国的妥协，以尼罗河和刚果河为界，英国占领苏丹东部和尼罗河流域，法国占领苏丹西部。尽管如此，法国的这次让步却为16年后的第一次世界大战的爆发埋下了伏笔。历史似乎正在重演，同样的苏丹已于2011年2月分离为南北苏丹，但昨天在这里的英法冲突，是否会是今天美国和欧盟冲突的前奏呢？果如此，已踏入北非的欧盟是否对已经变“老”的美国还会有耐心，这确实需要今天的美国人好好思量。

如果美国人不愿动这个脑子，那就看看自1950年以来欧洲在所有重大事件中是怎样支持美国，而美国又是怎样支持欧洲的。艾森豪威尔、尼克松时期除外，此间美国是拼着命且实打实地帮助欧洲统一，而欧洲对美国的支持只表现在美国发起进攻的时刻，尤其是在错误的地点和错误的时间上发起进攻的时刻。一旦把美国送上战场，欧洲人接着就抽掉梯子并溜之大吉。20世纪五六十年代的朝鲜战场和越南战场，欧洲是这样；在同期美国对中国全面禁运中，欧洲也是这样；21世纪伊始，美国冲上阿富汗、伊拉克战场后，欧洲也是口惠而实不至，参与但不卖力，在美国最困难时抽板。相信今后在美国冲向中国时，在中国人民的英勇抵抗面前，欧洲利用和消耗美国并壮大自己的策略并不会因美国以往的真诚而改变。

可以说，在欧洲统一问题上，美国人确实把火玩大了。在勃列日涅夫的追打下，美国本意是强化欧洲，但苏联的解体却打破了欧美间的力量平衡。结果美国将再次被失去相互制衡的欧洲所伤害。

19. 欧美之间的矛盾不仅始终存在而且相当深刻。对此论述最深刻的是列宁。1915年，第一次世界大战爆发不久，欧洲就有人提出“欧洲共和国联邦”——这比丘吉尔提的“欧洲合众国”早三十多年——口号，列宁明确指出：

在资本主义制度下成立欧洲联邦，就等于缔结瓜分殖民地的协定。可是在资本主义制度下，除了实力以外，不可能有另一种瓜分基础，另一种瓜分原则。亿万富翁无论同什么人瓜分资本主义国家的“国民收入”，都不能有别的分法，只能“按资本”的比例（而且还要附加一点，最大的资本要得到比它所应得的更多）。资本主义就是生产资料的私有制和生产的无政府状态。鼓吹在这种基础上“公平”分配收入，便是蒲鲁东主义，便是市侩和庸人的痴想。只能“按实力”大小来瓜分。而实力是随着经济发展进程而变化的。

当然，资本家间和各个强国间缔结暂时协议是可能的。在这个意义上说，建立欧洲联邦，作为欧洲资本家相互之间的协议也是可能的……但这是什么协议呢？这只能是怎样共同镇压欧洲社会主义运动，共同保卫已经抢得的殖民地，反对日本和美国，因为日本和美国在现今的殖民地分配情形下是极委屈的，它们的实力在最近半个世纪来加强的速度要比落后的、君主制的、开始老朽的欧洲快得无可估量。整个欧洲，与美国比较起来，可以说在经济上是停滞不前的。在现代经济基础上，即在资本主义制度下，建立欧洲联邦就等于组织反动势力去阻碍美国较迅速的发展。民主事业和社会主义事业仅仅同欧洲相关的时期，已经一去不复返了。①

由此，列宁提出著名论断：

经济政治发展的不平衡是资本主义的绝对规律。由此就应得出结论：社会主义可能首先在少数或者甚至在单独一个资本主义国家内获得胜利。②

“绝对规律”基于绝对矛盾。列宁由此得出“社会主义可能首先在少数或者甚至在单独一个资本主义国家内获得胜利”的结论，斯大林同志由此得出在资本主义包围中少数甚至一国也可以建成社会主义的认识，无疑，历史发展到今天，我们完全可以从列宁揭示的这个规律中得出在资本主义包围中，少数甚至一国社会主义也可在相当的程度上获得独立发展的认识。③

---

①② [俄] 列宁：《论欧洲联邦》，见《列宁选集》第2卷，北京：人民出版社，1972年，第708-709页。

③“只有社会主义才能救中国，只有社会主义才能发展中国。”参阅邓小平：《第三代领导集体的当务之急》，见《邓小平文选》第3卷，北京：人民出版社，1993年，第311页。

20．比较开国领袖，我们会埋怨后来有些领导人过于谨慎；如看看小布什，又会庆幸我们还有这些谨慎之人。

21．大国外交，最忌傻愣。愣傻之间，宁傻勿愣。

22．罗斯福总统告诫说："话说得客气些，手里再提着大棒，事情一定好办得多。"①今天的美国战略层已失去了昔日的耐心。而没有耐心（时间）支撑的雄心，往往是底气不足的表现。当前美国政治家处处显示出富家弟子的战略观念中只有"地缘"而无"政治"的致命短处。他们来到黄海的行为很像1903年俄国沙皇尼古拉二世来到黄海时的随性做派。1903年10月28日，在日俄战争爆发前夕，外交大臣拉姆斯多夫对已表示"我不愿发生战争"的尼古拉二世说："陛下，不坚决打击是不能挥着拳头的。"②1905年俄国在日俄战争中失败，时任大臣委员会主席的维特事后评论说："皇上不想打仗，但他的做法却使战争无法避免。"③现在美国人也来到黄海，与当年沙皇不同的是，美国是在国内经济一片低迷，国际上被阿富汗战争和伊拉克战争折腾得焦头烂额的时候来到黄海的，美国人显然不愿打仗，但却挥起了拳头，这样的做法有失尼克松式的智慧，给人一种"困兽犹斗"的印象。

23．英雄的高度即民族的高度。日本政要经年不断地参拜靖国神社，但在那里堆放的都是一些东条英机式的因没有战略哲学而毁灭了日本明治成就并将日本带向大灾难的政治人物的遗骸。而长期参拜这些人物的结果会使

---

① [美] 孔华润：《剑桥美国对外关系史》（上），王琛等译，北京：新华出版社，2004年，第472页。

②《库罗巴特金日记》，见《红档杂志有关中国交涉史料选译》，张蓉初译，北京：生活·读书·新知三联书店，1957年，第291页。

③ [俄] 谢尔盖·尤里耶维奇·维特：《俄国末代沙皇尼古拉二世——维特伯爵的回忆》，张开译，北京：新华出版社，1983年，第256页。

日本国民的战略文化水平及建立其上的国家的战略能力在亢奋的情绪中逐年递减。

24. 美国金融问题的根源不在华尔街而在中东，正是美国退出中亚，而不是什么资本管理不善，才造成了美国金融危机。同样的道理，解救欧洲经济困局的关键也不在欧洲大陆而在中东，中东石油结算币种——而这又是由枪杆子敲定的——是决定世界石油产销利润份额的关键。鉴于欧盟内部国家主权的众多存在，与欧洲早期资本主义发展需要比美国更多的“资本原始积累”一样，欧洲的政治统一与发展，较美国而言，则需要更为巨大的资源份额，目前处在上升期的欧洲与处于衰落期的美国一样，都迫切需要对中东石油产地，从而石油价格的控制权以支撑各自金融。这是欧美矛盾最难以调和的关键[①]。

25. 在美英帮助下的欧洲统一，其结果不可避免地要产生“俄狄浦斯”（Oedipous）[②]即儿子颠覆老子的效应。因为欧洲统一将使英国和美国，特别是英国在地缘政治上绝对边缘化。我们知道，美国，尤其是英国，利用欧洲大陆地缘政治的破碎性曾大获其利，正因此，它们对欧洲的统一一直持谨慎的态度。尽管1946年丘吉尔呼吁建立“欧洲合众国”，但直到1973年英国才加入欧共体，迄今仍未加入欧元区。英国明白，近代以来英国的全部辉煌，都是以欧洲的破碎为基础的；而没有破碎的欧洲，也就没有近代的英国。一旦欧洲大陆统一，英国外交特有的“离岸平衡手”

---

①此方面的论述可参阅［德］威廉·恩道尔：《石油战争》，赵刚等译，北京：知识产权出版社，2008年。

②俄狄浦斯，希腊神话中底比斯国王拉伊俄斯的儿子。因神曾预言他将杀父娶母，出生后就被其父弃在山崖，但为牧人所救，由科林斯国王收养。长大后，想逃避杀父娶母的命运，却无意中杀死亲父并娶其母为妻。此处比喻美国的命运是生于欧洲但注定要毁灭欧洲的“俄狄浦斯”式的命运。参阅梁德润：《希腊罗马神话和圣经小辞典》，北京：外语教学与研究出版社，1982年，第44页。

的优势就荡然无存，面对统一的欧洲大陆，英国在地缘政治上不免落入与日本在亚洲同样的边缘地位。英国人明白，没有一个统一的欧洲，正如张伯伦先生预见的那样，欧洲的世界霸权就会为美国或俄国所取代[①]；英国人更明白，一旦欧洲统一，英国的欧洲优势地位也将不复存在。明乎此，我们也就明白了“二战”一结束就呼吁“欧洲合众国”却直到1973年才加入欧共体的英国至今还在欧元区外踯躅的原因。但对地缘政治有深刻的理解能力的英国人而言，这种为欧洲统一而自觉牺牲的尺度，随欧洲统一的进程加快，将会日益减小。

26．社会主义国家在资本主义包围中的发展机遇，在任何时候也是通过最坚决的斗争赢得的。在第三世界面前，西方国家可以“结成真正的共济会团体”，但条件是这个对手必须是软弱的。如果当他们感到对手无法战胜时，他们内部就“表现出彼此都是假兄弟”[②]的特征。比如，第二次世界大战前，西方整个世界都以苏联为敌，试图通过将德国纳粹“祸水东移”苏联的方式来缓和西方资本主义国家内部日益白热化的争夺资源空间的矛盾。但在苏联取得斯大林格勒会战（1942年），尤其是库尔斯克会战（1943年）的胜利，苏德战场胜负已成定局后，美国就率先抛弃实力比较弱小的英国，主动与苏联在同盟国中结成针对英国的“暗盟”。这样才有了后来苏联和美国联手建立的雅尔塔世界和平体系。同样，正是中国人民在太平洋战争中的誓

① 1938 年 10 月 19 日，张伯伦派英国首席顾问利思 · 罗斯以私人的身份与德国驻英商务参赞吕特尔和德国经济部官员施文迪在伦敦进行非官方秘谈，他再次提醒德方官员慕尼黑协定之后建立的欧洲安全集体合作的排外性质，说：“作为英国政府的经济顾问，他有责任使促进欧洲国家合作的任何适当机会都不致错过。同样，假若欧洲四大国不是相互合作，而是互相拆台的话，那么欧洲经济就将处于严重的危险中，特别是在面临美利坚合众国日益强大的经济力量的时候。”参阅《德国驻英大使狄克逊的备忘录》（1938 年 10 月 19 日），见李巨廉、王斯德：《第二次世界大战起源历史文件资料集（1937.7—1939.8）》，上海：华东师范大学出版社，1985 年，第 363-364 页。

② “资本家在他们的竞争中表现出彼此都是假兄弟，但面对整个工人阶级却结成真正的共济会团体。”参阅［德］马克思：《资本论》第 3 卷，北京：人民出版社，1975 年，第 221 页。

死长期抵抗，才将与日本已接近达成“两国谅解”[①]的美国拉到中国抗战一边，这样才有中国参加开罗会议与英美共同签署《波茨坦公告》并成为远东雅尔塔和平体系缔造国的事实。

27. 只有将邓小平在20世纪80年代初提出的“八十年代的三大任务”[②]结合在一起研读，我们才能完整地把握小平“搁置争议”[③]的思想。80年代的三大任务，即反霸、解决台湾问题和发展生产力。当时，邓小平的想法是要在十年之内解决台湾问题，“搁置争议”和“三大任务”，这就是“有所不为”和“有所为”的统一。因此，邓小平同志提出的“搁置争议”，是一

---

① 1940 年 11 月，美国天主教梅利诺大学的秘书长德劳特与主教沃尔什访问日本，同近卫首相的密友、日本产业组合中央金库理事井川忠雄秘密举行改善美日关系的“民间会谈”。1941 年 2 月 14 日，野村大使会见罗斯福总统，商定从 3 月 8 日开始日美谈判。3 月中旬，德劳特和沃尔什在与日本高层广泛交流的基础上与日本驻华盛顿大使馆特别助理陆军省军事课长岩畔豪雄大佐和井川忠雄拟出包括解决中日冲突在内的《原则协定初步方案》。双方分别报告美日政府首脑。4 月 2 日，岩畔大佐作为野村大使的助理介入日美谈判，双方磋商后，由岩畔执笔拟出《日美谅解方案》，“两神甫与岩畔和井川拟定的《日美谅解方案》也向罗斯福总统提出”；“罗斯福总统邀请赫尔国务卿，听取两神甫的意见”。[参阅沈予：《日本大陆政策史（1868—1945）》，北京：社会科学文献出版社，2005 年，第 638-639 页；重光葵：《日本侵华内幕》（中文版，原名《昭和动乱》），北京：解放军出版社，1987 年，第 255 页。]尽管这个方案只是草案，但罗斯福事前已听取了德劳特与沃尔什关于他们与日方共同起草的《日美谅解方案》的汇报，这从某种意义上说，《日美谅解方案》内容已获美方的相当认同。方案开宗明义：“日本国政府及美国政府，为了谈判并签订一项旨在恢复两国间传统友好关系的全面协定，现愿承担共同责任。”1941 年 4 月 16 日，美国国务卿赫尔与日本大使野村开始会谈。其间，赫尔表示：总的来说，美国并不反对《日美谅解方案》。[参阅沈予：《日本大陆政策史（1868—1945）》，北京：社会科学文献出版社，2005 年，第 639 页。] 关于这个方案的具体细节，可参阅《日美两国谅解方案》（1941 年 4 月 16 日），见王绳祖、何春超、吴世民：《国际关系史资料选编（17 世纪中叶—1945）》，北京：法律出版社，1988 年，第 823 页。

② 1980 年 1 月，邓小平同志提出“八十年代我们要做的主要是三件事”：第一是“在国际事务中反对霸权主义，维护世界和平”，第二就是“台湾归回祖国，实现祖国统一”，第三是“要加紧经济建设”。在台湾问题上，小平特别强调说：“我们要力争八十年代达到这个目标，即使中间还有这样那样的曲折，也始终是摆在我们日程上面的一个重大问题。”参阅邓小平：《目前的形势和任务》（1980 年 1 月 16 日），见《邓小平文选》第 2 卷，北京：人民出版社，1983 年，第 239-240 页。

③邓小平：《在中央顾问委员会第三次会议上的讲话》，见《邓小平文选》第 3 卷，北京：人民出版社，1993 年，第 87 页。

个积极的和充满辩证智慧的战略思想，而不是像有些人理解的所谓主权问题也可“搁置”。

28. 以前我们用钱赎买资本家阶级的归顺，现在我们也可以用钱延长转瞬即逝的战略机遇期。

29. 看历史知道昨天外来鸦片已使“中原几无可以御敌之兵”（林则徐），今看电视各式娱乐大赛，担心其中有些节目会使中国尽失血性男儿。

30. 使对手国家中的男性不知不觉地雌化，是击败这个国家的重要手段。正因此，1941年，在中国抗战最艰苦的历史时刻，名旦梅兰芳拒绝日本人的“邀请”，决定“蓄须明志，息影舞台”①，以此激励中国男儿英勇杀敌，誓死报国。

31. “包容”须有原则，这个原则就是“四项基本原则”；“增长”须有方向，这个方向就是社会主义共同富裕的方向。毛泽东批评无原则的“包容”是“言不及义，好行小惠，难矣哉”②。八面讨好，其结局可能就是《红楼梦》所展示的“好一似食尽鸟投林，落了片白茫茫大地真干净”③。

32. 无原则的“包容”，在国内伤害的是党和人民的利益，在国际上伤害的是国家利益。

33. 中国人常说“势利”和“势力”，这两个词基本意思是一样的，就

---

①关于这一段事迹，参阅梅绍武回忆文章：《傲骨从来耐岁寒——忆父亲坚决拒为敌伪演出的事迹》，见《我的父亲梅兰芳》，天津：百花文艺出版社，1984 年，第 177-183 页。

②《关于农业互助合作社的两次谈话》，见《毛泽东选集》第 5 卷，北京：人民出版社，1977 年，第 120 页。

③（清）曹雪芹：《红楼梦 · 第五回》，北京：人民出版社，1982 年，第 83 页。

是有势才有利，得势才得力。你若在大势上，这个“利”就会养你；若不在大势上，这个“利”多一分都伤你。所以人一生追求祖国大势，不要追钱。傍大腕远不如傍国运，与祖国共命运，与人民同沉浮，才是人间正道。在大势中，劣势可能会转化为优势；不在大势上，优点可能成为缺点。蒋介石那些高官里有许多都是哈佛毕业的“海归”，文化水平都挺高，最后还是跑到台湾岛去了。共产党这边的干部平均受教育程度都低于国民党①，最后跟着共产党进了紫禁城，泥腿子成了中华人民共和国的开国元帅。为什么？跟上大势了。今天我们也一样，逐“势”才能有“利”和有“力”。正所谓“时来天地皆同力，运去英雄不自由”②。

34．中国是沿着俄国十月革命道路诞生的社会主义国家，彻底的社会主义革命对中国未来发展的最大贡献，就在于生产资料公有制改造使中国现代化成本在启动之初就降到最低点。在基本没有私有产权交易的条件下，中国不仅将许许多多像钱学森这样流散在海外的优秀科学家感召回国，而且国家在建设之初就获得了科学技术大规模利用的条件。与中国相反，印度独立之初保留私有制度，结果造成国家现代化因其成本尤其是其中的产权交易成本过高而步履维艰，其发展远远落后于中国。诺贝尔经济学奖得主阿马蒂亚·森通过与印度比较后正确地指出：“积极的社会变革——包括土地改革、教育和识字普及、更好的医疗保健服务——也为发展奠定了基础。”“中国的这种社会变革是在什么时候、如何发生的？这些社会变革的高潮是在改革前，即在1979年之前——实际上很多是发生在毛泽东政策的活跃时期。”③

---

①“我们的将军百分之九十大字不识，或者只识很少的字。蒋介石的将军都是大学毕业，什么陆军大学、黄埔军官大学，那样的学校我们只有少数人进去过。”参阅毛泽东：《打仗的办法主要是你打你的我打我的》，见《建国以来毛泽东军事文稿》（下卷），北京：军事科学出版社、中央文献出版社，2010 年，第 302 页。

②潘慧惠：《罗隐集校注》，杭州：浙江古籍出版社，1995 年，第 85 页。

③［印度］阿马蒂亚·森：《以自由看待发展》，任赜译，北京：中国人民大学出版社，2002 年，第 259 页。另外，新中国的经济文化发展成就在安格斯·麦迪森写的《中国经济的长远未来》中也有全面客观的介绍。

35. 中国崛起最需要的不是鸽派或鹰派，而是龙派。

36. 英国人在建立世界帝国过程中，学会了比较圆熟的治理世界的政治谋略；“二战”后，当英国人失去帝国时，他们又很快学会并掌握了文化诱导世界政治的谋略。前者的核心是“均势”，后者的核心是“普世”，而实现二者的核心手段是“间接战略”。这种战略的核心在于把战斗行动减少到最低限度，主张侧翼迂回，以避免从正面与敌直接碰撞；强调用各种手段袭击和震撼敌人，使其物质上受损，精神上失衡，最终达到不经决战而制胜的目的。在文化战中，避免用直接表达，而尽量多地用间接的方式传达其战略目的，并诱导对象服务于自己的目标，与西方其他国家相比，英国人最擅长这种手法。

37. 1952年9月，在与周恩来会谈临别时，应周恩来的请求，斯大林对中国共产党提出语重心长的忠告，他说：

要牢记英美将力图把自己人，把特务打入中国国家机构里去。美国也好，法国也好，同样都要这么做。他们将搞破坏活动，企图从内部瓦解，甚至干出下毒这类罪恶勾当。因此，必须保持警惕，对此一定要在意。这就是全部指示。[①]

这是周恩来与斯大林同志的最后一次见面，也是斯大林同志对中国共产党最后的，也是最语重心长的指示。斯大林这个指示与1949年重庆解放后罗广斌同志从国民党渣滓洞监狱死里逃生带出来并交给重庆市委的《狱中八

---

① 《斯大林与周恩来的会谈记录》（1952 年 9 月 19 日），见沈志华：《朝鲜战争：俄国档案馆的解密文件》（下册），台北：台湾中央研究院近代史研究所，2003 年，第 1231 页。

条》[①]中的最后一条“惩办叛徒特务”不谋而合。这“八条意见”是革命先烈在白色恐怖的环境中，在经历残酷的革命斗争实践，特别是经历失败和挫折后的刻骨铭心的体会和总结。他们在最残酷的环境中用鲜血和生命的代价总结出的经验教训，与同样从极残酷的斗争环境中走过来的斯大林同志对中国共产党的最后指示，竟能如此不谋而合，这绝不是偶然的，因而在当前国际上“炮火连天，弹痕遍地，吓倒了蓬间雀”[②]的特殊环境下，这也是我们不能忽视的“巧合”。

38. 当一个国家在做重大项目的技术选择时，不能轻易依托于一个只有纸面论证而无实际检验的技术。航母已经历了“二战”以及后来的无数次大规模战争。从这个意义上说，中国选择发展航母的考虑是成熟的。成熟的选择往往不是最好的选择，而是无从选择条件下的选择。如果能同时启动相关替代技术研发的话，这样的选择就是更好的选择。

39. 美国在朝鲜战争和越南战争中的失败、苏联在古巴导弹危机中受到的挫折以及美苏争霸的压力，促使世界军事变革在美苏的带动下向外空和深海两大领域迅速推进。外空信息技术革命使弹道导弹及其精确打击成为可

---

① 1948 年 9 月，共产党员罗广斌因叛徒出卖被捕被关进渣滓洞监狱，在积极参加狱中斗争的同时，他留心观察，设法和同志们交换意见，积累资料。同志们对他推心置腹，充分信任，大家以高度的责任感，以真诚的态度，从党的建设、组织发展、党员教育进行总结。1949 年 11 月 30 日重庆解放后，从狱中死里逃生的罗广斌为了完成难友们嘱托，晚上就趴在床上奋笔疾书，追记整理同志们在狱中的讨论和总结。12 月 25 日，他向重庆市委递交了《重庆党组织破坏经过和狱中情形的报告》共七个部分，最后部分就是《狱中意见》，共八条：一、防止领导成员腐化；二、加强党内教育和实际斗争的锻炼；三、不要理想主义，对上级也不要迷信；四、注意路线问题，不要从右跳到“左”；五、切勿轻视敌人；六、重视党员特别是领导干部的经济、恋爱和生活作风问题；七、严格进行整党整风；八、惩办叛徒特务。参阅《“狱中八条意见”源自连接的叛变》，见丁宗皓：《铁纪 · 铁流：1921—1949》，沈阳：辽宁人民出版社，2016 年，第 446 － 447 页。

②《念奴娇 · 鸟儿问答》（毛泽东，1965 年秋）：“鲲鹏展翅，九万里，翻动扶摇羊角。背负青天朝下看，都是人间城郭。炮火连天，弹痕遍地，吓倒蓬间雀。怎么得了，哎呀我要飞跃。借问君去何方，雀儿答道：有仙山琼阁。不见前年秋月朗，订了三家条约。还有吃的，土豆烧熟了，再加牛肉。不须放屁！试看天地翻覆。”参阅吴正裕：《毛泽东诗词全编鉴赏》，北京：中央文献出版社，2003 年，第 403 页。

能，核动力战略潜艇的出现又大大弱化了有核国家战略打击和报复能力。在1990年的海湾战争、1999年的科索沃战争、2001年年底的阿富汗战争和2003年的伊拉克战争中，美国的胜利使人类正式告别在飞机、坦克掩护下主力军团大规模决战的小立体战争模式，取而代之的是以外空卫星制导和陆海导弹精确打击为主，少量精锐地面部队定点突入的大立体战争模式。可以肯定的是，随着美国外层空间绝对优势的确立，发展深海战略优势将成为世界军事革命的新领域。

40．将有限的国防资源优先用于深海开发，这有利于在较短的时间内形成更为有效的威慑力量，并以此带动我国海军的跨越式发展。这是因为：①自20世纪80年代开始的外空技术革命已趋于饱和，而深海技术的开发正方兴未艾；②深海武器比陆地和天空武器更具机动性和隐蔽性，更有利于完成国家战略攻防任务；③相对陆基弹道导弹而言，深海核动力战略武器可确保国家的二次打击能力更久地处于安全状态；④发展包括潜艇在内的深海作战工具，是发展包括航母在内的水面舰艇的基础，国家海军的终极作战力量并不在于海面舰艇的战斗力，而在于水下舰艇的战斗力，也就是说，在大规模的战略打击后，只有深海作战力量具有战略报复和二次打击的能力；⑤我国是一个发展中的国家，其国防任务更多地带有战略防御的性质，将有限的资源优先用于深海开发，既有利于遏制“台独”势力、实现国家统一的目标，又有利于确保国家战略防御政策的终极效果。

41．托马斯·弗里德曼写了本很有影响的著作《21世纪：世界是平的》。“天之道，损有馀而补不足。”[①]世界确实是平的。但矫正世界畸形变化的力量并不像弗里德曼所认为的是国际资本流动，而是“天之道”即世界人民反对国际资本的力量，具体说就是第三世界国家的人民对国际资本的誓死且有效的抵抗运动。如果没有这些国家的人民抵抗，就不会有美国从中

①《老子今注今译》，陈鼓应译注，北京：商务印书馆，2006年，第474页。

亚撤军以及随之而来的华尔街金融危机。

42．1955年中国在万隆会议上赢得亚洲人民的尊重，是从朝鲜战争的胜利开始的；同样，我们要在南中国海赢得那里的国家和人民的尊重，也得从钓鱼岛赢得尊严开始。

43．2011年10月6日，美国参议院就129年前即1882年美国国会制定的歧视性的《排华法案》通过道歉案。有报道说："这项法案的通过被视为是华裔地位和政治崛起的结果，极具标志意义。"[①]

可就在10天前即9月21日美国国防部宣布已正式通知国会对台军售计划，包括为台"改装"其现有F-16A/B型战斗机、售台军用飞机零配件并提供有关训练项目，军售总价值约为58.52亿美元。[②]中国外交部一日之内对此提出三次抗议。报道说，1979年中美建交之后，美国对台军售达54次之多，共计约725亿美元。[③]10月10日中国外交部副部长崔天凯在接受记者采访时就美对台军售表示："希望美国不要一错再错。"[④]

"一错再错"在美国外交中并不是什么新鲜事，而"抗议"本身也不是大国的语言。如果一百多年后美国为它今天的对台军售行为再向中国"道歉"，但愿我们不要再说那又是"华裔地位和政治崛起的结果"。

44．1964年，中国原子弹试爆成功。当时西方人听见中国原子弹爆炸声后，就知道什么叫新中国了。尼克松转述周总理的话说：抗议的声音，如果

---

① 《美参议院通过"排华法案"道歉案向全美华裔致歉》，http://www. chinanews. com/hr/2011/10-08/3370515. shtml。

② 《美国防部宣布对台军售计划，总价值高达 58 亿美元》，http://news. enorth. com. cn/system/2011/09/22/007836685. shtml。

③ 《中美建交后美对台军售 54 次总金额 725 亿美元》，http://war. news. 163. com/11/1004/08/7FGRE9FM00011MTO. html。

④ 《外交部：望美国在对台军售问题上不要一错再错》，http://world. huanqiu. com/roll/2011-10/2070212. html。

太远是听不见的。①

45. 2011年10月24日，利比亚“国家过渡委员会”发言人表示，“过渡委”将调查卡扎菲死亡时的真实情形。②这无异于让嫌疑人自查其犯罪行为，监守自盗，西方法律看来也很“任性”。

46. 战国时的齐国曾是秦国面临的最强的对手，公元前288年齐秦曾一度相互称帝，齐湣王为东帝，秦昭王为西帝。齐国也是秦国行贿黄金最多的郡国，真是“吃人嘴软，拿人手短”，当秦国兵抵城下时，齐国是在完全不抵抗并在齐王建带领下出城投降的。史载：齐降后，秦王政把齐王建安置在边远的共地，不给齐王建食物，齐王建最终“饿而死”③。

47. 齐桓公九合诸侯，订立五项条约，其中有水利一条，行不通。秦始皇统一中国，才行得通。④故此，毛泽东说：“为河与外族进攻二事。分裂则二事皆不能办。”⑤

48. 2011年11月3日，“天宫”一号与“神舟”八号交会对接成功，这

---

①“但是如果美国退出亚洲，撤出日本，届时无论美国的抗议声有多大，套用总理的说法，我们都是在放空炮。那么，我们抗议的效果将微不足道，因为相隔一万五千英里的距离竟无法让别人听到你的声音。”参阅张曙光、周建明：《中美解冻与台湾问题——尼克松外交文献选编》，香港：香港中文大学出版社，2008年，第614页。

②《利比亚过渡委当局称将调查卡扎菲死亡真相》，http://world.huanqiu.com/roll/2011-10/2112175.html。

③“秦使陈驰诱齐王内之，约与五百里之地。齐王不听即墨大夫而听陈驰，遂入秦，处之共松柏之间，饿而死。”参阅《战国策·齐策六》，见《战国策全译》，王守谦等译注，贵阳：贵州人民出版社，1992年，第367页。

④薛泽石：《听毛泽东讲史》，北京：中央文献出版社，2003年，第76页。

⑤中共中央文献研究室：《毛泽东读文史古籍批语集》，北京：中央文献出版社，1993年，第274页。

说明我们对外空的认识日益接近“自由王国”[①]；与此同时，中国社会却因日益严重的贫富分化而离散，这需要我们重新认识毛泽东时代人民公社的价值。卫星上了天，红旗不能落地。

49. 改革开放之初的问题是全国划一的生产关系束缚生产力，因此当时改革口号是“发展是硬道理”，其攻坚目标是发展生产力；今天的问题是孤军独进的生产力正在毁坏生产关系内在统一，单纯的利润指标使曾用劳动联系在一起的国家公民出现阶级分化，这种分化又正在毁坏国家的统一性和国家本身。这时，改革就应当以调整生产关系（而不仅仅是分配关系）、推进共同富裕为攻坚目标。

50. 当下西方资本主义社会危机及美国发生的“占领华尔街运动”说明，西方这种建立在世界南贫北富民族对立基础上的局部“社会主义”是脆弱和不可持续的，而社会主义复兴的大趋势，如没有列宁主义的帝国主义论为理论背景就不能被很透彻地理解。

---

①在认识上，“自由王国”指人们在认识和实践活动中，认识了客观事物及其规律并自觉依照这一认识来支配自己和外部世界的一种社会状态。与此对应的“必然王国”是指人们在认识和实践活动中，对客观事物及其规律还没有形成真正的认识而不能自觉地支配自己和外部世界的一种社会状态。

之九

雷锋不是超阶级的牧师

1．马克思之后的世界资本主义并没有为人类贡献出新的自我扬弃的方式，列宁之后的世界资本主义更是失去了自我改造的能力。近百年来，它只是在维持它既有的存在方式——不断经历着同一种危机，面临着同一种矛盾，用同一种高代价的方式解决矛盾。其间，只有技术更新和危机的重复，而没有存在方式的更新，其结果是它对世界的创新速度远赶不上其破坏的规模。转用黑格尔批评东方历史的话，就是它“随意动荡而没有什么发展”，因而是“非历史的历史”[①]。黑格尔说东方：

> 这部历史，在大部分上还是非历史的。因为它只是重复着那终古相同的庄严与毁灭。那个新生的东西，凭藉勇敢、力量、宽大，取得了先前的专制威仪所占的地位，随后却又走上了衰退的老圈子。这里所说的衰退，并不是真正的衰退，因为在这一切不息的变化中，还没有任何的进展。[②]

黑格尔笔下的东方历史衰退特征不正是今天的资本主义“衰退”的写照吗？

---

①黑格尔说东方国家只有“随意动荡而没有什么发展”“持久、稳定——可以称为仅属于空间的国家——成为非历史的历史”“时间的形式和这种空间的稳定却断然相反”。参阅［德］黑格尔：《历史哲学》，王造时译，上海：世纪出版社集团、上海书店出版社，2001年，第108页。

②［德］黑格尔：《历史哲学》，王造时译，上海：世纪出版社集团、上海书店出版社，2001年，第109页。

与理解马克思的思想一样，理解列宁关于帝国主义诸如“垂死”“腐朽”等概念，应先从黑格尔“扬弃”概念入手。发展，本质上是包含“扬弃”的历史运动。若从“扬弃”的视角观察，列宁所说的“帝国主义是资本主义的最高阶段”[①]的论断是深刻和正确的，自列宁之后的世界资本主义已失去了自我扬弃（改造）的能力。目前，在世界治理方面，它除了使用拳头，便一无所长。

2．小康接近实现了，民间保镖增加了[②]；人们富裕了，百姓的防盗门加固了[③]；国内生产总值（GDP）飙升了，社会分化了；农村“土地流转”速度加快了，流民人数扩大了。

3．“和谐社会”的口号，当从“共同富裕”来落实。“以人为本”，并不是以一切人为本，而是以大多数人为本。而后者正是“共同富裕”思想的本质。马克思曾批评路易·波拿巴[④]的政策是“要想扮演一切阶级的家长似的恩人。但是，他要是不从一个阶级取得些什么，就不能给另一个阶级一些什么。”[⑤]毛泽东说这样的政策是：“好行小惠，言不及义，难矣哉。”[⑥]

---

①［俄］列宁：《帝国主义是资本主义的最高阶段》，见《列宁选集》第2卷，北京：人民出版社，1972年，第730页。

②《记者揭秘私人保镖行业 女保镖需求量大5000保底月薪》，http://www. chinamil. com. cn/big5/sh/2011-10/28/content_4704942. htm。

③已实施8年的《防盗安全门通用技术条件》于2008年4月1日起执行新国标。新国标将防盗门的防盗安全级划分为“甲”“乙”“丙”“丁”4级，不同防盗等级的防盗门防盗安全性能有所不同，其中，防盗门防破坏时间不得少于6分钟。

④［法］路易·拿破仑·波拿巴（1808—1873），即拿破仑三世（Napoléon Ⅲ），法兰西第二共和国总统（1848—1851），法兰西第二帝国皇帝（1852—1870），拿破仑二世的堂兄，荷兰国王路易·波拿巴和约瑟芬皇后与前夫之女奥坦丝·德·博阿尔内王后的次子。

⑤［德］马克思：《路易·波拿巴的雾月十八日》，见《马克思恩格斯选集》第1卷，北京：人民出版社，1972年，第701页。

⑥《关于农业互助合作社的两次谈话》，见《毛泽东选集》第5卷，北京：人民出版社，1977年，第120页。

4．1938年3月，丘吉尔在议会下院讲演中说：

请注意英国的政策并不考虑是哪个国家想要称霸欧洲。问题并非是西班牙，还是法国君主政体，还是法兰西帝国，还是德意志帝国，还是希特勒政权。这与统治者或国家无关；而完全在于谁的力量最强大，谁是潜在的霸道暴君。因此，我们不必害怕被指责为亲法或者反德。如果形势逆转了，我们也会同样被说成是亲德或反法。我们遵循的是公共政策的法则，而非根据形势的偶然变化或在其他情绪以及诸如此类的因素支配下采取的权宜之计。①

丘吉尔的这段话是理解英国对欧洲外交，继而欧美尤其是现在的华尔街金融垄断资本大佬们对世界外交政策变化的钥匙。

5．黄海历来是中国国防的“命门”，当然也是中国近代海权的“软肋”。理论上说，中国海权应覆盖整个中国的海上利益，但目前中国的海权与其制海权并不匹配，中国制海权被限制在美国拉起的意在遏制中国的“第一岛链”，它包含北起阿留申群岛，中接日本列岛、台湾岛，南至菲律宾，终结于扼马六甲东南端口的新加坡的链型岛屿连接的海区。在这个岛屿链条以西，中国在南海、东海和黄海面临着巨大的海上安全压力。在这三者中，东海是其中的关键环节，它西濒沪宁杭经济区，东有大隅和琉球诸水道与太平洋相通，北与黄海相连，南与南海呼应，扼太平洋西部边缘海南北航路要冲，是东北亚与东南亚海上联系的纽带，也是中国进入太平洋的最便捷，因而是极具战略价值的海域。台湾位于东海前锋，是“第一岛链”的关键环节，具有极特殊的战略地位。两岸统一将使中国能够有效地贯通从黄海到南海的海权资源，依托大陆，在太平洋西岸形成强大的制海能力。由于目前两岸政治分离的现实，中国海权以台湾为分界被拦腰分割为南北两段，不能形成有效的海上合力。这使实现两岸统一成了中国打破其全部海上安全压力的

① ［英］温斯顿 · S. 丘吉尔：《永不屈服——丘吉尔一生最佳讲演集》，李阳译，北京：世界知识出版社，2009 年，第 111 页。

关键环节。

6. 三至五世纪，世界气候转冷[①]，此间全球北方游牧民族被迫向南迁移，这造成中国东汉后的三国两晋南北朝及其间的五胡十六国[②]的混乱和欧洲古罗马的灭亡。黑格尔说："假如日耳曼森林那时还存在的话，法国大革命或许就不会发生了。"[③]同样的道理，如果没有三至五世纪世界气候转冷，那世界历史就可能是另一番景象。

7. 毛泽东说："中国统一，为河与外族进攻二事。分裂则二事皆不能办。"[④]如果说"外族进攻"凝聚起中华民族人心的话，那么，"为河"则强化了中国内地的联系。河流是先于陆地和天空的航线，它因此也就成了中国统一的最基础和最古老的纽带。

8. 爬坡最难下坡处。自古用兵多不败于"上坡"时的进攻，而败于没有做好进攻后"下坡"的善后设计。

9. "发展"概念的核心是扬弃，是量变后的质变，是飞跃，是革命，是对立面斗争，是"否定之否定"。"增长"是不包含质变和扬弃的量变过程，其结果是系统中的量变臻至极点后开始转向自己的反面，最终导致旧系统的崩溃和新系统的产生，这样的结果叫"发展"。

---

①葛全胜等：《中国历朝气候变化》，北京：科学出版社，2011 年，第 68 页。

②"五胡十六国"是指自西晋末年到北魏统一北方期间，曾在中国北部境内建立政权的五个北方民族及其所建立的政权。五胡指匈奴、鲜卑、羯、氐、羌。十六国指前凉、后凉、南凉、西凉、北凉、前赵、后赵、前秦、后秦、西秦、前燕、后燕、南燕、北燕、夏、成汉。

③［德］黑格尔：《历史哲学》，王造时译，上海：世纪出版社集团、上海书店出版社，2001 年，第 88 页。

④中共中央文献研究室：《毛泽东读文史古籍批语集》，北京：中央文献出版社，1993 年，第 274 页。

10．与列宁一生都没有将普列汉诺夫与布尔什维克分割开来的做法一样，毛泽东一生都没有将孙中山与中国共产党分割开来，在党内他还始终告诫“朱毛不能分”。这样的做法提高了党的战斗力和中华民族的凝聚力。抗日战争时期，毛泽东就说：“我们是马克思主义的历史主义者，我们不应当割断历史。从孔夫子到孙中山，我们应当给以总结，继承这一份珍贵的遗产。这对于指导当前的伟大的运动，是有重要的帮助的。”①在未来中国，我们也要学习毛泽东同志的思想方法，坚持毛邓不能分，坚持“两个不能否定”②，保证中国事业的连续性和稳定性，保证党的理论的科学性。无疑，将毛泽东同志与邓小平同志分割开来的恶果，首先是党的思想从而组织的裂变，而在中国，共产党的裂变就是国家分裂的先声。

11．“1912—1949年中国国民经济增长率每年平均递增5.6%；而1926—1936年间，增长率为8.3%；1928—1936年为8.4%。这说明，1926—1936年间国民经济增长率为旧中国最高的时期。”③然而此间经济的高增长并没有给中国带来繁荣，带来的只是农民的大量破产、东北全面沦陷、日寇越过山海关的步步逼近。1937年，也就在国民经济发展得最好时期，日本发动了全面的对华战争。

12．黄帝和炎帝是中华民族的主神，他们可能是多元一体的中华民族中的主体民族的先祖。黄帝在阪泉打败炎帝后，姬姓黄帝族成了华族的主族。失败后的姜姓炎帝族则流散到边远地区，今西南少数民族中的绝大部分可能都是炎帝的后裔，比如羌、苗、黎等族，苗族的主神是姜央，即炎帝。

---

①毛泽东：《中国共产党在民族战争中的地位》，见《毛泽东选集》第2卷，北京：人民出版社，1991年，第534页。

② 2013年1月5日，习近平同志在新进中央委员会的委员、候补委员学习贯彻党的十八大精神研讨班上发表的重要讲话中，明确提出：“不能用改革开放后的历史时期否定改革开放前的历史时期，也不能用改革开放前的历史时期否定改革开放后的历史时期。”参阅习近平：《毫不动摇坚持和发展中国特色社会主义 在实践中不断有所发现有所创造有所前进》，载《人民日报》，2013年1月6日，第1版。

③孙健：《中国经济通史》中卷，北京：中国人民大学出版社，2000年，第1074页。

13．“汉族”的称呼是汉朝以后的事，它不是一个严格意义的族称。吕思勉云：“汉族之称，起于刘邦有天下之后，近人或谓王朝之号，不宜为民族之名。吾族正名。当云华夏。”[①]汉族的前身是华族或华夏族。范文澜先生说：“汉以前人相信黄帝、颛顼、帝喾三人为华族祖先。”“黄帝族与炎帝族，又与夷族、黎族、苗族的一部分逐渐融合，形成了春秋时称为华族、汉以后称为汉族的初步基础。”[②]因此，利用“汉族”的称谓来分离中华各民族的认识是很荒唐的，因为中国大多数民族的前身本是一家。

14．到第四纪对包括西侯度人在内的整个黄河以北的华夏先民生存的最大威胁是寒冷。哪里有寒冷，哪里就必须有火种[③]。可以设想，随着一次次冰川期[④]的来临，黄河以北那些失去或没有火种的氏族将成批地冻饿而死，而那些得到——或像普罗米修斯那样盗得——并有能力保住火种的部族则相继繁衍下来。由此可以说，西侯度人对于后来中华古人的最大贡献不仅仅在于其石器工具的先进，而在于他们为后代传下了火种。在第四纪，火可不主要是为了烤肉，而是为了保命；在当时，保火就是保种：火塘里若没了烟火，恐怕整个部落就要灭种——这大概就是中原人用“不绝香火”表达传宗接代意识的最初的动因，黄河以北的文化恐怕也会由此发生断代，自然，后来的华夏文化也就不可能延续[⑤]。

---

①吕思勉：《中华民族源流史》，北京：九州出版社，2009年，第93页。

②范文澜：《中国通史简编》第一册，北京：人民出版社，1964年，第91-92页。

③ 2012年中国科学院古脊椎动物与古人类研究所科研人员发现了距今将近50万年可以初步确定为古人类用火的火塘遗址。那个时候的人能控制火、用火加工食物，是人类踏入文明的重要标志。参阅《本溪庙后山遗址发现火塘遗迹》，http://www. kaogu. cn/cn/xianchangchuanzhenlaoshuju/2013/1026/40444. html。

④第四纪冰川期共有5次，分别发生于距今180万年，70万年，30万年，10万年和6.5万年前。

⑤ 2015年3月，考古学家在山西沁水县77平方米范围内的开方层中发现了旧石器晚期的古人类遗址。在2.6万年前的地层中有6处火塘和用火遗迹。有一个火塘保存相当完整，中心有大量木炭，木炭清除后，有一小浅坑，坑底的土壤已被烧红。火塘周围由拳头大的砾石围成石圈，石圈外围还有几块扁平砾石，这些扁平砾石就是石磨盘（参阅《下川遗址可能是2.2万年前人类栖居地》，载《光明日报》，2015年3月8日，第10版）。这说明，在两万多年前的末次盛冰期时，生活在中国北方山西沁水高地的古人类已具有相当成熟的保留火种的能力。

15. 在中原文化中，“华族”[①]即火族。《释文》：“火，化也，消化物也，亦言毁也。”[②]《说文》：华（華），花也，荣也，煌煌光明状。这些都是火燃状的描述。“华”“火”二字古音互通，华族即尚火之族。至于后来出现的“华夏”一词，就是中华尚火族——此可视为中华民族的前身——所建立的夏国；“华”是火族属性，夏，则是国号。“夏”，《国语》：“大也。以为善福，殷富天下为大也。”[③]“华夏”被赋予至美至伟——用今天的话说就是“高、大、上”——的语义。吕思勉先生说：“华和夏是双声字，难保本是一语。”[④]

16. 政治博弈中最终能赢得胜利的是事业的方正，而非一二奇招。奇招不可多用，初用可能盘活全局，然若无方正托底，复用多为死棋。1975年毛泽东借用鲁迅的话说：“捣鬼有术，也有效，然而有限，所以以此成大事者，古来无有。”[⑤]

17. 1983年2月12日下午，邓小平同志游览栖霞岭下的岳王庙。在北碑廊岳飞手书的《满江红》石碑前说：我小时候就会唱《满江红》。在看到秦桧等四个跪像时，拉着外孙女的手，边看边指着说：英雄总为后人所纪念，坏人为后人所唾弃。望着左边门柱上的对联，对孩子说：“青山有幸埋忠骨，白铁无辜铸佞臣”，很对呀！你们要像岳飞一样精忠报国才是。[⑥]

二十多年后即2011年9月，南京江宁博物馆新馆对外开放，展厅内的秦

---

①“汉以前人相信黄帝、颛顼、帝喾三人为华族祖先。”“黄帝族与炎帝族，又与夷族、黎族、苗族的一部分逐渐融合，形成了春秋时称为华族、汉以后称为汉族的初步基础。”参阅范文澜：《中国通史简编》第一册，北京：人民出版社，1964年，第91-92页。

②（汉）刘熙：《释名》，北京：中华书局，1985年，第4页。

③上海师范大学古籍整理组：《国语》，上海：上海古籍出版社，1978年，第107页。

④吕思勉：《中华民族源流史》，北京：九州出版社，2009年，第11页。

⑤盛巽昌、欧薇薇、盛仰红：《毛泽东这样学习历史，这样评点历史》，北京：人民出版社，2005年，第306页。

⑥《邓小平年谱》（1975—1979），北京：中央文献出版社，2004年，第888页。

桧像由跪而坐[①]，后因国人反对又于12月被悄悄搬走。这让人感到是非颠倒，为中国将来担忧。

18. 有报道说东北人工饲养的老虎怕鸡[②]，这不由得使人想起大清的八旗。

19. 美国的心脏在华尔街，华尔街的心脏在中亚[③]；沙特是美国的左心室，伊朗是美国的右心室；伊朗压一压，美国就要喘一喘；中亚一出事，美国就要窒息。

20. 拒绝与支配是具有同等效力的权力。历史上，支配权力的极端表现是压迫，拒绝权力的极端表现则是革命。革命是人民的权利，这种权利集合起来便形成新的权力。所以列宁说："革命是历史的火车头，——马克思也这样说过。革命是被压迫者和被剥削者的盛大节日。"[④]

21. 雷锋不是超阶级的牧师，而是资本压迫下的结果。雷锋的精神是有阶级属性的，它只能在公有制条件下发生。在私有制下，雷锋遇上资本家若还是"春天般的温暖"而不是"冬天一样残酷无情"[⑤]，那他就不是雷锋，而是那位"不敢与师抗礼"的武训。前者是毛泽东提倡的，后者是伯恩斯

---

①《南京一博物馆将秦桧塑成坐姿引发岳飞后人抗议》，http://news. cnwest. com/content/2011-12/21/content_5740076. htm。

②"人们在庆幸东北虎繁育成功的同时，又发现了另一个问题，人工饲养的东北虎野性大大地减小了。有时一只鸡竟也能把老虎吓得向后跳。虎捕牛不成，反被牛追的尴尬情形也时常上演。"参阅《人工饲养东北虎被鸡吓得向后跳 捕牛不成反被追》，http://news. sina. com. cn/c/2014-11-24/092231192703. shtml。

③地理学视角中的中亚是指中亚五国，而地缘政治视角中的中亚更多地指欧亚结合部的富油区。前者是以物理划分，后者则以政治划分。"东欧"的概念也是这样。

④［俄］列宁：《社会民主党在民主革命中的两种策略》，见《列宁选集》第1卷，北京：人民出版社，1972年，第601页。

⑤"对待同志像春天般温暖，对待工作像夏天一样的火热，对待个人主义像秋风扫落叶一样，对待敌人像冬天一样残酷无情。"参阅刘玥辛：《雷锋日记》，长春：吉林人民出版社，2012年，第27页。

坦、考茨基和大清举人们提倡的。

22. 当雷锋遇到资本家，正如当劳动力遇到剩余价值，难免有说不出的尴尬。

23. 欧洲上古史的罗马与希腊的命运，类似于中国同时段的秦国和齐国。黑格尔说："我们看见罗马人是被束缚在那种有限性的抽象'理智'之中。这就是他们在宗教方面最高的特性，也就是最高的意识。事实上，束缚就是罗马人的宗教；相反的，希腊人把自由的幻想的欢欣当作宗教。"①战国时的秦国力行铁血统一，齐国则玩"百花齐放"，结果当秦国大军抵至齐国城下时，齐竟举国不战自降。希腊人的命运更惨：被反复征剿后，先后臣服于南方的斯巴达、北方的马其顿和来自意大利的罗马人的脚下。

24. 国家崛起所基于的关键因素是国家的战略能力而不是所谓"文化"。黑格尔说"文雅和修养根本是不合罗马人本性的"，罗马征服希腊后，"他们企图从希腊人那里输入文化，因此，就有了很多的希腊奴隶被载运到罗马来。这种奴隶贸易是以提洛为中心，据称这个地方有时候一天可以卖出一万个奴隶。希腊的奴隶成了罗马的诗人、著作家、罗马人工作场所的监督、罗马人子女的教师"。②

25. 朝鲜半岛位于中国黄海的北翼，黄海的安危事关东海的稳定从而中国在台湾的主权安危，而台湾的安危更是事关中国在西太平洋的海上安全。如果将中国西太平洋海权作一形象比喻，我们就会看到，黄海就像人臂中靠近肩膀的上臂，其中的辽东半岛相当于肱骨部分，南海部分则相当于人的前臂，东海台湾则是连接上臂和前臂的肘关节，而海南岛则相当于手掌。黄海

---

①② [德] 黑格尔：《历史哲学》，王造时译，上海：上海书店出版社，2001年，第287、309页。

失则台湾不保，台湾断则海南岛无法向南海发力。这样，台湾在近现代史中就成了夺取西太平洋制海权的关键环节。1895年日本获得甲午海战的胜利后便直取台湾；1951年，美国介入朝鲜内战，也从封锁台湾海峡开始。对于今天的中国而言，在两岸统一之前，中国在南海的攻势会因无法充分发力而事倍功半。

26. 台海统一是中国打开西太平洋海权困局的关键环节。台海统一后，中国边界就可直推至太平洋千米以下的深海区，并对台湾以北的宫古海峡和南边的巴士海峡施以影响，中国在黄海、东海和南海的海上国防力量就可以形成合力，并使中国海南岛、台湾岛和辽东半岛由南至北连为一体形成真正的"拳头"，唯有如此，长期拖延的南海主权问题才能顺利解决。从导致近现代中国分裂的原因多来自沿海外敌入侵以及2011年利比亚因失去地中海沿岸制海权而陷入内战从而政权颠覆的经验看，实现从黄海辽东半岛经东海台湾岛至南海海南岛的无缝连接，是中国在新世纪顺利成长为有影响力的世界大国必须完成的国防任务。

27. 1950年10月27日，毛泽东对民主人士周世钊和王季范谈他对中国抗美援朝的原因及其可能的结果的考虑时说：

不错，我们急切需要和平建设，如果要我写出和平建设的理由，可以写有百条千条，但这百条千条的理由不能敌住六个大字，就是"不能置之不理"。现在美国的侵略矛头直指我国的东北，假如它真的把朝鲜搞垮了，纵不过鸭绿江，我们的东北也时常在它的威胁中过日子，要进行和平建设也会有困难。所以，我们对朝鲜问题，如果置之不理，美帝必然得寸进尺，走日本侵略中国的老路，甚至比日本搞得更凶，它要把三把尖刀插在中国的身上，从朝鲜一把刀插在我国的头上，以台湾一把刀插在我国的腰上，把越南一把刀插在我们的脚上。天下有变，它就从三方面向我进攻，那我们就被动了。我们抗美援朝就是不许它的如意算盘得逞。打得一拳开，免得百拳来。

我们抗美援朝，就是保家卫国。[①]

28．“古未有不可守之地而可以言战者。”[②]山地进攻困于深险，平原自守难在阔平。形胜之地，当在平原与山地间保持合理的比例，不同的比例对地区安全及由此形成的地区政治统一往往起着不同的调节作用。山地既是平原的障碍，又是保卫平原的要塞。平原若有恰当比例的山地环绕，则会造成更有利的防御条件从而有更好的安全保障。

29．昔秦认齐王为东帝，自立为西帝，秦在剪除齐国的同盟后，于公元前221年灭齐。今美国来人要与中国搞G2[③]，齐可为鉴。

30．孙子曰：“我不欲战，虽画地而守之，敌不能与我战。我欲战，敌虽高垒深沟，不得不与我战。”有国家在南海向中国发难，中国当循此理。你打你的，我打我的，古今善战者，概莫能外也。

31．国际政治中的所谓“动态研究”需要抽象和综合能力。比如研究太平洋，其动态可比喻为浪花，决定它走向的是水下的洋流——这相当于历史，而决定洋流走向的却不是浪花而是大洋的盆底结构——这在国际政治中相当于地缘政治。如果知道了太平洋的盆底结构，又知道了地球引力常数，那太平洋的基本“动态”自可了然于胸。

32．今天美国的敌人并不在中国而在华尔街，今天中国的敌人也不在美国而在华尔街。华尔街金融集团而非白宫的所谓“鹰派”才是割裂中美关系的推手。正因此，美国人民抗议的方向并没有指向白宫而是指向华尔街。

---

①周彦瑜、吴美潮：《毛泽东与周世钊》，长春：吉林人民出版社，1993年，第120页。

②（清）顾祖禹：《读史方舆纪要》，北京：中华书局，2006年，第2084页。

③“G2”是指由中、美两国组成一个集团（Group）来代替旧有的八国集团，以携手合作解决世界经济问题。G2这个概念是由美国著名经济学家弗雷德·伯格斯滕提出来的。

33．今天的美国已不是民族主导的，而是金融寡头垄断资本主导且与美利坚民族相对立的寄生性国家。马克思在《资本论》中曾提出“G-W-G′”即货币经过商品生产进而使其增值的资本总公式，如果将其中的W理解为War即战争而不是商品，我们就可以看出当今华尔街集团操纵的金融资本那极为腐朽的本质。

34．人民始终是改革的主体，不能将改革的主体改变成客体，将改革的支持主力改变成改革的对象。如果这样，改革就走上了邪路。人民在任何时候都是共和国的主体，而国家只有成了人民权利的坚定的维护者才能获得人民支持，只有获得人民支持，国家才能真正强起来。

35．国际关系是有斗争的——认识它需要辩证法，更是有规律的——认识它需要唯物论。斗争不能没有阴谋，但一个国家要到了基本靠阴谋维持其存在的时候，这个国家离末日也就不远了。目前的美国就是这样的国家。

36．没有挨饿、挨打、受欺负等经历而只有学校尤其是名牌学校学历的人，不能做战略研究，最多只能做“战略学”研究。

37．马丁·路德·金的“梦”至今也没有给美国黑人带来解放，而共产主义理想却给1949年后的中国带来了无限光明。

38．回避“两个必然”①——它是新中国精神文化的核心价值——而谈文化自觉，回避“列宁主义”——它是“毛泽东思想”的直接来源——而谈文化自信，正如回避“无产阶级专政”而谈马克思主义一样，那只是小资玩的矫情。

①“两个必然”，即指社会主义必然胜利和资本主义必然灭亡。

39．“细节决定成败”，确切地说，一般意义的细节并不决定成败，只具有战略意义的细节以及洞察这些细节的战略能力，才决定成败。

40．形胜之要，点面而已。从某种意义上说，几何力学是地缘政治学的基础。

41．在国家上升之时，缺点会转化为优点——正可谓“时来天地皆同力”；在国家衰落之时，优点也会转化为缺点——正可谓“运去英雄不自由”。不在历史大势上看国家问题，仅做些微观比较是没有意义的。贤者识其大，不贤者识其小。大者，道也；小者，器也。君子不器。①

42．现代技术使美国赢得了战役，伊拉克人民却使美军失去战争。

43．技术只有与特定环境结合才有意义，技术与环境的切合程度而不是孤立的某项技术的高下才是技术先进与否的标志，因此，技术革命首先是技术与环境结合方式的革命。

44．孤立的技术对地缘政治的基础作用及其规律的影响是有限的，地缘政治中最能动的因素不是物而是人，不是技术而是具有运用地缘政治基本规律把握人地关系的有智慧和能力的人。

45．地缘政治讲的是人地关系，而在人地之间，“人缘”即人之间的关系是其主要矛盾的主要方面。有人缘的地方才有政治。地缘政治形成的前提是稀缺资源，没有资源的争夺，也就没有了政治。

---

①《论语·子张》：卫公孙朝问于子贡曰：“仲尼焉学？”子贡曰：“文武之道，未坠于地，在人。贤者识其大者，不贤者识其小者，莫不有文武之道焉。”参阅《四书全译》，刘俊田、林松、禹克坤译注，贵阳：贵州人民出版社，1988年，第97、329页。

46. 人是在特定社会结构中的人，因此，特定的社会结构是影响地缘政治表现水平的深层次的内容，而地理环境则不过是不同社会结构的物质载体。同一地理环境，配之以不同的社会人群，其表现出的人地关系及由此产生的攻防能量是完全不同的。故而，地理形势，乃至技术优劣并不是固定的，而是可以由当地人民及其政治家的智慧转换的。不然，历史就不会出现在同一地域中由不同的政治家导演出起伏跌宕的悲喜大剧。

47. 普世价值是存在的，但体现它的普世或曰统一的形式是不存在的，正如普遍的“人类”是存在的，但统一的具体人是不存在的。将个别国家实现普世价值的具体形式，暗移为普世价值本身，这与某个人被说成上帝、某种花被说成是一切花、美国人被说成全人类一样，是可笑的。

48. 立国要有道统，有了道统才能有法统，道在先，法在后。道统的进步性在于它的人民性。当一个国家失去道统时，就不能再带来正义和公平，那么这个国家就会衰落。道统是引领整个世界前进的动力。

49. 道德与劳动是不能分离的孪生子。国家和人一样，如果不劳动，那么这个国家的道统就基本上失去了。古罗马就是这样，古罗马刚开始是劳动，国家在这一时期就处于上升阶段，但是后来古罗马开始打仗，并且掠夺了很多奴隶，让奴隶劳动，而古罗马的人则观赏动物表演、人兽肉搏，这样古罗马就衰落了。民族放弃劳动之时，也就是这个民族衰落之日。

50. 帝国主义国家的经济基础不是国内劳动而是海外超额剩余价值的存在。因为一国劳动可以支撑一个民族国家，却撑不起一个帝国。

之十

英雄的高度即民族的高度

1．昨天我们见面常问“吃了没”，今天我们邻居间常问“孩子在哪个国家读书”，明天我们的问候语中就会有“孩子现在在哪国办公司”。

2．所谓“民企”，它与小农民一样从来不是一个独立的部分，在国家和外国大资本前，它二者必附其一。力图摆脱国家，试图削弱国企的结果只能为海外大财团吞并，反之它必然要依靠国家。集体所有制若再解体并失去国家保护，在国际大资本前，民企包括小老板在内的相当部分员工将很快变成了要么革命，要么蜂拥进入城市的无业流民。

3．20世纪上半叶，美国人曾在第二次世界大战中借欧洲人的手埋葬了以欧洲为中心的“凡尔赛”世界体系；“二战”后，欧洲人也“以其人之道”借美国人的手埋葬了以苏联为主导的“雅尔塔”世界体系的欧洲部分；今天日本人正在借美国人的手埋葬以美国为主导的“雅尔塔体系”的亚太部分，目前美国正在这条道上疲于奔命。在许多时候，用枪打不倒的对手可以用笔打倒，用笔打不倒的对手还可用嘴“吹”倒。

4．叛国者最可悲的下场不是被祖国惩罚，也不是被为其卖命的主子抛弃，而是在被主子抛弃前先回锅“油炸”一遍，然后再作“人渣”处理，比如向彼得大帝告密的变节者科楚别伊戈尔[①]的命运就是这样。比较东欧剧变至今那些彻底背叛自己祖国的政客们，没有离开自己祖国的戈尔巴乔夫的下场还算是比较好的。

5. 2012年12月15日，美国国务卿希拉里在家中“因胃部疾病的原因”晕倒造成脑震荡[②]。事实上，造成她大脑震荡更直接原因是这个“五洲震荡风雷激”的世界。2010年3月美国在东海开始为期长达一年的海上演习，演习被2011年3月11日发生的日本大地震所打断。随后希拉里又隔海向中国发狠话，[③]希望中国出现“利比亚”式的乱局，结果又是一无所获。2012年9月美国驻利比亚大使馆又遭到被美式民主“解放”了的利比亚人民的袭击，造成4名美外交官员死亡。希拉里因此表示将引咎辞职。3个月后，希拉里便出现“脑震荡”。

---

①马泽帕为了控制乌克兰，同瑞典国王查尔斯密谋反对沙皇彼得一世，科楚别伊向彼得一世告发马泽帕与瑞典勾结反对彼得一事，彼得为了把马泽帕争取到自己一边，就把科楚别伊“告密”一事告诉了马泽帕，结果马泽帕处死了科楚别伊。

②《希拉里脑震荡仍未痊愈 正在家中康复休养》，http://world. huanqiu. com/exclusive/2012-12/3427236. html。

③ 2011年5月13日，希拉里在接受《大西洋月刊》(The Atlantic) 采访时主动谈到中国，称：“我们并不因为中国人权纪录糟糕就拒绝与其打交道，我们不拒绝跟沙特打交道……”“他们试图阻止历史，这是‘a fool’s errand’(徒劳的)。他们办不到，但他们要坚持尽可能长久。”(英文原文：“They are trying to stop history, which is a fool’s errand. They cannot do it. But they’re going to hold it off as long as possible.”)

2011年9月30日，在中国国庆前夕，美国国务卿希拉里·克林顿曾代表美国向中国发来“贺电”，说：“我们两国正在抓住这个历史性的时刻，发展两国领导人所展望的积极、合作、全面的关系。美国致力于中国的成功，因为一个繁荣的中国有利于美国，一个繁荣的美国也有利于中国。”“值此中华人民共和国成立62周年之际，无论你们与家人还是与亲朋好友一起庆祝这个节日，请记住美国作为一个坚定的伙伴和朋友与你们站在一起。”

资料来源：Close Hillary Clinton: Chinese System Is Doomed, Leaders on a‘Fool’s Errand’, By Jeffrey Goldberg，http://www. theatlantic. com/international/archive/2011/05/hillary-clinton-chinese-system-is-doomed-leaders-on-a-fools-errand/238591/3/；《克林顿国务卿的声明》(2011年9月20日)，http://iipdigital. usembassy. gov/st/chinese/texttrans/2011/09/20110930161747x0. 561195. html#axzz1ZU1uCpV7。

6．可以说，自隋朝开始，东北亚便日益成为中国政治稳定的“软肋”，隋炀帝和唐太宗都意识到却无力解决这一问题，明朝始，它就成为中国政治大动荡的发源地。1950年6月美军登陆朝鲜半岛，毛泽东宣布“抗美援朝”，由此杜绝了新中国重蹈李自成覆辙的可能。这场战争一改隋唐远征为援助方式并由此将东北亚稳定至今。

7．西方人弱化其他国家的一般方法是肢解它的版图，而实现这一目的的一般方法是肢解这个国家人民的灵魂。比如现实中的印度众神就是其“种族博物馆”特点在天国的反映。美国的种族不比印度少，但美国人坚称他们只有一个神，那就是耶稣，一个民族，那就是美利坚。

8．中国历代王朝的国都从长安经洛阳到北京的迁动路线，恰好与东西走向的万里长城[①]及黄河的走势大体平行，这反映了中国历史安全压力点由西向东变迁的轨迹。

9．鲜，美鱼也。羊大为美。《说文》：“鲜，鱼名也，出貉（mò）国。”“貉”为我国古代东北地区的少数民族和国家的泛称，貉族喜食生鱼片。《史记》载，商纣王的叔父箕（jī）子在周武王伐纣后，带着商代的礼仪和制度到了朝鲜半岛北部，被那里的人民推举为国君并得到周朝的承认，史称“箕子朝鲜”。朝鲜人偏爱白色，《礼记·檀方》：夏后氏尚黑，殷人尚白，周人尚赤[②]。

10．海军之难不在攻而在守，坚守需要更多的资源支援，这对远道而

---

①长城是古代中国在不同时期为抵御塞北游牧部落联盟侵袭而修筑的规模浩大的军事工程的统称。长城东西绵延上万华里，因此又称作万里长城。现存的长城遗迹主要为始建于14世纪的明长城，它东起辽宁东虎山，经河北、天津、北京、内蒙古、山西、陕西、宁夏至甘肃嘉峪关，全长8851.8千米，平均高6～7米、宽4～5米。

②（唐）孔颖达疏：“夏尚黑，殷尚白，周尚赤，此之谓三统。”参阅陈戍国：《四书五经校本·礼记·檀弓上》，长沙：岳麓书社，2006年，第365页。

来进入太平洋或印度洋的英美海军是难以为继的，而这对近守两洋的中国来说就有更好的地缘条件和更多的等待时间。时间是政治家手中的第一资源。朝鲜战争和越南战争中美国的失败和中国的胜利便是这一原理的最有力的说明。

11. 1962年，印度和苏联分别在中国西南西北边陲滋事，中国国内经济困难尚未缓解，蒋介石认为反攻大陆的时机到来。美国文件显示“中华民国正在为至少是试探性的行动进行准备”[①]。3月6日下午，蒋介石与即将离任的美驻台“大使”庄莱德会见，向美再次表示其雄心勃勃的反攻计划。蒋认为小规模的行动不会成功，他需要大规模的行动引发暴动。“蒋坚信现在是采取行动的时候，他说任何迟缓都可能使共产党弥补危局。”[②]6月23日，美国与中国在华沙的谈判代表卡伯特向王炳南表示：在目前的情况下，美国不会支持蒋介石发动对大陆的进攻。卡伯特一再表示美国不愿再看到一场世界大战，他甚至向王炳南说：“如果蒋介石要行动，我们两家联合起来制止他。”[③]

12. 如果有那么一天——相信这一天的到来不会太久——中国海警会将非法闯入中国钓鱼岛及其附属岛屿并犯有刑事责任的日本人扣压、交与中国司法审判，接踵而至的就是“台独”分子的末日。“台独”大佬李登辉明白这一点，他多次妄称钓鱼岛主权属于日本[④]。

13. 政治家是实践地缘政治学的主体。历史上，能够批判性地吸取和运用学者研究成果，充分认识不同地理空间的不同特点，较好地把握战略目标

①《国家安全委员会罗伯特·柯莫致邦迪函》（1962年1月29日），见陶文钊：《美国对华政策文件集 1949—1972》第三卷，北京：世界知识出版社，2003年，第270页。

②陶文钊：《美国对华政策文件集 1949—1972》第三卷，北京：世界知识出版社，2003年，第273页。

③转引自苏格：《美国对华政策与台湾问题》，北京：世界知识出版社，1998年，第333页。

④《李登辉“出卖”钓鱼岛》，载《信息日报》，2002年10月27日。

与战略资源/能力的匹配及其矛盾转化关系的政治家，一般都取得了巨大的成就，因为他们的认识会使国家培养元气，行稳致远，而这样的学识恰恰是麦金德、凯南、布热津斯基等地缘政治学者力所不及的。

14．稳固的权力是长在土里的，可许多官员却认为它是上司赐予的，结果不服水土的官员或政权被当地人民打倒，而那些扎根于人民土壤之中的干部则得到人民的拥护。斯大林说：领袖来复去，人民却留着，只有人民是不朽的；毛泽东说：将来如果右派上台，我断定他们是长不了的。

15．国力的大小在于节制。把握好目标与资源之间的匹配关系：目标大了国力小，目标小了国力大。故而没有辩证分析的“国力对比”是不靠谱的。基辛格明白这一道理，他说：“美国必须小心，在它执行全球外交政策的财务、军事资源都被削减之时，不要去增加道德承诺。皇皇大言，没有能力或意愿做后盾，会使美国在其他所有事务上的影响力消退。”①

16．诱倒拳手的最佳时机是其双脚悬空后身体失重的瞬间，而击倒敌人的终极方法是使之脱离群众。

17．历史就是斧头即阶级专政的反正。

18．人生最不能做的就是赢的不多输则破底的事。

19．美元的特殊性就在于构成美元要素的二元对立：美元是美国的，而美元上的资产却不主要是美利坚民族的而是华尔街的。华尔街如果财产转移，美元剩下的就只是一个空壳。

---

①［美］亨利·基辛格：《大外交》，顾淑馨、林添贵译，海口：海南出版社，1998年，第785页。

20．外交战略如搭积木，使形势有利于本国，而不是将积木砸烂或打散。16世纪法国大政治家黎塞留（Armand Jean du Plessis de Richelieu, 1585—1642年）说："要加以支撑的事物和支撑事物的力道之间，应该互相保持几何比例。"[①]基辛格也说："有实力而无合理的安排会引起测试实力的争战，有合理安排而无实力为后盾，则只是虚有其表。"[②]

21．历史是必然的，但表现却是偶然的；思维是辩证的，但行动却是片面的。

22．1937年3月，毛泽东在《祭黄帝陵文》中说："琉台不守，三韩[③]为墟。"[④]这是说琉球、台湾地区和朝鲜半岛齿唇依存的关系；但如果将日本1895年在"甲午海战"后窃取中国台湾、1910年全面占领朝鲜、1937年发动全面侵华战争的诸事件连贯起来，其展现出的逻辑同样表明，"三韩"不保，中原为墟。朝鲜是中国——当然也是俄国——东方安全的重要屏障：此门洞开，且不论由此可能造成的中国东北动乱对中国工农业经济的影响，仅从地缘政治及近现代历史经验看，也会直接威胁中国京畿重地，并将对中国的整体稳定造成重大冲击。中国历史上多次出现全国性的长期战乱，其爆发源多出自从新疆至东北三省乃至朝鲜半岛的"广大条形地区"[⑤]；这一地区两端任何动荡都会很快传递到定鼎于此线的长安、洛阳、北京等国家京畿中枢，如果中枢对发生于这一地区的事变反应无力或失败，接踵而至的就是国家退向中国长江一线。而中原政权退至江南引发的必然结果要么是国家分裂，要么是政权更迭。二者必居其一。明乎此，也就明白了中华人民共和国建立之初毛泽东对打过"三八线"并将战火烧到鸭绿江边的美军采取坚决反

①② [美] 亨利·基辛格：《大外交》，顾淑馨、林添贵译，海口：海南出版社，1998年，第57、572页。

③"三韩"是指公元前2世纪末至公元后4世纪左右存在于朝鲜半岛南部三个部落联盟即马韩、辰韩和弁韩，后亦指朝鲜半岛。

④《名人名家抗战诗词选（1932年5月—1945年9月）》，载《党的文献》，2005年第5期。

⑤程广中：《地缘战略论》，北京：国防大学出版社，1999年，第159页。

击的深层原因；明乎此，也就明白毛泽东告诉周恩来“我们决不当李自成”这句话所包含的历史经验。

23．在人们思维中，不同的是对概念的定义而不是概念本身。故而，接受他人的概念而另做解释，是许多政治人物贯彻其意志的巧妙方法。

24．在资源稀缺的沙漠地区，国际边界多为直线，这说明此地没有什么好争的；而在资源富饶区域，国际边界曲折多变，这说明这些地方是必须要争的。

25．强不在霸，而在自强。中国强起来的目标是争权利，而不是争霸权，它不是要走向世界跟人去争个高低，而是要维护中国人民的基本权利，自立于民族之林并为世界人民做出较大的贡献。

26．今日的欧洲人已有了“前度刘郎今又来”①的自得，而此时的美国在不断堆起的“诺贝尔经济学奖”中却有了一种被逼出欧洲的莫名失落。螳螂捕蝉，黄雀在后。2007年，就在欧盟统一欧洲任务接近完成并准备向地中海南岸即北非推进、其政治版图基本回到第二次世界大战前的凡尔赛体系的前夕，美国人所获得的诺贝尔奖大幅增加：2007年至2012年，“美国经济学家几乎‘包揽’了诺贝尔经济学奖”②。此后美国经济似乎得了“肾衰竭”，在危机中日益不能自拔，国力不振，政治上出现人民“占领华尔街运动”。欧盟——2011年利比亚内战中反政府力量的支持者——获得2012年年度“诺贝尔和平奖”，这是欧洲人对欧洲大陆接近统一的庆贺。

---

①（唐）刘禹锡：《再游玄都观》。“百亩庭中半是苔，桃花净尽菜花开。种桃道士归何处？前度刘郎今又来。”参阅萧涤非等：《唐诗鉴赏辞典》，上海：上海辞书出版社，2004年，第848页。

②“从1901年首设诺贝尔经济学奖到去年为止，总计有71位美国公民单独或者分享了诺贝尔经济学奖。梳理2007年至今年，美国经济学家几乎‘包揽’了诺贝尔经济学奖。”参阅《美国人再次拿走诺贝尔经济学奖》，载《环球时报》，2012年10月16日第4版。

27. 战略能力，本质上说是运用唯物辩证法转化矛盾而不是消灭矛盾的能力。矛盾不能消灭，只能转化。有唯物论而不掌握辩证法的人立场坚定却没有能力，有辩证法却无唯物论，其能力因无根底终会转化为机会主义、风头主义、神秘主义或折中主义。

28. 中国文化中对“天”的敬畏就是对自然法的敬畏。自然法是阶级法权的抽象，它本质上是人民法。毛泽东说：“上帝是人民，人民就是上帝。”[①]中国洋派文人不明白这个道理，他们只敬由阶级法权派生并服务于统治阶级的成文法，结果必然要受到自然法——比如大小人民革命和运动——的一次次惩罚。

29. 人民，是一个多数主体的概念，而主体认可——不管这种认可采取的形式如何——是法权产生的法理基础。法权本质上是不需其他阶级认可的天然正当的权利[②]。

30. 1958年10月15日，毛泽东在专列上同彭真、陈伯达、王鹤寿等谈话说：“司马迁的《史记》，李时珍的《本草纲目》，都不是因为稿费、版税才写的。《共产党宣言》，也不是因为稿费才写的。《红楼梦》《水浒传》也不是因为稿费才写的。《诗经》《论语》，孔夫子那些东西，还有《道德经》，谁给他稿费呢？《圣经》的‘新约’‘旧约’是什么人写的？也不是

---

①中共中央文献研究室：《毛泽东年谱（1949—1976）》第5卷，北京：中央文献出版社，2013年，第480页。

②“法权是反映在法学上的、由法律承认和保护的社会全部利益、具体表现为各种形式的法定之权。”“在阶级对立的社会，法权实际上是掌握了立法权的那个阶级即统治阶级主观认定的利益，只不过采取了全社会的整体利益的形式。”“在法学的范畴体系中，法权处在核心地位，其他范畴，包括权利、权力和义务在内，都处在相对次要的地位，认为在各种利益分析单元中，法定之全部利益是一国之最高利益，个体利益、公共利益和其他利益都不能与之比肩；认为在一国的全部财产中，最重要、最优先的考虑，应当是归属已定之财产总量的保存和增殖，如此等等。”参阅童之伟：《法权与宪政》，济南：山东人民出版社，2001年，第23、36页。

因为稿费。这些都是因为有一种需要，才写出来的。”[1]故此，毛泽东提出“限制资产阶级法权”的概念。法权，意即无须论证的天然合法的权利：有资产阶级法权，也有无产阶级法权。资产阶级法权——比如“私有财产不可侵犯”的观念和无产阶级法权——比如“造反有理”的观念，都是在本阶级中无须论证的天然合法的权利。

31．1958年8月24日，毛泽东在北戴河的政治局会议上说：“我看将来有些大城市要分散，二万人到三万人的居民点，什么都会有，乡村就是小城市，哲学家、科学家都将要出在那里，每个大社都将公路修通。”[2]1959年年底毛泽东在阅读苏联《政治经济学教科书》时批注道：“在社会主义工业化过程中，随着农业机械化的发展，农业人口会减少。如果让减少下来的农业人口，都拥到城市里来，使城市人口过分膨胀，那就不好。从现在起，我们就要注意这个问题。要防止这一点，就要使农村的生活水平和城市的生活水平大致一样，或者还好一些。有了公社，这个问题就可能得到解决。每个公社将来都要有经济中心，要按照统一计划，大办工业，使农民就地成为工人。公社要有高等学校，培养自己所需要的高级知识分子。做到了这一些，农村的人口就不会再向城市盲目流动。”[3]

读了这些，使人联想到2015年5月1日习近平总书记在政治局集体学习时关于“健全城乡发展一体化”的讲话，习近平说：“加快推进城乡发展一体化，是党的十八大提出的战略任务，也是落实‘四个全面’战略布局的必然要求。全面建成小康社会，最艰巨最繁重的任务在农村特别是农村贫困地区。我们一定要抓紧工作、加大投入，努力在统筹城乡关系上取得重大突破，特别是要在破解城乡二元结构、推进城乡要素平等交换和公共资源均衡配置上取得重大突破，给农村发展注入新的动力，让广大农民平等参与改革

①②中共中央文献研究室：《毛泽东年谱（1949—1976）》第3卷，北京：中央文献出版社，2013年，第422-423页、第466-467页。

③中共中央文献研究室：《毛泽东年谱（1949—1976）》第4卷，北京：中央文献出版社，2013年，第260页。

发展进程、共同享受改革发展成果。”①

两次讲话虽时隔57年，但其缩小“三大差别”和城乡“共同富裕”的思想内核仍一脉相承。

32．工作上要抓铁有痕，政治上，尤其是对敌斗争上则要刺刀见红。

33．历史上还没有离开拳头就能做生意的事。生意做到最后还是由拳头定局。有人不同意，说世界秩序是由法律奠定的。但法是由自然法和成文法组成的，自然法在相当的时候是力学表现，力学结构确定后，才有成文秩序。力学的事在人类历史中就是拳头的事。

34．日本右翼若真要睁眼说瞎话否认南京大屠杀的事实，那最好同时也否认美国原子弹轰炸广岛、长崎的事实。

35．清人严遂成作咏李克用和李存勖的诗《三垂冈》：

英雄立马起沙陀，奈此朱梁跋扈何。只手难扶唐社稷，连城犹拥晋山河。风云帐下奇儿在，鼓角灯前老泪多。萧瑟三垂冈下路，至今人唱百年歌。

1962年，此时中国社会主义处在“雪压冬云白絮飞，万花纷谢一时稀”的境地，12月22日，毛泽东默录此诗②。1964年12月29日，毛泽东再次手录严遂成《三垂冈》一诗③，其意高深，当为今人认真领会。此时中国已经崛

---

①《健全城乡发展一体化体制机制让广大农民共享改革发展成果》，载《人民日报》，2015年5玥20日，第1版。

②诗的原文为：“英雄立马起沙陀，奈此朱梁跋扈何。只手难扶唐社稷，连城且拥晋山河。风云帐下奇儿在，鼓角灯前老泪多。萧瑟三垂冈畔路，至今人唱百年歌。”参阅中共中央文献研究室：《毛泽东年谱（1949—1976）》第5卷，北京：中央文献出版社，2013年，第177页。

③中共中央文献研究室：《毛泽东年谱（1893—1949）》上卷，北京：中央文献出版社，2013年，第177、459页。

起且抗住并战胜了帝国主义一百多年的飞扬跋扈和软硬施压；尽管如此，中国一面对苏，一面反美，无力单枪匹马地改变世界，但只要能固守“昆仑”，坚持地区性守成，“深挖洞，广积粮”，不搞世界性扩张，我们就能“阅尽人间春色”[①]，最终看到世界向有利于中国的方向改变。

36．平原与山地具有完全不同的地缘政治功能。前者有利于形成大规模的成建制的装备及其部队军力合成，而后者则有利于分解成建制装备和部队的合力，这给游击战留下了大显身手的天地。中国海拔500米以上的山地和高原占全国总面积的2/3，这样的地形围绕华北平原由西向东形成半月形包围，它们犹如耸立起的一簇簇铁刃，将进入其中的形成于平原地带的集团军战斗合力瞬间以碎片化的方式予以消解，而使能发挥当地人民主动性和创造性的游击战的优势成倍增加。这不仅是将欧洲军事理论生搬至中国境内作战的西方入侵者无不以失败告终的重要原因，也是模仿欧洲军事理论的国民党军队在与军事理论完全本土化的共产党军队作战时屡战屡败的重要原因。

37．欧亚大陆分区并存有欧洲、中亚和中国三种战略力量。但历史表明，在欧亚大陆的主要区位即北纬30°至60°之间可容纳的战略力量只有2.5个；也就是说，在三种战略力量之间，必然有一个生存空间要受到其他两个的严重挤压并因此出现破碎地带。比如上古时代[②]在欧亚大陆分区并存的是欧洲罗马帝国、中亚诸帝国[③]和中华帝国[④]。此间欧洲罗马帝国和中华秦汉

---

①毛泽东：《念奴娇·昆仑》（1935年10月）。

②上古史在欧洲一般是指最早国家出现到公元476年西罗马帝国灭亡的这段历史。

③中亚帝国，比如古代的波斯帝国（公元前550—前330年）、亚历山大帝国（公元前334—前323年，笔者认为，它本质上是欧洲人建立的中亚帝国，是希腊人对波斯帝国西扩的逆推和重演，这与后来的沙俄帝国是对蒙古人西扩的逆推和重演一样）、安息（公元前249—226年）、贵霜帝国（公元1—5世纪）、阿拉伯帝国（公元7—11世纪）和蒙古帝国（12—13世纪）等。

④“中华帝国开始于秦（公元前3世纪）结束于清，其按‘大一统’的朝代顺序均称为‘帝国’。”参阅臻铭：《中国古代政治文化传统研究》，北京：群言出版社，2007年，第276页。

帝国强大，中亚地区力量受到挤压并分出安息、贵霜诸帝国。此时欧洲、中亚和中国之间的力量比为1：0.5：1。罗马帝国解体后欧洲中世纪陷入碎片化时代，这为中亚阿拉伯帝国继而蒙古帝国、奥斯曼帝国乃至俄罗斯帝国的崛起和大面积扩张腾出空间。此时中华帝国保存完好并转入隋、唐、宋、元、明的持续统一朝代。此时欧洲、中亚和中国之间的力量比就转为0.5：1：1。进入工业革命后，欧洲又开始复兴和强大，中亚伊斯兰力量在欧洲、中国尤其俄罗斯的挤压下日渐式微，此时的欧洲、中亚和中国之间的力量比又恢复到1：0.5：1。俄罗斯在北方崛起并南向强力插入中亚地区，取代了原来夹在欧洲和中国之间的伊斯兰力量及其比例。此后原来的欧洲、中亚伊斯兰和中国的三种战略力量并存的格局就为欧洲、俄罗斯-中亚伊斯兰诸国和中国（1：0.5/2：1）并存的格局所取代。近代历史经验表明，在欧洲、俄罗斯、中国三者中很少有一支力量能单独扩充到1.5的水平，即使有，比如唐帝国、蒙古帝国都勉强接近这个水平，英国、沙俄、苏联也都曾入侵阿富汗试图填充中亚，但不管是欧洲还是中国，其结果也都是短命和失败的。同样，不管欧洲还是中国，其中若有任何一方衰落——比如19世纪末清王朝的衰落和20世纪上半叶欧洲的衰落及20世纪末的苏联解体——并由此造成的战略力量的收缩，都会引发中亚战略力量（主要是伊斯兰力量）在欧亚接合部即中亚地区的崛起和扩张。

38．想联合贫农却不“打土豪、分田地”，想联合工人而又不斗资本家，研究“人民内部矛盾”而又不知敌人在哪里，搞社会主义却又有意回避人民民主专政，搞马克思主义而又不提列宁主义和毛泽东思想，那就是戈尔巴乔夫式的痴人说梦。

39．右派是左派的磨刀石；反之亦然。也就是说，左右两派是靠其对立面的消磨而成长强大的。右派如是刀刃，左派就是刀背，刀刃越磨越薄。刀刃越薄，刀背就越厚。左派依靠的是人民，而右派依靠的是资本。资本的一分胜利，就会为左派送去十倍的力量，因此，马克思说：无产阶级的胜利和资产阶级的灭亡都是不可避免的。

40．政党主宪，为护大宪可越过法律；政府主法，变法不可违宪。1906年列宁指出："专政就是不受限制的、依靠强力而不是依靠法律的政权。"①卢梭说得更明确，他说："如果危险已到了这种地步，以致法律的尊严竟成为维护法律的一种障碍；这时候，便可以指定一个最高首领，他可以使一切法律都沉默下来，并且暂时中止主权权威。在这种情况下，公意是无可怀疑的；并且很显然，人民首要的意图乃是国家不至于灭亡。"②

41．折中，当以"折重"待之，没有重点的持中，凡事各打五十大板的做法，是要误事的。

42．准确测评自己的方法不仅要看你的朋友，更要看你的对手，对手的"段位"就是你的水平。

43．英雄的高度即民族的高度。战后日本政要将一堆有战无略的"二百五"供奉为"靖国神"，这使大和民族更加没有出息，使日本国更加没有前途。

44．毛泽东对华北平原在中国地缘政治中的极端重要性予以高度重视，他曾要求高级军事干部关注和研究华北的地理政治。1970年12月，毛泽东调任李德生为北京军区司令员。他问李德生："你看过顾祖禹的《读史方舆纪要》吗？这是一部军事地理的参考书，要找来看看，先读有关华北部分。你知道北京为什么叫燕京，北京最早的居民点在哪里？当北京军区司令员，要

① [俄] 列宁：《立宪民主党人的胜利和工人政党的任务》，见《列宁全集》第12卷，北京：人民出版社，1987年，第258页。

② [法] 卢梭：《社会契约论》，何兆武译，北京：商务印书馆，2003年，第160页。

了解北京的历史地理，了解华北的历史地理。”[①]

45．1973年11月12日，毛泽东在回答基辛格“目前中东的问题是防止苏联取得统治地位”的问题时，指出了苏联的短板。毛泽东说：

苏联那个野心跟它的能力是矛盾的，它要对付这么多方面，从太平洋讲起，有美国，有日本，有中国，有南亚，往西有中东，有欧洲。统共只有一百多万兵，守也不够，何况进攻？要进攻，除非你们放它进来，把中东、欧洲让给它，它才放心。这样才能把兵力往东调。我们也牵制他们一部分兵力，也有利于你们、欧洲、中东。比如在蒙古，它就驻了兵。我的意见是这个苏联野心很大，就是欧洲、亚洲两个洲都想霸占，甚至非洲北部，但是力量不够，困难很大。[②]

历史上看，苏联的边界不能走得太远，在远东形势稳定的条件下，它力量延伸到乌克兰东部，一点问题也没有；到东欧，也还勉强说得过去。正因此，1944年10月9日，丘吉尔到莫斯科与斯大林达成了关于分割东欧势力范围的《百分比协定》。从1815年迄今的欧俄边界进退变动线可以看出，丘吉尔和斯大林划定的这份《百分比协定》，与欧俄战略力量的平衡点大体相符。

46．残局当以高手结束，败局可用傻二翻转。

47．支撑一个民族生存和发展的是地下的七尺厚土——它滋养了这个民族上千年，而非地上的房产——它只能养活一个国家几十年。高科技既不能当饭吃也不能当衣穿，而且随各国科技能力的迅速发展，其产权寿命越来越短，因此，它与实体经济相比，并不具持久优势；只有“自己的饭碗主要要装自己

①②中共中央文献研究室：《毛泽东年谱（1949—1976）》第6卷，北京：中央文献出版社，2013年，第364、503-504页。

生产的粮食”[①]的国家在国际竞争中才是最后的胜利者。

48．好朋友，勤算账；好邻居，勤打墙。尽管有墙的邻居也有矛盾，但这种有界限的矛盾总比那些没有墙的邻居矛盾好调节。今天中俄关系的改善，除了利益交合点增加外，还有边界问题基本解决。与此不同，中美矛盾上升的原因并不是中国对美国让渡利益不够，而是可让的都让了，剩下的（比如台湾）已是不能再让了。与北约东扩进入乌克兰将威胁到俄罗斯的生存底线的道理一样，美国将中国利益边界压在台湾以西，会使经济总量已相当可观的当代中国失去了最低限度的生存和发展空间，这当然是我们不能接受并必然要与美国斗争的。这是中美矛盾加剧的主要原因。中国争取包括两岸统一在内的西太平洋利益，解决这个新的利益边界，是中美新型大国关系的新基础；没有这个基础，其他则无从谈起。

49．国际公法，亦称国际法，调整国家之间相互关系有约束力的原则和制度的总和。公法与私法的关系，实质上是整体和部分的关系。所以国际公法又称万国公法，以区别于国际私法。

公法与私法的划分始于罗马法学家乌尔披亚努斯，其标准是：规定国家公务的为公法，规定个人利益的为私法。前者如政府组织、公共财产管理等，后者如涉及双边或多边利益的诸如调整家庭、婚姻、物权、债权、债务和继承关系等的法规。公法是组织内全体参与者要遵守的，私法是其中部分人群协定或协议后要遵守的。

如此类推，国际公法适用于国际社会所有或大部分被承认的主权国家，而国际私法，是其中若干国家以双边或多边条约等形式确定的相互间的权利和义务，因而它仅适用于参与其中的国家。部分从属整体，私法低于并服从公法。公法和私法既有区分又可以相互转换。如第二次世界大战中形成的轴

---

① 《习近平视察湖北武汉》（2013 年 7 月 21 日至 22 日），见贾耀斌：《武汉年鉴 2014》，武汉：武汉年鉴社，2014 年，第 56 页。

心国之间或同盟国之间缔结的各类条约或协定等，相对于《凡尔赛和约》来说就是各方的私法。轴心国失败后，同盟国的条约、协定和公告等便上升为第二次世界大战后的公法，并在此基础上形成雅尔塔法权体系。与此相应，其中只有部分国家参加和承认并因此仅适用于这些国家的《旧金山和约》①，也就成了低于且从属于雅尔塔国际公法的国际私法。

50．1958年3月7日，毛泽东在成都游览杜甫草堂时，望着陈列在橱内的杜甫诗集说："是政治诗。"②诗言志，其实，我们在读毛泽东的诗词时也应有"政治诗"的视角。1935年10月，红军越过岷山，长征即将取得胜利，毛泽东填词作《念奴娇·昆仑》，这首词是理解毛泽东在1972年提出的"不称霸"思想的较早版本。词曰：

横空出世，莽昆仑，阅尽人间春色。飞起玉龙三百万，搅得周天寒彻。夏日消溶，江河横溢，人或为鱼鳖。千秋功罪，谁人曾与评说？而今我谓昆仑：不要这高，不要这多雪。安得倚天抽宝剑，把汝裁为三截？一截遗欧，一截赠美，一截还东国。太平世界，环球同此凉热。

1958年12月21日毛泽东批注："昆仑，主题思想是反对帝国主义，不是别的。改一句，一截留中国，改为一截还东国。忘记了日本人是不对的。这样，英、美、日都涉及了。别的解释，不合实际。"③

---

①《旧金山和约》（Treaty of Peace with Japan）是由第二次世界大战的48个战胜国与战败国日本于1951年9月8日在美国旧金山所签订的条约，并于1952年4月28日正式生效。该和约主要是为了解决第二次世界大战后战败国日本的领土及国际地位问题。和约签订时，身为主要战胜国之一的中华人民共和国被美国、英国、法国等国排除在外，故中华人民共和国政府自和约签订至今均未承认过该和约。

②中共中央文献研究室：《毛泽东年谱（1949—1976）》第3卷，北京：中央文献出版社，2013年，第308页。

③中共中央文献研究室：《毛泽东年谱（1893—1949）》上卷，北京：中央文献出版社，2013年，第476页。

之十一

没有方向的知识只能成为学科而不能成为科学

1．“秦之能灭晋者，以晋分为三而不足以拒秦也。”[①]英国能够长期操纵欧洲，其理一也。

2．乖儿败家。因为继承的因素都在反面，能推进事业的人多在对手里，比如孙中山领导的国民党之于李鸿章的清王朝，毛泽东领导的共产党之于蒋家王朝。真理的逻辑都是通过对立面展现的，这应合“反者道之动”的原理。

3．安身立命，安身是立命的前提，二者都是战略能力的体现。在战场上，“安身”就是保存自己，“立命”就是消灭敌人。毛泽东说“保存自己消灭敌人这个战争的目的，就是战争的本质”[②]。

4．自然法，用推动并参加编纂《查士丁尼法典》的东罗马皇帝查士丁

① （清）顾祖禹：《读史方舆纪要》，北京：中华书局，2005 年，第 1775 页。

②毛泽东：《论持久战》，见《毛泽东选集》第 2 卷，北京：人民出版社，1991 年，第 483 页。

尼[1]的话说就是“自然界教给一切动物的法律”[2]，因此它在相当的时候是力学而不是法学表现[3]，力学的事在人类历史中就是阶级斗争的事，是多数对少数还是少数对多数专政的事[4]。毛泽东说得透彻：

阶级斗争，一些阶级胜利了，一些阶级消灭了。这就是历史，这就是几千年的文明史。拿这个观点解释历史的就叫做历史的唯物主义，站在这个观点的反面的是历史的唯心主义。[5]

阶级斗争的结果——由此形成自然法——确定后“实在法”或“成文法”才能产生。资产阶级在上升时还承认暴力即专政高于法律的天然价值[6]，当他们上升为统治者后，为了迷惑被压迫者的反抗和捆绑住无产阶级（比如巴黎公社）的手脚，他们便掩盖了自然法中的暴力原则——尽管他们对待劳动者反抗（比如各式“占领华尔街”运动）时毫不手软，将自然法归纳为所谓“正义”“程序”“理性”等抽象的“普世”原则；为了颠覆无产

①查士丁尼一世（拉丁语：Justinianus I，全名为弗拉维·伯多禄·塞巴提乌斯·查士丁尼，Flavius Petrus Sabbatius Justinianus，约 483—565 年），东罗马帝国皇帝（527—565 年），史称查士丁尼大帝。在位期间多次发动对外战争，征服北非汪达尔王国、意大利东哥特王国，领土扩大。下令并参加纂成《查士丁尼法典》等四部法典（总称《民法大全》），为罗马法的重要典籍，对后世法律影响很大。查士丁尼一世是古罗马时代末期最重要的一位统治者。

②“自然法是自然界教给一切动物的法律。因为这种法律不是人类所特有，而是一切动物都具有的，不问是天空、地上或海里的动物。”参阅［古罗马］查士丁尼：《法学总论——法学阶梯》，张企泰译，北京：商务印书馆，1989 年，第 6 页。

③“各民族一体遵守的自然法则是上帝神意制定的，因此始终是固定不变的。至于每一个国家为自身所制定的法律则经常变动，其变动或由于人民的默示同意，或由于以后制定的其他法律。”参阅［古罗马］查士丁尼：《法学总论——法学阶梯》，张企泰译，北京：商务印书馆，1989 年，第 11 页。

④查士丁尼说，奴隶是“一人违反自然权利沦为他人财产之一部”。参阅［古罗马］查士丁尼：《法学总论——法学阶梯》，张企泰译，北京：商务印书馆，1989 年，第 12 页。

⑤毛泽东：《丢掉幻想，准备斗争》（1949 年 8 月 14 日），见《毛泽东选集》第 4 卷，北京：人民出版社，1991 年，第 1487 页。

⑥“如果危险已到了这种地步，以致法律的尊严竟成为维护法律的一种障碍；这时候，便可以指定一个最高首领，他可以使一切法律都沉默下来，并且暂时中止主权权威。在这种情况下，公意是无可怀疑的；并且很显然，人民首要的意图乃是国家不至于灭亡。”参阅［法］卢梭：《社会契约论》，何兆武译，北京：商务印书馆，2003 年，第 160 页。

阶级已经取得胜利的国家，他们便偷梁换柱，将专政的内容用法律悄悄地取而代之，用法律捆绑宪法，将宪法中的无产阶级斗争的成果用“宁可十年不将军，不可一日不拱卒”的劲头，虚化为一条条具体的律文，使人在不同的法律解释及对其争论中淡忘国家政权的阶级属性，最终达到改变国家的无产阶级属性的目的。为此，列宁曾将“法权意识”分为“一般民主派的法权意识”和“劳动阶级的法权意识”[①]，而前者实际上就是社会主义条件下“资产阶级法权”的另类表述，而后者的最高表现就是“无产阶级专政”的概念。

毛泽东说：“群众不帮助就没有力量。为了发展一个国家，力量不是来自别的地方，而是在于群众自己。不联系群众的政府是不巩固的，因为政府只能代表群众。任何政府对人民来讲总是少数，任何军队对人民说来也是少数。”[②]自然法是多数人即人民的暴力；法权，是胜利阶级的专政。与资产阶级专政不同的是，无产阶级专政的目的不是强化法权，而是要利用法权消灭法权，让法权回归具有人民实践本质的自然法。故此，毛泽东说：“马克思主义的道理千条万绪，归根结底，就是一句话：‘造反有理’。几千年来总是说，压迫有理，剥削有理，造反无理。自从马克思主义出来，就把这个旧案翻过来了。这是一个大功劳。”[③]

拿破仑在康普福米欧和平会议[④]前表示：“法兰西共和国不需要承认，正如太阳不需要承认一样”，黑格尔说：“这句话的涵义，不外指事物实存的力量；这种力量已经保证了承认，更不用人们明白表示。”[⑤]拿破仑和黑格尔的话说明：多数人的力量是法权存在和实现的基础。

---

① [俄] 列宁：《关于和平问题的报告》，见《列宁选集》第 3 卷，北京：人民出版社，1972 年，第 354 页。

②③中共中央文献研究室：《毛泽东年谱（1949—1976）》第 5 卷，北京：中央文献出版社，2013 年，第 152、523 页。

④ 1797 年拿破仑第一次意大利战役结束时召开的会议。

⑤ [德] 黑格尔：《法哲学原理》，范扬、张企泰译，北京：商务印书馆，2009 年，第 347 页。

5. 1941年7月15日、18日，毛泽东分别复电周恩来、刘少奇，提出“与日寇熬时间的长期斗争的方针，而不采孤注一掷的方针”，指出“七七宣言上已提积极进攻口号，将来可用带战略性的反攻口号”“但八路、新四大规模动作仍不适宜，还是熬时间的长期斗争的方针，原因是我军各种条件均弱，大动必伤元气，于我于苏均不利”。[①]尽管今天的历史条件及中日力量对比已发生了重大变化，从国际上敌强我弱的大势虽有松动但仍无根本转变，毛泽东“熬时间，不伤元气”的方针对于我们争取西太平洋斗争的胜利仍有指导意义。

6. 从20世纪50—70年代美国对台政策看，有限放纵日本以“加固”美国设在西太平洋的“防波堤”[②]，避免中美直接冲突，将是美国可能选择。而日本在钓鱼岛问题上得到美国哪怕是口头承诺的“保护”后，为避免夜长梦多，急于向中国摊牌并以此拉美国下水，将是日本的可能选择。与此相对，中国宜采“熬时间”的方针，用软挤压即不以国家名义（比如朝鲜战争中的“志愿军”）的方式应对日本的挑衅，这样既可给美国回避的理由，又可让日本在“一鼓作气、再而衰、三而竭”的窘境中最终放弃其复辟“大东亚帝国”的梦想。

7. 1946年国共大战在即，3月4日，马歇尔、张治中、周恩来三人军事小组成员飞抵延安。在与毛泽东交谈中，张治中说：“政府改组了，中共中央应该搬到南京去，您也应该住到南京去。”毛泽东回答说：“我们将来当然要到南京去，不过听说南京热得很，我怕热，希望常住在淮阴，开会就到

---

①中共中央文献研究室：《毛泽东年谱（1893—1949）》中卷，北京：中央文献出版社，2013 年，第 312-313 页。

② 1798 年后，面对拿破仑法国的崛起，无论是杰斐逊还是他的拥护者，都不愿意看到英国的崩溃。这一年，他写道：“英国的完全屈服不啻于一场大灾难。”他接着说：“但令人高兴的是，这不可能。”他在 1803 年指出，美国将会“大大遭殃，如果有什么灾难让人类失去了用来抵挡有时是所向披靡之洪流的这样一道防波堤的话”。转引自［美］孔华润：《剑桥美国对外关系史》（上），王琛等译，北京：新华出版社，2004 年，第 89 页。

南京。”[①]毛泽东的回答绵里藏针，充满地缘政治的暗喻。谁都知道，淮阴（今名淮安）位于江苏省中北部，江淮平原东部，北距连云港市130千米，东南距盐城100千米，西南距江苏省会南京市180千米。是古淮河与京杭大运河交点，扼水陆交通之要冲，自古乃兵家重地。从淮阴进南京，那是从国民党手中取天下，而现在若从延安入住南京，那只能在那里寄人篱下地陪人坐天下。“天若有情天亦老，人间正道是沧桑”，如果读过三年后毛泽东写的那首《七律·人民解放军占领南京》，就会知道，选择后者当然不是毛泽东的兴趣所在。

8．1947年2月10日，毛泽东会见美国记者斯特朗，在谈到原子弹时说：“原子弹的诞生，也就结束了它的生命，全世界那些笨人在奢谈原子战争，但是原子弹在战争中已不能再度使用。它在广岛上空的大爆炸已炸毁了它自己。它的收效也就是它的死亡，因为全世界的人民都反对它。自然，原子能将继续予以发展，它的巨大的能力将为人们所利用。”[②]

9．马克思在《共产党宣言》中说：“工人没有祖国”[③]是由于资本没有祖国，“资本是不知道爱国的”。[④]确切地说，工业资本是有祖国的，因为工业资本需要的工业矿产和劳动力是以国家和民族为依存的，只有金融资本没有祖国。美国发生的“占领华尔街”运动和美国底特律倒闭说明，工业资本制造了南北世界，现在金融资本则通吃南北世界；工业资本造成无产阶级贫困向南方国家转移，而金融资本则使工业资本主义与无产阶级同步衰落；工业资本依靠金融资本与无产阶级对立，现在金融资本则成了全人类的对立物。

---

①②中共中央文献研究室：《毛泽东年谱（1893—1949）》下卷，北京：中央文献出版社，2013年，第59、170页。

③［德］马克思、恩格斯：《共产党宣言》，见《马克思恩格斯选集》第1卷，北京：人民出版社，1972年，第270页。

④“资本是不知道爱国的。”参阅［美］拉铁摩尔：《中国的亚洲内陆边疆》，唐晓峰译，南京：江苏人民出版社，2010年，第131页。

10. 张国焘在回忆录中说："我想起以往瞿秋白周恩来等路经大连时，都曾被日本侦探指出他们的真姓名，但结果并未引起麻烦而获释放了。我设想那侦探很可能也知道我的真姓名，只是在船舱中，众目睽睽，不便多说罢了。日本侵略者的作法，一向是乐于看见中国各派互相残杀。"[①]1917年1月9日，日本寺内内阁作出对华政策的重大决议共计五项，其中第三项是"对中国的任何政党或派系，均保持不偏不倚的态度"[②]。1937年7月7日，日本发动全面侵华战争，这是日本在挑拨国共继续内战无望后所做的"图穷匕见"式的摊牌。1939年日本人小池秋羊在《北支宣抚行》一书中说得分明："这次圣战的原因，就在于敌人的国共合作。"[③]

11. 中国有"忠""患"两个字，一个中心曰"忠"，两个中心曰"患"，这反映了中国人对于统一性的认识。"贫"字在中国文化中与"弱"相连，贫，非不富矣，分贝是也。凡事只要一分，就没希望了。这是中国人的整体认识论。目前中国的一些所谓"普世派"想将中国改造成小国寡民，像瑞士那样的国家，果真如此，那真是中国的灾难。看看欧洲中世纪打成什么样子了，其版图变化就像五彩斑斓的破画布。欧洲人现在意识到这一点了，要统一；相反，他们却利用那些不靠谱的"公知"们鼓励中国和亚洲走欧洲曾走过的"威斯特伐利亚"[④]老路。《威斯特伐利亚和约》以对等主权共存的形式破坏了欧洲至少是形式上即在"神圣罗马帝国"名义下的统

---

①张国焘：《我的回忆》（下册），北京：东方出版社，2004 年，第 150 页。

②转引自崔丕：《近代东北亚国际关系史研究》，长春：东北师范大学出版社，1992 年，第 330 页。

③转引自王向远：《日本对中国的文化侵略——学者、文化人的侵华战争》，北京：昆仑出版社，2005 年，第 239 页。

④《威斯特伐利亚和约》，象征三十年战争结束而签订的一系列和约。签约双方分别是统治西班牙、神圣罗马帝国、奥地利的哈布斯堡王室和法国、瑞典以及神圣罗马帝国内勃兰登堡、萨克森、巴伐利亚等诸侯邦国。而在 1648 年 10 月 24 日签订的西荷和约，正式确认了威斯特伐利亚这一系列和约，并象征三十年战争结束。

一性，并使欧洲实质性地陷入碎片化时代，这是两次世界大战在欧洲爆发的地缘政治原因。

12. 在国际关系中，真正的朋友是不能被打败的对手。有实力成为大国对手的国家才有条件成为大国的朋友。“以力假仁者霸，霸必有大国”（孟子）。

13. 经济总量是一个自然增量，若没有相应的安全政策，经济增量反会成为瓦解社会的力量。原始社会就是由于经济增长而瓦解的；中国全面抗战就是在中国国民生产增长率达到峰值的1937年爆发的[①]。

14. 战略研究最忌大而无当，其最突出的表现是没有时空节点。在一次会议上讨论东海中日关系，面对双方存在于东海的核心利益矛盾，有的学者要求我们站在未来千年的角度看中日关系和钓鱼岛问题。这显然不是在讲战略而是在讲宗教。我们讲“大战略”是在特定时空的主要矛盾，其应对方法讲其综合性和联系性，而不是大得没边没沿、没时间空间节点。国家间还不曾有过脱离特定时空的矛盾。

15. 从小生长在犹太人而又不局限于犹太教家庭中的马克思[②]最明白金融与政治的关系，所以他认为不将法兰西银行收为国有是巴黎公社失败的重要原因。1891年恩格斯在为马克思总结巴黎公社失败教训的著作《法兰西内

---

① “1912—1949 年中国国民经济增长率每年平均递增 5.6%；而 1926—1936 年间，增长率为 8.3%；1928—1936 年为 8.4%。这说明，1926—1936 年间增长率为旧中国的最高时期。”参阅孙健：《中国经济通史》中卷，北京：中国人民大学出版社，2000 年，第 1074 页。

②卡尔·马克思的祖父马克思·列维是一名犹太法律学家，父亲亨利希·马克思是律师，后作了司法参事，1824 年接受了基督教洗礼。在当时，“改宗基督教是犹太人中间的自由思想者在文化方面前进一步的表现”。（［德］弗·梅林：《马克思传》，北京：人民出版社，1965 年，第 9 页。）但这不表明马克思家庭脱离了犹太民族。恩格斯说：“马克思是一个纯粹的犹太人；拉萨尔也是犹太人。在我们的最优秀的人物中有许多都是犹太人。”（［德］恩格斯：《论反犹太人主义》，见《马克思恩格斯全集》第 22 卷，北京：人民出版社，1965 年，第 60 页。）

战》写的导言中表达了这样的观点：

为什么公社在经济方面忽略了很多据我们现在看来是当时必须做到的事情。最令人难解的，自然是公社对法兰西银行所表示的那种不敢触犯的敬畏心情。这也是一个严重的政治错误。银行掌握在公社手中，这会比扣留一万个人质还有更大的意义。这会迫使整个法国资产阶级对凡尔赛政府施加压力，要它同公社议和。[①]

国家不将银行抓在自己手中，就将一事无成。资产阶级国家是这样，社会主义国家更是这样。在这方面，当代国际金融资本家与各民族国家争夺金融权的热情绝不亚于与世俗政权争夺教权的中世纪教皇。

16．西方人的国际政治贯穿着精细的地缘政治安排，这个我们不一定要照着做但一定要懂，这就是害人之心不可有，防人之心不可无。拿破仑战争后维也纳体系的主要设计者奥地利外交大臣克莱门斯·梅特涅说："化解他人之利益主张比亟于追求本身利益更为重要，别无所求，收益反大。"[②]西方人擅长于用搭积木而不是砸积木即打倒和消灭对手的方式构筑有利于西方的世界力量板块搭配格局：自己在其中可以游刃有余而让对手却动弹不得。如果说在滑铁卢打败拿破仑的是威灵顿公爵[③]，那么埋葬拿破仑法国的却是设计维也纳体系的梅特涅[④]。斯大林曾说"天下什么力量都可以消灭，惟有

---

① ［德］恩格斯：《〈法兰西内战〉导言》，见《马克思恩格斯选集》第2卷，北京：人民出版社，1972年，第333页。

② ［美］亨利·基辛格：《大外交》，顾淑馨、林添贵译，海口：海南出版社，1998年，第68页。

③威灵顿（1769—1852年），英国元帅，第一任威灵顿公爵，反拿破仑战争中的联盟军统帅之一，以指挥滑铁卢战役闻名于世。

④克莱门斯·梅特涅（Klemens Wenzel von Metternich，1773—1859年）是19世纪出色的奥地利外交家，奥地利帝国外交大臣（1809—1848年），首相（1821—1848年）。1814年10月，拿破仑被打败后，梅特涅主持维也纳会议（Congress of Vienna，1814—1815年）并成为战后维也纳体系的主要设计者。1859年6月11日卒于维也纳。

‘民族’的力量是不会消灭的”[①]，不能消灭，那只有消解其能量，转化矛盾的性质。化解而不是消灭印度的利益，正是英国在离开南亚时将斯里兰卡、缅甸和巴基斯坦分出印度的原因。

17．历史上真正能对中国大西南安全产生重大压力的方向——因为喜马拉雅山的屏护及中国在几乎陡直的山地中所处的居高临下的地势——较少地来自南方印度洋，而更多地来自东北亚。比如清兵入关、日本从东北入侵等都促成了大西南的战略地位及其相关通道的战略需求陡升。历史上，东北亚的任何动荡都会很快传导到北京中枢，北京动则全局动，全局动则西南重。所以毛泽东当时特别看重明成祖把国都立在北京的经验，说他“不怕蒙古人的铁骑，是个有胆识的人”[②]，这是因为他特别重视“关外问题”。明乎此，我们也就理解了毛泽东20世纪40年代说“我们绝不学李自成”、50年代初“抗美援朝”及60年代强调“三线建设”举措之间的战略关联。

18．没有政治方向的地理知识只能成为学科而不能成为科学。

19．没有革命的性——比如从杂婚制到一夫一妻制，就谈不上性革命；而没有性的革命，也谈不上革命性。男女性关系是所有社会关系的最古老的基础，所有社会革命大多是以性革命即婚姻革命为先声的。

20．“中国是亚洲的重心”[③]，而台湾是西太平洋南下北上的海上枢

---

①曾景忠、梁之彦：《蒋经国自述》，北京：团结出版社，2005 年，第 112 页。

② 1951 年 4 月他在游十三陵时赞扬说，明成祖“敢在北京建城，敢把自己的陵墓放在这里，不怕蒙古人的铁骑，是个有胆识的人”。参阅盛巽昌、欧薇薇、盛仰红：《毛泽东这样学习历史，这样评点历史》，北京：人民出版社，2005 年，第 103 页。

③毛泽东：“美国侵略政策的对象有好几个部分。欧洲部分，亚洲部分，美洲部分，这三个是主要部分。中国是亚洲的重心，是一个具有四亿七千五百万人口的大国，夺取了中国，整个亚洲都是它的了。”参阅毛泽东：《别了，司徒雷登》，见《毛泽东选集》第 4 卷，北京：人民出版社，1991 年，第 1491 页。

纽，台湾地区是美国用于遏制中国的所谓"第一链条"中的关键环节，因此，突破"第一链条"，实现两岸统一，对中国实现"两个一百年"①的伟大目标具有越来越迫切的意义。"两个一百年"的奋斗目标应当包括两岸统一的地缘政治安排。

21．除魏忠贤易，去李自成难。实现前者崇祯只需霹雳手段，而完成后者仅靠崇祯式的菩萨心肠就不够了，它需要像毛泽东那样细心建设适合本国国情的公有制度。1960年1月5日，在阅读苏联《政治经济学教科书》"国营人身保险是劳动者在遇有不幸事故、丧失劳动能力或家庭抚养人死亡时得到物质保证的形式之一"这句话时，毛泽东批注："公社办起来了，就保险了。"②有了可靠的保险，人也就不必像李自成那样冒险拼搏生计了。毛泽东还说："最大的权利是管理国家。"③

22．小农经济所具有的先天分散且易瓦解的脆弱性又使建立其上的王朝——如果没有新的土地资源扩充的话——难以长期维持。这不仅是造成秦王朝，而且是从古代直到现代中国的蒋家王朝灭亡的规律性原因。秦始皇嬴政（公元前259—前210年）明白这个道理，他继承商鞅路线而获得了天下；秦二世胡亥（公元前230—前207年）不明白这个道理，他不从巩固秦始皇建立的皇权与民权相统一的生产关系出发，而是仅靠"严刑峻法"加强统治，结果很快便丢掉政权。柳宗元总结得好："失在于政，不在于制。秦事然也。"④由此而论，将秦王朝快速覆亡的原因归于始皇嬴政——这与将苏联解

---

①"到建党一百年时建成经济更加发展、民主更加健全、科教更加进步、文化更加繁荣、社会更加和谐、人民生活更加殷实的小康社会，然后再奋斗三十年，到新中国成立一百年时，基本实现现代化，把我国建成社会主义现代化国家。"《决胜全面建成小康社会 夺取新时代中国特色社会主义伟大胜利——在中国共产党第十九次全国代表大会上的报告》，载《人民日报》，2017年10月28日，第3版。

②③中共中央文献研究室:《毛泽东年谱（1949—1976年）》第4卷，北京：中央文献出版社，2013年，第266、301页。

④（唐）柳宗元：《封建论》，北京：中华书局，1979年，第73页。

体不归因于赫鲁晓夫和戈尔巴乔夫而归因于斯大林一样——是没有道理的。

23．麦卡锡主义[①]是造成20世纪五六十年代美国国家灾难的意识形态根源。麦卡锡主义对美国的意识形态介入如此深刻以至1966年美国驻苏联大使汤普森惊呼："我们现在面临的是由于大陆封锁、麦卡锡主义和杜勒斯—饶伯森年代造成的人才匮乏和代沟。"[②]

麦卡锡主义引起美国有识之士的强烈反对，1954年12月参议院通过谴责麦卡锡的决议案。虽然此后麦卡锡主义衰落，但它对美国社会造成的宁"右"勿"左"的另类形而上学思维方式在相当长的时期内影响着美国人的政治生活，乃至美国的战略设计走向。[③]而美国继朝鲜战争失败后再次飞蛾扑火式奔赴越南战场，并遭遇比朝鲜战争更大的灾难。这既是美国形而上学战略设计的恶果，也是麦卡锡主义推波助澜的结果。基辛格对此总结道：

> 美国思路褊狭的部分原因在于，在20世纪50年代追究是谁"失去了"中国时，很多中国问题专家骨干纷纷离开了国务院。因此，一群苏联问题的杰出人才（包括乔治·凯南、查尔斯·波伦、卢埃林·汤普森、福伊·科勒）在国务院的外交思路上形成了一边倒的局面。[④]

---

①第二次世界大战结束后，在野的共和党利用所谓"共产党人渗入政府"问题攻击民主党政府。1950年2月，共和党参议员麦卡锡（Maikaxi）在西弗吉尼亚州惠林市发表演说，无中生有地宣称有205名共产党人渗入到国务院，此后，麦卡锡利用参议员的特权，操纵参议院常设调查小组委员会，捏造事实，制造谣言，大肆指控和调查所谓的"共产主义的渗透"，进行非法审讯和法西斯式的政治迫害。麦卡锡主义诬陷诽谤的范围，上至政府要员，下至平民百姓，造成白色恐怖、人人自危的局面，甚至辛辛那提棒球红队被迫一度改名。中国问题专家拉铁摩尔和费正清、进步作家斯诺、美国"原子弹之父"奥本海默等著名人士均遭迫害，大批政府雇员被解雇，共产党和进步力量受到严重摧残。

②《汤普森致邦迪备忘录》（1966年2月4日），见陶文钊：《美国对华政策文件集1949—1972》第三卷，北京：世界知识出版社，2003年，第941页。

③参阅张红路：《麦卡锡主义》，武汉：武汉大学出版社，1987年。

④［美］亨利·基辛格：《论中国》，胡利平等译，北京：中信出版社，2012年，第193页。

24．“团团伙伙”们的特点是没有历史担当，其观念意识少土缺血，掺和其中的多是香水和油滑，这样在大是大非的关头，其政治选择就很容易滑向机会主义和逃跑主义。

25．2014年4月25日，奥巴马在韩国举行的记者招待会上表示：“如果普京总统溺水，我当然会救他。”此前普京在同俄罗斯民众的“直播连线”中被问及如果他溺水的话，美国总统奥巴马是否会救他。普京回答说：“奥巴马是一个相当正派和勇敢的人，他肯定会这样做。”[①]如果将此对白理解为双方在表达地缘政治依存相关性的暗喻，那就不能不承认奥巴马总统已有了罗斯福联袂斯大林共建压垮欧洲的“雅尔塔体制”的智慧。果如此，奥巴马缺的只是几乎不可能出现的“马歇尔式”的参谋班子和拥有与罗斯福同样有力即独立于华尔街垄断资本的权力[②]；果如此，等待奥巴马总统的很可能就是尼克松——毛泽东说尼克松下台是因为“他得罪了东部大财团”[③]——式的命运旋转。用基辛格评价里根时期那自相矛盾的对华政策的话来评价奥巴马自相矛盾的对俄政策，这就是“美国的政治格局也只允许他做到这一步”[④]。

26．“季路问事鬼神。子曰：‘未能事人，焉能事鬼？’‘敢问死？’曰：‘未知生，焉知死？’”（《论语·先进》）“子不语怪、力、乱、神。”（《论语·述而》）。[⑤]在孔子的世界观中，人事高于神事，事人高于事鬼，现世高于来世。从相当意义上说，儒学从其创始起就是以现世主义为基础的。

---

①《奥巴马称愿救“溺水”普京》，观察者网，http://www. guancha. cn/Neighbors/2014_04_26_224692. shtml，2014 年 4 月 27 日。

②关于华尔街财团对美国政治的影响，可参阅张文木：《美国政治结构与外交政策》，载《国际关系研究》，2013 年第 3 期。

③中共中央文献研究室：《毛泽东年谱（1949—1976）》第 6 卷，北京：中央文献出版社，2013 年，第 594 页。

④［美］亨利·基辛格：《论中国》，胡利平等译，北京：中信出版社，2012 年，第 382 页。

⑤《四书全译》，刘俊田、林松、禹克坤译注，贵阳：贵州人民出版社，1988 年，第 166、218 页。

27. 中国的“神”不仅远没有获得西方“天主”那种对世俗世界的绝对先验的主宰地位，而且还时常受到“仙”的制衡，以防止“神”脱离现实社会并形成高于世俗国家的绝对统治。在中国文化中，如果真的出现“神”的专横，那它就会遭到“张果老”“孙悟空”“济公”之类的人物戏弄；即使是孔子也是“子不语怪、力、乱、神”[①]。在孔子眼中，神与怪、力、乱等是同一类“无益于教化”且“所不忍言”[②]的事物。这种对神大敬又大不敬的态度在西方宗教中是不允许的，而在中国却常常受到民众的欢迎。

28. 失去人民支持的政治家只能沦为小丑。1812年拿破仑入侵俄国后已失去了法国人民的支持。在败退的路上，率领第二骑兵队的缪勒说：“已经不能再说大帝是天才了。”[③]这个评价用在蒋介石身上也是贴切的。自从蒋介石背叛工农，他就在中国政治舞台上失去了北伐时那种挥洒自如的战略能力。

29. 法国大革命后期流行一句箴言：“当家里有难的时候，就把它转送给你的邻居。”[④]这句话——与许多大部头著作相比——简洁明了地道出了资本主义国家摆脱危机的秘密。

30. 人从诞生之日起就是历史和集体的存在——由此产生了自然法，而所谓“我就是我”或“我只能代表我自己”的认识，只能是小资式的矫情。在母亲面前，你是母亲的“产品”，你已经不是你，而是母亲的儿子；在

---

① 《论语 · 述而》：“子不语怪、力、乱、神。”参阅《四书全译》，刘俊田、林松、禹克坤译注，贵阳：贵州人民出版社，1988 年，第 116 页。

② （南北朝）皇侃：《论语疏义》，见（清）刘宝楠：《论语正义》，高流水点校，北京：中华书局，1990 年，第 279 页。

③ ［日］田家康：《气候文明史》，范春飚译，北京：东方出版社，2012 年，第 181 页。

④ ［英］埃里克 · 杜尔施米德：《天气改变历史》，吕洪艳译，长春：东北师范大学出版社，2008 年，第 48 页。

狼——不管它是自然的还是社会的——面前，你也不是你，只能是狼嘴里的一块肉。只有在集体中，你才是同志或朋友，这时的你一定是代表或被代表的存在。所以，马克思说："人的本质不是单个人所固有的抽象物，在其现实性上，它是一切社会关系的总和。"①

资本的本性必然是要通过碎片化的方法使劳动者失去阶级力量。马克思说金融资本存在的前提就是将买者和卖者分离开来，这样有利于资本介入和操纵各方。但人是生产关系中的人，脱离特定的生产关系，人与人就是互无联系的沙粒，而将人民变为沙粒的最有效的方式就是"一人一票"的选举形式。

脱离集体的个体不能单独应付这个世界，因而他只能被集体代表——尽管他们极不情愿，个体人一旦成为自己的主人，他也就异化为自己的同时也是整个自然界的奴隶。因此，代表制是人存在的基本形式，也是人类社会主义文明的基本特征。

不成文的代表制存在于原始共产主义时期，这时的单个人是通过部落代表的；成文的区域代表制诞生于古罗马时期，它出于抵御外敌的需要，与之相匹配的政治选举方式便是区域代表制。资本出现后，资本需要将人的集体存在转化为碎片化的存在，以便为资本提供无限量的雇佣劳动力。这样便产生了符合资本主义需要的个人至上的意识形态，与之相匹配的政治形式便是一人一票选举制。一人一票制成为主流选举方式后，其极端表现就是金融资本迅速坐大和民族工业资本迅速萎缩——目前的美国就是这种恶果的典型。在生产资料转入人民手里的社会主义时期，资本成为人民手中的工具，这时按区推选人大代表的制度便应运而生。选区推举人民代表是巴黎公社的基本经验，马克思对此做出充分肯定。他写道：

> 公社是由巴黎各区普选选出的城市代表组成的。这些代表对选民负责，

① [德] 马克思：《关于费尔巴哈的提纲》，见《马克思恩格斯选集》第1卷，北京：人民出版社，1972年，第18页。

随时可以撤换。其中大多数自然都是工人，或者是公认的工人阶级的代表。公社不应当是议会式的，而应当是同时兼管行政和立法的工作机关。

巴黎公社自然应当作为法国一切大工业中心的榜样。只要公社制度在巴黎和各个次要的中心确立起来，旧的中央集权政府就得也在外省让位给生产者的自治机关。在公社没有来得及进一步加以发挥的全国组织纲要上说得十分清楚，公社应该成为甚至最小村落的政治形式，常备军在农村地区也应该由服役期限极短的国民军来代替。设在专区首府里的代表会议，应当主管本专区所有一切农村公社的公共事务，而这些专区的代表会议则应派代表参加巴黎的全国代表会议；代表必须严格遵守选民的mandat impératif（确切训令），并且随时可以撤换。

公社给共和国奠定了真正民主制的基础。①

因此，完善区域代表制应是未来包括社会主义国家在内的所有民族民主国家改革的方向。社会主义国家可以通过对代表们的阶级成分或阶层比例等的控制来驾驭资本并由此增大人民利益。

31．“一人一票选举”是普选制的基本手段。它分一人一票地选出代表代议制度和直接选出政府的制度。古罗马选择前者，结果是实用不好看；古希腊采用后者，结果是好看不实用。后一种选举在实践中易将人民的整体利益碎片化、甚至对立化。古希腊实行的“贝壳放逐法”②就是最纯粹的无代议的一人一票制。结果是提议这一选举形式的民主派领袖遭到“贝壳逐放

---

①［德］马克思：《法兰西内战》，见《马克思恩格斯选集》第2卷，北京：人民出版社，1972年，第375、377页。

②“贝壳逐放法”（Ostracism，也被翻译为“陶片放逐制”），是古希腊雅典等城邦实施的一项政治制度，由雅典政治家克里斯提尼（Cleisthenes）于公元前510年左右创立。该法规定，雅典公民可以在贝壳上写上那些不受欢迎以及极具社会威望、广受欢迎，却最可能成为僭主的人的名字，并通过投票表决将企图威胁雅典民主制度的政治人物予以政治放逐。雅典民主政治后期，党派斗争频繁尖锐，该法弊病更加严重地显露出来。一些政客常常以民主为号召，鼓动民众把“贝壳放逐法”作为攻击政敌的武器。该法越来越失去了维护民主秩序的作用，加剧了无政府主义的泛滥。

法”的放逐。苏格拉底就认为希腊的“民主政治”是极其荒唐可笑，投票者完全凭感觉投票，说这样必定会毁了雅典。他主张由哲学家来治理国家。①

32．认识今天美国的公式是：华尔街＝美国≠华尔街；认识今天华尔街金融资本的公式是：G-W-G′，其中，G还是代表资本，与马克思时代不同的只是它已集中于商业资本；W不再代表德文中的“商品”（Ware），而是代表英文中的“战争”（War）。列宁在《帝国主义是资本主义的最高阶段》一书中说：

资本主义的一般特性，就是资本的占有同资本在生产中的运用相分离，货币资本同工业资本或生产资本相分离，全靠货币资本的收入为生的食利者同企业家和其他一切直接参与运用资本的人相分离。帝国主义或金融资本的统治，是资本主义的最高阶段，这时候，这种分离达到了极大的程度。金融资本对其他一切形式的资本的优势，表明食利者和金融寡头占有统治地位，表明少数拥有金融“实力”的国家比其余一切国家都突出。②

33．辩证法是被压迫人民的守护神，只有被压迫者才最渴望根本改变自己的命运，因而只有他们才能将辩证法贯彻到底。

34．气候变化对中国北方游牧部落的生存条件的影响是有规律可循的，学者程洪认为：

历史上北方农牧交错带是农业文化与牧业文化多次交替的地区，对气候变化极为敏感。研究表明，如平均温度降低1℃，中国各地气候相当于向南推移了200～300千米；如降水减少100毫米，中国北方农区将向东南退缩100

---

①参阅［英］A.E.泰勒、［奥］Th.龚珀茨：《苏格拉底传》，赵继铨、李真译，北京：商务印书馆，1999年，第148-149页。

②［俄］列宁：《帝国主义是资本主义的最高阶段》，见《列宁选集》第2卷，北京：人民出版社，1972年，第780页。

千米，在山西和河北则为500千米。[①]

这就是说，“气候变暖变湿，意味着中国农区向北扩张，宜农土地增加；反之，使一些地区变得不宜农作物的生长，农区向南退缩，宜农土地减少。”[②]气温变化与粮食产量的变化也有一定规律可循。学者张家诚研究认为：

如果其他条件不变，年平均温度变化1℃或降水量变化100毫米，中国粮食亩产将分别有10%的变化。[③]

天气决定收成，收成好坏决定国祚的长短，这是中国中世纪国运兴衰的基本线索。因此马克思说：

我们在亚洲各国经常可以看到，农业在某一个政府统治下衰落下去，而在另一个政府统治下又复兴起来。收成的好坏在那里决定于政府的好坏，正像在欧洲决定于天气的好坏一样。[④]

35．人类的食物选择面的扩大和寻找食物的方式从狩猎转为农业劳动，帮助人类从动物中分离出来并成为自然界的强者；工业技术使人类赖以生存所需资源的范围扩大，工业活动使人类创造生存资源的活动从耕地中解放出来并由此导致人类活动空间的扩大，这些极大地改变了人对自然的依赖关系。与遥远的古代相比，工业在近现代人与自然的关系中注入了更多的能动性和自觉性。

36．不审势即宽严皆误——明代西南治边的重要教训

---

①②葛全胜等：《中国历朝气候变化》，北京：科学出版社，2011年，第105页。

③葛全胜等：《中国历朝气候变化》，北京：科学出版社，2011年，第112页。另可参阅何凡能、李柯、刘浩龙：《历史时期气候变化对中国古代农业影响研究的若干进展》，载《地理研究》，2010年第12期。

④［德］马克思：《不列颠在印度的统治》，见《马克思恩格斯选集》第2卷，北京：人民出版社，1972年，第65页。

明朝时期缅甸北方有一个麓川国[①]。1384年，麓川国派使团出使明朝，并将元朝所赐印信交于明朝，明朝册封麓川国国王思伦法为“平缅军民宣慰使司，并赐伦发朝服、冠带及织金文绮、钞锭”；不久改“麓川平缅军民宣慰使司”[②]，麓川遂成为明王朝的属国。15世纪40年代，麓川国对明朝廷滋生反意，明廷一气之下反复出兵重创麓川势力[③]。在打败麓川的战役中，明廷得到位于麓川南面的缅甸、木邦两宣慰司的大力支持。史载：“木邦、缅甸两宣慰兵十余万亦列于沿江两岸，缅甸备舟二百余为浮梁济师，并为攻破其栅寨，得积谷40万石。军饱，锐气倍增。”[④]明廷皇帝——就是那位在正统十四年（1449年）的“土木之变”中率大军北上迎击瓦剌却被瓦剌俘虏的明英宗——为了得到缅人的支持，还许诺事后以麓川地补偿缅人：

> 正统六年，给缅甸信符、金牌。时麓川思任发叛，将讨之，命缅甸调兵等。七年任发兵败，过金沙江，走孟广，缅人攻之。帝谕能擒贼首者，予以麓川地。[⑤]

事后，为了酬谢缅人参战麓川战役的“贡献”，明廷于正统十二年（1447年）“赐缅甸阴文金牌、信符”，景泰二年（1451年）“加赏锦币，降敕褒奖”。[⑥]

螳螂捕蝉，黄雀在后。明廷对麓川国下手太重的结果是打破了缅甸南北力量的平衡。而没有平衡则无制衡。南北失衡导致南面的缅人东吁政权迅速

---

①“麓川”是汉文对傣族联盟国家“勐卯龙”的译写。“勐卯龙”汉语可直译为“大卯国”，但因元朝曾在“勐卯龙”王城所在地“勐卯”（卯地）设立过“麓川路”，故将“勐卯龙”（大卯国）译为“麓川国”。

②④～⑥许嘉璐：《二十四史全译·明史》第十册，上海：汉语大词典出版社，2004年，第6526、6534、6540-6541页。

③史称“麓川之役”。明朝朝廷四次对云南麓川宣慰司叛乱出兵征讨的战役，分别发生在1439年（正统四年）、1441年（正统六年）、1442年（正统七年）、1448年（正统十三年），明朝经过连年征战，仍未彻底平息叛乱，最终以盟约形式结束；期间连续发动数十万人的进攻，致使大军疲惫、国库亏空，对北面蒙古瓦剌的防御空虚。

崛起并乘虚北进，于1604年消灭麓川国并由此大体奠定了缅甸今天的版图。

1918年11月，西奥多·罗斯福在信中说："我赞同这样一个联盟，只要我们的期望不要太高。我不愿扮演连伊索寓言都视为笑柄的角色。"①寓言讲的是羊狼谈判同意解除戒备，而羊群为表现诚意，请牧羊犬离去，结果它们却成了狼群的晚餐②。在这则故事中，明廷不是驱逐而是打残了保护自己的"牧羊犬"，即麓川国。但这还不是最蠢的，最蠢的是明廷还告诉狼：牧羊犬消灭后，牧羊犬的地盘交给狼管理。这给后代留下巨大的边境压力，以至清朝乾隆时期就不得不与缅甸有了更大的冲突，多次西南用兵，牺牲非常大，但版图不进反退③，以至乾隆也不得承认征缅之举"未为深思远计，不得不引为己过者"④。乾隆晚年总结说：

> 予以古稀望八之岁，五十三年之间，举武功者凡八，七胥善成，其一惟征缅之事，以其地卑湿瘴疠，我兵染病者多，因其谢罪罢兵，遂以振旅，是此事究未成也。⑤

可以看出，乾隆对征缅的结果是极不满意的：这场战争支出太大而收获甚微，仅是边境的表面稳定。究其原因，非乾隆不为也，乃前朝治边失策也。西南缅地力量南北失衡，是清以降中国西南边地治理难度倍增的主要原因。

这份跨越三百多年的血写经验告诉我们，对于我国的周边治理，要注意促成有利于我的形格势禁的形势，不能意气用事自己打破有利的区域力量平

---

①转引自［美］亨利·基辛格：《大外交》，顾淑馨、林添贵译，海口：海南出版社，1998年，第35页。

②［古希腊］伊索：《伊索寓言·狼与羊》，北京：人民文学出版社，1981年，第75页。

③ 1762年冬缅甸入侵中国云南普洱地区，清军自卫反击，1769年11月16日双方签订停战合约。历时7年，清朝虽然取得了缅甸名义上的臣服，但是并未能获得战争的真正胜利且损失惨重。

④云南省历史研究所：《〈清实录〉越南缅甸泰国老挝史料摘抄》，昆明：云南人民出版社，1985年，第667页。

⑤张本政：《〈清实录〉台湾史料专辑》，福州：福建人民出版社，1993年，第570页。

衡。这是老英国的经验。英国人将政治看作一种机制或格局，在其中使自己的敌人越来越少，朋友越来越多；如果不出这个机制或格局，那对朋友尤其是对盟友就不要要求过高，不然就会落个或者“水至清则无鱼”，或者与昔日盟友反目成仇的结果。

“不审势即宽严皆误”①，治理周边要深思。

37．1917年刚刚过去，2017年正在到来。1917年后的苏联社会主义给世界人民提供了社会主义革命和建设的经验，当代中国的社会主义者已从列宁的经验和自己的改革实践中初步学会了为社会主义自身发展利用进而驾驭国际资本的本领；在21世纪的今天，社会主义国家更要学会用社会主义的原则塑造进而团结全世界被压迫的民族和人民共同治理这个世界的能力。2017年，中国将给世界人民提供比较成熟的社会主义发展的经验及建立其上的世界治理的中国方案。经验告诉我们：世界未来还是要回到1969年毛主席的判断：一种是战争引起革命，一种是革命制止战争。不管哪种可能，社会主义新文明取代资本主义旧文明的结局都是不可避免的。在这个伟大的历史转折中，中国应当对人类做出较大贡献。

38．毛泽东说：“一门科学，应当从分析矛盾出发，否则就不能成为科学。”②分析矛盾，就是分析主要矛盾和次要矛盾。抓住了主要矛盾，其他矛盾也就迎刃而解。老子说：“常无欲以观其妙，常有欲以观其徼。”妙，即矛盾的辩证存在和发展；徼，则是规定矛盾的边界。矛盾是无限存在和发展的，但具体矛盾则是有边界规定和不断转化的。如果有利益所求，那仅知道主要矛盾还是不够的，还得知道矛盾存在的范围和相互转化的边界，不然就不可能知道如何解决和转化矛盾，转化而不是消灭矛盾才是解决矛盾的要

---

①清人赵藩为成都武侯祠撰写的楹联对诸葛亮提出婉转的批评：“能攻心则反侧自消，从古知兵非好战。不审势即宽严皆误，后来治蜀要深思。”

②中共中央文献研究室：《毛泽东年谱（1949—1976）》第4卷，北京：中央文献出版社，2013年，第316页。

义，也是战略哲学的要义。

39. 1965年1月9日，毛泽东在与斯诺谈到美国的帝国主义扩张政策时说："哪里发生革命，我们就发表声明支持，并开些大会声援。帝国主义讨厌的就是这个。我们喜欢说空话，放空炮，但不出兵。"[①]毛泽东这句话很有哲理，办事之难难在事后之事。出兵容易，但要巩固和消化战果，就需要几乎是翻倍的资源，而不能消化的战果多了就会透支我们的资源并拖垮我们的国力，弄不好还要与当地人民结怨，而怨意积累多了就会化为怨恨，今后再来化解这些历史怨恨又需要更多的资源。沙俄帝国在中东铁路上犯过这样的错误，苏联勃列日涅夫的全球战略也犯了这样的错误，他到处出兵，"输出革命"，引得世界怨恨四起。为了化解这些怨恨又要到处支出并持续透支资源，结果将苏联生生拖垮。懂点军事辩证法的人都会知道，对军事据点控制的关键在于对其半径的控制。十个控制点需要的就是控制十个半径面的资源。较远的地方，比如印度洋，你若没有控制南北纬30° 海域的力量，你就根本站不住脚，而中国远没有这样多的资源。礼花因虚而明，礼炮因空而响，虚实矛盾是可以转换的。明乎此，也就明白了毛泽东对斯诺说"放点空炮，但不出兵"这句话的哲学深义。

40. 毛泽东批评赫鲁晓夫说："我看有两把'刀子'：一把是列宁，一把是斯大林。现在，斯大林这把刀子，俄国人丢了。列宁这把刀子我看也丢掉相当多了。十月革命还灵不灵？还可不可以作为各国的模范？苏共二十次代表大会赫鲁晓夫的报告说，可以经过议会道路去取得政权。这个门一开，列宁主义就基本上丢掉了。"[②]昨天西方社会民主党人及戈尔巴乔夫等通过屏蔽十月革命和列宁主义达到阉割马克思主义本质的目的，今天在中国屏蔽

①毛泽东：《同斯诺谈国际问题》（1965 年 1 月 9 日），见中华人民共和国外交部、中共中央文献研究室：《毛泽东外交文选》，北京：中央文献出版社、世界知识出版社，1994 年，第 558 页。

②中共中央文献研究室：《毛泽东年谱（1949—1976）》第 3 卷，北京：中央文献出版社，2013 年，第 33-34 页。

列宁主义、特别是屏蔽其中的阶级分析方法和无产阶级专政学说，也就抽掉了毛泽东思想的灵魂；而如果用被抽掉列宁主义灵魂的“毛泽东思想”、继而用抽掉“四项基本原则”的“邓小平理论”去麻痹劳动阶级，其结果对中国乃至中华民族而言，则是大灾难的开始。

41．历史上能够走向并引领世界的国家一定是有世界观从而可以为世界治理提供有益方案的国家。曾以金钱和拳头豪走天下的西班牙和蒙古，在世界历史上留下的仅是一段“土豪金”的传说，而古代罗马、中国和近代英国、苏联、美国，都分别为西方世界和东方的世界治理提供了很好的经验并由此成为一个时代文明的引擎。今天的历史又来到新文明曙光已微微显现、旧文明将要隐去的前夜，中华文明是否可以成为新文明的新引擎呢？目前看来，“周邦虽旧，其命维新”，中国以其固有的条件还会成为这样的国家。

42．有人说军人是一种职业，不应有理想主义要求。这话如在市场至上的西方或许可以这么说，但在中国则不能这么讲。因为中国人民解放军是在蒋介石大屠杀逼迫下从南昌起义中诞生的党的武装力量，它从诞生那一刻起就与解放工农大众的政治目的联系在一起。它在党的领导下经历了土地革命、抗日战争、解放战争并于1949年建立新中国。从中华人民共和国建立到今天的改革开放，中国社会主义事业仍处在西方的包围和剿杀之中，在这样的历史条件下，将为实现党的政治目标和政治任务的武装力量说成“一种职业”，这就会使我们的军队与党的事业相分离，成为没有政治方向的亡命雇佣军，其结果可想而知。

43．中国南方长江所受到的国防压力多是由北方压力造成的，而中国长江西端即中国大西南所受到的国防压力则更多地是由中国东北压力造成的。在唐宋以前，中国北方压力主要出自西北，由于青藏高原的阻隔，北方压力的着力点多在东南，南北战事多集中在长江下游的东南地区。之后，中国北方压力逐渐由西向东推移，北方压力的着力点多在西南，南北战事也由东南沿长江向西南转移。

44. 风水观应源于古人类的安全观。人是从猿演化而来的，深山老林是他们熟悉且让他们感到安全的地带。因生存斗争被赶到平原开阔地的猿人面临的危险大幅上升，但他们在实践中发现在离山地不太远或说山地周围的平原活动有利于迅速撤回到山林，这样的地形相对安全；若平原前面再有可以阻止野兽偷袭的护围河，这时的定居生活前后就有了安全双保险。这种依山傍水的地形后来便被神秘化并由此演化为相应的风水观。

45. 有人将基督教价值作为普世价值，将阶级斗争解释为宗教教义间的冲突即所谓“文明的冲突”，认为改信基督教就可与文明接轨并得到西方人的承认。可是，19世纪中叶的太平天国战士们却是在改信天主不久被西方基督徒帮助信奉儒家学说的清兵剿灭的。

46. 自从1972年尼克松政府将美元变为石油美元之后，作为国家货币的美元与其所承载的价值就出现二元对立。也就是说美元是美国或美利坚民族的，但美元所承载的资产（价值）却是华尔街私人的，因为支撑美元价值的基础已不再主要是美国人民的劳动产品，而是远在天边的他国石油，美国政府为完成美元保值的任务不再是组织和管理国内生产而是组织军队到海外打仗以保证海外石油以美元交易。交易稳定，美元升值，这样美国就可以从华尔街分得利润，反之，如果不能打倒一个像苏联那样的大国并以此释放出巨量浮财为美元注资的话，美国政府就必须面对越来越多且可能造成政府工作难以正常运转的“财政悬崖”。自从美国2008年从中亚撤军后，美国就失去了控制中东石油从而为石油美元保值的前提。为此，白宫为美元保值就要“战略东移”，目标显然是冲着中国来的，其目的就是企图从中国这里再获得苏联倒下时释放出的可以为美元保值的巨量浮财。

47．“货币没有主人”[1]，资本没有祖国。与托拉斯工业资本不同，华尔街金融资本不会给白宫留下太多的时间，而包括中国在内的其他国家向美国一般的“让利”已远不能满足白宫的需求，在独控中东无望、石油美元持续走低的情况下，美国（买办）政府保住美元、留住华尔街资本的唯一的出路就是再现苏联解体，由此获得使美元升值的浮财。

48．如给美国诊病，当为“肾虚”。国家之“肾”是实体经济，肾虚的人自然火大。

49．“城乡一体化”的关键是与城市国有制相联系的乡村生产资料集体化；其要义不在于产品的分享，而在于生产资料所有权的集体共享。

50．崇祯长于霹雳手段——这有助于他打掉了魏忠贤这只“大老虎”，却苦于没有可以安抚农民的土地所有制制度——这让他在李自成面前一筹莫展。

从20世纪30年代土地革命战争中走过来的毛泽东对此体会最深，他特别注意总结中国历代王朝特别是明朝张居正改革在农民问题上失策的教训。1944年3月，毛泽东阅读了由陕甘宁边区政府副主席李鼎铭先生带到延安的李健侯所著《永昌演义》，此书所涉及的明末农民问题引起毛泽东很大的兴趣。4月29日，毛泽东给李鼎铭先生写了一封亲笔信：“近日鄙人阅读一过，获益良多。并已抄存一部，以为将来之用。”[2]《明季北略》是记载明万历至崇祯时期北方地区史实的史书，全书共二十四卷，起自万历二十三年（1595年）——此时张居正改革刚刚结束——清太祖努尔哈赤兴起东北，止

①这是一句法国谚语，转引自［德］马克思：《资本论》第1卷，北京：人民出版社，1975年，第168页。

②中共中央文献研究室：《毛泽东年谱（1893—1949）》中卷，北京：中央文献出版社，2013年，第509页。

于崇祯十七年（1644年）吴三桂引清兵入关。在延安时期，毛泽东就注意到这本书的内容，1944年7月28日，毛泽东致信谢觉哉："明季南北略及其他明代杂史我处均无，范文澜同志处或可找得，你可去问讯看。"[①]

中华人民共和国成立后，特别是"三反五反"运动后，毛泽东下功夫最大、最用力的就是农业合作化问题。他着力探索的是如何避免重陷明末覆辙，防止农民变为流民。毛泽东发动"三反五反"乃至后来的"文化大革命"的目的是防止我们的干部蜕变为"魏忠贤"，农业合作化运动则是从制度上杜绝把农民逼为"李自成"。

---

①中共中央文献研究室：《毛泽东年谱（1893—1949）》中卷，北京：中央文献出版社，2013年，第532页。

之十二

战略是关于国家“养生”的学问

1．地缘政治不应当被研究成让国家四处“拼命”的学问。毛泽东同志说：“‘灭此朝食’的气概是好的，‘灭此朝食’的具体计划是不好的。”[①]这就是说，拼命只是战役层面上的事，绝不能将它上升到战略，尤其是国家战略层面。1937年，毛泽东在《论持久战》中就提出“赌国家命运的战略决战应根本避免”“拼国家命运的战略决战则根本不干”的原则。[②]由于坚持了这一原则，积小胜为大胜，以时间换空间，中国最终赢得了抗日战争的全面胜利。英国的麦金德，德国纳粹时期的豪斯浩弗，美国的凯南、布热津斯基等为自己的国家提供了一整套导致国家为争地盘而四处拼命的战略，[③]结果他们的国家却倒在这些学者的眼前。

2．都江堰和大运河之所以流经千年而不废，就是因为它们遵循的哲学基础是“道法自然”；顺应、适应并加以引导而不是人为地改变河流的自然性，是这两大工程稳定千年的关键。经验表明，能使人类生活更接近自然而

①毛泽东：《中国革命战争战略问题》，见《毛泽东选集》第1卷，北京：人民出版社，1991年，第234页。

②毛泽东：《论持久战》，见《毛泽东选集》第2卷，北京：人民出版社，1991年，第506-507页。

③参阅张文木：《“麦金德悖论”与英美霸权的衰落——基于中国视角的经验总结》，载《国际关系学院学报》，2012年第5期；张文木：《大失败——布热津斯基的战略理论及其历史地位》，载《世界经济与政治》，2017年第6期。

不是反自然的科学才是强大的，只有顺应、适应自然的事物才是最坚固恒久和稳定的。

3．中国的地形像个簸箕，簸箕口直面东海，华北平原平接东海，是中国地缘政治的软肋。别的地方都有山围护，外部力量难以突破。我们古代“逐鹿中原”的力量来自内陆，近代以后就有海上力量也来“逐鹿中原”了。

4．斯大林眼中的印度

1940年11月13日，德国纳粹外长里宾特洛甫询问莫洛托夫：“苏联是否原则上对获得印度洋出海口感兴趣。”①11月17日，莫洛托夫致电苏联驻英国大使迈斯基称：“德国人和日本人很想推动我们前往波斯湾和印度。我们拒绝讨论这个问题，因为我们认为德国的这些建议是不合适的。”②1943年11月28日，罗斯福对斯大林谈到印度问题时说，他认为议会制政体对印度是不适合的，最好的解决办法是在印度创立某种类似苏维埃的制度，从下面开始，而不是从上面开始，也许这个就是苏维埃制度。斯大林答，从下面开始——这意味着走革命的路。罗斯福说，关于印度，局外人比那些同这个问题有直接关系的人能更好地解决问题。斯大林说，当然，局外人能比较客观地观察事物。③

30年后，据莫洛托夫回忆：“希特勒说：‘你们应该有通向温暖海洋的出海口，将来要像伊朗、印度那样。’我对他说：‘这可是个有意思的想法。您有什么设想呢？’我引他说，以便让他把想法都讲出来。对我来说，这并非什么严肃的谈话，可他却兴高采烈地论证着，应该如何消灭英国，同时要我们通过伊朗进入印度。这是个毫无远见的人，对苏联的政策缺乏透彻

---

①《里宾特洛甫与莫洛托夫的会谈德方记录》（1940年11月13日），见沈志华：《苏联历史档案选编》第4卷，北京：社会科学文献出版社，2002年，第598页。

②《莫洛托夫致迈斯基的电文》（1940年11月17日），见沈志华：《苏联历史档案选编》第16卷，北京：社会科学文献出版社，2002年，第164-165页。

③引自《斯大林与罗斯福的会谈记录》（1943年11月28日），见沈志华：《苏联历史档案选编》第17卷，北京：社会科学文献出版社，2002年，第404页。

的了解，却要把我们拉去冒险。如果我们在南方陷了进去，他的处境就会轻松得多，一旦英国要和我们作战，我们就得依靠他。如果不理解这一点，那就太天真幼稚了。”[①]

“二战”中，斯大林始终关注着英国衰落后的印度可能出现的前景以及苏联是否可能一步到位地将俄罗斯力量伸入到印度洋。斯大林非常清楚，在通往印度洋的道路上，俄罗斯人南征最远的地方没有出过南阿富汗。因此，印度对俄国人来说，如果不是清谈的话，那就是一个只是好看，实则鞭长莫及的天边彩虹——这正如北阿富汗对英美国家来说，也是鞭长莫及的道理一样。由于印度半岛与北面兴都库什山和喜马拉雅山海拔的巨大落差造成的南下易进、北上难出的地理特点，历史上来自中亚的征服者在进入印度后也就脱离了他们原来的母国。这个结果对那些低文明且一无所有的民族是有利的，但对守着巨大版图的俄罗斯人，尤其是对苏联人来说，就是一桩赔本的买卖。因此，只是在面对巨大的德军进攻而英美又迟迟不开辟“第二战场”的1942年夏天，斯大林才有过“一旦战败，流亡到印度去”[②]的设想。但这只是瞬间的闪念而已。后来即使有罗斯福在德黑兰的怂恿，斯大林也没有再打过印度的主意。对世界历史了然于胸的斯大林明白，有多少粮食就能走多远的路。俄国历史上南下没有出过南阿富汗的经验告诉斯大林：印度是俄国鞭长莫及的地方；而将力量投入到力所不及的地方，是不能容忍的政治低能的表现。斯大林对本国的战略力量极限的把握能力与同时的希特勒、东条英机不计成本地扩张战果的特点形成云泥之别。

读了斯大林和莫洛托夫关于印度的上述战略思考，联想普京曾在叙利亚的强势投入，给人的感觉是“姜还是老的辣”。

5．除了斯大林，在对印政策上，三个很有学问的人在印度边界上都停

---

① [苏] 费·丘耶夫：《同莫洛托夫的140次谈话》，王南枝等译，北京：新华出版社，1992年，第25-26页。

② [俄] 瓦列金·别列什科夫：《斯大林私人翻译回忆录》，薛福岐译，海口：海南出版社，2004年，第310-311页。

住了。一个是亚历山大，一个是成吉思汗，还有一个是毛泽东。

亚历山大是希腊哲学家亚里士多德的学生，他从希腊一路打到印度河边，眼看着向南一拐就进入印度时，却在印度河边停了下来，沉思三天后决定打道回府。他知道得鱼不可忘筌，进印度不难，但进去后若出不来那整个希腊就丢了。

成吉思汗在英国人、美国人和苏联人都望而生畏的帕米尔高原上所向披靡。但当他打到印度河边时就停下了，连续几晚他跟丘处机深谈。丘处机跟他讲了什么？书上说给他讲养生①，其实是在讲战略哲学。与曹操得陇不复望蜀的想法一样，成吉思汗得了帕米尔就不再南望印度了。深谈后，成吉思汗就打道回府，回新疆，图中原。②

在对印自卫反击战中，毛泽东静若处子，动如脱兔，张弛有度，收放自如。很多人不理解为什么打过去又退回来了呢？看看立体地图就明白，我们的资源在当时是很难上去的，我们再打下去就会因资源不济而守不住。基辛格看到这一点，他说："中印边界冲突中，军事后勤条件对印度有利，因为喜马拉雅山离中国的力量中心过于遥远。"③毛泽东当时考虑更多的是怎么能回来。他利用古巴导弹危机防止第三国插手：1962年10月22日，肯尼迪决定封锁古巴，古巴导弹危机随即爆发。当天，中方的自卫反击从守势转入攻

---

① 1223年秋，成吉思汗回师，丘处机一行则于中秋节渡过阿姆河，8月22日入见成吉思汗。然后又随军北上，9月15日渡河而北。当天夜间，成吉思汗设帐斋戒，灯烛辉煌，挥退侍女左右，召见丘处机问道。开始只有耶律阿海、阿里鲜入帐陪同，田镇海、刘仲禄等在帐外等候。丘处机说："仲禄万里同旋，镇海数千里远送，亦可入帐与闻道话。"成吉思汗"于是召二人入，师（丘处机）有所说，即令太师阿海以蒙古语译奏，颇惬圣怀。十九日清夜，再召师论道，上大悦。二十有三日，又宣师入幄，礼如初，上温颜以听，令左右录之，仍敕志以汉字意，示不忘，谓左右曰：'神仙（丘处机）三说养生之道，我甚入心，使勿泄于外。'"《玄风庆会录》中记录了成吉思汗召见丘处机的问答辞，说成吉思汗"设庭燎，虚前席，延问至道。真人大略答以节欲保躬，天道好生恶杀，治尚无为清净之理。上说（悦），命左史书诸策。"参阅（元）李志常：《长春真人西游记》卷下，转引自朱耀廷：《成吉思汗传》，北京：人民出版社，2004年，第493页。

②据《蒙兀儿史记》卷三《成吉思汗本纪下》："秋九月（1223年）丙午朔，车驾回渡阿梅河（阿姆河）。路途访道于丘处机，驻毕薛米思坚城东。冬十一月丙子朔，下诏班师。"转引自朱耀廷：《成吉思汗传》，北京：人民出版社，2004年，第468页。

③［美］亨利·基辛格：《论中国》，胡利平等译，北京：中信出版社，2012年，第200页。

势。11月20日，肯尼迪宣布最后结束封锁，古巴导弹危机结束，中国政府于11月21日零时发表声明，宣布于11月22日零时起，中国边防部队在中印边界全线停火。为什么要选择古巴导弹危机？不像克里米亚之于俄罗斯，藏南前线的地形不利于坚守，因此不能让第三国尤其是美国和苏联介入中印这场冲突并将中国拖在那里。

1959年5月13日，即在中印冲突前，毛泽东让人转告尼赫鲁：

总的说来，印度是中国的友好国家，一千多年来是如此，今后一千年一万年，我们相信也将是如此。……印度不是我国的敌对者，而是我国的朋友。中国不会这样蠢，东方树敌于美国，西方又树敌于印度。……照我们看，你们也是不能有两条战线的，是不是呢？如果是这样的话，我们双方的会合点就是在这里。①

为什么毛泽东说一千年、一万年呢？我们看历史，除了1962年那场冲突，回忆一下，一千多年来，甚至在更长的时间里，若以当代印度版图为限，印度和我们中原王朝似乎没有直接发生过战争。即使有1962年那一次，规模也是非常有限的。中原王朝与印度没有直接战争，但却有不少高僧往来。为什么？僧人能爬山走小路，大部队走这种路就特别难，辅佐成吉思汗的重臣耶律楚材对此更有体会，他在诗中写道："古来天险阻西域，人烟不与中原通。"②显然，成吉思汗和亚历山大放弃了进入印度，不是攻不下，而是地理条件使其回不来。僧人们不怕路险，能进去也能回来。所以中印之间僧人来往多，军人来往少。我们常说"文化是中印交往的主流"，原因就在这里。

6．治病如治国，用药如用兵，战略和养生同理。从某种意义上说，战略是关于国家养生的学问。曹操说"盈缩之期，不但在天。养怡之福，可得

①毛泽东：《印度不是中国的敌对者，是中国的朋友（1959 年 5 月 13 日）》，见中共中央文献研究室：《毛泽东文集》第 8 卷，北京：人民出版社，1999 年，第 66-67 页。

②（元）耶律楚材：《过阴山和人韵》，见《湛然居士文集》，北京：商务印书馆，1939 年，第 14 页。

永年”[①]，说的既是养生又是战略。

7. 柏拉图在《法律篇》中说：“战争的目的在于和平。”亚里士多德继承了这一思想，在《政治学》中认为：“战争必须只是导致和平的手段。”[②]

8. 战略也是布势的学问，其主要任务是制造一种迫使敌我矛盾向有利于我方转化的形势，对手在这种形势中进退维谷并不得不与我合作。上策是把敌人转化成自觉的朋友，这是最高目标；中策是将对手转化为中立立场；下策的无奈之举才是消灭敌人。当年毛主席从延安撤走，把延安暂时让给胡宗南就是在布势。毛泽东从延安撤走时曾说：“我军打仗，不在一城一地的得失，而在于消灭敌人的有生力量。存人失地，人地皆存；存地失人，人地皆失。……我们要以一个延安换取全中国。”[③]今天，东海和南海的问题，也是布局天下和城池得失的问题，前者是主要矛盾，后者是次要矛盾。

9. 军事行动，首先考虑的不应是怎样开始而是怎么结束，不应仅是打赢而是如何消化。1895年和1905年两次战争中，日本都准确地把握住了停战的节点，实现了利益的最大化。

10. 自20世纪50年代以来，亚太地区能够与美国霸权抗衡的就是苏联、中国和印度。在这三者间，西方第一个打倒了苏联，此后的目标就是中国，中国的安全压力骤然增大。这时的印度尚是牵制西方的战略力量。如果中国倒了，西方下一个目标就是印度。同样，如果印度倒下，若俄罗斯又尚未恢复，中国的安全压力就会更大。与中国相比，西方海权国家从地缘政治上更在意印度，

---

①王振军，俞阅：《中国古代文学精品导读》，北京：中国广播电视出版社，2017年，第62页。
②［古希腊］亚里士多德：《政治学》，吴寿彭译，北京：商务印书馆，1965年，第389页。
③中共中央文献研究室：《毛泽东年谱（1893—1949）》下卷，北京：中央文献出版社，2013年，第176页。

目前还能容忍印度的独立性，不是因为印度的强大而是由于它的虚弱。

11. 印度分裂的可能性是存在的，但这不管是对中国还是印度来说，都不是好事。双方既要看到在藏南的争执，更要看到全球力量对比和布局，不能再犯东吴为荆州小利而导致蜀吴反曹联盟被各个击破的错误。

12. 天下熙熙为利而来，天下攘攘为利而往。中国的地形是东接财源，西接能源。位于西太平洋的国家支撑着世界最主要的新兴市场，位于印度洋北岸的中东是世界油气资源最丰富的地区。为了获取中东能源，西方国家要劳师袭远，越过大西洋和太平洋远道来到中东，为了保障其漫长的海上交通线，它们就要发展强大的海军并强占广泛的海外基地。这些用于花费在路上的国防资源看有声势却多无实功。与此相反，中国仅需要建设不太遥远的陆上通道就可以直达目标。天时不如地利。在此方面，几乎所有大国比如英国、法国、美国，甚至俄罗斯都不具备像中国这样天然拥有的近邻优势。

13. 关中将领许攸不肯归附曹操，而且对曹操有轻言相激。曹操大怒，打算讨伐许攸。杜袭对曹操说："方今豺狼当路而狐狸是先，人将谓殿下避强攻弱，进不为勇，退不为仁。臣闻千钧之弩不为鼷鼠[①]发机，万石之钟不以莛[②]撞起音，今区区之许攸，何足以劳神武哉？"[③]意思是说：如今豺狼当道却首先去攻击狐狸，人们将会说殿下是避强攻弱，进攻不算勇敢，后退不算仁爱。臣听说千钧力的弓弩不会对小小的鼷鼠发动机关，万石重的大钟不会被细弱的草茎撞出音响，现在一个小小的许攸，不值得殿下烦劳自己的神威。曹操接受了杜袭的意见。由此反观今南海某些小国与中国之争端，势同一理。

---

①鼷（xī）鼠，一种小老鼠。

②莛（tíng），草本植物的茎。

③（晋）陈寿：《三国志 · 魏书 · 杜袭传》，上海：上海古籍出版社，2002 年，第 610 页。

14．与俄国和中国不同，由于国土面积狭小，日本的进攻能力是与防御能力捆绑在一起的：一旦进攻失败，那就是全局性的失败。

15．俄国的安全防卫重心大体分西东两线。西线即欧俄部分关乎生存，而东线即东西伯利亚部分则关乎发展。发展可以让步，而生存则要死守。

16．阶级分析仍是观察当前国际问题的方法。即使是共济会，在其内部也会分左、中、右。尽管以犹太财团为主体的国际资本对共济会提供了大量的金融支持，但共济会并不等于国际资本，它只不过是国际资本维护其赢利地位的一种手段；也不是所有犹太人都是共济会会员或支持共济会，比如自视为唯一正统的犹太教派（Orthodox），“这个教派有些人并不支持共济会，他们对共济会的研究是非常深刻的”[①]。且不说在欧洲近代史的滑铁卢战场上两个对手即法国的拿破仑和英国的威灵顿都是共济会员，即使生活在犹太人家庭中的马克思也很早就提出了“犹太人的社会解放就是社会从犹太中获得解放”的思想并为此奋斗了一生。1855年，由拿破仑一世的外甥、法国共济会大导师拿破仑 · 卢森 · 查理 · 穆拉提王子（1803—1878年）召集和主持首届世界共济会大会（Masonic Universal Congress）[②]，马克思评价说：“资本家在他们的竞争中表现出彼此都是假兄弟，但面对整个工人阶级却结成真正的共济会团体。”[③]1864年，马克思、恩格斯建立国际工人联合组织（International Workingmen’s Association），“马克思领导的国际工人协会和共产主义国际运动，与全球资产阶级的国际组织共济会运动，恰恰是互相对抗的”[④]。

---

①何新：《统治世界：神秘共济会揭秘》，北京：中国书籍出版社，2011 年，第 237 页。

②这次大会“被认为是最早的共济会总会所大会”，参阅高鹏程：《共济会核心组织：暗黑矩阵》，北京：东方出版社，2014 年，第 244 页。

③［德］马克思：《资本论》第 3 卷，北京：人民出版社，1975 年，第 221 页。

④何新：《统治世界：神秘共济会揭秘》，北京：中国书籍出版社，2011 年，第 107 页。

17. 1844年，马克思撰写《论犹太人问题》，将犹太人的解放与消灭“犹太”即国际垄断资本联系起来，他说：“我们不是到犹太人的宗教里去寻找犹太人的秘密，而是到现实的犹太人里去寻找犹太教的秘密。”[①]那么，什么是现实的“犹太人的秘密”呢？马克思说得很直接：“犹太人的世俗基础是什么呢？实际需要，自私自利。犹太人的世俗偶像是什么呢？做生意。他们的世俗上帝是什么呢？金钱。”[②]由此，马克思为犹太人解放指出道路，他说：

既然这样，那末从做生意和金钱中获得解放——因而也是从实际的、现实的犹太人中获得解放——也就是现代的自我解放。

一种社会组织如果能够消除做生意的前提，从而能够消除做生意的可能性，那末这种社会组织就能使犹太人不可能产生。他的宗教意识就会像烟雾一样，在社会现实的、蓬勃的空气当中自行消失。另一方面，假如犹太人承认了自己这个实际本质毫无价值，因而尽力消除它，那他就会摆脱自己以前发展的范围，直接从事于人类解放，为反对人类自我异化的极端实际表现而奋斗。

社会一旦消灭了犹太的经验本质，即做生意及其前提，犹太人就不可能产生，因为他的意识就不再有对象，犹太的主观基础即实际需要就会人性化，因为人的个体感性存在和类存在的矛盾就会消失。犹太人的社会解放就是社会从犹太（即资本——笔者注）中获得解放。[③]

这里马克思所要表达的实际是他1835年在《青年在选择职业时的考虑》一文中通过人类解放实现自我解放思想的继续。这篇作文可视作青年马克思决意与传统犹太人固有的“犹太”品质决裂的宣言，也是他1848年在《共产党宣言》中提出的消除资本所依赖的私有制基础是犹太人继而全人类获得终极解放的思想的发端。此后马克思一生都在与资本战斗：资本没有祖国，所

①～③［德］马克思：《论犹太人问题》，见《马克思恩格斯全集》第1卷，北京：人民出版社，1965年，第446、451页。

以马克思说："工人没有祖国。"[①]为此，尽管马克思组织了"第一国际"以抗衡共济会，但真正目标则直指国际资本。马克思、恩格斯告诫共产党不要忘记自己的历史使命，他们说："共产党人可以用一句话把自己的理论概括起来：消灭私有制。"[②]消灭了私有制，也就消灭了资本；消灭了资本，今天所说的共济会的问题也就随风而去。

18．大版图，尤其是具有主体板块的大版图国家之所以有较久的历史，并不在于它们的扩张能力，而在于它们深厚的防御能力。俄国是世界各国中版图最大的国家，因而也是战略防御纵深最广大的国家，这一特殊的地缘政治特点使俄国在世界各国中成为防御而非进攻能力最强，因而几乎是打不垮的国家。

19．19世纪是以帝国群落——俄罗斯帝国、奥斯曼帝国，乃至中华帝国、印度帝国等——大面积坍塌和毁灭结束的。对此，恩格斯在1887年曾有精彩的预见。他针对德国的未来结局说道：

对于普鲁士德意志来说，现在除了世界战争以外已经不可能有任何别的战争了。这会是一场具有空前规模和空前剧烈的世界战争。那时会有800万到1000万的士兵彼此残杀，同时把整个欧洲都吃得干干净净，比任何时候的蝗虫群还要吃得厉害。三十年战争所造成的大破坏集中在三四年里重演出来并遍及整个大陆；到处是饥荒、瘟疫，军队和人民群众因极端困苦而普遍野蛮化；我们在商业、工业和信贷方面的人造机构陷于无法收拾的混乱状态，其结局是普遍的破产；旧的国家及其世代相因的治国才略一齐崩溃，以致王冠成打地滚在街上而无人拾取；绝对无法预料，这一切将怎样了结，谁会成为斗争的胜利者；只有一个结果是绝对没有疑问的，那就是普遍的衰竭和为

①② ［德］马克思、恩格斯：《共产党宣言》，见《马克思恩格斯选集》第1卷，北京：人民出版社，1972年，第265、270页。

工人阶级的最后胜利造成条件。[①]

国家政治，如果是浮夸式地增长，当这种增长达到一定阶段，如果遇到一丁点外力，它就会像一堆堆吹起的气球，瞬间破灭并回归到其本原形式——正如电脑将格式文件还原到无格式的文本状态一样，20世纪初的世界政治就是这样一个迅速回归文本的政治。

恩格斯的预言是准确的。20世纪初，一堆庞大且不可一世的大帝国，只通过一次“破坏集中在三四年里重演出来”的世界大战（1914—1918年），就纷纷解体，历史真是回到了“旧的国家及其世代相因的治国才略一齐崩溃，以致王冠成打地滚在街上而无人拾取”的时代。

20．世界上最痛苦的人是头脑清醒而又不由自主地走向坟墓的人，法国总理达拉第就是这样的人，而戈尔巴乔夫则是无知且快乐地将国家送入坟墓的人。

21．幸福有两种：一种是掌握自己命运时的幸福；一种是把自己的命运交给他人，作为交换而产生的幸福。记得曾有人提到“野猪的自由”，这实际上讲的就是自己掌握自己命运而产生的幸福。与野猪相比，能够充分享受现代文明的家猪，尽管活得（甚至死得，即被屠杀的条件）非常现代化，但它却不能主宰自己的生死。难道我们需要的就是这样的“文明”及由此产生的“幸福”过程吗？当然不是。但在全球化的进程中也确实有相当一些人沉浸在所谓“现代文明”的混汤中不能自拔，按着西方人的意愿自己拔掉自己那些看起来不太“文明”的利齿（即国家和民族意识），幻想以更“文明”的形象，使西方人满意，从而能过上更“幸福”的生活。这种幻想在戈尔巴乔夫那里曾达到忘我的程度，但在普京时期却彻底地被俄国人所抛弃。今天

① [德] 恩格斯：《波克罕〈纪念德意志极端爱国主义者〉一书引言》，见《马克思恩格斯选集》第4卷，北京：人民出版社，1972年，第267页。

的俄国人开始脚踏实地，开始运用在西方人看来不那么“文明”的军事手段成功地解决了与国家命运攸关的重大问题。与此相反，南斯拉夫多年来已使自己达到中等发达国家的成就在世纪末战败的瞬间化为废墟。

22．罗斯福在雅尔塔会议上告诉斯大林：“英国人希望法国成为一个拥有20万军队的强大国家，如果德国发动新的侵略，这支法国军队就必须承受第一次打击，并且在英国人还未召集部队之前，守住阵地。”斯大林答道：“这话说得好。”①

23．丘吉尔与张伯伦相比：前者考虑的是地区安全，后者考虑的是全球霸权；前者以德国为对手，后者以苏联和美国为对手；前者着眼于眼前判断，后者着眼于长远判断。事后的历史进程证明：欧洲制服了德国，却丢掉了世界，尽管丢得极不情愿和极其痛苦。1942年秋，奥利弗·斯坦利被任命为英国殖民地国务大臣。丘吉尔对他说：“只要我还在这里，我们就要坚持传统，毫不放松地保持帝国的完整。我们决不让西南非洲的霍屯督人通过普选把白人扔进海去。”②这句话透出此时的丘吉尔已有了“无可奈何花落去”的伤感，也可能只有在这个时候，他对张伯伦“任何安排都比打一场世界大战好；万一发生世界大战，整个欧洲就会毁灭，无论战胜者或战败者都将沦为世界共产主义的牺牲品”③的话有新的理解。

24．历史真的没有假设。如果1939年年初能够预见德苏于当年年底会握

---

①《斯大林和罗斯福的谈话记录》（1945年2月4日），见沈志华：《苏联历史档案选编》第18卷，北京：社会科学文献出版社，2002年，第392页。

②［美］罗伯特·达莱克：《罗斯福与美国对外政策 1932—1945》，陈启迪等译，北京：商务印书馆，1984年，第612页。

③《德国驻法大使韦尔切克致德国外交部的电报》（1938年5月1日），见李巨廉，王斯德：《第二次世界大战起源历史文件资料集（1937.7—1939.8）》，上海：华东师范大学出版社，1985年，第179-180页。

手言欢的话，日本可能就不会作出与德国结盟的选择；进而言之，如果又能预见到德国在与苏联言欢后仅一年多的时间里又挥兵入侵苏联，日本就不会急于作出南下打击美英的选择。我们常说，时间就是金钱，可对1939年的日本而言，时间则是国运。不幸的是，这时间线怎么也对不上日本的幸运线。

25．第二次世界大战中，对德战略方向的误判使日本对其发动的侵华战争前景充满美妙的幻觉，但当历史的必然性迫使日本不得不与对苏战略相背离时，日本在战略上就陷入患得患失、首鼠两端的困境。以至德国“里宾特洛甫外长说日本不想搞协定，而且怀疑日本是否想拖延”①；日本驻德大使大岛也埋怨日本政府“签订协定的谈判因我方决心不定，方向不明，从而徒寄希望于德意，拖延了事态的发展，损伤了他们对我方的信赖”②。从后来的结果看，是希特勒迫使日本极不情愿地就范于其反英战略的。所以，希特勒将日本人比作“一些受骗的猴子”③，这对日本政治智慧来说的确是极大的讽刺。希特勒说这句话的时候，日本与苏联在诺门坎鏖战正酣并对即将签署的德苏友好条约一无所知。希特勒当时的主要敌人是英国，至于反苏，在希特勒——其实也包括斯大林——看来那也是若干年以后的事。因此，希特勒并没有将德苏和解的信息提前知会日本，其目的在于：利用日本对苏联的压力迫使苏联对德作出更多的妥协和让步；另一方面，也希望用这种先斩后奏的方式迫使日本将其目前的反苏目标调整到德国、意大利的反英方向上来。

26．与俾斯麦相似，斯大林是在险象环生而又瞬息万变的政治形势中，可以同时玩几场牌局，在选择确定后又敢下大赌注的政治家，而后一种能力

①②《日本驻德大使大岛致日本外务大臣有田的电报》（1939 年 5 月 22 日），见李巨廉、王斯德：《第二次世界大战起源历史文件资料集（1937.7—1939.8）》，上海：华东师范大学出版社，1985 年，第 634 页。

③《希特勒在上萨尔斯堡高级军事会议上的讲话》（1939 年 8 月 22 日），李巨廉、王斯德：《第二次世界大战起源历史文件资料集（1937.7—1939.8）》，上海：华东师范大学出版社，1985 年，第 830 页。

的高下正是张伯伦与斯大林的差别所在。张伯伦有识无胆的个性，使英国在关键的时刻失去了与苏联合作以制止战争，重温1815年英俄联手击败拿破仑、拯救英国并再建世界秩序的机会。

27．希特勒在谈判桌上只要目标确定，那接下来就是让利分红。与张伯伦那种账房先生式的斤斤计较的风格不同，如果他想要捷克，他在张伯伦面前就说俄国是共同的对手；如果他想要波兰，在俄国人面前他又说英国是共同的敌人。然而，一旦他确定打击目标为波兰而不是乌克兰，那他的对手就是英法，既如此，就必须不惜代价地拉住苏联。他占领捷克后不久曾告诉他的副官："波兰的世仇并非德国，而是俄国；我们总有一天也要受到俄国的巨大威胁，然而，即便后天要成为仇敌，难道明天就不能暂时成为朋友吗？"①

28．斯大林在谈判中只认实力并以坚持实力获利是天经地义的法则。1944年10月，丘吉尔访问莫斯科，在谈到波兰时，丘吉尔告诉斯大林："为了波兰的自由与独立，英国加入了这场战争。英国人对于波兰人民及其精神财富负有道义上的责任。重要的一点是，波兰是天主教国家。决不能允许那里事态的发展使我们与梵蒂冈的关系复杂化……"斯大林不耐烦地打断丘吉尔，问："罗马教皇有多少个师。"②

29．与欧洲相反，中国在亚洲所具有的相对主体的地理位势，使中国国内政治变化一般不易受到外力的作用和影响，它更多的是中国内部规律作用的结果。

---

① [德] 尼·冯·贝洛：《希特勒副官的回忆》，张连根译，长春：吉林人民出版社，1984 年，第 159 页。

② [俄] 瓦列金 · 别列什科夫：《斯大林私人翻译回忆录》，薛福岐译，海口：海南出版社，2004 年，第 330-331 页。

30. 时任苏联外交人民委员的莫洛托夫1982年回忆说："斯大林是最伟大的策略家。"[①]的确如此。1939年年初，就在德国占领捷克斯洛伐克并接近乌克兰边境之际，斯大林将德国的力量反转推向波兰并由此导致英法的毁灭；1941年年初，就在德国即将入侵俄国之际，斯大林又将日本的力量推转向南方并由此导致日美开战及日本的毁灭。最终斯大林将苏联面临的西东夹击的被动形势转换为西东两面大获其利的主动形势。

31. 第二次世界大战前，法国的安全环境要比苏联好得多，它是第一次世界大战中的战胜国，它还保留着强大且有着第一次世界大战经验的陆军。但法国却在不到一个月的时间里被"一战"中的战败国德国打败了。这种现象引起了斯大林的思考并对此作了深刻的总结。1941年5月5日，他在克里姆林宫对红军军事学院即将毕业的红军学员说：

你们将从首都回到部队。红军战士和指挥员会就现在发生的事情向你们提出一些问题。你们曾在军校学习，你们在那里接近上级领导，请你们讲一讲，周围有些什么情况？为何法国战败了？为何英国遭到失败，而德国却取得胜利？为何法国人从1914—1919年的战争中什么也没有学到？

列宁曾经说过，被打败的军队很能学习。列宁的这一观点对于所有民族都是适用的。被打败的民族很能学习。在1918年被打败的德军，就是很能学习。

列宁教导说：如果对于缺点视而不见，夸大自己的成就，不求进取，因成功而弄昏头脑，那么党和国家就会灭亡。

法国人因为胜利和自我满足而昏了头。法国人忽视并且失去了自己的盟友。法国因成功而陶醉。法军的军事思想没有向前发展。它停留在1918年的水平上。军队没有人关心，得不到道德上的维护。出现了瓦解军队的新的道

① [苏] 费·丘耶夫：《同莫洛托夫的140次谈话》，王南枝等译，北京：新华出版社，1992年，第33-34页。

德问题。对军队漠不关心。指挥官被认为是那些没有工厂、银行和商店的失意者和不中用的人而被迫去从军的。甚至姑娘都不愿嫁军人。只有在如此冷遇军队的情况下，才会发生军事部门掌握在很少懂得军事的甘末林[①]和艾兰赛德[②]们手中这样的事情。军队应当得到人民和政府的格外的关心和爱护，这是军队的最大的道德力量所在。必须爱护军队。当一个国家出现了这样的道德问题，就不会有坚强的和有战斗力的军队。法国的情况就是这样。[③]

这时，离德国大规模入侵苏联还有一个多月，斯大林在这里看似是在说法国，实则是在警醒苏联自己。事实上，斯大林时期苏联军事力量已有了极大的发展，1936年还建成了社会主义国家，但斯大林明白列宁“上战场别吹牛，下战场再夸口”[④]的警告，始终不让“胜利冲昏头脑”[⑤]，而是以刚遭灭顶之灾的法国为警示，防止苏联犯下法国那样因骄傲自满而失败的错误。

32. 从已公开的苏联档案看，1941年德国向苏联宣战之后，苏军上报斯大林的报告几乎全是指出问题，而不是表功或“总结先进经验”的报告[⑥]。在德军对苏宣战一个月后，苏联最高统帅部大本营给方面军、集团军和军区司令员下达的指令信中更是严厉指出苏军作战中出现的问题，提出十分具体的整改批示，并“责成各方面军司令员总结同德国法西斯作战三周来的经验，

---

①甘末林，法国将军。“二战”前夕任法军参谋长，“二战”初期任法国陆军总司令。1940 年 5 月，被免职和逮捕，并囚禁于德国直到战争结束。

②艾兰赛德，又译艾恩赛德。1938—1940 年任英军总司令。

③《斯大林在克里姆林宫红军军事学院学员毕业典礼上讲话的简要记录》（1941 年 5 月 5 日），见沈志华：《苏联历史档案选编》第 16 卷，北京：社会科学文献出版社，2002 年，第 202-204 页。

④［俄］列宁：《论黄金在目前和在社会主义完全胜利后的作用》，见《列宁选集》第 4 卷，北京：人民出版社，1972 年，第 579 页。

⑤《胜利冲昏头脑》是 1930 年斯大林写的一篇文章的标题。参阅《斯大林选集》下卷，北京：人民出版社，1979 年，第 238 页。

⑥参阅《西方面军政治宣传部呈工农红军总政治部的政治报告》（1941 年 6 月 30 日）、《第 11 集团军政治宣传处给西北方面军政治宣传部的政治报告》（1941 年 7 月 5 日），见沈志华：《苏联历史档案选编》第 16 卷，北京：社会科学文献出版社，2002 年，第 228-238 页。

在总司令的领导下贯彻执行”。[①]不仅如此，斯大林本人还以法国为戒，首先信任和大力提拔重用即使和自己意见不同但懂行的，比如像朱可夫这样的军事干部，这些都为苏联赢得这场战争奠定了坚实的人才基础。

33．第二次世界大战后，对斯大林批评最多的是他不该与希特勒签订互不侵犯条约。1941年7月3日，即在德国入侵苏联不久，斯大林为此向苏联人民作出说明，他说：

> 也许有人要问：苏联政府怎么会同像希特勒和里宾特洛甫这样一些背信弃义的人和恶魔缔结互不侵犯条约呢？苏联政府在这方面是不是犯了错误？当然没有犯错误！互不侵犯条约是两国之间的和平条约。1939年德国向我们提出的正是这样的条约。苏联政府能不能拒绝这样的建议呢？我想，任何一个爱好和平的国家都不能拒绝同邻国缔结和平协定，即使这个国家是由像希特勒和里宾特洛甫这样一些吃人的魔鬼领导的。[②]

莫洛托夫回忆当时苏联的处境时说：“我们有的只是五年计划。当时我们没有同盟者，那些国家当时有可能同德国联合起来打我们。美国是反对我们的，英国也是反对我们的，法国也不会落后。”[③]况且，苏联与德国签订的条约只是和平条约而非结盟条约。既然与强盗谈判，那就不能不考虑用他们的语言与之作利益交换以保障本国的安全利益。

34．列宁棒喝那些品质优秀却不会也不愿“言利”的官员说，“和狼在一起，就要学狼叫，至于要消灭所有的狼，象一个合理的人类社会所应有的

---

①《苏联最高统帅部大本营指令信》（1941年7月15日），见沈志华：《苏联历史档案选编》第16卷，北京：社会科学文献出版社，2002年，第241页。

②《广播演说》（1941年7月3日），见《斯大林文选》，北京：人民出版社，1962年，第263页。

③［苏］费·丘耶夫：《同莫洛托夫的140次谈话》，王南枝等译，北京：新华出版社，1992年，第52页。

那样，我们就要照着俄国一句精辟的俗话去做：‘上战场别吹牛，下战场再夸口……’”[①]列宁在另一篇文章中解释说：“在反对野蛮势力时，不拒绝使用野蛮的斗争手段。如果无政府主义者和左派社会革命党人中有人（我不由得想起了卡列林和格耶这两个人在中央委员会执行委员会上的发言）竟孤芳自赏地议论道——向德国帝国主义‘学习’不是我们革命家干的事，那么我们只须这样回答：要是认真听信这班人的意见，革命早就无可挽救地（也完全应该）失败了。”[②]

列宁在这里批评的正是在1918年年初对与德国签订《布列斯特和约》持激烈反对立场的布哈林，在1918年1月11日的中央讨论会上，布哈林与其反对签约的同志激动地提出“为了社会主义事业，宁愿光荣地沉没，而不愿向威廉屈服”[③]的观点；布哈林坚持认为：无产阶级不应该同帝国主义达成任何协议，接受任何援助。会议后他“挥动着双臂”，呜咽地批评主张签约的列宁说：“我们干了些什么呢？我们正在使党丢脸。”[④]后来的事实证明，如果采取布哈林的空谈正义的立场，那留给苏维埃的只能是斯巴达克[⑤]式的殉难。

35．1935年《英德海军协定》是英国率先纵容德国向东发难的实际步骤，[⑥]而1936年年底希特勒与日本签订的《反共产国际协定》则是对英法纵容的立场的回报性表态，1938年9月的《慕尼黑协定》则将这种纵容继续推到高峰。《慕尼黑协定》后，英、法、美、日等期待的就是希特勒落实《反

---

① [俄] 列宁：《论黄金在目前和在社会主义完全胜利后的作用》，见《列宁选集》第4卷，北京：人民出版社，1972年，第579页。

② [俄] 列宁：《论‘左’派幼稚病和小资产阶级性》，见《列宁选集》第3卷，北京：人民出版社，1972年，第545-546页。

③④闻一、叶书宗：《布哈林传》，长春：吉林教育出版社，1988年，第96页。

⑤斯巴达克，古罗马最大的一次奴隶起义的领袖，公元前73年初夏，为争取自由率70名角斗奴隶起义，连败罗马军，获得大批装备和粮秣，队伍迅速壮大，并转移到意大利南部地区，盛时曾达到12万人。公元前71年春在阿普利亚境内与克拉苏·迪弗斯决战，起义军失败，斯巴达克在激战中壮烈牺牲。

⑥ 1935年夏缔结的英德海军协定，使德国有可能大力建设自己的海军。鲍尔温政府签订这一协定的目的是指望建起来的德国舰队成为德国在波罗的海对苏作战的手段。参阅 [苏] B. T. 特鲁汉诺夫斯基：《丘吉尔的一生》，张德广等译，北京：北京出版社，1982年，第268页。

共产国际协定》。当时英、法也与苏联谈判，但英、法所给予苏联的安全保证——与《慕尼黑协定》中给德国的保证相比——几乎为零。这样，斯大林与希特勒的谈判就合乎逻辑地出现了。利用魔鬼打魔鬼，这就是斯大林的——当然也是列宁的——逻辑。既然1938年张伯伦、达拉第可以在慕尼黑牺牲捷克，为希特勒打击苏联铺路，以及在1944年10月9日丘吉尔可以主动到莫斯科与斯大林以百分比的方式牺牲东欧国家的利益，以换取苏联在对德作战中与英国的合作，那么，斯大林在1939年与希特勒签订的只是互不侵犯而不是同盟条约，这又有什么不可理解的呢？

36．没有安全范围的相互承诺和保障，那"互不侵犯"就是废纸一张。丘吉尔最明白这个道理，他与斯大林开出的百分比协议就是英国对苏联安全范围的承诺。不先言利，还要与人家合作，这不是斯大林批评蒋经国说的"废话"[①]吗？而言利又有几个是能公开的呢？成熟的政治家是不说废话的，成熟的学者，尤其是国际政治学者，也不应该"站着说话不腰痛"，净说些经不住经验过滤的话。

37．1939年斯大林的外交工作完成得的确不坏。与日本、意大利和德国结盟条件相比，斯大林与德国只用一纸"互不侵犯条约"而非结盟条约所获得的东西如此之多，以至1940年希特勒试图拉苏联参加"四国公约"时竟无多少交换筹码。也正是这种"互不侵犯"以及1941年对日本采取的"中立"

---

① 1945年夏蒋经国随宋子文代表中华民国政府赴苏联谈判签订《中苏友好同盟条约》，他曾以特殊的私人身份就外蒙古独立问题与斯大林交换看法。蒋经国以"善"出牌，对斯大林说："你应当谅解，我们中国七年抗战，就是为了要把失土收复回来，今天日本还没赶走，东北台湾还没有收回，一切失地，都在敌人手中；反而把这样大的一块土地割让出去，岂不失却了抗战的本意？我们国民一定不会原谅我们，会说我们'出卖了国土'；在这样情形之下，国民一定会起来反对政府，那我们就无法支持抗战；所以，我们不能同意外蒙古归并给俄国。"斯大林则回答说："你这段话很有道理，我不是不知道。不过，你要晓得，今天并不是我要你来帮忙，而是你要我来帮忙；倘使你本国有力量，自己可以打日本，我自然不会提出要求。今天，你没有这个力量，还要讲这些话，就等于废话！"参阅曾景忠、梁之彦：《蒋经国自述》，北京：团结出版社，2005年，第111页。

立场，才使苏联在与魔鬼握手后又能避免与魔鬼为伍，并在1941年后的第二轮洗牌中有了与英、美结盟的合法身份和从容的外交余地。

38．与毛泽东时代相比，今天的中国是有些家底了。但有钱人有有钱的难处，有钱了就有贼算计。穷人没有这个担心。现在走进小区，家家窗子都包上铁笼子，笼子的结实度也不断提高，里面全是有钱人，而穷人则是“柴门闻犬吠，风雪夜归人”[①]，没有安全上的担忧。

39．外交场合温文尔雅，没有问题，但要有底线，守底线是很俗的事，是要准备动粗的事，光靠教科书中的那些知识是不够的。

40．美国、日本对华政策日益收紧，国内还是歌舞升平，“盛世”叫得震天响，没有一点危机感。一些青年学生不思报效国家而一心想往美国跑，琢磨考美国研究生入学考试（GRE），要考几千分，这分数美国人都考不到，却让中国青年考？正是干事业的大好青春却脑子里塞满了需要强记的英文词汇，有人就是为了出去，考到二十七八岁，这跟当年的范进先生有何区别？

41．有人说，科学无国界，但人是有祖国的。人并不是只要有钱就行。获诺贝尔文学奖的那个高行健说祖国是一种漂泊的经验，但历史上祖国也是跟着犹太人漂泊的，一路上犹太人也挣足了钱。但最终走到哪呢？走到了奥斯威辛集中营，把钱交给希特勒后就进入焚尸炉里了。在德国纳粹把犹太人一个一个赶到毒气室里的时候，犹太人的钱没能救他们的命。可见，钱是随个人走的，但个人是跟着祖国走的，而祖国是绝不能跟着个人走的。这是人生的铁则，在这个问题上不管是个人还是国家都不能玩机会主义的花活。

从焚尸炉边跑出来的犹太人，可认识到祖国的意义了。他们建立了以

① （唐）刘长卿：《逢雪宿芙蓉山主人》。

色列国，版图只有一点点，比美国小多了，伊斯兰的“圣战”竟对它无可奈何。恐怖主义美国都害怕，以色列不害怕。以色列富吗？不富；力量大吗？不大；地盘广吗？不广，只是以色列人心强！他们知道焚尸炉的滋味，认得了祖国对个人的意义。在美国，有钱的犹太人倾尽家产，推动美国政府的支持以色列的政策。五十多年过去了，以色列在阿拉伯世界仍岿然不动。

42．有人会说，这是知识经济的时代，知识就是力量。但祖国没了，你个人再有才华，都没有用。罗马帝国，发迹于12个土丘部落。开始是高卢人打他，罗马人反抗。罗马人打败了高卢人后转头南下，打赢布匿战争（公元前264—前164年）后便屠城地中海对岸的迦太基，接着就征服了整个地中海。征服地中海的过程也是罗马奴隶制发展的过程。值得说明的是，当时给罗马人做奴隶的并不都是没有文化的穷人，还有许多极有才华的学者、艺术家。这时，奴隶的地位与才华没关系，而与民族国家有关系。可见，人才竞争是有条件的。在征服者面前，被征服的艺术家也是征服者的奴隶。“二战”快结束时，盟国军队打到德、日国内的第一件大事就是掠劫科学家，尤其是著名的科学家。钱学森从美国回来后，成为中国原子武器的奠基人，此后，钱老终生不至美国。记得20世纪八九十年代曾有许多留美学生不回国，钱老就告诉大家，他们会自愿回来的。究其原因是钱老的海外经历使他悟透了科学家与祖国的关系。

43．袁隆平用他自身的经历讲述了搞科学应该具有什么样的品格。他认为：“作为科学家，首先要热爱祖国、热爱人民。无论多么优秀的人，如果太自私，对社会，对人没感情，不行。”他说：“我为什么一辈子潜心研究杂交水稻？年轻时，我曾亲眼看到5个人饿死，倒在路边上、田坎上，那个场景真叫惨啊，他们都是我们的同类啊，就是因为没有饭吃就这样活活饿死了。这一点对我触动很大，让我深切体会到了什么叫做‘民以食为天’，没有粮食什么事情都谈不上。”“于是我横下心来，一门心思研究水稻，研究杂交稻、超级杂交水稻。动机和目的很简单，就是为了让更多的人吃饱饭。

我出了点名后，国际上有多家机构都高薪聘请我出国工作，但我都婉言谢绝了。我的根在中国。”[①]

44. 在关于开辟“第二战场”的地点问题上，丘吉尔与罗斯福一直存在着“两条路线”的激烈争论。丘吉尔回忆录中说他“更喜欢的方案是，利用伊斯的里亚半岛和卢布尔雅那峡谷，从意大利北展开右翼攻势，直向维也纳”。丘吉尔说：“这个路线得到了参与德黑兰三方会谈的英国三军参谋长的完全同意。”[②]而罗斯福则坚持在英国南部渡海经法国进入德国。在1943年的德黑兰会议中，丘吉尔还力争将进攻兵力重心部署在地中海一线。此前，美国盛传丘吉尔“极力阻挠横渡英吉利海峡的‘霸王’计划”。当德黑兰会议经过激烈辩论最终使英方认可以“霸王计划”为重心的开辟欧洲第二战场方案后，罗斯福的军事顾问们长松一口气说：“我们总算是没有被丘吉尔拉到巴尔干半岛去。”[③]有人认为，丘吉尔的军事行动计划是为了“英美盟军向罗马以北推进，将大批德军牵制在意大利以减轻苏联的战争重担”[④]。丘吉尔和他的参谋长们也表示：“在地中海的进一步战斗根本不是出自边缘战略或战后政治考虑的产物。”[⑤]而罗斯福则注意到“进攻巴尔干半岛的计划这一点也可能是以政治考虑为基础的”。[⑥]

其实，我们看看地图就明白，如果盟军从诺曼底登陆开辟第二战场，英国在欧洲大陆的势力范围就会大大缩小，而苏联的势力就会扩展到东欧并形成对西欧的威慑。如果采取丘吉尔的路线，即从意大利攻入德国，则英国就会保持对整个欧洲及其战后政治的实际影响力。这是因为，军队所

---

①朱仰晴：《“非常”农民》，北京：现代出版社，2011 年，第 194 页。

②③［英］温斯顿·丘吉尔：《丘吉尔文集——二战回忆录》，魏群、高虹译，南京：江苏人民出版社，2000 年，第 907-909 页。

④萨本仁、萨支辉：《丘吉尔与英国对外政策》，北京：世界知识出版社，2003 年，第 259-260 页。

⑤⑥［美］罗伯特·达莱克：《罗斯福与美国对外政策 1932—1945》，陈启迪等译，北京：商务印书馆，1984 年，第 562、616 页。

至，乃国家权力所至；国家影响力是随军事力量的进入而存在和继续的。斯大林对此看得明白，他私下对当时还是南斯拉夫共产党领导人的米洛凡·杰拉斯说："这次战争和以往战争不同，谁解放领土，谁就把自己的社会制度推行到他们军队所到之处。绝不可能不是这样。"[①]美国的战略家们也看得明白，他们认为除了打击希特勒这一目标外，"英国人的另一点考虑是，在地中海采取的新措施能最终制止苏联在巴尔干半岛各国的扩张"。[②]而在苏、美、英三家中，只有丘吉尔是揣着明白装糊涂。

45．今天美国的手已伸向全世界，国力正在透支。对美国更具灾难性的还在于美国人的世界治理能力随美国人战略思维能力的下降而下降。美国国防投资就不用说了，就看看美国在新世纪发动的两场战争。苏联解体以后，是塔利班制衡中亚的原苏联五个加盟共和国。塔利班是逊尼派，伊朗是什叶派，塔利班从东面牵制伊朗。萨达姆是逊尼派，从西面拽着伊朗。美国解放科威特后又让科国从南部制约着萨达姆。美国在里头用最小的力量，最大限度地实现了自己在中东的战略利益。可现在的情况是，美国打了阿富汗，俄国的力量反而南下；打了伊拉克，什叶派伊朗的地盘扩大。可以预计，美国撤军后，伊拉克与科威特及伊朗的关系会大大好转。为了这种"战绩"，小布什还赔了3000多士兵的生命。有一幅漫画讲阿富汗战场上，美国和英国士兵在前面拉车，小布什和布莱尔摇着鞭子赶车，坐在车上的是俄国人，身后是北方联盟的士兵，直奔喀布尔城。

46．2002年2月，小布什访问中国期间登长城，曾问身边的导游，30年前，尼克松总统攀登到哪里。当攀登到北侧760米高的敌楼时，导游告诉他，当年尼克松总统就来到了这里。小布什表示，他要再向前走几步，要

---

① [南] 米洛凡·杰拉斯：《同斯大林的谈话》，赵洵、林英译，长春：吉林人民出版社，1983 年，第 89 页。

② [美] 罗伯特·达莱克：《罗斯福与美国对外政策 1932—1945》，陈启迪等译，北京：商务印书馆，1984 年，第 562 页。

超过尼克松总统当年留下的纪录。[①]这种好胜性格表现在国际事务中，就是小布什有战无略，跟西班牙斗牛一样，见了红布就冲，极没智慧。美国政坛中最有谋略的鲍威尔对此无可奈何且黯然离去，并承认他曾在联合国提出的美国入侵伊拉克理由的讲话是他个人历史上的一个“污点”。[②]现在的美国人跟古罗马人相似，有大量的外来资源供其挥霍，自己不用劳动，不劳动就没有了智慧，尤其没有政治智慧。小布什这代人在无忧无虑的环境中长大，没有参加过残酷的战争，用不着像南方国家的穷人一样为衣食发愁，受到的教育也多是快餐文化。没有压迫，哪来的智慧，不像从“二战”中出来的美国政治家。

47. 老布什海湾战争打得非常漂亮，他知道战争是政治的继续，他打败了萨达姆又保留了萨达姆。为什么呢？因为他要用萨达姆南面牵制科威特，东面制衡伊朗。而我们反视小布什，整个一个堂吉诃德先生。2006年3月16日，布什发表自就任总统以来的第二份国家安全报告，报告重申美国“先发制人”的战略，强调“外交优先”，并将包括伊朗、叙利亚、朝鲜在内的七个国家列为“专制国家”。报告同时将伊朗定位为“美国面临的最大潜在威胁”。[③]没有对手的外交，是不成熟的外交，而对手太多的外交则一定是失败的外交。小布什敢为天下先，同时宣布与七个“邪恶轴心”为敌，这样的

---

① 《美总统布什攀登长城超越尼克松总统纪录》，http://www. 2118. com. cn/news/2002/02/23/105. htm。

②美国前国务卿鲍威尔 2005 年 9 月 8 日在接受美国广播公司 (ABC) 采访时承认，在美国政府发动伊拉克战争前，他代表美国在联合国发表了关于伊拉克拥有大规模杀伤性武器等不实言论，他为此感到后悔，并认为这是他个人纪录当中的污点。 鲍威尔说，他是代表美国向全世界发表这种言论的人，这已成为他个人纪录的一部分，这使他至今感到很痛苦。他当时是根据美国中央情报局提供的情报发表有关讲话的，但后来发现，在伊拉克战争前后，美国的情报系统运作不正常。当时情报界不少人都知道有关伊拉克的情报不实，但没人敢说出来。 鲍威尔还表示，他从来就没有发现萨达姆与“9 · 11”事件有任何直接联系。参阅《鲍威尔承认开战前“说谎”》，载《大河报》，2005 年 9 月 10 日，第 A15 版。

③《布什发表第二份国家安全报告视伊朗为最大威胁重申“先发制人”战略》，http://world. people. com. cn/GB/1029/42355/4208559. html。

国家外交在历史上鲜有发生。

48. 许多南方国家的优秀人才都到美国去，可美国人的战略管理能力就是不见长，这是为什么呢？凡是有智慧的外籍人，尤其是外籍东方人很难进入美国的政治核心层，成不了政治家。即使是外籍科学家，也难进核心实验室。所谓“李文和案”[①]就是很好的说明。那么这些优秀人才到哪去了呢？他们都在外围打工。这造成了美国“金玉其外，败絮其中”的外观。外面人才济济，里面则智商低迷。

49. 国家外交有两忌：一忌傻，二忌愣。但在这二者间，后者对国家的损害最大。小布什这人，既傻又愣，争强好胜，靠拳头思考，不要说第三世界，就连其盟友欧洲也得罪了。美国则在小布什的折腾下国力下降，战略管理能力急剧下滑。小布什的作为已让鲍威尔失望，如让斯大林看到，只会窃喜；如让丘吉尔看了，只会发笑；若罗斯福、尼克松等看了，则会失声痛哭。他们会说，我们给美国打下的地缘政治底子，怎么让你小布什折腾完了。

50. 1940年11月12日，希特勒接见莫洛托夫，预测中国前途时说：“在亚洲，可能的殖民地空间看来属于日本。但是，如果中国进入觉醒民族之林，考虑到它的众多人口，那么任何殖民企图都注定是要失败的。”[②]同样的判断，斯大林也曾讲过，1945年他对蒋经国当面说：“只要你们中国能够统一，比任何国家的进步都要快。”[③]

---

①李文和，中国台湾人，20 世纪 70 年代加入美国国籍，长期就职于美国新墨西哥州洛斯阿拉莫斯核试验和核技术实验室。1999 年 3 月，李文和因被怀疑“向中国泄露有关 W-88 核弹头的机密”而受到美国联邦调查局的审查，并被实验室辞退。但经过数月调查，对他的“间谍活动”指控始终难以成立。2000 年 9 月 13 日李文和获释出狱。

②《希特勒与莫洛托夫的会谈德方记录》（1940 年 11 月 12 日），见沈志华：《苏联历史档案选编》第 4 卷，北京：社会科学文献出版社，2002 年，第 563 页。

③曾景忠、梁之彦：《蒋经国自述》，北京：团结出版社，2005 年，第 112 页。

之十三

听其言而观其行，是判断美国外交走向最简洁的方式

1．1940年11月12日，希特勒接见莫洛托夫，指出美国在第二次世界大战中的目的，他说：

美国今天执行的是帝国主义政策。它不是为英国进行斗争，而是为了把不列颠世界帝国搞到手。它帮助英国最主要的目的是以此刺激自己的军备，靠获得军事基地来加强自己的军事强国的地位。这里说的是未来，当这个与英国一模一样行事的盎格鲁撒克逊国家在扩大自己的势力范围的时候，其他可能受到它伤害的国家应该建立团结一致的关系。这不是近来的事，不是1945年的事，也不是1970年或1980年之前的事，这是遥远的事，到那时，这个盎格鲁撒克逊国家要严重威胁其他民族的自由。①

希特勒告诉莫洛托夫：应反对美国“靠牺牲欧洲利益而获得好处”的所有企图。美国无论在欧洲，还是在非洲和亚洲都应该规规矩矩，什么也不应该插手。②1941年，希特勒在向苏联发起进攻前，对其部下说：

英国在这场战争中将落入美国的魔掌，它现在还未能预见。但有一点是

---

①②《希特勒与莫洛托夫的会谈德方记录》（1940年11月12日），见沈志华：《苏联历史档案选编》第4卷，北京：社会科学文献出版社，2002年，第565、567页。

肯定无疑的：美国人要在这场战争中做一笔极大的生意。[①]

读了这些文字，就明白了2015年年初，德、法两国为什么抛开美国和英国直接与俄罗斯就乌克兰前途召开“明斯克会议”。

2. 1798年夏，法军登陆埃及，10月开罗发生暴乱，拿破仑对其实行了极为严厉的镇压。但对德高望重的伊斯兰教长舍伊赫[②]，则网开一面。当时法军并不理解，说他们是“暴动头子”，应该处死。拿破仑回应说：

不，这个民族同我们和我们的习惯太格格不入了，我宁愿这个民族有像他这样既不能骑马，又不能拿刀的首领，而不愿意看到像穆腊德别伊和奥斯曼别伊[③]那样的人当首领。把这个衰弱无力的老人处死对我们不会带来任何好处，反而会产生比您所预料的更为危险的后果。[④]

拿破仑的话是对英国在印度扶持甘地、在南非推举曼德拉、美国向国内黑人推出马丁·路德·金以及更早的满清王朝向汉人推出武训的政策的透彻说明。列宁说：“被压迫阶级如果不努力学会拿起武器，获得武器，那它只配当奴隶。”[⑤]而让被压迫者放弃武装则是全部压迫者政治的核心。

3. 正如资产阶级在一次次失败后认识到资产阶级专政的必要性一样，无产阶级在1871年法国“巴黎公社”失败的血泊中也认识到了无产阶级专政的绝对必要性。马克思特别强调这一点，他说：

---

① [德] 尼·冯·贝洛：《希特勒副官的回忆》，张连根译，长春：吉林人民出版社，1984年，第296页。

②舍伊赫，阿拉伯游牧部族的首领和农村中的长者称号，埃及等国某些伊斯兰教派的教长也称舍伊赫。

③穆腊德别伊和奥斯曼别伊是当时带领埃及人民抵抗拿破仑的军事首领和民族英雄。

④《拿破仑文选》下卷，陈太先译，北京：商务印书馆，1980年，第127页。

⑤ [俄] 列宁：《无产阶级的军事纲领》，见《列宁选集》第2卷，北京：人民出版社，1972年，第872页。

无论是发现现代社会中有阶级存在或发现各阶级间的斗争，都不是我的功劳。在我以前很久，资产阶级的历史学家就已叙述过阶级斗争的历史发展，资产阶级的经济学家也已对各个阶级作过经济上的分析。我的新贡献就是证明了下列几点：①阶级的存在仅仅同生产发展的一定历史阶段相联系；②阶级斗争必然要导致无产阶级专政；③这个专政不过是达到消灭一切阶级和进入无阶级社会的过渡。[①]

在资本主义社会和共产主义社会之间，有一个从前者变为后者的革命转变时期。同这个时期相适应的也有一个政治上的过渡时期，这个时期的国家只能是无产阶级的革命专政。[②]

欧洲的民主社会主义并不反对马克思主义阶级斗争的学说，他们反对的只是马克思主义中的无产阶级专政学说——在这一点上，中国的民主社会主义与他们的欧洲老师相比显得很没底气。[③]目前中国的民主社会主义者一般地承认并欢迎“中国崛起”，但他们只将中国崛起归因于文化、科技等普世层面，而不承认人民民主专政在中国崛起中所起到的“保驾护航”的托底作用。为此，他们便与中国的马克思主义者发生了分歧：他们所要求改革的对象恰恰就是中国人民“如同布帛菽粟一样地不可以须臾离开”[④]的无产阶级

---

①［德］马克思：《马克思致约·魏德迈》，见《马克思恩格斯选集》第4卷，北京：人民出版社，1972年，第332-333页。

②［德］马克思：《哥达纲领批判》，见《马克思恩格斯选集》第3卷，北京：人民出版社，1972年，第21页。

③“社会民主党人对人类文明的历史性贡献是：代表先进生产力的发展要求，化解了工人阶级与资产阶级不共戴天的仇恨，化解了社会主义制度与资本主义制度不共戴天的仇恨，使社会主义运动成为和平的、理性的进化过程。社会民主党人成功地创造了在发达资本主义国家的民主框架内和平过渡到社会主义的道路。过去我们局限于暴力革命的狭隘经验，指责他们是‘修正主义’，现在看来应给这个修正主义恢复名誉。因为社会民主党人不是对资产阶级没有斗争，不是单方面让步，不仅‘修正’了社会主义，而且‘修正’了资本主义”。“民主社会主义最大的成就，就是在老资本主义国家通过生产力的大发展和调节分配，基本上消灭了城乡差别、工农差别和体脑劳动的差别，铸就了民主社会主义的辉煌。这一成就使苏联模式的暴力社会主义黯然失色。”谢韬：《民主社会主义模式与中国前途》，载《炎黄春秋》，2007年第2期。

④毛泽东：《为什么要讨论白皮书》，见《毛泽东选集》第4卷，北京：人民出版社，1991年，第1502-1503页。

专政，其核心就是取消或变相取消党对人民军队的绝对领导权。他们的“马克思主义”抽掉了无产阶级专政学说，偷将中国特色的社会主义理论异化为不能实践的“然而却是生长在活生生的、结果实的、真实的、强大的、全能的、客观的、绝对的人类认识这棵活生生的树上的一朵不结果实的花”①。在这方面，列宁与伯恩斯坦的民主社会主义划出了界线。列宁说：

马克思学说中的主要之点是阶级斗争。人们时常这样说，这样写。但这是不正确的。根据这个不正确的看法，往往会对马克思主义进行机会主义的歪曲，把马克思主义改为资产阶级可以接受的东西。因为阶级斗争学说不是由马克思，而是由资产阶级在马克思以前创立的，而且一般说来，是资产阶级可以接受的。谁要是仅仅承认阶级斗争，那他还不是马克思主义者，他还可以不超出资产阶级思想和资产阶级政治的范围。用阶级斗争学说来限制马克思主义，就是割裂和歪曲马克思主义，把马克思主义变为资产阶级可以接受的东西。只有承认阶级斗争、同时也承认无产阶级专政的人，才是马克思主义者。马克思主义者同庸俗的小资产者（以及大资产者）之间的最大的区别就在这里。必须用这块试金石来检验是否真正了解和承认马克思主义。②

这个理论在中国根据国情还发展为“人民民主专政”的理论，毛泽东同志说：

人民民主专政的基础是工人阶级、农民阶级和城市小资产阶级的联盟，而主要是工人和农民的联盟，因为这两个阶级占了中国人口的百分之八十到九十。推翻帝国主义和国民党反动派，主要是这两个阶级的力量。由新民主

---

①“僧侣主义（＝哲学唯心主义）当然有认识论的根源，它不是没有根基的，它无疑是一朵不结果实的花，然而却是生长在活生生的、结果实的、真实的、强大的、全能的、客观的、绝对的人类认识这棵活生生的树上的一朵不结果实的花。”参阅［俄］列宁：《谈谈辩证法问题》，见《列宁选集》第2卷，北京：人民出版社，1972年，第715页。

②［俄］列宁：《国家与革命》，见《列宁选集》第3卷，北京：人民出版社，1972年，第199页。

主义到社会主义，主要依靠这两个阶级的联盟。①

毛泽东坚持列宁主义的国家学说，认为无产阶级专政“这是一个很好的东西，是一个护身的法宝，是一个传家的法宝，直到国外的帝国主义和国内的阶级被彻底地干净地消灭之日，这个法宝是万万不可以弃置不用的。越是反动派骂‘极权政府’，就越显得是一个宝贝”。②

坚持马克思主义的实践品格，就必须承认马克思主义的无产阶级专政学说，不然就是把马克思主义，尤其是马克思主义的国家学说虚化为任何人都可把玩的艺术品，但“国家不是艺术品”③。没有专政，何谈国家，没有国家，共产主义就只能永远是天边彩虹而不是保障劳动获得解放的新制度。所以邓小平说：

运用人民民主专政的力量，巩固人民的政权，是正义的事情，没有什么输理的地方。④

问题的实质就在这里，中国的马克思主义者和披着“马克思主义”外衣的民主社会主义者之间的分歧和斗争的焦点，也就在这里。

4. 1964年10月14日，赫鲁晓夫在决定辞职时说：“我明白，这是我最后一次政治演说了，可说是天鹅的绝唱。”⑤27年后，戈尔巴乔夫终将这份原本是个人的“绝唱”变成国家的挽歌。基辛格看出了这两位政治人物的联系，他说：

他（赫鲁晓夫）在启动改革过程这方面，可谓是戈尔巴乔夫的祖师；改革的影响他并不了解，改革的方向却叫他追悔莫及。从这个角度来看，我们

---

①②毛泽东：《论人民民主专政》，见《毛泽东选集》第4卷，北京：人民出版社，1991年，第1478、1503页。

③［德］黑格尔：《法哲学原理》，范扬、张企泰译，北京：商务印书馆，2009年，第259页。

④中共中央文献编辑委员会：《邓小平文选》第3卷，北京：人民出版社，1993年，第379页。

⑤邢广程：《苏联高层决策70年·第4分册》，北京：世界知识出版社，1998年，第8页。

甚至可以说共产主义覆亡始于赫鲁晓夫。[①]

毛泽东对赫鲁晓夫的评价更是精确。1959年12月，他在一份关于国际形势的讲话提纲上写道：

赫鲁晓夫们很幼稚。他不懂马列主义，易受帝国主义的骗。他不懂中国达于极点，又不研究，相信一大堆不正确的情报，信口开河。他如果不改正，几年后他将完全破产（八年之后）。[②]

从1959年到1964年赫鲁晓夫下台，前后仅有五年时间。

5．1941年12月16日，英国外长艾登向苏联提交了一个议定书文本，苏方提了两个议定书文本。斯大林评价说：艾登提出的文本很像一份声明，相反，苏联政府提出的是两份条约。声明是代数，而条约则是简单的实用算术。我们需要算术而不需要代数。艾登听到这里笑了起来。斯大林补充说：代数是一门很好的科学，他对它充满敬意，“但是现在，在目前具体情况下，我们情愿要算术”。[③]

6．英国人以精明崛起，也因精明而衰落。1944年，斯大林对南斯拉夫的一位共产党政治家说道：“丘吉尔连你口袋里的一分钱都不放过，而罗斯福可不是这样，他只把大票子掏走。”[④]

7．1937年7月，罗斯福总统邀请英国首相张伯伦到华盛顿共商合作方

---

①［美］亨利·基辛格：《大外交》，顾淑馨、林添贵译，海口：海南出版社，1998年，第471页。

②逄先知、金冲及：《毛泽东传1949—1976》（下），北京：中央文献出版社，2003年，第1034页。

③《艾登同斯大林第一次会谈记录》（1941年12月16日），见沈志华：《苏联历史档案选编》第16卷，北京：社会科学文献出版社，2002年，第522页。

④［加拿大］康拉德·布莱克：《罗斯福传》，张帆等译，北京：中信出版社，2005年，第347页。

案，张伯伦拒绝并留下一句名言：“除了甜言蜜语，最好别依靠美国人任何东西。”①

8. 美国着手剥夺英国对地中海的制海权这项工作的时间起点，就是德黑兰会议，尤其是会前罗斯福与斯大林会晤中针对英国形成的战略默契。1956年美苏联手利用苏伊士运河事件将英法逐出埃及。失去埃及，英国也就失去了印度洋。罗斯福明白，仅凭美国一家是完成不了这一历史任务的，而有能力与美国完成这一任务的只有苏联。因此，将东欧让给斯大林，对罗斯福是一举两得的事，而对斯大林则是正中下怀的事。如果说丘吉尔、罗斯福和斯大林是在战时打败德日法西斯目标下走到一起的，那么，罗斯福和斯大林则是为了战后瓜分英国世界财产的目的而走到一起的。

9. 苏洵在《六国论》中提出六国如果联合起来“并力向西”，就不会为秦国所灭的议论，毛泽东批注：“此论未必然”，“凡势强力敌之联军，罕有成功者”。②公元211年7月（建安十六年），曹操平定关东，后对诸将说：“关中长远，若贼各依险阻，征之，不一二年不可定也。今皆来集，其众虽多，军无适主，一举可灭，为功差易，吾是以喜。”③曹操在《蒿里》一诗中道出“联军”的内在矛盾及其“纸老虎”本质：

关东有义士，兴兵讨群凶。初期会盟津，乃心在咸阳。军合力不齐，踌躇而雁行。势利使人争，嗣还自相戕④。淮南弟称号，刻玺於北方⑤。铠甲生

① [美] 孔华润：《剑桥美国对外关系史》（下），王琛等译，北京：新华出版社，2004年，第144页。

②陈晋：《读毛泽东札记》，北京：生活·读书·新知三联书店，2009年，第93页。

③（晋）陈寿：《三国志·魏书·武帝纪》，上海：上海古籍出版社，2002年，第30页。

④嗣：后来。还：同“旋”，不久。自相戕（qiāng）：自相残杀。当时盟军中的袁绍、公孙瓒等发生了内部的攻杀。

⑤公元191年（初平二年）袁绍谋废献帝，想立幽州牧刘虞为皇帝，并刻制印玺。玺，印，秦以后专指皇帝用的印章。袁绍的异母弟袁术于公元197年（建安二年）在淮南寿春（今安徽寿县）自立为帝。

虮虱，万姓以死亡。白骨露於野，千里无鸡鸣。生民百遗一，念之断人肠。[①]

诗的意思是说，关东义士起兵讨伐那些凶残的人。最初约会各路将领订盟，同心讨伐长安董卓。各路军队汇合以后，各有各的打算，力不齐一，互相观望，谁也不肯率先前进。势利二字引起了诸路军的争夺，随后各路军队之间就自相残杀起来。袁绍的堂弟袁术在淮南称帝号，袁绍谋立傀儡皇帝在北方刻了皇帝印玺。战争连续不断，士兵长期脱不下战衣，铠甲上生满了虮虱，众多的百姓也因连年战乱而大批死亡。尸骨暴露于野地里无人收埋，千里之间没有人烟，听不到鸡鸣。一百个老百姓当中只不过剩下一个还活着，想到这里令人极度哀伤。

10．斯大林曾不止一次地说过："俄罗斯能打赢战争，但不善于运用胜利果实。俄罗斯人仗打得出色，但不善于缔结和约，往往吃亏。"[②]从德黑兰会议文件中可以看出，斯大林汲取以往俄罗斯人谈判的经验教训，在这次战争谈判中所获甚丰。与轴心国的那几个赳赳武夫不同，斯大林在"二战"中的利益所得绝大部分是在谈判桌上而不是在军事征服中获得的：第二战场在法国北部开辟使苏联将东欧纳入其势力范围并以1939年的边界线与东欧国家分界。正因此，时任"霸王"行动盟军最高司令的艾森豪威尔于1945年3月28日致函通知斯大林，他不会挥师向柏林前进，并且建议美苏两国军队在德累斯顿附近会师[③]，在达达尼尔海峡，苏联也获得了自由进入的权利。在远东地区，斯大林获得了在旅顺驻军的权利以及将来占领日本一些岛屿的权利。

---

①安徽亳县《曹操集》译注小组：《曹操集译注》，北京：中华书局，1979年，第13-14页。

②［苏］费·丘耶夫：《同莫洛托夫的140次谈话》，王南枝等译，北京：新华出版社，1992年，第93页。

③［美］亨利·基辛格：《大外交》，顾淑馨、林添贵译，海口：海南出版社，1998年，第371页。

11．印度尼西亚的地缘战略地位与马六甲海峡的战略地位息息相关。与苏伊士运河通航后南非开普敦的地缘战略地位下降的道理一样，如果未来位于泰国境内的连接泰国湾和孟加拉湾的克拉运河建成，印度尼西亚、新加坡，甚至澳大利亚等国之于亚洲大陆国家的地缘战略地位将相应下降，中国在南海的战略支点布局将相应向北收缩。

12．边境线不等于国家间力量较量的“等压线”，而认识到后者的所在位置则是处理国际边境矛盾的理性前提。目前看，中国和印度间的力量“等压线”也在藏南这片所谓的“争议区域”，它的变动目前不取决于双方施加的力量而取决于双方各自力量因国内政治变动——比如印度或中国某一方自己有了内乱或裂变及由此造成内部陷塌——所引起的变化，那时这条等压线就会向虚弱的方向收缩。这样的结果在中国和印度的历史上都曾出现过，未来再现的可能性也不能完全排除[①]，但这不管是对中国还是印度都是不好的。我们既要看到藏南一带的争执，更要看到全球力量的对比和布局。东吴为贪荆州小利而短祚的教训，在处理双边关系中，中国和印度的政治家一定要汲取。

---

①“根据上世纪英国对印政策的经验，从宗教和地理上分裂印度将是本世纪的世界霸主的最有可能的选择。如果说当年英国人肢解的是印度西北部的话，那么，将来世界霸权国家则最有可能从印度南部下手。从地缘战略需求看，对世界霸权国家最有利的是将印度的版图限制在北纬15度以北即泰米尔纳德邦以北地区，将印度的有效国力限制在北纬20度以北即孟买以北，尤其是东北部地区。印度在世界霸权国家的全球战略中的地位仅限于用它阻止中国力量进入印度洋及从西南方向拖住中国向太平洋及南中国海发展。”（张文木：《世界地缘政治中的中国国家安全利益分析》，济南：山东人民出版社，2004年，第146-147页。）对印度的国家发展潜力的评估不能不考虑印度议会体制对印度未来的影响。这一点使目前“印度热”中的所谓“自由派”人士甚为乐观，而笔者的评估结论则是非常悲观的。从“减震”的角度考虑，尼赫鲁留给印度的“民主体制”不仅使政府失去效能，同时也使“人民革命”失去效能。这正如英国殖民统治留给印度的“议会体制”既瓦解了印度知识分子，也瓦解了印度劳动者的反英民族革命的后果一样。印度这种体制的“减震”作用既留给了印度政府解决问题的时间，同时也增加了印度政府解决问题的难度。从这个意义上说，如无“猛药”根治，议会制度的“减震”作用，对具有结构性危机的印度国家所产生的后果，不会是迅速崩溃，而只能是缓慢衰落，乃至——鉴于印度所处的非常敏感的世界海权地缘中心位置——瓦解，并且是在印度人不知不觉中瓦解。（张文木：《印度与印度洋——基于中国地缘政治视角》，北京：中国社会科学出版社，2015年，第96-97页。）

13．利随势定。在历史大势中，财富是养人的因素；离开了大势，财富往往就成了毁人的利器。同样的道理，顺应了历史大势，人的优点才是优点；偏离了历史大势，人的优点往往就成了缺点。

14．当今中国国家安全，已不是生存意义而是发展意义上的概念；当今中国的发展已不仅仅是国家内部的历史运动，而是一种与世界紧密联系一体的历史运动。发展利益之所在，便是今日中国国家核心利益之所在，对国家核心利益的威胁便是对国家安全的主要威胁。从这个意义上看，与自然经济条件下的国家安全观念不同，中国新世纪的国家安全应当主要是一个以维护中国发展权为核心的世界性的概念；对中国国家安全的关注，应当从传统的维护本土安全，转变为维护已走向世界的中国政治和经济利益安全；对中国国家安全系数评估基点，不应再主要建立在本土安全而应建立由本土辐射于世界的国家利益安全之上；最后，维护中国国家安全，也应当从封闭的和独守家门的模式转变为积极进取和开放的模式，从制陆权为主的作战方式转变为集制空权和制海权为一体的现代作战方式。总之，利益决定观念及其实现手段。中国的发展利益走到哪里，中国的安全观及其实现手段就应辐射到哪里。

15．笔者在研究中国海权的初期曾把海权置于很高的地位，那是因为当时中国海权处于起步阶段，需要矫枉过正。笔者在2014年出版的《论中国海权》（第三版）①和《印度与印度洋——基于中国地缘政治视角》②两书中，

①笔者在这部著作中指出："近代以来的历史经验表明，绝对的制陆权来自绝对的制海权，而绝对的制海权同样也来自绝对的制陆权；而没有陆战的胜利，海战的效果就会大打折扣。"参阅张文木：《论中国海权》（第三版），北京：海洋出版社，2014 年，第 108 页。

②"作为世界海权大国的英国在印度洋的这一实践经验丰富了我们的海权学说，这就是：没有制陆权的制海权是不完整的；同样，没有制海权的制陆权也是不完整的。可以这么说，没有绝对的制陆权就没有绝对的制海权；反之，没有绝对的制海权，也就没有绝对的制陆权。"参阅张文木：《印度与印度洋——基于中国地缘政治视角》，北京：中国社会科学出版社，2015 年，第 229-230 页。

鉴于中国海上力量已有长足推进，对这一立场已有适度回调。在上述两书中，笔者提出绝对的制海权要依托于绝对的制陆权；反之，绝对的制陆权也要依托于绝对的制海权。在陆权和海权的边际地带，制陆权可以反作用于制海权；同样，制海权也可以反作用于制陆权。占据较大版图的制陆权可以在较大范围内影响（反作用）周边的制海权；同样，占据较广阔海域的制海权也可以影响（反作用）制陆权。比如，在印度洋地区，因占领了印度半岛，近代英国在此地区拥有比当代美国更大的制海权；同样，由于拥有广阔海域的制海权，近代英国曾使陆权霸主沙俄帝国多面受敌，疲于应对。马汉也曾论述过海权与陆权的这种相互作用的关系，他说："海权和陆权都不是单独存在的东西，而是彼此相辅相成。就是说，陆上强国也需要推进至海边以利用海洋为己服务，而海上强国也必须以陆地为依托并控制其上的居民。"①但他并没有从整体予以强调，更没有形成理论概括，出于美国国情的需要，马汉更多强调的是远海。

16. 我们已制定了《反分裂国家法》，可同时我们又用"民族分裂"概念来表达国家分裂的内容：同样性质的问题，在东部台海地区称"分裂国家"，而在西部地区则称"民族分裂"，这在法权逻辑上是矛盾的。

17. 社会共识在"公民国家"层面比在"公民社会"的层面整合，更有益于公民凝聚力的形成。它不仅消除了将"社会"与"国家"对立起来——实际上是将不可分割的"公民权利"与"公民义务"割裂开来——的潜意识，同时它还消除了绝对"人权"和绝对"民族自决权"的概念，从而使绝对自由主义和绝对民族主义的意识，在理论上就发生动摇。因为在公民国家制度中，公民权成了人权的实现形式，国家主权成了民族自决权的实现形式。宗教自由即宗教自决权是人权的内容之一，但由于信徒的公民身份也使

① [美] 马汉：《海权论》，萧伟中、梅然译，北京：中国言实出版社，1997年，第234页。

其无限的宗教自决权转化为必须服从其公民权的有限宗教自决权，也就是说，其宗教行为必须以效忠国家为前提并由此换得国家对其宗教自决权的依法保护。

18．所谓世界霸权，是当代处于资本中心地位的发达国家对处于资本外围地区的国家发展的垄断权。自从市场经济的政治神话在中国被打破后，我们便意识到市场经济也是社会主义国家可以采用的一种经济体制。既如此，只要采用市场经济体制，不管其国体如何，它们必然要从世界的角度考虑其固有的发展权的问题。在市场经济条件下，发展权，从经济的角度看，主要是一国在世界范围的自由贸易不受侵害的权利。而赢得这种权利的关键是自由利用世界贸易必需的交通线，特别是海上交通线的权利。中国既然选择了市场经济，那它就必然要拥有自由贸易及对自由贸易保护，特别是军事保护的权利。在经济日益走向全球化的当代世界，政治、经济、军事、安全等全方位地跨国发展，已经不再是资本主义国家的专利，而是任何采取市场经济的国家天然具有的权利。因此运用这种权利并不是霸权主义的表现，霸权主义的本质在于它对其他国家，尤其是对南方国家的发展权的那种“只许州官放火，不许百姓点灯”式的垄断。中国“不称霸”的外交政策不应被理解为放弃中国主权中固有的必然要走向世界的发展权，而应被理解为中国在争取和捍卫自己所拥有的必将融入世界的发展权——发展权只能是世界范围的发展权——的同时，不仅不排斥而且还要与其他国家平等地享有各自的发展权。反对霸权主义与保卫平等的发展权，是一对不可分割的概念。对中国——乃至对所有南方国家而言，不反霸则不能求发展，求发展必然要反霸。但是，“批判的武器当然不能代替武器的批判，物质力量只能用物质力量来摧毁”①。反霸，至少要有与霸权不至过于悬殊的力量，尤其是军事力量。在这一点上，今天的许多人过于相信“国际法”的作用。然而“在

① [德] 马克思：《〈黑格尔法哲学批判〉导言》，见《马克思恩格斯选集》第1卷，北京：人民出版社，1972年，第9页。

当今世界上，光有法律而没有力量就得不到公正；法律的合理与否不取决于力量，但其有效性要由后者赋予”[①]。用强力保卫自己应有的海外平等自由发展的权利，而不是动辄以“制裁”的方式剥夺他国的这种权利，正是中国既要崛起又要坚持反对霸权主义的原则界线所在。

19．在主权安全方面，妥协是没有出路的。美国要求中国退让的底线是让中国交出西藏、台湾与南沙地区的（实质上的）主权，台湾李登辉和日本对我要求的底线是让大陆肢解，让中华民族在肢解中毁灭。现实留给中国共产党和中国人民的选择，应当以台湾问题为突破口，强力打散美国遏制中国的环岛锁链，冲出霸权；与当年美国迫使英国、日本迫使美国坐下来与之认真谈判的情形一样，中国人也应当以实力迫使美国认真思考与中华人民共和国在互让中合作的意义。

20．国际斗争原则与大自然优生原则一样，大凡能留下的，并不是长得肥硕和漂亮的，而是牙齿和爪子锐利并能主动适应环境的。

21．对当今中国而言，不保发展就无以保生存。但发展权与生存权一样，是需要武力保卫的。如果说，昨天中国共产党人从蒋介石先生那里学到了“枪杆子里面出政权”[②]的道理，那今天中国人应该从一百年前的美国人那里学会“枪杆子里面出主权”的道理。主权，不应只是一个涉及领土的静态概念。从动态的角度看，它同时还是一个包括生存权和发展权的概念。当代中国的发展已成为中国得以生存下去的“硬道理”，而今后中国的命运则取决于中国是否具有自主发展的实力。这种实力，在昨天的美国人那里主要表现为保卫自身发展权的军事能力，特别是海军的战斗力。

---

① [美] 马汉：《海权论》，萧伟中、梅然译，北京：中国言实出版社，1997 年，第 419 页。

②毛泽东：《战争和战略问题》，见《毛泽东选集》第 2 卷，北京：人民出版社，1991 年，第 547 页。

22. 20世纪美国外交政策基本是围绕中东石油以及由中东向东西两线延伸的通往北美和西欧的石油运输线：西线是由波斯湾经红海、地中海到大西洋的航海线；东线则是由波斯湾经科伦坡、马六甲海峡、马尼拉、关岛、夏威夷到美国太平洋沿岸的海上线路。20世纪美国历次重大外交行动，基本上都是沿着这条线路展开的；反之，都不会引起美国外交的太多注意。“二战”前，日本在中国东北、华北长驱直入，美国坐视不管，只是在日本靠近上海时，美国才认真起来；两伊战争中，只要伊拉克向东北扩张，美国就表示出慷慨的资助。然而，一旦伊拉克调头南下，那就遭到美国“沙漠风暴”行动的打击。

23. 台湾问题一方面是中美关系的焦点：美国利用台湾钳制日本南下，同时又使台湾、西藏构成遏制中国影响力南移的内线；中国则要维护民族尊严和祖国统一。在中美关系的这个焦点之外，不应忘记日本也随时准备坐收渔利，这是因为台湾对日本太重要了，以至近代以来日本的每次重大行动的第一步都是侵占台湾。

在这种政治格局中，台湾问题的解决方式就与中美关系及日美关系的变化发生了联系，也就是说，当美日矛盾大于中美矛盾从而中国对美国的战略价值大于日本时，美国就会在必要时把台湾当作弃牌还给中国以获取中美稳固的关系。而一旦失去大国的庇护，就失去了独立存在的基础，这时两岸统一的时机也就成熟。反正美国永远不会把台湾让给日本，因为美国宁可让台湾“独立”，也不会让台湾为日本控制。美国许诺台湾“独立”的另一个潜台词就是默认大陆可以对台采取收复行动，正如英国准许香港“直选”的潜台词就是撒手不管一样。“二战”快结束时罗斯福总统曾预见苏联将很快恢复，就竭力扶持中国以抗衡苏联，为此，罗斯福不顾丘吉尔的反对，支持中国参加1943年11月的开罗会议并在《开罗宣言》中要把“日本所窃中国之领土，例如满洲、台湾、澎湖群岛等，还归中国”。朝鲜战争前，美国总统杜鲁门曾试图抛弃台湾以换取与中共某种形式的“联合”，朝鲜战争爆发与中国参战使杜鲁门的设想化为泡影。1972年，尼克松为了与中国改善关系以抗衡北方苏联时，也曾有限地抛弃过台湾。可以肯定，苏联解体后，随日本的崛起及俄国的强力复苏，历史可能会在中美日之间再次为中国提供收复台湾的契机。

台湾只是西方大国在亚太牌局里的一张牌，[①]这是20世纪历次重大国际事变已证明了的定理。至于目前台湾某些领导人一厢情愿地自称“台湾已经是独立国家”，这无异于痴人说梦，因为台湾根本就没有政治独立的历史。“台独”明天的命运，与其昨天的命运一样，只能是大国之间踢来踢去而又为美国所不愿全心接纳、日本又无力接纳的球。而台湾要彻底摆脱这种命运，除了回归祖国外，别无选择。

24. 中国在西藏、新疆的主权问题上绝无丝毫妥协的余地。现在就应提醒的是，21世纪，如果西藏、新疆地区发生规模较大的动乱，我们首先要警觉的是防止西方某些国家再次运用他们在海湾战争中用过的所谓“保护库尔德人禁飞区”的策略来变相肢解中国西藏、新疆地区。[②]西藏、新疆地区是中国地缘政治的枢纽。苏联的解体是从三个波罗的海加盟共和国的独立开始的，西藏与新疆如果独立，就不可能不引起类似的连锁反应：这不但会使我国西侧失去高原屏障的天然保护，而且还会进一步威胁到西南地区的高科技工业安全。

25. 听其言而观其行，是判断美国外交走向最简洁的方式。美国外交

---

① 1964年10月中国核试验成功。11月23日，美国白宫官员柯莫在致总统特别助理邦迪的信中写道：“我们如何最大限度地保留台湾的地位？按照冷峻的现实主义观点，台湾是我们与北平进行最终妥协的最后一张牌。出于同样的理由，这也是我们不惜一切代价来予以保存的廉价物品柜。”参阅陶文钊：《美国对华政策文件集1949—1972》第三卷下，北京：世界知识出版社，2005年，第595页。

②需要说明的是，从美国地缘战略的角度看，西藏和新疆还是有区别的。我们注意到，美国的对华外交宣传中，不怎么提新疆的分离主义分子的活动，这是因为美国在新疆问题上有两难选择：新疆从中国分裂出去，虽然可以隔开中国与中亚富油国的直接联系，但却可能导致伊斯兰力量进一步向东扩展和加强，将来也不足以制衡重新崛起的俄国南下，这样的结果并不是美国所愿意看到的。

的实用主义原则在海湾战争中暴露无遗：海湾战争后期向伊拉克政府军发起攻势的库尔德人曾确信高喊“人权”的美国人会支持他们的行动，但结果大出所料，美国人竟保留了战争中的死敌萨达姆。其实，原因很简单，只要萨达姆不倒，科威特等国就会对美国的军事有所依赖，美国在海湾长期驻军就有正当理由；只要美国在海湾长期驻军，国际石油价格就控制在美国人手中。为了中东石油，美国可以把伊拉克搞得颠三倒四；同样为了石油，美国也不会在“西藏问题”上对中国心慈手软。美国所谓“西藏人权”，其实质就是石油控制权。控制了中东和中亚，就控制了石油；控制了石油，就控制了世界。这是美国的逻辑。对中国而言，稳住了西藏、新疆，就有了安全的石油供给线；只要有了安全的石油供给线，中国经济的新世纪发展才有切实保证。

26. 陆战历来都是东方军队的特长：且不说拿破仑在西班牙和俄罗斯（与西欧相比，这两个国家具有较多的东方特点）的惨败，我们只要看看“二战”后发生在朝鲜和越南的东西方军事较量，西方人似乎并没有从中捞到什么便宜。制空权和制海权是西方近现代军事理论的基石。尽最大可能避免陆地作战，是西方人在东方作战——朝鲜战争和越南抗美战争除外——的通行方式。

27. 20世纪美国外交策略是19世纪英国外交策略的继承和发展，其要点是：距中东及中亚石油国四周及石油运输线两侧的国家越小越好，因为这便于他们控制；离此之外的国家越大越好，因为这可使他们在巨石般相互摩擦挤压掣肘中无力他顾。恰好近代以来的世界地理政治就是沿这条线索发展和布局的：在欧洲大陆是德法俄间的掣肘；在中东西亚及南亚，是两伊及印巴间的掣肘。20世纪90年代，英美等西方国家又通过促成苏联解体的方法，把它们的宿敌俄国版图远远地推向北方，在俄国和中东石油国间，出现了一片细碎的中小国家。这个原理也可以说明，巴拿马、马尔代夫、斯里兰卡、科威特及新近独立的厄立特里亚等小国得以脱离大国母体并能在大国眼皮底下长期存在的原因。长期以来英美就是通过所谓“巴尔干方式”制造小国，并通过玩弄平衡游戏大获其利。目前除中国外，在中东和中亚周围，已没了有实力的大国。这样在21世纪，分离中国西部，特别是中国西藏地区，将很可能是以美国为首的西方一些国家的目标所在。在把俄国推向北方之后，再在中国和中亚中东石油国之间设置一道像西藏和新疆这样的政治屏障，这在西方一些政治家看来，符合他们永久控制中东中亚石油的战略利益。

28．美国利用卫星信息监控技术和导弹远距离精确打击与准确拦截技术，在科索沃兵不血刃却大获全胜的军事战绩，使我们看到科技革命已使战争模式完成了从制陆权到制海权再到制空权的立体转换。第二次世界大战时期的航空母舰曾使这种三位一体的立体战争具有机动性和综合作战能力。21世纪人类将面临的是在外层空间卫星监控技术引导下的、以争夺低层空间和浅层海域为目的、大国争夺将进一步从外层空间转向深层海域为核心内容的军事革命。在未来的战场上，第二次世界大战时期的飞机和战舰群间的大规模混战将被在卫星监控技术引导下的导弹远距离精确打击和准确拦截技术所代替。在新世纪的战争中决定战争胜负的主要因素不完全取决于一国陆军的数量和作战能力，而更多地取决于该国的海军和空军军种的高科技含量及由此形成的作战能力。建立在卫星监控技术之上的海上远距离导弹精确打击和准确拦截技术，是现代作战能力的重要标志。可以说，在未来战场上，谁掌握了外层空间继而是深层海域的信息监控技术，谁就掌握了低层空间的制空权和制海权，从而就掌握了战争的主动权。鉴于此，我们必须迅速将目前以本土防卫为主的国防模式调整为以制海权和制空权为主的国防模式。否则，我们就不能确保中国在21世纪的国际政治斗争中立于不败之地。

29．海湾战争，连同1999年的科索沃战争，可以说是一场克劳塞维茨式的传统战争理论与现代高科技信息战争理论所进行的有史以来最认真的较量。克劳塞维茨是对近代欧洲战争理论最有影响的军事思想家之一。他认为，战争的目的是消灭敌人的军队。通过武力在适当的地点和时间决战是达到目的的基本手段。在决战的诸形式中，由几个战斗形成的一个大规模会战的战斗成果最大。在会战中，主力会战是战争的重心。但在20世纪末，战争模式却发生了与克氏理论截然不同的变化。海湾战争和科索沃战争与传统的“诺曼底”式也可称作“克劳塞维茨式”的大规模地面部队率先会战的战法不同，由于有了信息监控技术，美国及其盟国对伊拉克和南斯拉夫都是从海空远距离导弹大规模“切割”式打击开始：美国先摧毁敌国“大脑”即信息中心和“造血功能”即生产能力，其次是“神经传递”功能即通信交通能力，再次是扫除一切可疑的目标。在这些任务完成，在敌国失去了除作战人员的体力之外的战斗力之后，攻击国才开始——并且是在对敌方坦克具有大杀伤力的“阿帕奇”攻击直升机的配合下——地面军事切入的。

30．美国是否可以肯定，今后在亚太地区就不再需要中国的帮助？别的不说，就说达赖在美国的支持下若真的实现了西藏独立，美国政府考虑过没有：届时谁来填补这一地区的政治真空呢？靠达赖？只要看看周边的国家实力，就知这显然不可能；靠美国？美国把军事力量特别是陆军力量投到这远离海上交通线的平均海拔4000米以上的高原地区，这既不符合美国的利益，美国也没有那么大的力量——19世纪英国政府主要就是由于这个原因才没有对中国在西藏问题上采取像鸦片战争那样过于激烈的行动。[①]那么靠印度？这会给美国带来更大的麻烦。别的不说，仅印度那如剑插入印度洋的版图就对美国的海上利益形成相当的压力，如印度在获取远程核威慑与核打击能力后，再获取西藏地区并在波斯湾侧翼崛起为一个新的大国，这并不是美国乐

① 1950 年 3 月 8 日美国驻印度使馆在给美国务院的第 301 号电文披露，印度为西藏叛乱分子提供的为时半年的作战所需，“牲畜驮运是惟一实用的运送手段，上述弹药数量约需 7000 头骡子的运送。由于没有那么多的骡子可用，一部分或者全部的 3 英寸口径迫击炮和弹药可能无法运离印度”。6 月 20 日美国驻英国大使道格拉斯在致美国国务卿艾奇逊第 3480 号电文中报告了英国外交部对美国希望英国援助“藏独”分子的回应，英国认为：“西藏不容易进入的特点使得任何加强对中国进行军事抵抗的行动都不现实。西藏长期被认为不能进行除了名义上的任何抵抗。”详见陶文钊：《美国对华政策文件集 1949—1972》第一卷上，北京：世界知识出版社，2003 年，第 334-335 页。

意看到的情景。如果事情真到这一步，届时美国的西藏政策就会再回到19世纪英国的思路上来，即让中国控制西藏最有利于美国的全球利益。今天美国和印度的政治家们在忙于眼前事务时可能没有考虑这么久远，而现在笔者沿着当下美国政府的思路为其指出上述可能出现的政治后果，这有助于美国乃至印度正视与中国合作的长远意义。

31．今天美国的反华政客们应该学习历史，因为他们在对华政策上正在重复昨天美国曾经犯过的错误。20世纪初美国总统西奥多·罗斯福曾为不得罪日本而牺牲中国的利益，[①]结果换来的是1941年日本对美国的轰炸；当太平洋战场进入最艰苦的阶段，富兰克林·罗斯福总统不得不强吞其堂哥执政时结下的苦果：在1943年的开罗会议上，为了使中国抗战到底并与美国结盟，他顶着英苏的异议，邀请中国参加开罗会议。“二战”后，美苏出现冷战，处于顶峰期的美国，以其雄厚的经济实力自认可独霸世界，在对华政策上，美国又开始老病重犯：20世纪50年代美国国内兴起以“麦卡锡主义”为标志的妖魔化中国的浪潮，在外交上美国与日本、中国台湾、澳大利亚、新西兰、菲律宾、韩国等签订一系列军事条约，对中国大陆形成一道月牙形的遏制锁链。朝鲜战争失败后，美国又发动越南战争。至70年代初，长期陷在越战泥潭中的美国已意识到没有中国的合作，其在亚太已独木难撑。1972年美国总统尼克松在冰冷的气氛中从大西洋彼岸向中国伸出寻求合作之手；70年代末苏联在阿富汗和越南发起咄咄攻势，美国更意识到与中国合作的意义，1978年中美建交，中美关系再次进入良性互动阶段。如果了解这段中美关系史，就会认识到：中美关系是亚太稳定的重要基石。现在美国一些人似乎忘记了历史，旧病复发，在顺利时又开始犯忽视中国的错误。前事不忘，后事之师。

---

① 20世纪初美国决策层已意识到日本的崛起并且有可能成为一个比俄国还难对付的敌手，但西奥多·罗斯福认为：“鉴于中国的软弱，美国和中国结盟将一无所获，只会增加额外负担。”同时他也相信，只要对日本持尊重态度，日美冲突还是可以避免的。参阅［美］孔华润：《美国对中国的反应——中美关系的历史剖析》，上海：复旦大学出版社，1989年，第58、65页。

32．在台湾、南沙乃至印度洋地区，中国和印度都有与美国不可妥协的（远比中印在边界利益更为重大的）利益存在。中国在看到苏联解体和俄国衰落下去之后，渐渐地感到同种压力正在降临；印度是印度洋的唯一大国，而印度洋又位于大西洋和太平洋两条海上航线的交汇点，是美国海权战略必须控制的核心地区。且不说印度版图像利剑直插印度洋中心、直逼横穿印度洋的国际航海线，我们只要看看已成为具有核威慑和核打击能力的印度在这世界海权心脏区崛起的现实，就知道印度不会让西方列强放心。可以推定，西方解决了中国之后，“印度问题”将提到西方海权国家的桌面。唇亡齿寒。难道中国和印度还能等到美国对其各个击破之后，再像南斯拉夫那样因恐惧而考虑与他国联合吗？

33．在两岸统一问题上，中国至少在近海必须拥有随时可以动用有绝对把握的海上军事力量，以备不测。只有如此，中国“不能承诺放弃使用武力”的原则才能听起来掷地有声；只有如此，台海两岸才可能避免发生对后果无法负责的行动。

中国必须面对的现实问题是：如果有那么一天（但愿没有），中国为实现祖国统一做出的必要努力遇到美国及其盟国用干涉科索沃的方式反弹，中国是否还可以做出除抗议之外的实质性的回应呢？如果不能，而中国又不能作出放弃（或像中国清政府和南斯拉夫政府一样变相放弃）主权之外的选择，那么，时不我待，中国现在就应进行认真和迅速的准备。

准备当然首先是军事准备。正如马汉曾引用的一句西谚所云：“天鹅绒手套里面要有铁掌。”任何对话和谈判都是以实力为后盾的。实力首先是军事实力。我们不能等到有了“敌人大规模入侵”时再做军事准备。从近代中国经历的战争看，中国政府失败并被迫失去主权的战争，都不是敌人全面和大规模入侵的战争。值得注意的是，国家的综合国力只有在无限和全面的总体战争中，才能发挥作用。而经验表明：往往正是局部战争的失败才导致国家的失败。打赢局部战争的关键并不是综合国力而是军事技术及由军事技术决定的军事指挥艺术。从海湾战争和北约干涉科索沃战争看，军事技术已与航天和航空技术结合在一起，战争指挥艺术已与制海和制空权结合在一起；不与制海权和制空权结合的陆军及步兵传统战法作用甚微。未来战争中，物与物的冲突已代替传统的人与人冲突；在远距离空中和海上打击后，并在对手已绝无反击能力的条件下，入侵者才会发动地面战役。对目前的中国而言，如果没有海权，其对台湾和南沙充其量也只能有名义而并非事实的主权；但如果因军力（主要是海军和空军的战斗力，中国陆军将在捍卫西部主权方面发挥重要作用）长期不济而导致战争失败，中国将很可能彻底失去与这些地区的主权联系。为此，中国现在就应优先迅速加大与航天航空技术相结合的海军和空军建设。只有拥有与对手相差不至过于悬殊的战斗力，中国才能避免鸦片战争再次在中国东海降临，避免或推迟类似北约干涉科索沃的战云在台湾、南沙及西藏地区重演。

34．与美国发展良性互动关系是中国外交政策中的极重要方面，也是中国政府为中国长远利益所做的极具远见卓识的努力。但中国在为长远目标而做出上述努力的同时，也必须弄清中国近期目标所在：是为贸易或是为赢得时间，还是为取得美国在台湾和南沙及西藏问题上与中国合作？显然，最后一项选择在中国对美军事实力处于较大弱势的条件下几乎没有可能。第二项选择与20世纪80年代比留给中国的余地已不多了。如果二三两项所获不多，而放弃第三项对中国也绝无可能，那么，第一项选择对中国又有多大意义呢？更何况中方在与美贸易上也一直处于极其委曲求全的地位。问题是，中国作出这么大的让步之后，是否可以换取美国对中国在台湾、南沙乃至西藏问题立场的理解或至少像尼克松时代那样的具有实质内容的合作呢？根据苏联和前南斯拉夫兴亡的经验，退让的结果更糟。

35．美国及其盟国对南斯拉夫科索沃危机的军事干涉，表明自20世纪80年代以来美国及其盟国用和平方式演变世界政治的政策已近尾声，自苏联解体以来新出现的多种战略力量正在悄悄地发生着新的组合，新的“两个阵营”开始萌动。尼克松曾戏称美国的盟国起初是因恐怖而非爱情结为一体的，而20世纪末的情况却戏剧性地翻了过来：今天，北约的联合行动已有了爱情的基础，而非北约国家却因对北约的恐惧正在走向一起。曾是不结盟运动创始国之一的南斯拉夫在无力阻止北约武力打击中，作出了加入俄白联盟的决定。这表明，冷战时期形成的中间力量在世纪末已被逼得无路可走。

36. 佛说“慈悲为怀”。慈，包含着爱，但不溺爱，它是有方向即向着大道的有约束和自律的爱；在修行方面，佛讲觉悟，对于不接受约束和自律要求或曰没有大道觉悟的人，佛只说悲而不说恨。

37. 常说“忠孝不能两全”。事实不是这样。黄继光为新中国献出了年轻的生命，没能为母亲尽孝，可毛主席接见了黄继光的母亲，全家成了英雄的家庭，享受着国家和人民给予的荣誉。岳飞为国家统一含冤而死，可他至今仍受到中华民族的爱戴。常见有人为自己是岳飞多少代后人而自豪，鲜见有人愿与秦桧家族有半点瓜葛。由此说来，为国尽忠便是尽孝，而且是可延绵几十代人的大孝。

38. 虚无主义与教条主义是唯心主义的两端，宋朝的禅学和理学——这在今天就是虚无主义和教条主义，它们从两端合伙击垮了宋朝。

39. 据美国之音网站报道，2016年4月26日美国总统奥巴马在哥伦比亚广播公司的采访中表示：“美国正在采取防御措施，抵御来自朝鲜的‘低层次’威胁。”4月27日，朝鲜劳动党机关报《劳动新闻》在一篇文章中迅速回应：“美国必须在以下两者之间作出战略抉择：要么放弃对朝敌对政策，要么遭受核打击。”[①]奥巴马的讲话明确表示美国对朝鲜只是“防御”性的，而朝鲜对美国的威胁也只是“低层次”的。“低层次”，当然也不是

---

①《朝劳动党决定下月 6 日开七大》，载《参政消息》，http: //dzb. 38mhw. com/zzshow. aspx?id=2107。

美国重返亚太首要关注的目标。朝鲜的表态主要侧重点并不在几乎不可能发生的后一句即美国“遭受核打击”，而是在充满暗示的前一句，即希望美国“放弃对朝敌对政策”。在朝鲜劳动党“七大”即将召开的前夕，美国放下了身段，朝鲜硬中有软，要求美国“作出战略抉择”，其中含义，耐人寻味。山雨欲来风满楼，今天的亚太政治正在重复着昨天的故事。

40. 法律是对法权的诠释和追认；法权是自然法的另类表述。毛泽东说：“中国土地问题的解决，应先有事实，然后再用法律去承认它就得了。”[①]

41. 与列宁时期不同的只是，列宁时期的民主社会主义更多的是为托拉斯帝国主义即以工业资本为主的“工业—金融”帝国主义做帮凶，而今天的民主社会主义，尤其是中国的民主社会主义却是在为以华尔街为代表的金融资本做帮凶。它们攻击的对象，不仅是社会主义，还有工业资本主义及其一切以实体经济为依托的人类进步力量。因此，21世纪的民主社会主义是假马克思主义中最反动、最腐朽，对代表人类进步的社会主义事业——鉴于它的极端隐蔽性——危害最大的一支。

42. 右派是左派成熟的孵化器，也是使左派更加锋锐的磨刀石。

43. 1936年美国记者埃德加·斯诺手持中共华北负责人刘少奇委托柯庆施用隐形墨水写给毛泽东的介绍信来到陕北，受到毛泽东的多次会见并与毛泽东长谈。1937年10月斯诺将这次访问的见闻以《红星照耀中国》（中文版译名《西行漫记》）为书名在伦敦出版，“短短几周发行10万册以上”[②]，1938年1月又在美国出版。毛泽东通过斯诺打破了蒋介石对陕北

---

①中共中央文献研究室：《毛泽东年谱（1893—1949）》上卷，北京：中央文献出版社，2013年，第191页。

②黎永泰：《毛泽东与美国》，昆明：云南人民出版社，1993年，第86页。

延安的新闻封锁，拉近了中国共产党与外部世界尤其是美国的距离。[①]美国总统罗斯福看完这本书后三次召见斯诺并使他产生了和中共建立联系的想法。[②]1970年8月至次年2月间，斯诺应邀访问中国。1971年4月，斯诺在美国《生活》杂志上发表与毛泽东的重要谈话，向美再次发出示好讯息：中国欢迎美国总统尼克松正式或非正式访问中国。毛泽东通过斯诺再次将美国的注意力吸引到中国。1972年2月21日，美国总统尼克松访华，2月28日，《中美上海联合公报》发表，宣布中美两国关系走向正常化，僵持了20年的中美关系开始解冻。

44. 1845年，马克思在布鲁塞尔完成《关于费尔巴哈的提纲》，在这篇被恩格斯称作是“包含着新世界观天才萌芽的第一个文件”[③]中，马克思提出“哲学家们只是用不同的方式解释世界，而问题在于改变世界”[④]的著名论断。马克思逝世后，这句名言被刻在马克思墓碑上[⑤]，它意在告诉人们：“改变世界”才是理解马克思学说的关键所在。

45. 列宁主义是马克思主义从理论转向制度的关键环节，因此，坚持马克思主义的实践品质的关键就是坚持列宁主义。关于时代问题的科学判断，是列宁主义的重要内容，当代所有重大国际现象，比如反恐、战略东移、占领华尔街、叙利亚问题、乌克兰问题、金融危机等都与时代问题相联系，而

---

①“看来，斯诺到西北苏区，绝不是一个偶然事件，这是中共和毛泽东为打破国民党的新闻封锁和歪曲宣传而进行的一次战略行动。”参阅黎永泰：《毛泽东与美国》，昆明：云南人民出版社，1993年，第77页。

②黎永泰：《毛泽东与美国》，昆明：云南人民出版社，1993年，第88页。

③［德］恩格斯：《“路德维希·费尔巴哈和德国古典哲学的终结”1888年单行本序言》，见《马克思恩格斯选集》第4卷，北京：人民出版社，1972年，第208-209页。

④［德］马克思：《关于费尔巴哈的提纲》，见《马克思恩格斯选集》第1卷，北京：人民出版社，1972年，第19页。

⑤马克思墓位于英国伦敦海格特公墓（Highgate Cemetery）。马克思墓碑的顶部是马克思的头像。碑体的上半部刻着：Works of all lands unite；碑体的下半部刻着：The philosophers have only interpreted the world in various ways. The point, however, is to change it.

研究时代问题若不回到列宁关于帝国主义的理论，目前这些国际现象以及社会主义复兴的大趋势就不能被很透彻地理解和很好地解释，甚至我们的中国特色社会主义及其理论也就没有立论的根基。

46. 我们现在谈的“四个自信”即道路自信、理论自信、制度自信、文化自信，首先是建立在对“两个必然”即资本主义必然灭亡和共产主义必然胜利的信心之上；而没有列宁关于帝国主义学说这个关键环节，“两个必然”就不能有科学的时代定位，我们的自觉和自信就失去了参照系和坐标系。中国革命和建设所取得的巨大成功，首先是建立在对列宁主义的信心之上，不提列宁主义的“马克思主义”，与不提“两个必然”的社会主义一样，很可能异化为没有方向和目标、没有时代定位并被标榜为“运动就是一切的”的伯恩斯坦式的民主社会主义。

47. 泛滥于欧洲的民主社会主义在中国很有迷惑性。其表现是：它承认“马克思主义”和“社会主义”，但有意忽略、淡化甚至否定使马克思主义从理论转化为制度的列宁主义。在社会主义和资本主义的每次生死大搏斗中，它都以所谓“普世价值”为帝国主义“拉偏架”，从而达到瓦解社会主义政权的目的。列宁说承认不承认无产阶级专政是检验真假马克思主义的试金石，如果不用列宁主义，特别是列宁主义的国家学说，而用民主社会主义的理论，我党面临的下一步的斗争形势和任务不仅不能得到很好地说明和完成，而且我们日益接近实现的“两个一百年”的目标，甚至还有功败垂成的可能。

48. 兴起于20世纪90年代的新自由主义在中国鹊噪之后目前已声名狼藉，但为西方金融资本主义帮闲的意识并没有退出中国，这种意识就是将马克思主义“普世”为对资本主义无害并由此与真正的马克思主义意识形态深层分流的民主社会主义。在中国共产党领导的意识形态攻坚战中，目前中国国内公开反对马克思主义的思潮已显式微，取而代之的又是“装扮成马克思主义者”的民主社会主义思潮的泛滥，以至有人公开打出“只有民主社会主义才能救中国”[①]的口号。

49. 由于殖民地半殖民地历史的原因，作为宗主国的欧美国家有从南方国家剥削而来的世界资源和超额剩余价值回流以弥补本国社会分配领域的差距，所以他们那里的“民主社会主义”可以至少适应西方国家表面缓和的阶级斗争。与欧美不同，中国和整个发展中国家没有这样的分配条件，所以，它们选择了马克思列宁主义。列宁主义是连接马克思主义与东方革命实践之间的“桥梁”，是东方国家在没有国际超额利润和剩余价值回流的条件下共产党如何获得人民支持的学说。从生产资料领域而不是仅从分配领域入手，是马克思列宁主义与民主社会主义的本质区别。比较而言，列宁主义反映了马克思学说的实践品格，它也更接近东方国家的社会主义现代化的成功经验。

50. “沉舟侧畔千帆过，病树前头万木春。”在昨天反对新自由主义思潮的斗争中，中国的民主社会主义曾是马克思主义的同路人，在击败新自由主义之后，随着金融资本主义解决不了的国际国内矛盾进一步激化，以美国为首的金融帝国主义与社会主义中国的矛盾更加难以调和，民主社会主义与马克思列宁主义的斗争便会迅速提上日程。与昨天的新自由主义对中国改革的健康发展曾起到过的毒害作用一样，这时，民主社会主义便成了中国进步的阻力，成了中国健康的改革及其理论的腐蚀剂，因此也自然成为中国社会主义事业的最危险因而在意识形态领域必须坚决斗争的新对象。

“历史总是要前进的，历史从不等待一切犹豫者、观望者、懈怠者、软弱者。只有与历史同步伐、与时代共命运的人，才能赢得光明的未来。”[②]

在这场伟大的斗争中，光明的未来属于马克思列宁主义。

---

①谢韬：《民主社会主义模式与中国前途》，载《炎黄春秋》，2007 年第 2 期。

②习近平：《在庆祝中国共产党成立 95 周年大会上的讲话》，载《人民日报》，2016 年 7 月 2 日，第 3 版。

史鉴

目录

之一　列宁：单靠农业的丰收还不够，我们还要有重工业 //225
之二　地众分说明国家分裂，神众分说明民众分裂 //284

之一

列宁：单靠农业的丰收还不够，我们还要有重工业

1. 1938年10月，日本占领中国广州、武汉后，准备停止对南方的战略进攻，11月11日蒋介石在日记中说："倭人气量短窄，事尚彻底，非生即死，决无对弱者中途妥协与让步之理。"①1941年12月8日，日本人便向美国宣战。当日，蒋介石写道："抗战政略之成就，本日达于极点，物极必反，能不戒惧？！"②

1940年6月，德国人已横扫欧洲，占领法国，10月11日蒋介石在日记中说："德人只知武力不懂政治亦殊可怜也。"③1941年6月22日，德国人便向苏联宣战并于1942年7月发动斯大林格勒战役。1942年10月12日，毛泽东说："拿破仑的政治生命，终结于滑铁卢，而其决定点，则是在莫斯科的失败。希特勒今天正是走的拿破仑的道路，斯大林格勒一役，是他的灭亡的决定点。"④1945年2月4日，在雅尔塔会议上丘吉尔曾问斯大林"对作为战略家的希特勒有什么评价"，斯大林回答说："希特勒作为一名战略家已经徒具虚名了。"⑤

---

①③黄仁宇：《从大历史的角度读蒋介石日记》，北京：中国社会科学出版社，1998年，第248、348页。

②张秀章：《蒋介石日记揭秘》（下），北京：团结出版社，2007年，第651页。

④毛泽东：《第二次世界大战的转折点》（1942年10月12日），见《毛泽东选集》第3卷，北京：人民出版社，1991年，第888页。

⑤《斯大林和丘吉尔的谈话记录》（1945年2月4日），见沈志华：《苏联历史档案选编》第18卷，北京：社会科学文献出版社，2002年，第387页。

1945年，日本人和德国人均因其“事尚彻底”和“不懂政治”而遭灭顶之灾；而当时“不堪一击”的中国顺势而为反成了后来联合国的常任理事国，并于1953年在朝鲜战场上打服了曾在太平洋战场上打败了日本的美国。从1937年中国全面抗战到1953年的朝鲜停战谈判，其间只有16年的光景。究其因不外乎日本人、德国人和美国人缺乏中国人那种基于大哲学和大历史且充满辩证思维的文化素养。

2．资料显示，1951年“美国政府是倾向于承认共产党政权的”，艾奇逊“一直坚持地要求杜鲁门同意尽早承认共产党中国”。杜鲁门说艾奇逊提出了令人信服的理由。现在的问题不在他本人，而在于“国会和其他不主张承认的团体的压力”。正是这种压力——目前看来，这种压力来自华尔街，国会只是它的附庸——的惯性，使得美国不仅拒绝承认新中国而且还无奈地在朝鲜战场失败后又走上越南战场。读史至此，再联想起张伯伦对希特勒的迟钝反应，只能对西式垄断资本控制下的“民主体制”扼腕唏嘘。

3．史书讲1918—1919年发生了可怕的“流行性感冒的传播”，这一灾祸夺走了百万人的生命。[①]这可能是2003年中国“非典”的较早案例。

4．两条史料及其评论

史料一

1939年1月31日，美国总统罗斯福在美国参议院军事委员会协商会议上全面倾吐了他对世界形势及美国战略的攻势性的考虑。他告诉其同僚：

当然，正如各位所知，我对世界的未来——这是指它的真实情况——非常忧虑。我不是属于那种学派，即认为我们可以沿着本国边界划一条防御

① [美] 保罗 · 肯尼迪：《大国的兴衰——1500—2000 年的经济变迁与军事冲突》，王保存等译，北京：求实出版社，1988 年，第 342 页。

线，并应该完全孤立地生活。我总是想着另一个政府中发生的事。

接着他谈到欧洲即将发生的战争及美国的应对战略。他先谈美国的两洋战略任务：

美国在太平洋上的第一道防御线是一系列岛屿，我们期望通过海军、陆军和飞机阻止日本——让我们十分坦率地说——统治整个太平洋，并防止我们（原文如此，疑为“他们”的口误或笔误——译者注）接近南美洲的西海岸。那是个问题，我们决不会遭到中国、菲律宾、暹罗或缅甸的攻击。这完全是一个防御日本的问题。我们不能大声直说，这会被认为是不友好的。

在大西洋上，我们的第一道防线是一大批国家持续地独立地存在——它们持续、独立地存在。目前，这些是什么呢？请记住这些字眼，具有持续的独立这一内涵的“持续地独立地存在”。国家的独立意味着“独立”，并不意味着在军事上或经济上遭受某个其他国家的“统治”。

这话真是开宗明义，说透了，即在太平洋方面美国的主要任务是控制“一系列岛屿”，在这方面的敌人是日本；在大西洋，罗斯福反复强调和暗示的“独立地存在”就是保持欧洲的破碎性而不是完整性。完整统一的即“在军事上或经济上遭受某个其他国家的‘统治’”的欧洲，才是美国的大敌，而致力于欧洲统一的国家，就是美国的真正对手。这里显然是指当时的德国。当然这只是地区性目标，从全球目标而言，美国的目标则是要取代英法主导的世界霸权。

接着罗斯福计算了一下目前欧洲还有二十几个独立国家，说“但如果德国和意大利的军事力量再保持下去，希特勒和墨索里尼共同的或各自的成功步骤再继续下去，它们将不可能独立。它们会失去独立”。他说：

如果这种情况果然发生了，英国、法国和其他仍然保持独立的国家决定起而战斗，那时你们就会碰到武器问题。

我们不能假定它们会打败德国和意大利。最好的看法是，这是一场成败掺半的赌局，决不能忽视。这是一场50：50的赌局，这些国家可能会遭到失败，而希特勒和墨索里尼可能获胜。如果希特勒和墨索里尼获胜，主要原因是拥有空军这个巨大的优势，它将把英国和法国赶入地下。而英法自己的空军力量实际上会在相当短的时间内被消灭。

当欧洲被控制时，下一步当然是所有的小国都自动就范，因为对它们来说抵抗是愚蠢的，它们不投降就会被消灭。非洲会自动陷落，那是很明显的，因为非洲的百分之九十是殖民地。

这些陷落的国家将实现非军事化。

再下一步，希特勒老兄在昨天的讲话中已作了暗示，非常明显的是中美洲和南美洲。

这就是说，目前德国与意大利对欧洲的兼并是不符合美国利益的，欧洲一旦在兼并中实现统一，即从破碎化转变为整体化，接下来就是美国。因此，保持欧洲破碎及由此产生的彼此战争而不是“非军事化”既符合美国的利益也符合在座资本家的利益。罗斯福警告在座的同僚：

请不要说这是空想，不要说这只是白日之梦。六年前希特勒这个人上台控制德国政府时，德国已经崩溃，已经完全彻底地失败，负债累累，分崩离析，不值得被看作是世界上的一支力量。那时你们中有谁会说六年后德国将会完全和绝对地统治欧洲？这就说明为什么我们不能在这里闲坐并说这是白日之梦。

由此得出的结论是，美国应为英法宣战后必然要“碰到的武器问题”做好准备，加紧武器生产。让美国在这场“50∶50的赌局”中，大获其利。但在德意装备占据优势的情况下，不能让英法倒下。英法倒下，意味着欧洲的统一；欧洲统一才真正是美国的、特别是美国军工资本家的灾难。罗斯福向其同僚幸灾乐祸地交底说：

慕尼黑会议后，9月28日（原文如此，慕尼黑会议举行于9月29日——译者注）那天，英国人大为烦恼。他们受了惊吓，惊慌失措，派人来这里，确实定购了飞机。我不知道他们在此购买了多少飞机，然而我想是300～400架。

法国人的政府制度是每天早晨早餐前更换内阁。法国人开始讨论，这时的想法是，只有上帝才知道他们将要购买多少飞机。这是一个极好的想法。我们说："越多越好！来，快来！使我们的工厂能进行批量生产，好！"

因此，最后在第三或第四次尝试从法国国库中拨出500万美元购买我国的飞机时，他们的态度变得足够认真了。我们说："好极了！叫好有两个非常简单的理由。第一，目前我们的工厂闲置着。如果你们现在来订货，这些货物将在明年春天我们自己的订单开始到来之前大体完成。"这是一个理由，是国内的原因。第二，现在我们不告诉他们，但是我们了解这点：我们希望法国继续作为独立的国家存在。我们不希望法国不得不向这个、那个或其他事物屈服，因为如果法国屈服，英国屈服，欧洲、非洲或其他任何地方将不存在什么独立的国家。因此，十分坦率地说，尽我们所能——完全作为一件和平的事情，世界和平的事情——去帮助法国和英国维护独立，这是我们的利益所在。确实，目前它们的独立受到了威胁。

我想，阿瑟·克罗曾经说过："这不是非中立吗？"是的，可以这样说。而我作为陆海军统帅和行政部门首脑，将竭尽全力防止任何军火进入德国、意大利或日本。为什么？因为自我保护是美国政策的组成部分。我将尽我所能，通过尽快地向世界上大约四十或五十个现在还保持独立的国家运送一切它们有能力支付的货物，以维护它们的独立。这就是美国的外交政策。

这就是真正的答复。你们不必担心由谁来批准这批订货或其他订货。我坦率地希望法国能够得到我们所能生产的最高速驱逐机。我国有六家公司生产这种飞机。我希望他们会得到他们能够在我国购买的最好的重型和中型轰炸机。这不是一个秘密问题。我们只保守一个秘密，那就是轰炸瞄准具，这还没有向法国透露，也不会向它透露。我祈求上帝让他们得到飞机，很快地得到并把它们运抵法国。这可能意味着拯救我们的文明。①

---

①资料来源：《美国总统罗斯福同美国参议院军事委员会协商的会议记录（节录）》（1939年1月31日），见李巨廉、王斯德：《第二次世界大战起源历史文件资料集（1937.7—1939.8）》，上海：华东师范大学出版社，1985年，第447-450页。

罗斯福这篇交底式的演讲引起在座要员的鼓掌，因为他在满足美利坚民族利益的同时还满足了华尔街军火商的利益——在美国，满足后者是实现前者利益的前提。罗斯福让他们明白了“拯救我们的文明”的含义就是保证大西洋东岸欧洲大陆“一大批国家持续地独立地存在”，只要这批国家“独立的存在”，欧洲就会持续保持其破碎性这一致命弱点，就不会对美国造成永久性的威胁。

美国就是这样从局部上将德国和意大利列为欧洲战场的对手，其原因不是它们“极权”而是因为它们要统一欧洲；在全局上英国和法国是美国的对手，其原因并不是英国和法国“民主”而是美国要取代它们的世界霸权地位。正因此，美国在德、意、日崛起后利用它们在全球范围内击倒英、法，而后再联合英、法击败德、意、日，这样既获得了世界霸主地位（即“拯救我们的文明”），又保证了欧洲的破碎性（即“一大批国家持续地独立地存在”）及由此必然引起的欧洲内部的冲突，而后者恰恰又是前者即美国世界霸权存在及保证美国军工资本大幅增值的前提。

史料二

1943年11月8日，就在德黑兰第一次会议“前一个小时”，罗斯福像守望已久期盼见面的“恋人”迅速与斯大林约会。对此，丘吉尔——据哈里曼回忆——“显然感到懊恼”，因为“首相曾要求在上午或在午餐时与罗斯福见面，以便事先处理好他们预定于下午四点钟举行的第一次会议上与斯大林讨论的那些军事问题。但罗斯福毫不动摇，他希望首先与斯大林见面，只留两名译员波伦和V. N. 巴甫洛夫在旁”。谈话直抄英国的“后路”即印度的前途，据档案记载：

罗斯福表示，最好不和丘吉尔谈印度问题，因为他罗斯福知道，丘吉尔对印度问题没有任何主意。丘吉尔认为，这个问题可留到战争结束以后解决。

斯大林说，印度是丘吉尔的一个病灶。

罗斯福同意这一点，但他认为，英国必须在印度采取某种行动。

罗斯福说，他希望同斯大林随便谈谈印度问题。他认为，议会制政体对印度是不适合的，最好的解决办法是在印度创立某种类似苏维埃的制度，从下面开始，而不是从上面开始，也许这个就是苏维埃制度。

斯大林答，从下面开始——这意味着走革命的路。

罗斯福说，关于印度，局外人比那些同这个问题有直接关系的人能更好地解决问题。

斯大林说，当然，局外人能比较客观地观察事物。①

罗斯福说“议会制政体对印度是不适合的，最好的解决办法是在印度创立某种类似苏维埃的制度”，这言外之意就是印度可以在战后成为苏联的势力范围。丘吉尔曾把印度称为“英王皇冠上的那颗真正最为光亮而珍贵的宝石”②；而现在罗斯福——与1940年年底希特勒对莫洛托夫所说“你们应该有通向温暖海洋的出口，将来要像伊朗、印度那样”③的话是同一个意思，也是出于同一个目的——要将这颗丘吉尔珍惜并正在为之奋斗的“最为光亮而珍贵的宝石”献给斯大林，而这对正在同一个战壕作战的并准备过69岁生日的丘吉尔来说，是绝妙的戏弄和出卖。这可真是“老乡见老乡，背后打一枪”。丘吉尔曾得意地告诉斯大林，“从母系方面讲，他一半是美国人”④，可现在同为盎格鲁·撒克逊种族的罗斯福联合斯拉夫人在丘吉尔这位天真的老乡背后真的打了暗枪。多年后在丘吉尔写的回忆录中可以看出他显然对罗斯福和斯大林这次会谈内容一无所知，他说：

11月30日是一个忙碌而值得纪念的日子，这天是我69岁生日，几乎一整

---

①以上资料取自《斯大林与罗斯福的会谈记录》（1943年11月28日），见沈志华：《苏联历史档案选编》第17卷，北京：社会科学文献出版社，2002年，第404页。

②［印度］贾瓦拉哈尔·尼赫鲁：《印度的发现》，北京：世界知识出版社，1956年，第580页。

③［苏］费·丘耶夫：《同莫洛托夫的140次谈话》，王南枝等译，北京：新华出版社，1992年，第25页。

④《斯大林与丘吉尔的会谈记录》（1943年11月30日），见沈志华：《苏联历史档案选编》第17卷，北京：社会科学文献出版社，2002年，第448页。

天我都忙于我一直关注的某些最重要事务。罗斯福总统与斯大林元帅保持私人接触，并逗留在苏俄大使馆中。尽管总统与我关系密切，并且我们的重要问题交织在一起，但自从我们离开开罗以后，他一直避免单独与我见面。[1]

就在这前两天，也就是在罗斯福与斯大林会谈的时候，丘吉尔“失恋”似的在德黑兰英国公使馆撒疯。据哈里曼回忆：

他（丘吉尔）说他乐于服从命令；他有权担任会议主席，因为他年龄最大，因为他的姓氏是C字打头，因为他所代表的大英帝国具有历史上的重要性。他放弃了这些权利，但他要坚持一件事情，那就是必须让他在30日举行晚宴，这一天是他的69岁生日……他说他要喝得酩酊大醉，准备在第二天开路。[2]

与两年前斯大林对待希特勒承诺的“印度洋”的诱饵[3]无动于衷一样，这次斯大林也没有对印度表现出任何兴趣，他更多地关心的是苏联力所能及的周边，尤其是从波罗的海西岸到黑海区域的控制权这一在张伯伦、希特勒、艾登谈判中始终死咬不放的问题。但不管怎么说，这次私下会晤使斯大林明白了罗斯福愿与他为最终击败英国结成暗盟的底牌。这次“智者的会晤”后，斯大林与罗斯福之间没有“正式协议和宣言”而只有心领神会的反英暗盟，事实上建立了。

此后，罗斯福与斯大林在谈判桌上总是所向披靡。罗斯福曾向担任劳工部长的老朋友柏金斯谈过他在德黑兰期间是如何与斯大林建立起这种准“哥们”友谊的。他说在会上他总是刻意与丘吉尔保持距离，以致“温斯顿脸红

① [英] 温斯顿·丘吉尔：《丘吉尔文集——二战回忆录》，魏群、高虹译，南京：江苏人民出版社，2000 年，第 916 页。

② [美] W. 艾夫里尔·哈里曼、伊利·艾贝尔：《哈里曼回忆录》，吴世民等译，北京：东方出版社，2007 年，第 317 页。

③ 1940 年 11 月 13 日，里宾特洛甫与莫洛托夫会谈，会谈结束时，里宾特洛甫提醒莫洛托夫回答：“苏联是否原则上对获得印度洋出海口感兴趣。”参阅《里宾特洛甫与莫洛托夫的会谈德方记录》（1940 年 11 月 13 日），见沈志华：《苏联历史档案选编》第 4 卷，北京：社会科学文献出版社，2002 年，第 598 页。

气胀地皱眉蹙额；他越是这样，斯大林就越是微笑。最后，斯大林忍不住爆出大笑。三天来，我第一次见到阳光！我先忍住了，后来终于和斯大林笑成一团。这时，我开始称呼他‘约瑟夫’。他笑着走过来和我握手。从此我们的交情又深化为个人关系，我们可以像兄弟般交谈”[①]。在雅尔塔的五天会议中，罗斯福就更是“一直避免单独和丘吉尔见面”。哈里曼认为“这是罗斯福的一种战术，而非对首相的有意轻视”[②]。

评论

（1）读懂了上述资料，就对斯大林下面的话有了更准确的理解。1952年，斯大林在《苏联社会主义经济问题》一书中说：

> 资本主义国家之间争夺市场的斗争以及它们想把自己的竞争者淹死的愿望，在实践上是比资本主义阵营和社会主义阵营之间的矛盾更为剧烈。[③]

斯大林说：“资本主义和社会主义之间的矛盾比资本主义国家之间的矛盾更为剧烈。从理论上讲来，这当然是对的。这不仅在现时、在目前是对的，在第二次世界大战以前也是对的。这是资本主义国家的领导者们也多少懂得的。然而，第二次世界大战终究不是从对苏联作战开始，而是从资本主义国家之间的战争开始的。”对此，斯大林解释说：“因为资本主义国家之间的战争所提出的问题，只是某些资本主义国家对其他资本主义国家取得优势的问题，而对苏联作战所一定要提出的问题，却是资本主义本身存亡的问题。”[④]

斯大林曾随列宁在俄国取得社会主义革命胜利，建立世界上第一个社会主义国家后又在第二次世界大战中充分利用资本主义国家间的矛盾最终赢得战争胜利的大战略家，只有有了这样经历的人，才能对资本主义战争性质有

---

① [美] 亨利·基辛格：《大外交》，顾淑馨、林添贵译，海口：海南出版社，1998年，第366页。

② [美] W. 艾夫里尔·哈里曼、伊利·艾贝尔：《哈里曼回忆录》，吴世民等译，北京：东方出版社，2007年，第467页。

③④ [苏] 斯大林：《苏联社会主义经济问题》，见《斯大林选集》（下卷），北京：人民出版社，1979年，第564-565页。

如此深刻的认识。

（2）引发欧洲内斗是英国继而美国控制欧洲的传统套路，欧洲人对此已有惨痛的教训。为此，2015年2月15日，在明斯克会议上德国总理默克尔、法国总统奥朗德抛开美国和英国直接与普京讨论并决定乌克兰前途，特别是德国总理默克尔不顾美国的反对于5月10日到访俄罗斯，到无名烈士墓献花后到克里姆林宫同普京会谈。这让美、英两国十分尴尬。

（3）这表明今天的欧盟已吸取当年因张伯伦的阻止而使法国总理达拉第怠慢了斯大林，由此造成苏美联手并由此使欧洲失去世界霸权的教训，明斯克会议将美国和英国完全排除在外，其“自家的事自家处理”，不容他人——昨天是罗斯福、张伯伦，今天是奥巴马、卡梅伦——置喙的意思已不言而喻。

（4）与此相应，2016年6月24日，英国就是否脱离欧盟进行了公投，结果有51.9%的人同意脱欧。

5. 关于1937年所谓的苏联“大清洗”，有两个人的回忆资料值得注意。

曾接替李维诺夫外长职位的莫洛托夫在1971年2月3日的一次谈话中回忆说：

> 1937年发生的事是必要的。如果考虑在革命以后我们左砍右杀取得了胜利，但是还存在着各派敌人的残余，在面临法西斯侵略危险的时候，他们可能联合起来。我们多亏了1937年，在战争期间才没有第五纵队作怪。[①]

如果说莫洛托夫是这次“大清洗”的“获益”人，他有上述看法不足为奇的话，那么南斯拉夫共产党的反对派代表人物、对斯大林主义持激烈反对立场的米洛凡·杰拉斯对1937年“大清洗”所持的评价则更为客观。米洛凡·杰拉斯在《同斯大林的谈话》这本书中说：

---

① ［苏］费·丘耶夫：《同莫洛托夫的140次谈话》，王南枝等译，北京：新华出版社，1992年，第466页。

斯大林虽然在军队中搞了大清洗，特别是在高级指挥系统中，但是这点所带来的危害并不像人们所估计得那样严重，因为他同时毫不动摇地提拔了许多年轻有为的军官——忠于他的每个军官都明白，他们的风发的志向会得到支持。斯大林在战争期间，对高级指挥体系所进行的调动和安排如此迅速和果断，使人们看到，他真是精明强干并愿意给最有才干的人提供晋升的机会。他同时做两件事情：一方面，在军队里培养绝对服从政府、党和他个人的精神，为加强军队战斗力和提高生活水平而不惜一切；另一方面，迅速提拔最有才能的人才。①

米洛凡·杰拉斯1911年6月12日生，1932年参加南共，同年被捕坐牢。1935年被释放。1937年被选为中央委员，1940年被选入中央执行委员会。1948年任南斯拉夫共产主义联盟中央执行局书记，1953年初任南斯拉夫副总统，同年末任联邦人民议会主席。1954年3月被开除出党，1955年被判处18个月的监禁，监外执行。1956年10月29日因赞同匈牙利事件而被判处三年徒刑，1961年1月被释放，三个月过后，因发表《同斯大林的谈话》一书获罪而被关进监狱。鉴于写这本书时的特殊背景和作者的非党员身份，以及作者在写《同斯大林的谈话》这本书时斯大林已去世八年之久，苏联也已经历了反斯大林运动的暴风骤雨，因此，笔者认为：这时作者对斯大林“大清洗”的评价，应当比西方学术界的评价更为客观；而作为斯大林主义反对派的杰拉斯的观点与斯大林主义拥护者的莫洛托夫的观点在事后相当长的历史时段里不谋而合，其说服力不需赘言。

现在看来，所谓“大清洗”是西方对斯大林1937年推行且对巩固苏联国防具有重大意义的军队体制改革的妖魔化说法。事实上，正是1937年这次比较彻底的军队体制改革，才使苏联军队中像朱可夫这样有创新才能的青年军官获得大批提拔；也正是这些干部及其战法创新，才使苏联军队抵挡住了希

① [南] 米洛凡·杰拉斯：《同斯大林的谈话》，赵洵、林英译，长春：吉林人民出版社，1983 年，第 37 页。

特勒的入侵并为世界反法西斯事业立下了不朽功勋。

6．2010年4月30日上海世博会开幕当天的三则消息：

（1）人民日报消息："上海世博会今开幕"。

（2）日本共同社中文网站发表文章《上海世博会开幕 中国致力弘扬国威》；《纽约时报》《华盛顿邮报》等发表文章祝贺中国作为世界强国的崛起。①

（3）环球网消息：据美国世界新闻网4月29日报道，当地时间24日晚间，中国驻休斯敦副总领事郁伯仁在总领馆附近遭到休斯敦警察围捕，期间美国警察手法粗暴，郁伯仁受伤被送往医院。此事已经掀起一场外交风波，中国政府已就此事向美国发出抗议。美国国务院表态称正在调查，并非常严肃地看待此事。

7．19世纪法国历史学家托克维尔（1805—1859年）在《旧制度与大革命》中说18世纪法国的"经济学派"：

他们在四周找不到任何与这种理想相符的东西，便到亚洲的深处去寻找。我毫不夸张地说，没有一个人在他们著作的某一部分中，不对中国倍加赞扬。只要读他们的书，就一定会看到对中国的赞美；由于对中国还很不了解，他们对我们讲的尽是些无稽之谈。被一小撮欧洲人任意摆布的那个虚弱野蛮的政府，在他们看来是可供世界各国仿效的最完美的典范。他们心目中的中国政府好比是后来全体法国人心目中的英国和美国。在中国，专制君主不持偏见，一年一度举行亲耕礼，以奖掖有用之术；一切官职均经科举获得；只把哲学作为宗教，把文人奉为贵族。看到这样的国家，他们叹为观

① 《上海世博会开幕式：展中华魅力　赢四海赞誉》，http://world. people. com. cn/GB/11502842. html。

止，心驰神往。[①]

在阅读这段托克维尔于19世纪中叶写下的文字时，我们仿佛置换了时空，误以为这是在批评今天中国那些以美国制度为范本的“普世价值”派。托克维尔是一个纯粹的自由主义者，经过法国革命后，他对“自由主义”有了极为深刻的反思，他写道：

我想，从这个时刻起，这场彻底的革命就不可避免了，它必然使旧制度所包含的坏东西和好东西同归于尽。没有充分准备的人民自行动手从事全面改革，不可能不毁掉一切。专制君主本来可以成为危险较小的改革家。对我来说，当我考虑到这场革命摧毁了那样多与自由背道而驰的制度、思想、习惯，另一方面它也废除了那样多自由所赖以存在的其他东西，这时，我便倾向于认为，如果当初由专制君主来完成革命，革命可能使我们有朝一日发展成一个自由民族，而以人民主权的名义并由人民进行的革命，不可能使我们成为自由民族。

要理解我们这场革命的历史，千万不要忘记上述观点。[②]

托克维尔提出革命的出现往往不在人们失去而是获得自由之后：

革命的发生并非总因为人们的处境越来越坏。最经常的情况是，一向毫无怨言仿佛若无其事地忍受着最难以忍受的法律的人民，一旦法律的压力减轻，他们就将它猛力抛弃。被革命摧毁的政权几乎总是比它前面的那个政权更好，而且经验告诉我们，对于一个坏政府来说，最危险的时刻通常就是它开始改革的时刻。

托克维尔总结出的是一个规律性的现象，它似乎适用于一切政府而非仅仅是“坏政府”。20世纪40年代末的中国国民党政府和80年代末的苏联共产

①② [法] 托克维尔：《旧制度与大革命》，北京：商务印书馆，1992年，第198、202页。

党政府都曾在垮台前加速推进“政治体制改革”，其结果是这种“改革”反成了他们垮台的加速器。托克维尔发现法国大革命前有左右两种“激情”合流，他说：

那些仔细研究过18世纪法国的人，从书本中，已能看出人民内部产生和发展了两种主要的激情，它们不是同时代的产物，而且从未指向同一目标。

有一种激情渊源更远更深，这就是对不平等的猛烈而无法遏制的仇恨。这种仇恨的产生和滋长的原因是存在不平等，很久以来，它就以一种持续而无法抵御的力量促使法国人去彻底摧毁中世纪遗留的一切制度，扫清场地后，去建立一个人道所允许的人人彼此相像、地位平等的社会。

另一种激情出现较晚，根基较浅，它促使法国人不仅要生活平等，而且要自由。①

结果，王权被打倒了，可皇权建立了。托克维尔说：

但是，当发动大革命的精力旺盛的一代人被摧毁或丧失锐气时——这种情况通常发生在进行类似事业的整代人身上，当对自由的热爱按照这类事件的自然规律，在无政府状态和人民专政中被挫伤而软弱无力时，当慌乱的民族摸索着寻找他的主人时，专制政府便有了重新建立的极好机会，而这些机会是那位天才轻而易举地发现的，他后来既是大革命的继续者，又是大革命的摧毁者。

在全书结尾，托克维尔对法国大革命做了如下评论：

法国革命对于那些只愿观察革命本身的人将是一片黑暗，只有在大革命以前的各个时代才能找到照亮大革命的灯火。对旧社会，对它的法律、它的弊病、它的偏见、它的苦难、它的伟大，若无清晰的透视，就绝对不能理解旧社会衰亡以来60年间法国人的所作所为；但是人们若不深入到我们民族的

---

① [法] 托克维尔：《旧制度与大革命》，北京：商务印书馆，1992年，第238-239页。

性格中去，这种透视还不足以解决问题。

当我考虑这个民族本身时，我发现这次革命比它历史上的任何事件更加惊人。它在行动中如此充满对立，如此爱走极端，不是由原则指导，而是任感情摆布；它总是比人们预料的更坏或更好，时而在人类的一般水准之下，时而又大大超过一般水准；这个民族的主要本性经久不变，以至在两三千年前人们为它勾划的肖像中，就可辨出它现在的模样；同时，它的日常思想和好恶又是那样多变，以致最后变成连自己也料想不到的样子，而且，对它刚做过的事情，它常常像陌生人一样吃惊；当人们放手任其独处时，它最喜欢深居简出，最爱因循守旧，一旦有人硬把它从家中和习惯中拉出来，它就准备走到地角天涯，无所畏惧；它的性情桀骜不驯，有时却适应君主的专横甚至强暴的统治权，而不适应主要公民的正规自由的政府；今天它坚决反对逆来顺受，明天它又俯首帖耳，使那些最长于受人奴役的民族都望尘莫及；只要无人反抗，一根纱线就能牵着它走，一旦什么地方出现反抗的榜样，它就再也无法控制；总是使它的主人上当，主人不是过于怕它，就是怕它不够；它从未自由到决不会被奴役，也从未奴化到再无力量砸碎桎梏；它适宜于做一切事物，但最出色的是战争；它崇尚机遇、力量、成功、光彩和喧闹，胜过真正的光荣；它长于英雄行为，而非德行，长于天才，而非常识，它适于设想庞大的规划，而不适于圆满完成伟大的事业；它是欧洲各民族中最光辉、最危险的民族，天生就最适于变化，时而令人赞美，时而令人仇恨，时而使人怜悯，时而令人恐怖，但绝不会令人无动于衷，请问世界上有过这样一个民族吗？①

托克维尔写出这些文字时离法国大革命已有半个世纪，因而能够比较客观地反思这场运动，上述认识反映了19世纪中叶包括黑格尔在内的欧洲知识分子对17—18世纪启蒙运动的新思考和新共识。在这种共识中，欧洲人比较合理地消化而不是抛弃（只是“扬弃”）了欧洲大革命的积极成果，将一

① [法] 托克维尔：《旧制度与大革命》，北京：商务印书馆，1992年，第241-242页。

大批政治家——比如德国俾斯麦、俄国维特、美国林肯等——推上世界政治的中心。欧洲人这段心路历程，对于经历过“文化大革命”并亲眼看到苏联在“新思维”运动中迅速解体的中国人来说，合理地扬弃性总结这些历史经验，对于中国未来的进步是绝对必要的。

8．今天的美国政治家真的需要读书了。如果他们不愿意像基辛格那样读《毛泽东选集》的话，那就建议他们一定要读读沃尔特·李普曼[①]分别于1944年和1947年出版的《美国外交政策》和《冷战》这两本（在目前中国国内也很难找到的）书，而不要读凯南和布热津斯基的书。布氏的书是凯南思想幼稚部分的继续和膨胀，而这种膨胀在相当程度上也是“二战”后英国外交骄纵的结果。

李普曼是冷战年代美国最不冷静时期的最冷静的战略思想家。他的学术地位长期受到“二战”后决心向美国复仇的英国人——为了不让美国人了解——以所谓“美国新闻评论家”[②]定位的刻意淡化。李普曼《美国外交政策》一书就对美国人的“世界主义”情绪提出警告，他告诫美国要避免那种意在纠正世界的传教士式的干涉主义。他写道：

> 美国必须在它的目的和力量之间保持平衡，使它的宗旨在它的手段可以到达的范围之内，也使它的手段可以达成它的宗旨；使它的负担和它的力量相称，也使它的力量足够来完成它的“责任”：要是不确立起这个原则，那根本就谈不到什么外交政策。[③]

当时李普曼提出这个“目的和力量之间保持平衡”的外交哲学为罗斯

①沃尔特·李普曼（Walter Lippmann，1889—1974 年），美国著名的政论家。1889 年 9 月 23 日生于美国纽约。在哈佛大学时他受马克思主义的影响成为一名社会主义者，1911 年从哈佛大学毕业后，他先后在多家报纸供职，曾做过 12 位美国总统的顾问，1974 年 12 月 14 日因心肌梗死逝世。去世前他表示：“有一位总统是值得爱戴的，就是特迪·罗斯福，我敬爱他。”参阅［美］罗纳德·斯蒂尔：《李普曼传》，于滨、陈小平、谈锋译，北京：中信出版社，2008 年，第 518 页。

②③《简明不列颠百科全书》，北京：中国大百科全书出版社，1986 年，第 207 页。

福战后世界安排提供了原则并为美国取代英国成为世界大国准备好了思想基础。1947年，他针对凯南的“遏制”政策和以此为基础的“杜鲁门主义”的危险出版《冷战》一书，指出美国安全的脆弱性：提醒美国政府不要忘记在“目的和力量之间保持平衡”的外交哲学，李普曼说：

美国的军事力量是特别不适用于需要在一个无限度的期间坚持而耐心地加以贯彻执行的遏制政策。如果苏联是像日本一样的岛国，美国的海空力量是可以推行这样一个政策的。美国可以没有很大困难地实行对敌封锁。但是苏联需要在大陆上加以遏制，这样所谓“守住防线”就不能不是一种壕堑战。

然而美国军事力量所擅长的并不是无限期地防守阵地。这样做，需要大批驯服的人发挥巨大的忍耐力。美国军事力量的优点在于它的运动性、它的速度、它的射程和它的进攻威力。因此它并不是执行遏制外交政策的有效工具。它只能服务于一种以决战和解决为目标的政策。它可以而且应该用来挽救已为第二次世界大战所倾复了的均势。但是它并不适合于遏制、等待、对抗、阻拦的政策，这种政策并没有具体的目标，而只求最终“挫折”敌人。

很可能，在俄国人还没有挫折以前，美国人自己倒已经为×先生①的政策所挫折而沮丧了。②

至于美国为遏制苏联拉起包围圈，李普曼警告说：

这种企图用边缘国家筑成“攻不破的藩篱”来“遏制”苏联的政策，还有更不利之处。我们必须承认，这些边缘国家都是弱国。而弱小的盟国并不是资本，它们是负担。为了支撑和维持它们，需要分散我们的力量，花费我们的金钱和信誉。这些弱国是容易受侵害的。而为了保护它们所花的气力丝毫也无助于我们决定或者解决主要的冲突。

我们可以明白地看出，这个新的联合阵线其实是联合不起来的。这个边缘地带没有成为抵御苏联力量的攻不破的藩篱，而却是一锅沸腾着内争的稀粥。③

---

①“×先生”，即乔治·福斯特·凯南。

②③ [美] 沃尔特·李普曼：《冷战》，裘仁达译，北京：商务印书馆，1959年，第12、16-17页。

至于欧洲与美国的“盟友”关系，李普曼分析说：

英国人、法国人和其他所有欧洲人都看到，他们是被置于锤和砧之间，即使我们没有认识到，他们却认识到，把希望寄托于苏联力量将因挫折而崩溃的这种遏制政策，是执行不了，是不能顺利推行，是必然要失败的。

欧洲主要的民主国家，而且恐怕包括美洲民主国家在内，它们的目的充其量就是在苏美之间保持势力平衡，也就是成为苏美冲突的调解人。从最坏的方面去看，它们的目的就是把自己孤立在某种中立状态中，以便逃脱被苏联陆军蹂躏和被美国空军轰炸的双重灾难。

我们决不可自欺地认为，我们在对苏冲突中率领着一个世界性的民主国家联合战线。①

李普曼还用刚刚经历过的第二次世界大战来说明遏制战略的不可行，他说凯南这些人：

他们记得张伯伦先生对波兰提出保证以遏制希特勒的尝试。他们记得赫尔先生在中国遏制日本势力范围的尝试。他们知道遏制政策是遏制不了的，“对抗力量”的措施是注定会不及时和份量不够的，全线防守而希望最理想的事发生的政策意味着把战略主动权缴了械，分散我们的力量而毫无获得决定和解决的前景，并且最后会意味着一场一发不可收拾的战争。②

沃尔特·李普曼认为凯南那种用善恶判断敌友的“遏制”战略是荒唐的，并建设性地提出自己的哲学思考——这些思想显然成为后来尼克松、基辛格引导美国走出困境的认识基础。他说：

依我看来，这样的结论（即“遏制”苏联的结论——引者注）是没有根据的。外交史本来就是对手国家之间的关系史，它们并不享有政治上的亲密关系，也不响应求得共同目的的呼吁。尽管如此，历史上是有过解决安排

---

①② [美] 沃尔特·李普曼：《冷战》，裘仁达译，北京：商务印书馆，1959 年，第 18-19 页。

的。有些解决安排维持得不很久，有些维持了很久。作为一个外交家而认为对手和不友好国家之间不能达成解决，那是忘记了外交是干什么的。如果世界上全是伙伴国家，享有政治上的亲密关系，响应共同的呼吁的话，外交家将没有什么事可干了。

对一个存在着对手国家的世界，外交处理的方法就是组织一种力量均势，使得那些对手国家，不论怎样缺乏政治上的亲密关系和不响应于共同的呼吁，都不能有侵略成功的前景。这就是外交家所说的解决对手国家之间冲突的含义。这并不是说那些国家将不再是对手，而都会被改造为具有同样的思想和要求。这是意味着，不论这些国家的思想、要求和意识目的如何，力量的均势将使它们认识到进行侵略是要吃亏的。[①]

最后，沃尔特·李普曼对凯南的“遏制”战略经过上述破立兼顾的批判后明白无误地宣布说：

我反对遏制政策，不在于它要用美国力量去对抗苏联力量，而在于这个政策的设计不对头，它一定会导致滥用美国的力量。[②]

这是李普曼在1947年发表的旨在为美国卸除“杜鲁门主义所加于我们的负担”[③]的看法，尽管随后不久的朝鲜战争和越南战争结局印证了李普曼意见的正确性，但这时处于巅峰期的美国政治家们已听不进这些冷静的意见，他们宁愿听信丘吉尔意在骄纵美国的“铁幕演说”，偏爱汤因比让美国担当世界民主领袖的“倡议”，采纳英国人喜欢的麦卡锡和凯南等不冷静的政策建议，冲向全世界。20世纪70年代美国陷入全面危机，国力大幅衰落。

美国小布什时期的政客们再次犯了李普曼所指出的而又被布热津斯基所骄纵的那种因“贪多嚼不烂”而导致的国家“糖尿病综合征”。如没有“断臂”决心，果断改换素食“食谱”，其结果将是“综合并发症”，即作为帝国的美国全面衰落。

---

①～③［美］沃尔特·李普曼：《冷战》，裘仁达译，北京：商务印书馆，1959年，第20、32、45页。

9. 仙台有仙，福岛无福。说福岛无福，这是因为在2011年日本发生“3 · 11”地震海啸中，福岛的核电站发生爆炸和大面积核泄漏；说仙台有仙，这是因为尽管遭遇九级大地震，但在仙台东北大学片平校区的鲁迅纪念馆仍完好无损[①]。

10. 1999年7月9日，李登辉接受“德国之声”采访时，抛出“两国论”，将两岸关系定位为“国家与国家的关系，至少是特殊的国家与国家的关系”。9月21日，台湾便发生了7.6级的大地震。相隔时间为76天。

2010年12月3日，日美两国在冲绳东部举行大规模联合军事演习，演习规模达到刚刚结束的韩美黄海军演的6倍。2011年3月8日，日本东京知事石原慎太郎在接受英国《独立报》专访时向世界传达出明确的核信号，他说：日本可以在一年内建造核武器。若日本拥有核武器，中国就不敢“染指”钓鱼岛。“如果日本单方面发展了核武器，朝鲜就不会劫持我们这么多的公民”，“而一个被核武装的日本也将从俄罗斯那里赢得更多尊重”。[②]三天后即3月11日，日本便遭遇了9级大地震。接踵而至的是排山倒海般袭来的海啸、雪灾、火山、核泄漏与大面积核污染。原计划持续至4月的日美韩海上军演被迫中止。

这次日本大地震的政治意义在于它重挫了日本几十年来埋头发展的核能力。

11. 2010年4月15日，美国总统奥巴马接受澳大利亚电视台采访时说：

如果10亿中国人口也过上与美国澳大利亚同样的生活，那将是人类的悲剧，地球资源根本承受不了，全世界将陷入非常悲惨的境地。美国并不想限

---

①《仙台市鲁迅纪念馆未受损》，http://news. xinmin. cn/rollnews/2011/03/12/9732589. html。

②《石原慎太郎称日本须发展核武器应对中国威胁》，http://mil. news. sina. com. cn/2011-03-08/1530636615. html。

制中国的发展，但中国在发展的时候要承担起国际上的责任。中国人要富裕起来可以，但中国领导人应该想一个新模式，不要让地球无法承担。[①]

这段话的前半部分说明了美国以中国为目标的“重返亚洲”政策的目的，后半段说明了对付中国的手段。也就是说，发展中的中国如果不能为比中国更为发展的西方让出资源的话，那中国就应当“让位”：要么被打掉，要么自觉“低碳”。

但是，中国人眼中的中国“低碳”与美国人眼中的“低碳”中国是完全不同的。前者表达的是一个更为发展的技术概念，后者则是一个“去工业化”或“去工业化发展”的政治概念；前者是一个发展方式问题，后者则是一个发展道路问题。对近现代国家而言，工业力才是发展力的核心，国家间的竞争就是工业力的竞争。因此，剥夺一国的工业力，尤其是重工业能力便成了剥夺这个国家发展能力的关键。1944年8月，美国财政部长亨利·摩根索向罗斯福提出了一个“在德国清除纳粹余孽和解除其工业化的激进计划”，罗斯福对此大加肯定。美国国务院还制订了一个计划要“使德国从一个依靠自身经济实力就可以发动战争的国家，变成一个必须能和世界经济协调发展的国家”[②]。《罗斯福传》的作者康拉德·布莱克说：“实施这个计划等于把7000万德国人全都变成牧羊人、苹果园主和家禽饲养员。”[③]显然，由“牧羊人、苹果园主和家禽饲养员”而不是大工业财团组成的国家经济，自然也就是目前西方人对南方国家要求的“低碳”经济，也就是奥巴马要求中国人“应该想”出的“新模式”。羊与狼比，羊比狼“低碳”，西方人要求中国的是前者，而他们自己则可以是后者。这在中国方面看来，显然是不能接受的，由此必然要与西方展开相应的斗争。

12．1958年10月23日，毛泽东写信给周世钊：“贤者在位，能者在职，

①转引自王寿林：《党的创新理论研究文集》军事理论卷，北京：蓝天出版社，2015年，第279页。

②③［加拿大］康拉德·布莱克：《罗斯福传》，张帆等译，北京：中信出版社，2005年，第390页。

二者不可得而兼。”[①]这意思是说，选拔干部，尤其是选拔政治干部，有别于推选名士，更不同于推举牧师。曹操力主“治平尚德行，有事赏功能”的用人导向，建安八年（208年），他痛斥那种用名士的标准遴选政治干部的认识：

议者或以军吏虽有功能，德行不足堪任郡国之选。所谓“可以适道，未可与权”者也。管仲曰：“使贤者食于能则上遵，斗士食于功则卒轻于死，二者设于国则天下治。”未闻无能之人，不斗之士，并受禄赏，而可以立功兴国者也。故明君不官无功之臣，不赏不战之士；治平尚德行，有事赏功能。论者之言，一似管窥虎欤。[②]

曹操多次颁布“唯才是举”的法令。他在建安二十二年（217年）颁布的《举贤勿拘品行令》，说得明确：

今天下得无有至德之人放在民间，及果勇不顾，临敌力战；若文俗之吏，高才异质，或堪为将守；负污辱之名，见笑之行，或不仁不孝而有治国用兵之术；其各举所知，勿有所遗。[③]

曹操的用人导向是针对东汉末期名士们“臧否人伦”的人才选拔标准而做出的，其矫枉过正的特点不言而喻。它在相当程度上为曹魏政权及后来统

---

①中共中央文献研究室：《毛泽东年谱（1949—1976）》第3卷，北京：中央文献出版社，2013年，第475页。

②译文：有人议论认为在军官中有人虽然有战功和战斗能力，但是按其道德来讲还不能任郡国长官的，这就是所说的“只可以使他们走正常的路，而不可以使他们通权达变”。管仲说：“使贤能的人凭著他们的才能得到俸禄，统治者就能受到尊敬，战士凭战功获得奖赏，士兵作战就不怕死，国家施行这两条，天下就能治理好。”没有听说无才能的人和不作战的战士，都一样得到爵禄和奖赏，而可以兴国的。所以贤明的君主，不任用没有功劳的臣子，不奖赏不作战的士兵。治平尚德行，有事赏功能。上面的这些议论，实在像从竹管里看老虎啊。参阅（晋）陈寿：《三国志》卷一《魏武志 · 武帝纪》，上海：上海古籍出版社，2002年，第20页。

③译文：现在天下怎么会没有具备极高道德的人生长在百姓中间呢？比如果断勇敢不顾一切，遇到敌人拼死作战的；习性文俗，才能极高，而气质优异，可以作将领守备的小吏；背负受污辱的名声，有过被人嘲笑的行为或虽不仁不孝，但有治理国家和用兵打仗的本领的。大家都要推荐自己所了解的人才，不要遗漏。参阅（晋）陈寿：《三国志》卷一《魏武志 · 武帝纪》，上海：上海古籍出版社，2002年，第42页。

一中国准备了更加雄厚且有质量的干部队伍。在这方面，满口仁义且又以书生（诸葛亮）治国的蜀汉和只看重荆州芝麻小利而不顾天下大义的东吴两家的气局，合加一起也不是曹魏的量级。

竞争乃境界之争。

13．1854年美国总统任命麦莲（Robert M. MaLane）为美国驻华公使。此前美国国务卿麻西（W. L. Marcy）给麦莲下达训令，要求他针对中国的太平天国与清政府内战现实，实施灵活的实用主义政策。如果太平天国胜利，“要承认实际上的政府”；如果中国分裂为几个政府，而且形势稳定，则“分别地谈判”，多向攫取权益。[①]4月麦莲到达香港，在与英法公使会晤后，直接由香港至上海，次月由上海溯江而上，“悍然无视太平天国规定，率舰闯入镇江上游，直驶天京江面驻泊”，但未能获准与太平天国方面会晤，6月14日返回上海后即向美国政府提交《访问太平天国的报告》，建议美国与清政府合作，遏制英国独霸上海，乃至中国的野心；利用中国内乱压迫清政府进一步对外开放市场，使美国商人可以进入长江腹地，自由经商。[②]

14．外资拉动型经济发展与沙俄帝国的大毁灭

在俄日战争之前，俄国国内经济政治因迅速卷入资本主义经济体系而获得巨大的发展，同时也因这种片面发展而形成巨大危机。

19世纪最后几年的世界经济高涨，是重工业空前加速发展推动的：世界煤的采掘量增加了65%，生铁熔量增加70%以上，而钢产量增加将近两倍。[③]1890年到1900年，是俄国历史上的“第一次工业跃进”[④]时期，这次“工业跃进”可以说是斯大林优先发展重工业的经济模式的先声。“在

---

①②茅家琦：《太平天国通史·上册》，南京：南京大学出版社，1991年，第620、623页。

③《英法德俄的历史（1830—1917）》下册，北京：商务印书馆，1972年，第393-394页。

④［英］H. J. 哈巴库克、M. M. 波斯坦：《剑桥欧洲经济史——工业革命及其以后的经济发展：收入、人口及技术变迁》（第6卷），王春法译，北京：经济科学出版社，2002年，第752页。

维特推行的俄国经济政策中，对重工业的鼓励占有突出的地位”，“财政部负责进行庞大的铁路发展计划中，钢铁工业的发展受到特殊的重视。俄国消费和重型金属制品市场的稳定吸引了大量的外国资本，而由于俄国于1897年建立了金本位制，同时又借助法国贷款对财政进行了全面调整，于是它就成为一个有利和可靠的投资市场”。[①]

但是，这时俄国工业的巨大发展并不是基于国内民族资本和国内消费的拉动，而是“整体上得益于外国特别是来自法国和比利时的慷慨资本流入。如果没有这些资本，俄国的工业发展速度将会十分缓慢。”[②]1891年至1903年间的资本投资总额达30亿卢布，1900年投入工业的外国投资有9.11亿卢布。[③]时任财政大臣的维特在回忆录中说：“在我管理财政期间，我增发了将近十亿卢布的国债，用于修筑铁路和向国家银行支付无息债务”；“我国借到了数十亿（不少于30亿）卢布的外资”。[④]当时有人反对外资大量流入，维特回应道：国家银行中能够发放的工业贷款“总共不到五六千万卢布，想用这么些钱来人为地兴办俄罗斯帝国的工业真是贻笑大方”。[⑤]

另一方面，俄国将这些巨量投资兑现为内化的国内生产力的效果却是有限的。19世纪90年代，俄国消费品市场迅速扩大，但它多是靠政府大量的铁路和海军军事设备和原料订货维持的。“如果没有政府设备采购的刺激，市场仍然是有限的”。作为支撑工业的城镇，一半以上的地区是用木头建立起来的，“它们的扩张是工匠的事而不是现代工业的事”[⑥]。结果导致俄国工业能力严重过剩。“外国贷款的过分膨胀和突然紧缩，当然会引起经济的衰退”，“这种不景气或经济衰退虽然不是很急剧的，但却一直持续到日俄战争之时”[⑦]。关于19世纪90年代发生在俄国的这场工业化运动的后果，美国

①⑦［美］安德鲁·马洛泽莫夫：《俄国的远东政策 1881—1904》，商务印书馆翻译组译，北京：商务印书馆，1977 年，第 204-205 页。

②③⑥［H. J. 哈巴库克、M. M. 波斯坦：《剑桥欧洲经济史——工业革命及其以后的经济发展：收入、人口及技术变迁》（第 6 卷），王春法译，北京：经济科学出版社，2002 年，第 752-754 页。

④⑤参见［俄］谢尔盖·尤里耶维奇·维特：《俄国末代沙皇尼古拉二世——维特伯爵的回忆》，张开译，北京：新华出版社，1983 年，第 400、402-403 页。

历史学者巴巴拉·杰拉维奇评论说：

虽然俄国自己在19世纪90年代也进入工业化时期，它的内部结构反而迅速地退化。经济上的变化引起了社会和政治的不安，而没有增加国家的力量。导致1917年俄国政权崩溃的正是这种军事上的衰弱和政治上的失调。[①]

15. 列宁论工业化改造对俄国的意义

与19世纪维特依托外资和国外现成技术推进俄国工业化的道路不同，列宁关于苏维埃俄国应建立在重工业基础上的思想既汲取了俄国近代——实际上从彼得大帝就开始的——工业化发展道路的选择以及维特时期主要靠资本和技术引进带来的教训，同时也吸收了德国李斯特经济理论及在德国产生的成就[②]。在革命胜利后不久就提出著名的利用国家垄断强力推进的“电气化计划”和用重工业装备俄国的方案，列宁认为这关系到苏维埃政权的生死存亡。1920年12月22日，列宁在全俄苏维埃第八次代表大会上说：“如果我们不能恢复我国的经济，那么我们就落在而且将来还要落在资本主义列强的后面，我们就会挨打。”[③]那么，新的俄国将在什么样的起点上发展经济呢？列宁回答说：

国内敌人是靠小经济来支持的，要粉碎它，只有一种办法，那就是把国家经济，包括农业在内，转到新的技术基础上，转到现代大生产的技术基础上。只有电力才能成为这样的基础。

共产主义就是苏维埃政权加全国电气化。不然我国仍然是一个小农国家，这一点我们必须清楚地认识到。我们不仅在世界范围内比资本主义弱，

---

① [美] 巴巴拉·杰拉维奇：《俄国外交政策的一世纪》，福建师范大学外语系编译室译，北京：商务印书馆，1978 年，第 194 页。

②列宁从 1900 年起到十月革命前大部分时间在德国，并对德国的“管理制度”留下深刻印象，他说：“乐于吸收外国的好东西：苏维埃政权 + 普鲁士的铁路秩序 + 美国的技术和托拉斯组织 + 美国的国民教育等等等等 ++= 总和 = 社会主义。”，参阅《列宁全集》第 34 卷，北京：人民出版社，1985 年，第 520 页。

③ [俄] 列宁：《关于人民委员会工作报告》，见《列宁选集》第 4 卷，北京：人民出版社，1972 年，第 384 页。

在国内也比资本主义弱。这是大家都知道的。我们已经认识到这一点，并且一定要努力把经济基础从小农的变成大工业的。只有当国家实现了电气化，为工业、农业和运输业打下了现代大工业的技术基础的时候，我们才能得到最后的胜利。①

列宁将这个电气化计划称为布尔什维克的“第二个党纲”，这实际上是将经济发展方式问题与国家发展道路问题放在同等重要的地位。他说：

我们党的纲领不能始终只是党的纲领。它应当成为我们经济建设的纲领，不然它就不能作为党的纲领。它应当用第二个党纲，即恢复整个国民经济并使它达到现代技术水平的工作计划来补充。没有电气化计划，我们就不能进行真正的建设。②

社会主义的唯一的物质基础，就是同时也能改造农业的大机器工业。但是不能局限于这个一般的原理。必须把这一原理具体化。适合最新技术水平并能改造农业的大工业就是全国电气化。③

我们的希望就在这里，而且仅仅在这里。只有这样，我们才能够——打个比喻说——从一匹马上跨到另一匹马上，就是说，从农民的、庄稼汉的、穷苦的马上，从指靠破产的农民国家实行节约的马上跨到无产阶级所寻求的而且不能不寻求的马上，跨到大机器工业、电气化、沃尔霍夫水电站等等的马上。④

列宁把发展重工业看作是关乎苏维埃政权生死存亡的问题。他告诫俄罗斯：

不挽救重工业，不恢复重工业，我们就不能建成任何工业，而没有工

①② [俄] 列宁：《关于人民委员会工作报告》，见《列宁选集》第4卷，北京：人民出版社，1972年，第398-399页。

③ [俄] 列宁：《在共产国际第三次代表大会上关于俄共的策略的报告提纲》，见《列宁选集》第4卷，北京：人民出版社，1972年，第549页。

④ [俄] 列宁：《宁肯少些，但要好些》，见《列宁选集》第4卷，北京：人民出版社，1972年，第711页。

业，我们就会灭亡而不成其为独立国家。这一点我们是很清楚的。

要挽救俄国，单靠农业的丰收还不够，而且单靠供给农民消费品的轻工业的情况良好也还不够，我们还要有重工业。

重工业是需要国家补助的。[①]

列宁在临终前还口授日记，对苏维埃俄国的新发展道路从哲学的角度作出了独特的解释，他说：

我们的敌人曾不止一次地对我们说，我们在一个文化不够发达的国家里培植社会主义是狂妄的事情。但是他们错了：我们没有从理论（一切书呆子的）所规定的那一端开始，我们的政治变革和社会变革，先于我们目前正面临的文化变革、文化革命。

世界历史发展的一般规律，不仅丝毫不排斥个别发展阶段在发展的形式或顺序上表现出特殊性，反而是以此为前提的。

既然建设社会主义需要有一定的文化水平（虽然谁也说不出这个一定的“文化水平”究竟怎样，因为这在各个西欧国家都是不同的），我们为什么不能首先用革命手段取得达到这个一定水平的前提，然后在工农政权和苏维埃制度的基础上追上别国的人民呢？[②]

资本主义的生产力体现在“从头到脚，每个毛孔都滴着血和肮脏的东西”[③]的资本之中，对于共产党来说，如果不能学会驾驭资本，那就不能战胜资本主义并实现共产主义。今天中国共产党将列宁“共产主义就是苏维埃加全国电器化”原则创造性地运用于中国社会主义建设的实际，其成功经验的理论结晶，就是中国特色社会主义理论。

---

① [俄] 列宁：《俄国革命五周年和世界革命的前途》，见《列宁选集》第4卷，北京：人民出版社，1972年，第666页。

② [俄] 列宁：《论合作制》，见《列宁选集》第4卷，北京：人民出版社，1972年，第687、690-691页。

③ “资本来到世间，从头到脚，每个毛孔都滴着血和肮脏的东西。”参阅 [德] 马克思：《资本论》第1卷，北京：人民出版社，1975年，第829页。

16. 斯大林论独立自主的工业化道路对于苏联的意义

与美国立国不久汉密尔顿与杰斐逊关于国家发展道路的争论相似，[①]列宁去世后，苏共党内关于国家经济发展道路出现了大争论。斯大林针对苏联版的“造船不如买船”的观点（即一些思想仍停留在“新经济政策”时期的“新反对派”所主张的苏联应是生产原料和粮食并从国外输入机器的农业国，因而苏联应利用“道威斯计划”[②]压榨德国低价向国外出售重工设备制造品的时机，装备苏联重工业的观点），指出苏联工业化“总路线”对苏联所具有的生死存亡的深远意义，他说：

我在报告中谈到我们国民经济建设方面的两条基本路线，即两条领导路线或总路线。我谈到这一点，是为了说明关于在资本主义包围的环境下保证我国经济独立发展的道路问题。我在报告中谈到我们的总路线，我们的前途，意思是说要把我国从农业国变成工业国。什么是农业国呢？农业国就是输出农产品和输入装备而不能自力生产或几乎不能自力生产这种装备（机器等等）的国家。如果我们停留在只输入装备和机器而不能自力生产装备和机器的发展阶段上，那我们就不能担保我国不会变成资本主义体系的附属品。正因为如此，我们应当抱定在我国发展生产资料生产的方针。[③]

道威斯计划要求的是什么呢？它要求德国从国外市场，主要是从我们苏联市场榨取金钱来偿付赔款。从这里应当得出什么结论呢？从这里应得出一个结论：德国将卖给我们装备，而我们将输入这些装备，并向国外输出农产品。这样，我们，也就是说我国工业，就会处于依附欧洲的地位。这也就是道威斯计划的基础。[④]关于这一点，我在报告中曾说，道威斯计划损害我国

①参阅张少华：《美国早期现代化的两条道路斗争》，北京：北京大学出版社，1996 年。

②道威斯计划是第一次世界大战后协约国处置德国赔款的计划。

③［苏］斯大林：《关于中央委员会的政治报告的结论》（1925 年 12 月 23 日），见《斯大林全集》第 7 卷，北京：人民出版社，1958 年，第 294 页。

④ 1924 年秋，重新当上英国首相的鲍尔温说：“西欧文化的屏障应该强大而坚固，方能抵抗来自东方的攻势，而欲达到此目的没有什么比道威斯计划更好、更可靠了。德国过剩的产品可以倾销苏联市场，从而取得它所需要的款项，使我们得以支付拖欠美国的债务利息。同时德国的大批出口货物也不致向美国殖民地倾销了。”转引自王贵正等：《世界现代史》，沈阳：辽宁人民出版社，1984 年，第 274 页。

的利益，所以它是建筑在沙地上的。为什么呢？我当时说，“因为我们决不愿意变成受其他任何国家（其中包括德国）支配的农业国”，因为“我们自己要生产机器和其他生产资料”。把我国从农业国变成能自力生产必需的装备的工业国——这就是我们总路线的实质和基础。我们应当设法使经济工业人员的全部思想和意图都集中到这一方面，即集中到把我国从一个输入装备的国家变成一个生产这种装备的国家。因为这是我国经济独立的基本保证。因为这样就能保证我国不变成资本主义国家的附属品。索柯里尼柯夫①不愿意了解这个简单而明白的道理。他们这些道威斯计划的制定人，想使我们只生产花布这种物品，但是这对于我们是不够的，因为我们不仅要生产花布，而且要生产织造花布所必需的机器。他们想使我们只生产汽车这种物品，但是这对我们是不够的，因为我们不仅要生产汽车，而且要生产制造汽车所必需的机器。他们想使我们只生产皮鞋这种物品，但是这对于我们是不够的，因为我们不仅要生产皮鞋，而且要生产制造皮鞋所必需的机器。②

斯大林将国家对经济的垄断作为弱国崛起的前提条件，他曾对俄国历史上的外贸垄断制度做过积极的评价，他说：

伊凡雷帝③的英明之处在于，他始终站在民族的立场上，不允许外国人进入自己的国家，从而防止了外来影响向国内的渗透。

彼得一世也是一个伟大的君主，但他对外国人过分纵容，国门开得过大，听任外来影响向国内渗透，听任俄国德意志化。叶卡德琳娜在这方面走得更远。再往后看，难道亚历山大一世的宫廷是俄罗斯的宫廷吗？难道尼古拉一世的宫廷是俄罗斯的宫廷吗？不，他们的宫廷是德意志的宫廷。

---

①索柯里尼柯夫，时任苏联财政人民委员，负责经济和财政工作，主张为获利较快的企业投资，减少甚至停止为关系国家经济命脉的重工业贷款。

②［苏］斯大林：《关于中央委员会的政治报告的结论》（1925年12月23日），见《斯大林全集》第7卷，北京：人民出版社，1958年，第294页。

③伊凡雷帝即伊凡四世（1530年8月25日—1584年3月18日），又被称为“恐怖的伊凡”“伊凡大帝”，是俄国历史上的第一位沙皇。1533—1547年为莫斯科大公，1547—1584年为沙皇。

伊凡雷帝采取的一个令人称道的措施是，他第一个实行对外贸易垄断制。实行这种制度，伊凡雷帝是第一个，列宁是第二个。[①]

17. 如果我们将苏联崛起的原因放入世界近代历史的进程研究，就会认识到，作为苏联的开国领袖，列宁的伟大之处并不仅仅是他开辟了世界社会主义实践的历史进程，更重要的是他汲取了近代大国崛起的成功及俄国维特改革的失败的历史经验——实际上正是维特时期大量引进的外资导致的工人生活大面积恶化和农民大规模破产，才使列宁领导的布尔什维克革命有了广泛的社会基础，并使俄罗斯的社会主义国家及其历史进程建立在独立自主生产的而非大量引进的“适合最新技术水平并能改造农业的大工业就是全国电气化”的基础上。如果没有这一点，那苏联的社会主义命运很可能就是19世纪俄国“民粹派”[②]所主张的及后来非洲和拉美一些国家曾尝试并失败的那种空想社会主义。对俄罗斯历史更为重要的是，列宁拒绝依附的思想又为斯大林强力推进并由此使苏联在短期内建立了以重工业为基础的独立自主的国民经济体系。这与19世纪后半叶维特靠引进推动的俄国工业化运动的后果形成云泥之别：19世纪末期俄国的工业化运动的结果是俄国对国际资本和技术的严重依赖，在1899年夏天世界经济危机出现的时候，俄国重工业遭受了时间最长、后果最沉重的打击：大约有一半炼铁高炉和45%的石油钻井停产。

---

①《斯大林与电影〈伊凡雷帝〉创作人员的谈话记录》（1947 年 2 月 25 日），见沈志华：《苏联历史档案选编》第 13 卷，北京：社会科学文献出版社，2002 年，第 387 页。

②“民粹派”，俄国小资产阶级政治派别。自称是人民的精英，故有民粹派之称。产生于 19 世纪 60 年代到 70 年代俄国资本主义已经开始发展，但小生产仍占优势时期。俄国 1861 年改革后，农民同地主和沙皇制度的矛盾愈益激化。一批代表农民利益的平民知识分子走上民主革命的道路，逐渐形成民粹派。他们都把激进的资产阶级民主主义同空想社会主义结合在一起，反对农奴制残余，但否认俄国资本主义发展的必然性，否认无产阶级的先进作用，认为知识分子领导的农民是革命的主要力量，视农民村社为社会主义的萌芽和基础。1873—1874 年，民粹派发动了声势浩大的“到民间去”运动。他们穿着农民服装，深入到伏尔加河、顿河和第聂伯河流域的广大农村，号召农民起来革命。由于当时俄国不具备革命条件，民粹派的宣传鼓动，除了在部分农民中产生了一定影响外，没有达到预期目的，大多数农民没有跟他们一起革命。不久，由于沙皇政府的镇压，“到民间去”运动以失败告终。19 世纪 80 年代后，民粹派逐渐蜕化，主张与沙皇制度妥协，成为代表富农利益的自由主义民粹派。

钢铁、机车、车厢的生产特别急剧减缩。[①]相反，苏联斯大林时期的工业化运动却在1929年至1933年有史以来世界最严重的资本主义经济危机中获得前所未有的高速发展；在此基础上，苏联——与维特的工业化运动在第一次世界大战中的表现正好相反——在第二次世界大战中经历了考验并赢得了这场战争，成为建立战后世界秩序的重要国家之一。

所有这些成就，都归功于列宁提出斯大林完成的以重工业为基础的国民经济体系。这使俄国成功地避免了资本全球化进程中西方国家设计好的"拉美式"即依附型的发展陷阱。

18．1946年1月3日，斯大林将苏联的建设经验告诉蒋经国："不要只醉心于贸易。假如苏联没有工业，那么德国就会打败苏联。由于苏联有工业，战争期间才有可能每月生产3000架飞机、3000辆坦克、5000门大炮、40万支步枪、20万支自动步枪。"[②]

19．1943年年初，斯大林、罗斯福就开始考虑如何给德国以毁灭性打击的方法。1943年11月29日，斯大林在德黑兰会议期间就德国战后处理问题与罗斯福交换意见：

德国能够很快地恢复起来。为此它只需要15年至20年的时间。如果对德国不加任何控制，德国很快会东山再起。德国不需要很多年就能做到这一点。德国在1870年发动的第一场大规模的战争是在1871年结束的。这次战争之后仅仅过了42年，也就是在1914年，德国又发动了一场新的战争。21年之后，即1939年德国又一次发动了战争。看来，德国为恢复所需要的时间正在缩短。这个时间今后显然还会缩短。不管我们给德国施加什么禁令，德国人

---

①苏联科学院：《英法德俄历史（1830—1917）》下册，北京：商务印书馆，1972年，第412页。

②《斯大林同志同蒋介石的私人代表蒋经国的会谈记录》（1946年1月3日23时），见［俄］A. M. 列多夫斯基：《斯大林与中国》，陈春华、刘存宽等译，北京：新华出版社，2001年，第37页。

都能够有办法绕开它。我们禁止它生产飞机，但我们不能让它关闭家具厂。可是大家都知道，家具厂可以很快改为生产飞机。我们禁止德国生产炮弹和鱼雷，但我们不能让它关闭钟表厂，而每个钟表厂都可以很快地转而生产炮弹和鱼雷的最重要部件。所以，德国可能东山再起，重新侵略。为了防止侵略，只靠建立几个拟议中的机构是不够的，必须占领最重要的战略据点，不让它们落在德国手里。不仅要在欧洲，而且在远东也应该占领这样的据点，使日本不能重新发动侵略。①

斯大林的计划与罗斯福不谋而合，他们是想通过剥夺德国重工业能力从根子上摧毁德国发动战争的能力。1944年8月，美国财政部长亨利·摩根索向罗斯福提出了一个几乎与斯大林相同的“在德国清除纳粹余孽和解除其工业化的激进计划”，罗斯福对此大加肯定，他相信斯大林会为此买单。美国的军队在仔细考虑占领德国的情况后，制定了彻底清除德国军国主义势力的计划。国务院制定了一个计划要“使德国从一个依靠自身经济实力就可以发动战争的国家，变成一个必须能和世界经济协调发展的国家”。但是赫尔和史汀生都不知道，在德黑兰会议上，几大巨头已经就有关问题达成过初步共识。②

20. 在1945年2月的波茨坦会议上，斯大林又提出了一个旨在“使德国经济上也解除武装”即摧毁德国重工业的赔偿方案，其中第三条指出：

通过赔偿应使德国在经济上也解除武装，因为，不这样做，就不能保障欧洲的安全。具体地说，这就是要没收80%的德国重工业设备（冶金、机器制造、金属加工、电机工业、化学工业等）。要100%地没收飞机制造业和生产合成燃料的企业。对战前已有或战时新建的全部专门的军工企业（枪炮

---

① [苏] 萨纳柯耶夫、崔布列夫斯基：《德黑兰、雅尔塔、波茨坦会议文件集》，北京：生活·读书·新知三联书店，1978年，第71-72页。

② [加拿大] 康拉德·布莱克：《罗斯福传》，张帆等译，北京：中信出版社，2005年，第390页。

工厂、弹药厂等）也同样应百分之百地予以没收。苏联政府认为，德国剩下战前重工业的20%，就完全可以满足国内的、确实是经济上的需要。[①]

苏联提出的在经济上摧毁德国的方案最终以法律文件的形式即《苏英美三国柏林（波茨坦）会议议定书》（1945年8月2日）加以确定。文件结论第二部分确立的“经济原则”第十一、十二、十三条认为：

为消灭德国之作战潜力，武器、弹药、战争工具以及各式飞机及海船之生产均予禁止。金属、化学品、机器以及作战经济直接需要之其他物品，其生产将受严格管制，且以符合第（十五）段所述各项目的，并经核准之德国战后平时需要为限。核准后生产所不需要之生产能力，将按照盟国赔偿委员会所拟并经有关政府批准之赔偿计划，将其迁移，如不迁移，则将予以摧毁。（十一）

在实际可行之范围内，德国经济应早日分散，以消灭目前经济力量因“卡特尔”“辛迪加”“托拉斯”及其他垄断办法而造成之过分集中现象。（十二）

组织德国经济时，首将着重于农业及国内和平工业之展开。（十三）[②]

《罗斯福传》的作者康拉德·布莱克曾对美国的“在德国清除纳粹余孽和解除其工业化的激进计划”的实质一语中的，他说：“实施这个计划等于把7000万德国人全都变成牧羊人、苹果园主和家禽饲养员。”[③]如果将布莱克的批评用于波茨坦公报中的上述原则，也是贴切的。英、美、苏三国摧毁他国结构的“部位”集中于重工业和技术密集产业，也向我们反证了这些国家崛起的核心“秘密”。美国人因识破英国人的这个“秘密”而崛起，此后

---

① [苏] 萨纳柯耶夫、崔布列夫斯基：《德黑兰、雅尔塔、波茨坦会议文件集》，北京：生活·读书·新知三联书店，1978 年，第 157-158 页。

②《苏英美三国柏林（波茨坦）会议议定书》（1945 年 8 月 2 日），见王绳祖、何春超、吴世民：《国际关系史资料选编（17 世纪中叶—1945）》，北京：法律出版社，1988 年，第 881-882 页。

③ [加拿大] 康拉德·布莱克：《罗斯福传》，张帆等译，北京：中信出版社，2005 年，第 390 页。

他们又合伙诱使拉美国家和印度陷入这种依附性发展道路而不能自拔；苏联斯大林因坚定拒绝英美人设计的上述依附性道路而迅速崛起，崛起后的苏联又与英美联合起来迫使曾沿自主型道路崛起的德国陷入依附型经济模式。具有讽刺意味的是，英、美、苏要摧毁的这个国家恰恰是揭示出近代国家崛起秘密的弗里德里希·李斯特[①]的故乡——德国。

德国历史学派经济学家李斯特说，“一个国家的发展程度，主要并不是像萨依所相信的那样决定于它所蓄积的财富（也就是交换价值）的多少，而是决定于它的生产力的发展程度”。这是因为“财富的原因与财富本身完全不同。一个人可以据有财富，那就是交换价值；但是他如果没有那份生产力，可以产生大于他所消费的价值，他将越过越穷”。因此，“一切现代国家的伟大政治家，几乎没有一个例外，都认识到工业对于国家财富、文化和力量的重大意义，有加以保护的必要。在这一点上，爱德华三世和伊丽莎白一样，腓特烈大王和约瑟二世一样，华盛顿和拿破仑一样，他们都有着同样的理解。他们不必在理论上深入探讨，凭着他们的远见，早已看到整个工业的本质，有了正确的认识”。李斯特告诉德国人说：“一切工业都垄断在祖国手里，这一点就是美国革命主要原因之一，至于茶税事件只是提供了革命爆发的一个机会。”[②]

21．占领捷克后，希特勒曾对东南欧盟国的经济政策有明确指示。1939年2月27日，德国在制定与罗马尼亚经济关系的“四年计划”中，规定德国的总任务“是要使罗马尼亚的经济进一步依附于德国”；关于农业，报告指示“罗马尼亚的农业生产适应德国的需要”；关于工业，报告提出与上述斯大林与罗斯福对德政策相同的指示，提出“限制基础工业，以保证向德国出口消费品”；关于军工生产，报告要求“罗马尼亚的武器装备将同德国的标

---

①弗里德里希·李斯特（Friedrich List, 1789—1846 年），是古典经济学的怀疑者和批判者，是德国历史学派的先驱者。

②［德］弗里德里希·李斯特：《政治经济学的国民体系》，陈万煦译，北京：商务印书馆，1961 年，第 88、118、127、131 页。

准一致”。所有这些政策的最终目标是“通过多年制定共同规划，使罗马尼亚经济适应德国的需要，这样就能保证德国在东南欧占有统治地位”[①]。

22. 20世纪的英国人对美国人有着相当深的成见。德国1933年退出国联后，美国的表现就足以让英国人断定，美国人眼睛盯着的不是德国而是英国的世界霸主的地位和英国巨大的世界殖民地利益和财富。英国学者C. A. 麦克唐纳写的《美国、英国与绥靖》一书对美国外交的极端自私性有着深刻的披露：

如果说艾登急于加强与美国的联系，那么伦敦的其他人则对英美合作并不那么重视。英国政界的上层人物往往把美国看作是“无可救药的孤立主义者”，从而把美国一笔勾销。不但在内阁大臣之中，而且在沃伦·费希尔这样的高级文官中，都存在着一种对美国政策的明显的怀疑倾向。这些人士根据以往的痛苦经验认为，英国不能指望从大西洋彼岸得到多少真正的帮助。战后时期的历史表明孤立主义的舆论对美国政策的影响很大，因而要华盛顿作出真正的承诺是十分困难的。霍尔后来指出：“不管是正确还是错误，我们是抱有很深的怀疑的，我们所怀疑的的确不是美国的良好意愿，而是美国是否准备采取任何实际行动来兑现其令人鼓舞的言辞。”最糟糕的是，美国的政策可能把英国拖入十分危险的境地而又不能充分保证支持英国。1931年以后在远东的情况似乎尤其是如此。在那儿，先是在满洲危机中，而后又在1934年的海军谈判中，美国人看来决心推动英国与日本对抗，而英国政府是极力想避免这种局面的。在满洲危机期间，鲍尔温抱怨说：“从美国人那儿除了空话以外你什么也不能得到。他们说得天花乱坠，但是只是说说而已！”后来他还直言不讳地说他已“对美国人讨厌至极”因而不愿意会见他们。1932年时的外交大臣西蒙指出：“我们必须记住，尽管如果我们不与

---

①《德国四年计划办公室官员沃尔塔特给德国四年计划全权代表戈林的报告》，见李巨廉、王斯德：《第二次世界大战起源历史文件资料集（1937.7—1939.8）》，上海：华东师范大学出版社，1985 年，第 463-465 页。

美国人协调行动，美国会表示十分惊讶……但如果我们与他们协调行动，他们就会把工作的主要压力和责难丢给我们。”华盛顿总是“把针对日本的困难工作”留给伦敦去做。甚至亲美的英国驻华盛顿大使林赛也说：“与美国人打交道是很可怕的。他们不会作确凿的承诺，但他们却用光明的前景使你高高兴兴地跟他们跑，然后当你承担了义务以后，他们就撒手见死不救了。看一看近期来的情况，很难想起一件与他们打的交道真正能使我们满意的。”①

1936年3月7日，希特勒命令德军开进莱茵非军事区并宣布对该区拥有主权。10月25日，德国与意大利签订协定，建立“柏林-罗马轴心”，11月6日与日本签订《反共产国际协定》（1937年11月6日意大利参加这个协定）。1937年5月28日，张伯伦就任首相，7月7日，日本全面侵华战争爆发。10月5日，罗斯福发表倾向英法的《防疫演说》，对战争进行谴责，表示“和平的希望却在最近被预示有灾难的恐惧所代替”，“仅仅用孤立主义或中立政策是无法逃脱这种现实的”，他希望“身体的病毒传染蔓延时，社会同意也协力把病人隔离，这样才可以防止传染，保证社会健康”。在表达了这些想法后，罗斯福话锋一转，对战火正在蔓延的欧洲和远东表态：“我决心遵循一个和平政策并且采纳各种可以免使我国卷入战争的可行措施。”②

在英国和法国相对处于弱势的时候，罗斯福决心不卷入战争的表态使张伯伦丧失了对美国的基本信任。张伯伦认为：“如果在一个与美国利益直接有关的地区美国都不进行合作，那么美国人还会有能力对欧洲进行长期干预吗？”他断定罗斯福是不可靠的，他在信中表示：“除了言辞以外不要指望

---

①［英］C.A.麦克唐纳（C.A.MacDonald）：《美国、英国与绥靖（1936—1939）》何抗生等译，北京：中国对外翻译出版公司，1987年，第24-25页。

②《美国外交文件·日本，1931—1941》，张玮瑛等译，北京：中国社会科学出版社，1998年，第121-122、124页。

从美国人那儿得到任何东西。这样才能立于不败之地。”①

1941年6月，希特勒挥师进攻苏联。杜鲁门说：“如果我们看到德国占了上风，就应该援助俄国；如果俄国要赢了，就去帮助德国，这样才能让他们大拼个够，尽管我可不希望看到希特勒获胜！”②“二战”后，基辛格曾请教杜鲁门：哪一项外交政策决定是他最希望受后人承认不忘。杜鲁门一点也不犹豫，立刻回答说：“我们彻底击溃敌人，逼得他们投降，然后又帮他们复苏，成为民主国家，并且加入国际社会。只有美国会这么做。”③

1975年9月21日，毛泽东在会见英国前首相希思时说：“美国究竟怎么样啊？会保护欧洲吗？我是怀疑。真要打起来，它会要跑，跑回去，不干涉，然后再回来。”④

23．张伯伦于1937年5月接替鲍尔温出任英国首相。他对与美国的紧密合作的前景比艾登抱有更大的怀疑。尽管他承认英美合作在理论上是有好处的，他也认识到把这样一个政策变为现实还有种种困难。在世界经济会议和后来的海军谈判期间所经历的一切使他对美国政策产生一种很深的不信任感。他在1934年9月就说过：“美国代表在私下强调，只要我们同心协力就会给世界带来巨大好处。他们以这种值得赞赏的精神让我们亮牌而他们却不亮自己手中的牌。在我们把所有牌都摊到桌子上以后，他们却悲天悯人地摇摇头并且十分遗憾地表示，他们相信，如果我们不作出更加适应美国国会的要求的允诺，美国国会是不会理睬我们的。”⑤

24．丘吉尔、斯大林、毛泽东眼中的原子弹

在波茨坦会议期间，美国原子弹试验成功，这对加速战争结束起到了巨

---

①《张伯伦致希尔达·张伯伦》（1937年12月17日），见［英］C. A. 麦克唐纳：《美国、英国与绥靖（1936—1939）》，何抗生等译，北京：中国对外翻译出版公司，1987年，第59页。

②～④转引自［美］亨利·基辛格：《大外交》，顾淑馨、林添贵译，海口：海南出版社，1998年，第379-380、609页。

⑤《张伯伦备忘录》，见［英］C. A. 麦克唐纳：《美国、英国与绥靖（1936—1939）》何抗生等译，北京：中国对外翻译出版公司，1987年，第28页。

大的作用。关于此，杜鲁门、丘吉尔和斯大林之间有一段很能反映三人性格差异的插曲。杜鲁门和丘吉尔本以为有了可以讹诈斯大林的“绝对武器”，想以此逼迫斯大林在波茨坦会议上服软，结果却是自讨没趣。美国陆军部长史汀生当天的日记对此有生动的记载：当丘吉尔得知这一消息后，史汀生发现首相“极有兴趣并大为振奋”，但他“强烈倾向于”反对将这消息告诉斯大林。[①]丘吉尔在回忆录中得意地说：

我们可以不需要苏联人了。日本战事的结束不再要依赖他们大部队的涌入，进行最后持久的屠杀。我们无须再乞求他们的恩惠。[②]

此时的丘吉尔大有一种想看斯大林难堪并由此得到快感的心理，他写道：

第二天，7月24日，在我们的全体会议结束之后，大家都从圆桌边站起来，并三三两两地站在一起准备离开。我看见总统走向斯大林，单独谈起来，只有翻译在边上。我离他们大概5码远。我密切注视着这个重要谈话，我知道总统要说什么，我要观察的是谈话对斯大林的效果。我现在想起来都像是昨天的事一样。斯大林看上去很高兴。一种新的炸弹！威力特别大！可能对整个日本战争有决定性作用！多么幸运啊！这是我当时的印象，而且我深信他听到这个消息后并没有了解这件事的重要意义。在他紧张的辛劳和压力之中，原子弹显然并不占有什么位置。如果他对于正在进行的世界事务中的革命有一点了解的话，他就应该有明显的反应。他的回答最简单不过了：“非常感谢你告诉我有关你们新型炸弹的事。当然，我没有技术上的知识。我能否派核科学方面的专家明天上午去拜访你们的专家呢？”但他的脸上还是那么愉快和亲切。这两个掌权人物的谈话很快就结束了。当我们在等汽车

---

① [美] W. 艾夫里尔·哈里曼、伊利·艾贝尔：《哈里曼回忆录》，吴世民等译，北京：东方出版社，2007年，第586页。

② [英] 温斯顿·丘吉尔：《丘吉尔文集——二战回忆录》，魏群、高虹译，南京：江苏人民出版社，2000年，第1163页。

时，我发现杜鲁门就在我身边。我问他："事情进行得如何？"他回答说："他始终没有提一个问题。"[①]

丘吉尔的记录与杜鲁门大体一致。杜鲁门在回忆录中记录道：

7月24日，我偶然对斯大林提到我们拥有一种破坏力特别巨大的新武器。俄国部长会议主席并没有表示异乎寻常的兴趣。他只是说，他听到这个消息很高兴，并希望我们"好好地运用它来对付日本"。[②]

时任远东事务主要顾问的波伦的观察与杜鲁门一致。他回忆说"斯大林的反应是那样随随便便，使我对总统的口风是否已达到目的有点怀疑"[③]。哈里曼回忆说："我们在谈论日本和原子弹时，莫洛托夫一面端详着我，脸上似笑非笑，一面说道：'你们美国人想保密就保密吧。'他说话的样子使我确信那根本就不是什么秘密了。"[④]丘吉尔对斯大林无动于衷而非常失望，他只能归因于处在"紧张的辛劳和压力之中"的斯大林"并没有了解这件事的重要意义"。朱可夫对这段插曲作了重要的补充。他写道：

我记不清确切的日期，但是在一次政府首脑会议之后，杜鲁门向斯大林透露说，美国有一种威力异常大的炸弹，但他并未把它称为原子弹。据外国记者后来报道，在透露这一消息的瞬间，丘吉尔的两眼死盯着斯大林的面孔，观察着他的反映。然而斯大林并未显露丝毫异常的表情，而是装作未从杜鲁门的话语中发现任何特别的东西。以至丘吉尔和英美的其他许多作者后来都认为，斯大林大概的确没有懂得所透露给他这一消息的重大意义。

实际上，当斯大林返回住所，就在我在场的情况下，跟B. M. 莫洛托夫谈到与杜鲁门这次谈话的内容。B. M. 莫洛托夫听到后说："他们是想抬高

① [英] 温斯顿 · 丘吉尔：《丘吉尔文集——二战回忆录》，魏群、高虹译，南京：江苏人民出版社，2000 年，第 1168-1169 页。

② [美] 哈里 · 杜鲁门：《杜鲁门回忆录》上卷，李石译，北京：东方出版社，2007 年，第 379 页。

③④ [美] W. 艾夫里尔 · 哈里曼、伊利 · 艾贝尔：《哈里曼回忆录》，吴世民等译，北京：东方出版社，2007 年，第 586 页。

身价。”斯大林笑着说：“让他们抬身价好了。应该告诉库尔恰托夫加快我们工作的进度。”我知道，他指的是原子弹。[①]

1945年4月5日，苏联通知日本，废除1941年4月13日签订的《苏日中立条约》，随即准备对日作战。8月6日，美国在日本广岛投下第一枚原子弹。8月9日，150万苏联红军在远东军总司令华西列夫斯基元帅的率领下，兵分四路向盘踞在东北的日本关东军发动全面进攻。当天，美国在长崎投下第二枚原子弹。8月15日，日本宣布投降。8月17日，华西列夫斯基元帅向日军发出通牒，要日军放下武器，全部投降。8月18日，关东军司令官山田乙三下令向苏军投降。8月20日，关东军开始向苏军缴械。至8月30日止，在中国东北和朝鲜北部的关东军全部解除武装，苏军对日作战结束。

事后，丘吉尔也意识到原子弹用于结束战争的作用并不像自己想象的那样大，他在回忆录中写道：

如果认为日本的命运已由原子弹决定了，那就错了。它的失败在第一颗原子弹投下之前已经注定了；压倒一切的海上威力注定了它的失败。仅是海上力量就让我们有可能夺取海洋上的基地，从那里发起最后的攻击，并能迫使它的京都军队不战而降。[②]

在第二次世界大战后期的政治家中，对原子弹的“纸老虎”本质认识最早也最深刻的大概要数毛泽东。1947年2月10日，毛泽东会见美国记者斯特朗，在谈到原子弹时说：“原子弹的诞生，也就结束了它的生命。全世界那些笨人在奢谈原子战争，但是原子弹在战争中已不能再度使用。它在广岛上空的大爆炸已炸毁了它自己。它的收效也就是它的死亡，因为全世界的人民都反对它。自然，原子能将继续予以发展，它的巨大的能力将为人们所利用。”[③]

---

① [苏] 格·康·朱可夫：《回忆与思考》，洪科译，北京：生活·读书·新知三联书店，1972年，第1221-1222页。

② [英] 温斯顿·丘吉尔：《丘吉尔文集——二战回忆录》，魏群、高虹译，南京：江苏人民出版社，2000年，第1166页。

③中共中央文献研究室：《毛泽东年谱（1893—1949）》下卷，北京：中央文献出版社，2013年，第170页。

25．事后看来，张伯伦选择希特勒作为战略伙伴，在认识对手问题上犯了“秀才见了兵”的错误，张伯伦忘记了一个一无所有却又手持板斧的乞丐在财主家门口是不可用剩饭随便打发的道理。除此之外，如果我们看看丘吉尔接替张伯伦之后的政策和“二战”结束后欧洲屈膝于美苏脚下的政治现实，就不能不说，在基于欧洲和英国利益最大化的战略上，张伯伦的思考是极为深远的。《英德宣言》签署的当天，张伯伦从慕尼黑返回伦敦，“在白金汉宫受到英王接见后，驱车来到欢声鼎沸的唐宁街。他应人们的再三要求，在唐宁街10号2楼窗口讲了话”，说：“我的好朋友们，在我国历史上，这是第二次把体面的和平从德国带回唐宁街。”在群众欢呼声停下后，他对听众说：“我相信这是我们时代的和平，我们由衷地感谢你们。”[①]下院的一些议员们甚至争先恐后地去吻张伯伦的手，或抚摸他的衣边，气氛之热烈达到了顶点。[②]可以说，在希特勒入侵波兰之前，张伯伦在英国的政治地位——尽管在下院也有不少人反对——几乎不可动摇，以致在德国撕毁《慕尼黑协定》开进捷克后，面对英国朝野狂潮般的批评，张伯伦理直气壮地质问说：

我可以提醒你们，在第一次宣布我准备出访时，没有一个人表示反对，对于这一努力，人人都交口称赞。只是在后来，当最后的解决方案使某些并不全然赞赏这些事情的人开始感到失望——只是在那时，才开始了攻击；即使在那时，所反对的也并不是访问本身，而是解决方案条款。[③]

张伯伦说的完全是实情，关于这一点，在1938年10月2日苏联驻英全权代表迈斯基就《英德宣言》在欧洲及英国国内的反响发给苏联外交人民委员

---

①《英国首相张伯伦在唐宁街十号对群众的讲话》（1938 年 9 月 30 日），见李巨廉、王斯德：《第二次世界大战起源历史文件资料集（1937.7—1939.8）》，上海：华东师范大学出版社，1985 年，第 354 页。

②高岱：《英国通史纲要》，合肥：安徽人民出版社，2002 年，第 380 页。

③《英国首相张伯伦在伯明翰职工协会的演说》（1939 年 3 月 17 日），见李巨廉、王斯德：《第二次世界大战起源历史文件资料集（1937.7—1939.8）》，上海：华东师范大学出版社，1985 年，第 499 页。

部的电报中得到反证：

> 国内的情绪开始有些变化。在头两天，虽然在比较严肃的政界人士包括保守党人中很快就表现出不安以及对于慕尼黑协定的条件和局势的担心，但广大普通群众以为成功地避免了战争而充满了盲目的兴奋。很有意思的是，《每日电讯报》和比弗布鲁克的报纸一开始就持冷静态度，甚至是批评的调子。所有“左派”报纸（《曼彻斯特卫报》《每日先驱报》《新闻纪事报》《经济学家》等等），迅速地、软硬程度不同地对四国条约进行了抨击。现在，庸人们开始安静下来了，而来自比较有见识的阶层的怀疑和抗议在增长。由于和张伯伦政策不一致而引起的海军大臣达夫·库珀辞职，在这方面是有代表性的。尽管如此，现在首相不仅在保守党内拥有压倒多数，而且还在选民中拥有压倒多数，这当然是毫无疑问的。如果新的选举在最近几周内举行，张伯伦将可以有把握指望保持自己的地位，甚至还指望扩大目前在议会中的多数。[①]

苏联是对《慕尼黑协定》批评最激烈的国家，因此，关于这个协定在英国的反响的情报不会有夸大之嫌，而英国人民对这个协定的支持也不完全是“盲目的兴奋”，而是对张伯伦战略思想尝试——尽管失败了——的认可和支持。

26．1939年的日本真是祸不单行！美国刚刚终止航海商约，在诺门坎日本又遭重创。8月20日，苏联军队集中飞机、坦克和重炮的优势兵力在诺门坎对日军发起总攻击，对日军形成大包围。日军近16 000兵力，死伤近13 000名，伤亡率达76%。日方和苏方对日方的损失有不同的估算，“但不可否定的是，在诺门坎事件中日军的损失非常惨重是历史事实”[②]。诺门坎事

---

①《苏联驻英全权代表迈斯基致苏联外交人民委员部的电报》（1938 年 10 月 2 日），见李巨廉、王斯德：《第二次世界大战起源历史文件资料集（1937.7—1939.8）》，上海：华东师范大学出版社，1985 年，第 356 页。

②李凡：《日苏关系史（1917—1991）》，北京：人民出版社，2005 年，第 99 页。

件是日军在没有德国策应的条件下独立执行“反共产国际”战略的试探，日本为此付出了惨重的代价且没有得到其盟国德国的同情。这些对日本国内北进派的信心是沉重的打击，事实上，日军在诺门坎测试出来的德国反应是冰冷的。此时的希特勒对日本已厌恶之极。1939年8月22日，希特勒在上萨尔斯堡高级军事会议上告诉他的同事：

天皇相当于末代沙皇，懦弱，胆怯，无主见，但愿他为革命所淹没。我同日本的合作决不会受到欢迎。往后我们将在远东和阿拉伯策动骚乱。我们应想到我们是主人，而这些民族充其量是一些受骗的猴子，他们想要尝尝皮鞭的滋味。①

将希望寄托于德国而又不北不南的外交彷徨的恶果终于显现了。就在希特勒发表上面讲话的第二天，即8月23日，德国在事先没有通知日本的情况下与苏联缔结了《苏德互不侵犯条约》。这对《反共产国际协定》签字国的日本无疑是当头一棒。

27. 远东慕尼黑阴谋

1941年4月16日，美国国务卿赫尔接见野村大使，将“日美民间有志者”所拟定的并向罗斯福总统事先汇报过、而赫尔也表示“总的来说，美国并不反对”②的《日、美两国谅解方案》交给野村，表示：“这个方案，可以作为野村大使的提案，美国政府准备开始非正式谈判，并列入议程。”③尽管这个方案最终没有形成双方政府确认的文件，但由于它事先已经过日美双方高层相当的沟通，因此它在一定程度上也反映了当时美国在远东的战略

①《希特勒在上萨尔斯堡高级军事会议上的讲话》（1939年8月22日），见李巨廉、王斯德：《第二次世界大战起源历史文件资料集（1937.7—1939.8）》，上海：华东师范大学出版社，1985年，第830页。

② 1941年4月16日，美国国务卿赫尔与日本大使野村开始会谈。其间，赫尔表示：总的来说，美国并不反对《日美谅解方案》。参阅沈予：《日本大陆政策史（1868—1945）》，北京：社会科学文献出版社，2005年，第639页。

③重光葵：《日本侵华内幕》，北京：解放军出版社，1987年，第256页。

考虑。

方案开宗明义："日本国政府及美国政府，为了谈判并签订一项旨在恢复两国间传统友好关系的全面协定，现愿承担共同责任"[①]，双方在以下方面达成谅解：

关于"国际观念和国家观念"，双方声明："日、美两国互相承认为对等的独立国和互相毗邻的太平洋强国。两国政府表明，在希望确立持久和平并开辟一个以互相尊重为基础的信任和合作的新时代的事实上，两国的国策是一致的"[②]；"两国政府抱有坚定的决心，保持以两国固有传统为基础的国家观念和社会秩序，以及作为国家生活基础的道义原则，而不能容许与此相反的外来思想的泛滥"。[③]这实际上是日美承认各自在太平洋的势力范围，美国承认并变相接受日本"反共产国际协定"的精神，这同时也意味着美国变相放弃1922年华盛顿会议确立的有利于欧美的太平洋利益分配原则。

关于"对欧洲战争的态度"，日本声明"对于以轴心同盟为基础的军事义务，则只限于该同盟缔约国受到现在尚未参加欧洲战争的国家积极攻击时，才履行此种义务"[④]；美国则声明："美国对欧洲战争的态度，不论现在和将来，不受攻击同盟的约束，即决不援助一方面的国家而攻击他方面的国家。美国政府声明：坚持对战争的厌恶态度，因此，不论现在和将来，对于欧洲战争的态度，只取决于保卫本国的福利和安全而考虑"。[⑤]这里，日本将矛头指向苏联，而美国则暗示对目前的正身陷困境中的英法没有特别的偏爱，这实际上是在变相纵容日本继续对英法出手，但前提是要给美国让利。

最让中国人民不能容忍的是，美国在方案的第三部分"两国政府对于中国事变的关系"中，非法出卖中国的主权利益以换取本国私利，宣布：

美国总统承认下列条件，并在日本国政府对此提出保证时，美国总统应根据这些条件，向蒋政权作和平劝告：

①～⑤《日、美两国谅解方案》（1941年4月16日），见王绳祖、何春超、吴世民：《国际关系史资料选编（17世纪中叶—1945）》，北京：法律出版社，1988年，第823-824页。

A．中国独立。

B．根据中国和日本签订的协定，日军从中国领土撤退。

C．不兼并中国领土。

D．不赔偿。

E．恢复门户开放方针，但关于其解释和适用范围，将来于适当时期由日、美两国协商。

F．蒋政权与汪政府合而为一。

G．日本自行限制对中国领土的大量的或集体的移民。

H．承认满洲国。①

这里，美国承认的只是中国半独立的地位。美国通过H款“承认满洲国”，认可了日本分裂中国的行为和结果；至于日本向中国移民，G款只要求“日本自行限制对中国领土的大量的或集体的移民”，这其实是条废款：且不说“自行限制”本是监守自盗，仅“大量或集体的移民”的定量就难以统一。说穿了，就是美国以牺牲中国主权利益换来E款即“恢复门户开放”。

在谅解方案中的第五部分“两国间的通商关系和金融合作”，美国变相弥补日本因美方终止《日美两国航海通商条约》后带来的问题，双方表示：

在这个谅解方案得到成立并经两国政府批准后，日、美两国各自需要对方所有物资时，由对方保证确实供应。两国政府并采取适当措施，以恢复《日美通商条约》有效期间中曾经存在的正常通商关系。两国政府希望签订新通商条约时，在日、美会谈中对此加以探讨，根据通常的惯例予以修订。

为了促进两国间的经济合作，美国对日本提供足够的信用贷款，以改善东亚经济状况为目的而实现工商业的发展和日、美的经济合作。②

①②《日、美两国谅解方案》（1941年4月16日），见王绳祖、何春超、吴世民：《国际关系史资料选编（17世纪中叶—1945）》，北京：法律出版社，1988年，第824-826页。

文件的最后两部分事实上已抛开英、法、荷，这时，日美两国俨然以太平洋主人的身份划分太平洋势力范围。关于“两国在西南太平洋方面的经济活动”，双方表示：

鉴于日本保证在西南太平洋方面的发展不诉诸武力而采用和平方法，日本在该地区所需资源的生产和取得，例如在石油、橡胶、锡、镍等物资方面，可以得到美国方面的合作与支持。①

“两国关于太平洋的政治安定的方针”是这份谅解备忘录的第七即最后部分，双方彻底抛开欧洲，秘密达成如下分赃“谅解”：

A. 日、美两国政府不承认欧洲各国将来在东亚和西南太平洋接受领土的割让，或者对现存的国家进行合并。

B. 日、美两国政府共同保证菲律宾的独立，如未挑衅而受第三国攻击时，两国应考虑救援方法。

C. 对日本在美国和西南太平洋的移民，应予以友好的考虑，并给予其他国民同等而无差别的待遇。②

方案最后还带有“附则”，要求“本谅解事项应作为两国政府间的秘密备忘录”③。

尽管这个方案只是草案，但赫尔召见野村之前罗斯福已听取了德劳特和沃尔什关于他们与日方共同起草的《日、美两国谅解方案》的汇报，这从某种意义上说，《方案》内容已获美方的相当认同。这对亚洲各国和中国来说，是欧洲张伯伦《慕尼黑协定》在远东——尽管尚未公开——的翻版，其

①～③《日、美两国谅解方案》（1941年4月16日），见王绳祖、何春超、吴世民：《国际关系史资料选编（17世纪中叶—1945）》，北京：法律出版社，1988年，第826页。

私自出卖他国利益的规模远比《有田-克莱琪协定》[1]，甚至比《慕尼黑协定》都要大得多。只是几个月后德国突然向苏联发起进攻，日本北方战略压力暂时解除，日本野心迅速膨胀，偷袭珍珠港，向美国宣战，这才使美国转向支持英、苏并与苏联一起组成反轴心国阵营。这里，值得提前说明的是，1945年，在打败日本人的前夕，为了本国的利益，美国人又老病重犯，罗斯福又与斯大林签订《雅尔塔秘密协定》，出卖中国东三省利益以换取苏联出兵东北。这其实是上述《日、美两国谅解方案》中损人利己阴谋的再版。

28．1941年年底的日本犹如南下的列车已开足马力，无法刹车。尽管政府要求"应特别努力，不使美、苏结成对日的联合战线"，事实上这已成不可能的幻想。要想南下，又不想与美国冲突；要与美国冲突，又不想使"美苏结成对日的联合战线"，何况如日美谈判本身就"使三国同盟的基础发生了动摇"。[2]日本这时犹如冲入外交"迷宫"的疯牛，已不可理喻，不管谁也不能挽回。对此，时任首相的近卫记录了会议前一天天皇和众重臣讨论时的激辩场景：

在御前会议前一天（9月5日），我入宫晋见，秘密奏上议题《帝国国策实行纲要》后，陛下说："看这上写的，第一项是战争准备，第二项是外交谈判，总有点战争为主、外交为从的感觉。关于这一点，我想在明天的会议上问一问统帅部的两总长……"对此，我回答说："一、二的顺序未必表示

---

① 1938年10月，日本放缓了对中国的战略进攻，着重从政治上诱降中国，这一新策略以只反共不反蒋为核心，这对英美及蒋介石集团都有极大的诱惑力。1939年7月15日，英国驻日大使克莱琪同日本外相有田八郎在东京开始谈判。7月24日，双方签署了《有田－克莱琪协定》，宣布"英国完全承认"日本造成的"中国之实际局势"；承认日本在其占领区内"应有特殊之要求"；允诺"凡有阻止日军或有利于日军之敌人之行动与因素"，英国"均无意加以赞助"。这一协定实际上是英国在东方放任侵略，纵容掠夺战争的丑行，是"东方慕尼黑"阴谋活动的重要步骤，是以牺牲中国利益，换取日本让步的政策。参阅《有田－克莱琪协定》（英日初步协定），见王绳祖、何春超、吴世民：《国际关系史资料选编（17世纪中叶—1945）》，北京：法律出版社，1988年，第820页。

②重光葵：《日本侵华内幕》，北京：解放军出版社，1987年，第263页。

轻重，政府的宗旨是，始终是以进行外交谈判为主，在谈判无论如何也解决不了问题时才做战争的准备。”我还上奏说：“关于这一点，如果陛下想垂问统帅部，请问在御前会议上进行是否可以。如果可以，现在马上就把两总长叫来怎么样？”天皇说：“马上叫来！而你总理大臣也要作陪。”于是，两总长立刻进宫晋见，我也出席作陪了。天皇向两总长垂询的问题和问我的一样，两总长做出了与我相同的回答。

接着，陛下问杉山参谋总长：“一旦日美发生战争，陆军确信用多少时间能够解决？”总长回答：“若仅在南洋方面，估计3个月左右就可解决。”陛下进而又对总长说：“你是中国事变爆发当时的陆相，我记得那个时候，你作为陆相曾说过：‘事变用1个月左右就可解决。’但现已历时4年之久，不是还没有解决吗？”总长惶恐了，絮絮叨叨地辩解说，因为中国土地辽阔，不能按预定计划作战。这时，陛下对总长厉声说道：“如果说中国土地辽阔，那太平洋不是更辽阔吗？怎么有把握说3个月解决呢？”总长只是低下头无言以对。这时，军令部总长抛来了救生艇，说：“统帅部是从大局来说的。今日的日美关系犹如病人一样，已经到了该决定是否动手术的紧要关头。如不动手术，这样拖下去，将有越来越衰弱的危险。如果动手术，虽然也有很大的风险，但并非没有得救的希望。我想目前这种情形，已到了该大胆决定是不是动手术的阶段。统帅部始终希望外交谈判取得成功，但在不成功的情况下，认为应该大胆地实行手术。在这个意义上，我们赞成这个议案。”①

第二天（9月6日）的会议“在前所未有的紧张气氛中散会”②，这时的日本成了没头的苍蝇，在悲壮亢奋的情绪中，将日美谈判延长到12月之前。而此时的德国也在莫斯科战役中遭到重创，苏联大反攻开始，这更加强了美国不妥协——甚至有意激化日美矛盾——的决心，刺激日本率先向美国摊牌。日本果然上套。11月2日，大本营、政府联席会议下达《帝国国策实施

①② [日] 升味准之辅：《日本政治史》第三册，北京：商务印书馆，1997年，第793-795页。

要点》，决定“发动武装进攻的日期定为12月初，陆、海军应完成作战准备”。[①]11月15日，美国国务卿递交给日本大使野村的声明草案价码越要越高，当日，大本营、政府联席会议要求“迅速摧毁美、英、荷在远东的根据地，确立帝国自存自卫的地位”[②]。11月26日，日本政府收到美国方面近乎最后通牒式的强硬照会，根本无视日本的要求，由此激起日本朝野哗然，“军部愤慨，燃起同仇敌忾之火。对避免战争抱有一线希望的人们，也只好死心了”[③]。12月1日，御前会议“也许是由于愤怒和死心的缘故，草草地作出开战的决定”[④]：“帝国于此对美、英、荷开战”。[⑤]12月8日，日本偷袭美国珍珠港，日美正式开战。

29. 制造假新闻颠覆国家政权的手法古已有之。为了进一步鼓动群众的反隋情绪，李渊命刘文静伪造隋炀帝敕，内称“发太原、西河、雁门、马邑人年二十以上五十以下悉为兵，朝以岁暮集涿郡，将伐辽东。”隋末农民大起义的导火线就是隋炀帝强征高丽，不断在太原等地征发民众参加这场战争。“由是人情大扰，思乱者益众。”[⑥]

30. 王夫之说：“高祖犹慎之又慎，迟回而不迫起，故秦王之阴结豪杰，高祖不知也，非不知也，王通于有为，而高祖坚忍自持，姑且听之以静镇之也。”[⑦]

---

①《帝国国策实施要点》（1941年11月2日），见复旦大学历史系日本组：《日本帝国主义对外侵略史料选编》，上海：上海人民出版社，1975年，第360页。

②《促进结束对美、英、荷、蒋的战争内部方案》（1941年11月15日），见复旦大学历史系日本组：《日本帝国主义对外侵略史料选编》，上海：上海人民出版社，1975年，第362页。

③④［日］升味准之辅：《日本政治史》第三册，北京：商务印书馆，1997年，第798页。

⑤《对英、美、荷开战案》（1941年12月1日），见复旦大学历史系日本组：《日本帝国主义对外侵略史料选编》，上海：上海人民出版社，1975年，第365页。

⑥引自《旧唐书》卷五十七《刘文静传》，转引自牛致功：《唐高祖传》，北京：人民出版社，1998年，第29页。

⑦引自王夫之：《读通鉴论》卷二十《唐高祖》，转引自牛致功：《唐高祖传》，北京：人民出版社，1998年，第18页。

31．大业十三年（617年）五月，突厥[①]数万人进逼太原，李渊加紧守备，命裴寂、刘文静严守诸城门，同时又令将城门大开，“不得辄闭，而城上不张旗帜。守城之人，不许一人外看，亦不得高声，示以不测”。突厥自外郭城北门入，又从东门出，而未敢进内城。李渊又于夜间派兵出城，占据险要之地，早晨又改道入城，使突厥误认为是另有援军来到，更不敢轻举妄动。这种不战不和、虚张声势的空城计使突厥感到难以对付，从而主动撤兵，使太原解围。[②]

32．初次进军，李渊对两个儿子还不放心，特派太原令温大有为其参谋，并嘱咐温大有道：“吾儿年少，以卿参谋军事，事之成败，当以此行卜之。”温大有当然尽量为其效力，李建成、李世民精力充沛，勇气十足，他们与士卒同甘共苦，作战身先士卒。所率军队纪律严明，“近道菜果，非买不食，军士有窃之者，辄求其主偿之，亦不诘窃者，军士及民皆感悦。至西河城下，民有欲入城者，皆听其入”。高德儒虽然闭城拒守，但终于城破被俘。李建成、李世民除了将高德儒一人斩首外，“自余不戮一人，秋毫无犯，各尉抚使复业，远近闻之大悦”。李渊高兴地说：“以此用兵，虽横行天下可也。”[③]

33．在1943年11月英、美、苏三国首脑第三次会议上丘吉尔给斯大林祝酒时说：斯大林将与俄国历史上伟大的英雄们并列，并且已经赢得了“斯大林大帝”的称号。斯大林回答说：“他身上越积越多的荣誉，实在属于俄国人民。他说，为这样的人民服务，当一个领导人是容易的。的确，红军打德国人表现了巨大的英雄主义，但是不这样，俄国人民是不会容许的。‘红军

①据《旧唐书》卷一百九十四《突厥传》：“突厥其族强盛，东自契丹、室韦、西尽吐谷浑、高昌诸国，皆臣属焉。控弦百余万，北狄之盛，未之有也。高视阴山，有轻中国之志。”参阅许嘉璐：《二十四史全译·隋书》第六册，上海：汉语大词典出版社，2004年，第4429页。

②牛致功：《唐高祖传》，北京：人民出版社，1998年，第23页。

③引自《资治通鉴》卷一百八十四，转引自牛致功：《唐高祖传》，北京：人民出版社，1998年，第27页。

战士要往后退必须拿出比面对敌人时更大的勇气’。”①

34．1943年12月，斯大林在德黑兰会议上明确表示：“我们打算要求芬兰补偿它给我们造成的损失。同时，我们不需要钱，而要求用实物补偿。芬兰可以在5～8年期间之内完成赔偿，向我们提供纸张、木材及其他材料，以补偿我方损失。”丘吉尔不同意斯大林的要求，挖苦说“在芬兰同德国结盟的战争时期，芬兰人给俄国造成的损失已经超过这个穷国能够提供的补偿。当我谈到这一点时，我的耳朵里响起了苏维埃的口号：‘不割地、不赔款的和平’”，丘吉尔说他“自俄国革命时代起就记得这个口号”。斯大林则以玩笑的口气告诉丘吉尔：“我对您说过，现在我成了一名保守分子了。”②

35．1954年6月，丘吉尔作为首相访问华盛顿。美国副总统尼克松在陪同丘吉尔驶向白宫的车里问丘吉尔，如果同盟国接受了他的建议，向南部欧洲“柔软的下腹部”发动进攻，而不是集中兵力于D日③在诺曼底登陆，结果将会怎样呢？丘吉尔淡淡地回答：“嗯，本来可以轻取维也纳的。”④言下之意就是，如果这样，东欧就是我们的了。

斯大林与丘吉尔的看法正好相反，1947年8月他对法共总书记多列士说：“如果丘吉尔晚一年在法国北部开辟第二战场的话，那么红军就打到法国了。苏联曾设想一直打到巴黎。”在回答多列士“当时美、英军队在法国登陆，与其说是要摧毁德国，不如说是为在西欧抢占地盘”的问题时，斯大林说：“美、英军队当然不容许自己呆在非洲岸边坐视红军解放巴黎这样的丢脸事发生。”多列士说：“请斯大林同志相信，法国人民会热烈欢迎苏联红军的到来。”斯大林回答说：“那将是另一种局面了。”多列士说：“这

---

① [美] W. 艾夫里尔 · 哈里曼、伊利 · 艾贝尔：《哈里曼回忆录》，吴世民等译，北京：东方出版社，2007 年，第 330–331 页。

②《美英苏三国首脑德黑兰第四次会议记录》（1943 年 12 月 1 日），见沈志华：《苏联历史档案选编》第 17 卷，北京：社会科学文献出版社，2002 年，第 476 页。

③“二战”中盟军开辟第二战场，登陆欧洲大陆的日子，即 1944 年 6 月 6 日。

④ [美] 尼克松：《领导者》，尤勰等译，北京：世界知识出版社，1997 年，第 14 页。

样就没有戴高乐了。”斯大林设想说：“戴高乐会逃跑。”[①]

36. 东方领先西方的历史始于隋唐之后。其间比较好地解决了教权与皇权及皇权与分封王权的关系，这是促使东方快速发展的关键。每次长期战乱后都造成分封王权的大衰落和国家的大统一，在这方面秦始皇创造的郡县行政体制，当推首功。钱穆总结说：“春秋时代有封建贵族，东汉以下至中唐时期有大门第，晚唐以下迄于宋明，社会大门第全消失了，农户散漫，全成一新形态。”[②]“新形态”即由商鞅开始的农民由国家直接联系并由国家直接调度从而更有利于国家统一的政治形态。而将多元化的意识形态融于以“忠君爱国”为使命的中国儒学，则需要更为细致和复杂的“否定之否定”过程，而融儒释道三家为一炉的新儒学标志着这个过程的基本完成。事实上，在公元后新千年开始之际，在欧洲开始为时近千年的“相攻击如仇雠，诸侯更相诛伐”[③]历史进程之时，中国人却完成了国家行政统一和意识形态统一的任务并由此迎来了较欧洲更快的发展和更持久的繁荣。

37. “三武一宗”即北魏太武帝、北周武帝、唐武宗和后周世宗的“灭佛”对中国的历史进步乃至对佛教在中国的健康发展，具有极大的积极意义。经过这一系列强力整顿后，整个中国佛教基本放弃了其独立的政治诉求，返璞归真，回到其起源时的和平和学术的本位。此后，中国思想界的所谓“三教之争”就转为多元共存的轨道。在政治上，佛教从此也采取与王权绝对合作而非企图取代或独立于王权的生存方式，其教义也日益与道、儒两家糅为一体，成为宋明以来以忠君报国为理想的新儒家学说的重要思想养

---

①《斯大林与法共中央书记多列士的会谈记录》（1947年11月18日），见沈志华：《苏联历史档案选编》第24卷，北京：社会科学文献出版社，2002年，第639-640页。

②钱穆:《中国历代政治得失》，见《钱宾四先生全集》第31册，台北: 联经出版社，1998年，第149页。

③（汉）司马迁：《史记》卷六《本纪第六·秦始皇嬴政》，见许嘉璐：《二十四史全译·史记》第一册，上海：汉语大词典出版社，2004年，第76页。

料，佛寺也更多地担当起失意者，尤其是政治上的失意者心灵慰藉而非造反者聚集的场所。尽管五代时期仍然不乏佞佛的皇帝，但总的说来，“王权强化对佛教控制的历史趋势，也开拓了宋以后佛教进一步依附于世俗政权的新阶段”①。与此相应，佛教主流也从隋时与国家合作的天台宗到武周时富有张力的华严宗最后归位到主张自我心灵反省的禅宗，毛泽东更是明确指出：“宋明理学是从唐代的禅宗来的，从主观唯心论到客观唯心论。”②那些曾经激进入仕的僧人则转向“舍身烧臂炼指，钉截手足”③的异端，尽管不是主流，但它还是“一方面反映了佛教自身的衰落，另一方面又包含着对现实人生的厌倦和否定”④。

38. 关于“三武一宗”灭佛的积极意义，在比较同期基督教在西方崛起及其后果后就会有更深刻的理解。如果我们看看同期欧洲在罗马帝国覆灭中崛起的基督教教廷通过“丕平献土”获得了土地主权继而获得税权、司法权等权力后，与欧洲北方“蛮族”建立的世俗王权形成的二元强势制约和由此造成的欧洲千年乱局，以及15世纪欧洲启蒙主义者为了改变这一乱局试图恢复君权至尊的法统地位而做出的与崔浩、卫元嵩等反佛人士同样的反天主教会的努力，我们就不能不为东方“三武一宗”对中国佛教的有力整顿措施及其积极效果感到庆幸：它不仅对于中国统一，而且对于中国后来一千多年的政治统一——欧洲迄今还在为此艰苦地努力——都有着如何估计都不会过高的历史作用。

39. “三武一宗”之后，佛教才真正融入中国文化并成为中国统一政治的有益补充：国难时，它与国家共渡难关；承平时，则与道家一起成了社

①④潘桂明、董群、麻天祥：《中国佛教百科全书 · 历史卷》，上海：上海古籍出版社，2000 年，第 183-184 页。

②中共中央文献研究室：《毛泽东年谱（1949—1976）》第 5 卷，北京：中央文献出版社，2013 年，第 390 页。

③（宋）王溥：《五代会要》卷十二，上海：上海古籍出版社，1978 年，第 202 页。

会失意者精神慰藉的“失乐园”和平衡社会心理的调节器。隋之前，中国只有汉朝可与罗马帝国相媲美；此后中华地区竞争力大为提升，中国相继出现唐、宋、元、明、清五大盛世，中国获得高速的发展。中国各朝持续的时间虽远不如罗马，但其总的繁荣持续的时间则比包括罗马在内的古代西方——即罗马古典时期和后古典时期——要长得多，而与中国隋之后同期的欧洲长期陷在愈演愈烈的政教二元冲突之中难以自拔。以隋为界，世界地区竞争正能量开始从西方向东方中国汇集。

40. 隋文帝于开皇十三年（公元593年）七月二十三日敕书匾额，赐智𫖮创办的精舍名曰“玉泉寺”。“天台宗在杨广的政治扶持下终于最先成为独立的佛教宗派”[①]。经过自北魏太武帝至北周武帝的改造、限制和利用政策，自隋始，佛门从独立于国家政治到现在融入国家政治之中，在其中发挥了关键作用的人就是智𫖮，从这个意义上说，智𫖮是一位具有历史转折意义的宗教人物，而他创立的“天台宗”则是对中国历史具有转折意义并做出巨大贡献的教派。郭朋先生评价说：

智𫖮的一生，可以说就是他同陈、隋王朝深相结纳的一生；天台宗的建立，也可以说就是他同隋王朝深相结纳的产物。随着隋王朝的统一，国家的统一，作为封建统治阶级意识形态一部分的中国佛教，也就结束了南北异趣而走向统一。由智𫖮所创建的天台宗，便是体现这种宗教统一的产物。智𫖮在中国佛教史上之所以据有重要地位，其原因也就在这里。[②]

此后，中国佛界出现可喜的变化，即佛教开始向一种被“世俗化了的宗教”[③]方向转变——这种转变几百年后成了欧洲“文艺复兴”所追求的目标：神权概念逐渐为君权的内容所充实，爱国成为从中国佛教地平线上透出

①袁刚：《隋炀帝传》，北京：人民出版社，2001年，第151页。

②郭朋：《中国佛教思想史》（中卷），福州：福建人民出版社，1994年，第73页。

③［美］爱德华·W.萨义德：《东方学》，王宇根译，北京：生活·读书·新知三联书店，1997年，第146页。

的新曙光。李小荣先生在《〈弘明集〉〈广弘明集〉述论稿》一书中对南北朝时期的佛教发生的这种可喜的变化总结说：

> 总的说来，佛教在理论上取得了较大的优势，但实际上则被不断地同化或中国化，甚至在北朝还曾两次遭到禁毁。这就迫使佛教要适当调整发展方向，尽量向儒家的政治要求靠近，它基本上尽力避免与儒家直接论战，而是采取无情地攻击道教的策略。①

41．一切宗教问题都是政治问题，而一切能成为“问题”的宗教都牵涉政治。在中国历史上毁佛乃政治大事，从小处说事关统治者的权力稳固，从大处说事关国家的长治久安。按理说，当时最不愿毁佛的应当是北方胡人政权，而深受儒家学说影响的应当是南方汉人政权。只是北方胡人从政治的高度——而不只是像同时期的南方汉人政权不分原则地从吸纳和包容人才的角度认识宗教问题——果断地放弃佛教而选择中国传统的以“忠君报国”为使命的儒家意识形态，并最终挥师南下实现了隋唐的国家统一。而南朝则默认佛门与君权二分天下，致使国祚为北方迅速承接。

42．北魏太武帝和北周武帝的反佛政策在与道教结盟之后为什么又要反他们早先所青睐的道教呢？这是由于佛道二家各奉其主，与君权保持距离甚至不合作立场，以至影响到君权的存亡。就北朝统治者的本意来说，在儒、释、道三家学说中，他们最不愿反的就是来自胡地的佛教，据此可与文明水平高于胡人的汉人儒家学说相抗衡。如果说北魏太武帝只是看到长安寺中僧人匿藏的兵器，那北周武帝看到的可是不久前目睹的梁武帝因贬儒佞佛致使国祚速移的教训。比较起来，为了统治的需要，这两位英主打破族域偏见，罢黜佛道、首尊儒家的选择，都是当年汉武帝吸取文景二帝以奉道家无为之术放纵意识形态而招致“吴楚七国之乱”遂决定“罢黜百家，独尊儒术”的经验和思路的重演。

---

①李小荣：《〈弘明集〉〈广弘明集〉述论稿》，成都：巴蜀书社，2005年，第354页。

43. 黑格尔将国家提到“神”的高度，他说：“神自身在地上的行进，这就是国家。”[①]黑格尔这句话所要表达的意思通俗地说就是：神不是别的，它就是国家。

44. “僧是愚氓犹可训”，知识人错了，改了就好；若死不认错，这样的学者多了，就会“妖为鬼蜮必成灾”，这时国家就要遭难，就需要“金猴奋起千钧棒，玉宇澄清万里埃”了。

45. 曹魏明帝时，名士空议之风渐起，景初三年（公元239年）明帝死，曹芳继帝位，宗室曹爽和太尉司马懿辅政。曹爽重用少年名士何晏、邓扬、毕轨、丁谧等，终日浮华交会，好言庄老，清谈玄理，深虑“帝幼制于强臣，不堪为主”，于是要搞“政治体制改革”，他们“变易朝典，政令数改”，其政策“所存虽高而事不下接，民习于旧，众莫之从”[②]。这些人最终遭司马懿清肃，这为随后中国的统一奠定了政治基础。

46. 《红楼梦》第五十六回：李纨笑道：“叫了人家来，不说正事，且你们对讲学问。”宝钗道：“学问中便是正事。此刻于小事上用学问一提，那小事越发作高一层了。不拿学问提着，便都流入市俗去了。”读了这段，使人联想起今日各式“文化”和“艺术”，比如“饮食文化”“身体艺术”等。

---

① [德] 黑格尔：《法哲学原理》，范扬、张企泰译，北京：商务印书馆，2009年，第259页。

②《汉晋春秋》曰：凌、愚谋，以帝幼制于强臣，不堪为主，楚王彪而才，欲迎立之，以兴曹氏。凌使人告广，广曰：“凡举大事，应本人情。今曹爽以骄奢失民，何平叔虚而不治，丁、毕、桓、邓虽并有宿望，皆专竞于世。加变易朝典，政令数改，所存虽高而事不下接，民习于旧，众莫之从。”参阅（晋）陈寿：《三国志》卷二十八《王凌传》注引《汉晋春秋》，上海：上海古籍出版社，2002年，第700页。

47. “古来天险阻西域，人烟不与中原争。”[①]

48. 我们看报纸上说印度是软件大国、科技大国，但情况似乎不是这样。2000年，我到印度尼赫鲁大学访学，在他们财务处交费时，只见财务报表从地面一直堆到房顶，半个房子堆的都是账本。整个大厅没有一台电脑。他们的国际政治系只有一台386型电脑，还经常不工作。我等一个电子邮件往往要等一两个小时；打字员用的打字机跟英国工业革命时候的差不多，工作起来响声很大，整个行政大楼都是这声音，跟工厂一样。这种情况说明它国内电脑市场没有那么大的需求，印度有钱人也不买电脑，买了没有用。它整个生产与市场完全是分离的，市场依托于国外，国内大量穷人基本生活保障靠政府包办，穷人的一些消费项目如饮水、医疗等都是免费的。有一次我去他们政府办的医院做了个小手术，从挂号到手术结束共花了10卢比，相当于人民币两元钱。印度多数人是穷人，穷人手头没有多少货币，因而就不会有太大的购买力。因此统计数字表现出的消费高指数多是政府包办而非国内民间资本拉动的。印度人聪明的脑袋是给外国人长的。我去一个小餐馆，那天女老板高兴得不得了，说她儿子拿到美国绿卡了。在印度家里有人拿到美国的绿卡是很自豪和高兴的事。印度人绝顶聪明，但只能为西方人服务，因为印度的民族市场很小。

49. 在印度旅途中，我们摇晃在返回德里的列车上，车厢里横竖挤拥的人堆和难耐的热浪，使我想到了死亡。我眼前忽闪出一幅幅电影画面：

——人们无节制的需求和竞争已造成环境污染，空间的臭氧层浓度降低、空洞出现和地球上紫外线辐射超量增加；

——气温持续变热使室内空调失去作用，大部分动物和部分人类死亡，少数（主要是北方国家的）有钱人重返森林和山洞；

① （元）耶律楚材：《湛然居士文集》，北京：商务印书馆，1937年，第14页。

——继而森林退向并消失于极地，沙漠迅速扩大，海水上涨，人类整体死亡，生活在地球陆地上的两栖动物返回湖泊和海洋；接着是湖泊干涸、海水表层温度增高，生活在海洋表层的动物死亡，部分转向紫外线无法穿透的深海中并得以存活；

——此后，气温变冷，冰川期开始，地球污染停止，这些都使空间的臭氧层得以自我修复；在相当的一段地球寂静冷冻期后，深海生物的生存空间上浮；四季再现，部分海水动物向两栖动物转化；

——近海陆地动物出现，其中部分向山林扩展，动物竞争导致高级动物即人类再次出现。不过这时的人类不一定是我们现在这种形象，至于是什么样子，印度教解释是，那要看现代人的修行：也可能是狗的样子，也可能是四不像的样子，反正只有主司宇宙毁灭和重建的湿婆神（Shiva）知道。

现代人发明的微波技术似乎就是人类灭亡过程的预演：目前的地球就像一个微波炉，我们人类就像不慎进入其中又启动了开关的活物，为生存而发生的恶性竞争又使人类不能统一意志以停止微波辐射，接着就是在微波持续辐射下人类的整体毁灭和微波炉即地球本身的整体毁坏。事实上，自英国工业革命将资本这个“潘多拉微波炉”的开关拉启后，马克思曾提出用社会主义即有节制地发展生产力的方式解决人类间恶性竞争所带来的恶果。但为了眼前利益，现在人已听不进马克思的逆耳忠言了。正如我现在坐的列车已经开动，如果司机之间打了起来且无法调和，其结果可想而知。我想：可能人类已这般地毁灭和再生了若干次，我有幸上了现在这列人类“列车”。

愿上帝保佑!

50．随青藏高原的崛起和推动，中国平原地带被拉入山地的怀抱中。如果也将与之连体的帕米尔高原即中国古代所说的“葱岭”考虑在内，横亘于中国西部的青藏高原犹如一道永不倒下的垂天神盾，使中国地缘政治结构有了西可“依山”，东可“傍水”的优势，中国由此避免了欧洲大平原上那随时背腹受敌的四战[1]困境。中华民族总是幸运的：在远洋技术尚不发达的古代，中原人民背靠大海有力抵抗着来自西北铁骑的南犯；在远洋技术兴起，西方列强和日本帝国主义从东部海陆侵犯我中国时，我们又有青藏高原的庇护，在这里中华民族聚集起二次反击的力量，并最终赢得反侵略战争的伟大胜利。目前看，在未来相当长的时期内，人类在技术上尚无法克服在海拔七八千米的青藏高原中进行大规模自由跨国穿行困难，那么，可以断定，在同样的时期内，青藏高原对中国安全的那神盾般的终极保护作用是不会改变的。

①指四面平坦，无险可守，容易受攻击的地方。“颍川，四战之地也，天下有变，常为兵冲。”参阅范晔：《后汉书》卷一百《荀彧传》，见许嘉璐：《二十四史全译·后汉书》第三册，上海：汉语大词典出版社，2004 年，第 1403 页。

之二

地众分说明国家分裂，神众分说明民众分裂

1．中国文化中对“天”的敬畏就是对“自然法”的敬畏。中国洋派文人不明白这个道理，他们只敬“成文法”，结果必然要受到“自然法”——比如人民大小革命和运动——的一次次惩罚。

2．安身靠本分，立命靠聪明。有失本分的监狱刑犯，拉出来多是“高智商”。

3．人多不失于愚笨，而是失于不本分。

4．“东天不亮西天亮”，在许多时候，心理空间需要物理空间来换取。

5．风暴中，最安全的地带是风暴中心。

6．如果说，消费与生产的分离是价值产生的前提，那么，需求与消费的分离则是价格产生的前提。

7．如果汉武帝在《史记》中挂了个“主编”或“顾问”，或司马迁成了课题的“负责人”，那他们和《史记》的历史地位就会同归于尽。

8．有些谈大国崛起的电视政论片给人的感觉是已崛起的西方国家只长好看的脸蛋，不长难以启齿的臭脚丫子。改用一些人对其辩解的话说就是：脚丫子不代表西方崛起的本质；改用鲁迅对其讽刺的话就是：西方人流的汗都是香的，或西方人从不流臭汗。片子看后给人暗示出结论只能是：中国要崛起，就得学西方人流香汗，不流臭汗；流香汗，就得像陈独秀那样穿上洋服，放下武器。

9．黑格尔说："虽然在衰落之中，雅典的'精神'仍然显得伟大，因为它表现自己为解放、自由的精神——在纯粹特性里，在形态里，显示它的因素来，虽然在悲剧之中仍旧不改变它的温和与愉快。这正是雅典人把他们的民族道德葬送到坟墓里去时的轻松的心地和不在乎的神情。这种新文化的更高等兴趣就是一般人民拿他们自己的傻事恣为笑乐，并且在亚理斯多芬的喜剧里大开其心，这些喜剧虽然富有使人发笑的成分，同时内容却也含着最尖利的讽刺。"读这句话时，笔者想到赵本山主演的《卖拐》三部曲。

10．史诗，是无文字时代先民们通过记忆对民族历史的最初的记载，而诗韵则是帮助先民们完成庞杂事件记忆的最古老的工具。因此，诵诗造就了人类历史上最早的与体力劳动分离的知识分子。①

11．远战当速，近战可久。

12．在中国国家统一问题上，美国是作恶的一方，中国是受害的一方；美国是非正义的一方，中国是正义的一方。美国在指责中国军备增长"过

---

①"为种献祭要求不歇气地吟诵传统史诗达 8 到 10 个小时，而献嘎纳只是这类献祭礼中的一种。在一个目瑙上，背诵史诗可以持续数天之久，能够完成这一壮举的祭司都拥有斋瓦的称号。在 1940 年，整个八莫地可能只有两到三位合格的斋瓦。如果有哪个帕朗人举行目瑙的话，他一定得花大价钱雇其中一位来才行。"参阅［英］埃德蒙 · R. 利奇：《缅甸高地诸政治体系》，杨春宇、周歆红译，北京：商务印书馆，2012 年，第 242 页。

快”时，为什么自己不先终止对台“售武”的恶习！

13．黑格尔说：“在希腊，个人自由是有了，但是它没有进展到抽象的程度，个人还没有意识到直接依赖实体，依赖国家。”[①]这句话让人想起北宋，北宋的个人也是自由的，但这种自由却使北宋人与国家越来越远。

14．听农村来的人说，现在安葬方式又回土葬，因为油价上涨使农民支付不起火葬的费用，这让人担忧大批因拆迁进入楼房、烧上煤气，开始进入市民生活的农民。

15．学而不思则罔，思而不写则殆。

16．逃避出来的命运，就是犹太人的命运：犹太人自从罗马人屠城后，就满世界乱跑，当跑到无路可跑时，就被送到奥斯威辛集中营去了。

17．地众分说明国家分裂，神众分说明民众分裂。

18．人体胰岛功能的破坏犹如大气臭氧层的破损，修复胰岛的前提是改善诸项血液指标，这与修复臭氧层的前提是降低地球污染的道理一样。在后者没有改善的情况下对前者的人为修复，不管对地球还是对人体，都会引起并发灾难。

19．印度身残志坚，日本脑残志偏。

20．秘书，其要义在“秘”。好秘书是外无形，里如风；台前不张扬，台后把事情都办好了。

---

① ［德］黑格尔：《历史哲学》，王造时译，上海：上海书店出版社，2001 年，第 249 页。

21．明朝崇祯时期的“反贪”政策是很严厉的，但它导致政治力量失衡，结果自不必多言。

22.改革的主体是人民，中国社会主义改革不能将主体改为客体。这是中国特色社会主义的基本原则。我们所说的社会主义，不是其他的什么主义，而是科学社会主义。共产党领导的国有企业改革不能改出“二七大罢工”，农业改革不能改出“李自成”。也就是说，不能将共产党的阶级基础改掉，甚至将党的阶级基础改到党的对立面。

23．如今好人抗议声如怨妇，喋喋不休；恶人欺霸声如泼妇，东狮气吼，骂中国的进步“阻挡历史”，是“a fool’s errand”；诅咒他国家领导人“时日不多”[①]。前者给人的印象是悲愤交加，后者给人的印象是迫不及待。

24．电视中我们有些人在群众面前像个慈天悯人的救世主，可在西方人面前却情不自禁地——感情这东西是装不出来的——像找到了救世主。世界毕竟是劳动者创造的，尊重，而不仅仅是居高临下式的“同情”劳动者，这样的人的血管里流淌着的才是“道德的血液”。

25．“城乡一体化”的关键是与城市企业国有制相联系的乡村生产资料集体化；其要义不仅在于产品的分享，而在于生产资料所有权的共享。

26．阿里地区地处我国西南边疆，战略地位十分重要。（毛泽东，1969年）[②]

27．习惯即法权。

---

①《希拉里：卡扎菲政权时日不多》，http: //world. people. com. cn/GB/15161638. html。

②中共中央文献研究室：《毛泽东年谱（1949—1976）》第6卷，北京：中央文献出版社，2013年，第275页。

28. 法权更多地表现为法律条文之外的俗约。[①]

29. “在哪跌倒在哪爬起来”和“好马不吃回头草”的说法是形而上学的。人在具体道路选择上，不必强求一隅，也不必强求一事，更不必强求一途，因为成败随时随地都是可以转化的。

30. 如果说十月革命给中国送来了马克思主义，那么正是红军长征给中国共产党送来了毛泽东思想。

31. 1863年4月9日，马克思在给恩格斯的信中说：“只有那些用尺子和每次‘报纸趣闻’来衡量世界历史的德国小市民才能想象：在这种伟大的发展中，20年比1天长，虽然以后可能又会有1天等于20年的时期。”[②]

32. 金本一钱不值，只因为成了铸币材料，它才在人们眼中价值连城。马克思说：“按照事物的本性来说，它们成为金铸币的象征，不是因为它们是银制的或铜制的象征，不是因为它们有价值，而是因为它们没有价值。”[③]

33. 鹰有时比鸡还飞得低，但鸡永远不能飞得像鹰那样高。[④]

34. 黑格尔说：当苏格拉底要想把他的朋友们引上反省的道路时，那

---

①“在克钦人的理论中，等级是属于世系群的一个特质，每个人通过他的偶然降生的那个世系群来获得其等级，而且一旦获得就终身不变。”参阅［英］埃德蒙·R. 利奇：《缅甸高地诸政治体系》，杨春宇、周歆红译，北京：商务印书馆，2012 年，第 205 页。

②《马克思恩格斯选集》第 4 卷，北京：人民出版社，1972 年，第 348 页。

③［德］马克思：《经济学著作和手稿（1859—1861）》，北京：人民出版社，1998 年，第 508 页。

④克雷洛夫的寓言《鹰和鸡》，转引自《列宁选集》第 4 卷，北京：人民出版社，1972 年，第 600 页。

种谈话总是带一种否定的语气；那就是说，使他们自觉不到他们不知道什么是“是”。但是当苏格拉底那个原则正逐渐得到承认的时候，他便因为发明了那个原则而被处死刑，这个判决一方面显示出了十分的公正——就是说，雅典人民处死了他们绝对的敌人——但是在另一方面又显示出了高度的悲剧性——就是说，雅典人将无可奈何地发现这个事实：就是他们所深恶痛绝于苏格拉底方面的东西，早已根深蒂固地存在于他们自身之内，结果他们必须和苏格拉底一同被宣判为有罪或无罪。①

35．第二次世界大战结束之初的历史经过20世纪90年代的否定，又在21世纪初进入新的肯定。与20世纪五六十年代不同的是，那时的南北矛盾不仅没有消除，现在又出现了新的“东西矛盾”。值得注意的是这次矛盾表现与20世纪50年代不同但相似：不同的是它从20世纪五六十年代的社会主义阵营与资本主义阵营之间的矛盾扩大并深化为以俄国和中国为中心的欧亚大陆国家阵营与以美国和英国为中心的海洋国家之间阵营的矛盾。21世纪始，美国的全球扩张造成大陆板块力量整体性地向中心地带即俄罗斯和中国汇聚，其欧亚大陆的合力持续抬升，与此同时，以美国为中心的海洋边缘地带的战略力量却在整体地持续衰落。

36．与欧洲相反，中国在亚洲所具有的相对主体的地理位势，使中国国内政治变化一般不易受到外力的作用和影响，它更多的是中国内部规律作用的结果。

37．贫富极端分化从南方国家向北方国家，特别是向美国这样的发达国家内部倒逼，是21世纪初的帝国主义腐朽性的最突出的特点。1942年1月22日，毛泽东在审改关于太平洋战争后沦陷区情况的通报材料时，加写这样一段话：“总之，极端毒狠的殖民地政策，现已推行于租界，不分阶级，有

① ［德］黑格尔：《历史哲学》，王造时译，上海：上海书店出版社，2001年，第268页。

财即掠，表示了日本法西斯最后挣扎时期的紧张性。”[①]如果将这段话中的“日本”换作今日美国华尔街垄断资本集团，让人也会觉得很贴切。

38．1972年中美握手并不是两国发展道路的合并，更不是两国立国原则的融合。对中国而言，它只不过是社会主义向资本主义作的另一次“布列斯特”[②]式的策略性妥协，在苏联转向社会帝国主义并向中国施压时，作出这种暂时妥协是列宁主义允许的。要知道，1973年和1974年，苏联甚至曾两次向尼克松建议“美国和苏联成立对付中共的准结盟关系”[③]。在这种情况下，用列宁的话说就是：“为了自救，我们必须坚持这样的策略。”[④]

39．2016年9月29日，美国国防部长卡特发表讲话，称美国的“亚太再平衡”战略已进入了第三阶段，将继续提升和稳固美军在亚太地区的军力优势。[⑤]“再平衡”？那要看在哪平衡。实施战略平衡政策要有欧洲那样的有对等实力平行存在的地缘政治环境。亚太地区与欧洲不同，在俄罗斯没有来到远东之前，中国与周边国家的不对称存在已有上千年的历史，如果没有俄罗斯参与，千里迢迢来到远东声称要搞“再平衡”，这无异于吉诃德先生挑战大风车，若不是痴人说梦，那也是天方夜谭。况且，在俄国旧恨未消的情况下，美国又与中国产生新怨，1-2=-1，这样的结果，妇孺皆知。

---

①中共中央文献研究室：《毛泽东年谱（1893—1949）》中卷，北京：中央文献出版社，2013年，第355页。

② 1917年列宁为首的布尔什维克党为保存新生的苏维埃政权而被迫采取的暂时妥协性行动，使苏俄尽早退出第一次世界大战，为巩固苏维埃政权，恢复和发展经济、建立红军赢得了喘息时间，为后来消灭反对苏维埃政权的国内武装和击退14个帝国主义国家的武装干涉进一步奠定了基础。

③［美］亨利·基辛格：《大外交》，顾淑馨、林添贵译，海口：海南出版社，1998年，第675页。

④［俄］列宁：《宁肯少些，但要好些》，见《列宁选集》第4卷，北京：人民出版社，1972年，第710页。

⑤《美防长：亚太再平衡进入第三阶段将派更多先进武器》，中国日报网，http://www.chinadaily.com.cn/micro-reading/2016-09/30/content_26952445.htm。

40．美国和俄罗斯作为民族国家，因其拥有巨大的战略回旋空间而具备超强的生存能力和超强的反侵略能力，他们是保证世界战略平衡的主角，是“真老虎”；但作为帝国，它们也为其巨大的版图所拖累，因此又是“纸老虎”，其扩张和帝国控制能力是脆弱和不堪一击的。与俄罗斯和美国不同，中国不是保证世界战略平衡的主角，却是决定主角间输赢的关键角色。比如，第一次世界大战俄国战败和苏俄十月革命胜利，决定了世界格局，而中国在太平洋战争中的胜利和新中国的建立只是加强了雅尔塔格局和世界社会主义阵营的力量。

41．目前国际资本的重心正由美国向以英国为中心的欧洲体系转移，与此相应，如果白宫不能——不管用什么方法——阻止美国的持续衰落，那美元体系从大西洋西岸向东岸的英镑体系转移，就是华尔街最有可能的选择；而人民币可能是它完成这种转移的过渡币种。英国政府以前所未有的决绝态度坚持脱欧，要与欧洲“离婚”，就是准备迎请华尔街“新人”而采取的最具法律意义的步骤。

42．中国东部沿海的天津与南京是中国东部安全的最敏感的地带。由渤海进天津可直逼京畿重地，由东海进入南京，就可溯江直入“九省通衢”武汉，这里是中国内陆最大的水陆空交通枢纽。如果从天津、南京同时插入，则从海上包抄中原之势成矣，如东三省再失，海上切入中原势力便有了资源支持，由此中华民族便到了如国歌歌词所说的“最危险的时候”。当年日本人就是这么侵略中国并由此引起了中国的十四年抗战，而要避免未来中国再次出现这样的地缘政治危机，就必须打破美国用于封锁中国的海上“第一链条”。

43．关于抗日战争，今天对中国人而言，需要总结的是，为什么19世纪四五十年代，来到东海和渤海的英国人没有造成长期抗战，而同样控制中国东部沿海的日本人就可以祸害中国十四年。其原因就是日本先入侵并控制了东北。有了东北大平原的物资支持，海上入侵势力才可能在中原立足。如果真的到了这个时候，中国的大西南便成了中华民族二次反击的地方，有人将重庆东端的宜昌称为是中国绝地反击的“最后的国门”[①]，此言不虚。

44．“第一链条”是对美国国务卿艾奇逊1950年提出的“从琉球群岛延伸至菲律宾的防御线”政策的形象描述。1950年1月12日，美国国务卿艾奇逊发表《亚洲的危机——对美国政策的检讨》的讲话，针对太平洋地区军事安全形势，提出美国的亚洲政策。艾奇逊提出一条将朝鲜半岛排除在外的“从琉球群岛延伸至菲律宾”的防御线。他说：

日本的防务必须得到维持，而且能够得到维持。这条防线从阿留申群岛经日本到琉球群岛。我们在琉球群岛拥有重要的防御地位，我们将继续保持下去。为了琉球群岛上的居民的利益，我们将在适当的时机，要求在联合国的授权下托管这些岛屿。但是，它们是太平洋防线不可或缺的一部分，必须守住，而且能够守住。防线从琉球延伸至菲律宾群岛。[②]

1954年10月27日，杜勒斯对台湾“外长”叶公超再次强调这一观点，他说：

美国政府不想在防御安排上出现任何空隙。沿海岛屿一线从阿留申经过日本、琉球群岛、福摩萨和菲律宾一直延伸到澳大利亚和新西兰。福摩萨是这条线上惟一一个没有得到毫无争议的保护的地方。美国比中国政府还不想在这条线出现任何空隙。美国正通过签订条约努力找到答案。[③]

---

①参阅罗学蓬：《最后的国门》，重庆：重庆出版社，2015 年。

②《亚洲的危机——对美国政策的检讨》（国务卿艾奇逊的讲话，1950 年 1 月 12 日），见陶文钊：《美国对华政策文件集 1949—1972》第一卷上，北京：世界知识出版社，2003 年，第 187-188 页。

③《马康卫会谈备忘录》（1954 年 10 月 27 日），见陶文钊：《美国对华政策文件集 1949—1972》第二卷上，北京：世界知识出版社，2003 年，第 332 页。

45．在新疆地区稳定上，南疆与北疆齿唇相依。南疆的发展将以北疆为依托，失去北疆，除喀什附近的几个狭窄通道外，几乎就断绝了大规模物资补给交换的地理条件；而控制北疆，若再卡住河西走廊继而哈密，基本就对南疆事态形成合围之势。19世纪70年代阿古柏叛乱并形成为祸十年的地方割据。为了平息叛乱，1873年，陕甘总督左宗棠在兰州设制造局，为平叛提供装备，卡死河西走廊继而哈密，而后出兵北疆，1876年先攻下乌鲁木齐，荡平北路，对南疆阿古柏形成瓮中捉鳖之势，接着集结兵力转攻南疆。次年春，左宗棠军收复吐鲁番，通往南疆的门户至此完全控制，随后便全线进逼南疆，当年便消灭了阿古柏反叛势力。

46．从1985年开始，苏联开始表现出与西方国家合作反恐的意愿。但是西方并不相信苏联。中情局和其他政府机构对苏联的主动示好冷面相待，继续把苏联与国际恐怖活动挂钩。然而，1989年6月底，美苏第一次把国际反恐的合作提上了议程。只有在1990~1991年期间，也就是苏联崩溃的前一年，苏联才被视作反恐战争的搭档。在苏联共产主义政府存在的最后几个月里，它终于通过了“入学考试”。也只有在苏联灭亡的迹象愈加清晰时，美国才准备接受苏联为反恐伙伴。①

47．研究近代英国就不能不研究中古意大利，研究现代印度就不能不研究近代英国。

48．许多国家设立的天主教组织，特别是在新教国家设立的天主教组织，数百年来都在为情报网络服务。宗教间谍的传统一直延续到今天。梵蒂冈在冷战期间与中情局合作实现自己的目标，俄东正教教会则出于同样的原因服务于共产主义。教皇如同国家领导人一般，拥有情报搜集和评估体系。

---

①［以色列］戴维·阿尔贝尔、兰·埃德利：《西方情报机构与苏联解体——未能撼动世界的十年（1980—1990）》，孙成昊、张蓓译，北京：社会科学出版社，2015年，第94页。

教皇约翰·保罗二世在苏联事务上煞费苦心。[①]

49. 正确的思想是从土地里长出来的，而不是从天上掉下来的。即使是天上掉下正确的思想，如不落在特定的地里生根，那它只是一些原则而不是思想。

50. 司马迁说："夫作事者必于东南，收功实者常于西北。"[②]中国人民"站起来"的路径是如此，中国人民"富起来"的路径是如此，可以肯定，今后中国"强起来"的路径还必将如此。

① [以色列] 戴维·阿尔贝尔、兰·埃德利：《西方情报机构与苏联解体——未能撼动世界的十年（1980—1990）》，孙成昊、张蓓译，北京：社会科学出版社，2015 年，第 164 页。

② （汉）司马迁：《史记》卷十五《表第三·六国年表》，见许嘉璐：《二十四史全译·史记》第一册，上海：汉语大词典出版社，2004 年，第 247-248 页。

治学

目录

之一　青年凭才气彰显学理，老来靠学问贴切事理／／297

之二　能说出新颖观点，那叫才气；能证明出这种观点，那叫学问／／308

之三　写文章犹如建房，不能只在读者面前摆出摞摞青砖而不拿出蓝图／／317

之四　讲真话，不如讲真理。讲真话需要勇气，而讲真理则需要过脑子／／330

之一

青年凭才气彰显学理，老来靠学问贴切事理

1. 灿烂的是群星，传世的是文字。

2. 观察一个人的立场,不仅要看他冲锋的方向，更要看他冲锋后回家的方向。

3. 知识不是增长的，而是扬弃的；不是教育后的积累，而是怀疑后的肯定。知识的本质是批判的。

4. 学问人，越弱智，越玄乎；越无知，越神秘；越轻薄，越躁动；越浮躁，就越投机。

5. 学术应当根植于祖国的土壤之中。

6. 长期卧床的病人，下地脚疼；长期脱离实际的学人，见到百姓头痛。

7. 当某种学问成为主流，它就开始消亡。

8. 文字的流畅在于心底的澄清，文字的明快在于内心纯真。

9. 知识就是力量，而有力量的知识从不源于书本而是源于事实。

10. 年轻时做学问主要靠猜想与反驳，喜欢提出诸如“上帝死了”之类的命题从原逻辑上根本打倒对方，但因缺乏支撑其命题的逻辑和经验，其猜想和反驳往往异化为“大胆”。

中年时做学问多依据逻辑，所用逻辑体系如此严密和精致以致可用数学表达，有的还可成为美学范本。但在偶然性，尤其是在偶然突发的重大历史事件面前，这些“逻辑”，尤其是所谓“科学方法”的逻辑，却往往束手无策。而偶然性恰恰是牵动历史变革的先锋。

老年人做学问则更多地依据经验，而不单单是猜想、反驳和逻辑思辨。经验使人的思维在把握历史偶然性方面留有充分的余地并更有弹性。

经验介入学问是学问进入成熟阶段的标志，也是学者成熟的标志。学问须经世，而经世需要的主要是经验。传世之作多是经验的集结，而非猜想的大胆和逻辑的严密。毛泽东同志对革命事业接班人的标准首先就是要在“大风大浪”中成长，这是在强调经验在学问中的重要性。古代史里中国的赵括、马谡，现代史中苏联的盖达尔等，败不在于思辨不大胆，也不在于逻辑不严谨，而在于经验极不成熟。

总体而论，猜想为主导，逻辑为支撑，经验为基础，是人类思维把握那出神入化的历史运动的关键。

11. 研究所运作的要义不在举办各式大型国际性会议，而在于研究所的原创能力及其产品。一堆原创性产品，远比一打会议日程更具活力。前者公司都可包办，而后者则只能由特定的人做。与办会不同，原创性研究无人可替，原创性产品更是无法复制。

12. 学术活动，如果过多，就会变成活动的学术。这种学术的“最终目的是微不足道的，运动就是一切”①。

---

①这句话套用德国社会民主工人党领导人伯恩施坦的一句名言，伯恩施坦说：“对于我来说运动就是一切，一般通常所说的社会主义的最终目的是微不足道的。”参阅［德］爱德华·伯恩施坦：《社会主义的前提和社会民主党的任务》，殷叙彝译，北京：生活·读书·新知三联书店，1965 年，第 10 页。

13. 银行的实力在于储备金的多少，研究所的潜力在于原创能力的大小。

14. “学术自由”，不能成为学者推卸国家责任和历史责任的避难所。

15. 一部《史记》告诉我们：好学问不是靠年龄熬出来的，好名声也不是靠电视包装出来的，它更多的是在盘根错节的世俗重压下生长起来的。

16. 文章句长拗口，多为作者对所谈问题半通不通所致。不通则痛，文同此理。

17. 失去个性，科学也就黯然无光。

18. “文革”中写文章有“大批判写作组”，现在有些机关写文章喜欢搭建“写作班子”，“写文章”在那里被称为“写材料”。在很多情况下，最后写出来的真就成了材料而不是文章。

19. 所谓“普世价值”，其本质就是教条主义。中国的革命和建设中有“左”的教条主义，如王明的“左”倾冒险主义和“文革”中的“左”倾错误；也有右的教条主义，这就是今天一些人搞的不管经济还是政治一律向西方看齐的认识。凡事一脱离实际，就不可能进入实践，因为人民群众不能接受脱离实际的政策并一定要对其抵制。人民群众是创造历史的根本动力，他们对中国国情的感受是最深的。政策正确与否首先是由人民群众判定的。目前西方推广他们的“普世”标准，是有特定目的的，这就是要求其他国家尤其是第三世界国家的政治体制要以西方为绝对样板。从目前一些国家比如苏联、利比亚、乌克兰等国的实践看，其结果都是灾难性的。

20. 学术不怕打假，就怕以假打假。

21. 学者打假，是公民义务而不能是学术专业，不能几年下来反成了“打假专家”——尽管打假也需要专业知识，其学术成就只是“打假”。

22. 如果说，以中国为最后归宿的东方文明使东方人有着比西方人更为深厚的辩证法（阴阳）思想渊源；似乎是上帝的补偿，发源于地中海的欧洲文明则使西方人占据着形而上学——尽管有赫拉克利特、康德，特别是黑格尔辩证法的有力矫正——的哲学王冠。形而上学大规模地推动了近代技术的发展，与此相应，形而上学也成了阻碍西方工业文明持续进步且极难矫正的主流思维方式。

23. 学理不同于事理。学理为用，事理为本。学问不入事理，其学百无一用。

24. 学理必须受事理的约束。有时学理没错，但事理上却不是那回事。比如，一只狼和一只羊加在一块，或一只披着羊皮的狼与一只羊加在一块，是1+1的逻辑，还是1-1的逻辑？是“双赢”的逻辑，还是“零和”的逻辑？是前者，却不等于2；是后者，也不等于0。而能认出那只“披着羊皮的狼”的，只有猎人，尤其是有长期狩猎经验的猎人。因而“1+1=2”或“1-1=0”的算式，如脱离事理就无法得出正确的结果。经验是事理化的学理，学问是学理化的事理。现实生活中的“求是”更多地要靠对“实事”的经验判断，是逻辑与经验，进而学理与事理的统一，而连接两者的媒介就是实践。故无实践则无学问。

25. 单纯的人的类活动不是实践，是思想使人的活动成为实践。人类是带着思想参与历史活动的，脱离思想和精神，历史就是一堆史实，人类实践就成了人的一堆活动。因此，读史的最高境界是读出隐藏于活动后面的思想，从思想中读出人类实践及其意义。

26．司马迁官至太史令，相当于今天的正部级干部，但至今谁也不知道他受到过多少次邀请，开了多少会，作了多少次“主题发言”，得了多少“国家级大奖”。人们能记住的是他的《史记》。毛泽东说：“评论司马迁，可以有不同的侧面，单以文章论，他也不朽了。”①

27．人生是进步的，而进步的过程却是残酷的。正如18岁前后的少年叛逆是将要远离父母的标志，这对父母是残酷的，却对孩子的成长——如果处理得当——则是可喜的。无叛逆则无远离。无远离则无独立。独立是人生的

---

① 1949年12月，毛泽东在列车上问翻译师哲：“你是什么地方人？”“韩城。”毛泽东双眸一亮，“陕西的那个韩城？”师哲点点头。“噢，那你是司马迁的同乡喽！”毛泽东谈兴甚浓。他用手中的烟头续燃了一支香烟，深吸一口，悠然吐出，再问师哲：“你住的地方离司马迁有多远？”“大约40里。”师哲告诉毛泽东，司马迁得罪汉武帝被施以宫刑后，人们害怕受到株连，有一段时间，竟没人敢姓司马了，分成了冯周二姓，冯姓住县南，周姓住在县北。毛泽东听后不无感慨地说：“打小报告的人，看来什么时候都有啊！”对于司马迁，毛泽东寄予了无限的同情。谈到司马迁所受的宫刑，毛泽东颇有些伤感，他半天无语，许久，才扼腕叹息道：“汉武帝7岁立为皇太子，16岁即位，在位54年，把汉朝推向全盛时期。可是就这么一个还算有作为的皇帝，一旦臣子违逆他的意愿，竟下如此毒手。”说到这儿，毛泽东连连摇头，“和皇帝佬倌有什么理好讲？汉武帝没有杀掉司马迁，已算是手下留情，不过，施以宫刑，也实在是够残忍的了！”师哲接言：“司马迁也确实称得上一代人杰，身心蒙受了那么大的屈辱，居然能潜心著书，写出了‘无韵之离骚，千古之绝唱’的《史记》！”经典古籍烂熟于胸的毛泽东连连点头，随口背诵出了司马迁《报任安书》中的一段话：“文王拘而演《周易》，仲尼厄而作《春秋》，屈原放逐，乃赋《离骚》，左丘失明，厥有《国语》，孙子膑脚，兵法修列，不韦迁蜀，世传吕览，韩非囚秦，说难孤愤。诗三百篇，大抵贤圣发奋之所为作也。”在这里，与其说司马迁是在感叹厄运对人精神世界的砥砺，不如说是在抒发自己的一种情怀，一腔抱负！说着，毛泽东站起身，在车厢里来回踱了两步，又回身望着俄语翻译，“司马迁‘身残处秽，动而见尤’却‘隐忍苟活，幽于粪土之中所不辞’，是因为他内心的积郁还没有来得及宣泄，苦衷还没有昭之于世人，满腹文采还没有来得及表露，他希望自己正在写着的著作能‘藏之名山，传之后人，通邑大都’。诚如是，则虽九死而心不悔，这愿望确实是达到了。可以说，真正的信史自司马迁始，‘史学之父’，他是当之无愧的！”“唐诗、晋字、汉文章，汉代的文章，因了司马迁的《史记》，确实被推向了极致。”师哲附和。毛泽东点点头，重新坐回沙发上，轻轻在烟灰缸上蹭掉烟灰，道：“有人说中国没有鸿篇巨制的史诗，怎么没有？司马迁的《史记》难道不是一部有着广博学识、深刻目光、丰富体验和雄伟气魄的史诗！评论司马迁，可以有不同的侧面，单以文章论，他也不朽了。”参阅盛巽昌、欧薇薇、盛仰红：《毛泽东这样学习历史，这样评点历史》，北京：人民出版社，2005年，第90-91页。

基础。这大概就是黑格尔说的“历史恶动力”[①]。

28．博士，不能几年读下来成了不知建设而只知“批判的批判”的“驳士”，这样的博士在19世纪初的德国被称作“神圣家族”，在今天的中国被称作“公知”；博导，其理论不能几年下来就在实践中不驳就倒，这样的理论在21世纪初的中国被称作具有资本拜物教特征的“新自由主义”。

29．学术是国家公民责任心的最后防堤，不老实的学术若成为主流则是国家衰败的开始。

30．年轻时，别人说你有“才气”，那是在赞扬你；老来别人还说你有“才气”，那是在婉转地批评你。

31．青年凭才气彰显学理，老来靠学问贴切事理。

32．马寅初用市民眼光研究中国人口问题，其成果在中国小农经济形态改造之前是不可能推行更不可能实现的。当时如果像现在这样一家只生一胎，就可能使许多农民家庭失去男劳力；而没有男劳力，这家的地就没人种；没男人种地，对小农业家庭而言，与“绝后”一样，可是天大的事。小农业生产方式规定了它就得靠人的自然劳力在小块土地上完成自家的整个生产。人多力量大，确是当时促进农业生产力的基本规律。关于这一点，与马

---

①恩格斯说：“在黑格尔那里，恶是历史发展的动力借以表现出来的形式。这里有双重的意思，一方面，每一种新的进步都必然表现为对某一神圣事物的亵渎，表现为对陈旧的、日渐衰亡的、但为习惯所崇奉的秩序的叛逆，另一方面，自从阶级对立产生以来，正是人的恶劣的情欲——贪欲和权势欲成了历史发展的杠杆，关于这方面，例如封建制度的和资产阶级的历史就是一个独一无二的持续不断的证明。”参阅［德］恩格斯：《路德维希·费尔巴哈和德国古典哲学的终结》，见《马克思恩格斯选集》第4卷，北京：人民出版社，1972年，第233页。关于黑格尔“历史恶动力”思想参阅《法哲学原理》第18、139节以及《宗教哲学讲演录》第3部第2篇第3章。

寅初生活在同一时代的美国著名的东方学专家拉铁摩尔[①]的认识比较接中国的地气，他认为在当时“就亚洲的情况而言，人口增加就是生产力的增加。因为由此可以多征劳力从事挖渠工作，从而增加耕地的面积”[②]。

33. 在一定时期内没人“重视”，对个人的学术发展是一种幸运；而在历史中，作品若始终没有得到人民的重视和支持，那对个人学术而言却是莫大的悲哀。

34. 今天一些解释“改革”正当性话语有些与“文革”后期的“就是好！就是好！就是好！”之类的歌词相似，其实，当语言变成了不容讨论的口号时，这种语言的解释力就已死亡。

35. 那些不着边际而又满嘴“世界前景无非三种可能性”“其结果是机遇与挑战并存”的学者，如冲在国际前台，鉴于他们的真诚和不知疲倦的劲头，确实有着积极且他人不可替代的战略迷惑作用。这些人对中国崛起是有特殊“贡献”的；塔利班没有这种“人才”，反将刚上台就喊着中国是“潜在对手”的小布什引向并使之陷入中东。由此，中国在新旧交替因而是比较脆弱之际获得了难得的“战略机遇期”。

---

①欧文·拉铁摩尔（Owen Lattimore, 1900—1989），东方学家。生于华盛顿特区，幼年随父前往中国。1915 年就学于英国坎伯兰圣·比斯学校，4 年后回中国。1920 年在上海的报馆工作。1922 年起在北平和天津阿诺德公司任职，会汉语、蒙语、俄语。1924 年从事对中国的调查和著述工作。1926—1927 年在中国东北、内蒙古和新疆等地广泛旅行和考察。后定居北京。1937 年到过苏区，同年返美。1938 年执教于约翰·霍普金斯大学佩奇国际关系学院，次年任院长。1941 年奉富兰克林·罗斯福总统之命出任蒋介石的政治顾问。次年返美后在战时情报局供职，负责太平洋战区工作。1945 年被杜鲁门总统任命为驻日经济代表团团长的特别经济顾问。同年出版《亚洲问题的解决》，主张帮助亚洲国家确立其在世界中应有的地位。1963 年至 1975 年期间任英国利兹大学中国问题教授，1972 年任该大学中国研究院院长。麦卡锡主义时期曾受到调查，并被诋毁为“苏联间谍”。著有《通往土耳其斯坦的荒漠道路》《满洲——冲突的摇篮》《现代中国的形成》《中国的历史和革命》等。

②［美］拉铁摩尔：《中国的亚洲内陆边疆》，唐晓峰译，南京：江苏人民出版社，2010 年，第 131 页。

36. 老子说的“反者，道之动”与黑格尔说的“历史恶动力”，意思相合。

37. “大学之道，在明明德”，这是《大学》的核心思想，其中关键是“道”“德”二字。韩非子“夫道者，弘大而无形；德者，核理而普至”（《扬榷第八》），是在说事物的共性“道”和个性“德”的关系。太田方解释说“道之在物曰理，明验事实曰核”。《辞海》解释得更明白：“‘德’，指具体事物从‘道’所得的特殊规律或特殊性质。”《管子·心术上》：“德者，道之舍。”[①]可见，中国古人讲究的是从“德”即实事中求来的“道”，反对的是无“德”之“道”，即脱离具体对象的空论。

38. “格物致知”，是“大学之道，在明明德”的另一种表述。格物，即只有确定了事物的“德”性，方知事物的本性。学习之道，在于且也难于先明“实事”（“明明德”）；明于“事”，方知“道”；明乎“实事”，方可“求是”。正可谓“欲诚其意者，先致其知，致知在格物”。老子《道德经》，原本是《德道经》，这反映了中国传统思维中“道”从“德”出，即先讲“实事”（德）再谈“道”理的特点。这种思想到汉时概括为“实事求是”，后宋人“器”与“理”关系的讨论、20世纪20年代中国人关于“问题与主义”的讨论及40年代中国共产党在延安开展“理论联系实际”的整风，都是源于中国春秋时期“德”“道”关系的认识，是贯穿古今的“实事求是”认识路线的继续。

39. 如果说，在20世纪50年代有可能搞垮中国的不是西方的炮弹，而是西方的“糖衣”，那么，在21世纪初能搞垮中国崛起的也不是西方的导弹，而是西方的墨水和“赵括”“盖达尔”们的口水。

---

①徐兆仁：《中国韬略大典·管子》，北京：中国国际广播出版社，1997年，第189页。

40. 与恋爱比，生孩子是痛苦的，但生孩子使姑娘成为母亲；与军营生活比，战争是痛苦的，但战争使士兵成为军人；与开会讲演比，写作是痛苦、孤冷、漫长的，但写作——如果它是严肃的话——会使灵感成为学问，使才子成为学者，使一堆琉璃瓦，成为纪念碑。

41. 光划拉土地而不打粮食，那不叫农民；光练正步而不打仗，那不叫军人；只开会、讲演、上电视、作主持、被采访，而不严肃写作，那不叫学者。

42. 警醒于20世纪30年代惨败之中的延安学风，对于今天的中国仍有巨大的指导意义。殷鉴不远。苏联没有倒在西方的导弹之下，而是被淹没在西方人搅和出的盖达尔口水之中；那么，21世纪的中国也不会被西方导弹所击垮，最有可能的也是倒在西方墨水和食洋不化的口水之中。

43. 意识形态严重脱离实际是要亡国的。这方面的前者之鉴有中国战国时的齐国和20世纪的苏联。秦军抵齐城下时，齐人“竟无一人是男儿”，全城静音投降；苏联和苏共更是在无人能敌时自行静音解体和解散。

44. 苏联解体时，苏联共产党的“后备军和助手”即苏联青年团中的主要干部竟在瞬间成为党的“掘墓人”，这个教训证明毛泽东早年提出“反修防修”不无道理。1989年在苏共遇到最危险的时刻[①]，已有两千多万团员的苏联共青团在社会主义国家即将解体时“竟无一人是男儿”[②]，似从人间蒸

---

① 1989 年 8 月 29 日，苏联最高苏维埃非常会议通过决议，决定“暂停苏联共产党在苏联全境的活动”。在此情况下，各加盟共和国共产党或被中止，或禁止活动，或被迫自动解散，或在共产党的基础上改建新党，有的共产党甚至被宣布为非法。这样，统一的苏联共产党实际上已不复存在。

②“君王城上竖降旗，妾在深宫那得知。十四万人齐解甲，更无一个是男儿。”参阅（五代）花蕊夫人：《述亡国诗》，见萧涤非等：《唐诗鉴赏辞典》，上海：上海辞书出版社，2004 年，第 1408 页。

发，悄然无声。最具讽刺意味的是，提出苏共中央“自行解散”建议的不是苏共的反对派，而是从共青团区委第一书记起步进入苏联政治舞台中心的戈尔巴乔夫[①]。这些人有的是坏，更多的是天真幼稚。斯大林是有丰富斗争经验的政治家，他常将一些只有革命热情而无实际经验的人形容为“像共青团员一样”[②]，其含义接近列宁批评的“左派幼稚病”[③]。

45. 苏联后期出了问题，不能由此否定列宁与十月革命；“文革”后期出了问题，不能由此否定毛泽东与中国革命；中国改革后期出了问题，不能由此否定邓小平及其改革的动因。这与病人得了病，医生不能由此埋怨病人本不该出生，或认为治病的最好方案是病人立马自杀的道理一样。

46. 医生看病不应只为宣传自己的理念，而应为治病救人。药再好，开药方的逻辑再严密，但不治病或治坏了病人，那就不是好药方。学者应当学会解决中国的现实问题，而不能只将学问用于所谓“建立学术体系”。不能解决，或根本不想解决中国问题的学问，不是好学问。

47. “文革”中曾有许多人也上“大讲台”批判爱因斯坦，现在当事

---

①戈尔巴乔夫 1950 年进入莫斯科大学法律系学习，1952 年加入苏联共产党。1955 年先后任斯塔夫罗波尔团市委第一书记、苏联共产主义青年团边疆区委宣传部副部长、边疆区团委第二、第一书记。1962 年 3 月任苏共斯塔夫罗波尔区域农庄一农场生产管理局边疆区党的组织员（负责人），同年 12 月任苏共斯塔夫罗波尔农业边疆区党机关局局长。2006 年 2 月 28 日，有着惨痛亡国经历的戈尔巴乔夫对中国记者说：“我深深体会到，改革时期，加强党对国家和改革进程的领导，是所有问题的重中之重。在这里，我想通过我们的惨痛失误来提醒中国朋友：如果党失去对社会和改革的领导，就会出现混乱，那将是非常危险的”。参阅中共中央组织部党建研究所：《党建研究纵横谈 2006》，北京：党建读物出版社，2007 年，第 345 页。

②《斯大林与保加利亚和南斯拉夫领导人的谈话记录》（1948 年 2 月 10 日），见沈志华：《苏联历史档案选编》第 24 卷，北京：社会科学文献出版社，2002 年，第 226、228、237、239 页。

③［俄］列宁：《共产主义运动中的“左派”幼稚病》，见《列宁选集》第 4 卷，北京：人民出版社，1972 年，第 239 页。

人都不好意思提这档子事了，但这并不表明此后我们不会再重复这样离谱的事。

48．语言的力度来自学术生命的力度；学术生命的力度又来自其扎根于生活的深度。

49．药方越无所不包，其疗效越差；学术概念解释得越“全面”，其内容就越不知所云。

50．能带领精英前进的是将军，能带领人民前进的是统帅。

之二

能说出新颖观点，那叫才气；能证明出这种观点，那叫学问

1．出色的理论研究，在更多的时候缺的主要不是知识，而是立场；主要不是毅力，而是为国家和人民说话，特别是因说出这种真理而承担至少可能被边缘化后果的勇气。

2．毛泽东重视中国历史尤其是明史研究，特别是注意其中导致国家毁灭的人的因素。十年树木，百年树人。1958年5月25日，毛泽东率中央高级领导到明十三陵参加义务劳动。1964年6月16日毛泽东发表关于“无产阶级的革命接班人”[①]问题的讲话，他将义务劳动和讲话地点放在明十三陵，其意深长。

3．1959年6月25日，毛泽东回到家乡湖南湘潭。一路上，毛泽东对陪同的王任重、周小舟回忆秋收起义、创建井冈山根据地时自己从不成熟到成熟的转变。他说：开始创建井冈山根据地的时候，政策很“左”。“我自己就亲手烧过一家地主的房子，以为农民会鼓掌赞成，但是农民不但没有鼓掌，

①中共中央文献研究室：《毛泽东年谱（1949—1976）》第5卷，北京：中央文献出版社，2013年，第363页。

反而低头散去。革命才开始的时候，没有经验是难免要犯错误的。”[①]1968年5月8日，毛泽东说：“我们党的历史上是有经验教训的。江西的打AB团，福建的抓社会民主党，鄂豫皖的抓改组派、第三党，都反映了党的历史，说明当时是不成熟的。”[②]邓小平说：“开始打AB团的时候，毛泽东同志也参加了，只是他比别人觉悟早，很快发现问题，总结经验教训，到延安时提出‘一个不杀、大部不抓’。”[③]1959年2月17日，毛泽东在中南海向摩洛哥共产党领导人介绍中国民主革命的历史经验说：“敌人教会了我们两个办法，一个是做秘密工作，第二是学会了打仗，一打就打了十年。他不杀人我们是学不会的。1927年时右，很大的失败；后来的‘左’，又是一个很大的失败。但是失败教会了我们。大概这是不可避免的，没有失败教不会党员。敌人教育我们，‘左’、右倾机会主义教会我们。这是一个认识中国的过程。”[④]

4．研究所出色的标志不在主办大型国际会议或“高层论坛”的数量，而在于其研究人员因珍惜研究时间而婉拒参加这些会议的次数。

5．毛泽东在延安窑洞而不是在哈佛学堂、用中文而不是用英文写的《论持久战》仍是今天国际政治学必读范文，这篇文章让那些埋首于西方学术流派并以此哼哈自喜的学人难堪。这些人常以英文能力，尤其英文口语能力好为荣，似乎觉得：懂英文才能看天书，正如当年王明也觉得只有懂俄文才能懂马克思列宁主义一样。

---

①中共中央文献研究室：《毛泽东年谱（1949—1976）》第4卷，北京：中央文献出版社，2013年，第78-79页。

②中共中央文献研究室：《毛泽东年谱（1949—1976）》第6卷，北京：中央文献出版社，2013年，第162页。

③《对起草〈关于建国以来党的若干历史问题的决议〉的意见》（1980年3月—1981年6月），见《邓小平文选》第2卷，北京：人民出版社，1983年，第301页。

④中共中央文献研究室：《毛泽东年谱（1949—1976）》第3卷，北京：中央文献出版社，2013年，第593页。

6．基辛格向学生推荐毛泽东的著作[①]，尽管是见仁见智，但这说明毛泽东的书不仅是政治哲学，而且在学术素养训练方面，仍具有无法估量的价值。

7．国际政治研究也是“图穷匕首见”，“图穷”是理论说明的尽头，“匕首”是理论研究的结果。

8．在中国现代化建设的今天，我们仍在享受毛泽东及其战友们留下的巨大物质和精神遗产，如果这时还否定毛泽东及其战友们的事业，那不是无知，就是无耻。

9．没有毛泽东领导的生产资料所有制革命，我们今天的许多富人仍可能是一贫如洗；今天许多学有所成的知识分子仍可能还在大学之外为生存奔走；我们的许多高速公路遑论青藏铁路，仍像今天的印度那样，因产权不清而长期被搁置在图纸上。

10．为国家利益写文章，是学者的本分，更是我们每一个公民应尽的义务。

11．书店读书，犹如阅人：书脏人脏，书俗人俗。

12．书是作者灵魂的镜子。

13．知识靠荤拼，学问靠素养。

① 1972年基辛格随尼克松见到毛泽东时说：“我在哈佛大学教书时，指定我的学生要读主席的选集。”转引自熊向晖：《我的情报与外交生涯》，北京：中共党史出版社，2006年，第269页。此事也在尼克松回忆录中有确认，参阅［美］尼克松：《尼克松回忆录》（中册），董乐山等译，北京：世界知识出版社，2001年，第673页。

14. 为学当立经世言，为政当立救世功。

15. 中国这块土地上生活着十三亿人，其中只有百分之零点几的人可以移居国外，而绝大多数人的利益都必须与自己祖国的命运联系在一起。因此，中国学者的学术活动只有与中国及中国绝大多数人的命运息息相关，才能获得可持续发展的动力和不朽的生命力。

16. 司马迁之所以为人赞颂千年而不衰，多是由于他给后人留下了不朽的文字。现代一些学人之所以只领风骚三五年，是由于他们不是在努力做好文字基本功，而是在努力寻找各种机会“全方位地展示自己”，其结果反留下许多不是。

17. 文字是学人的基本功。

18. 演员的脸比字好看，学者的字比脸好看。演员当多露脸，学者当多写字。

19. 佛之所以为人拜，是由于沉默无言；杨玉环之所以美若天仙，是由于没人见过她。

20. 司马迁从“腐刑”中得到的一生经验是：学而优则学。

21. 倡导“学而优则仕”的孔子一生想做政治家，为此颠沛流离，东躲西藏，《论语》中充满了“逝者如斯”的践行精神，结果还是文人的命！孔子至死也想不到他的命运竟如此富有戏剧性：不求，上进；求之，反而不得。

22. 我们不能设想为政者都是全才，为文者都是无所不知。这与我们不能要求马克思也要会打仗、拿破仑也能写《资本论》的道理一样。

23．现实的国家运动跟人的理论思维活动不一样。理论研究能收放自如，可国家，特别是大国，尤其像中国这样的大国现实运动则有强大的历史惯性：启动已极不易，收住则更难。中国犹如巨型列车，启动不能不猛，不猛则不能达到效果；但由于国家太大，刹车又不能太快，快了就容易翻车。比如“文革”，来势很猛，原计划只有几年，结果还是拖了十多年，即使这样还刹不住车，副作用很大。可见，为政者比学者更需要时间。

24．一些学者在进入政界后，往往将学术“立言”规则用于政治“立功”。他们不懂“为治不在多言”的道理，不愿将大量时间用于下面细致的人事及其思想工作，而是愿意在台面上表达其“新思维”。他们论人主才气，论事以奇新，行文断字则以所谓“逻辑”“框架”或“范式”论高下，全然不顾实际运作的可行性。其结果往往因不适应而苦恼。历史上有太多的才子——典型的如唐朝李白——在从政路上被折腾得失魂落魄，更有许多还无谓丢了性命，但至死仍不知其所以然。

25．为政者侧重“立功”，为学者侧重“立言”。立言多依重逻辑。熟练运用逻辑是学者的长处，只要逻辑成立，学者完全可以提出诸如“上帝死了”之类的命题。但逻辑的极限便又是学者的短处所在。立功则多依重经验，而经验恰恰是人类弥补逻辑不足并实现逻辑改造的重要工具；在相当的情况下经验还是反逻辑的。

26．与面对纳粹德国的突然崛起，布哈林书本上的国家建设逻辑不得不让位于斯大林的斗争实践经验的道理一样，在偶然性，尤其是在偶然突发的重大历史事件面前，学者的“逻辑”，尤其是所谓“科学”的逻辑，往往会集体失语并让位于经验。

27．人们喜欢看外交发言人的“强硬表态”，但外交表态是刚性的：话说硬了就软不下来，如手再跟不上的话，那对国家就更是灾难；而话说软了却可以硬起来。事实上，真正硬的东西是柔的，水就是柔的，它可以翻天覆地；风也是柔的，它可让拿破仑百万大军瞬间溃不成军。世上没听说仅凭一根大棒能打遍世界的。所以说外交场合多说硬话或多说软话都不是本事，说合适的话才显真智慧。黑格尔说："公共舆论值得重视，又不值一顾。"①外交表态应基于国家利益的实际需要，而不应基于舆论的偏好。

28. 偶然性是牵动历史变革的先锋，而应付历史偶然性的成功经验，尤其是其中的政治经验往往是社会科学变革的伟大杠杆。道理非常简单，所谓偶然性就是没有被纳入我们逻辑体系中的必然性，而将偶然性纳入人类既有逻辑体系的最伟大的工具并不是逻辑本身，而是经验，尤其是其中反逻辑的政治经验。

29. 在ABC序列中有两种逻辑：第一种逻辑：有A才有B有C，A是C的原因；第二种逻辑：有C才有B有A，C是A的原因。在这两种逻辑中，第一种属形式逻辑，第二种属辩证逻辑。第一种是书院的设计，是存在决定未来，内容决定本质，手段决定目标，道路决定方向。第二种是实践后的经验性认识，是本质决定内容，目标带动手段，结构决定形式，方向决定条件。因此第一种是好看不中用，因而是忽悠人的逻辑，第二种是实用不好看，但是革命的、能动的和有利于实践的逻辑。列宁用辩证逻辑取得了十月革命的胜利。列宁在临终前口授日记说："世界历史发展的一般规律，不仅丝毫不排斥个别发展阶段在发展的形式或顺序上表现出特殊性，反而是以此为前提的。"②

30. 让学者最痛苦的事，并不是挨骂，而是自吹，尤其是不得已的"填

---

① [德] 黑格尔：《法哲学原理 · 第三篇伦理》，范扬、张企泰译，北京：商务印书馆，2009 年，第 334 页。

② [俄] 列宁：《论俄国革命》，见《列宁选集》第 4 卷，北京：人民出版社，1972 年，第 690 页。

补空白”式的自吹。

31．能说出新颖观点，那叫才气；能证明出这种观点，那叫学问。前者是学问形成的必备条件，而后者才是学问的最终完成。

32．如果说，人年轻时还需要跑跑机会，那么，人至五十，需要的就不是已无力消化的各种机会，而是用于完成眼前事业的时间和精力。

33．学者的人生捷径多不在会议中，也不在镜头里，而在稿纸上。

34．年轻时做学问重在讲出真理，讲出真理需要勇气；老来做学问，则要将精力用于证明真理，证明真理需要几乎是终生的耐心。马克思从青年时发表《共产党宣言》到晚年出版《资本论》则是这个过程的完美展现。

35．说出某种思想是学者的权利，而证明这种思想，则是学者行使这种权利后对读者应尽的义务。

36．学问之难，不在于提出思想，而在于证明思想。只是提出而没有经过证明的理论，也是一种“豆腐渣”理论。

37．没有《资本论》，《共产党宣言》只是思想火花；有了《资本论》，宣言中的思想火花才成为科学。

38．我们的教育往往给人一种错觉，似乎生产力的发展、财富的发展才带动国家的发展，带来国家的崛起。其实财富是生产的结果，而国家财富的占有水平在相当程度上是国际分配规则及该国在这个规则中的地位的结果，而分配规则的形成多是大国强力较量后的结果。大国间的博弈从某种意义上讲的是国家战略能力的博弈，而不是财富多寡的博弈。不然我们就不能解释历史上那么多穷国打败富国的原因，也不能解释大宋、大明何以亡于北方落后民族之手。所以，世界上财富的本质不是生产的结果，而是建立记账即分配规则的结果。分配规则决定财富流向。我们中国现在的外贸顺差非常大，但赚钱非常少，就是因为在人家的记账规则下越干越糟糕，越干钱越少。在这种情况下的“国际接轨”，就与接“鬼”无异。而要改变规则，就得做好动粗的准备。

39．学者，尤其是岁数大些的学者，在公开场合应少些三言两语，多些文字论证；少点想当然，多些文献证明；少点“大胆假设”，多点“小心求证”。

40．秀才，弄不好就成了做“秀”之才。

41．中国人对于民族英雄的态度，绝不是一个“学术自由”的问题，而是一个信仰的问题，信仰是不容讨论的，这与西方人对待耶稣的态度一样。

42．现在访问高端的电视节目称作“高端访问”，采访节目称作“对话”。这种节目做多了，主持人就由低端步入“高端”，由采访步入“对话”，由记者步入“学者”行列。

43．学生不是手把手教出来的，而是艰难造就出来的。正如西天取经才使玄奘成为唐僧。正可谓，不经西天路，难成好学生；而经了西天路的学生，其眼中也难有好老师。

44．学习不能是为了寻租，而是为了做事。诚如孙中山所言，不做大官要做大事。

45．写专著依靠研究生，这既不道德，也不环保。试想如果司马迁也这么做，那么《史记》就会是废纸一堆。

46．治学的主要路径不在学理而在事理；完成学问的主要手段不是逻辑而是经验，或说是经验化的逻辑。

47．2008年3月25日，上海敬业中学档案室发现光绪年间的试卷，其中就有“中国创设铁路利弊论”“问中国创设印花税有无流弊”等考题，这使我联想起多年前见到的一道20多分的社科试题，大意是：试论无产阶级的历史使命和社会主义胜利的历史必然性。

48．真正对民族有深远影响的作品只能在冷的条件下完成，司马迁的《史记》就是这样。现在课题申报太复杂，等拿到课题，写作能力和时间也就丧失了。许多课题申报人最后多变为“课题申报专家”而非研究专家——有的学校还花大代价将这种人作为“特殊人才”引进，以至申报能力代替了学术能力。这样会耽误个人和国家的学术生命。

49．文章依次可分高下：上品以事带理或曰“实事求是”；中品以理带事或曰“主题先行”；次品就理说理和就事说事；最要不得的是不问事理，先问“用什么方法”。

50．判断学者学术生命力的标尺，不在其天女散花似的观点，而在这些观点扎根土壤的深度。

之三

写文章犹如建房，不能只在读者面前摆出摞摞青砖而不拿出蓝图

1. 在所有学科中，历史学最接近人类经验，而军事学，由于它处于生死之地，则最接近哲学。没有生死，也就没了哲学——阴阳概念最初就是先民对生死的解释。

2. 人物传记是通向历史研究的捷径，这是因为人是历史形成的节点，也是历史前进的动力。

3. 将学问变成算卦，将预测变成占卜，是对大自然的无知。无知的人一般都很胆大。

4. 写文章犹如建房，不能只在读者面前摆出摞摞青砖而不拿出蓝图。

5. 不读书，好逐风，此可造势，不可成事，更要败事。推倒苏联的多是这些不知疲倦地猛追风头的人。

6. 现在有些教师总投学生个人偏好，讲一些比如精英主义的“小道理”，不给同学指出太阳的光明，却津津乐道于月光的皎洁，这样讲课是走不远的。

7. 形式逻辑有助于人建立体系性的知识，而历史逻辑——它是一种经验性的逻辑——则有助于人检验这些知识。

8. 所谓“不争论”，就是说理论仅靠（形式）逻辑是说不清的，它需要经验过滤。在经验，尤其是在极端经验过后，一切争论也就自然消失。这与当中央红军在湘江之战中从8万打到3万时，在党内对毛泽东军事思想的争论就基本消失的道理一样。

9.“辩证法不崇拜任何东西，按其本质来说，它是批判的和革命的。”①

10. 有人说：人类安全是“非传统安全”概念的核心内容，若真如此，那么军队就应为医生所取代，国防部就应为卫生部所取代，总参谋部就应当为各大医院所取代。

11. 反者道之动。善用反力，是战略诸能力中的极品。

12. 只有当“武器的批判”抵达“批判的武器”脑门时，后者才不会口无遮拦地胡说八道，才会更接近真理。20世纪30年代中央红军从8万多人拼到3万多人时，王明、李德等才不胡说八道，共产党员才更靠近毛泽东，共产党才更接近毛泽东思想。

13. 无知者轻史，无奈之时便将科学搞成玄学，说这是数学模型。但在解决个人吃饭、婚姻乃至个人物质待遇的问题时，他自己从不用这些“模型”。

---

①［德］马克思：《资本论》第一卷第二版《跋》，见《马克思恩格斯选集》第2卷，北京：人民出版社，1972年，第219页。

14．学者与政治家对地缘政治的认识有着重大的差别：学者注重并能较好地把握地理中的点与面的关系，以麦金德为先驱的西方地缘政治学者还破天荒地为人们提供了从整体上认识世界地缘政治的全球框架[①]，他们理论的缺点是其优点的过度运用。他们在纸稿上尽情挥洒他们天才想象的同时，又得鱼忘筌，注意了地缘却忽略了政治，结果写出的只是一部部优秀的“地理手册”而不是“地缘政治”。他们笔下的“形胜”没有一个是不重要的，他们书中那一个接一个的“枢纽地带”宛如一串动人的“塞壬的歌声”[②]，诱使着他们的国家为争地而四处“拼命”，由此拉长战线、透支国家资源并导致国家的衰落。

15．学术与行政，是两股道上跑的车，走的是一条路。轨迹不同，运行规则也不同。用学术的规则从政与用行政的规则治学，都是要碰壁的。

16．地缘政治本质是研究国家目标与国家资源在特定地理空间相匹配及其矛盾转化的学问。

17．搞战略要有居家过日子的经验；不然看似很猛，实则不行。当年的东条英机和今天的小布什、拉姆斯菲尔德等都是这样的政治人物：他们打出的战果超过了他们的消化力，国家生生让他们的莽撞给“撑”死了，1945年日本还挨了两颗原子弹。

18．靠耍小聪明和小敏锐做学问，如果再戴上一顶“著名学者”的帽

①“现在，全球体系的概念对收盘定局的世界所起的作用将会对所有未来地理政治学思想有着深邃的影响，而且这种概念已经与哈尔福德·麦金德爵士的名字不可分离地联系在一起。”参阅［英］杰弗里·帕克：《二十世纪的西方地理政治思想》，北京：解放军出版社，1992年，第14页。

②塞壬（Siren）是希腊神话中人首鸟身（或鸟首人身、甚至跟美人鱼相类似）的怪物，经常飞降在海中礁石或船舶之上，又被称为海妖。塞壬用自己的歌喉使得过往的水手倾听失神，航船触礁沉没。

子，其结局必然要演变为风派式的机会主义。

19．“营养”单一的学问是不可持续的。所谓“原大则饶，原小则鲜”，所谓“功夫在诗外”，都包含这个道理。

20．最具穿透力的是真理本身，而非对真理的包装。真理最不需要包装，它需要的是时间。

21．仅靠聪明——灵感和逻辑——而不参照经验治学的，轻则毁己，重则误国。

22．逻辑是黑的，真理是丑的。

23．学者不能追逐媒体。这是因为媒体需要的是没有缺点的神而不是人，结果那些飞蛾扑火般闯进镜头的“大师”们很快就在“神坛”上被生生烤——现在流行说“晒”——死。

24．专家使电视深刻，电视使专家浅薄。（坊间说闻）

25．学者是一个国家的“定海针”，学者要是不甘寂寞为个人名利上蹿下跳，那带来的结果就是国家的翻江倒海。

26．财产可以继承，可经验极难继承，而传承财产是需要经验的。似乎是讽刺：人在继承财产的时候也就同比地失去经验，而获得经验的时候却又同比地失去财产。故曰：富不过三代；故曰：穷人的孩子早当家。

27．知识，尤其是社会科学方面的知识，如无经验介入，则苍白无力。如此推论，教育若不与生产劳动的经验相结合，则事倍功半；而教育如不与无产阶级政治和社会主义目标相结合，这样培养出的学生则如无头苍蝇，完全没有方向。

28. 书生切莫空议论，头颅掷处血斑斑[1]。好文章，要写到“字字血、声声泪”。

29. 学界现在空谈风盛，说大话。简单的事，他给你讲得玄而又玄，什么国际政治要“站得高一点”，要“超越主权”。那是科索沃的导弹没有打到他家。如果他女儿是邵云环，他就不“超越”了。“超越”这个东西，一见血，就不灵。现在有的国际政治课还一定要以“数学模型”显水平，瞎忽悠。兵不厌诈，数学怎么能解决政治学中“诈”，即“披着羊皮的狼”的问题。求真当然重要，证伪则更难，而在国际政治学中面临最多的恐怕是证伪问题。

30. 军事学最接近真理，最接近真哲学，因为战场上没有“三种可能性”，战场上的军人只有一种可能性：要么生，要么死。选择正确者生，错者亡。掉脑袋的事哪能容人胡思乱想。

31. “饱暖思淫欲”，饱暖了，人就容易胡思乱想。有些专家谈粮食安全，十个人十种观点，我相信让他们饿上三天后，他们就可能只剩下一种观点了，再饿三天，眼睛都绿了，就不会空谈了，就要动粗了。

32. 到野生动物园，如入桃花源，不知魏晋：狮子和老虎在树荫下横竖躺在一起，熊见了人也拍着巴掌欢迎，野猪悠闲地自由奔跑。为什么虎狮之

---

①此借邓拓《过东林书院》的诗句并反其意而用之。1960 年 5 月邓拓参观东林书院时有感而发：“东林讲学继龟山，事事关心天地间。莫谓书生空议论，头颅掷处血斑斑。”参阅张帆：《才子邓拓》，深圳：海天出版社，1999 年，第 325 页。

间那么和谐？资源无限供给——这与我们自助餐时的感受一样。电视上有猫和狗交朋友，还是食物供给没有问题。只要资源供给充足，魔鬼与天使也能交朋友。

33．泡沫性荣誉越多，事物就离本质越远。“文革”后期，一般普通家庭都贴有一墙的奖状，至此，“文革”时代创造的荣誉就开始为人淡漠，而在其中得到荣誉较少的知识分子则由“臭老九”变成“香饽饽”。三十多年后的今天，“专家”“大师”称谓满天飞，有的学者的荣誉证书可用麻袋装，至此这些学者的名声就开始走下坡路。

34．承平时期易出庸官。和平了，虚浮的话不仅不会立显其祸，相反还可直获其利。毛泽东说：“战争时期，检验路线正确不正确，比较容易，王明说自己的路线正确，根据地是整片整片失去嘛！张国焘说自己路线正确，8万人过了两次草地，大队伍被打得七零八落，和平时期检验路线正确不正确，要难得多。”[①]承平时期说虚话、浮话、大话，甚至鬼话所产生的负反馈只有到下一代或下几代人才能应验，而有多少人会为未来灾难而放弃眼前的利益呢？这大概就是富不过三代的原因。对此，像俾斯麦这样的铁血人物也深感无奈，他在回忆录中写道：“社会舆论通常只有回顾整整人类一代的历史，才能了解在对外政策中所犯的错误，而Achivi qui plectuntur（应当得到报应的希腊人）不总是错误举动的直接的同时代人。”[②]俾斯麦的这句话是说给德国人听的，但也许对当下的中国人也不无启迪。

35．好学生不是在学堂里培养出来的，而是在血与泪水中熬出来的。

---

①马社香：《前奏：毛泽东1965年重上井冈山》，北京：当代中国出版社，2006年，第172页。

②［德］奥托·冯·俾斯麦：《思考与回忆——俾斯麦回忆录》第3卷，杨德友、同鸿印等译，北京：生活·读书·新知三联书店，2006年，第127页。

36．医生的话比媳妇的话管用，是因为医生的话关乎生死，而媳妇的话只关乎感情。文章同理，好文章当直奔民族的生死存亡。

37．战略是刀尖上的哲学，是如何有效地节制使用暴力的学问。武，止戈也，真美人不争翡翠，真兵家不争城池，真正会打仗的人是不轻言战争的。可惜身为东方人的日本人至今仍未领悟到这一东方智慧。

38．这几年"坚定不移"一词用得越来越多，范围也越来越大，以致都用到科学试验上了。有篇文章的标题就是"坚定不移推进我国转基因技术研究应用"①。"坚定不移"地研究转基因技术，这没有问题，但若要"坚定不移"地推进应用，尤其应用在13亿人赖以生存的粮食生产上，这让人心里不踏实。自古科学应用只能建立在试验的基础上，而不能建立在"坚定不移"的决心上。在具体技术，尤其是生物技术应用上，采取"坚定不移"态度的后果不仅可怕，更是灾难。

39．臭虫眼里什么都是阴暗的，蝴蝶眼里一切都是美好的。人要往地沟里钻，眼里尽是污秽；要放眼天空，那就永是光明。

40．学习学到一定时候，其中的问题就不是讨论能解决的。天地之妙，存乎于心。道可道，非常道。经验不到，讨论不仅没有意义而且低效。比如"老婆"一词在西方人听起来就是骂人，在中国媳妇听起来就亲得不得了，这要讨论起是非来，很难有结果，因为双方没有共同文化背景下的生活体验；另如"疼"字，也是自己受伤后而非讨论后才能悟出的感觉，这与饿了就知道什么是"饱"的道理一样。夏虫不可以语冰，饱汉子与饿汉子是说不到一起的。

---

①黄大昉：《坚定不移推进我国转基因技术研究应用》，载《农民日报》，2010年3月5日，第001版。

41．明星学者佛前问计齐名于佛。佛曰：厚业，无语。

42．生活中的远见有时与人生后退的距离相关联，学术中的预见与学者在历史纵深中所站的位置相关联。管子说："疑今者察之古，不知来者视之往。"[①]预见都是对历史的回顾，有大历史的人才能有大预见。所以毛泽东说："我们看历史，就会看到前途。"[②]李斯特也说："政治科学是以历史为依据的。"[③]

43．一种学术观点受到关注并不是基于宣传，更不是基于炒作，而是基于需要。只有能满足人民需要的学术，才能为人民所关注。马克思说："理论在一个国家的实现程度，决定于理论满足这个国家的需要的程度。"[④]

44．1972年尼克松访华期间，毛泽东对到访的尼克松说"我喜欢右派"[⑤]，尼克松走后，毛泽东面嘱刚到中央工作不久的王洪文读《后汉书》中的《刘盆子传》[⑥]。如果将同年发生的这两件事联系起来，可知毛泽东当时的担心所在。尼克松巧妙道出了毛泽东的心思，说："美国的左派只能夸夸其谈的事，右派却能做到。"[⑦]尼克松在《真正的和平》一书中有段文字

---

①《管子·形势》，见天人：《诸子百家名句解析 上》，呼和浩特：内蒙古人民出版社，2016 年，第 149 页。

②毛泽东：《吸取历史教训，反对大国沙文主义》，见《毛泽东外交文选》，北京：世界知识出版社、中央文献出版社，1994 年，第 537 页。

③［德］弗里德里希·李斯特：《政治经济学的国民体系》，陈万煦译，北京：商务印书馆，1961 年，第 117 页。

④［德］马克思：《〈黑格尔法哲学批判〉导言》，见《马克思恩格斯选集》第 1 卷，北京：人民出版社，1972 年，第 10 页。

⑤⑦［美］尼克松：《尼克松回忆录》（中册），董乐山等译，北京：世界知识出版社，2001 年，第 675 页。

⑥据《后汉书·刘盆子传》载，西汉末年的赤眉农民起义军打到潼关后，采取抽签的方式在刘氏宗室中选出 15 岁的放牛娃刘盆子做皇帝，但因他脱离不了放牛娃习惯而失败下台。"1973 年 1 月上旬，在王洪文去上海前，嘱其读《后汉书·刘盆子传》。"参阅中共中央文献研究室：《毛泽东年谱（1949—1976）》第 6 卷，北京：中央文献出版社，2013 年，第 465 页。详情可参阅徐景贤：《毛泽东曾要王洪文读〈刘盆子传〉》，载《党的文献》，2005 年第 4 期。

可看作对这段话做出的补白：

当初，列宁非常清楚，西方人的天真对共产主义事业是多么有用。他以鄙夷的口吻称他们为“有用的白痴”。这些有用的白痴总是一本正经，对那些最为复杂的问题作出非常简单的、令人可笑的回答。他们这样做并非出于故意，而是出于无知。他们只会呼喊口号，他们绞尽脑汁所得出的结论，充其量也只是仅适合印在圆领衫或贴在汽车保险杆上的标语：“要爱情，不要战争”“不能用核武器扼杀我们的孩子”“要是希望和平就鸣笛吧”。这些愚蠢的废话大多都无伤大局，然而不幸的是，并不是全部有用的白痴都在街上为和平而游行或鸣喇叭，他们中的一些人还在我们的大学里教书，一些人在为报纸撰定专栏文章，一些人在电视上高谈阔论。①

尼克松说的问题，在其他国家又何尝不是呢。当年王明的空谈和赫鲁晓夫的机会主义给中国和苏联的共产主义事业带来了巨大灾难，这让毛泽东在晚年对那些紧随他的人——这些人用斯大林的比喻就是“属于那些没有经验的人，或者像飞蛾投火的共青团员”②——的治国能力深感担忧，而能体会毛泽东的这种担忧并克服我们身上的“幼稚病”，是今天学习毛泽东思想的同志们必修的功课。

45. 处士横议，是宋明两代知识分子的通病。造成这种“议论误国”恶习的原因可追溯至宋朝脱离实际的教育制度③，元代大学者袁桷④说：“自宋末年尊朱熹之学，唇腐舌弊，止于四书之注。凡刑狱簿书、金谷户口，

① [美] 尼克松：《真正的和平》，钟伟云译，北京：世界知识出版社，1999年，第6-7页。

②斯大林常将一些只有革命热情而无实际经验的人形容为“像飞蛾投火共青团员那样”，其含义接近列宁批评的“左派幼稚病”。参阅《科拉罗夫关于苏、保、南领导人会谈的笔记（摘录）》(1948年2月10日)，见沈志华：《苏联历史档案选编》第24卷，北京：社会科学文献出版社，2002年，第226页。

③钱穆评论说：“是学风之陋，南宋以来已然。”参阅钱穆：《国史大纲》，北京：商务印书馆，1994年，第698页。

④袁桷（1266—1327年），元代学官、书院山长，字伯长，号清容居士，庆元鄞县（今属浙江）人。

靡密出入，皆以为俗吏而争鄙弃。清谈危坐，卒至国亡而莫可救。”[1]钱穆先生更是痛陈：“学问空疏，遂为明代士人与官僚之通病。掌握独裁权的皇帝，往往深居渊默，对朝廷事不闻不问，举朝形成群龙无首之象，而明代风习又奖励廷臣风发言事。于是以空疏之人，长叫嚣之气，而致于以议论误国。”[2]

46. 《资治通鉴》出现在北宋后期，是由于司马光感受到了当时知识分子空谈“普世价值”（即所谓“天理”）给国家带来的危险并试图对其进行校正。尽管《资治通鉴》没有挽救大宋王朝，甚至也没有挽救大明王朝，但它挽救了中华民族。

北方游牧民族的强势崛起和大宋乃至大明王朝的倾亡对中国知识分子的心理造成大刺激，这一刺激使原本主张“存天理灭人欲”的南宋“普世价值”大师朱熹强力推出强调正心格物思想的《大学》，此后，《资治通鉴》以及《大学》中展现的重经验、轻先验和经世致用、杜绝空论的精神成了中国政治思维的主线。明末王阳明及随后的顾炎武、黄宗羲、王夫之等都带兵打仗，主张“知行合一”，这种传统在后来的曾国藩、李鸿章、张之洞、蒋介石以至毛泽东那里得到极大的张扬并取得巨大的政治成就。

五四时期“主义”与“问题”的争论和20世纪30年代中国共产党内毛泽东与王明路线的斗争，都是宋明时期“器”“理”之争的继续，但结果却与宋明时期正好相反，问题意识而不是普世原则成了毛泽东中国学术研究的主线。强调问题意识，强调知识要经过经验的过滤，是《资治通鉴》贯穿始终的哲学精髓，也是中国——不仅是中国，英国崛起时有培根的试验哲学，美国崛起时有杜威的实用主义——近现代迅速崛起的精神原因。

历史的经验告诉我们，不讲实事求是，只讲“普世价值”的国家和民族是注定要灭亡的。

---

①②钱穆：《国史大纲》，北京：商务印书馆，1994 年，第 698 页。

47. 五四时期，中国国家灾难深重，北京大学不自觉地成了实事求是思想的摇篮。当时北大有两个了不起，但在当时又不是太显眼也并不太被接受的人物，一个是胡适，另一个是毛泽东。那时候北大讲“兼容并蓄”而不是实事求是。讲坛上宏论滔滔，但多不太讲问题只讲主义。因为当时的问题太残酷，太不斯文。胡适主张少讲主义，多讲问题。许多人冤枉胡适说他不讲主义，只讲问题。其实，胡适只是针对当时学界空谈的弊端，主张不要脱离中国问题谈主义，应针对具体问题谈主义。[①]主义是“理”，问题是“器”，这场问题与主义的争论其实是宋末“理”“器”之争的继续。胡适的思想来源是其美国的学术导师，著名的实用主义哲学大师杜威（John Dewey，1859—1952年）。也有人将杜威学说简单归为“有用就是真理”，似乎杜威没有原则，其实不是那么回事[②]。杜威主张在主观客观交换及其效用中产生经验，经验产生道理。当时青年毛泽东深受已深深扎根于中国湖南的明末清初学者王船山的“至诚实用”“实事求是”“力行第一”的思想。毛泽东在老师杨昌济和何叔衡的影响下，也看重船山学说。1919年9月1日，毛泽东响应胡适“多研究些问题”的倡议，在湖南起草了《问题研究会章程》。1921年，他在何叔衡的支持下，在船山学社原址上创办湖南自修大学。新中国成立后，毛泽东亲笔书写“船山学社”匾额。[③]值得回味的

---

①胡适就自己写作《多研究些问题，少谈些主义》的意图后来有过解释，他说：“在那篇文章里我指出：第一，空谈好听的‘主义’，是极容易的事。第二，着重外来进口的‘主义’对（解决）中国（实际）问题，是没有用处的。我并说明一切主义都是某时某地的有心人，对于那时那地的实际问题所提出的实际的解决方案。我说如果我们不去实地研究我们自己现有的社会、政治和文化的需要，单会空谈一些外来进口的抽象主义，是毫无用处的。第三，偏向纸上的‘主义’是很危险的。这种口头禅很容易被无耻的政客利用来做种种自私害人的事。”参阅《胡适口述自传》，唐德刚译，北京：华文出版社，1992年，第214页。

② 1954年12月28日，毛泽东在给李达的信中特别叮嘱：“在批判实用主义时，对实用主义所说的实用和效果，和我们所说的大体同样的名词，还需加以比较说明，因为一般人对这些还是混淆不清的。”参阅《毛泽东书信选集》，北京：人民出版社，1984年，第487页。

③ 1950年10月2日，毛泽东复信张有晋：“遵嘱写了船山学社四字，未知可用否？”参阅中共中央文献研究室：《毛泽东年谱（1949—1976）》第1卷，北京：中央文献出版社，2013年，第203页。

是，毛泽东他们办的“自修大学”的校名和章程都是胡适确定的。①这样，毛泽东所受到的中国传统经世致用、实事求是的思想和学风与胡适的哲学思想在方法论而非本体论上产生共鸣。如果考虑到苏俄革命对中国产生的影响，可以说中国共产党的实事求是思想，是近代东西方哲学精华在中国交汇后的结果，而这来自东西两方面的同一种思想方法交汇地点恰巧是当时的北京大学。这样说来，北大的真灵魂应当是毛泽东思想。而这一点恰是当今讲求“兼容并蓄”的北大学人提得最少的。但正是统一于毛泽东思想的实事求是的思想与学风，而不是其他思想和学风才使中国从贫弱再次走向富强，从世界的边缘再次走向世界的中心。从这个意义上说，毛泽东思想不仅属于中国，也属于世界。

48．现在演技行当发展快，这表明我们的演员越来越优秀。但要命的是演戏本事却在快速向学界渗透：不来真的，只玩“秀”（Show）。真做学问，要每天爬格子，写文章；写好文章要看大量的书。现在一些学人下不得这等沉下来的功夫，于是只有靠不停在面上“运动”来显示其存在。平时没有像样的文章，只有不停地上镜、开会，在杂志上登照片。说是名人，但没业绩其实就是空的。钱钟书《围城》中描写的一些文人作秀态，现在仍有人痴心不变。人在四十之前，为了生存，弄个职称，这样想也可以理解。但

①胡适晚年旅居美国，读了萧三的《毛泽东的初期革命活动》和胡华的《中国新民主主义革命》后，追忆起当年他对青年毛泽东的吸引和影响。在1951年5月16—17日的日记上，胡适回忆说：“毛泽东依据了我在1920年的《一个自修大学》的讲演，拟成《湖南第一自修大学章程》，拿到我家来，要我审定改正。他说，他要回长沙去，用‘船山学社’作为‘自修大学’的地址，过了几天，他来我家取去章程改稿。不久他就回［湖］南去了。”胡适所说的是事实。这在毛泽东给朋友的信中可得到印证。1920年2月和3月14日毛泽东在离开北京之前分别给陶毅、周世钊的信中说：“湘事平了，回长沙，想和同志成一‘自由研究社’（或径名自修大学），预计一年或二年，必将古今中外学术的大纲，弄个清楚。好作出洋考察的工具（不然，不能考察）。”“我想我们在长沙要创造一种新的生活，可以邀合同志，租一所房子，办一所自修大学（这个名字是胡适先生造的），我们在这个大学里实行共产的生活。”“如果自修大学成了，自修有了成绩，可以看情形出一本杂志。”参阅中共中央文献研究室、中共湖南省委《毛泽东早期文稿》编辑组：《毛泽东早期文稿》，长沙：湖南人民出版社，2008年，第420、429页。

人奔五十了，该知天命。天命是什么呢？就是好好做事，本分做人。你的名字是和你的事业联系在一起的，不是与你名片联系在一起的。文章是你的名片，但名片却不能印成文章。做人做事必须踏踏实实。

49．现在的社会留给知识青年的路很窄，孩子只有通过考试体现自身价值。考试毕竟是手段，但现在却成了目的。考上了清华北大，乡亲们都说，这孩子不错；考上研究生，乡亲们又说不错；再考上博士，该出点真成绩了，没有。怎么办呢？人总得有个价值体现吧。二十八九了，又去考托福。考完托福还不见“水平”，再考GRE，要考几千分，整死人。出国前挺自豪，也找到了“有学问”的感觉。到了美国，总要做点真学问，写点好文章，来点真格的。但还是真的没有。怎么办？就在美国研究中国文化。凭什么？凭他来自中国。理由也简单：“不懂中文也没在中国待过怎么能研究中国。”但时间长了，还不出好东西，人家看出了破绽；怎么办？不行再回中国。四十好几了，回来干嘛？在中国研究美国文化，凭什么？凭他从美国回来，理由也简单：“不懂英文，也没去过美国怎么能研究美国。”就这样又成了所谓“美国问题专家”。见了故友，肩膀一耸，两手一摊，“我刚从America（美国）回来”。时间长了不见有真研究，一急就跑美国，回来说我见了某某大人物，大人物说了什么什么，就是没有自己的真观点和真分析，好像不是在做而是在表演学问。难怪有网友为这些“秀”才们的前途着想，建议在博士学位之上设“壮士”学位，免得他们找不着“做学问”的感觉。

50．考试能力的提高是人生发展的必要手段，在承平时期，忽视这种能力是愚蠢的，因为它会使人生发展在其起步之初就变得更为艰难；但如果这种手段不自觉地被异化为人生目的，那更愚蠢，因为这样会毁灭人的全部价值。

之四

讲真话，不如讲真理。讲真话需要勇气，而讲真理则需要过脑子

1．国家的命运不能靠空话支撑，更不能靠“八股”支撑。现在有些文章，摆了一些情况，后又指出它们的发展有三种可能性，结论是机遇与挑战并存。至于问题如何解决，它告诉你将“有待于进一步观察”。这跟没说一样。你家里着火了，你妻子问你怎么办，你说有三种可能性，行吗？孩子丢了，你说有待于进一步观察，行吗？这都是不行的。学者也要知亡国恨，大宋王朝的崩溃，这种不着边际的学问对此要负相当的责任。

2．历史表明，凡是学问越做越虚的时候，也就离亡国不远了。唐玄宗的时候，唱歌，唱啊唱啊，安禄山一下子把他赶到成都去了，他不唱了。宋时，空讲理学，讲得玄而又玄，结果北方游牧民族南下，一下将大宋皇帝赶到杭州去了。就是出现几个有志气的，像岳飞、文天祥、辛弃疾等，他们也是有心杀贼，无力回天。

3．很多人都爱说漂亮但“不打粮食”的空话。什么“和平理性”，什么“世界治理”，什么跳出军备竞赛的“两难困境”，什么“政治全球化”，多好听，多宏伟，多高瞻远瞩。那是导弹没有打到他们家，而是打到邵云环那里了。邵云环父亲回来说的“中国要强大”，这跟我们书房里说的大不一样，两个概念。如果什么时候一个导弹打到我们的单位、我们家，那

人的感觉就不一样了，就不会空谈了，甚至也要骂两句人了，因为看到的是真导弹，不是“娃哈哈”。科索沃战争中南斯拉夫的学者开始也以为战争是闹着玩的，认为美国人讲民主人权，不敢真打他们。他们举戴着靶牌，走到桥上，跟演电影一样，还搞什么反战音乐会，又唱歌又跳舞，后来见到打来的导弹都是真的，能爆炸，他们便都不出来了，也没人再举戴靶牌了。

4．大凡改革者，都有一种“天变不足畏，祖宗不足法，人言不足恤”[①]的劲头，但这劲头一旦与脱离实际的“戈尔巴乔夫”式的无知结合，其结果也是很可怕的。

5．革命也罢，改革也罢，计划经济也罢，市场经济也罢，不管建立何种体制，如果采取将前一体制中的“孩子和洗澡水一起倒掉”的态度，是不可取的。今天的市场经济绝对不能抛弃中国经过大革命才得以建立并行之有效的计划杠杆，将来的中国经济模式也绝对不能抛弃经过三十多年改革建立起并对中国崛起产生巨大推动作用的中国民族资本的力量。在未来中国经济模式中，我们需要抛弃的只是资本中的异己部分即买办资本，并在节制中保护和扶持民族资本。民族资本是在资本占优势的世界体系中提升中国国家竞争力的重要手段。苏俄刚建国的时候，列宁曾批评一些共产党员，说他们有很优秀的品质，但在经营方面却不如一个普通的资本主义店员。[②]列宁告诫这些同志“与狼在一起，就得学狼叫”[③]。节制性地运用民族资本，就是在狼的世界中用狼的语言与狼交往。不然，我们中国在未来就不能在如狼似虎的世界中与虎狼周旋，就不能打败虎狼而只能被虎狼吃掉。同样，民族资本如不被节制并由此伤及占中国绝大多数的工农兵并失去他们的支持，我们也同样要

---

① 《宋史·王安石列传》。

② ［俄］列宁：《俄共（布）中央委员会的政治报告》，见《列宁选集》第4卷，北京：人民出版社，1972年，第624页。

③ ［俄］列宁：《论黄金在目前和在社会主义完全胜利后的作用》，见《列宁选集》第4卷，北京：人民出版社，1972年，第579页。

被国际资本所打垮。因此，学会驾驭资本而不是被资本所驾驭，是当代中国共产党提升执政能力不能回避的重要课题。

6. 没有经验的书本知识是知识构成中的边缘部分。好的教育是书本知识和经验的同时提升。真理是通过主体的对立面展开并为主体所认识的。现代应试教育的致命缺陷是让认识主体没有真实的对立面，人为地将受教育者从小与社会隔离并使之失去应对社会矛盾和斗争，特别是残酷斗争的经验：为了顺利升入初中、高中和大学，孩子在其成长阶段与社会脱离，面对孩子在与社会交往中表现出的以自我为中心的幼稚，家长亦不敢对其有力矫正，因为这将打乱孩子的应试环节并由此影响孩子的“前途”。结果是大学考上了，孩子因其日益滋长的自我中心意识没有得到矫正反倒在社会上有了严重的挫折感——过于严重的话，还导致一些已上了著名大学的孩子轻生。马克思、毛泽东的教育思想——比如他们主张的“教育要与生产劳动相结合”①——的价值在于它在学校教育中加大经验成分并以此避免上述恶果。今入天命年，回首往事，现在自己的一些成绩得益于当年毛泽东提倡的那次知识青年上山下乡运动。

7. 思想是从地里长出来的，钱是在血中浸泡出来的。

8. 看了相亲节目给人留下的最深刻的感受是，空谈普世的“爱”不难，但具体到爱谁，却是一个极难确定的大问题，以致有许多人终生未婚。

9. 好学问当通天接地。

10. 对于已有名气的老师来说，如果不是工作需要或学生真的需要，在

---

①“生产劳动和教育的早期结合是改造现代社会的最强有力的手段之一。”参阅［德］马克思：《哥达纲领批判》，见《马克思恩格斯选集》第3卷，北京：人民出版社，1972年，第24页。

出版著作，尤其是出版学术著作时，最好不要在本人署名后附加一长串学生的名字，更不要在这些学生名字后再加上“等”字。这样且不说有著作权不清之嫌，仅“等”一字就“等”没了学生，突出了自己，这样对老师的形象真的不好。在目前就业压力下，学生是“等”不起的。

11. “讲真话”的真实含义应该是鼓励讲过脑子的话。前者讲的是“实事”，后者讲的是“求是”；前者讲的是准确地“格物”，后者讲的是格物后的“致知”；前者讲的是认识的起点，后者讲的是认识的方向和归宿。不经“求是”的“真话”，与不经“真话”即“实事”的“求是”一样，在许多时候是要坏事的。说真话是为了成事而不是为了坏事，不用于成事的“真话”就是不着调的胡话。“远取诸物，近取诸身”[①]，说人事，应将自己的“真话”先在自身试验；说国事，应将自己的“真话”先在自家试验。如能用身家性命试验过的“真话”，大体才可应用于国事。

12. 《易》曰：“古者包牺氏之王天下也，仰则观象于天，俯则观法于地，观鸟兽之文与地之宜，近取诸身，远取诸物，于是始作八卦，以通神明之德，以类万物之情。”这讲的既是认识论又是方法论。它告诉人们，认识天边的问题要从身边的生活经验入手，而由此再延伸出天边的理论。其次是说，用近处生活的小道理，讲天边万物的大道理。中国“四书”贯穿其中的就是这个认识论和方法论。

13. 说棍子在水中是“弯”的，这是真话，但不是真理。因此，讲真话，不如讲真理。讲真话需要勇气，而讲真理则需要过脑子。

14. 中国宋朝经济已处于世界经济发展的巅峰，同时也处于世界历史政治转换即工业文明取代农业文明的新起点。司马光（1019—1086年）和他的

---

①《白话易经》，南怀瑾、徐芹庭译注，长沙：岳麓书社，1988 年，第 379 页。

《资治通鉴》就诞生在这个世界文明新旧转换，用马克思的话说就是“历史向世界历史的转变”[①]的节点上。

遗憾的是，在这个节点上，代表新文明方向的并不是司马光，而是比他晚出生128年的意大利学者但丁[②]。恩格斯评价说：“封建的中世纪的终结和现代资本主义纪元的开端，是以一位大人物为标志的，这位人物就是意大利人但丁，他是中世纪的最后一位诗人，同时又是新时代的最初一位诗人。”[③]同是站在历史大转折的节点上，但丁在开辟着世界的未来，司马光则在挽回世界的过去。

尽管如此，司马光还是用自己的方式为中华民族做出了巨大的贡献。与黑格尔的作用相似，黑格尔用维护德皇国家体制的保守形式，在形而上学笼罩的欧洲意识形态中，为即将来临的无产阶级革命时代保存了辩证法的思想火种，它最终催生了马克思和列宁的学说，他们的学说为世界文明迎来了社会主义前途。司马光写作《资治通鉴》的本意在于“补天”，但其中那字字血、声声泪的内容体现出的经世致用、实事求是的思想方法，深深地影响了后来一代又一代的知识分子并由此挽救了整个中华民族。

15. 我们说的“美国衰落”是美帝国的衰落，不是作为民族国家的美国的衰落，苏联倒了，俄罗斯在；美帝国不在了，美利坚还在。恩格斯说，当

---

①“世界历史”，黑格尔术语，是指一个建立在工商业基础上开放和相互联系的世界。工业文明以前的历史在他看来只是“历史”，即处于“非历史的、没有开发的精神”阶段的历史，是“非历史的历史”。他以非洲为例说：“我们对于阿非利加洲正确认识的，乃是那个‘非历史的、没有开发的精神’，它还包含在单纯自然的状态之内，可是在这里只能算做踏在世界历史的门限上面。”（［德］黑格尔：《历史哲学》，王造时译，上海：世纪出版社集团、上海书店出版社，2001 年，第 102、108 页。）马克思借用黑格尔概念，将前者向后者的转变称为“历史向世界历史的转变”。（《马克思恩格斯选集》第 1 卷，北京：人民出版社，1972 年，第 51 页。）

②阿利盖利·但丁（1265—1321 年），意大利佛罗伦萨诗人，现代意大利语的奠基者，欧洲文艺复兴时代的开拓人物之一，以长诗《神曲》留名后世。

③［德］恩格斯：《〈共产党宣言〉意大利文版序言》（1893 年 2 月 1 日），见《马克思恩格斯选集》第 1 卷，北京：人民出版社，1972 年，第 249 页。

一个民族还在压迫别的民族的时候，它不是一个自由民族。美国今天压迫别人，实际上也伤害了自己。它一旦不压迫其他的民族，自己也就解放了，成了自由的民族。美帝国与美国是有区别的。

16. 野心最多只能使人成为政客和悍将，而理想则可使人成为人民的领袖和英雄。

17. 社会上各类证书越来越多，民间认证机构的规格越来越高，这反映人之间信任度越来越低了。

18. 接班人问题归根结底是国家人才培养和教育问题。知识分子是国家治理工作不能离开的重要人才来源，但其脱离实际而又十分自我的心态则使他们在因见识卓越被纳入政坛的同时也带来对事业有极大破坏作用的“王明式”的空谈，而这样的悖论又为尤其是新中国成立之初的政治家所纠结。

在利用这类知识人方面，古今政治家也有不少尝试。比如孔丘任鲁国大司寇后七日杀以言“乱政者”少正卯、秦始皇“焚书坑儒”、曹操杀杨修等，其手段最极端的大概就数明朝开国皇帝朱元璋，他对付这类不成熟的干部和脱离实际而又自视精英的知识分子采取的办法就是“金杯同汝饮，白刃不相饶”[①]，以至洪武七年（1374年）便有人抗议：“才能之士，数年来幸免者百无一二。”[②]即使这样，朱元璋也没有因此而解决培养合格接班人的问题。

---

①“太素抗直不屈，屡濒于罪。帝时宥之。一日，宴便殿，赐之酒曰：‘金杯同汝饮，白刃不相饶。’太素叩报首，即续韵对曰：‘丹诚图报国，不避圣心焦。’帝为恻然。未几，谪御史，复坐排陷詹徽，与同官十二人俱镣足治事。后竟坐法死。”参阅《明史》卷一百三十九《茹太素传》，见许嘉璐：《二十四史全译·新唐书》第五册，上海：汉语大词典出版社，2004年，第2818页。

②《明史》卷一百三十九《茹太素传》，见许嘉璐：《二十四史全译·新唐书》第五册，上海：汉语大词典出版社，2004年，第2818页。

毛泽东在新中国成立之初也面临着让朱元璋同样纠结的“知识分子问题”。但与朱元璋不同，毛泽东本人就是学生出身，早期学生运动的成败以及他自身从知识分子到成熟的无产阶级政治家的转变经历使他对知识分子的优点缺点，以及如何克服这些缺点完成自身改造，都有深刻的体验和认识。1939年12月9日，毛泽东在《一二九运动的伟大意义》一文中说：

共产党从诞生之日起，就是同青年学生、知识分子结合在一起的；同样，青年学生、知识分子也只有跟共产党在一起，才能走上正确的道路。知识分子不跟工人、农民结合，就不会有巨大的力量，是干不成大事业的；同样，在革命队伍里要是没有知识分子，那也是干不成大事业的。[①]

新中国成立初，毛泽东开始思考利用和改造相结合的知识分子政策。1950年12月29日，毛泽东为湖南省立第一师范学校题词：“要做人民的先生，先做人民的学生。”[②]这实际上提出新中国的知识分子也有一个再学习即向人民学习的新任务。1957年，毛泽东向全党提出造就社会主义新型知识分子的任务。3月12日，在党的全国宣传工作会议上，毛泽东讲了八个问题，第一是关于形势，第二、第三、第四讲的都是知识分子问题。毛泽东说：

如果在今后几个五年计划的时间内，在我们的知识分子中间，能够有比较多的人通过工作和生活的实践，通过阶级斗争的实践、生产的实践、科学的实践，懂得比较多的马克思主义，这样就好了。

没有知识分子，我们的事情就不能做好，所以要好好地团结他们。知识分子是脑力劳动者。他们的工作是为人民服务的，也就是为工人农民服务的。知识分子又是教育者。因为他们是教育者，是当先生的，他们就有一个先受教育的任务。知识分子如果不把自己头脑里的不恰当的东西去掉，就不

①毛泽东：《一二九运动的伟大意义》（1939 年 12 月 9 日），见中共中央文献研究室：《毛泽东文集》第 2 卷，北京：人民出版社，1993 年，第 256 页。

②中共中央文献研究室：《毛泽东年谱（1949—1976）》第 1 卷，北京：中央文献出版社，2013 年，第 271 页。

能担负起教育别人的任务。

知识分子既然要为工农群众服务，那就首先必须懂得工人农民，熟悉他们的生活、工作和思想。我们提倡知识分子到群众中去，到工厂去，到农村去。书当然不可不读，但是光读书，还不能解决问题。一定要研究当前的情况，研究实际的经验和材料，要和工人农民交朋友。知识分子如果同工农群众相结合，和他们做了朋友，就可以把他们从书本上学来的马克思主义变成自己的东西。那末，我们大家就有了共同的语言，不仅有爱国主义方面的共同语言、社会主义制度方面的共同语言，而且还可以有共产主义世界观方面的共同语言。①

10月13日，毛泽东在中南海主持召开最高国务院会议第十三次会议，会上毛泽东提出培养"无产阶级自己的知识分子"的任务。他说："一个政权没有自己的知识分子是不行的。无产阶级专政要造成无产阶级自己的知识分子。"②但在1958年"大鸣、大放"自由表达意见的氛围中，知识分子脱离实际而又自陷"处士横议"式清谈的缺点展露无遗，以致造成至今仍令文化人不能释怀的"反右"运动。毛泽东也明白仅靠运动式的"反右"遑论朱皇帝"白刃不相饶"的方式并不能避免中国再陷明朝旧辙。为国家长治久安，毛泽东认为在利用知识分子的长处的同时加强对他们的教育即利用和改造并重是可行的方式。最终毛泽东指出了一条新型知识分子的培养道路，这就是知识分子同工人农民相结合，教育同生产劳动相结合的道路。1958年9月8日，毛泽东在中南海召开的一次会议上就我国社会主义教育方针和干部参加体力劳动问题说：

教育比较带原则性，牵涉广大的知识界。几千年来，都是教育脱离劳动，现在要教育与劳动相结合，这是一个基本原则，是一个革命。大体上有这样几条：一条是教育与劳动相结合，一条是党的领导，还有一条是群众路

---

①②中共中央文献研究室：《毛泽东年谱（1949—1976）》第3卷，北京：中央文献出版社，2013年，第106-107、227页。

线，中心问题是教育与劳动相结合。……老读书，实在不是一种办法。书就是一些观念形态，人家写的，让这些没有经验的娃娃来读，净搞意识形态，别的东西看不到。如果是学校办工厂，工厂办学校，学校有农场，人民公社办学校，勤工俭学、或者半工半读，学习和劳动就结合起来了。[①]

1963年，毛泽东在武昌同王任重同志谈话时说："干部一方面工作，一方面参加劳动，干部参加劳动，是保证不出修正主义的根本问题。如果我们不这样做，我看再过十年二十年，也要出修正主义。"[②]1964年2月，作为干部制度改革的配套措施，毛泽东总结宋明以来的亡国教训说"烦琐哲学总是要灭亡的"[③]。他为此要求"教育革命"，认为："知识青年人到农村去，接受贫下中农的再教育，很有必要。"[④]4月21日，毛泽东在南昌对当时的负责同志说："死读书本，不从事工、农、商、学、兵的实际工作，造就不了人才。"[⑤]而"知识分子脱离了群众就没有什么用。"[⑥]赫鲁晓夫上台后的胡来，让毛泽东对中国未来国家接班人的治国能力深感担忧，他担忧未来的中国会陷入北宋那种靠"诵文书，习程课"就能入仕或苏联那种靠赫鲁晓夫式的机会主义就能晋升领导高层的干部制度。值得体会的是，就在赫鲁晓夫下台的1964年，毛泽东将培养无产阶级事业接班人的问题提上议事日程。他对党的事业接班人的条件除了立场可靠外，更加强调政治经验的成熟。5月15日，毛泽东在北京举行的中央工作会议上说："无产阶级的革命接班人总是要在大风大浪中成长的。"[⑦]1966年毛泽东发动"文化大革命"，10月1日，毛泽东在天安门上同澳大利亚共产党主席希尔谈话时再次重复自己的看法，

---

①中共中央文献研究室：《毛泽东年谱（1949—1976）》第3卷，北京：中央文献出版社，2013年，第442页。

②③⑤⑥中共中央文献研究室：《毛泽东年谱（1949—1976）》第5卷，北京：中央文献出版社，2013年，第231、315、342、397页。

④中共中央文献研究室：《毛泽东年谱（1949—1976）》第6卷，北京：中央文献出版社，2013年，第223页。

⑦毛泽东：《培养无产阶级革命接班人》（1964年6月16日），见《建国以来毛泽东文稿》第11册，北京：中央文献出版社，1996年，第87页。

他说："很多旧社会的知识分子，我们包下来了。他们看不起工农群众，看不起工农出身的人。我们还得用他们，不用他们，我们的报纸就出不了，广播也播不出去。文学界、艺术界，也是他们的人多。全部改变要用很长的时间。"[①]他希望在新的教育制度中知识分子不会脱离实际，不会"成为书呆子，成为教条主义者，修正主义者"[②]，其目的就是要防止远如大宋近如苏联的悲剧在中国重演。

19. 文章逻辑是生死。

20. 不懂历史，是目前包括美国在内的世界各国情报研究和决策部门的致命通病；而"不知有汉"[③]更是目前中国有些国际关系及相应的政策研究的致命短板。不懂历史，尤其不懂本国历史的人会毫无顾忌地横放空论，"不知有汉，无论魏晋"的人则容易陶醉于"桃花源"式的浪漫之中而不能自拔。

21. 只有无知，才会胆大；只有不懂历史，才敢轻言"盛世"。

22. 没有辩证法，思维要么偏激，要么僵化；而没有唯物论，思维就容易偏向取巧式的投机。如近年出现"非传统安全"概念，就有人由此推出"人类安全"是"非传统安全"的核心的结论；近年也出现了"软实力"概念，也有人由此导出"巧实力"概念。这些概念的要害就是不愿直面不容回避的挑战，如此推论下去就会得出用医院取代军事科学院，用"杀手锏"的概念代替"人民群众创造历史"的思想，用拥有巨大"软实力"和"巧实

①中共中央文献研究室：《毛泽东年谱（1949—1976）》第6卷，北京：中央文献出版社，2013年，第1页。

②毛泽东：《培养无产阶级革命接班人》（1964年6月16日），见《建国以来毛泽东文稿》第11册，北京：中央文献出版社，1996年，第23页。

③（东晋）陶渊明：《桃花源记》，见《古文观止》下，阙勋吾等译注，长沙：湖南人民出版社，1982年，第15页。

力”的“赛金花”[①]去征服“八国联军”的荒唐结论。

23．饱时多理，饿时少语。

24．在目前资本主义“全球化”日益受挫的颓势下，宁要全球化的“草”，也不要社会主义的“苗”，似乎也成了目下中国某些“改革”派的通病。

25．1905年俄国对日战争失败后，俄国各地流传一则笑话，说当时俄国人在远东对付日本人用的是圣像，而日本回敬俄国人的却是子弹。[②]中国航母出世后，我们有些人的批评论调似乎是在重复“用圣像对付子弹”的荒诞，说什么“中国更没有必要急于拥有战略上华而不实、政治上弊多利少的航母”[③]。这些人真的忘了马克思所说的“批判的武器当然不能代替武器的批判，物质力量只能用物质力量来摧毁”[④]这句名言；他们更不愿思考1972年毛

①赛金花（1870或1864—1936年）生活在19世纪末20世纪初，曾作为公使夫人出使欧洲四国，也作为妓女而知名上海，她在西洋时就认识八国联军总司令瓦德西，凭借这一层特殊关系，在八国联军入侵北京后，赛金花劝说联军统帅，在一定程度上减轻了八国联军在北京的暴行。

②“由于我们在1904年整个一年和1905年战场上遭到节节惨败，所以德拉戈米夫将军就编了一则挖苦的笑话，后来在俄国各地传开了。他说：我们总想用圣像去打日本人，他们却用炮弹和炸弹来揍我们；我们用圣像来对付他们，他们用子弹对付我们。”参阅［俄］谢尔盖·尤里耶维奇·维特：《俄国末代沙皇尼古拉二世——维特伯爵的回忆》，张开译，北京：新华出版社，1983年，第238页。

③“就中国是否应该拥有航母而言，也需要冷静客观地结合中国所处的历史条件及中国的国家战略与目标进行综合分析。政治上，中国不需要通过拥有航母舰队来证明自己的大国地位，中国的和平外交政策与理念使中国不会像美国一样通过航母搞“炮舰外交”。战略上，中国奉行防御型战略，那种能把舰载机送往敌国海岸与敌国较量的能力对于中国不是必不可少的能力，而在远洋与敌国进行海上战略决战的理念更是陈腐之至。总之，航母本质上是一种过时的战略兵器，如果条件允许，中国搞一点也无大碍，但没有迫切性、更不是必不可少。特别是在当前不少国家对中国快速发展心存疑惧、‘中国威胁论’还有市场的情况下，中国更没有必要急于拥有战略上华而不实、政治上弊多利少的航母。当然，有关的技术评估、研究不应中断。”参阅林利民：《航母：不敢说爱你》，载《世界知识》，2005年第18期。

④［德］马克思：《〈黑格尔法哲学批判〉导言》，见《马克思恩格斯选集》第1卷，北京：人民出版社，1972年，第9页。

泽东提醒到中央工作不久的王洪文读《后汉书》中的《刘盆子传》、同年毛泽东又对到访的尼克松说“我喜欢右派”[①]、次年毛泽东又推邓小平复出这几件事之间的思想联系。毛泽东明白，那时中国“左”派的致命通病是，他们手中有的只是“圣像”而没有“子弹”，更无使用“子弹”的沙场经验——恰巧，这些也成了今天中国自由派“公知”的致命通病。

26. 罗马共和国随西赛罗[②]的雄辩而亡。

27. 拿破仑说：“大炮摧毁了封建制度，墨水正在摧毁现在的社会制度。”[③]

28. 今天美国在衰落，但世界资本尚未衰落。美国是国际金融资本集团受害者，华尔街集团把美国压榨得没有油水后，将抛弃美国并另寻新的盘剥对象国。马克思说“工人没有祖国”，是因为资本没有祖国。今天美国倒了资本还在，金融资本的力量仍不可低估。对此，要有充分的思想准备。

29. 文章的任务重在解决问题，而不重在解释问题。解释问题可有千万种方案，而能用于解决问题的方案只能是少数几种。不解决问题的解释——列宁说“它无疑的是一朵不结果实的花”[④]——是没有实质意义的。正如人饱时会对“饥饿”问题有千万种解释，而当自己真正面对饥饿时，可形成解

---

① [美] 尼克松：《尼克松回忆录》（中册），董乐山等译，北京：世界知识出版社，2001 年，第 675 页。

②马库斯 · 图留斯 · 西赛罗（Marcus Tullius Cicero，公元前 106 年 1 月 3 日—前 43 年 12 月 7 日），古罗马著名政治家、演说家、雄辩家、法学家和哲学家。出身于古罗马 Arpinum 的奴隶主骑士家庭，以善于雄辩而成为罗马政治舞台的显要人物。从事过律师工作，后进入政界。开始时期倾向平民派，以后成为贵族派。公元前 63 年当选为执政官，在后三头政治联盟成立后被三头之一的政敌马克 · 安东尼（Marcus Antonius，公元前 82—前 30 年）派人杀害。

③ [俄] 列宁：《哲学笔记》，见《列宁全集》第 55 卷，北京：人民出版社，1990 年，第 349 页。

④ [俄] 列宁：《谈谈辩证法问题》，见《列宁选集》第 2 卷，北京：人民出版社，1972 年，第 715 页。

决方案的解释可能只有几种乃至一种。写出最接近解决问题的文章，就是我们需要的好文章。

30. 梁启超文章激情万丈，但空论较多，于事无补。毛泽东年轻时“崇拜康有为和梁启超”①，1936年毛泽东回忆说有一个绰号叫“袁大胡子”②的国文老师劝他少学梁启超，多学韩愈，这话对毛泽东帮助很大③。新中国建立后，毛泽东曾说“梁启超写政论往往态度不严肃。他讲究文章的气势，但过于铺陈排比；他好纵论中外古今，但往往似是而非。他自己也承认有时是信口开河”；“梁启超那个时候写文章的人好卖弄‘西学’，喜欢把数学、化学、物理和政治相提并论，用自然科学的术语来写政论，常常闹出许多笑话”。毛泽东进而发论说“写文章尤其政论文章最忌以势吓人，强词夺理”。④文风如人，梁启超那能生事而不能成事的高亢作风，促成了震惊中外的“戊戌变法”⑤，但当他将光绪推向变法的高峰时，却发现他留在光绪及其变法事业前面的只有纵身跳崖一途了。

毛泽东说“韩愈的古文对后世很有影响”⑥，据龙伯坚《回忆〈新湖南〉》称：“1950年夏，我到北京开会，受到毛主席的单独接见。毛主席

---

① 1910 年毛泽东进入湘乡东山高等小学堂读书，喜读梁启超主编的《新民丛报》，毛泽东后来说他那时“崇拜康有为和梁启超”。转引自盛巽昌、欧薇薇、盛仰红：《毛泽东这样学习历史，这样评点历史》，北京：人民出版社，2005 年，第 3 页。

② “袁大胡子”，即袁仲谦。前清举人，1914 年为湖南一师国文教师。

③ 1936 年毛泽东在保安接见美国记者埃德加 · 斯诺说他青年在湖南一师时“学校里有一个国文老师，学生给他起了个‘袁大胡子’的外号。他嘲笑我的文章，说它是新闻记者的手笔。他看不起我视为楷模的梁启超，认为他是一个半通不通的人。我不得不改变我的文风，去钻研韩愈的文章，学会了古文的措词。所以，多亏袁大胡子，今天我如果需要的话，仍然能够写出一篇过得去的古文”。参阅薛泽石：《听毛泽东讲史》，北京：中央文献出版社，2003 年，第 284 页。

④吴冷西：《忆毛主席——我亲身经历的若干重大历史事件片断》，北京：新华出版社，1995 年，第 163 页。

⑤戊戌变法指 1898 年（农历戊戌年）以康有为为首的改良主义者通过光绪皇帝所进行的资产阶级政治改革，变法历时 103 天终归失败。改革派遭到清洗，光绪被囚，维新派康有为、梁启超分别逃往法国和日本，谭嗣同等 6 人（戊戌六君子）被杀害。

⑥薛泽石：《听毛泽东讲史》，北京：中央文献出版社，2003 年，第 284 页。

的记忆力最强。在五四运动时期，他对于唐朝韩愈（昌黎）的一些主要文章能背诵如流。这次会面时，他还对我说，仍然能背诵好多篇韩昌黎的文章。”[①]毛泽东这些读书作文心得，我们后生们当认真体会。

31．学古文写作当从韩愈起步；学今文写作当以“老三篇”[②]为范本；学经济当以马克思的《资本论》为底色。

32．只有无私的，其理论才可能是科学的。理论工作者内心哪怕有一点自私的念头，其理论一定会远离实事求是，远离科学。

33．孔子说：“三十而立，四十而不惑，五十而知天命。”[③]这是他人生体验的结晶。孔子三十岁左右时，到处推销自己[④]，成少败多；四十岁左右时，有点像主张“不断革命”的托洛茨基，到各城邦支持革命，也是屡战屡败；近五十岁时，《史记·孔子世家》云：“孔子不仕，退而修《诗》《书》《礼》《乐》，弟子弥众，至自远方，莫不受业焉。”[⑤]

事实上，五十岁之后的孔子并没有完全去掉托氏“不断革命”的劲头，对现世政治仍有浓厚的兴趣。毛泽东说：“郭沫若曾经用很多材料证明，孔夫子所以成为圣人，是因为他是革命党，到处参加造反。说孔夫子著春秋‘而乱臣贼子惧’，那是孟子讲的，其实当时孔夫子周游列国，就是哪里造反他就到哪里去，哪里想革命他就到哪里去。所以此人不可一笔抹杀，不能

---

①盛巽昌、欧薇薇、盛仰红：《毛泽东这样学习历史，这样评点历史》，北京：人民出版社，2005 年，第 98 页。

②“老三篇”，即毛泽东的《为人民服务》《愚公移山》《纪念白求恩》三篇文章。

③《论语·为政》，见《四书全译》，刘俊田、林松、禹克坤译注，贵阳：贵州人民出版社，1988 年，第 92 页。

④公元前 522 年（鲁昭公二十年）孔子三十岁，自十五岁有志于学的他已在社会上站住脚。是年齐景公与晏婴来鲁国访问，齐景公会见孔子，与孔子讨论秦穆公何以称霸的问题。

⑤《史记·孔子世家》，见许嘉璐：《二十四史全译·史记》第一册，上海：汉语大词典出版社，2004 年，第 750 页。

简单地就是‘打倒孔家店’。”[①]与其他纵横家不同的只是，孔子组织和参与的“革命”事业败多成少，一生唯能留给后世的恐怕只有他整理出的历史文献和《论语》中体现的思想。可能在半百之后而非在当时，孔子才有了“五十知天命”的感慨。

司马迁对孔子的好评侧重于学术，说：“孔子布衣，传十馀世，学者宗之，自天子王侯，中国言六艺者宗於夫子，可谓至圣。”[②]曾雄心勃勃追随汉武帝修齐治平的司马迁可能只是借对孔子的评价在表达自己遭贬后对“天命”的新认识。

34．无产阶级的立场一定要与无产阶级专政相联系，资产阶级立场也一定要与资产阶级专政相联系。团结谁的前提是打击谁，要想搞清新时期“人民内部矛盾”，须先搞清新时期的人民外部即敌我矛盾什么样。真理的逻辑是从对立面展开的，人的政治立场是血洗出来的，而不是用嘴皮子吹出或笔杆子摇出来的。

35．写出好文字，青年人需要思想，老人则需要力气。人要在两者兼之的五十岁左右，赶快写出身前有价值、身后又不后悔的作品。

36．“文革”中的集体创作反映在版权页上的是“创作组”，现在集体创作反映在版权页上的是作者或译者署名后加“等”字。

37．社会科学依据的多是学者个人对生活的体验及其学识对历史纵深的通透，二者不可缺一，而这两者都不能用钱多和人多来解决。历史上像《史记》《论持久战》《资本论》这类名著鲜有通过课题和团队合作的方式完

①毛泽东：《关于辛亥革命的评价》（1954年9月14日），见中共中央文献研究室：《毛泽东文集》第6卷，北京：中央文献出版社，1999年，第345页。

②《史记·孔子世家》，见许嘉璐：《二十四史全译·史记》第一册，上海：汉语大词典出版社，2004年，第766-767页。

成；与此相应的反证则是：在课题和团队合作研究方式盛行的当下，上述高质量的作品罕有再生。

38．年轻时做学问重在讲出真理，讲出真理需要勇气；老来做学问，方知要将更多的精力用于证明真理，证明真理需要几乎是终生的耐心。年轻时只知说出某种观点是学者的权利；老来才知证明这种观点则是学者行使权利后必尽的义务。只知有言论自由权利而不知有证明这种言论正确与否的义务的学者是片面的和不成熟的。

39．书是有生命的。小时候，经历了一些运动，看到一些被烧毁了的书没几年又印了出来且广为传播；也看到有许多书刚出版没几天就被收废品的上门成捆拉走。年轻时读书常想，为什么《老子》《论语》《孙子》《史记》《资治通鉴》《资本论》等年代更为久远的著作不能被毁灭？且不说《资治通鉴》为历代政治家所偏爱[①]，就是给资本主义社会下达了死亡通知书的《资本论》，也惹得一代代资本家们挑灯夜读，恋恋不舍。如将这些看似对立的现象联系起来分析，就会发现，反者道之动：书的生命是通过它的对立面的否定而获得肯定的；书仅让同道喜爱还是不够的，能让对手们不得不读、读得心痛又舍不得毁的书，才是有生命力的好书。而书的生命力，不管它是长是短，也一定随着它的对立面的消失而消失——记得当年被收废品的打捆拉走的多是这类言不及义、没有问题针对性的书。

40．问题是书的生命源泉。书的生命长短在于它所涉问题的大小，这样书的观点和结论就不能以狭隘的个人私见为依据，它所依据的只能是从历史事实中揭示出的不以人的意志为转移的铁律。在这里，个人观点只是铁律即历史规律的人格化的表现形式。马克思《资本论》讨论的是资本主义时代最基本的问题，他在第一版序言中说：

---

①薛泽石：《听毛泽东讲史》，北京：中央文献出版社，2003年，第359-360页。

一个社会即使探索到了本身运动的自然规律，——本书的最终目的就是揭示现代社会的经济运动规律，——它还是既不能跳过也不能用法令取消自然的发展阶段。但是它能缩短和减轻分娩的痛苦。[①]

规律不能以带有私意的笔触来描述，马克思说：

我决不用玫瑰色描绘资本家和地主的面貌。不过这里涉及到的人，只是经济范畴的人格化，是一定的阶级关系和利益的承担者。我的观点是，社会经济形态的发展是一种自然历史过程。[②]

既然是规律，那不管是进步的还是反动的阶级都会知道它是一个可以加速或延缓而不能人为消除并因此需要了解和认识的历史进程。如果这些规律在你的书中得到深刻的反映，那么在这个规律作用下的人，哪怕是规律的敌人，如果他的思维还足够深刻的话，都会对这本书的价值予以极大的敬意。与很多名著一样，《资本论》达到了这样的高度：马克思的塑像在资本的母国英国屹立迄今，《资本论》在一次比一次更猛烈的资本主义危机中越来越广泛地传播[③]。马克思去世后，恩格斯说“《资本论》在大陆上常常被称为‘工人阶级的圣经’”[④]；当然，这本书也同样是让资本家们认识本阶级历史地位和前途的“圣经”——这是后来大批地主、资本家及其后代背叛本阶级转向无产阶级解放事业的重要原因。

41．书的生命是在历史的筛选中延续的。历史是思想的助推器，也是思想的过滤器。历史上多次发生过“焚书”事件——这并不值得大惊小怪，它与“抄书”一样，无非是历史筛选思想的不同方式；而执行这一次次筛选的，并不只是统治者或被统治者的单方面行为，而是双方长期磨合的结果，只有让双

---

①② ［德］马克思：《资本论·第一版序言》，北京：人民出版社，1975 年，第 11、12 页。

③据报道，2011 年马克思的《资本论》在德国的销量比 2005 年增加两倍，是 1990 年的 100 倍。马克思塑像又重新回到了德国莱比锡大学的校园。姚蒙、纪双城：《马克思〈资本论〉再畅销》，载《党建》，2009 年第 1 期。

④ ［德］马克思：《资本论·英文版序言》，北京：人民出版社，1975 年，第 37 页。

方彼此都舍不得销毁或反复销毁后又不断为时代所催生的书才能在人类历史长河中拥有长时段的生命力。历史上有许多书虽存犹亡——这种书佚失后不会再现，有的书虽亡犹存——这种书将会为历史反复催生。孟子明白这一点，他告诉我们："尽信《书》，不如无《书》。"①

42. 正确的认识需要正面教育，但这只完成了教育的一半，另一半还需要反面教员的作用。这方面不能着急，正面教育最多只能完成前半段工作，没有反面经验和反面教员，人的认识不能完成向后半段的飞跃。正面教育无法代替反面教育，不停顿的正面教育的结果就是自我否定即受教育者日益强烈的质疑和反逆——由此可以解释青少年阶段叛逆心态产生的原因。所以，教育工作是一个需经正、反、合三过程的慢活，不能急，得慢慢来，它必须经历"否定之否定"的各阶段，唯物论和辩证法一样也不能跨越。全体国民对国家政策的认同、对国家发展道路的共识，其形成过程与此同理。反面经验，从而反面教员，是全民族正确认识形成的助推器。老子说"反者道之动"；毛泽东说"坏事越多，好处就要来了"②，讲的就是这个道理。

43. 凡事不急，最有效的教育是反面教育，最好的老师是敌人，只要是墙，碰了头是要疼的。没有这些，全民共识无法达成。普京是西方人逼着俄罗斯人接受的。毛泽东昨天被一些不明事理的中国人赶下"神坛"，但西方人又逼着这些人再次接受毛泽东并将毛泽东送上"神坛"。历史辩证法就是如此。

44. 没有孩子不知爱，不养孩子不知孝。人，尤其是孩子，更多的是因为没有经历而不是没有学习或受教育，才缺少某种知识。

---

①《孟子 · 尽心下》，见《四书全译》，刘俊田、林松、禹克坤译注，贵阳：贵州人民出版社，1988 年，第 635 页。

②中共中央文献研究室：《毛泽东年谱（1949—1976）》第 3 卷，北京：中央文献出版社，2013 年，第 85 页。

45．孩子懂事知道了叔叔阿姨是谁，青年懂事知道了领导是谁，中年懂事知道了社会是什么，50岁后懂事知道了天是什么。当知道天叫什么时，你眼中留下的就只有事的差别而没有人的差别。

46．饭要大家一块吃，学问也要大家一起做，中国的事业需要大家一起干。最贴近真理的学问肯定不是一个人所能完成的。历史上，大凡自称独占真理的人往往被真理所奚落。毛泽东说："群众是真正的英雄，而我们自己往往是很可笑的，不了解这一点，就不能得到起码的知识。"①

47．人只要不脱离劳动，思维就不会脱离实际。所以毛泽东让包括自己亲属在内的知识青年到农村去插队锻炼，让干部到"五七干校"参加劳动，与工农兵相结合。

48．黑格尔是个大思想家。但是，他的思想对西方的影响并不像我们理解得那样大，他在西方更多的只是摆设品，没有坐上哲学头把交椅。西方用得多的还是形而上学。西方是形而上学的故乡，西方人更是天生的形而上学大师，他们用"微积分"式的思维将形而上学发挥到极致，造出计算机这类东西。但在东方人擅长的辩证法上，西方人往往显得笨拙。形而上学解决问题，更多是依靠增量的办法来解决问题。他们的战术多是重形式，轻变化，形而上学，一根筋打到底。为什么，思维没有辩证法，不能自觉升级。小布什打伊拉克，用成吨黄金去砸那些数不清的目标。除了食洋不化者，东方人是不会这样的。真正把黑格尔思想保持和运用好的并不是西方人，而是东方人。东方人知道打得赢就打，打不赢就走，以我为主，用孟子的话说就是："万物皆备于我"②。东方是辩证法的故乡。

---

①毛泽东：《〈农村调查〉的序言和跋》，见《毛泽东选集》第3卷，北京：人民出版社，1991年，第790页。

②《孟子·尽心上》，见《四库全书》，刘俊田、林松、禹克坤译注，贵阳：贵州人民出版社，1988年，第609页。

49．脱离实际是要亡国的。苏联戈尔巴乔夫时文艺改革就是取消阶级论，宣扬人性论，否定无产阶级专政，结果苏联瞬间解体。宋朝也是这样，“横看成岭侧成峰，远近高低各不同，不识庐山真面目，只缘身在此山中”，苏轼这首诗的政治相对论意味很浓，若译为政治诗就是：说你是宋朝人你就是宋朝人，说你不是宋朝人就不是宋朝人，为什么是宋朝人，是你把自己当成宋朝人。你若不把自己当宋朝人，你也就不是宋朝人。正是这样的政治相对主义思想在知识分子中的泛滥才导致“靖康之耻”。当时的知识分子脚底有滑轮，风险来了都是“范跑跑”[①]，这样才有了偏安一隅的南宋小王朝。有句话叫“人定胜天”，南宋刘过解释为“人定兮胜天”[②]。只有失败的南宋人才能有如此深刻的解释。心散了，人就没有担当，当今我们社会中的“范跑跑”现象就是这么来的。

50．黑格尔在确认形式逻辑的贡献的同时，也批评形式逻辑是只能解决简单的“学校的逻辑和学校的形而上学”，“并且不管人们如何规定真理，它们对于较高的真理，例如宗教的真理，总是不能适用的——它们根本只涉及知识的正确性而不涉及真理”。[③]关于数理逻辑，黑格尔在承认其贡献的同时，也指出它不适用于哲学。他说：“纯粹数学也有它的方法，适合于它所专门考察的抽象对象和量的规定。关于这种方法以及在数学中能找到科学性较低的东西，其本质的东西，我在《精神现象学》序言里已经谈过；但在逻辑本身范围内，也还要对这种方法作更详尽的考察。斯宾诺莎、沃尔夫和其他的人，找错了路子，竟把这种方法也应用于哲学，并且把无概念的量的外在过程做成概念的过程，这个办法本身就是自相矛盾的。”[④]

---

① 2008 年 5 月 12 日汶川发生大地震，四川都江堰光亚学校教师范美忠在地震时，抛下一个班的学生独自逃生。范美忠因此被人戏称为“范跑跑”。侯敏，周荐：《2008 汉语新词语》，北京：商务印书馆，2009 年，第 44 页。

② “人定兮胜天，半壁久无胡日月。”参阅（宋）刘过：《龙州集》卷一《襄阳歌》，上海：上海古籍出版社，1978 年，第 1 页。

③④ [德] 黑格尔：《逻辑学》上卷，杨一之译，北京：商务印书馆，1966 年，第 16、35 页。

笔记

目录

之一　战争比和平发达得早 //353

之二　要团结绝大多数人，这是战略问题 //379

之三　坏事越多，好处就要来了 //390

之四　做好事也要商量着做 //401

之一

战争比和平发达得早

1. 众生度尽，方证菩萨，地狱不空，誓不成佛。[①]

2. 君者，群也。群天下万民而除其害者，谓之君。[②]

3. 只要我们注意考察英国的自由贸易的性质，我们几乎可以处处看到，它的“自由”的基础就是垄断。[③]

4. 美国加图研究所国防与外交政策研究室副主任特德·盖伦·卡彭特出版《即将来临的美国为台湾与中国的战争》一书，在全书结尾时分析台湾问题的症结并得出结论[④]：

（1）美国继续对台出售武器而不提供安全保证的政策，是基于这样一种认识，即台湾是美国的一种有限的或“边缘性”利益，而非至关重要的利益；

（2）对台湾的安全保证需要承担巨大的而非极小的风险。即使一场最

---

① 《地藏经·药师经》，许颖译注，北京：中华书局，2009 年，第 27 页。

② （宋）李昉：《太平御览·皇王部一》，石家庄：河北教育出版社，1994 年，第 653 页。

③ ［德］马克思：《鸦片贸易史》，见《马克思恩格斯选集》第 2 卷，北京：人民出版社，1972 年，第 29 页。

④ Ted Galen Carpenter, America's Coming War with China: A Collision Course over Taiwan, New York: Palgrave Macmillan. 2005, pp. 178-179.

初仅限于台湾海峡的小规模武装冲突，也可能会升级以致失控，而置美中两国决策者的意图于不顾。对于美国来说，这种程度的风险只能在保卫其至关重要的安全利益时才能承受，而维持台湾事实上的独立并不符合这一标准；

（3）最后提出结论性的政策建议，认为“美国在台湾独立问题上不持任何立场”。

该书洋洋数十万言，对美国政府的建议其实就是一句话：让“台独”自生自灭！

5. 下面的资料说明大国崛起并不是经济发展的结果，而是经济发展的原因，而促成国家崛起的直接动力是战争：

1895年日本打败中国后，日本将从中国攫取的3.64亿日元战争赔款中的90%用于扩军备战①，在此基础上，在随后的7年间，日政府还分3次发行外债，得到了总计1.9亿日元的公共事业投资资金。日俄战争期间，日政府又接连不断地分4次发行了相当于8亿日元的外债用作战争经费②。1904年1月5日（俄历），日本驻伦敦公使拜访并明确告诉英国外交大臣兰斯多恩：日本“用自己的储备只够打一年，通过增税和发行纸币可以把战争再支持6个月，到那时候，财源就枯竭了”③。“1905年底在与俄国进行和平谈判时，日本财政已处于崩溃的边缘”④。1905年，日本在日俄战争中打败俄国并成为东北亚的霸主。

6. 可以设想有一个孤独野人占有东西。但是在这种情况下，占有并不

---

①崔丕：《近代东北亚国际关系史研究》，吉林：东北师范大学出版社，1992年，第229页。

②［日］大野健一：《从江户到平成》，藏馨、藏新远译，北京：中信出版社，2006年，第82页。

③《关于战争爆发的英国文献》，见［苏］鲍·亚·罗曼诺夫：《日俄战争外交史纲 1895—1907》上册，上海：上海人民出版社，1976年，第376页。

④［美］保罗·肯尼迪：《大国的兴衰——1500—2000年的经济变迁与军事冲突》，王保存等译，北京：求实出版社，1988年，第254页。

是法的关系。[①]

7. 20世纪20年代“四一二”惨案和30年代红军从长征出发时的8万余人锐减到3万余人[②]的惨败经验使共产党人拒绝了王明并选择了毛泽东，这段经历告诉我们，理论如没有经验的过滤，就不能进入科学的境界。

8. 战争比和平发达得早。[③]

9. “实践是检验真理的唯一标准”的提法并没有错，问题是以什么样的实践效果为标准。比如单纯以国民生产总值（GNP）或国内生产总值（GDP）高低为经济发展的核心标准，那么下列现象就不能得到解释：

1700—1890年世界国民生产总值分布（%）

	1700年	1820年	1890年
中国	23.1	32.4	13.2
印度	22.6	15.7	11
日本	4.5	3	2.5
欧洲	23.3	26.6	40.3
美国	0	1.8	13.8
俄国	3.2	4.8	6.3

①③ [德] 马克思：《〈政治经济学批判〉导言》，见《马克思恩格斯选集》第2卷，北京：人民出版社，1972年，第104、111页。

② 1934年10月，中央红军在长征开始的初期就遭受5万余人的重大损失，其中过第一道封锁线减少了3700人，过第二道封锁线减少了9700余人，突破第三道封锁线损失了8600余人，突破湘江时锐减30 500余人，使出发时的8.6万红军，渡过湘江后只剩下3万余人。参阅王美芝：《中央红军长征初期遭受重大损失的情报原因》，载《党的文献》，2012年第5期，第68页。

世界国民生产总值每年平均复合增长率（%）

	1700—1820年
中国	0.85
欧洲	0.68
日本	0.21

以上两表根据［英］安格斯·麦迪森：《中国经济的长远未来》，楚序平、吴湘松译，北京：新华出版社，1999年，第57页。

上述资料告诉我们：1820年中国GNP是欧洲的1.22倍，1890年中国GNP是日本的5.28倍；中国的GNP增长率从1700年至1820年间一直领先于欧洲和日本。但在1820年后的20年即1840年，中国却被英国在鸦片战争中打败，1895年在甲午战争中又被日本打败，中国因此失去香港、澳门和台湾并被迫签订了一系列丧权辱国的条约。这说明，我们长期信奉的经济发展的单纯GNP标准是会亡国的，而亡国的标准就不是正确的标准。没有谁将死亡作为发展的标准。

1820—1950年欧洲、拉丁美洲人均GDP增长率（%）

	1820—1870年	1870—1913年	1913—1950年
欧洲国家			
西欧合计	0.95	1.32	0.76
东欧合计	0.63	1.31	0.89
英国	1.26	1.01	0.92
法国	0.85	1.45	1.12
德国	1.09	1.63	0.17
拉丁美洲			
拉美44国合计	0.10	1.81	1.43

1820—1950年欧洲、拉丁美洲及俄国／苏联地区GDP增长率（%）

	1820—1870年	1870—1913年	1913—1950年
		欧洲国家	
西欧合计	1.65	2.10	1.19
东欧合计	1.36	2.31	1.14
英国	1.71	2.14	1.16
法国	1.27	1.63	1.15
德国	2.01	2.83	0.30
		拉丁美洲	
拉美44国合计	1.37	3.48	3.43
		俄罗斯	
俄国/苏联	1.61	2.40	2.15

以上两表根据[英]安格斯·麦迪森:《世界经济千年史》,伍晓鹰等译,北京大学出版社,2003年,第180-181、190-191页数据整理。

上述资料表明：从1870—1950年间，欧洲GDP发展远不如拉美，可拉美人在第一次世界大战前是欧洲人的奴隶；斯大林时期的苏联GDP不如沙皇时期，可前者赢得了第二次世界大战，而后者却毁于第一次世界大战。这说明，以GDP为标准的经济发展模式也是错误的，因为没有谁发展经济的目的只是为了做奴隶。

历史表明，国家发展的真正原因并不在于GDP的高低，而在于GDP是否归劳动者所有。对此，马克思在《不列颠在印度统治的未来结果》一文中说得十分中肯，他说：“英国资产阶级看来将被迫在印度实行的一切，既不会给人民群众带来自由，也不会根本改善他们的社会状况，因为这两者都不仅仅决定于生产力的发展，而且还决定于生产力是否归人民所有。”

10．1956年9月，毛泽东对南斯拉夫的同志说：“关于中国的前途，就是搞社会主义。要使中国变成富强的国家，需要五十到一百年的时光。现在已不存在障碍中国发展的力量。中国是一个大国，它的人口占全世界人口的四分之一，但是它对人类的贡献是不符合它的人口比重的。将来这种状况会改变的，可是这已不是我这一辈的事，也不是我儿子一辈的事。将来要变成什么样子，是要看发展的。中国也可能犯错误，也可能腐化，由现在较好的阶段发展到不好的阶段，然后又由不好的阶段发展到较好的阶段。当然即便不好总不会像蒋介石时代那样黑暗，是辩证的，即肯定、否定、否定之否定，这样曲折地发展下去。”[①]

1964年7月9日，毛泽东对来访的亚非拉国家的会议代表说：“美国总是要从越南走的。美国从泰国、老挝、菲律宾、南朝鲜、日本等地也都要走的，还有从台湾也是要走的。它走的时间算不准，但一定要走的。所以凡是压迫亚洲、非洲和拉丁美洲的帝国主义、殖民主义总有一天要走的，只要人民团结起来，加强斗争。它走，也可以文明一点走。请它走它不走，怎么办？那就学卡斯特罗的办法，学本·贝拉的办法，学胡志明的办法，也可以学中国的办法。所以，我们看历史，就会看到前途。”[②]

11．1850年，马克思预言未来中国：“如果我们欧洲的反动分子不久的将来会逃奔亚洲，最后到达万里长城，到达最反动最保守的堡垒的大门，那末他们说不定就会看见这样的字样：RÉPUBLIQUE CHINOISE LIBERTÉ，EGALITÉ，FRATERNITÉ（中华共和国自由，平等，博爱）。”[③]

1913年列宁曾提出“落后的欧洲和先进的亚洲”[④]；1993年美国学者塞缪尔·亨廷顿发表文章说：“几个世纪来全球权力先是从东向西，然后又反过来从西向东转移。”[⑤]尼克松说：

中国现在正在觉醒中，它可能不久就要撼动世界。

---

①②毛泽东：《吸取历史教训，反对大国沙文主义》，见《毛泽东外交文选》，北京：世界知识出版社、中央文献出版社，1994年，第257、537页。

③［德］马克思、恩格斯：《国际评述（一）》，见《马克思恩格斯全集》第7卷，北京：人民出版社，1959年，第265页。

④［俄］列宁：《落后的欧洲和先进的亚洲》，《列宁选集》第2卷，北京：人民出版社，1972年，第449页。

⑤塞缪尔·亨廷顿：《文明的冲突与世界秩序的重建》，周琪等译，北京：新华出版社，1999年，第365-366页。

富有异国情调，神秘莫测，令人神往——中国从远古时代起就一直使西方人浮想联翩。但是，连150年前预言过美国和俄国将成为世界上互相竞争的两大强国的先知托克维尔，都不可能预见到，在20世纪的最后几十年能够决定世界力量对比，在21世纪可能成为世界上最强大国家的那个国家，将是中国。[①]

12. 关于社会主义“劳动”理论，我们应当阅读马克思写的《哥达纲领批判》。1875年，马克思就德国工人党纲领中“劳动是一切财富和一切文化的泉源”的提法提出批评，马克思写道：

劳动不是一切财富的泉源。自然界和劳动一样也是使用价值（而物质财富本来就是由使用价值构成的！）的泉源，劳动本身不过是一种自然力的表现，及人的劳动力的表现。上面那句话在一切儿童识字课本里都可以找到，但是这句话只是在它包含着劳动具备了相应的对象和资料的这层意思的时候才是正确的。然而，一个社会主义的纲领不应当容许这种资产阶级的说法，对那些唯一使用这种说法具有意义的条件避而不谈。只有一个人事先就以所有者的身份对待自然界这一切劳动资料和劳动对象的第一泉源，把自然界当作隶属于他的东西来处置，他的劳动才成为使用价值的泉源，因而也成为财富的泉源。资产者有很充分的理由给劳动者加上一种超自然的创造力，因为正是从劳动所受的自然制约性中才产生如下的情况：一个除自己的劳动力外没有任何其他财产的人，在任何的社会和文化的状态中，都不得不为占有劳动的物质条件的他人做奴隶。他只有得到他人的允许才能劳动，因而只有得到他人的允许才能生存。[②]

13. “只有在亚当、夏娃被逐出伊甸园之后，他们的子孙才去发明了农

① ［美］尼克松：《真正的战争》，常铮译，北京：新华出版社，1980 年，第 151 页。
② 《马克思恩格斯选集》第 3 卷，北京：人民出版社，1972 年，第 5 页。

业技术、冶金技术和乐器。”[①]

14. 关于自由与集中、民主与专政的读书笔记

（1）自由是民主的表现形式。资产阶级与无产阶级，在其上升时期，除了对“民主”内容的解释不同外，其形式有相当的一致，而与今天所谓“一人一票”即民主的流行看法完全相反。黑格尔在《法哲学原理》一书中说：

公共舆论中有一切种类的错误和真理，找出其中的真理乃是伟大人物的事。谁道出了他那个时代并使之实现，他就是那个时代的伟大人物。他所做的是时代的内心东西和本质，他使时代现实化。谁在这里和那里听到了公共舆论而不懂得去蔑视它，这种人决做不出伟大的事业。

因此，黑格尔说：“公共舆论值得重视，又不值一顾。”[②]对美国新闻理论有巨大贡献的沃尔特·李普曼在《公众舆论》一书中说得明白：

行动经常比理解重要得多。有时的确就是如此：等到人人都理解了，行动可能就会失败。有许多事情不可能等到全民公决或者长时间的宣传，比如在战时，一个国家、一支军队，乃至它的统帅们，时常只能把战略部署透露给极少数人；两种对立的意见——尽管其中之一可能是正确的——往往比只有一种错误的意见更危险。错误的意见会导致不良后果，但两种意见则更要承受瓦解整体的灾难。

即使一次灾难性的失利也确实比在报纸上激烈争论造成的危害要小。在1918年3月到处弥漫的紧张空气中，至关重要的不是一次特定行动的正确性，而是对命令来源的不懈期望。假如福煦“诉诸人民”，他或许能赢得争

---

① [英] 阿诺德·汤因比、D. C. 萨默维尔：《历史研究》上卷，郭小凌等译，上海：上海世纪出版社，2010 年，第 92 页。

② [德] 黑格尔：《法哲学原理·第三篇伦理》，范扬、张企泰译，北京：商务印书馆，2009 年，第 334 页。

论，但在赢得争论之前，他指挥的军队可能早就瓦解了。奥林匹克诸神争吵的景象是有趣的，但也是破坏性的。

传统的民主主义者冒险把人的尊严放在了一个非常不确定的假设之上，因此他才会认为人的尊严本能地体现在明智的法律和良好的统治之中。选民们做不到这一点，因此在讲究实际的人们眼里，民主主义总是显得有点儿傻气。①

（2）阶级专政最终都要通过国家形式表现出来。因此，专政学说就成了国家学说的本质。1871年巴黎公社革命的失败促使马克思提出无产阶级国家专政的学说。1891年恩格斯在为马克思《法兰西内战》单行本写的导言中进一步说："国家无非是一个阶级镇压另一个阶级的机器，这一点即使在民主共和制下也丝毫不比在君主制下差。"②

至于专政和法制的关系，他们都认为法制是民主政治的重要但非本质内容。1905年俄国工人运动失败后，曾在1887年就学于喀山大学法律系的列宁开始思索法律和专政的关系。1906年列宁说："专政的科学概念无非是不受任何限制的、绝对不受任何法律或规章拘束而直接凭借暴力的政权。"③1918年列宁再次坚持并进一步发挥了这个观点，指出："专政是直接凭借暴力而不受任何法律约束的政权。无产阶级的革命专政是由无产阶级对资产阶级采用暴力手段来获得和维持的政权，是不受任何法律约束的政权。"④

列宁的观点在今天看来也是深刻的，列宁的这个观点之所以为目前的"普世派"所憎恨，是因为它挑破了"法制"的本质，它将国家问题的实质简单明了和赤裸裸地展示了出来。其实，资产阶级革命早期的理论家也曾表

---

① [美] 沃尔特·李普曼：《公众舆论》，阎克文、江红译，上海：上海世纪出版集团，2006年，第175、225页。

②《马克思恩格斯选集》第2卷，北京：人民出版社，1972年，第326-327、336页。

③ [俄] 列宁：《立宪民主党人的胜利和工人政党的任务》（1906年4月6—10日），见《列宁全集》第10卷，北京：人民出版社，1987年，第216页。

④ [俄] 列宁：《无产阶级革命和叛徒考茨基》，见《列宁选集》第3卷，北京：人民出版社，1972年，第623页。

达过同样的观点。自由主义理论的先驱卢梭说：

法律的僵硬性会妨碍法律得以因事制宜，所以在某些情况下就能使法律成为有害的，并且在危机关头还能因此致使国家灭亡。程序以及种种手续上的拖延，都需要一段时间，有时候这是局势所不容许的。很可能出现千百种情况都是立法者所根本未曾预料到的；因而能够察觉到我们并不能预见一切，这本身便是一种极其必要的预见了。

因此，就绝不能要求把政治制度僵硬化到竟至于取消了那种使法律中止生效的权力的地步。就连斯巴达也都曾让它的法律休眠过。

如果危险已到了这种地步，以致法律的尊严竟成为维护法律的一种障碍；这时候，便可以指定一个最高首领，他可以使一切法律都沉默下来，并且暂时中止主权权威。在这种情况下，公意是无可怀疑的；并且很显然，人民首要的意图乃是国家不至于灭亡。①

美国《独立宣言》的主要起草人、美国民主制度的奠基者托马斯·杰斐逊（1743—1826年）更不含糊，他在给朋友的信中抛弃所谓“私人财产神圣不可侵犯”的迂腐，认为“国家的安全必须高于财产法之上”。他说：

严格遵守成文法无疑是一个好公民的重要义务之一，但并不是最重要的。迫切需要、自我保存、危急时保卫祖国等法则是更重要的义务。死板地遵守成文法以致失去了祖国，也就失去了法律本身，失去了生命、自由、财产以及所有那些与我们一同享受那些东西的人，从而荒唐地为了手段而牺牲了目的。当年在日耳曼敦战役中，华盛顿将军的部队受到盘踞在邱姓住宅的敌人的骚扰，他毅然将大炮对准住宅猛轰，尽管那是一个公民的财产。当他围攻约克敦时，他将近郊村庄夷为平地，因为他认为国家的安全必须高于财产法之上。②

---

①［法］卢梭：《社会契约论》，何兆武译，北京：商务印书馆，2003年，第159-160页。

②［美］托马斯·杰斐逊：《致约翰·科尔文》（1810年9月20日），见《杰斐逊选集》，朱曾汶译，北京：商务印书馆，1999年，第574页。

对美国新闻理论有巨大贡献的李普曼认为宪法与自由主义者的所谓“民主”难以相容，他说：

完全可以想象得到，如果人人始终都像宪法的作者们那样看待宪法，这部宪法大概早就被强行推翻了，因为忠于宪法和忠于民主似乎难以相容。杰斐逊教给美国人把宪法理解为对民主的表达，从而解决了这个悖论。他本人也是到此止步。①

其实，这些并没有什么奇怪，国家本来就是阶级统治的机器，世界上本来就没有民主保障的专政和没有专政保卫的民主。“革命的专政和反革命的专政，性质是相反的，而前者是从后者学来的。”②对此，中国改革开放的设计师邓小平同志不仅做得果断，而且说得也肯定。1992年他在武昌、深圳、珠海、上海等地的谈话中指出：

依靠无产阶级专政保卫社会主义制度，这是马克思主义的一个基本观点。马克思说过，阶级斗争学说不是他的发明，真正的发明是关于无产阶级专政的理论。历史经验证明，刚刚掌握政权的新兴阶级，一般说来，总是弱于敌对阶级的力量，因此要用专政的手段来巩固政权。对人民实行民主，对敌人实行专政，这就是人民民主专政。运用人民民主专政的力量，巩固人民的政权，是正义的事情，没有什么输理的地方。③

（3）列宁说“谁要是仅仅承认阶级斗争，那他还不是马克思主义者”，“只有把承认阶级斗争扩展到承认无产阶级专政的人，才是马克思主义者”④。同样的道理，在今天中国，只承认军事工作的重要性还是不够的，只有承认党

---

①［美］沃尔特·李普曼：《公众舆论》，阎克文、江红译，上海：上海世纪出版集团，2006年，第205页。

②毛泽东：《论人民民主专政》，见《毛泽东选集》第4卷，北京：人民出版社，1991年，第1478页。

③中共中央文献编辑委员会：《邓小平文选》第3卷，北京：人民出版社，1993年，第379页。

④［俄］列宁：《国家与革命》，见《列宁选集》第3卷，北京：人民出版社，1972年，第199页。

对军事工作的绝对领导权，才是真正的马克思主义者。中国共产党建党之初不注重党对军事的领导权，经历了1927年的“四一二”血泊后才认识到，“在兵权问题上患幼稚病，必定得不到一点东西”，“在这点上，孙中山和蒋介石都是我们的先生”[①]，“没有一个人民的军队，便没有人民的一切。对于这个问题，切不可只发空论”[②]。其实，在改革开放的今天，如果我们在民主和专政的关系上也患上了毛泽东批评的“幼稚病”，那苏联就是前车之鉴。

15．2011年6月26日非洲联盟利比亚问题专门委员会在南非行政首都比勒陀利亚召开第六次会议，会议发表的公报说，利比亚领导人卡扎菲同意不参加旨在结束利比亚危机的和平谈判。根据会议公报，专门委员会评估了利比亚当前局势，呼吁利比亚领导人和“全国过渡委员会”立即停止所有敌对行动。之后，各方就全面停火、全国和解、过渡期安排以及民主改革等展开全面谈判。非盟希望谈判结束之后，在联合国和非盟的支持下，利比亚可能成立过渡政府。[③]

6月27日，国际刑事法院签发针对利比亚领导人穆阿迈尔·卡扎菲的逮捕令。利比亚反对派领导人、利比亚“全国过渡委员会”主席穆斯塔法·阿卜杜勒·加里尔随即对这一决定表示“热烈欢迎”。从当天的电视画面看，他一脸无奈[④]。他明白这一纸“逮捕令”是在明敲卡扎菲，实则是在警告他领导的利比亚反对派，让他不要幻想与卡扎菲谈判以实现国家统一；让他明白主导利比亚结局的不是非盟，而是欧盟或北约。至此，利比亚冲突双方的任何谈判都成为不可能。在获知国际刑事法院的这个决定之后一直代表非

---

①毛泽东：《战争和战略问题》，见《毛泽东选集》第 2 卷，北京：人民出版社，1991 年，第 546-547 页。

②毛泽东：《论联合政府》，见《毛泽东选集》第 3 卷，北京：人民出版社，1991 年，第 1074 页。

③《国际刑事法院要抓卡扎菲——逮捕令已发出，非盟称卡扎菲已同意不参加旨在结束利比亚危机的和平谈判》，载《深圳商报》，2011 年 6 月 28 日，第 A11 版。

④《利比亚反对派对国际刑事法院的裁决热烈欢迎》，http://news. cntv. cn/world/20110628/103353. shtml。

盟参与调停的南非总统祖马对国际刑事法院做出向卡扎菲发出通缉令的决定“感到极度失望”①。

16. “人民群众创造历史”学说的读书笔记

（1）要保证中国在未来的国际斗争中立于不败之地，就需要占国内百分之八九十的人民而不是少数“精英”的支持。但人民，一定是有组织的人群，能够组织起人民并形成支持国家的力量条件并不主要来自国内生产总值（GDP）的多少，也不主要来自简单的“惠民”施舍，而是实实在在的公共占有的生产资料所有制。反之，劳动人民一旦失去生产资料公有制和由此产生的人民生产主导的市场条件，其身份则立即转变为流民。流民人数的增长是历史上社会动荡乃至国家衰落的根本原因。例如，沙俄时期经济高速发展并未能使其赢得第一次世界大战，而苏联的经济进步却使其赢得第二次世界大战的胜利并由此成为联合国的主要创始国。曾长期留学苏联的蒋经国对此看得明白，1945年他对斯大林说：“苏联在对德战争中取得胜利的主要原因，是没有私有制。”②西方反共老手丘吉尔于1959年12月21日在斯大林诞辰80周年时也无不感慨地说斯大林：“他接过俄国时，俄国只有木犁，他撒手人寰时，俄国已经拥有核武器。”③

（2）人民不仅是历史的创造者，同样也是古今国家永葆活力的源泉所在。我们知道，后人常将秦国能够“奋六世之余烈，振长策而御宇内，吞二周而亡诸侯”④解释为秦之“严刑峻法”，这其实说不通。因为在刑罚的残酷性上其他六国并不比秦国逊色，从某种意义上说，刑罚的残酷性往往与国家获得

① 《南非总统祖玛称对卡扎菲通缉令感到极度失望》，http://world. huanqiu. com/roll/2011-06/1786101. html。

② 《斯大林同志同蒋介石的私人代表蒋经国的会谈记录》（1946 年 1 月 3 日 23 时），见[俄] A. M. 列多夫斯基：《斯大林与中国》，陈春华、刘存宽等译，北京：新华出版社，2001 年，第 37 页。

③ [苏] 费 · 丘耶夫：《同莫洛托夫的 140 次谈话》，王南枝等译，北京：新华出版社，1992 年，第 87 页。

④ (汉) 贾谊：《过秦论》，见《古文经典》，杨自伍编注，上海：上海交通大学出版社，2015 年，第 92 页。

人民的支持程度呈反比存在。与其他六国比较，商鞅建立的军功与土地奖励相联系的产权制度是秦王朝获得人民（在当时主要是农民）支持的关键因素。这个以土地奖励耕战的制度使支持秦王朝的社会基础扩大到最底层的广大农民，这些人在其他六国只能从贵族手中而非国家手中获得或租得土地。这样，与将其支持力量建立在贵族基础上而"严刑峻法"并不逊于秦的其他六国比较，秦国由此获得的社会基础就显得广大得多。如果没有这样广大的社会基础，那么，仅靠"严刑峻法"只能更快地加速秦朝的灭亡。事实正是这样。商鞅为秦王朝建立了小农所有制，这使秦朝获得比其他六国更广大的社会基础从而统一了中国；同样，小农经济所具有的先天分散且易瓦解的脆弱性又使建立其上的王朝——如果没有新的土地资源的扩充的话——难以长期维持。这是秦王朝，甚至是从古代直到现代中国的蒋家王朝灭亡的主要规律性原因。

（3）与此类似，世界近代史中能够"充分表现了1789年新形成的农民阶级的利益和幻想的唯一人物"拿破仑，之所以在其早期可以横扫欧洲并由此开辟出一个"拿破仑时代"，其中重要原因不是所谓的"独裁"，而是如毛泽东所说的"比较彻底地分配了土地"①，即拿破仑将土地直接赋予法国和欧洲农奴，并由此使农奴转变为小私有农民的新土地制度。恩格斯说："对德国来说，拿破仑并不像他的敌人所说的那样是一个专横跋扈的暴君。他在德国是革命的代表，是革命原理的传播者，是旧的封建社会的摧毁人。诚然，他的行动表现出来是暴虐的，但是他的暴虐甚至不及公会的代表们可能表现出来并且实际上已经到处表现出来的一半，不及被他打倒的王公贵族们所惯于表现出来的一半。"②与商鞅变法相似，一部《拿破仑法典》对于

---

① 1950 年 6 月 29 日，毛泽东就《关于土地改革问题的报告》致信刘少奇："资本主义国家，只有法国在拿破仑第一时代及其以前比较彻底地分配了土地。英国是经过资本主义侵入农村破坏了封建的土地所有制，并不是我们这样的土地改革。德国、意大利大体也是如此，但比英国还不彻底，还保存了许多封建遗踪。日本则封建的土地制一直严重地存在，直至日本投降后才由美国人进行一种极不彻底的'土地改革'，现在仍有严重的封建主义。美国则从来没有封建主义，由欧洲移民进去一开始就生长资本主义的农业，故农村市场特别广大，只有林肯时代解放美国南部几州的农奴，是一种反奴隶制的斗争。"参阅中共中央文献研究室：《毛泽东年谱（1949—1976）》第 1 卷，北京：中央文献出版社，2013 年，第 160 页。

② ［德］恩格斯：《德国状况》（1845 年 10 月 15 日），见《马克思恩格斯全集》第 2 卷，北京：人民出版社，1957 年，第 636-638 页。

欧洲农民而言，就是将土地越过贵族直接交与农民的法典。拿破仑旗帜，对于欧洲农民，首先是法国农民而言，就是让他们告别贵族制度和农奴身份的旗帜，是不再作农奴的制度保障。正因此，拿破仑获得了首先是法国的全欧洲农民的拥戴。马克思说："拿破仑是充分表现了1789年新形成的农民阶级的利益和幻想的唯一人物。农民阶级把他的名字写在共和国的门面上，就是宣布要对外国进行战争，在国内要为自己的阶级利益进行斗争。拿破仑在农民眼中不是一个人物，而是一个纲领。"①1966年11月8日，毛泽东对到访的越南劳动党中央第一书记黎笋说："把地主的土地分给农民，当然还是民主革命的性质。过去法国的拿破仑政府就曾经做过。为什么拿破仑的军队能够打遍欧洲呢？就是有农民支持。"②同样的道理，拿破仑与欧洲贵族的妥协也导致他最终失去了农民的支持，这是他失败的政治原因。恩格斯分析说："拿破仑最大的错误就在于：他娶奥国皇帝的女儿为妻，和旧的反革命王朝结成同盟；他不去消灭旧欧洲的一切痕迹，反而竭力和它妥协；他力图在欧洲帝王中间取得首屈一指的声誉，因此他尽量把自己的宫廷搞得和他们的宫廷一样。他降低到了其他帝王的水平，他力图得到和他们同样的荣誉，拜倒在正统主义原则之前，因此很自然，正统的帝王们便把篡夺者踢出了自己的圈子。"③

毛泽东同志注意到并成功运用了这个规律。20世纪初中国农业及小土地农民大面积解体，毛泽东同志制定了正确的土地政策，将土地问题与中国革命前途联系起来，中国共产党由此获得巨大的革命资源并建立了新中国，随后又迅速将小农经济归并到社会主义集体经济并由此建立了以"工农联盟"为基础的新中国。

---

① ［德］马克思：《1848年至1850年的法兰西阶级斗争》（1850年1月—11月1日），见《马克思恩格斯选集》第1卷，北京：人民出版社，1972年，第429页。

②中共中央文献研究室：《毛泽东年谱（1949—1976）》第6卷，北京：中央文献出版社，2013年，第15页。

③ ［德］恩格斯：《德国状况》（1845年10月15日），见《马克思恩格斯全集》第2卷，北京：人民出版社，1957年，第636-638页。

（4）在此，对我们最有借鉴意义的，是新中国成立后毛泽东同志所选择的将新民主主义生产资料所有制改造为社会主义所有制的时机。

1950年6月25日，朝鲜内战爆发，6月26日美国总统下令美国远东地区的部队支援韩国军队作战。6月27日杜鲁门宣布他已命令第七舰队进驻台湾海峡。9月15日，美军在朝鲜西海岸仁川登陆，9月28日，美军占领汉城。与此同期，美国联合整个西方国家对新中国战略物资的“禁运”[①]也全面升级。

面对这样的压力，新中国需要更为坚固的社会支持力量。毛泽东同志首先从所有制而不像蒋介石那样四处“发饷”（接近今天的“发红包”）着手在国内组织共产党政权的支持力量。1950年6月28日，也就是在杜鲁门宣布第七舰队进驻台湾海峡的第二天，中国政府公布《中华人民共和国土地改革法》[②]，在全国范围内开展土改运动。新中国政府依靠贫农、雇农，团结中农，中立富

---

① 1950 年朝鲜战争爆发后，美国对华出口管制进一步升级。随着中国参战，美国对中国实行全面禁运，包括冻结中国在美资产。6 月 25 日，联合国在美国操纵下通过决议，要求会员国不对朝鲜提供帮助。6 月 28 日，美国宣布对朝鲜实行完全禁运。6 月 29 日，美国国务院下令各石油公司停止对中国出口石油产品。接着美国又向英国、菲律宾和“巴统”国家提出类似要求。在美国的压力下，墨西哥、委内瑞拉等非“巴统”国家也加入了对中国禁运石油的行列。1951 年 5 月 18 日，美国又操纵联合国大会通过第 500（五）号决议，要求会员国对中朝两国实行禁运武器、弹药、战争用品、原子能材料、石油，具有战略价值的运输器材以及对制造武器、弹药和战争用品等有用的物资。10 月 26 日，美国国会又通过“1951 年相互防御援助管制法”（即巴特尔法），其目的是“对于威胁美国安全之国家或国家集团，包括苏维埃联邦共和国及受其支配之一切国家在内，达到管制输出及其他目的”。参阅陶文钊：《美国对华政策文件集 1949—1972》第一卷下，北京：世界知识出版社，2003 年，第 1005、1007-1021 页。

② 《中华人民共和国土地改革法》于 1950 年 6 月 28 日中央人民政府委员会第八次会议通过，同月 30 日中央人民政府公布施行的法令，共 6 章 40 条。明确指出土地改革的目的是废除地主阶级封建剥削的土地所有制，实行农民的土地所有制，借以解放农村生产力，发展农业生产，为新中国的工业化开辟道路。规定没收地主的土地，征收祠堂、庙宇、寺院、教堂、学校和团体等在农村的土地。富农所有自耕和雇人耕种的土地不得侵犯，其出租的少量土地一般也予以保留。土改中团结中农，保护农民的土地及其他财产不受侵犯。所有没收和征收得来的土地和其他生产材料，除依法收归国家所有的外，应统一地、公平合理地分配给无地少地的贫苦农民所有。对地主同样分给一份土地，使其自食其力，在劳动中改造成为新人。该法对土地分配的方法，土地改革中特殊问题的处理，以及土改的执行机关、执行方法等，也都作了具体规定。该法自 1950 年实施，1987 年年底失效。

农，有步骤、有分别地消灭封建剥削制度，并在改造旧制度，用人民的力量肃清国内敌对分子的同时，团结了全国农民和发展了农业生产力。到1952年9月，也就是在朝鲜战争接近尾声，中朝两国人民取得了决定性胜利的时候，中国90%以上的农业人口获得约7亿亩土地，使农民免除了3000万吨粮食的地租，在新中国最困难的时候，中国共产党获得了中国主体人口即农民的政治支持。1951年5月，毛泽东对周世钊说：

我们志愿军武器远不如美帝，但常常把美帝打得狼狈逃窜。这是为什么呢？没有别的理由，这是因为我们的志愿军都是翻身的农民和工人，他们认识这个战争是为保家卫国而战。可以说，我们这回抗美援朝的战争是打品质仗，是什么武器也不易抵挡的。

一个美国的记者说，美国的军队再花20年也打不到鸭绿江。我看再打200年，他们也没有希望打到鸭绿江。[①]

就在中国抗美援朝战争即将取得胜利的前夕，毛泽东预见到西方不会甘心在朝鲜战场上的失败，必将对新中国经济实施更大封锁和压力，而应对这样的困难需要更为广泛的人民基础。1953年6月15日，毛泽东又在中央政治局扩大会议上进一步提出“党在社会主义时期的总路线和总任务”，及时对新民主主义时期的所有制进行社会主义的改造。到1956年中国在所有制方面基本完成了对农业、手工业和资本主义工商业的社会主义改造。这为1956年之后的社会主义建设提供了基本没有产权交易支出的经济制度：生产资料完全掌握在国家所有制和集体所有制手中，国民收入不经私有产权之间的交易而纯粹进入再生产领域，这既解放了中国国内的生产力，又避免了同期印度出现的因保留私有制而造成的产权支出过大、生产资金严重短缺，及由此产生的国家建设对国际金融的绝对依赖。[②]毛泽东同志领导中国共产党用社会

①周彦瑜、吴美潮：《毛泽东与周世钊》，长春：吉林人民出版社，1993年，第122-123页。

②张文木：《印度国家发展及其潜力评估——与中国比较》，北京：科学技术出版社，2005年。

主义制度团结全国人民，将西方在同时期实施的对华经济禁运的外部压力转化为强大的社会主义建设的动力。

（5）反者道之动。今天回头看，如果当时美国不对中国进行全面的经济封锁而是让中国提前“融入全球化”、与西方“接轨”，那中国的所有制改造工程就不可能那么彻底，用于国家建设的资金就会被庞杂的产权交易大量截流和耗掉，从而使新中国在成立之初就面临同期印度面临的GDP增长与两极分化及由此产生的对海外金融绝对依赖同步扩大的困局①。果真如此，那对正处于起步阶段的中国国民经济体系基本建设而言，无疑是比战争更为严重的国家灾难：新中国的支持力量就容易溃散，有组织的人民就会由此转化为无组织的流民，共产党建立的新中国及社会支持基础就会由此解体。如此一来，中国就将再次陷入历史上那周而复始的社会甫稳即乱的周期律之中。

毛泽东那一代共产党人用社会主义所有制团结人民，将外部压力转化为人民支持国家动力的治国经验，今天的中国政治家，需要认真领会和学习。

17. 高祖之后，史家誉之为“文景之治”，其实，文、景二帝乃守旧之君，无能之辈。②

18. 孔夫子有些好处，但也不是很好的。我们认为应该讲公道话。秦始皇比孔子伟大得多。孔夫子是讲空话的。秦始皇是第一个把中国统一起来的人物。不但政治上统一了中国，而且统一了中国的各种制度如度量衡，有些制度后来一直沿用下来。中国过去的封建君主还没有人超过他。可是被人骂

---

①张文木：《土地改革：印度国家发展奠基中最大的政治“豆腐渣”工程》，见《印度国家发展及其潜力评估——与中国比较》，北京：科学技术出版社，2005 年。

② 1957 年 6 月 13 日，毛泽东与吴冷西等人的谈话。转引自薛泽石：《听毛泽东讲史》，北京：中央文献出版社，2003 年，第 112 页。

了几千年，骂他就是两条：杀了460个知识分子；烧了一些书。（毛泽东，1964）①

治理中国，需要马克思加秦始皇。（毛泽东，1929年）②

19. 新闻工作，要看是政治家办，还是书生办。有些人是书生，最大的缺点是多谋寡断。③

20. 真理是通过对立面展示的，一定要记住这点，哪儿可以成为真实的对立面呢？只有在真实的环境中。最丰富的对立面使你最丰富地接近真理。为什么打工的孩子比我们学校的孩子学真理快呢？因为对立面直截了当，丰富。学校没有，学校多出“祁同伟”式的人物，送玫瑰、做假账，这不行。做假骗的是自己同志，但敌人这个对立面就不让你过去。陈独秀那点错误蒋介石马上就抓住，李德那点错误蒋介石马上就抓住，抓住立马就攻上去，“四一二”、湘江之战就出来。

21. 汉时一般做史的人——范晔、班固、班昭等——因为他们吃的汉朝饭，要给汉朝说几句好话，把王莽说得怎么坏。其实王莽也不是怎么不得了的一个坏人。均田制是王莽提倡的，可见他注意农民问题了。因为农民问题最重要者其惟土地，他先节制土地。（毛泽东，1921年）④

22. 诸侯之宝三：土地、人民、政事。宝珠玉者，殃必及身。⑤

23. 尼克松在日记中说：“年龄并不是指一个人活了多少年，而是指他

---

①②④盛巽昌、欧薇薇、盛仰红：《毛泽东这样学习历史，这样评点历史》，北京：人民出版社，2005年，第19、22、260-261页。

③ 1959年6月，毛泽东同《人民日报》负责人吴冷西谈话，转引自薛泽石：《听毛泽东讲史》，北京：中央文献出版社，2003年，第140页。

⑤《孟子·尽心下》。

在那些年经历了多少事。”[①]由此观之，养生亦是为了做事，而不是为了单纯地活着。老子说“死而不亡者寿”（《老子 · 三十三章》），诚哉斯言！

24．研究党史上的错误，不应该只恨几个人，如果只恨几个人，那就是把历史看成是少数人创造的。[②]

25．南唐后主虽多才多艺，但不抓政治，终于亡国。（毛泽东，1957年）[③]

26．儒非徒柔也，尤为伪者骗也。（毛泽东）[④]

27．其教孔孟者，其法亦必申韩[⑤]。（毛泽东）[⑥]

28．1367年朱元璋决意北伐，在宋濂等人草拟的讨元檄文中，提出“驱逐胡虏，恢复中华”[⑦]。

29．屈子当年赋楚骚，手中握有杀人刀。艾萧太盛椒兰少，一跃冲向万里涛。[⑧]

---

①［美］尼克松：《尼克松回忆录》（中册），董乐山等译，北京：世界知识出版社，2001 年，第 690 页。

②中共中央文献研究室：《毛泽东年谱（1893—1949）》中卷，北京：中央文献出版社，2013 年，第 371 页。

③ 1957 年 4 月 10 日，毛泽东同《人民日报》社负责人的谈话，转引自《听毛泽东讲史》，北京：中央文献出版社，2003 年，第 315 页。

④⑥《毛泽东读文史古籍批语集》，北京：中央文献出版社，1993 年，第 344 页。

⑤申韩：战国时法家申不害和韩非的并称。后世以“申韩”代表法家，亦以称申韩之学。

⑦《明太祖洪武实录》卷二一，吴元年十月。

⑧毛泽东：《七绝 · 屈原》，见吕祖荫：《毛泽东诗词解读》，北京：同心出版社，1999 年，第 234 页。何新案：原文中“无”作“握”，疑为作者手误。屈原手中不握有杀人刀也。“握”应为“无”字之讹，音近笔误。（何新：《英雄与爱情：〈离骚 · 九歌〉新解》，北京：时事出版社，2002 年。）笔者同意何新见解，“没”在长沙方言中发音“莫”（mò），其音近“握”（wò）。诗中“握有”若读为“莫有”，则与全诗的意思相合。

30．自由是主体和客体的统一。故此，奴役与被奴役在自由的范畴中也是同一的。与其他奴役形式不同的只是，自由人在作自己的主人的同时，也作了自己的奴隶，而且还是不知疲倦的奴隶。世界上没有在给自家干活时向自己“请假”的人。

从这个意义上说，自由在否定了奴役之后，也就消灭了自己。当自由与奴役回归到同一个统一体时，二者就同归于尽。

在自由与奴役这对矛盾中，主要矛盾是奴役，自由是消灭奴役的手段。主要矛盾解决，意味着这种奴役（形式）被消灭了，用于消灭这种奴役的自由手段也就自动消失，事物获得进步。新的矛盾继续开展，继续斗争，一致无穷。斗争和进步，而不是无方向的所谓“合流”是贯穿其中的主线，是事物的主要矛盾及主要矛盾的主要方面。

31．有一幅漫画，一辆牛车拉了个卡车空壳，这似乎是中国经济的写照。卡车是现代化的城市经济，牛车是落后的农业经济，是城市的基础。建立在正面临破产的自然小农业之上的现代化大都市，能立得住吗，能有发展潜力吗？牛车上的卡车是不可能跑快的。现在中国农村只剩小孩、妇女、老人。如果没有中国农业对工业产品的需求，中国的工业民族市场就是一句空话。现在我们就有些同志对农业“老牛”有些不耐烦了，要把牛车一脚踹掉。但如果我们由于没有耐心改造而放弃我们的农业基础，那中国经济只能走依附于国际市场而不是民族市场的经济发展道路。历史表明，没有统一的民族市场的国家，是不可能崛起的。

32．事情，“事”是“情”的纽带，事成情至，而办事是需要利剑的。曹植说：“高树多悲风，海水扬其波。利剑不在掌，结友何须多？”①

33．1950年3月，毛泽东在勤政殿接见共和国未来的大使们，他走到黄

① （三国）曹植：《野田黄雀行》，见王振军、俞阅：《中国古代文学精品导读》，北京：中国广播电视出版社，2017年，第65页。

镇面前问道："黄镇，你原来那个名字黄士允不是很好吗，改它做什么？"黄镇答话："我的脾气不好，需要提醒自己'镇静'。"毛泽东说："黄镇这个名字也不错。《楚辞》中说，白玉兮为镇。玉可碎而不改其白，竹可黄而不可毁其节。派你出去，是要完璧归赵喽。你也做个蔺相如吧。"几个将军皱起眉头："我们连外国话都不会说，怎么搞外交呀？"毛泽东说："班超、张骞不也不懂外文么，出使西域而不辱使命。你们不会外文，但是，还是要你们去干外交，因为首先你们跑不了，你们出使，可以学学沈括的办法，他每到一地，都把那里的大山河流、险要关口，画成地图，还把当地的风俗人情也调查得清清楚楚，并叫随员背得滚瓜烂熟。所以和辽国边界谈判，他对答如流，有凭有据，辽国没有空子好钻那……"①

34. 在世界历史上，决定一件事业的价值的，并不是形式上的英勇，并不是所谓交战国的是非，而是那个事业本身的重要性。②

35. 能行之者未必能言，能言之者未必能行。③

36. 梁武帝父子志尚浮华，惟好释氏、老氏之教；武帝末年，频幸同泰寺，亲讲佛经，百僚皆大冠高履，乘车扈从，终日谈论苦空④，未尝以军国典章为意。及侯景率兵向阙，尚书郎以下，多不解乘马，狼狈步走，死者相继于道路。武帝及简文⑤卒被侯景幽逼而死。孝元帝⑥在于江陵，为万纽于

---

①盛巽昌、欧薇薇、盛仰红：《毛泽东这样学习历史，这样评点历史》，北京：人民出版社，2005年，第97页。

②［德］黑格尔：《历史哲学》，王造时译，上海：上海书店出版社，2001年，第256页。

③《史记·吴起传》，见许嘉璐：《二十四史全译·史记》第一册，上海：汉语大词典出版社，2004年，第904页。

④苦空，指佛教。

⑤简文，简文帝，名纲，公元549—551年在位，梁武帝第三个儿子。侯景之乱中被迫登位，在位两年，被弑。梁元帝萧绎即位后，追谥为简文皇帝，庙号太宗。

⑥梁元帝，名绎，公元552—554年在位，梁武帝萧衍第七子，梁简文帝萧纲之弟。

谨所围[①]，帝犹讲《老子》不辍，百僚皆戎服以听。俄而城陷，君臣俱被囚挚。庾信[②]亦叹其如此，及作《哀江南赋》，乃云："宰衡干戈为儿戏，缙绅清谈为庙略。"此事亦足为鉴诫。[③]

37．昔齐桓一矜其功而叛者九国，曹操暂自骄而天下三分，皆勤之于数十年之内而弃之于俯仰之顷，岂不惜乎。[④]

38．阳气者，若天与日，失其所，则折寿而不彰，故天运当以日光明，是故阳因而上，卫外者也。[⑤]

39．苏联帝国的覆亡，部分原因是因为其本身历史诱使它坚定不移地走向过度扩张之途。[⑥]

40．1965年9月29日，在一个记者招待会上，陈毅在回答香港记者"中国政府怎样看待美国利用香港作为侵越战争的据点"的问题时说："我们等候美帝国主义打进中国，已经等了16年。我的头发都等白了。或许我没有这种幸运能看到美帝国主义打进中国，我的儿子会看到，他们也会坚决打下去。"[⑦]

41．唐高祖武德元年（公元618年）在怀戎有个名叫高昙晟的和尚，趁县令设斋之际，"聚众而反，杀县令及镇将，自称大乘皇帝，立尼静宣为耶

---

①梁承圣三年，元魏遣万纽于谨将兵五万，入寇，攻江陵。

②庾信，为梁将军，留于西魏。

③（唐）吴兢：《贞观政要》，上海：上海古籍出版社，1978年，第195页。

④（宋）司马光：《资治通鉴》卷第六十五，北京：中华书局，1956年，第2095页。

⑤《黄帝内经·素问·生气通天论》，见陈晓：《中医古典理论精华》，北京：中国协和医科大学出版社，2004年，第182页。

⑥［美］亨利·基辛格：《大外交》，顾淑馨、林添贵译，海口：海南出版社，1998年，第706页。

⑦王均伟：《陈毅元帅的豪气》，载《党的文献》，2008年第5期，第89页。

输皇后，建元为法轮”[①]。

42．质胜文则野，文胜质则史，文质彬彬，然后君子。[②]

43．让有余，争不足。（坊间格言）

44．密切领导与群众关系的标志不在领导经常走访群众，而在群众可以自由地走访领导。（道听途说）

45．1957年9月16日，毛泽东对出版界人士舒新城说：“《辞海》要重加增订，要你挂帅搞起来，要人要钱，找柯庆施商量。没有人，可以把能做这个工作的右派分子集中起来。”[③]10月13日，毛泽东在中南海勤政殿主持召开最高国务会议第十三次会议上说：“讲消灭阶级，不是讲把人灭掉，人是可以慢慢变的。右派许多人是有才干的，在这一点上我倒还相当地赏识他们。要交几个右派朋友。”[④]

46．斯大林说：“我知道，在我死后会有人向我的坟墓抛垃圾，但历史之风会残酷无情地将它吹掉！”[⑤]

47．毛泽东说：“不怕发动群众是真正的列宁主义态度。整风没有内外夹攻是整不好的。”[⑥]

---

①（晋）刘昫等：《旧唐书》卷五十五《高开道传》，见许嘉璐：《二十四史全译·旧唐书》第三册，上海：汉语大词典出版社，2004年，第1783页。

②《论语·雍也》，见《四书全译》，刘俊田、林松、禹克坤译注，贵阳：贵州人民出版社，1988年，第151页。

③④⑥中共中央文献研究室：《毛泽东年谱（1949—1976）》第3卷，北京：中央文献出版社，2013年，第206、227、335页。

⑤［苏］费·丘耶夫：《同莫洛托夫的140次谈话》，王南枝等译，北京：新华出版社，1992年，第393页。

48．黑格尔在《法哲学原理》中是这样评价国际法的：

国际法与实定条约的特殊内容有别，它是国家间应该绝对有效的普遍的法；国际法的基本原则在于，条约作为国家彼此间义务的根据，应予遵守。但是因为它们之间的关系以主权为原则，所以在相互关系中它们是处于自然状态中的。它们的权利不是由被组成为超国家权力的普遍意志来实现，而是由它们特殊意志来实现的。因此，国际法的那种普遍规定总是停留在应然上，而实际情况也正是合乎条约的国际关系与取消这种关系的相互更替。

附释　国家之间没有裁判官，充其量，只有仲裁员和调停人，而且也只是偶然性的，即以争议双方的特殊意志为依据的。康德的想法是要成立一种国际联盟，调停每一争端，以维护永久和平。这种联盟将是被每个个别国家所承认的权力，旨在消弭纷争，从而使诉诸战争以求解决争端成为不可能。康德的这种观念以各国一致同意为条件，而这种同意是以道德的、宗教的或其他理由和考虑为依据的，总之，始终是以享有主权的特殊意志为依据，从而仍然带有偶然性的。①

拿破仑在康普福米欧和平会议②前表示："法兰西共和国不需要承认，正如太阳不需要承认一样"，黑格尔说："这句话的涵义，不外指事物实存的力量；这种力量已经保证了承认，更不用人们明白表示。"③法兰西共和国是通过革命缔造的，革命不需要承认。

49．1958年6月17日，毛泽东在中南海游泳池住处同周谷城讨论形式逻辑问题，说："形式逻辑本来就是形式的，要把它同辩证法混同，甚至改成辩证法，是不可能的。"④

---

①③［德］黑格尔：《法哲学原理》，范扬、张企泰译，北京：商务印书馆，2009 年，第 347-348 页。

② 1797 年拿破仑第一次意大利战役结束时召开的会议。

④中共中央文献研究室：《毛泽东年谱（1949—1976）》第 3 卷，北京：中央文献出版社，2013 年，第 371 页。

50．1958年7月27日，毛泽东致信彭德怀、黄克诚："政治挂帅，反复推敲，极为有益。一鼓作气，往往想得不周，我就往往如此，有时难免失算。"①

---

①中共中央文献研究室：《毛泽东年谱（1949—1976）》第3卷，北京：中央文献出版社，2013年，第394页。

之二

要团结绝大多数人，这是战略问题

1．1958年8月1日，毛泽东告诉赫鲁晓夫："西方帝国主义是力量有限，困难甚多。它们表面上装腔作势，三板斧，打了以后就没劲了。"①

2．1958年8月24日，毛泽东在北戴河的政治局会议上说："法律这个东西，没有也不行，但我们有我们这一套，调查研究，就地解决，调解为主。不能靠法律治多数人，多数人要靠养成习惯。我们每个决议案都是法。治安条例也靠成了习惯才能遵守，成为社会舆论。"②

3．1958年8月24日，毛泽东在北戴河的政治局会议上说：达尔文的进化论、哥白尼的太阳系的理论都是一个人搞的，别人都服从。马克思、恩格斯是两个人，反映了客观规律，反映了多数人的意见。在相当的时候，真理往往掌握在少数人手里。③

4．1958年8月27日，毛泽东在北戴河对胡乔木、吴冷西说："人民日报和新华社对国际问题应该有研究，形成一定看法，不要临时抱佛脚，发表感想式的意见。"④

---

①～④中共中央文献研究室：《毛泽东年谱（1949—1976）》第3卷，北京：中央文献出版社，2013年，第398、421-423页。

5．1958年9月2日，毛泽东对巴西的朋友说："西方世界的太阳是傍晚的没落的太阳，亚洲、非洲、拉丁美洲的太阳是早晨的上升的太阳。帝国主义历来就是吓唬人的，不要怕它们。对西方的崇拜是一种迷信，这是历史形成的，现在这种迷信正在逐渐破除。"①

6．1958年9月19日，毛泽东复信周恩来："高屋建瓴，势如破竹，是我们外交斗争的必需形态。"②

7．1958年10月25日，毛泽东写信给周世钊："贤者在位，能者在职，二者不可得而兼。"③此句出自《孟子 · 公孙丑上》："贤者在位，能者在职；国家闲暇，及是时，明其政刑。虽大国，必畏之矣"；"尊贤使能，俊杰在位，则天下之士皆悦，而愿立于其朝矣"。④毛泽东认为贤者可以有位不一定要有职，而有职者不一定有位，"二者不可得而兼"。

8．1959年2月23日，毛泽东同林克谈到翦伯赞写的关于曹操的文章，说："《三国演义》的作者罗贯中不是继承司马迁的传统，而是继承朱熹的传统。"⑤

9．1959年4月15日，在中南海勤政殿召开最高国务会议第十六次会议。会议就第二届全国人大一次会议、政协三届一次会议的议程和主席团成员交换意见，讨论国家机构领导人员候选人和政协全国委员会领导人员候选人名单。毛泽东在会上建议："这次选举不仅选班禅，而且要选达赖。他是个年轻人，现在还只有25岁。假如他活到85岁，从现在算起还有60年，那个时候

---

①～③⑤中共中央文献研究室：《毛泽东年谱（1949—1976）》第3卷，北京：中央文献出版社，2013年，第433、449、475、596页。

④《孟子 · 公孙丑上》，见《四书全译》，刘俊田、林松、禹克坤译注，贵阳：贵州人民出版社，1989年，第406-407页。

21世纪了，世界要变的。那个时候，我相信他会回来的。这里是他的父母之邦，生于斯，长于斯，现在到外国仰人鼻息，几根枪都缴了。”①

10．美是力的表现。1959年5月15日，毛泽东在接见拉丁美洲朋友时说：“黑非洲的人，皮肤颜色同我们的不一样，是漆黑的，但我见到他们，仔细看他们，觉得他们很美，黑得出油，我们见到他们像兄弟一样。”②这是由于毛泽东从黑人身上看到了黑非洲在反殖斗争中的力量。

11．1959年10月13日，毛泽东与任继愈谈话时说：“研究宗教需要外行来搞，宗教徒有迷信，不行，研究宗教也不能有迷信。”③

12．反“左”不出右，反右不出“左”。④

13．1959年底毛泽东在阅读苏联《政治经济学教科书》时批注道：“现在我们都不算土地的价值。土地是最基本的生产资料，经济学家们最好能算算土地的价值。”⑤

14．1960年2月5日，毛泽东在阅读苏联《政治经济学教科书》时说：规律自身不能说明自身。规律存在于历史发展的过程。应当从历史发展过程的分析中来发现和证明规律。不从历史发展过程的分析下手，规律是说不清楚的。⑥

15．毛泽东说：实力政策、实力地位，在世界上没有不搞实力的。手中

---

①～⑥中共中央文献研究室：《毛泽东年谱（1949—1976）》第4卷，北京：中央文献出版社，2013年，第19、51、209、247、299-300、316页；其中④参阅同书第234页。

没有一把米，叫鸡都不来。[①]

16．他们（美国）不做好事，专做坏事，我相信上帝不会饶恕他们的。什么是上帝？人民就是上帝，人民决不会饶恕他们的。1965年2月19日，毛泽东又告诉坦桑尼亚友人："上帝就是人民，人民就是上帝。"[②]

17．1960年5月8日，毛泽东提醒拉丁美洲的朋友说："西方国家和美国的逻辑同我们的是两套。朋友们，哪个对，将来看吧！总有一天，美国人民不喜欢帝国主义制度。"[③]

18．1960年5月17日，毛泽东对阿尔及利亚临时政府代表团说："打仗自己消耗不要太大，保存住主力，并每天消耗敌人一点力量。你们十万兵力能保持并发展，胜利就是你们的。"[④]

19．吃饭靠外国，危险得很，打起仗来，更加危险。[⑤]

20．粮食很重要，是宝中之宝，要突出出来，不要被棉花、大豆等东西压掉。没有粮食吃会死人，粮食不但决定吃饭，还决定畜牧业发展。[⑥]（毛泽东，1960年）

21．制度决定一个国家走什么方向。[⑦]

22．1959年12月11日，毛泽东在谈话中说："《东周列国志》值得读一下。这本书写了很多国内斗争和国外斗争的故事，讲了很多颠覆敌对国家的故事，这是当时社会的剧烈变化在上层建筑方面的反映。"[⑧]1960年5月22

---

①～⑧中共中央文献研究室：《毛泽东年谱（1949—1976）》第4卷，北京：中央文献出版社，2013年，第252、320-321、373-374、390-391、395、480页。

日，毛泽东在杭州讨论时局的一次会议上说："赫鲁晓夫有两手，对外一手是软，对内一手是搞阴谋，搞颠覆活动。因为这个干涉内政问题，就引起我再看一遍《东周列国志》。《东周列国志》中就是外国干涉内政相当多，多得很。我专看这一条，专找外国怎么样干涉内政。"①

23. 1935年10月，毛泽东和彭德怀率领红军长征部队胜利到达陕北清涧县袁家沟，准备渡河东征，此间毛泽东作《沁园春·雪》，词曰："北国风光，千里冰封，万里雪飘。望长城内外，惟余莽莽；大河上下，顿失滔滔。山舞银蛇，原驰蜡象，欲与天公试比高。须晴日，看红装素裹，分外妖娆。江山如此多娇，引无数英雄竞折腰。惜秦皇汉武，略输文采；唐宗宋祖，稍逊风骚。一代天骄，成吉思汗，只识弯弓射大雕。俱往矣，数风流人物，还看今朝。"1960年8月19日，毛泽东对来访的胡志明说："我们并不崇拜成吉思汗。我们不崇拜秦始皇、汉武帝，不崇拜唐太宗、宋太祖，也不崇拜孔夫子。我们只崇拜孙中山，因为他搞辛亥革命有功。我们崇拜的是马克思、恩格斯、列宁，也相当尊崇斯大林。"②

24. 1959年12月4日，毛泽东在政治局扩大会议上说：我们学习苏联的一切优点（他们留一手是常情）。③

25. 不要把错误认为单纯是一种耻辱，要看作同时是一种财产，不能说错误路线没有用处，它是有很大的教育意义的。④（毛泽东，1961年）

26. 慢慢来，革命急不得，越急越不成功。"左"倾路线就是太急，急了反而受损失。⑤（毛泽东，1961年）

---

①～④中共中央文献研究室：《毛泽东年谱（1949—1976）》第4卷，北京：中央文献出版社，2013年，第247、400、444、607页；其中③参阅同书第234页。

⑤中共中央文献研究室：《毛泽东年谱（1949—1976）》第5卷，北京：中央文献出版社，2013年，第54页。

27. 左翼就是容易犯气大心急的毛病。如果看不起中间派，尤其是看不起右翼，事情就办不好。要做真正的左翼，而不是教条主义式的左翼。真正的马克思主义者应该有很大的耐心，以同志式的精神去说服中间派，不能摆官僚的架子。①

28. 1962年8月9日，毛泽东在中央工作会议上说："搞单干，两年都不要，一年多就会出现阶级分化，其中有共产党的支部书记，贪污多占，讨小老婆，放高利贷，买地；另一方面是贫苦农民破产，其中有四属户、五保户，这恰恰是我们的社会基础，是我们的依靠。你是站在三分之一的富裕农户的立场上，还是站在三分之二的基本农民群众的立场上？问题就是这样摆在我们的面前。"②

29. 基于辩证唯物主义和历史唯物主义，毛泽东对中国社会主义前途充满必胜的信心，1962年8月13日，他在中央工作会议上听罗瑞卿谈到杜勒斯认为欧洲共产党的第二代还可以，第三代就不行了时，毛泽东说："在中国一定不出修正主义？这也难说，儿子不出，孙子出。不过也不要紧，孙子出了修正主义，孙子的孙子就又要出马列主义了。按照辩证法，事物总要走向反面的，帝国主义等不走向反面？我就不信。我们也不一定不走向反面。"③

30. 1964年3月24日，毛泽东在与薄一波等同志谈到《毛泽东选集》时说："这是血的著作。《毛选》里的这些东西，是群众教给我们的，是付出了流血牺牲的代价的。"④

31. 要团结绝大多数人，这是战略问题。⑤（毛泽东，1965年）

---

①～⑤中共中央文献研究室：《毛泽东年谱（1949—1976）》第5卷，北京：中央文献出版社，2013年，第55、130、133-134、329、485页。

32. 切记不要相信领导者坏了党就垮了。党总是一分为二的。①（毛泽东，1965年）

33. 在中国历史上，真正做了点事的是秦始皇，孔子只讲空话。有些事，秦始皇的办法不对。他虽然只统治了十三年，但影响有几千年。②（毛泽东，1965年）

34. 1965年8月5日，毛泽东在接见印度尼西亚共产党主席艾地率领的代表团，在被问到在打仗之前是否看过有关军事著作时，毛泽东回答说："一本也没有看过。《三国演义》我看过，《孙子兵法》没有看过。打过仗以后，那是到了西北之后，为了总结经验，看了一些中国的、外国的军事书。书是靠不住的，主要是要创造自己的经验。在打仗时，不要带着书，要狠狠地把它丢掉。认真打仗，打仗是个大学校。"③

35. 群众不帮助就没有力量。为了发展一个国家，力量不是来自别的地方，而是在于群众自己。不联系群众的政府是不巩固的，因为政府只能代表群众。任何政府对人民来讲总是少数，任何军队对人民说来也是少数。④（毛泽东，1965年）

36. 1965年11月24日，毛泽东对国际友人说："有些事情，在一个时候看起来好像很了不起，好像整个天都黑了。只要我们的政策正确，路线正确，人民总是会逐步觉醒起来，同我们站在一起的。不管有多少个赫鲁晓夫，又不管印尼右派怎么样猖狂，要想把人民革命的局面转变过来，是不可能的。只不过人民的胜利也许要经过相当的时间就是了。"⑤

---

①～⑤中共中央文献研究室：《毛泽东年谱（1949—1976）》第5卷，北京：中央文献出版社，2013年，第491、500、518、523、543页。

37. 本质是事物的主要矛盾和主要矛盾方面。四平八稳，面面俱到，就是折中主义。[①]（毛泽东，1965年）

38. 1966年2月9日，毛泽东在武昌东湖听取吴冷西汇报，在听到国内最近有“毛泽东思想是马克思列宁主义的顶峰”“毛泽东思想是最高最活的马克思列宁主义”的提法，毛泽东说：“林彪的两个提法都不妥。”3月20日，毛泽东主持召开中央政治局常委扩大会议，在林彪谈到“要学毛主席”时，毛泽东说：“我在这里说一句，要突破，要创造，不要只解释，不要念语录，不能受束缚。列宁就不受马克思的束缚。不要迷信，要有新的论点，新的解释，新的创造，不然不行。”[②]

39. 1966年3月30日，毛泽东谈到学术批判时说：“文化革命能不能搞到底，政治上能不能顶住？中央会不会出修正主义？没有解决。我们都老了，下一代能否顶住修正主义思潮，很难说。文化大革命是长期艰巨的任务。我这一辈子完不成，必须进行到底。”[③]

40. 1966年10月24日，毛泽东在中南海游泳池住处召集中央政治局部分成员、各中央局负责人开会，毛泽东说：“我没有料到聂元梓一张大字报，一个红卫兵，一个全国大串联，搞成这么大的事。学生犯了一些错误，主要是我们这些老爷犯错误。反党反社会主义决不能承认，承认了还能工作吗？你们回去碰到具体问题，按照大原则解决。要振作精神好好搞一下。万万不能承认反党反社会主义。把中央局、省市委都打倒，让他们学生来接班，行吗？不知工农业，只读一点书，行吗？”“谁会打倒你们呀！万万不能承认反党反社会主义。你们都成了黑帮，不就轮到我头上来了，我不就是同反党反社会主义分子一块工作吗？有些人将来还有甄别、平反、有些打错了的，

---

①～③中共中央文献研究室：《毛泽东年谱（1949—1976）》第5卷，北京：中央文献出版社，2013年，第550、553、558、570、573页。

可以调到其他地方工作嘛！”[①]

41. 不讲历史就讲不出道理。战争只有在战争中学，阶级斗争只有在阶级斗争中学。[②]（毛泽东，1965年）

42. 毛泽东说：学问再多，方向不对，等于无用。[③]只要大的原则做得对，一些小的问题逐步会解决的。[④]路线正确一切都有，路线错了就会垮台。路线对了，人少会有人，没有枪会有枪，也会有政权；路线错了，人再多、枪再多也没有用。[⑤]

43. 1964年6月24日，毛泽东对非洲朋友说："历来中国人没有写回忆录这样的习惯，中国人喜欢写历史。"[⑥]

44. 1973年6月22日，毛泽东会见马里国家元首兼政府总理特拉奥雷。特拉奥雷说：我们马里共和国的人都认为你是一个天才，而且是有史以来唯一的天才。毛泽东说：你把我吹得太高了。特拉奥雷说：法国人教导我，拿破仑是有史以来唯一的天才，但我认为同毛主席对世界的贡献相比，拿破仑不及毛主席的三分之一。毛泽东说：拿破仑，无论怎么样，后人是对他表示尊敬的。你不要说我是天才，你说拿破仑好了。这个人相当聪明，他所以能创造法国的法典，就是因为他读过罗马法典。拿破仑晚年的政策不那么高明，一不该占领西班牙，引起广大的农民游击战争反对他；二不该去打俄国。特拉奥雷说：我说一个人是天才，就是指他的思想，毛泽东说：我是地

---

①②④⑤中共中央文献研究室：《毛泽东年谱（1949—1976）》第6卷，北京：中央文献出版社，2013年，第6-7、96、317、337页。

③中共中央文献研究室：《毛泽东年谱（1949—1976）》第3卷，北京：中央文献出版社，2013年，第345页。

⑥中共中央文献研究室：《毛泽东年谱（1949—1976）》第5卷，北京：中央文献出版社，2013年，第366页。

才，地就是土地吧。特拉奥雷说：我看了你的军事和政治著作。毛泽东说：都是人民群众的经验，我作的总结。没有人民，啥事都干不成啊！请你少吹一点了。我的好朋友啊，你也不要强加于我。①

45．1973年7月17日，毛泽东接见美籍华人物理学家杨振宁时说："我那一篇文章，叫《矛盾论》，其中一段叫'矛盾的特殊性'。矛盾的普遍性并不单独存在，就存在于特殊性之中，人类是看不见的，看到姓杨的、姓周的，看到大人、小孩，但是看不见'人'。"会见结束时，毛泽东说："感谢你这位自然科学家，你对世界是有贡献的。"杨振宁说："我也要祝毛主席万寿无疆。"毛泽东说："你不要讲，这句话不对，不科学。"②

46．研究问题应该从历史的分析开始。③（毛泽东，1959年）

47．"二三子以言乱政，实朝廷纪纲所系，所谓芝兰当路，不得不锄者，知我罪我，其在斯乎！"④

48．1927年8月30日，中共湖南省委就暴动范围问题致信中央说："我们是以向长沙暴动为起点，并不是放弃湘南；没有把衡阳做第二个发动点，是因为我们的力量只能做到湘中起来；各县暴动，力量分散了，恐连湘中暴动的计划也不能实现。"⑤

---

①②中共中央文献研究室：《毛泽东年谱（1949—1976）》第6卷，北京：中央文献出版社，2013年，第483、488页。

③《读苏联〈政治经济学教科书〉的谈话》（1959年12月—1960年2月），见中共中央文献研究室：《毛泽东文集》第8卷，北京：人民出版社，1999年，第139页。

④（明）张居正：《张太岳文集》卷二十五《答汪司马南溟》，上海：上海古籍出版社，1984年，第297页。

⑤中共中央文献研究室：《毛泽东年谱（1893—1949）》上卷，北京：中央文献出版社，2013年，第212页。

49．井蛙不可以语于海者，拘于虚也；夏虫不可以语于冰者，笃于时也；曲士不可以语于道者，束于教也。[①]

50．世界上没有比战争更大的能够改变人的力量。[②]（毛泽东，1938年）

---

①《庄子·外篇·秋水》，见《庄子全译》，张耿光译注，贵阳：贵州人民出版社，1991年，第276页。

②中共中央文献研究室：《毛泽东年谱（1893—1949）》中卷，北京：中央文献出版社，2013年，第47-48页。

之三

坏事越多，好处就要来了

1．事情只求其“是”，闲气都是浮云。[①]（毛泽东，1941年）

2．1942年8月15日，毛泽东致信谢觉哉：关于“还政于民”这个口号之不妥，我记得对你说过了。早几天解放报社论末段有“官方干部”“纯老百姓代表”的话，也有不妥处，不知此文是否你写的？我们的政府是真正代表老百姓的，是民的，故不可说“还政于民”，也不可分为“官方”“非官方”。那天社论的意思并不坏，是说要让新选代表多说话，只是不宜将“官方”“纯老百姓”这样对称起来，请加考虑。[②]

3．1943年11月，毛泽东在中央政治局会议上说：蒋介石在他的阶级敌人面前是警觉、坚定、明确的，每个共产党员都要学习这一点，他是阶级政治家。[③]

4．1944年4月9日，毛泽东复信陈毅：“凡事忍耐，多想自己缺点，增益其所不能，照顾大局，只要不妨大的原则，多多原谅人家。忍耐最难，但作一个政治家，必须练习忍耐。这点意见，请你考虑。”[④]

---

①～④中共中央文献研究室：《毛泽东年谱（1893—1949）》中卷，北京：中央文献出版社，2013年，第317、397、481、506页。

5. 1944年9月14日，毛泽东就审查干部政策问题复电罗荣桓等，指出："延安审查干部经验中，在初期有许多是过左的，后来已纠正，你们不要重复。山东应该稳重谨慎地去做，凡无充分可靠证据，不要轻信某人为特务，要把特务、叛变、自首、党派及犯错误等项分别看待，严重嫌疑分子（有证据者）可以暂时逮捕候讯，但为数应极少，尤要坚持一个不杀方针。"①

6. 1966年9月10日，毛泽东审阅国庆节标语口号，批示："标语、口号太多，是烦琐哲学，要大精简，各有十几条就够了，至多总共不要超过三十条。多了，谁也不记得，不看作一回事了。"②

7. 资本是不知道爱国的。③

8. P. 奥沙利文（Patrick O' Sullivan）《地理政治论——国际间的竞争与合作》书摘

空间分隔效力已经缩小，甚至有人说，随着电子通讯和飞机的使用，地理距离在世界政治中已经失去了重要影响。当然，在我们的日常生活中还是有距离影响的，它把人们的存在和活动分开。即使在国家事务中，尽管穿梭外交的狂热努力，但不论其作用好坏，距离仍然有影响。的确是这样，就减少和那些可以被认为是专横国家的贸易和社会往来而言，与政治野心保持隔离兴许是天上的赐福。当然从军事上来讲，距离仍然是最好的防御。

距离对于实力发生影响的最引人注目的图式是由博尔丁（Boulding）提

---

①中共中央文献研究室：《毛泽东年谱（1893—1949）》中卷，北京：中央文献出版社，2013年，第545页；毛泽东：《对伪军的政策及对伪官兵的处理意见》，见中共中央文献研究室、中国人民解放军军事科学院：《毛泽东军事文集》第2卷，北京：军事科学出版社、中央文献出版社，1993年，第661页。

②中共中央文献研究室：《毛泽东年谱（1949—1976）》第5卷，北京：中央文献出版社，2013年，第626页。

③［美］拉铁摩尔：《中国的亚洲内陆边疆》，唐晓峰译，南京：江苏人民出版社，2010年，第131页。

出的“力量梯度损失”（loss of strength gradient）的观点。这一看法表示势力在本国最强大，它离国内基地的距离拉得愈远愈弱，力量越是扩张，则强度越是减小。除了克服距离损耗的摩擦效应外，在控制越来越辽阔领土的能量耗费以及对远离本土的遥远地方缺乏亲熟性（familiarity），可以严重地影响扩张者的民族精神和国家意志。

博尔丁解释了强权随距离增加而削弱的关系，在运输力量和交通通讯上，距离的摩擦损耗侵蚀了实力的强度。由于海军，还有无线电、空军、火箭和卫星的发展，已经减小这种梯度，以至于有些人忽略了距离因素对实力平衡的影响。但是为了美国在中东行动而建立快速部队的努力，说明距离仍然是需要花费代价。福克兰群岛战争中，在7000英里（约为11 300千米）长的供给线上暴露出的种种困难说明，在军事力量与距离因素之间成败之机是相互参半的。在贸易上也确实显示出随着距离加长而减少的趋势，施行经济影响的可能也必定是以同样的方式衰减。

假若一个帝国或是一个霸权势力的国家核心以一定的能力部署人力和物力，那么当有扩张边界的领土野心之时，同样的实力必定扩散得更为稀疏，从而使它的效力受到损失。若在一片辽阔的平原上匀称地扩展力量，那么随着每一次帝国半径范围的扩张，其实力的效能一定以2π的比率削弱。同样的军力在越变越大的圆周内扩散，其密度和强度会相应地削减。从另一角度来看，假若各地单位面积的控制花费相等，随着一个帝国的圆周的扩大，整个控制费用将随着半径的平方而增加。为了维持对各地一定的控制规模，当帝国的范围增大，它的军事机构建制必须呈指数状态增加。不管有没有摩擦效应，随着野心或偿付义务的极度扩大，将会造成军事力量的分散。同样的作用也将会对宣传、颠覆或是经济援助造成影响。克里姆林宫似乎是考虑到这种影响而劝阻了古巴将革命扩大到美洲大陆的企望，因为它是绝对供应不起另一个古巴的。[①]

---

① P. 奥沙利文：《地理政治论——国际间的竞争与合作》，李亦鸣、朱兰、朱安译，北京：国际文化出版公司，1991 年，第 11-13 页。

9. 正如住房面积不应仅以平方而应以立方标准计算才更为科学的道理一样，地理两点之间的距离也应分为平面和立体两类，前者属于（无限接近）无障碍距离，后者属于（相对）有障碍距离。如此计算才能更准确地反映其中的地缘政治关系。翻山越岭或由低而高的路程与一马平川或居高临下的路程，完全不是一个概念。如从这个视角看待位于印度洋北岸的世界最高的扎格罗斯—兴都库什—喜马拉雅山山带，就会发现，其间任意对应两点并不遥远的平面距离，因其4000～7700米的海拔高度使得其立体距离陡增并使历史上所有的外来征服者——即使横卧于帕米尔北侧的俄罗斯人——在此屡屡败北。

事实上，立体距离和平面距离，利用“权重理论”是可以换算的。权重换算的基本公式表明：“当每千米水准测量的精度相同时，水准路线观测高差的权与路线长度成反比。”[①]同样的道理，世界上没有绝对水平的地理条件，立体或平面距离也都是相对的，比如在同等的立体距离中，由高向低的行程和由低向高的行程就完全不是同一个概念——由此就可以解释在自然动力为基础的中国古代，在南北向的同等距离中，位居上势的北方政治集团总能雄居天下的原因。司马迁感觉到这个规律并将它概括得更为简单，他说：“夫作事者必于东南，收功实者常于西北。”[②]还有在沙漠中的行程与平地上的同距行程也不是同一概念；即使平地，不同气象和生存条件的相同距离，也不是一个概念，比如北冰洋和欧洲大平原的同距平面完全不能相提并论。因此，美国地缘政治学者尼古拉斯·斯皮克曼说：

> 不管用什么办法，想把地球表面变为平面，结果都会扩大或缩小距离、方向、形状和面积的真实关系。数理地理学家的任务就是想出一些调和的办法使这些绝不可能完全避免的误差和歪曲缩小到最小限度。[③]

①陈秀棠、许天韵：《测量学》，哈尔滨：东北林业大学出版社，1988 年，第 95 页。

②（汉）司马迁：《史记》卷十五《表第三·六国年表》，见许嘉璐：《二十四史全译·史记》第一册，上海：汉语大词典出版社，2004 年，第 247-248 页。

③［美］尼古拉斯·斯皮克曼：《和平地理学》，刘愈之译，北京：商务印书馆，1965 年，第 19 页。

比较而言，海洋——如果不计汹涌的海浪的话——可算是最接近距离的“水平”条件，而帕米尔高原则可视为“立体距离”的绝对样板。麦金德形象地说：“心脏地带是地球上最大的自然碉堡。”[①]中亚——也就是麦金德所说的“心脏地带”——既是“世界地缘政治的中枢，也是世界霸权的坟墓”[②]。根据上述关于距离研究的新推进，现在可以再补一句，中亚是世界霸权的坟墓，也是人民反霸权斗争必胜的天堂。

10．距离仍然是最好的防御。[③]

11．一张白纸，没有负担，好写最新最美的文字，好画最新最美的画图。[④]（毛泽东，1958年）

12．1946年抗战胜利，西南联大准备分校北归，冯友兰为此撰写《西南联合大学纪念碑》，认为：

我国家以世界之古国，居东亚之天府，本应绍汉唐之遗烈，作并世之先进。将来建国完成，必于世界历史，居独特之地位。盖并世列强，虽新而不古，希腊罗马，有古而无今，唯我国家，亘古亘今，亦新亦旧，斯所谓“周邦虽旧，其命维新”者也。[⑤]

13．1905年（明治三十八年）3月，“奉天会战”结束，日军大胜，满

---

①［英］哈·麦金德：《历史的地理枢纽·译者引言》，林尔蔚、陈江译，北京：商务印书馆，1985年，第15页。

②张文木：《世界地缘政治中的中国国家安全利益分析》，济南：山东人民出版社，2004年，第361页。

③P．奥沙利文：《地理政治论——国际间的竞争与合作》，李亦鸣、朱兰、朱安译，北京：国际文化出版公司，1991年，第12页。

④中共中央文献研究室：《毛泽东年谱（1949—1976）》第3卷，北京：中央文献出版社，2013年，第338页。

⑤冯友兰：《三松堂全集》第1卷，郑州：河南人民出版社，1991年，第300-301页。

洲军（日俄战争时日本的参战陆军编为“满洲军”）总参谋长儿玉源太郎回国汇报战果，长冈外史参谋次长去新桥车站接他。儿玉见了长冈劈头就问和谈之事有没有眉目，当听长冈说还没有眉目时就是一顿痛骂：“战争一旦开始，最大的课题就是怎样结束。连这个你都不懂，你是干什么的？”①

14．1789年，明慧的法兰西人民，在其智慧之都巴黎看到了美好的远景、气魄宏伟的美好的远景——自由、平等、博爱。但是不久，法国的理想主义抓不住现实，以致随波逐流听任化身为拿破仑的命运的摆布。拿破仑以他的军事上的高效率恢复了秩序，但是在恢复的过程中建立了法国霸权，这种霸权本身的规律就是否定自由。②

15．1919年地缘政治理论先驱学者哈·麦金德以赞扬的口吻说：地图是日耳曼文化的重要工具，每个受教育的德国人都可以说是个地理学家。德国人一直受教育，看地图不光看几张纸上因袭画成的界线，还看到永久的天然的机会。他的现实政治浮现在他的脑海中的地图上。如果你要一张好地图，精确地而又写实地把基本的对比表达出来的好地图，你多半还要找一张来自德国的地图。原因是德国有许多制图家，他们是有学问的地理学家，而不只是测量员或者制图员。他们之所以能够存在，是由于有受了教育的广大群众，他们懂得重视，也愿意出钱买绘制精妙的地图。③

16．1958年4月27日，毛泽东在广州召开会议，说：“现在得彩的是左派，这些人政治资本大了，将来挂帅的、可能出乱子的，也就是这些人。”④

---

①俞天任：《有一类战犯叫参谋》，北京：语文出版社，2009 年，第 34 页。

②③［英］哈·麦金德：《民主的理想与现实》，武原译，北京：商务印书馆，1965 年，第 16、29 页。

④中共中央文献研究室：《毛泽东年谱（1949—1976）》第 3 卷，北京：中央文献出版社，2013 年，第 341 页。

17．一家二贵，事乃无功。夫妻持政，子无适从。[①]

18．事在四方，要在中央。[②]

19．宋明理学是从唐代的禅宗来的，从主观唯心论到客观唯心论。[③]（毛泽东，1964年）

20．玄学的主流是进步的，是魏晋思想解放的一个标志。正因为思想解放，才出了那么多杰出的思想家、作家。[④]（毛泽东，1975年）

21．什么叫政权？什么叫力量？没有别的，只有军队。[⑤]（毛泽东，1970年）

22．知识分子一遇麻烦，就爱标榜退隐，其实，历史上有许多所谓的隐士，原是假的，是沽名钓誉，即使真隐了，也不值得提倡。[⑥]（毛泽东，1975年）

23．一切共产党员，决不容许参加任何资产阶级的派别活动。[⑦]（毛泽东，1975年）

24．1942年5月27日，在谈在欧洲战场的“第二战线”问题，毛泽东说：“英、美对于开辟第二战线不很热心。第二条战线总有建立的一天，因为希特勒快要垮了，有死老虎可打，他们一定要去打。”[⑧]

---

①②《韩非子全译》（上），张觉注译，贵阳：贵州人民出版社，1992年，第90、106页。

③中共中央文献研究室：《毛泽东年谱（1949—1976）》第5卷，北京：中央文献出版社，2013年，第593页。

④～⑦中共中央文献研究室：《毛泽东年谱（1949—1976）》第6卷，北京：中央文献出版社，2013年，第295、592、599页。

⑧中共中央文献研究室：《毛泽东年谱（1893—1949）》中卷，北京：中央文献出版社，2013年，第367页；参阅同书第383页。

25．夫取法于上，仅得为中；取法于中，故其为下；自非上德，不可效焉。[①]

26．1958年5月8日，毛泽东在中共八大二次会议上说："学问再多，方向不对，等于无用。"[②]同日，毛泽东致信张闻天："我一直不大满意你。在延安时对你曾有五个字的批评，你记得吗？进城后，我对陈云、恩来几次说过，你有严重的书生气，不太懂实际，记得好像也对你当面说过。"[③]毛泽东的这些批评既是认识古今知识人的视角，也是今天知识人需认真领会和自查的方面。

27．1965年美国记者爱德加·斯诺与毛泽东谈话结束时说："希望主席向美国人民说几句话，美国人民对中国是有好感的。"毛泽东一针见血地回答说：

祝他们进步。如果我祝他们获得解放，他们有些人可能不大赞成。我就祝那些认识到自己还没有解放的、生活上有困难的人获得解放……美国人需要再解放，这是他们自己的事。不是从英国的统治下解放，而是从垄断资本的统治下解放出来。[④]

28．一切事物总是有"边"的。事物的发展是一个阶段接着一个阶段不断地进行的，每一个阶段也是有"边"的。不承认"边"，就是否认质变或部分质变。[⑤]（毛泽东，1959年）

---

①《唐太宗集》，吴云、冀宇编辑校注，西安：陕西人民出版社，1986 年，第 235 页。

②③中共中央文献研究室：《毛泽东年谱（1949—1976）》第 3 卷，北京：中央文献出版社，2013 年，第 345、347 页。

④《同斯诺的谈话》（1965 年 1 月 9 日），见中共中央文献研究室：《毛泽东文集》第 8 卷，北京：人民出版社，1999 年，第 411-412 页。

⑤中共中央文献研究室：《毛泽东年谱（1949—1976）》第 4 卷，北京：中央文献出版社，2013 年，第 263 页。

29．毛泽东说："中国应当是辩证法发展的国家。"[①]无独有偶，黑格尔也看清这一点，他说"中国的宗教，亦即度的宗教"，"对这些度及其演化的详细探考，则成为对整个中国哲学和学术的研究"[②]。

30．将来美国在东方战争中不依靠日本是搞不起来的，因此我们要很好地研究日本的情况。[③]（毛泽东，1958年）

31．什么叫哲学，哲学就是认识论。[④]（毛泽东，1964年）

32．1959年6月3日，毛泽东同林克谈《东观汉记·梁鸿传》，讲梁鸿"不因人热"的故事，鼓励他不要仰仗别人。毛泽东说他给自己的孩子们讲过这个故事。[⑤]

33．1959年4月19日，毛泽东在中南海会见意大利共产党代表团，谈到"藏独"分子的要求时说："西藏一共120万人，讲民族自决，是由118万人自决呢，还是由两万反动派去自决？"[⑥]

34．1959年4月5日，毛泽东在上海锦江饭店礼堂主持中共八届七中全会，作题为"工作方法"的讲话，共十六个问题。第十五个问题仅有一句："李锐怕鬼。你前怕龙后怕虎，很多顾虑。"[⑦]李锐当时任水利电力部副部长、毛泽东的通信秘书。

---

①③中共中央文献研究室：《毛泽东年谱（1949—1976）》第3卷，北京：中央文献出版社，2013年，第118-119、379页。

②［德］黑格尔：《宗教哲学》，魏庆征译，北京：中国社会出版社，2005年，第199页。

④中共中央文献研究室：《毛泽东年谱（1949—1976）》第5卷，北京：中央文献出版社，2013年，第396页。

⑤～⑦中共中央文献研究室：《毛泽东年谱（1949—1976）》第4卷，北京：中央文献出版社，2013年，第11、24、61页。

35．我们要用和平的方法解决台湾问题。我国好多地方就是用和平方法解决的。北京就是用和平的方法解决的，还有湖南、云南、新疆。①（毛泽东，1960年）

36．1964年10月22日，毛泽东主持召开中共中央政治局常委扩大会议，在谈到赫鲁晓夫的问题时说："我是中间偏左。"②

37．社会主义国家的军事家应同时是政治家，军队是阶级斗争的工具。③（毛泽东，1957年）

38．凡是涉及许多人的事情，不搞运动，搞不起来。需要造成空气，没有一种空气是不行的。④（毛泽东，1957年）

39．坏事越多，好处就要来了。⑤（毛泽东，1957年）

40．不抓粮食很危险。不抓粮食，总有一天要天下大乱。农业关系到五亿农村人口的吃饭问题。农业搞好了，农民能自给，五亿人口就稳定了。⑥（毛泽东，1957年）

41．在一定的意义上可以说，农业就是工业。⑦（毛泽东，1957年）

42．我们见到三个地方的朋友最亲热，就是亚洲、非洲和拉丁美洲，我们感到平等。⑧（毛泽东，1956年）

---

①中共中央文献研究室：《毛泽东年谱（1949—1976）》第 4 卷，北京：中央文献出版社，2013 年，第 467 页。

②中共中央文献研究室：《毛泽东年谱（1949—1976）》第 5 卷，北京：中央文献出版社，2013 年，第 422 页。

③～⑧中共中央文献研究室：《毛泽东年谱（1949—1976）》第 3 卷，北京：中央文献出版社，2013 年，第 48、71、85、141、215 页。

43. 毛泽东说："在人民方面来说，历史上一切大的民主运动，都是用来反对阶级敌人的。""大民主也可以用来对付官僚主义者。"（1956年）"管业务管得很好，不管思想工作，结果来了大民主，就会把你搞掉。"①（1957年）

44. "人没有饿死，就要做革命工作，就要奋斗。一万年以后，也要奋斗。""人总是要有一点精神的。"②（毛泽东，1957年）

45. 我们从来不搞一鸣惊人的事情，我们什么事情都慢慢来，实际上很快。③（毛泽东，1956年）

46. 改革的事，没有多数人的赞同是办不通的。④（毛泽东，1954年）

47. 目前美国在广大的中间地带，从东京到伦敦建立军事基地，把三百万军队中的一百多万人都钉在这些基地上，动都动弹不得。这不像是个打仗的架势。⑤（毛泽东，1955年）

48. 关于写文章，请注意不要用过于夸大的修饰词，反而减损了力量。必须注意各种词语的逻辑界限和整篇文章的条理（也是逻辑问题）。废话应当尽量除去。⑥（毛泽东，1955年）

49. 帝国主义是不怕我们的几千年文化的。古董当然是要保护的，但我们更需要现代的科学和文化。⑦（毛泽东，1965年）

50. 哥白尼，他是一个天文学家，他不仅属于波兰一个国家，他属于全世界，凡是科学都是全世界的。⑧（毛泽东，1965年）

---

①～③中共中央文献研究室：《毛泽东年谱（1949—1976）》第3卷，北京：中央文献出版社，2013年，第26、32、34-35、92、117页。

④～⑧中共中央文献研究室：《毛泽东年谱（1949—1976）》第2卷，北京：中央文献出版社，2013年，第293、367、387、640页。

之四

做好事也要商量着做

1. 夫解杂乱纠纷者不控捲，救斗者不搏撠，批亢捣虚，形格势禁，则自为解耳。[①]

2. 1963年2月19日，毛泽东在听取中印边界东段自卫反击作战情况汇报时，谈到中印后勤比较说："我们的后勤是比较原始的，印军是近代的。"[②]基辛格也说："中印边界冲突中，军事后勤条件对印度有利，因为喜马拉雅山离中国的力量中心过于遥远。"[③]

3. 1971年9月10日下午，毛泽东同南萍、熊应堂、陈励耘、白宗善谈话，说到党的历史问题时说："邓小平不同于刘少奇，要有区别。百万雄师过大江，当时有个前委，主要还是邓小平起作用的。"说到许世友时说："许世友同志是可以交朋友的，有时还可抓住主要问题，把道理说清楚。"[④]

---

①（汉）司马迁：《史记》卷六五《孙子吴起列传》，见许嘉璐：《二十四史全译·史记》第二册上，上海：汉语大词典出版社，2004 年，第 900-901 页。

②中共中央文献研究室、中国人民解放军军事科学院：《建国以来毛泽东军事文稿》（下卷），北京：军事科学出版社、中央文献出版社，2010 年，第 162 页。

③［美］亨利·基辛格：《论中国》，胡利平等译，北京：中信出版社，2012 年，第 200 页。

④中共中央文献研究室：《毛泽东年谱（1949—1976）》第 6 卷，北京：中央文献出版社，2013 年，第 401-402 页。

4．1965年3月，毛泽东指示外事部门："不能靠多送礼的办法拉友谊，友谊要靠政治。"①

5．问题就是矛盾。②（毛泽东，1959年）

6．1954年毛泽东对保健医生徐涛说："我看中国有两样东西对世界是有贡献的，一个是中医药，一个是中国饭菜。""生活里有四味药，吃饭、睡觉、喝茶、大小便，能吃、能睡、能喝、大小便顺利，比什么别的药都好。""遇事不怒，基本吃素，多多散步。"③

7．1962年5月16日，毛泽东在听取田家英在湖南韶山大队、大坪大队、炭子冲大队调查汇报，当听到这里的社员要求包产到户和分田的呼声很高时，毛泽东听后反应冷淡，对田家英说："我们是要走群众路线的，但有的时候，也不能完全听群众的，比如要搞包产到户就不能听。"④

8．个人崇拜哪个地方都有，为劳动人民所必要的权威是必须有的。⑤（毛泽东，1958年）

9．意大利历史学家贝奈戴托·克罗齐说："当生活的发展需要它们时，死历史就会复活，过去史就会再变成现在的。罗马人和希腊人躺在墓室中，直到文艺复兴时期欧洲人的精神有了新出现的成熟，才把它们唤醒。"⑥

---

①④中共中央文献研究室：《毛泽东年谱（1949—1976）》第5卷，北京：中央文献出版社，2013年，第489、102-103页。

②⑤中共中央文献研究室：《毛泽东年谱（1949—1976）》第3卷，北京：中央文献出版社，2013年，第582、366页。

③盛巽昌、欧薇薇、盛仰红：《毛泽东这样学习历史，这样评点历史》，北京：人民出版社，2005年，第142-143页。

⑥［意］贝奈戴托·克罗齐：《历史学的理论和实际》，傅任敢译，北京：商务印书馆，1982年，第12页。

10. 1949年，毛泽东不急着收回香港，以此在美国封锁的条件下拴住与欧洲特别是与英国的联系；1959年炮击但不登金门、马祖，以此拴住台湾；毛泽东在与尼克松谈判时不急于收回台湾，意在以此拴住与美国的联系。

11. 做好事也要商量着做。商量办事，这是共产党和国民党不同的地方。①（毛泽东，1953年）

12. 度之往事，验之来事，参之平素，可则决之。②

13. 圣人不能违时，亦不可失时也。③

14. 操舍关中而远征张鲁，伐虢取虞之计也。盖欲讨超，遂而无名，先张讨鲁之势以速其反，然后加兵耳。④

15. 彼得一世比较早地看到北极的战略意义，他在重病期间曾召见海军上将阿普拉辛说："最近我在考虑一件事，这件事在我心里已经惦记好多年了"；"我关心寻找一条经过北极海通往中国和印度的道路"；"谁晓得我们在寻找这样一条道路上或许会比荷兰人和英国人取得更大的成功，他们曾经沿着美洲海岸做了多次这样的尝试"。⑤1943年，美国战略思想家李普曼在《美国外交政策》一书中就指出："日本的势力消除以后，北太平洋的西部将在苏联的控制之下，而东部则将为美国的势力范围。要是如大部分飞行家之所信的，未来的北冰洋将反成为主要的航空路之一，那么，将来控制这些航空线的将是美国、加拿大、联合王国和苏联。"⑥

---

①中共中央文献研究室：《毛泽东年谱（1949—1976）》第2卷，北京：中央文献出版社，2013年，第181页。

②《六韬·鬼谷子》，曹胜高、安娜译注，北京：中华书局，2007年，第298页。

③转引自张作耀：《曹操传》，北京：人民出版社，2000年，第234页。

④《三国志·魏书·武帝纪》，胡三省注。转引自张作耀：《曹操评传》，北京：人民出版社，2000年，第189-190页。

⑤崔丕：《近代东北亚国际关系史研究》，吉林：东北师范大学出版社，1992年，第53页。

⑥［美］李普曼：《美国外交政策》，罗吟圃译，福建：人文出版社，1944年，第76页。

16. 1959年10月18日，毛泽东会见日共中央主席野坂参三。当客人说到日共现在最迫切的问题，是反对修改日美安全条约，要加强人民的斗争时，毛泽东说："今天主要的问题是美国压迫的问题，民族压迫的问题，要把垄断资本看做是美国的走狗和工具。""岸信介[①]要修改宪法第九条，是因为第九条束缚了他进行扩张，他要复活军国主义。你们党的纲领中有和平与独立的口号，这是最合乎实际情况的。日本垄断资本有参加过战争的经验，他们是还要搞战争的，这就是他们倒向西方的原因。""发展下去，日本是不会安心于半独立状态的，是有野心的，要起变化，要闹独立性。现在世界就有这么几个资本主义大国：美、英、法、西德、日本。所以，可不能看轻日本。"[②]

17. 1965年6月11日，毛泽东在杭州接见中共中央华东局书记处成员时说：文艺座谈会我讲了话，放了空炮，以后二十几年没有整个抓文艺战线，结果长期以来照样是帝王将相、才子佳人占统治地位，尽是那一套，劳动人民只是打武场、跑龙套。现在要改一改，让劳动人民当主人，才符合我们现在的情况。[③]

18. 1965年6月26日，毛泽东同身边医务人员谈话。医务人员谈到买来两套医书是普及性质的，但可能与中国情况特别是农村情况有不符合的地方，毛泽东说：尽信《书》则不如无《书》。告诉卫生部：卫生部的工作，只给全国人口的百分之十五服务，这百分之十五中主要还是老爷。而百分之八十五的人口在农村，广大农民得不到医疗，一无医，二无药。卫生部不是人民的卫生部，改成城市卫生部或老爷卫生部，或城市老爷卫生部好了。医

---

①岸信介是日本现任首相安倍的外祖父。

②中共中央文献研究室：《毛泽东年谱（1949—1976）》第4卷，北京：中央文献出版社，2013年，第216-218页。

③中共中央文献研究室：《毛泽东年谱（1949—1976）》第5卷，北京：中央文献出版社，2013年，第498页。

学教育要改革，根本用不着读那么多年。华佗读的是几年制？明朝李时珍读的是几年制？医学教育用不着收什么高中生、初中生，高小毕业生学三年就够了，主要是在实践中提高。这样的医生放到农村去，就算本事不大，总比骗人的医生和巫医要好，而且农村也养得起。书读得越多越蠢。现在医院那套检查治疗方法，根本不适合农村。培养医生的方法也只是为了城市，可是中国有五亿多人是农民。那种做法脱离群众，中国百分之八十五的人口在农村，不为农村服务，还叫什么为人民服务。工作中，把大量的人力、物力放在所谓尖端，高、难、深的疾病研究上，对一些多发病、常见病、普遍存在的病，如何预防，如何改进治疗，不管，没人注意，或放的力量很小。尖端的问题不是不要，只是应该放少量的人力物力，大量的人力物力应该放在农村，重点在农村。还有一件怪事，医生检查一定要戴口罩，不管什么病都戴，是怕自己有病传染给别人？我看主要是怕别人有病传染给自己。（医务人员说：有些是应该戴的，例如做手术，不戴，怕医生口腔、鼻腔的细菌传染病人伤口。）要分别对待嘛！干什么都戴，这首先造成医生与病人之间的隔阂。今后城市的医院应该只留下毕业一两年的医生，本事不大的医生，其余的都到农村去，把好的都放在农村。“四清”运动到1968年就扫尾基本结束了，可是“四清”结束，农村的医疗卫生工作并没有结束啊！把医疗卫生的重点放到农村去嘛！把这些都告诉卫生部。1970年6月26日，周恩来将上述谈话的整理稿委托汪东兴报送毛泽东，毛泽东批示：“暂不发表，将来再说。退东兴同志存。”①

19. 诺贝尔经济学奖得主阿马蒂亚 · 森认为中国今天的成就的根源应当从包括土改在内的毛泽东的成就去寻找。他在《以自由看待发展》（Development as Freedom）一书中认为：

---

①中共中央文献研究室：《毛泽东年谱（1949—1976）》第 5 卷，北京：中央文献出版社，2013 年，第 505-506 页。

随着东亚和东南亚经济的高速经济进步得到更充分的分析，人们越来越清楚地认识到，并非仅仅是经济开放——以及更大程度地依赖国内和国际贸易——导致了这些经济经历如此快速的经济转变。积极的社会变革——包括土地改革、教育和识字的普及、更好的医疗保健服务——也为发展奠定了基础。我们在这里观察的，不是经济改革的社会后果，而是社会改革的经济后果。市场经济在这样的社会发展基础上繁荣起来，就像印度最近认识到的那样，缺乏社会发展会阻碍经济发展。

中国的这种社会变革是在什么时候、如何发生的？这些社会变革的高潮是在改革前，即在1979年之前——实际上很多是发生在毛泽东政策的活跃时期。毛泽东是有意识地为市场经济和资本主义的扩展建立基础的吗（他事实上成功地做到了这一点）？这个假设是很难接受的。但是毛泽东的土地改革、普及识字、扩大公共医疗保健等等政策，对改革后的经济增长起了非常有益的作用。改革后的中国受益于改革前中国所取得的成果的程度，应该得到更多的承认。①

阿马蒂亚·森对毛泽东时期的经济成就的观点是他深入研究得出并至今不变的。这可以从2005年2月17日他在香港的一次讲演中对中国现行医疗卫生管理体制提出的一些批评性看法中得到反证。报道说：

几千年来，世界各国从中国学到的东西比任何其他国家都要多，特别是在过去的20多年，中国的经济改革提高了很多人的收入，使大量人口摆脱贫困，从而为全球贫困人口的减少做出了巨大的贡献。但是，这位经济学家也表示，中国经济改革中的一些做法并不都是好的，特别是在公共卫生领域。他说：“在中国进行极具想象力、而且非常成功地增加了个人收入的经济改革的同时，在给人们提供医疗保健服务方面出现了一些放松，医疗保健突然之间成为个人的事情，中国从一个加拿大式的医疗保健系统转向类似美国的系统。在这种情况下，这并不一定是一个进步。”阿马蒂亚·森说，其

---

① ［印度］阿马蒂亚·森：《以自由看待发展》，任赜、于真译，北京：中国人民大学出版社，2002年，第259-260页。

实，中国在改革开放之前，在教育和医疗服务上的一些做法是非常值得借鉴的。他说："事实是，作为一个贫穷国家，中国把基础教育以及基本的医疗服务扩大到一个难以想象的水平，在当时处于全球领先地位。尽管赤脚医生等做法后来受到批评，但是医疗服务在全国的覆盖度是相当惊人的。"阿玛蒂亚·森说："我认为，医疗服务的削弱付出了代价。提供医疗服务正是全世界从中国改革开放之前所学到的一些主要的经验。作为中国的崇拜者，我提出的是友好的批评。如果我把自己置于给中国提供建议这样一个不现实的位置，我想说的是，必须审视整个医疗保健的问题。中国是世界上个人必须自己购买疫苗的少数国家之一。"这位经济学家还指出，在中国90年代的改革中，除了医疗服务被削弱以外，贫困人口的减少也比80年代缓慢，与此同时，贫富差距却急剧扩大。不过，他说，这些问题所得到的关注比向社会提供医疗服务的问题要多。①

尽管阿马蒂亚·森本人是一个自由主义者，但他在其著作中已接近得出贫困是一个需要政治手段介入才能解决问题的结论。尽管阿马蒂亚·森不仅对中国革命，乃至对革命本身，持有许多自由主义成见，②但他从所有权结

---

①《诺贝尔奖得主谈中国医疗保险问题》，http://www. peacehall. com/news/gb/finance/2005/02/20050219000l. shtml。

②福利经济学两大基本定理，第一基本定理假设：完全竞争下的任何一般均衡状态都是帕累托最优。第二基本定理说，给定任何一个帕累托最优的资源配置，必定存在资源禀赋的初始配置，使得从这一初始配置出发所实现的一般均衡的资源配置，恰好就是给定的那个帕累托最优。第二定理认为无成本的转移资源，进行再分配，可以基于效率最大化处理资源配置问题。一般的历史经验是，资源的无成本，或低成本转移几乎没有例外是在政治革命的条件下实现的。从这个意义上说，马克思所说的"革命是历史的火车头"是有道理的。

对于这一问题，阿马蒂亚·森持有回避却又不能回避的矛盾心态，他在《伦理学与经济学》（On ethics & Economics）一书中说："'福利经济学第二基本定理'的实际应用还要求资源再分配在政治上的可行性，而这一资源再分配是实现社会最优状态所必需的。再者，即便必要的财富转移总量可以被计算出来，并且在经济上也是可行的，但在像财产所有权的剧烈变革这类具有根本性的问题时，政治的可行性仍至关重要。为市场机制辩护的保守主义经济学家们常常祈求于'福利经济学第二基本定理'，由于这一定理的应用意味着，在市场机制发挥作用之前，必须首先进行生产资料所有权的转移，因此这一定理只有在作为某种'革命手册'时才有可能具有实际用途。"参阅［印度］阿马蒂亚·森：《伦理学与经济学》，王宇、王文玉译，北京：商务印书馆，2000年，第41页。

构及其社会改造的后果追溯中国成就产生的原因的方法是正确的，由此得出的结论也是接近事实的。

20．1965年7月20日，毛泽东在人民大会堂会见巴西共产党同志时说："现在我们有些同志无论在城市、在农村都不重视调查研究。下乡去就只是看书面材料，听报告，一层转一层，不是直接到农村去蹲点。近年来我们才检查这个情况，现在我们已有一百多万人由城市到农村去工作，是强迫去的，讲是讲点道理，但不强迫一下也不行。如果大家都不去农村，列宁提出的工农联盟就搞不好。"①

21．1966年4月，毛泽东阅长江流域规划办公室主任林一山3月9日关于修建三峡工程给中共中央、毛泽东的报告。报告说：长江规划和三峡工程的研究，在总理的亲自指导下，按照主席所指示的"积极准备、充分可靠"和"有利无弊"的方针进行工作。最近几年，根据主席的指示，我们着重研究了建筑物防护、水库淤积和分期建设等三个问题，进一步认识到分期建设更符合于"有利无弊"的方针，大大增加了近期建设三峡工程的可能性。根据当前国家经济发展情况，三峡工程宜早不宜迟，建议中央将这一工程列为第三、第四两个五年计划期间的建设项目。毛泽东批示："已阅。需要一个反面报告。"②

22．1966年5月5日下午5时，毛泽东在上海会见由谢胡③率领的阿尔巴尼亚党政代表团，并共进晚餐，周恩来、林彪、邓小平、伍修权参加。毛泽东说：我的身体还可以，但是马克思总是要请我去的。事物的发展是不以人的意志为转移的。马克思、恩格斯就没有料到亲手创立的社会民主党在他们死后被他们的接班人篡夺领导权，变为资产阶级政党，这是不以马克思、恩格

---

①②中共中央文献研究室：《毛泽东年谱（1949—1976）》第5卷，北京：中央文献出版社，2013年，第512、582页。

③谢胡，当时任阿尔巴尼亚劳动党中央政治局委员、阿尔巴尼亚部长会议主席。

斯的意志为转移的。他们那个党开始是革命的，他们一死变成反革命的了。苏联也不以列宁的意志为转移，他也没有料到会出现赫鲁晓夫修正主义。事物不断地走向反面。不仅是量变，而且要引起质变；只有量变，不起质变，那就是形而上学。我们也准备着。你晓得哪一天修正主义占领北京，现在这些拥护我们的人摇身一变，就可以变成修正主义。这是第一种可能。第二种可能是部分分化。鉴于这些情况，我们这批人一死，修正主义很可能起来。我们是黄昏时候了，所以现在趁着还有一口气的时候，整一整这些资产阶级复辟。总之，要把两个可能放在心里：头一个可能是反革命专政、反革命复辟。把这个放在头一种可能，我们就有点着急了。不然就不着急，太平无事。如果你不着急，太平无事，就都好了？才不是那样。光明的一面现在看出来了，还有黑暗的一面。有的时候我也很忧虑。说不想，不忧虑，那是假的。但是睡觉起来，找几个同志开个会，议论议论，又想出办法来了。

在讲到邓小平时，毛泽东说：他是一个懂军事的，你看他人这么小，可是打南京是他统帅的。打南京是两个野战军，差不多一百万军队。接着打上海，打浙江，打杭州，打江西，打福建，然后他们第二野战军向西占领四川、云南、贵州。这三个省差不多有一亿人口。①

23．1939年，苏德谈判结果也让希特勒感到一种莫名的痛楚和惴惴不安，因为尽管德苏8月23日签订了互不侵犯条约，但斯大林并没有向希特勒丝毫表露出与其举行高峰会晤的愿望，更不要说结盟了。1939年9月28日，里宾特洛甫在与斯大林、莫洛托夫会谈结束之际，向斯大林当面提出“希望莫洛托夫先生赴柏林交换批准的公文和在近期内安排元首与斯大林的会见”，据苏联文件记录，斯大林则巧妙地回应说：“心诚则灵”，他说他“与元首的会面”是必需的和可能的，“如果他们都活着”。②1940年11

①中共中央文献研究室：《毛泽东年谱（1949—1976）》第5卷，北京：中央文献出版社，2013年，第583-584页。

②《里宾特洛甫与斯大林和莫洛托夫的会谈记录》（1939年9月28日），见沈志华：《苏联历史档案选编》第4卷，北京：社会科学文献出版社，2002年，第535-536页。

月，莫洛托夫来到德国与希特勒谈判，莫洛托夫回忆说：

当我们分手的时候，他一直送我到前厅，走到挂衣服的地方，出了自己的房间。在我穿大衣时，他对我说："我相信，历史会永远记住斯大林的！"我回答说："对此我毫不怀疑。"希特勒又说："但我还希望，历史也会记住我。"我回答："对此我也毫不怀疑。"可以感觉到，他不仅有些害怕我们这个大国，而且对斯大林这个人物也怀着恐惧心理。①

24．1965年7月18日，毛泽东阅中央美术学院教师闻立鹏、王式廓、李化吉关于美术院校使用模特问题给江青的信。毛泽东在信末批注："齐白石、陈半丁之流，就花木而论，还不如清末某些画家。中国画家，就我见过的，只有一个徐悲鸿留下了人体素描。其余如齐白石、陈半丁之流，没有一个能画人物的。"②

25．美国的骷髅会和对外关系委员会

老布什年轻时个性形成的第一阶段是在耶鲁大学，受到了大学里盎格鲁-撒克逊白人新教徒精英态度的影响。他参加了"骷髅会"，信奉一系列"美国至上"的理念。成员认为"有益的混乱"和"秘密行动"是家常便饭，"维持秩序"是核心价值。"二战"后的美国政府内出现了许多骷髅会的杰出会员，包括国务卿乔治·马歇尔将军、《国家评论》的创办者威廉·巴克利（他的兄长詹姆斯在里根政府内担任国防部副部长）、美国驻华大使李洁明、参议院情报委员会主席戴维·博伦等。

老布什年轻时的导师是亨利·史汀生，在富兰克林·罗斯福执政时期任陆军部长。他同样也是"骷髅会"成员，认为领导人不应该同对手争执，而

---

①［苏］费·丘耶夫：《同莫洛托夫的140次谈话》，王南枝等译，北京：新华出版社，1992年，第27页。

②中共中央文献研究室：《毛泽东年谱（1949—1976）》第5卷，北京：中央文献出版社，2013年，第510页。

应稳若泰山，划清界限，随时准备与越界的对手搏斗。

老布什也受到对外关系委员会的影响，该委员会由洛克菲勒基金会赞助，约有2500名成员，主要集中在纽约、波士顿、华盛顿等城市，不过其分支遍布整个美国。1950年，委员会成员詹姆斯·瓦尔堡告诉参议院外交关系委员会，对外关系委员会的目标是鼓励创建一个单一的世界政府，因为无论大家怎么想，这一趋势都不可阻挡。

委员会既不偏向共和党也不偏向民主党，而是植根于两党。与其相关的基金会给老布什和克林顿都捐过款。委员会成员参与建立联合国，这也是树立新世界秩序的一步。位于纽约的联合国大楼得益于委员会小约翰·戴维森·洛克菲勒的捐款，50名成员成为美国驻联合国使团首批工作人员。委员会75名成员和附属机构担当里根政府重要职务或为其服务。在老布什任期内，这一数字上升到350，理查德·切尼也是其中之一。

在之前政府内任职的委员会成员包括基辛格、布热津斯基、斯考克罗夫特、沃尔特·罗斯托、罗伯特·麦克法兰、弗兰克·卡卢奇、科林·鲍威尔，肯尼迪、尼克松、福特、卡特、老布什等总统，还有总统候选人巴里·戈德华特和迈克尔·杜卡基斯。委员会及其附属机构也推动了罗马俱乐部的创立。罗马俱乐部第一次会议于1968年在荷兰召开，并根据委员会的核心宗旨处理国际问题；推广建立单一世界政府，美国打头阵。

委员会并不是真实存在的“锡安长老会”——一群邪恶的富人阴谋统治全世界。尽管委员会的大部分成员都非常富有，但驱使他们的是一种真正的理想，即将美国的生活方式带到全球。这种生活方式不一定是可口可乐，棒球和苹果派，而是自由和民主的价值，这种价值能让每个人变得非常富有。他们是值得尊敬的人，努力实现基督教创造更好世界的理想。同时，在特定的局势下，他们也允许自己变得像传统福音派那样严厉甚至残酷。①

---

① [以色列] 戴维·阿尔贝尔、兰·埃德利：《西方情报机构与苏联解体——未能撼动世界的十年（1980—1990）》，孙成昊、张蓓译，北京：社会科学出版社，2015年，第324-325页。

26. 关于气候变暖的反向预测的晨读笔记

中国学者崔伟宏、承继成与美国学者S. 弗雷德·辛格、法国学者万森·库尔提欧等对联合国政府间气候变化专门委员会（IPCC）关于气候变暖的报告提出反驳，认为：

在自然界，平衡是相对的，不平衡是绝对的；地球这个复杂的系统自组织作用形成一种准稳定态的非平衡结构，地球系统在维持与改造着这种非平衡结构的过程中，持续不断地改变着全球的环境状态。

海平面上升是全球气候变暖引起恐慌的重要方面，然而目前没有充分的证据显示海平面出现加速上升及人为因素导致全球气候变暖引起海平面上升。①

上述作者在2012年出版的《自然是气候变化的主要驱动因素》一书中还大胆提出与IPCC相反的预测：

大约从2014年开始，深度寒冷的气候将会到来。为什么说是深度寒冷呢？按照我们的预测太阳能的强度在2042年（±11年）达到最低。这意味着很冷的时期要到来了，这个时期大约是在2055—2060年（±11年），这个时候太阳能将大大减少，也就是所谓的深度的寒冷。按照我们的评价和分析，温度会下降大约1～1.5℃，这个是很小的值。如果是1℃，我们可能感觉不到；但是1～1.5℃，虽然在赤道地带感觉不到，但是随着纬度增加，这将是好几倍的增加。因此我们会经历难忍的严寒，就像我们过去在1645—1775年所看到的景象一样。

27. 1965年5月，毛泽东来到井冈山，告诉随行的同志说："我为什么把'包产到户'看得那么严重，中国是个农业大国，农村所有制的基础如果一变，我国以集体经济为服务对象的工业基础就会动摇，工业产品卖给谁

①崔伟宏、［美］S. 弗雷德·辛格、［法］万森·库尔提欧、承继成：《自然是气候变化的主要驱动因素》，北京：中国科学技术出版社，2012年，第93页。

嘛！工业公有制有一天也会变。两极分化快得很，帝国主义从存在的第一天起，就对中国这个大市场弱肉强食，今天他们在各个领域更是有优势，内外一夹攻，到时候我们共产党怎么保护老百姓的利益，保护工人农民的利益？！怎么保护和发展自己民族的工商业，加强国防？！中国是个大国、穷国，帝国主义会让中国真正富强吗，那别人靠什么耀武扬威？！仰人鼻息，我们这个国家就不安稳了。”①5月25日，在回应汪东兴“我们国家谁走资本主义道路，全党全国都不会答应”的话时，毛泽东说：

事情不是那么简单，人家资本主义制度发展了几百年，比社会主义制度成熟得多，但中国走资本主义道路走不通。中国的人口多、民族多，封建社会历史长，地域发展不平衡，近代又被帝国主义弱肉强食，搞得民不聊生，实际四分五裂。我们这样的条件搞资本主义，只能是别人的附庸。帝国主义在能源、资金许多方面都有优势，美国对西欧资本主义国家既合作又排挤，怎么可能让落后的中国独立发展，后来居上？过去中国走资本主义道路走不通，今天走资本主义道路，我看还是走不通。要走，我们就要牺牲劳动人民的根本利益，这就违背了共产党的宗旨和井冈山的追求。国内的阶级矛盾、民族矛盾都会激化，搞不好，还会被敌人所利用。四分五裂，危险得很。印度不是分裂了吗？②

28．1941年冬，毛泽东为中央党校题词：“实事求是”③；1942年3月9日，毛泽东为《解放日报》题词：“深入群众，不尚空谈。”④

29．“赠君一法决狐疑，不用钻龟与祝蓍（shī）。试玉要烧三日满，辨材须待七年期。周公恐惧流言日，王莽谦恭未篡时。向使当初身便死，一

①②马社香：《前奏：毛泽东1965年重上井冈山》，北京：当代中国出版社，2006年，第151、173页。

③④中共中央文献研究室：《毛泽东年谱（1893—1949）》中卷，北京：中央文献出版社，2013年，第367页；参阅同书第332、351页。

生真伪复谁知？”[①]白居易的这首诗说明：实践是检验真理的标准，实践也是检验人品的标准。自古“盖棺定论”，此之谓也。

30．1965年3月，毛泽东在《评莫斯科的分裂会议》一文的页边对赫鲁晓夫写下这样的批语：

在整个国际共产主义运动的历史中，赫鲁晓夫的演出不过是一支很短的插曲，比较老修正主义者伯恩斯坦或者考茨基的演出要短得多。今后任何人要表演没有赫鲁晓夫的赫鲁晓夫主义，也只能同赫鲁晓夫差不多，是一支很短的插曲。[②]

看来，苏联还是让毛泽东说着了：赫鲁晓夫执政近十一年，而步其后尘的戈尔巴乔夫执政只有六年。二者的差别仅在于，前者只摇动了苏联帝国的边缘地带，而后者则瓦解了苏联的根基。

31．“利用矛盾，争取多数，反对少数，各个击破”这四句话是列宁的意思，我概括的。（毛泽东，1965年）

32．《后汉书》写得不坏，许多篇章，胜于《前汉书》。[③]（毛泽东，1965年）

33．1961年，毛泽东同蒙哥马利谈话，蒙哥马利说：“再过50年，你们就了不起了。”意思是说，过了50年中国就会壮大起来，而且会“侵略”人

① （唐）白居易：《放言五首 · 二》，见中国社会科学院文献所：《唐诗选》（下卷），北京：人民出版社，1998 年，第 179 页。

② 《关于〈评莫斯科的分裂会议〉一文的批语》（1965 年 3 月 11、17、18 日），见《建国以来毛泽东文稿》第 11 册，北京：中央文献出版社，1996 年，第 348 页。

③ 中共中央文献研究室：《毛泽东年谱（1949—1976）》第 5 卷，北京：中央文献出版社，2013 年，第 484 页。

家。毛泽东说："我们是马克思列宁主义者，我们的国家是社会主义国家，不是资本主义国家，因此，一百年，一万年，我们也不会侵略别人。至于建设强大的社会主义经济，在中国，五十年不行，会要一百年，或者更多的时间。在你们国家，资本主义的发展，经过了好几百年。十六世纪不算，那还是在中世纪。从十七世纪到现在，已经有三百六十多年。在我国，要建设起强大的社会主义经济，我估计要花一百多年。"①毛泽东还说："从现在起，五十年内外到一百年内外，是世界上社会制度彻底变化的伟大时代，是一个翻天覆地的时代，是过去任何一个历史时代都不能比拟的。处在这样一个时代，我们必须准备进行同过去时代的斗争形式有着许多不同特点的伟大的斗争。"②

34．经济过度金融化是造成国家和地区分裂的重要原因之一。罗马时期，金融活动和宗教活动都被管制得很严。年轻时对此不理解，认为罗马专制。但随着年纪增大，阅历多了才有理解，那是为了国家的统一。中国战国时期为什么那么破碎，就是金融过度扩张，走在实体经济前面了，加上周王朝后期的分封导致地方力量增强，为金融势力的活动提供了广阔的舞台。当时吕不韦（公元前292—前235年）是大金融商，如放在今天的美国就是华尔街大佬。用手中掌握着的巨大金融力量操纵各国君王并从各国的冲突中得到巨额回报。齐相管子对金融资本的危害性有着极为深刻的认识，他说：

故万乘之国，有万金之贾。千乘之国，有千金之贾。然者何也？国多失利，则臣不尽其忠，士不尽其死矣。岁有凶穰，故谷有贵贱。令有缓急，故物有轻重。然而人君不能治，故使蓄贾游市，乘民之不给，百倍其本。分地若一，强者能守；分财若一，智者能收。智者有什倍人之功，愚者有不赓本之事。然而人君不能调，故民有相百倍之生也。夫民富则不可以禄使也，贫

---

①②毛泽东：《在扩大的中央工作会议上的讲话》，见中共中央文献研究室：《毛泽东文集》第8卷，北京：人民出版社，1999年，第301-302页。

则不可以罚威也。法令之不行，万民之不治，贫富之不齐也。[①]

这样，吕不韦等金融大佬的地位是与战国分裂程度呈正比存在；也就是说，只有君权的众分，金权才会享有万乘之尊。管子在与齐桓公对话时说得明白：

管子曰："万乘之国，必有万金之贾。千乘之国，必有千金之贾。百乘之国，必有百金之贾。非君之所赖也，君之所与。故为人君而不审其号令，则中一国而二君二王也。"桓公问："何谓一国而二君二王？"管子对曰："今君籍之取以正，万物之贾轻去之分，皆入于商贾，此中一国而二君二王也。故贾人乘其弊，以守民之时。贫者失其财，是重贫也。农夫失其五谷，是重竭也。故为人君而不能谨守其山林苴泽草莱，不可以立为天下王。"[②]

这段引文的核心意思是君王不能依赖那些与君王争利的"万金之贾"，而要直接控制国家金融和财富，控制金融就要控制实体经济，没有实体经济的人，"不可以立为天下王"。

---

①译文：一个万乘之国如果出现了万金的大商贾，一个千乘之国如果出现了千金的大商贾，这说明什么呢？这说明国家大量流失财利的结果，臣子就不肯尽忠，战士也不肯效死了。年景有丰有歉，故粮价有贵有贱；号令有缓有急，故物价有高有低。如果人君不能及时治理，富商就进出于市场，利用人民的困难，牟取百倍的厚利。相同的土地，强者善于掌握；相同的财产，智者善于收罗。往往是智者可以攫取十倍的高利，而愚者连本钱都捞不回来。如果人君不能及时调剂，民间财产就会出现百倍的差距。人太富了，利禄就驱使不动；太穷了，刑罚就威慑不住。法令的不能贯彻，万民的不能治理，是由于社会上贫富不均的缘故。参阅《管子·轻重甲篇》，见黎翔凤：《管子校注》（下），北京：中华书局，2004 年，第 1264 页。

②译文：管仲说："万乘之国如有万金的大商人，千乘之国如有千金的大商人，百乘之国如有百金的大商人，他们都不是君主所依靠的，而是君主所应剥夺的对象。所以，为人君而不严格注意号令的运用，那就等于一个国家存在两个君主或两个国王了。"桓公说："何谓一国而存在两个君主或两个国王呢？"管仲回答说："现在国君收税采用直接征收正税的形式，老百姓的产品为交税而急于抛售，往往降价一半，落入商人手中。这就相当于一国而二君二王了。所以，商人乘民之危来控制百姓销售产品的时机，使贫者丧失财物，等于双重的贫困；使农夫失掉粮食，等于加倍的枯竭。故为人君主而不能严格控制其山林、沼泽和草地，也是不能成就天下王业的。"参阅《管子·轻重甲篇》，见黎翔凤：《管子校注》（下），北京：中华书局，2004 年，第 1425-1426 页。

为了消除这种“中一国而二君王”的政治困局，秦王嬴政向吕不韦不惜痛下杀手及随后果断采取的国家统一货币并配之于“书同文、车同轨”和统一度量衡的政策的目的就是将金融牢牢掌握在国家手里并由此杜绝吕不韦金融势力复辟的任何可能。由于中国较早地经历了商业资本一家坐大造成的灾难，中国古代形成了一套行之有效的节制商业资本的政策。“重农抑商”就是产生于这样的背景并贯彻于中国封建社会始终的重要措施，这些政策保证秦以后的中国避免欧洲式的破碎。

35. 炎黄两族中，炎帝族较先采取农业生产方式①和较熟练使用生产工具（火和石斧②），因而文明程度相对较高，较先占有优势。炎帝族从中原向南扩张与很可能因海侵的压迫从东部沿海西进的以蚩尤为首的东夷九黎部发生了冲突，九黎族逐炎帝至河北涿鹿，炎帝被迫联合黄帝并在涿鹿大败蚩尤③。炎黄二族的这次联合使中华民族形成最初的核心族团。此后，炎黄二族的火图腾即黄帝族崇拜的天上之火（太阳）与炎帝族崇拜的地上之火合二为一，他们的后代便被称为“炎黄子孙”。

36. 炎帝族在抵御外来侵略的战争中屡战屡败使之在炎黄联盟中丧失了权威④，而联盟中黄帝部落对蚩尤作战的胜利确立了黄帝在部落联盟中的权

---

①《说文》：秋时万物成而孰。《律书》曰：辛者，言万物之新生，故曰辛。《律历志》曰：悉新于辛。释名曰。辛，新也。物初新者，皆收成也。

②“从典籍记载看，炎帝族号高辛氏，而黄帝号高阳氏。关于高辛这一称号的含义，过去尚未有过确解。实际上，辛即薪的本字。辛在甲骨文中形如 𢆉，取象于以斧析木之形。有薪（辛）即能得火，所以高辛氏其实初义应正是火神之别号。又，天上之大火星所在的东方星区，古天文文学中称作‘析木之津’，而东方之歌则名‘破斧之歌’。”参阅何新：《诸神的起源》，北京：生活·读书·新知三联书店，1986 年，第 156-157 页。

③需要说明的是，炎黄与蚩尤之间的涿鹿之战与黄炎二帝之间的阪泉之战的时间先后，历来说法不一，司马迁在《史记·帝王本纪》中认为涿鹿在先，何新先生在《诸神的起源》中采用此说。而范文澜在《中国通史简编》中则以阪泉为先。吕思勉在《中华民族源流史》中则认为司马迁“未免自相矛盾”，推测“两役或竟是一役”。笔者采用司马迁的说法。

④“轩辕之时，神农氏世衰。诸侯相侵伐，暴虐百姓，而神农氏弗能征。于是轩辕乃习用干戈，以征不享，诸侯咸来宾从。而蚩尤最为暴，莫能伐。”（《史记·五帝本纪》）。

威。这引起炎帝部落的不满，双方在阪泉[①]据说是为了争夺与部族生存攸关[②]的盐池[③]而发生了三次较大规模的冲突，炎帝失败[④]。此后，黄帝势力控制中原并进一步向黄河下游扩张，黄帝文化也由此成为黄河流域的正统。

37．阪泉之战后，姜炎族分流，炎帝与黄帝两族的文化也随各自阶级地位的变化及其迁徙的地域不同而呈明显差异。“历史上唐尧、虞舜、夏、商、周三代，相传都是黄帝的后裔。”[⑤]大体说来，黄帝族势力在黄河中下游的发展改变了这一地区原有土著的文化形态，形成较为统一的以崇尚天上之火即太阳的黄帝族的正统文化，而阪泉失败后姜炎族的去向对中原周边，尤其是南方和西部地区的文化形态产生了重大影响。

38．“在中国古史里往往只看地名的迁徙，便可推溯出民族迁徙的痕迹来。”[⑥]今陕西岐山有羌氏城，渭南大荔县有羌白镇，甘肃古有羌水（发源于岷县），这与“羌”字有缘的地名由东向西继而向川藏南迁的路线[⑦]表明，从河南炎帝姜姓族中分化西迁的便是后来羌人的祖先，上古“羌”“姜”音可通转，《说文》：“羌，西戎牧羊人也，从人从羊。”童书业《姬、姜与氐、羌》：“古姬、姜之族似与氐、羌之族有甚密切之关

---

①“阪泉应在今山西省南部解县境。大抵这两部族的势力均在向北伸展，渡过黄河。”参阅钱穆：《中国文化史导论》，台北：台湾商务印书馆，1993 年，第 26 页。

②“国无盐则肿，守圉之国，用盐独甚。”参阅黎翔凤：《管子校注》（下），北京：中华书局，2004 年，第 1423 页。

③钱穆认为：“解县有著名的盐池，或为古代中国中原各部族共同争夺的一个目标。因此占到盐池的，便表示他有为各部族间共同领袖之资格，黄、农两部族在此战争，殆亦为此。”参阅钱穆：《中国文化史导论》，台北：台湾商务印书馆，1993 年，第 26 页。

④“炎帝欲侵陵诸侯，诸侯咸归轩辕。轩辕乃修德振兵，治五气，艺五种，抚万民，度四方，教熊罴貔貅貙虎，以与炎帝战于阪泉之野。三战，然后得其志。”（《史记·五帝本纪》）。

⑤范文澜：《中国通史简编》第一册，北京：人民出版社，1964 年，第 90 页。

⑥钱穆：《中国文化史导论》，台北：台湾商务印书馆，1993 年，第 26 页。

⑦在今甘肃岷县东南的岷江古称羌水，因羌族居区而得名。屈曲东南流，至今舟曲东古桓水（即今白龙江）合。又东南至文县东与古白水（即今白水江）合，东南至今四川广元西南入嘉陵江。故今白龙江、白水江与岷江合流的一段，古皆有羌水名。此途沿岸很可能亦为羌人南下入川、滇的路线之一。

系。‘姜’之即‘羌’，近人论之详矣。”[①]章炳麟《检论·序种姓》“羌者，姜也”，“神农所部，盖兼西域、青海，内得陇西，故天水亦有姜氏。观其楼橹严博，城廉百里，斯天下之壮观也”[②]。“姜，姓也，逋子为氐、羌。”[③]这说明羌人不仅为姜炎族的一支，而且为姜炎族中从事游牧业即“姜戎”[④]的部分。姜羌分流事实上是中原姜炎部族中农业畜牧业分离的结果。

39. 姜羌火（华）族分流的本质是农业与畜牧业生产方式的分离。姜炎火（华）族南下的部分坚持原有的农耕生活方式，而从中分离西迁、继而向西南进发的羌人则继续其游牧或半游牧生活方式。这些南下和西进的姜炎后裔将炎帝的拜火意识传播到中国西域、西南，乃至东南亚、南亚和中亚地区，并与当地文化融合形成区别于中国东部华族的火族文化。比较而言，中国东部的火文化较西部更抽象，其外延的领域也就更广泛，如太阳，为天上大火，华，火之光。由此引申出代表中华文（炆）明等美好意象符号。《说文》中太、大二字本为一义：“天大，地大，人亦大。故大象人形。”天，《说文》：大之颠。

40. 羌族是我国西部尚火并行火葬的民族。《吕氏春秋·义赏》：“氐羌之民，不忧其系累，而忧其死不焚也。”[⑤]中国中原炎帝的自然火与黄帝的天上火及东夷的“神鸟”相互化生出太阳、火凤凰等，而在西部的羌炎文化中则更多地保存了姜炎文化的原始即对自然火崇拜的文化形态。在西部的羌炎文化中，火是自然的，它象征着神圣、正义、光明、纯洁；在中国东部，太阳、火凤凰等则是与自然火融合而化生出的。中国东部河姆渡出土的

---

①童书业：《童书业历史地理论集》，见《童书业著作集》第二卷，童教英整理，北京：中华书局，2008 年，第 682 页。

②转引自《章太炎全集》第 3 卷，上海：上海人民出版社，1984 年，第 363 页。

③章炳麟：《訄书详注》，徐复注，上海：上海古籍出版社，2000 年，第 244 页。

④“姜戎，春秋时西戎之别种，姜姓。”参阅章炳麟：《訄书详注》，徐复注，上海：上海古籍出版社，2000 年，第 266 页。

⑤《吕氏春秋》，长春：吉林文史出版社，1986 年，第 403-404 页。

双鸟朝阳象牙蝶形器，其图案反映了河姆渡时期东部夷族的鸟崇拜与黄帝族的太阳崇拜相融合并以太阳图腾为中心的观念意识。在中国西部四川金沙出土的距今3000年的被命名为“太阳神鸟”的金饰，饰品图像中的鸟类围绕着的与其说是太阳不如说是自然火。图中的火苗栩栩如生，这是由海滨东进的东夷鸟文化与位于中原的姜炎火文化融合后的艺术表现。说文：“夷，平也。从大从弓。东方之人也。”[①]东部齐鲁大地为中国平原地带。夷，其形若平地行走着持弓之人。司马迁在《史记》中更是将东夷直称为“鸟夷”[②]。童书业先生说：“禹贡作时东方沿海一带尚有以鸟为图腾之部族，盖古时东方各族本多以鸟为图腾也。”[③]胡厚宣先生从甲骨文中先后找出八块甲骨上的十条卜辞材料，发现其中商先公王亥之“亥”字，头上都有一鸟形，鸟或作隹形，或加一手形，认为甲骨文中王亥字样中加鸟形，胡先生说：“王亥的亥字，为什么要加一个鸟旁呢？我们以为这便是早期商族以鸟为图腾的遗迹。”[④]

41. 对鸟的崇拜是东部夷人受到海侵的部族对空中鸟类飞翔能力的渴望。高飞能使这些受海潮追吞的部民逃离漫天而来的海水。商是黄河下游古老的夷人部落，《诗经 · 商颂 · 玄鸟》有“天命玄鸟、降而生商”[⑤]句，就是用神鸟来确立商王朝的神性即合法性。

42. 凤（鳳），可能是南方鸟族与风族融合继而又与火族融合的图腾。先民认为鸟的飞翔是由于风的神护，于是风鸟合一的“鳳”（凤）便应时而

---

①《康熙字典》，参阅《汉典》，http: //www. zdic. net/z/16/xs/534E. htm。

②（汉）司马迁：《史记》卷六《五帝本纪 · 舜》，见许嘉璐：《二十四史全译 · 史记》第一册，上海：汉语大词典出版社，2004 年，第 10 页。

③童书业：《童书业历史地理论集》，见《童书业著作集》第二卷，童教英整理，北京：中华书局，2008 年，第 681 页。

④胡厚宣、胡振宇：《殷商史》第七章《图腾崇拜》，上海：上海人民出版社，2003 年，第 131、133、146 页。

⑤《诗经全译》，袁愈荌译，贵阳：贵州人民出版社，1991 年，第 490 页。

生。《说文》："凤，神鸟也。"《白虎通》："其神祝融（火神），属续也。其精为鸟，离为鸾故。"[①]凤，亦为风神；同时，凤皇（亦作"凰"）也是火鸟。正是这种产生于冰期冻灾和暖期水灾带来的双重苦难的经验，造成了当时中国中原及其西部的以火为主题的图腾谱系和东部滨海地带的以鸟（凤）为主题的图腾谱系及其相应的审美文化。

至于后来的"凤"与"凰"的融合，则可能是东夷蚩尤在涿鹿被黄帝打败后被迫接纳黄帝部落太阳（天火）图腾并将其与东夷鸟图腾融合的结果。《河图帝通纪》："风者，天地之使。"[②]以前是风举鸟[③]，现在则又加上了风助皇，"凤凰"由此而出。在河姆渡及仰韶庙底沟出土的日鸟护身符和陶饰，其中不少神鸟肚上画一太阳图案；马王堆汉墓及汉瓦当中的鸟立于日中的"日中鸟"。比较二者，我们会发现中国东夷鸟族由东向西与黄帝太阳火族在冲突中最终融合为一体。不同的只是，在南方江淮鸟族势力大的地区，太阳被囿于鸟腹中；在北方黄帝太阳族势力大的地区，认为"风从火出"[④]，鸟被括于太阳之中。黄帝族王于中原后，由"凤凰火精"衍生出的"凤凰涅槃"[⑤]的观念便成为中华民族的主体审美。

43. 陶彩是原始人哲学观念最忠实的记录。色彩的含义在先民眼中已超出本身的物质内容，它是一种宗教感情的表现符号。若将这些符号与火和太阳为主题的图案联系起来考察，就不难发现，它们所表现的是古中华文化中

---

①（清）陈立：《白虎通疏证》，吴则虞校，北京：中华书局，1994年，第177页。

②转引自（宋）李昉：《太平御览·卷九·天部九》第一册，石家庄：河北教育出版社，1994年，第84页。

③《国语》曰："飘风之末，不能举鸿毛。"参阅（宋）李昉：《太平御览·天部九·风》第一册，石家庄：河北教育出版社，1994年，第85页。

④"易曰：风自火出，家人。"参阅（宋）李昉：《太平御览·火部一·火上》第七册，石家庄：河北教育出版社，1994年，第984页。

⑤"天方国古有神鸟名'菲尼克司'满500岁后，集香木自焚，复从死灰中更生，鲜美异常，不再死。按此鸟殆即中国所谓凤凰：雄为凤，雌为凰。《孔演图》云：'凤凰火精，生丹穴'。"参阅郭沫若：《凤凰涅槃》，见《郭沫若全集》第一卷，北京：人民文学出版社，1982年，第34页。

最初的阴阳意识：红为阳，阴为黑。大概是黑夜里的明火可阻止某些野兽侵袭的经验使狩猎时代的先民产生了红色可避邪的意识。红，火也[①]。“火，阳也。”[②]石器时代的墓中人骨上涂朱及后来文化遗址中在房宅墙壁及地面上涂朱的现象，大概就是这种“避邪”意识的文化表现。今天中国人仍有红喜黑丧的观念，这些都可以发源于火（华）族文化的阴阳意识以及这种意识在中原地区的传播的史实中得到解释。

44. 炎黄分裂同时也是本属火（华）族内部出现的“南北分裂”：被统治者的“南方世界”最终推出可以与占据统治地位的“北方世界”抗衡的意识形态，这就是道家老子的学说；黄帝正统的“北方世界”最终也推出自己的意识形态，这就是孔子的儒家学说。两者正奇相合，成为发育中华文化的最初的具有理论形态的基本酵母。

“君子务本，本立而道生，孝弟也者，其为仁之本。”[③]孔子的“道”强调的是一种君臣上下的礼节关系。老子则认为“夫礼者，忠信之薄，而乱之首”[④]。孔子言“中”：“中庸之为德也，至矣乎，民鲜久矣。”[⑤]老子亦言：“多闻数穷，不若守于中。”这里的“中”与孔子的“中”不同，前为中止，后为中空。从思维方式上看，孔、老似乎均采源于尚中意识的正、反、合逻辑，不同的是，孔门之“合”的结果是对立面的调和；而老子的“合”则是向原始回归。关于此，庞朴先生表述得极精彩：“儒家是由二进到三，以三来中和二；道家则是由二返回一，以一来泯灭二。”[⑥]寥寥数语，道尽两门真义。

---

①《说文解字注》：红，“南方闲色红也。工声。户公切”。火，“南方之行。炎而上。呼果切”。

②（宋）李昉：《太平御览·卷七十七·皇王部二》第一册，石家庄：河北教育出版社，1994年，第664页。

③《论语·学而》。

④《老子今注今译》，陈鼓应译注，北京：商务印书馆，2006年，第215页。

⑤《论语·雍也》。

⑥庞朴：《阴阳五行探源》，载《中国社会科学》，1984年第3期，第93-94页。

45. 辩证法是被压迫人民的守护神，只有被压迫者才最渴望变化，因而只有他们才能将辩证法贯彻到底。老子用以“无”为本的“道”否定王族贵族以“有”为本的“道”并破天荒地提出一套相对主义的判断方式来否定王族世界的绝对秩序。世界在老聃眼中变成了一个二元互补的存在：“故有无相生，难易相成，长短相形，高下相盈，音声相和，前后相随：恒也。”① 是故“贵必以贱为本，高必以下为基”②。在老子看来，贵族以平民为本，其间无绝对贵贱之分，是故“民不畏威，则大威至矣”③。绝对存在于相对之中，权威的肯定存在于权威的否定之中；继而，老子告诉统治者：“民之难治者，以其上之有为也，是以难治。”④放弃统治才是最好的统治，因为“民不畏死，奈何以死惧之？”⑤

46. “高帝封王子弟，地犬牙相制，此所谓盘石之宗也。”⑥“地犬牙相制”也是大英帝国得以长期操控欧洲大陆国家的主要策略。

47. 1934年5月2日，斯大林在与季米特洛夫谈话时说：“《资本论》是对人类思维的考验（正如马克思所教导的）。”⑦1923年8月16日，孙中山派出一支由蒋介石率领的代表团访问苏联。访苏期间，蒋介石知道斯大林看重《资本论》，他也知道他的通信会被检查，为了讨好斯大林，蒋介石给宋美龄的信中说他正在阅读马克思的《资本论》：“我觉得这本书的前半部分非常难懂，但后半部分不仅思想深刻而且引人入胜。”⑧1950年年初，莫洛托夫拜会毛泽东后，对斯大林说：“值得接见他。他是个聪明人，农民领袖，

---

①～⑤《老子今注今译》，陈鼓应译注，北京：商务印书馆，2006 年，第 80、221、323、330、328 页。

⑥《史记》卷十《孝文本纪》，见许嘉璐：《二十四史全译 · 史记》第一册上，上海：汉语大词典出版社，2004 年，第 153 页。

⑦［保］季米特洛夫：《季米特洛夫日记选编》，马细谱、杨燕杰、葛志强等译，桂林：广西师范大学出版社，2002 年，第 41 页。

⑧［俄］亚历山大 · 潘佐夫：《毛泽东传》上，卿文辉等译，北京：中国人民大学出版社，2015 年，第 178 页。

中国的普加乔夫。当然，离马克思主义者还很远，他向我承认，没有读过《资本论》。”[①]

48. 罗马人为纪念他们摧毁耶路撒冷特别铸币，铭文是“捕获犹太人”，并刻下“元老院同意”的缩写。[②]

49. 朱自清说：“向来论气节的，大概总从东汉末年的党祸起头。那是所谓处士横议的时代。”[③]

50. 人类历史越是久远，其命运对自然就越是依赖，其兴衰曲线就越贴近自然环境变化的曲线。中国是农业国，在其五千多年的历史中，它的一些重大变化总是与自然变化的某些重要节点相扣合。

（1）“五星合，是为易行”

古人视五星相聚为祥瑞。宋人李昉《太平御览·天部七》就专辟“瑞星”节，其中引有：

《易坤灵图》曰：至德之萌，五星若贯珠。

《尚书考灵曜》曰：天地开辟，元历名月首，甲子冬首。日月五星，俱起牵牛。初，日月若悬璧，五星若编珠。

《汉书》曰：高祖初入关，五星聚于东井，秦分野。

《天文录·星占》甘氏曰：五星同色，天下偃兵，百姓安宁，歌舞以行，不见疾疹，五谷大昌。

《汉书·天文志》曰：凡月蚀五星，其国皆亡：岁以饥，荧惑以乱，镇

---

① [苏] 费·丘耶夫：《同莫洛托夫的140次谈话》，王南枝等译，北京：新华出版社，1992年，第138页。

②罗伯特·E. 勒纳等：《西方文明史 I》，王觉非译，北京：中国青年出版社，2003年，第78页。

③朱自清：《论气节》，见《朱自清散文选集》，天津：百花文艺出版社，2009年，第283页。

以杀，太白强国以战，辰以女乱。[①]

《史记》卷二十七《天官书》：五星合，是为易行，有德，受庆；改立大人，掩有四方，子孙蕃昌；无德，受殃若亡。五星皆大，其事亦大；皆小，事亦小。[②]

《史记》卷二十七《天官书》：五星分天之中，积于东方，中国利；积于西方，外国用兵者利。五星皆从辰星而聚于一舍，其所舍之国可以法致天下。[③]

五星出东方利中国。[④]

夏为中国之始。明人孙瑴[⑤]著《古微书》，在其中《孝经钩命诀》篇说："禹时五星累如贯，炳炳若连璧"[⑥]，这种现象被天文学理解为金、木、水、火、土"五星相聚"。通过计算确定其发生年代为公元前1953年。古本《竹书纪年》载，"仲康五年秋九月庚朔，日有食之"，这次日食被认为发生在公元前1876年的日食。仲康为禹的第四代，据《竹书纪年》所记禹任首领45年，启在位16年，太康在位4年的情形推断，则禹受禅始年为公元前1948年。[⑦]此间，禹建夏朝。夏，《说文》："中国之人也。"《三礼·宗》："主夏者火。"《尚书考灵曜》："火星为夏，期专阳相助，同

---

①（宋）李昉：《太平御览·天部七·瑞星》第一卷，石家庄：河北教育出版社，1994年，第61-63页。

②③（汉）司马迁：《史记》卷二十七《天官书》，见许嘉璐：《二十四史全译·史记》第一册下，上海：汉语大词典出版社，2004年，第451、456页。

④ 1995年10月，中国—日本尼雅遗址学术考察队在新疆和田地区民丰县尼雅遗址一处墓地在清理到一个东汉末至魏晋时期的男女合葬墓时发现了男主人的织锦护膊，在只有18.5厘米×12.5厘米的狭小面积的织锦上织有"五星出东方利中国"八个字，为流行于汉魏时期介于篆隶之间的缪篆书体。织锦还以"青赤黄白绿"五色与"五星"对应，把阴阳五行表现得淋漓尽致，十分精彩。《"五星出东方利中国"护膊之谜》，载《光明日报》，2015年2月11日10版，http://www.kaogu.cn/cn/kaoguyuandi/kaogusuibi/2015/0211/49247.html。

⑤孙瑴（jué）（1585—1643年），字子双，又称双甫，自号贲居士。湖南华容人。父孙羽侯，明万历十七年（1589）进士，官刑科给事中；兄孙穀，万历三十五年（1607）进士，官副都御史，巡抚辽东。著有《古微书》《贲园诗文稿》《洛书纬》《河图纬》《孝经纬》《论语纬》《诗纬》《乐纬》《礼纬》《易纬》《春秋纬》《尚书纬》《录运期谶》《甄曜度谶》《礼含文嘉》等。

⑥（明）孙瑴：《古微书》卷三十《孝经钩命诀》，北京：商务印书馆，1939年，第579页。

⑦葛全胜等：《中国历朝气候变化》，北京：科学出版社，2011年，第39页，注释①。

精感符。”[①]

与此对应，公元后1949年中华人民共和国成立，是为中国社会主义国家之始。国旗为五星红旗。

司马迁说：“五星合，是为易行，有德，受庆；改立大人，掩有四方，子孙蕃昌。”建国迄今，凡六十九年，今天的中国“比历史上任何时期都更接近中华民族伟大复兴的目标”[②]，曾不可一世的美国已如西天残阳，而东方中国仍祚运雄健，向“两个一百年”目标奋进。天命如此，能不戒惧!

（2）“帝出乎震”

《易经》第十六为豫卦。豫：震上坤下，雷地豫。彖曰：利建侯行师。象曰：雷出地奋。初六，鸣豫，凶。象曰：初六鸣豫，志穷，凶也。六二：介于石，不终日，贞吉。象曰：不终日，贞吉；以中正也。[③]六三，盱豫悔，迟豫悔。象曰：盱豫有悔，位不当也。陈鼓应解释说：“自大豫乐而导致悔恨，这是因为六三没有摆正自己的位置。”[④]

豫卦初六爻相皆凶，朱熹注释说：“阴柔小人，上有强援，得时主事，故不胜其豫而以自鸣，凶之道也，故其占如此。”[⑤]六二辞美，“介于石”，“以中正也”。六三：盱豫悔，迟有悔。朱熹注释说：“盱，上视也。阴不中正而近于四，四为卦主，故六三上视于四而溺于豫。宜有悔者也，故其象如此。而其占为事当速悔，若悔之迟，则必有悔也。”[⑥]

这让人想起1927年4月12日，这天，蒋介石在上海发动反对国民党左派和共产党的武装政变，大肆屠杀共产党员、国民党左派及革命群众。这就是历史上著名的“四一二”反革命政变。蒋介石对此执迷不悟，“悔之迟”，

---

①（宋）李昉：《太平御览·卷九·时序部六》第一册，石家庄：河北教育出版社，1994年，第183页。

②习近平：《承前启后 继往开来 继续朝着中华民族伟大复兴目标奋勇前进》，载《人民日报》，2012年10月30日，第1版。

③《白话易经》，南怀瑾、徐芹庭译注，长沙：岳麓书社，1988年，第115页。

④陈鼓应、赵建伟：《周易今注今译》，北京：商务印书馆，2005年，第164页。

⑤⑥（宋）朱熹：《周易本义》，苏勇校注，北京：北京大学出版社，1992年，第25页。

则必有大悔也。

《易经》第十七为随卦。随：兑上震下，泽雷随。象曰：元、亨、利、贞，无咎。兑为泽，震为雷。然震亦为春，为东方。随卦上泽下东。《周易·卦序》："豫必有随，故受之以随。"[①]

《易·说卦》："帝出乎震"，但仅此还不够，"天将降大任于斯人也，必先苦其心志"[②]，还要经过"齐乎巽[③]，相见乎离[④]，致役乎坤[⑤]，说言乎兑[⑥]，战乎乾[⑦]，劳乎坎[⑧]，成言乎艮[⑨]"[⑩]的历练。

1935年10月中旬，毛泽东途经甘肃、陕西两省分水岭，对身边工作人员说："从江西算起到现在，我们已经走过了十个省。走下山去，就进入第十一个省——陕西省了，那里就是我们的根据地，我们的家了。"[⑪]在说这句话时，熟读历史的毛泽东心中回荡着的很可能是司马迁那句神谕式的断言：

夫作事者必于东南，收功实者常于西北。[⑫]

---

①⑩《白话易经》，南怀瑾、徐芹庭译注，岳麓书社，1988年，第407、417页。

②《孟子·告子下》，见《四书全译》，刘俊田、林松、禹克坤译注，贵阳：贵州人民出版社，1989年，第605页。

③陈鼓应：巽东南也；齐，齐备。参阅陈鼓应、赵建伟：《周易今注今译》，北京：商务印书馆，2005年，第712页。

④陈鼓应：离，南方之卦也；圣人南面而听天下，向明而治。参阅陈鼓应、赵建伟：《周易今注今译》，北京：商务印书馆，2005年，第712页。

⑤陈鼓应：坤了者地也，西南方为坤。参阅陈鼓应、赵建伟：《周易今注今译》，北京：商务印书馆，2005年，第712页。

⑥陈鼓应：兑，正秋也；代表正西方。参阅陈鼓应、赵建伟：《周易今注今译》，北京：商务印书馆，2005年，第712页。

⑦陈鼓应：乾，西北之卦也；战，当训为战栗。战，《尔雅·释诂》：惧也。参阅陈鼓应、赵建伟：《周易今注今译》，北京：商务印书馆，2005年，第713页。

⑧陈鼓应：坎，正北方之卦也；劳卦也，万物之所归也。参阅陈鼓应、赵建伟：《周易今注今译》，北京：商务印书馆，2005年，第713页。

⑨陈鼓应：艮，东立之卦也，万物之所成终而成始也。参阅陈鼓应、赵建伟：《周易今注今译》，北京：商务印书馆，2005年，第714页。

⑪ 中共中央文献研究室：《毛泽东年谱（1893—1949）》上卷，北京：中央文献出版社，2013年，第479页。

⑫（汉）司马迁：《史记》卷十五《表第三·六国年表》，见许嘉璐：《二十四史全译·史记》第一册，上海：汉语大词典出版社，2004年，第248页。

不能说司马迁的谕言出自《易经》，但与《易经 · 说卦》“帝出乎震（东），齐乎巽（东南），相见乎离（南方），致役乎坤（西南），说言乎兑（西），战乎乾（西北），劳乎坎（正北），成言乎艮（东北）”[①]的谕言高度相合。“说言乎兑”，兑卦既有“沼泽”的表征，又有“西边”——这让人联想到红军长征中跋涉草地的悲壮情景——和“喜悦”的双重含义[②]。“成言乎艮”，《易 · 说卦》：“艮，东北之卦也，万物之所成终而所成始也。故曰成言乎艮。”南怀瑾解释说：“艮，是东北的卦位，是万物所成终结的地方，也是万物的开始的地方，所以说成就是在艮卦。”[③]

有意思的是，此线正与毛泽东率军从东南经西南，北上陕北延安，后东移河北西柏坡，再至东北后终取天下的路线相一致。过了雪山和沼泽地，毛泽东“更喜岷山千里雪，三军过后尽开颜”的心情自不待言。1945年日本失败前夕，毛泽东目光投向东北。5月1日，毛泽东在中国共产党第七次代表大会上所作的关于政治报告讨论的结论时明确指出：“东北四省极重要，有可能在我们的领导下。有了东北四省，我们即有了胜利的基础。”[④]1965年5月26日，毛泽东在井冈山同汪东兴谈到张国焘时说：

长征中正确的路线就应该是先向陕北，再向华北、东北。[⑤]

---

①《白话易经》，南怀瑾、徐芹庭译注，长沙：岳麓书社，1988 年，第 407 页，其中各卦方位解释，详见陈鼓应、赵建伟：《周易今注今译》，北京：商务印书馆，2005 年，第 710-714 页。

②兑，八卦之一，象征沼泽，古通“说（悦）”。参阅吴昌恒等：《古今汉语实用词典》，成都：四川人民出版社，1989 年，第 225 页。

③《白话易经》，南怀瑾、徐芹庭译注，长沙：岳麓书社，1988 年，第 408 页。

④中共中央文献研究室：《毛泽东年谱（1893—1949）》中卷，北京：中央文献出版社，2013 年，第 602 页。

⑤ 1965 年 5 月 26 日，毛泽东重上井冈山，晚上与汪东兴说起这段往事：“一、四方面军会合时，一方面军有三万人，四方面军有八万人，张国焘说他的人多，队伍要听他的。其实人多人少不是关键问题，要紧的是问题的本质，是你的路线正确不正确。长征中正确的路线应该是先向陕北，再向华北、东北。人少不怕，比如一方面军长征到达陕北时只剩下八千人，坚持正确的路线，保留了革命的种子，后来建立了陕甘宁根据地，队伍又壮大了。”参阅中共中央文献研究室：《毛泽东年谱（1949—1976）》第 5 卷，北京：中央文献出版社，2013 年，第 496 页。

得道天助，毛泽东说的路线与司马迁说的“盖若天所助”[①]的路线不谋而合，也与中国地缘政治规律相合。1958年12月，毛泽东为这首诗批注说，长征“过了岷山，豁然开朗，转化到了反面，柳暗花明又一村了。”[②]这一年中，毛泽东心情除了“尽开颜”之外，其诗词的战略张力更是直逼九霄。

（3）万年等一回：太阳黑子峰值再现

天气冷暖变化与太阳黑子变化有着直接关系。当太阳黑子存在时，气温上升，太阳黑子消失时，温度便会下降。“18世纪80年代至清末，中国气候较为寒冷，特别是19世纪70年代，中国东中部地区冬季温度较1951—1980年平均低1.4℃，为清朝最冷的十年。以后中国温度呈现快速上升趋势，至20世纪初期，东中部地区冬季温度已与1951—1980年观测温度的平均值相近。”[③]从1950年起，太阳黑子也空前活跃。新中国时期的太阳黑子数是中国五千年历史上仅有的峰值，同时也是自公元前9000年来出现的第二次太阳黑子最活跃的时期。

天气暖冷对主要以农耕为业的中华民族的生存影响是巨大的。天气决定收成，收成好坏决定国祚的长短，这是中国中世纪国运兴衰的基本线索。因此马克思说：

> 我们在亚洲各国经常可以看到，农业在某一个政府统治下衰落下去，而在另一个政府统治下又复兴起来。收成的好坏在那里决定于政府的好坏，正像在欧洲决定于天气的好坏一样。[④]

---

①司马迁说：秦始小国僻远，“然卒并天下，非必险固便形势利也，盖若天所助焉”。参阅（汉）司马迁：《史记》卷十五《表第三·六国年表》，见许嘉璐：《二十四史全译·史记》第一册，上海：汉语大词典出版社，2004年，第247页。

②中共中央文献研究室：《毛泽东年谱（1893—1949）》上卷，北京：中央文献出版社，2013年，第449页，注释1。

③葛全胜等：《中国历朝气候变化》，北京：科学出版社，2011年，第589页。

④［德］马克思：《不列颠在印度的统治》，见《马克思恩格斯选集》第2卷，北京：人民出版社，1972年，第65页。

中国天气暖冷对其北方部落产生的生存空间的压力是巨大的。学者程洪认为：

历史上北方农牧交错带是农业文化与牧业文化多次交替的地区，对气候变化极为敏感。研究表明，如平均温度降低1℃，中国各地气候相当于向南推移了200～300千米；如降水减少100毫米，中国北方农区将向东南退缩100千米，在山西和河北则为500千米。①

这就是说，"气候变暖变湿，意味着中国农区向北扩张，宜农土地增加；反之，使一些地区变得不宜农作物的生长，农区向南退缩，宜农土地减少。"②。张家诚认为："如果其他条件不变，年平均温度变化1℃或降水量变化100毫米，中国粮食亩产将分别有10%的变化。"③

中华人民共和国诞生之初还是一个基本靠天吃饭的农业国，此间适逢万年难遇的太阳黑子最为活跃的高峰时区并由此进入长时段的暖湿气候，这是大自然赐予中华民族及新中国的大礼。

---

①②葛全胜等：《中国历朝气候变化》，北京：科学出版社，2011年，第105页。

③葛全胜等：《中国历朝气候变化》，北京：科学出版社，2011年，第112页。另可参阅何凡能、李柯、刘浩龙：《历史时期气候变化对中国古代农业影响研究的若干进展》，载《地理研究》，2010年12期。

人物

目录

之一　当面临新的历史性难题，大多数中国人都会想到毛泽东 //433

之二　“好施小惠，言不及义”式的牧师情怀，既无益于内政也无补于外交 //477

之一

当面临新的历史性难题，大多数中国人都会想到毛泽东

1．贯穿毛泽东诗词的审美特点是其鲜明唯物主义哲学本质的革命斗争精神。为什么说“唯物主义”，那是人民群众创造历史的观念。人民是毛泽东心中的“上帝”。“什么是上帝？人民就是上帝。”[①]“上帝就是人民，人民就是上帝。”[②]斗争——确切地说是阶级斗争，是革命，而不是一些人误解的“好斗”——是毛泽东诗词的主题。他在1964年写的《贺新郎·读史》一词中表达了这样的“唯物主义大道理”：

人猿相揖别。只几个石头磨过，小儿时节。铜铁炉中翻火焰，为问何时猜得，不过几千寒热。人世难逢开口笑，上疆场彼此弯弓月。流遍了，郊原血。

一篇读罢头飞雪，但记得斑斑点点，几行陈迹。五帝三皇神圣事，骗了无涯过客。有多少风流人物？盗跖庄屩流誉后，更陈王奋起挥黄钺。歌未竟，东方白。

2．斗争是贯穿毛泽东一生的解决矛盾的红线，与此相应，贯穿毛主席诗词的是红色基调，红色是战斗的色彩，是生命力的象征；而运用红旗的动

①中共中央文献研究室：《毛泽东年谱（1949—1976）》第4卷，北京：中央文献出版社，2013年，第391页。

②中共中央文献研究室：《毛泽东年谱（1949—1976）》第5卷，北京：中央文献出版社，2013年，第480页。

感张扬了革命的乐观主义精神。需要说明的是，革命越是处于低潮，尤其是在1927年至1935年期间，毛泽东诗词中的以舞动的“红旗”“长缨”“霜天”“旌旗”事物等表现出来的红色基调就越突出：

宁化、清流、归化，路隘林深苔滑。今日向何方，直指武夷山下。山下山下，风展红旗如画。（《如梦令·元旦》）

漫天皆白，雪里行军情更迫。头上高山，风卷红旗过大关。此行何去？赣江风雪迷漫处。命令昨颁，十万工农下吉安。（《减字木兰花·广昌路上》）

六月天兵征腐恶，万丈长缨要把鲲鹏缚。赣水那边红一角，偏师借重黄公略。百万工农齐踊跃，席卷江西直捣湘和鄂。国际悲歌歌一曲，狂飙为我从天落。（《蝶恋花·从汀州向长沙》）

万木霜天红烂漫，天兵怒气冲霄汉。雾满龙冈千嶂暗，齐声唤，前头捉了张辉瓒。二十万军重入赣，风烟滚滚来天半。唤起工农千百万，同心干，不周山下红旗乱。（《渔家傲·反第一次大“围剿”》）

天高云淡，望断南飞雁。不到长城非好汉，屈指行程二万。六盘山上高峰，红旗漫卷西风。今日长缨在手，何时缚住苍龙。（《清平乐·六盘山》）

“风卷红旗”“红旗漫卷”“红烂漫”“红旗乱”，毛泽东诗中的红色，不仅仅是一种色彩，它是斗争的象征。比如1961年2月写的《七绝·为女民兵题照》中“中华儿女多奇志，不爱红装爱武装”句，就表达了这样的意思。

3．毛主席的诗词朴素，这与其中的人民性是一致的。在诗歌形式上，他喜欢民歌。他说诗歌“将来趋势，很可能从民歌中吸引养料和形式，发展成为一套吸引广大读者的新体诗歌”[①]。这与韩愈诗“天街小雨润如酥，

①毛泽东：《致陈毅》，见《毛泽东书信选集》，北京：人民出版社，1984年，第608页。

草色遥看近却无。最是一年春好处，绝胜烟柳满皇都”[①]的意境相近。韩愈对“烟柳满皇都”那种“高大上”是厌恶的，他偏爱“天街小雨润如酥，草色遥看近却无”那种初生的和有生命力的事物。韩愈是唐中期的人，这时唐人的精神还是向上的，若读唐初的诗，更让人有春意扑面的快意，这与唐王朝处于上升期的氛围相一致。与宋诗不同[②]，唐诗少有对今人所谓“高大上”“净白美”式的慵懒浮夸。毛泽东诗词也有同类气质，毛泽东诗词里多梅花、黄花、松柏，鲜有牡丹。毛泽东青年时就不喜欢牡丹。1915年8月他在日记中写道：“牡丹先盛而后衰，匏瓜先衰而盛，一者无终，一者有卒，有卒是取，其匏瓜乎？”说做人“日学牡丹之所为，将无实之可望”。[③]

4. 战争和战场被纳入审美视野，这是毛泽东诗词尤为独特的方面，比如1929年10月写的《采桑子·重阳》：

人生易老天难老，岁岁重阳。今又重阳，战地黄花分外香。一年一度秋风劲，不似春光。胜似春光，寥廓江天万里霜。

又如1933年夏写的《菩萨蛮·大柏地》，诗中大自然与战争留下的残迹在诗人眼中反成了一幅绚丽的画卷：

赤橙黄绿青蓝紫，谁持彩练当空舞？雨后复斜阳，关山阵阵苍。当年鏖战急，弹洞前村壁。装点此关山，今朝更好看。

这里“分外香”的黄花和“更好看”的风景，都是战斗的结果，这让人想到三十一年后诗人写的那句“人世难逢开口笑，上疆场彼此弯弓月。流遍

---

①（唐）韩愈：《早春呈水部张十八员外二首》（其一），见《韩愈诗文选译》，成都：巴蜀书社，1990 年，第 254 页。

②毛泽东说：“宋人多数不懂诗是要用形象思维的，一反唐人规律，所以味同嚼蜡。”参阅毛泽东：《致陈毅》，见《毛泽东书信选集》，北京：人民出版社，1984 年，第 608 页。

③中共中央文献研究室：《毛泽东年谱（1893—1949）》上卷，北京：中央文献出版社，2013 年，第 19 页。

了，郊原血”，诗人视阶级斗争为当然和历史发展的基本动力，他说：“天若有情天亦老，人间正道是沧桑”。1964年毛泽东对这句注释说：“这是借用李贺的句子。与人间比，天是不老的。其实天也有发生、发展、衰亡。天是自然界，包括有机界，如细菌、动物。自然界、人类社会，一样有发生和灭亡的过程。社会上的阶级，有兴起，有灭亡。”他说：“风雷动，旌旗奋，是人寰。”[①]“一些阶级胜利了，一些阶级消灭了，这就是历史，这就是几千年的文明史。”[②]这一下就把社会的本质说出来了。它本质上是斗争，所以这些贯穿着诗人思想始终，这使毛泽东的诗词及其美学思想有了历史唯物主义的张力。

5．即使第五次反围剿失败，特别是到了1934年夏，毛泽东已被博古、李德（德国人）等排挤出了领导集团，在会昌“养病”，毛泽东在《清平乐·会昌》一词中仍是乐观的。

东方欲晓，莫道君行早。踏遍青山人未老，风景这边独好。会昌城外高峰，颠连直接东溟。战士指看南粤，更加郁郁葱葱。

1962年毛泽东给《人民文学》编辑部谈到这几首词时说，这几首词“反映了那个时期革命人民群众和革命战士们的心情舒快状态”[③]。“主动权来自实事求是”[④]，毛泽东同志的乐观情绪源于他已经找到了在中国山地开展游击战的规律，而不是一些人分析的毛泽东在党内地位的升落。

6．1964年3月24日，毛泽东在与薄一波等同志谈到《毛泽东选集》时

---

①毛泽东：《水调歌头·重上井冈山》（1965年5月）。

②毛泽东：《丢掉幻想，准备斗争》，见《毛泽东选集》第4卷，北京：人民出版社，1991年，第1487页。

③毛泽东：《词六首·引言》（1962年4月），中共中央文献研究室：《毛泽东诗词集》，北京：中央文献出版社，1996年，第248页。

④毛泽东：《十年总结》（1960年6月14日），见中共中央文献研究室：《毛泽东文集》第8卷，北京：人民出版社，1999年，第197页。

说："这是血的著作。"[①]血的著作，也是在血泊中找到的真理。最残酷的革命实践让中国共产党以最快速度接近并找到真理。湘江之战后，中央开始认识到王明路线的危害性。1935年1月15日至17日，党召开了遵义会议，党中央推选毛泽东同志主持军事工作，而这时交到毛泽东手中的部队只剩三万多人。毛泽东知道要从根本上扭转党内教条主义和形式主义的危害，并不是换一两个领导人那样简单，其路如铁，其声如咽，马蹄声碎，前景如血。毛泽东和党中央已有了"而今迈步从头越"的心理准备，是否成功，仍不能把握。1935年2月，毛泽东在《忆秦娥·娄山关》这首词中一改以前的乐观，心情凝重[②]：

西风烈，长空雁叫霜晨月。霜晨月，马蹄声碎，喇叭声咽。雄关漫道真如铁，而今迈步从头越。从头越，苍山如海，残阳如血。

红军在毛泽东军事思想的指导下，四渡赤水，强渡大渡河，使党暂时脱离了王明、李德错误路线带来的险境。这次胜利，也是中国共产党成功地使生长在苏联的马克思列宁主义移入中国，与实际结合起来的结果。

7．长征一路走来，到陕北率领着仅有八千人马的毛泽东对中国革命形势和规律的认识达到一个新的高峰，从1935年10月到1936年2月这不到半年的时间里，一气写下四首气势磅礴、战略思路明确的诗词。

8．1945年10月，毛泽东在重庆把《沁园春·雪》书赠柳亚子并在重庆《新民报晚刊》发表。这是在国民党的大本营直接向蒋介石发出"试比高"挑战。

---

①中共中央文献研究室：《毛泽东年谱（1949—1976）》第5卷，北京：中央文献出版社，2013年，第329页。

② 1958年12月毛泽东曾对这首词作批注："万里长征，千回百折，顺利少于困难不知有多少倍，心情是沉郁的。"参阅中共中央文献研究室：《毛泽东年谱（1893—1949）》上卷，北京：中央文献出版社，2013年，第449页，注释1。

9. 美国是因为目标太大而被耗倒的，苏联——确切地说是戈尔巴乔夫时期的苏联——是因胆子太小而被美国吓倒的。

10. “三大战役”后，东北回到新中国怀抱，在1950年10月国庆节，新疆平叛已取得绝对胜利，新中国的东西两翼的安全得到基本保证。毛泽东心情好极了，国庆观剧期间，与柳亚子先生“因步其韵奉和”，欣然挥就《浣溪沙 · 和柳亚子先生》：

长夜难明赤县天，百年魔怪舞翩跹，人民五亿不团圆。一唱雄鸡天下白，万方乐奏有于阗，诗人兴会更无前。

为什么是于阗呢?

于阗，古有于阗国（前232—1006年），唐代安西都护府安西四镇之一。地处塔里木盆地南沿，东通且末、鄯善，西通莎车、疏勒，盛时领地包括今和田、皮山、墨玉、洛浦、策勒、于田、民丰等县市，都西城（今和田约特干遗址）。历代治疆经验表明：治疆之要在南疆——为此唐朝治疆以安西都护府为重点，南疆之要在喀什——为此唐朝以疏勒（喀什）为龙头专设“安西四镇”①。

①安西四镇，指中国唐代前期在西北地区设置、由安西都护府统辖的四个军镇。唐贞观十四年（公元 640 年）八月唐灭高昌国，九月置安西都护府于西州交河城（今新疆吐鲁番西交河故城遗址），管理西域地区军政事务。贞观二十二年（公元 648 年），唐军进驻龟兹国以后，便将安西都护府移至龟兹国都城（今新疆库车），同时在龟兹、焉耆（今新疆焉耆西南）、于阗（今新疆和田西南）、疏勒（今新疆喀什）四城修筑城堡，建置军镇，由安西都护兼统，故简称安西四镇。唐高宗调露元年（公元 679 年），在唐安抚大使裴行俭平定匐延都督阿史那都支等人的反叛后，以碎叶水旁的碎叶镇城代焉耆。从此安西四镇是碎叶、龟兹、于阗、疏勒。唐开元六年（公元 718 年），唐玄宗任命汤嘉惠为四镇节度经略使，从此四镇由专设的节度使统领。四镇节度使或称碛西节度使。节度使常驻安西府城龟兹，由安西都护兼领，又称安西节度使。唐开元七年（公元 719 年），汤嘉惠建议以焉耆镇代替碎叶镇，故开元七年以后的安西四镇又是龟兹、于阗、焉耆、疏勒。安史之乱后，安西、北庭以及河西、陇右驻军大部内调，吐蕃乘虚陆续占领陇右、河西诸州，安西四镇与朝廷的通道中断，然而，四镇留守军队仍坚守各镇。不久，北庭及安西四镇相继陷于吐蕃。公元 9 世纪中叶，回鹘据有天山南北及安西四镇。唐安西四镇在历史上存在了一个半世纪，它对于唐朝政府抚慰西突厥，保护中西陆上交通要道，巩固唐的西北边防，都起过十分重要的作用。

曾问吾[①]在《中国经营西域史》一书中说："我国无帕米尔，则无疏勒；无疏勒，则无新疆；牵一发足以动全身，足见其地关系边防之重大！"[②]

疏勒即今喀什，地处欧亚大陆中部，是"丝绸之路"上的商埠重镇和进入中亚的重要交通枢纽。在这里所说的喀什并不仅指今天的喀什市区，而是指以喀什为重心的南疆地缘政治构架。从东汉班超收复西域、唐朝粉碎小勃律分裂活动、清政府平息噶尔丹、张格尔和阿古柏分裂叛乱等的行动路线可以看出，如果没有东北的阿克苏和东南的和田两区与喀什形成的犄角呼应，仅靠喀什一域并不足以在南疆成势。因此，乾隆治理南疆中曾将南疆城镇分为四级，其中喀什、叶尔羌、阿克苏、和阗四镇为首要重地。

于阗的稳定表明南疆已回归人民怀抱，而南疆的稳定又让毛泽东看到新疆的长治久安有了可喜的基础。明乎此，也就理解了毛泽东在听到来自新疆文工团中有于阗的代表弹奏的音乐时，由衷发出的"诗人兴会更无前"的诗意所在。

11. 如果明白了抗美援朝的胜利对中国整体安全的关键意义，再读毛泽东于1954年夏写的著名的《浪淘沙·北戴河》，就会理解其中所蕴含的战略意义。

大雨落幽燕，白浪滔天，秦皇岛外打鱼船。一片汪洋都不见，知向谁边？往事越千年，魏武挥鞭，东临碣石有遗篇。萧瑟秋风今又是，换了人间。

1950年6月突发的朝鲜战事犹如"大雨落幽燕，白浪滔天"，1953年7

---

①曾问吾（1900—1979年），广东省兴宁市黄槐镇人，1931年于南京国立中央大学政治学系毕业后，在国民党军队参谋本部边务研究所工作，其间完成《中国经营西域史》。1941年秋，任湖南省政府设计委员会教育委员。1942年西上陪都重庆，调任国防部二厅五处边务研究室少将主任，主持西部边疆国防建设研究工作。1944年任新疆东部大县吐鲁番县县长。1947年离职返乡，积极筹办龙光中学（今黄陂中学）并担任首任校长。1979年病逝。

②曾问吾：《中国经营西域史》，北京：商务印书馆，1936年，第448页。

月抗美援朝的胜利，阻止了美国为首的联合国军向北方朝鲜发动的入侵，并彻底排除了中国东北再次受到东来威胁的可能性。毛泽东这才有了“换了人间”的心境。抗美援朝的胜利将使中国东北从而中原的安全完全有了保障。英雄总会惺惺相惜，这时作者想起当年面对同一任务的曹操。

建安十二年（公元207年），曹操为了肃清袁氏残余势力，也为了彻底解决三郡乌桓[①]入塞为害问题，决定远征乌桓，大获全胜，胡、汉降者二十余万。这次胜利巩固了曹操的后方，加速了曹操挥戈南下统一中国的战略实施。如把前后的事件联系起来，我们可以看出，北征乌桓对曹操来说是一次多么重要的战争，而《观沧海》正是曹操北征乌桓得胜回师经过碣石山时写的。登上当年秦皇、汉武也曾登过的碣石，秋风萧瑟，壮怀激烈，考虑着如何挥师南下以实现他统一中国的宏愿。诗言志，曹操将“老骥伏枥，志在千里”的宏伟的抱负融汇到在碣石留下的诗歌里。

曹操在65岁的时候，解决了山海关一带乌桓三郡对内地的威胁；1953年毛泽东正逢花甲之年，抗美援朝胜利几乎是一劳永逸地解决了来自朝鲜半岛对中国东北的安全的威胁。二者尽管范围不同，但对中国安全的意义都是一样的。毛泽东将中国安全线推至朝鲜半岛上的“三八线”，这是中国从唐太宗以降，没有人做到的事情。看到这些，如果再结合1950年10月毛泽东《浣溪沙 · 和柳亚子先生》一词中“万方乐奏有于阗，诗人兴会更无前”诗句，就不难从地缘战略上感受到毛泽东在《浪淘沙 · 北戴河》一词中“萧瑟秋风今又是，换了人间”的诗句，在西北和东北全部搞定后，所由衷发出的那种大自在的放松心境。

东北问题彻底搞定后，西北问题的解决则可进一步推进：1955年10月1日是新疆维吾尔自治区成立日。

12．未来中国国家利益的拓展要在不失国重、保持国力支出不失衡的原则下进行，笔者认为：“国家保主权、国内保政权、周边保格局、全球稳利

①汉末，辽西、辽东、右北平三郡乌桓结合，是为三郡乌桓。

益、世界保和平”应是这一原则的具体表述。

13．如果说中国周边外交有规律可循的话，那么，其间使这种规律比较稳定地得到展现的是中国和印度的关系。纵观两千多年中国版图，其伸缩变化最小的就是西南中印边界，究其因，非不为也，实不能也：北面下去不可继，南面上来不可守。正因此，当年走向印度河上游的亚历山大（公元前356—前323年）和成吉思汗（1162—1227年），面对唾手可得的印度，都放弃了顺水南下的打算。与这两位伟大的君王稍有不同的是14世纪末南下进入印度的帖木儿[①]。帖木儿自称是成吉思汗的后裔，史载他于1398年由中亚进入印度并攻陷德里，“繁荣的德里毁于顷刻之间，多年积累的财富被劫掠一空”，即使如此，帖木儿没在印度久留，“15天后，帖木儿离开德里返国（1399年1月）”。[②]

与此相反的是唐贞观年间唐使王玄策令“天竺响震”却无所建树的例子。史载：

初，中天竺王尸罗逸多兵最强，四天竺皆臣之，玄策奉使至天竺，诸国皆遣使入贡。会尸罗逸多卒，国中大乱，其臣阿罗那顺自立，发胡兵攻玄策，玄策帅从者三十人与战，力不敌，悉为所擒，阿罗那顺尽掠诸国贡物。玄策脱身宵遁，抵吐蕃西境，以书征邻国兵，吐蕃遣精锐千二百人，泥婆国遣七千余骑赴之。玄策与其副蒋师仁帅二国之兵进至中天竺所居茶镈和罗城，连战三日，大破之，斩首三千余级，赴水溺死者且万人。阿罗那顺弃城

①埃米尔·帖木儿（Amir Temur，1336—1405年），出生于撒马尔罕以南的碣石（今沙赫里萨布兹），出身于巴鲁剌思氏部落，其祖先做过察合台汗国的大臣，父亲死后继为碣石的一名封建城主。1362年，帖木儿在故乡附近起义；后为了巩固政权，采取婚姻关系，将西察合台汗国后王的公主纳为妻妾，成了察合台汗国的驸马；1369年，他杀死西察哈台汗侯赛因，建立了帖木儿帝国；1388年征服花剌子模（中亚）；1389年征服阿富汗；1390年征服东察合台汗国（包括今乌兹别克斯坦和中国新疆的部分地区）；1393年征服波斯；1398年南征印度；1399年西征土耳其；1402年在安卡拉战役大败奥斯曼帝国，俘其苏丹巴耶塞特一世；1404年11月，率领20万军队东征明朝；1405年2月病死于行军途中。

②林承节：《印度史》，北京：人民出版社，2004年，第129页。

走，更收余众，还与师仁战；又破之，擒阿罗那顺。余众奉其妃及王子，阻乾陀卫江，师仁进击之，众溃，获其妃及王子，虏男女万二千人。于是天竺响震，城邑聚落降者五百八十余所，俘阿罗那顺以归。以玄策为朝散大夫。①

此事发生在唐贞观二十一年（公元647年）至二十二年（公元648年）间②。除了“天竺响震”浮功外，中国版图并未因“城邑聚落降者五百八十余所，俘阿罗那顺以归”的战果而在南亚次大陆得到像张骞远征西域那样的大幅推进：在天竺国地，既没有出现中国的附属国，更没有出现朝廷册封的藩王。新旧《唐书》皆不为王玄策作传，其“不足为训”的深意不言而喻。

与进入印度而又迅速退出的帖木儿、王玄策完全不同的是帖木儿后裔巴布尔③，他以喀布尔为根据地力图复辟帖木儿帝国的辉煌，失败后进入印度，其结果是他在1526年建立了莫卧儿王朝的同时，自己也脱离中亚、融入印度并脱胎成印度人。

毛泽东似乎注意到这个历史事件及其意义。据基辛格披露：1962年10月“毛泽东告诉手下的军政领导人，历史上中国和印度打过‘一次半’仗，北京可以从中吸取经验。第一次中印战争发生在1300年前的唐朝（公元618—907年），中国出兵支援印度王国打击非法作乱的敌手。中国出手干预后，中印两国之间开始了长达数百年繁荣的宗教交流和经济交流。用毛泽东的话说，这场战争给人的启迪是，中国和印度并非注定是宿敌。”基辛格说：“在毛泽东脑海里，那‘半次’中印战争发生在700年后，当时的蒙古统治者帖木儿攻陷了德里。”这一次“毛泽东吁嘱中国军队要做到‘有理有节’”。④

青藏高原北缓南陡的地形使西藏地区与中国中原政权发生天然联系而不

---

①（宋）司马光：《资治通鉴》卷第一百九十九，北京：中华书局，1956年，第6257-6258页。

②翦伯赞：《中外历史年表（公元前4500—公元1918年）》，北京：中华书局，2008年，第215页。

③扎希尔丁·穆罕默德·巴布尔（1483—1530年），统治印度次大陆的莫卧儿帝国的开国君主，是帖木儿帝国帖木儿的后裔。其名“巴布尔”在波斯语中意思是“老虎”。

④［美］亨利·基辛格：《论中国·前言》，北京：中信出版社，2012年，第XI-XII页。

与南面的南亚次大陆国家联系遑论冲突，这使西藏天然成为中国的一部分。同时还使中国在不需要巨大国防投入的条件下在西南方向天然获得了居高临下的地缘优势。阿里地区位于中国西南边陲，在巴基斯坦和缅甸从英印统治下获得独立后，印度与中国的关系从地理上反倒更有了和平的保证。

最能够说明中印之间这种因地理环境造成的和平交往规律的案例，是崛起于公元7世纪的吐蕃王朝（公元618—842年）。该王朝崛起于西藏山南地区并迅速向北扩张，历时200余年，其统治范围最广时西起葱岭（今帕米尔高原），与大食（即兴起于西南亚地区的阿拉伯帝国）接壤，东至现今甘肃省陇山、四川盆地西缘，北起天山山脉以南、居延海，南至青藏高原南麓与印度次大陆北部的喜马拉雅山脉（海拔8000多米）与天竺（今南亚次大陆）接壤。吐蕃王朝曾强大到几乎可以和中原唐王朝“谈婚论嫁”，即使如此，尤其是在王玄策带着吐蕃的军队将天竺国统一政权打碎后，印度陷入为时长达五百多年分裂的历史中，吐蕃王朝的边界也“不从这个根据地向南方的印度发展”，而是“越过他们领土中最荒凉、最困难的漫漫地区，向中国西部及中亚发展”①，同期吐蕃王朝的南境也没有受到南方印度的侵略；与中国西域相反，此间中印之间留下更多的并不是冲突，而是唐玄奘西去天竺国取经的和平佳话。对此，拉铁摩尔解释得比较有力，他说：“在西藏地区，山岭代替了长城。”②

但是，“和平规律”并不是没有冲突，而是说，如果有，与中国周边其他地区相比，其冲突的概率、规模和烈度，都是最低的，其对边界线的影响也是最小的。其特点是，冲突的规模与时间成反比，即规模较大（比如1962年）的冲突时间短，而规模小的冲突则持续的时间较长。

毛泽东同志比较早地洞见到这一“万年规律”，1959年5月13日，毛泽东审阅中国外交部对印度外交部外事秘书杜德于4月26日谈话的答复稿时加写了如下一段文字：

---

①② [美] 拉铁摩尔：《中国的亚洲内陆边疆》，唐晓峰译，南京：江苏人民出版社，2010年，第152、169页。

总的说来，印度是中国的友好国家，一千多年来是如此，今后一千年一万年，我们相信也将是如此。中国人民的敌人是在东方，美帝国主义在台湾、在南朝鲜、在日本、在菲律宾，都有很多的军事基地，都是针对中国的。中国的主要注意力和斗争方针是在东方，在西太平洋地区，在凶恶的侵略的美帝国主义，而不在印度，不在东南亚及南亚的一切国家。尽管菲律宾、泰国、巴基斯坦参加了旨在对付中国的东南亚条约组织，我们还是不把这三个国家当作主要敌人对待，我们的主要敌人是美帝国主义。印度没有参加东南亚条约，印度不是我国的敌对者，而是我国的朋友。中国不会这样蠢，东方树敌于美国，西方又树敌于印度。西藏叛乱的平定和进行民主改革丝毫也不会威胁印度。你们看吧，“路遥知马力，事久见人心”（中国俗语），今后三年、五年、十年、一百年……中国的西藏地方与印度的关系，究竟是友好，还是敌对的，你们终会明白。我们不能有两个重点，我们不能把朋友当敌人，这是我们的国策。几年来，特别是最近三个月，我们两国之间的吵架，不过是两国千年友好过程中的一个插曲而已，值不得我们两国广大人民和政府当局为此而大惊小怪。①

毛泽东在这段文稿中将中印关系放到“一百年”“一千年”“一万年”的历史大尺度中，认为“总的说来，印度是中国的友好国家”②，但并不排除会出现短暂冲突，这只“不过是两国千万年友好过程中的一个插曲而已”。

1962年的对印自卫反击战——比较抗美援朝战争——是对这一规律的辩证运用。在中国边防部队在中印边境全线停火的第二天，即1962年11月23日，据《毛泽东年谱》记载，毛泽东让身边工作人员找来除《宋史纪事本末》以外的其他各朝纪事本末。次日，又要《续通鉴纪事本末》。毛泽东说，读完《元史》，再读《通鉴纪事本末》，然后读《续通鉴纪事本末》③。基辛格写道：

①②毛泽东：《印度不是中国的敌对者，是中国的朋友》（1959 年 5 月 13 日），见中共中央文献研究室：《毛泽东文集》第 8 卷，北京：人民出版社，1999 年，第 66-67 页。

③中共中央文献研究室：《毛泽东年谱（1949—1976）》第 5 卷，北京：中央文献出版社，2013 年，第 170 页。

难以想象，除了中国还有哪一个国家的现代领导人会借用千年之前的战役的战略方针作出一项牵动全国的决定。同样难以想象，他确信他的同事能够领悟他借鉴历史事件的深意。①

14. 每当面临新的历史性难题，大多数中国人都会想到毛泽东。20世纪40年代，周恩来同志曾向全党发出“学习毛泽东”的号召，他说：“毛主席坚持把马克思列宁主义的普遍真理具体化在中国土壤上，生长出来成为群众的力量，所以中国革命得到如此伟大的胜利。到今天，不仅中国共产党尊敬他，凡是得到革命胜利果实的人民，一定都会逐渐心悦诚服地信服他。”②事实上，半个多世纪后的今天，“学习毛泽东”仍是摆在21世纪中国共产党人面前的重要任务。新的历史任务需要更多政治成熟的领导人和国家公民。

15. 马丁·路德·金说他有一个“梦”，美国资本家可以为他塑像；卡斯特罗说他有理想，美国资本家就对他恨之入骨。

16. 逃避曾是犹太人的命运：犹太人自从罗马人屠城后，就在世界乱跑，当跑到无路可跑时，就被送到奥斯威辛集中营去了。

17. 萨达姆是当代政治中的“阳光男孩”。

18. 不读书的人、不读书的民族，是没有希望的；同样，不会读书的人——比如武训、王明、布哈林、戈尔巴乔夫，还有会写小说的萨达姆等——和民族，则更是没有希望的。历史上的罗马人之于地中海人，英国人之于法国人，美国人之于欧洲人，近代西方人之于东方人，还有古代秦人之于齐人、契丹人之于大宋人，后者的悲剧产生的原因，不是不如前者书读得

---

① [美] 亨利·基辛格：《论中国·前言》，北京：中信出版社，2012 年，第 XII 页。

②周恩来：《学习毛泽东》(1949 年 5 月 7 日)，见《周恩来选集》上卷，北京：人民出版社，1980 年，第 331、338 页。

多，而是不如前者会读书。工业革命以来的历史证明，只会修《永乐大典》却读不懂原子弹，读不懂海洋，尤其是读不懂海军的人和民族，是不能自觉创造并赢得世界历史，因而是绝对没有希望的。

还是孟夫子说得好："尽信《书》，不如无《书》。"①

19．1941年8月17日，毛泽东致电陈毅、刘少奇："对待伪军应采德威兼施办法，不打不能迫使其就范建立我军的威权，但专打则势必结成生死冤仇，不打与专打两个极端政策对我们都是不利的。""我们应耐烦地采取七擒孟获的政策。"②

20．美国人并不是天生的海权主义者，早期他们也是骑马打仗的。在第二次世界大战前美国的海军尽管发展很快，但其军事作战主体观念还是囿于骑马舞大刀的陆战决定论。巴顿将军③特别反对这种作战方式，认为未来的战争将是坦克集团军，在飞机配合下的大纵深立体战争。有人说巴顿的观念是超前的，其实不然，他只不过跟上了那个大多数人尚未意识到的时代。当时还有一个认识超前的人物就是戴高乐。戴高乐在国防部秘书处任职时写了几本关于军事改革的小册子，其中1934年3月出版的《建立职业军队》影响最大。他在这本书中提出集团军大纵深作战思想。他认为未来战争与第一次世界大战的打法不同。作战前锋力量主要不是人力，而是坦克群、集团军，

---

①《孟子·尽心下》，见《四书全译》，刘俊田、林松、禹克坤译注，贵阳：贵州人民出版社，1988年，第635页。

②中共中央文献研究室：《毛泽东年谱（1893—1949）》中卷，北京：中央文献出版社，2013年，第321页。

③巴顿（George Smith Patton，1885—1945年），美国陆军上将。加利福尼亚州圣加夫列尔人。毕业于西点军校和陆军军事学院。早期在骑兵部队服役。1916年参加美军对墨西哥的武装干涉。1917年，在驻法美国远征军中从事美军第一支坦克部队的组建工作，并参加圣米耶勒和马斯-阿贡讷战役。战后仍返回骑兵任职，同时从事坦克作战的研究工作。1940—1942年参加北非作战，先后担任坦克旅长、师长和军长。1943年7月升任第7集团军司令，参加西西里岛登陆战役。1944年6月，盟军在诺曼底登陆后，率第3集团军转战法国、德国，进至捷克斯洛伐克和奥地利边境。德国投降后，任第15集团军司令兼巴伐利亚军事行政长官。重视坦克作用，强调快速进攻。1945年12月死于车祸。著有回忆录《我所知道的战争》。

配合飞机的立体式联合作战力量；并且作战时也不主要是正面攻坚，而是纵深到敌人背后席卷过来[①]。希特勒打法国时用的就是这种方法[②]。马其诺防线是第一次世界大战英雄贝当的作品。经验证明，国家在什么地方成功，往往就在什么地方失败。失败是成功之母，同时成功也是失败之父。德军根本就不走马其诺防线，而是从阿登森林插入法国，长驱直入，然后再从法国后面横扫法国，整个法国一个月就被打败了。第二次世界大战前戴高乐这本书在法国没有被认可。书出版以后，法国也没人知道。戴高乐军校毕业后在国防部任职，当时只不过是个小职员，他的天才预见并没有引起人们的注意[③]。

---

①戴高乐在《建立职业军队》这本书中提出：除了经过动员所产生的大规模部队以外，“还应紧急地精选一批人员组成一支机械化、装甲化的机动突击部队”。因为法国地理形势决定了北方和东北方极易遭到侵袭。后备队和新兵是法国国防的主力，但不易召集，运用起来也不灵活。应再加上一支可以随时调遣的机动力量。“政治活动既然必须伸展到国境线以外，战略就不能完全局限于防守国土。”而机械动力的运用，使这个设想成为可能。“内燃机可以将他们所需要的东西以任何速度、经过任何距离送到任何地点去。”如果所有的兵员都已摩托化，并能通过任何原野地段，再加上积极和消极的伪装，就能在一夜之间以迅雷不及掩耳之势攻占许多据点。我们可以用 3000 辆坦克组成若干个梯队，在 50 公里的正面发动攻势，后面紧跟着用分散的大炮支援，在各连续目标上由步兵携带武器和地面组织的装备与它配合。全部武器和人员分成三个军团，由属于各师或全体的空军负责通讯联络并支援战斗。全线的进展一般每天可达 50 公里左右。假如敌人继续顽抗，就可以来一个全面的重新组合，以便从侧面扩大缺口、聚集力量向前挺进或巩固已夺得的阵地。壁垒一旦突破之后，顿然展现出一个更广阔的前景。机械化部队可用扇形阵势进击扩大战果。快速部队在敌人的后方扩展开来，攻击他们的要害，把他们的阵地打得稀巴烂。在敌军和敌国的人民斗志消沉、防御力量被摧毁到一定程度以后，就会自行崩溃。由于这种奇袭和突破力量与今后起决定作用的空军力量密切配合起来，上述的情况就更加可能发生，而且会更快地发生。“我曾描述空军如何通过轰炸为地面机械化部队的战斗行动创造条件，并加以延伸。反过来，地面的机械化部队则突入被轰炸区，使空军的破坏行动立即发生战略上的作用。”参阅［法］戴高乐：《战争回忆录》（第一卷），北京：中国人民大学出版社，2005 年，第 7-8、10 页。

②“听说他（希特勒）叫人把我的书读给他听，因为他的参谋人员很重视我的书。1934 年 11 月间，人们知道德国在建立头三个装甲师。当时，德国国防军参谋总部的纳林上校出了一本书，说明他们的战斗组织，这实际上和我为我们未来的装甲师所提出的计划一模一样。”参阅［法］戴高乐：《战争回忆录》（第一卷），北京：中国人民大学出版社，2005 年，第 13 页。

③“这本书最初曾引起人们的注意，但没有给人们留下很深的印象。《建立职业军队》似乎只是推出了可供当局选择的某些观念，然而一般人却认为这里包含了一个独创的见解。谁也没有认为我们的军事组织将因此而引起改变。假如我当时认为可以不必着忙的话，就一定会把我的论文提供给专家们。当他们的看法发生了变化的时候，我的说法可能就行得通了。”参阅［法］戴高乐：《战争回忆录》（第一卷），北京：中国人民大学出版社，2005 年，第 12 页。

21．清康熙时，带领台湾全岛向清政府投诚态度最坚决的是在康熙统一台海的战争中与清政府作战最坚决和最善战的刘国轩[①]；希特勒极端反共，1936年他还与意大利、日本签订了《反共产国际协定》，然而，在当时资本主义阵营中，最先与斯大林苏联握手的恰恰就是希特勒。尼克松也是著名的反共政客，可在其上任后寻求和解的对象恰恰就是最坚定的共产主义者毛泽东。故此，毛泽东说："我喜欢右派。"2016年，在所谓"南海仲裁"后，在南海国家中最先和最坚决倒向中国的是在"仲裁"中向中国最先发难并对中国态度最狠的菲律宾。可以推测，在未来台海统一中，向中国中央政府投诚态度最早和最坚决的也可能就是民进党。孟子曰："其进锐者，其退速。"[②]此之谓也。

22．孔子是伟大的思想家，其伟大之处在于他的思想首先针对时代最迫切的问题。孔子身处春秋末期，眼看国家要解体，社会要大乱，他想维护统一，所以特别反感学界的空论，鲁国大夫少正卯有些类似今天的只知处士横议的"公知"，孔子上任鲁相第七天就向少正卯开刀。后从政不成，孔子便致力于教育并由此形成了他的教育思想。今天看来，孔子维护周王朝的目的是维护国家统一，这是孔子思想所针对的时代问题，其错误在于他用拉历史倒车的方式来实现自己的理想。他的理想最后由秦王嬴政实现了，二者之间的差别不在目标而在手段。从这个意义上，孔子思想的意义在于它的战斗性和与之相应的国家统一目标。毛泽东说："儒非徒柔也，尤为伪者骗也。"[③]

23．东汉末期中国历史出现大的衰落，这些加速衰落的因素经过唐朝的

---

①刘国轩（1629—1693年），字观光，福建省龙岩市长汀县四都镇溪口村人，明郑时期重要的军事将领。1683年（永历三十七年、康熙二十二年）在澎湖海战担任统帅，被施琅击败。同年八月，刘国轩在说服郑克塽和群僚后，即令修表归顺清朝。

②《孟子·尽心上》，见《四书全译》，刘俊田、林松、禹克坤译注，贵阳：贵州人民出版社，1988年，第632页。

③《毛泽东读文史古籍批语集》，北京：中央文献出版社，1993年，第344页。

否定又在宋朝复活：文人不拿枪，武人假念书，都不练真把式，唐时知识分子那种“论功还须请长缨”[①]的气概已荡然无存。东汉自缚于名学，致使国家三分。至两晋又走向另一极端，从名学滑向玄学，从教条主义跳到虚无主义，这种文化的极端不自信为佛教在中国大江南北广泛而迅速的传播提供了意识形态空间。

当时中国大江南北大有一种“全盘佛化”的势头[②]。大诗人谢灵运（公元385—433年）毕生谈佛，梁武帝萧衍更是弃道归佛，以护法人自居，以至中国历史学家翦伯赞庆幸：“佛教没有取得国教的地位，这在中国历史上是具有深远意义的。”[③]翦伯赞这句话的前半句，似针对基督教在罗马世界的上述“从奴隶到将军”的变化而言，只有对基督教佛教兴起的世界背景及其对欧洲地区竞争力的影响深入理解，才能领会翦伯赞先生这句如何估计都不会过高的话所含的深意。

24. 1905年俄国的大灾难始于维特，终结于别佐布拉佐夫。他们两人在逻辑上是连贯一致的。原因不能反对结果，但制造原因的人往往反对结果。这正如某人使人怀孕，孩子出生后嫌难看却不认这个孩子一样，其狡辩理由是：我没让生出这样难看的孩子。维特将沙皇扶上通往不归路的特快列车，翻车后狡辩说我只是想让皇帝半道停下来，谁知他走得太远了。这大概是尼古拉二世最终讨厌维特的原因所在。尼古拉二世曾对库罗帕特金说：“批评是很容易的，尤其是没有负责任的人。”[④]用这句话反视1903年卸任后的维

---

①“少小虽非投笔吏，论功还欲请长缨。”参阅（唐）祖咏：《望蓟门》。

②《魏书》称“自迁都已来，年逾二纪，寺夺民居，三分且一”。（《魏书》卷一一四《释老志》，见许嘉璐：《二十四史全译·魏书》第四册，上海：汉语大词典出版社，2004年，第2459页。）《南史》记载：“都下佛寺五百余所，穷极宏丽。僧尼十余万，资产丰沃。所在郡县，不可胜言。道人又有白徒，尼则畜养女，皆不贯人（民）籍，天下户口几亡其半。”（《南史》卷七十，转引自任继愈：《中国佛教史》（第3卷），北京：中国社会科学出版社，1988年，第86页。）

③翦伯赞：《中国史纲要》第2册，北京：人民出版社，1965年，第122页。

④《库罗帕特金日记》，见《红档杂志有关中国交涉史料选译》，张蓉初译，北京：生活·读书·新知三联书店，1957年，第283页。

特，批评也是容易的，因为他没有坐在俄罗斯“列车”司机座位上，司机的考虑与其他人是不一样的。

25. 我们是应该纪念殷纣王的

《左传》把对东夷的战争，说成商纣王失国的原因，说“纣克东夷而陨其身”①，更有将“作琼室、立玉门”②，对人民用“炮烙之刑”，导致人民“倒戈而战”，纣“自投于火而死”③。这些都是周王朝为自己政权的合法性所找的说辞。郭沫若认为：周人将纣说成“俨然人间世的混世魔王，其实那真是有点不太公道”，“我们是深受了周人的宣传的毒”。④

客观地说，商纣王是一个很有抱负和才干的君王。1958年、1959年毛泽东在两次谈话中提到纣王时说：

其实纣王是个很有本事、能文能武的人。他经营东南，把东夷和中原的统一巩固起来，在历史上是有功的。纣王伐徐州之夷，打了胜仗，但损失很大，俘虏太多，消化不了，周武王乘虚进攻，大批俘虏倒戈，结果使商朝亡了国。史书说：周武王伐纣，“血流漂杵”，这是夸张的说法。孟子不相信这个说法，他说：“尽信《书》，不如无《书》。”

纣王是很有才干的，后头那些坏话都是周朝人讲的，就是不要听。他这个国家为什么分裂？就是因为这三个人都是反对派。而微子最坏，是个汉奸，他派两个人作代表到周朝请兵。武王头一次到孟津观兵回去了，然后又搞了两年，他说可以打了，因为有内应了。纣王把比干杀了，把箕子关起来了，但是对微子没有防备，只晓得他是个反对派，不晓得他通外国。给纣王翻案的就讲这个道理。纣王那个时候很有名声，商朝的老百姓很拥护他。纣王自杀了，他不投降。微子是汉奸，周应该封他，但是不敢封，而封了纣王

---

①李梦生：《左传译注》，上海：上海古籍出版社，1998 年，第 1021 页。

②《古本竹书纪年译注》，李民等译注，郑州：中州古籍出版社，1990 年，第 57 页。

③《二十五别史》，刘晓东等点校，济南：齐鲁书社，2000 年，第 34 页。

④郭沫若：《驳〈说儒〉》，见《郭沫若全集·历史编》（第 1 卷），北京：人民出版社，1982 年，第 451 页。

的儿子武庚。后来武庚造反了，才封微子，把微子封为宋，就是商丘。[①]

毛泽东显然采纳了郭沫若的观点。郭沫若说："像殷纣王这个人对于我们民族发展上的功劳倒是不可淹没的。殷代的末年有一个很宏大的历史事件，便是经营东南，这几乎完全为周以来的史学家所抹煞了。这件事，在我看来，比较起周人的殷室，对于我们民族的贡献更要伟大。"[②]郭老说得很动情，很为帝辛（纣王）鸣不平：

然而帝辛尽管是失败了，他的功绩是可以抹煞的吗？帝乙、帝辛父子两代在尽力经营东南的时候，周人图谋不轨打起了别人的后路来，殷人是失败了，但他把在中原所培植起来的文化让周人在某种的控制之下继承下去，而自己却又把本文化带到了东南。殷人被周人压迫，退路是向着帝乙、帝辛两代所经略出来的东南走。在今江苏西北部的宋国，长江流域的徐楚，都是殷的遗民或其同盟民族所垦辟出的殖民地，而其滥觞即在殷末的东南经营。更透辟地说一句：中国南部之得以早被文化，我们是应该纪念殷纣王的。[③]

26. 元蒙入主中原对中国汉族知识分子是一大刺激。明代中后期，中国汉族政权又面临边疆动荡的威胁。面对日益严重的国家危机，王阳明将朱熹教育改革继续推进，将进一步"正心"作为学问形成的核心范畴，正心不是"禅心"，相反它是反禅的。

明代的王阳明强调"正心"，不是要求学生只会读经典，而是要他们认识自己的社会属性，这叫正心。正心就是正根，根正才能修身，才能齐家，才能治国平天下。心不正，国则歪。与孔子、朱熹一样，王阳明也是直面"时代问题"的思想家，他们的伟大之处首先在于他们是战士。现在有人把王阳明说成是一个禅学大师，根本就不是。禅学兴，国则亡。好端端的宋王朝，其知识界上下都是"横看成岭侧成峰"，没有担当，没有立场，结果竟

---

①薛泽石：《听毛泽东讲史》，北京：中央文献出版社，2003 年，第 14-15 页。

②③郭沫若：《驳〈说儒〉》，见《郭沫若全集 · 历史编》（第 1 卷），北京：人民出版社，1982 年，第 452、455 页。

被自己昨天瞧不起的民族打败了。明朝也是临到大危机才出现王阳明这样的大思想家。

27. 1978年，波兰人卡罗尔·沃伊蒂瓦当选为教皇，定名号为约翰·保罗二世，这标志着罗马教廷开始积极斗争，以扩大教会在东欧和苏联的影响力。1967年，当沃伊蒂瓦被任命为波兰克拉科夫的大主教后，波兰安全机关曾宣称："新任大主教是凭借才智上位的，而不是因为反共思想，他将来也不会与国家作对。"克格勃可不这么想。勃列日涅夫警告波兰共产党中央第一书记爱德华·盖莱克，不允许波兰新任教皇来访，因为他的到访可能会促使波兰反共分子团结起来。盖莱特深知国内民众深厚的宗教情感，以及对波兰人当选教皇的无限自豪，因此只得告诉勃列日涅夫，自己无力阻拦教皇来访。

教皇约翰·保罗二世1979年6月凯旋般地返回华沙，征服了广大波兰人民的心。此后，梵蒂冈给团结工会提供经济资助，帮助其抵抗政权，此举与中情局对美国劳工联合会-产业工会联合会以及在美波兰教堂所做的如出一辙。①

28. 罗马是前沿阵地。为了不被指责卷入东西方之争，教廷以完全秘密和独有的方式开展针对共产主义的斗争。数百年来那些上了年纪、负责天主教事务的主教从不信任外人。即使是最简单不过的行动，比如把宗教手工艺品偷运进苏联领土，或向团结工会输送援助，他们也要隐瞒自己是幕后主使的事实，通过中间人来操作。②

29. 1983年，美国宣布发展"星球大战"计划。苏联对此的反应是：（1）"星球大战"计划不切实际，注定要失败，因此没有什么可害怕的。（2）"让美国人在计划上浪费时间和金钱。当计划真正成为威胁时，我们

①② [以色列] 戴维·阿尔贝尔、兰·埃德利：《西方情报机构与苏联解体——未能撼动世界的十年（1980—1990）》，孙成昊、张蓓译，北京：社会科学出版社，2015年，第165-166页。

会找到合适的反应措施”。（3）“我们必须拿出所有实力对抗他们”。安德罗波夫听从助手的建议，继续不对称回应老路：美国人爱上天就上天吧。我们继续扩展核武库。他说：“我们知道，美国人计划的底线是让我们的开销超出承受能力，当然了，美国也是为了自己的大企业有活可干。然而，我们不能善罢甘休，因此我们开展了‘不对称回应’。”在戈尔巴乔夫当选总书记不久，他要求情报机构做一份评估，时任外交部副部长的亚历山大·别斯梅尔特内赫说：“我们没有必要做任何事，‘星球大战’不会成功。”苏联航天研究所所长罗阿尔德·萨捷耶夫称：“美国人夸大了‘星球大战’，我们也过分相信了。”苏联情报机构日后得出结论，“星球大战”的花拳绣腿大于实质威胁。[①]

30．中国古玩市场是民族记忆的集散地。在这里，民族英雄——比如岳飞——的作品的价值往往高居不下，而民族败类——比如秦桧——的作品却近乎绝迹。

31．有学人认为：“曹操既取汉中而不入蜀是其一生中不亚于赤壁之败的又一次历史性错误。”[②]这是对中国地缘政治不了解的认识。且不说曹操的战略目标是逐鹿中原，也不说入川后因地形复杂清剿刘蜀政权需要多大且运输供给不能保证资源，我们只要看看后来蒙古大军入川而不能出川的窘境，就会知道，进入四川若不能控制重庆，那就会被——用毛泽东的话说——“瓮中捉鳖”遑论再入中原。入主中原，得到的是中国，而占据四川得到的只是偏地大王——当年亚历山大和成吉思汗来到印度河而不南下印度也是出于同一原因。届时曹操所失的就是天下，而获渔翁之利的将是孙权。故此，在读《资治通鉴》中刘晔向已取汉中的曹操建议“蜀民既定，据险守

---

① ［以色列］戴维·阿尔贝尔、兰·埃德利：《西方情报机构与苏联解体——未能撼动世界的十年（1980—1990）》，孙成昊、张蓓译，北京：社会科学出版社，2015 年，第 203-205 页。

②张作耀：《曹操传》，北京：人民出版社，2000 年，第 227 页。

要，则不可犯矣。今不取，必为后忧”的段落时，毛泽东评批得简明扼要：“不可信。”[①]其原因毛泽东在读《魏书 · 刘表传》时的批注说得明白，他写道：“做土皇帝，孟德不为。”[②]

32．为了经济利益即吃饭问题人们便组成各种社会集团，并以集团的名义展开阶级的和民族的斗争，这种集团发展的最高形式便是国家。古代国家内外关系以血统皇权维系，近现代国家内外关系则以主权维系。这样，起源于资源即吃饭问题而形成的主权就成了现代国家理论的逻辑起点，由此便派生出如国家力量、国家权力、国家权利、国家制度和国际民主等范畴。列宁说：“范畴是区分过程中的一些小阶段，即认识世界的过程中的一些小阶段，是帮助我们认识和掌握自然现象之网的网上纽结。”[③]。范畴是形式逻辑演绎的“纽结”，而资源则是历史逻辑演绎的“纽结”。资源问题就是吃饭问题。

33．卡尔 · 豪斯浩弗[④]说：“在地理上无知的代价将是巨大的。”[⑤]可惜的是，豪斯浩弗本人的理论就过于深入地理而由此失去了政治。英国地缘政治理论学者杰弗里 · 帕克评价说，正是“德国的地缘政治学思想促成了1945年5月第三帝国的众神之日”[⑥]。如将这个评价用于西方许多地缘政治学者及其理论也是合适的。1908年，英国寇松勋爵[⑦]在他的《边疆线》一书中就疯狂主张：“沿着上千英里的遥远疆界，都将出现我们20世纪的边防骑士（Marcher Lords）。”[⑧]结果，与20世纪下半叶美国的凯南、布热津斯基的

---

①②中共中央文献研究室：《毛泽东读文史古籍批语集》，北京：中央文献出版社，1993年，第241、291页。

③［俄］列宁：《哲学笔记》，北京：人民出版社，1974年，第90页。

④卡尔 · 豪斯浩弗（Karl Haushofer，1869—1946年），德国地缘政治学家，生于慕尼黑，曾任日本陆军炮兵教官。第一次世界大战中任德国少将军官。战后任慕尼黑大学地理学和军事学教授。希特勒上台后，被任命为地缘政治学院院长和德国科学院院长。主编《地缘政治学杂志》。著有《太平洋地缘政治学》《地缘政治学原理、实质与目的》《防御地缘政治学》等。

⑤⑥⑧［英］杰弗里 · 帕克：《二十世纪的西方地理政治思想》，北京：解放军出版社，1992年，第34、80、84页。

⑦乔治 · 寇松（George Nathaniel Curzon），英国政治家，1898—1905年任印度总督。著有《中亚细亚的俄国》《波斯与波斯问题》《远东问题：日本朝鲜中国》《边疆线》等。

学说一样，寇松的地缘政治学说成了让英国为扩张利益无节制地四处拼命的学问。基辛格说："凯南的成就是，到了1957年，自由世界所有的矮墙都已配置卫兵防守，他的观点对此有决定性的贡献。事实上，由于岗哨林立，美国可以大大自我批判。"①

34. 特朗普当选美国总统，向华尔街金融资本开火，又把军工资本请了回来。但军工的市场主要是战场，这样美国的历史又回到20世纪50年代的逻辑，即不打仗就消化不了庞大的军工借款和投资。美国没有自己的国家银行和企业，借来的钱如不见利润，资本家不干，这样，特朗普就要下台。目前只有世界性大战才能提供特朗普需要返还的利润，而美国又没有发动战争的能力，其他国家也不愿卷入战争。这样，特朗普任内最大的敌人是世界和平。这让特朗普很纠结。

今天的特朗普身上有点当年的赫鲁晓夫和戈尔巴乔夫的影子：赫鲁晓夫修柏林墙，特朗普修墨西哥墙；赫鲁晓夫想跟美国改善关系，却将手伸向古巴，弄出一个"古巴导弹危机"，这让他灰头土脸，除了美国人民的反感，结果是一无所获。特朗普想跟中国改善关系，却将手伸向朝鲜半岛，弄出个"萨德"导弹基地，其结果除了引起中国人民的反感，也将是一无所获。还有，戈尔巴乔夫放弃华约（"华沙公约组织"），特朗普想放弃北约（"北大西洋公约组织"）和《跨太平洋伙伴关系协定》（Trans-Pacific Partnership Agreement，缩写TPP）。美国开始跟过去的盟国"亲兄弟明算账"了——我支持你可以，但是你得给我钱，你得买我的军火。当一个国家开始把政治当买卖来做的时候，就是在收缩了，就不再是强国了。尼克松在《真正的和平》一书中有段文字适用于描述当今美国特朗普的执政风格：

当初，列宁非常清楚，西方人的天真对共产主义事业是多么有用。他以鄙夷的口吻称他们为"有用的白痴"。这些有用的白痴总是一本正经，对那

---

① [美] 亨利·基辛格：《大外交》，顾淑馨、林添贵译，海口：海南出版社，1998年，第423页。

些最为复杂的问题作出非常简单的、令人可笑的回答。他们这样做并非出于故意，而是出于无知。[①]

35．张居正一条鞭法的本质，在于将国家的命运从实体移至货币之上，其结果是国家顷刻瓦解。

36．明兴于草莽（朱元璋），亡于金融（张居正）；崇祯起于“景阳冈”（打虎），亡于山海关（地缘政治）。

37．有学者认为，中国儒学与佛教、道教，甚至与基督教和伊斯兰教一样也是一种宗教。这种观点大有可商榷之处。宗教比如基督教、伊斯兰教、佛教甚至中国道教，都有教徒必须从思想到人身服从并且独立于世俗政权之外甚至与世俗政权相对立的教主和教权组织，而儒家在任何时候——不管它在孔子时期、还是在董仲舒时期或宋明理学时期——从没有在世俗国君之外出现过需要儒士献身或服从的教主遑论教权组织。儒学始终以现世为服务对象，以世俗生活经验为其认识基础[②]，以世俗国家为自己的“组织”，反对在世俗国家之外另立其他政治中心和体系[③]。尽管历史上儒家内部学派纷呈，但在世俗国家权力上它们并没有自己的特殊的要求。在国家面前，儒学要求“君子矜而不争，群而不党”[④]；在社会生活上，儒学要求人们上事国

① [美] 尼克松：《真正的和平》，仲伟云译，北京：世界知识出版社，1999年，第6-7页。

②《论语·先进》：“季路问事鬼神。子曰：‘未能事人，焉能事鬼？’‘敢问死？’曰：‘未知生，焉知死？’”参阅《四书全译》，刘俊田、林松、禹克坤译注，贵阳：贵州人民出版社，1988年，第218页。

③《论语·述而》：“吾闻君子不党。”（汉）孔安国注：“相助匿非曰党。”参阅（清）刘宝楠：《论语正义》，高流水点校，北京：中华书局，1990年，第279页。

④《论语·卫灵公》，见《四书全译》，刘俊田、林松、禹克坤译注，贵阳：贵州人民出版社，1988年，第284页。

君[①]，下事父母[②]，反对凌驾于国家之上的任何神学权威，同样儒学也不会向社会提出特殊的“教权”诉求。

38．将儒学视为与佛教、道教、基督教和伊斯兰教并列的“儒教”是不妥当的，而将它归入被用于治国理政因而是在中国社会中占据重要地位的思想流派甚至意识形态则比较合适。反过来想，如果儒学——即使是汉宋以来的儒学——在中国真的成了“国教”，那我们就很难解释为后人称颂的苏武、岳飞、于谦、林则徐等含冤却不变节的行为和古代志士仁人“天下有道，以道殉身；天下无道，以身殉道”[③]精神的文化寓意。翦伯赞先生说“佛教没有取得国教的地位，这在中国历史上是具有深远意义的”；我们同样可以认为：儒学在中国没有成为“国教”，这在中国历史上也是具有深远意义的；换言之，如果儒学在中国真的成了“国教”，那中国历史也将不可避免地上演欧洲中世纪“两个中心曰‘患’”的大悲剧。

39．在欧洲早期启蒙学者中，莱布尼茨（1646—1716年）极力主张当时在欧洲各国首都建立的文化研究机构把获取有关中国的知识作为其重要目的。伏尔泰（1694—1778年）认为中国是一个最具有宽容态度和兼容的国家。他以中国为样板，反对不容异己的法国教会。[④]“在18世纪，遥远的中华帝国成为许多法国改革家心目中的典范，而这种普遍的情感影响着经济学家，使他们更愿意去赞扬中国的经济制度和政治制度。”[⑤]法国重农学派创

---

①“子曰：‘君使臣以礼，臣事君以忠。’”（《论语·八佾》）“子曰：‘事君，敬其事而后其食。’”（《论语·卫灵公》）参阅《四书全译》，刘俊田、林松、禹克坤译注，贵阳：贵州人民出版社，1988年，第112、288页。

②“子曰：‘事父母几谏。见志不从，又敬不违，劳而不怨。’”“子曰：‘父母在，不远游，游必有方。’”“子曰：‘三年无改于父之道，可谓教矣。’”“子曰：‘父母之年，不可不知也。一则以喜，一则以惧。’”（《论语·里仁》）参阅《四书全译》，刘俊田、林松、禹克坤译注，贵阳：贵州人民出版社，1988年，第125-126页。

③《孟子·尽心上》，见《四书全译》，刘俊田、林松、禹克坤译注，贵阳：贵州人民出版社，1988年，第631页。

④⑤转引自［法］弗朗斯瓦·魁奈：《中华帝国的专制制度·英译本绪论》，谈敏译，北京：商务印书馆，1992年，第2、11页。

始人魁奈（1694—1774年）在被称为“崇尚中国运动的顶峰之作”[①]的《中华帝国的专制制度》一书中将中华帝国比作“稳定、持久和不变的政府的范例”[②]，他告诉欧洲人，中国“统治所以能够长久维持，绝不应当归因于特殊的环境条件，而应当归因于其内在的稳固秩序”[③]。

40．自古罗马以来的正反两方面的经验更让欧洲文艺复兴和启蒙时代的政治家和学者们对古代罗马继而对古代中国的治国理政经验情有独钟，对欧洲政教二元对立造成的“两个中心曰‘患’”的恶果痛心疾首。在神的中心和世俗中心之间，他们做出了具有东方色彩的现世主义取舍，率先向神学发起进攻。让·雅克·卢梭（1712—1778年）是拿破仑喜欢的思想家，他说：“耶稣便是在这种局势之下出来在地上建立起一个精神的王国的；这便分割开了神学的体系和政治的体系，从而使国家不再成为一元的，并且造成了那种永远不断地激荡着基督教各个民族的内部分裂。”[④]他大声疾呼：“政治的战争就是神学的战争。”[⑤]“凡是破坏社会统一的，都是毫无价值的；凡是使人们自身陷入自相矛盾的制度，也是毫无价值的。”[⑥]黑格尔不无羡慕地说中国“天子是一国的元首，也是宗教的教主。结果，宗教在中国简直是‘国教’”[⑦]。英国历史学家阿诺德·汤因比（1889—1975年）将欧洲问题概括得很简洁，他说：“普世教会乃是导致大一统国家衰落的社会毒瘤。”[⑧]不破不立，但欧洲思想家们所破的并不是神学本身，而是被颠倒了的神权和国权之间的关系。为此，黑格尔将国家提到“神”的高度，他说：

---

①引自美国加利福尼亚大学教授刘易斯·A. 马弗里克为《中华帝国的专制制度》一书写的“英译本绪论”，参阅［法］弗朗斯瓦·魁奈：《中华帝国的专制制度》，谈敏译，北京：商务印书馆，1992年，第2页。

②③［法］弗朗斯瓦·魁奈：《中华帝国的专制制度》，谈敏译，北京：商务印书馆，1992年，第137-138页。

④～⑥［法］卢梭：《社会契约论》，何兆武译，北京：商务印书馆，2003年，第168、170、174页。

⑦［德］黑格尔：《历史哲学》，王造时译，上海：上海书店出版社，2001年，第131页。

⑧［英］阿诺德·汤因比、D. C. 萨默维尔：《历史研究》下卷，郭小凌等译，上海：世纪出版集团、上海人民出版社，2010年，第661页。

"神自身在地上的行进，这就是国家。"①

41. 黑格尔说："凡是合乎理性的东西都是现实的；凡是现实的东西都是合乎理性的。"②而理性的东西不一定符合逻辑却一定符合经验。不经一事，不长一智；不为父母，不知爹娘。只有有了魏晋南北朝数百年分离战乱的经验，才能理解隋炀帝急通大运河的忧虑所在；如果经历了战国数百年的战乱，就会在秦制的评判上认同司马迁、王夫之的成熟见解。秦始皇、隋炀帝都是刚刚经历过国家分裂导致"天下共苦战斗不休"历史的"过来人"，有了这样的经验，秦始皇和隋炀帝才会对他们那个时代封建自由主义"公知"们的空论深恶痛绝——司马迁批评说，说这话的人"此与以耳食无异"③，意思是说"这和用耳朵吃东西没有什么两样"——并对其实行最严厉的打击④，才会抱有以建立新制度终止天下"相攻击如仇雠，诸侯更相诛伐"历史趋势的决心。

42. 唐时韩愈发动的"古文运动"是中国文化自信的复兴，与此相伴的是近三百年的大唐盛世的出现。北宋偏执于天理，史从论（天理）出，整个社会唯心论盛行。毛泽东明确指出："宋明理学是从唐代的禅宗来的，从主观唯心论到客观唯心论。"⑤苏轼"横看成岭侧成峰，远近高低各不同。不

---

①［德］黑格尔：《法哲学原理》，范扬、张企泰译，北京：商务印书馆，2009 年，第 259 页。

②［德］黑格尔：《法哲学原理 · 序言》，范扬、张企泰译，北京：商务印书馆，1961 年，第 11 页。

③"秦既得意，烧天下诗书，诸侯史记尤甚，为其有所刺讥也。诗书所以复见者，多藏人家，而史记独藏周室，以故灭。惜哉，惜哉！独有《秦记》，又不载日月，其文略不具。然战国之权变亦有可颇采者，何必上古。秦取天下多暴，然世异变，成功大。传曰"法后王"，何也？以其近己而俗变相类，议卑而易行也。学者牵于所闻，见秦在帝位日浅，不察其终始，因举而笑之，不敢道，此与以耳食无异。悲夫！"参阅（汉）司马迁：《史记》卷十五《表第三 · 六国年表》，见许嘉璐：《二十四史全译 · 史记》第一册，上海：汉语大词典出版社，2004 年，第 248 页。

④史称秦始皇"焚书坑儒"，而隋炀帝也有同样做法："炀帝即位，乃发使四出，搜天下书籍与谶纬相涉者，皆焚之，为吏所纠者至死，自是无复其学，秘府之内，亦多散亡。"参阅《隋书》卷 32《经籍志一》。

⑤中共中央文献研究室：《毛泽东年谱（1949—1976）》第 5 卷，北京：中央文献出版社，2013 年，第 390 页。

识庐山真面目，只缘身在此山中”，这诗读起来很优美，实际上并不着调，充满禅意，有些像今天的《雾里看花》，没有任何一个可以确定的东西。这种诗实际上是要把人的思想搞散的，让人不能担当。写这首诗的苏轼死后26年，北宋就亡国了。

43. 让·雅克·卢梭（Jean-Jacques Rousseau，1712—1778年）是拿破仑喜欢的思想家，他将基督教兴起对欧洲的影响概括得很简洁：

耶稣便是在这种局势之下出来在地上建立起一个精神的王国的；这便分割开了神学的体系和政治的体系，从而使国家不再成为一元的，并且造成了那种永远不断地激荡着基督教各个民族的内部分裂。[①]

拿破仑是在欧洲启蒙思想陶冶中成长起来的政治家。他在和诗人歌德的对话中谈到悲剧时与卢梭有同样的感受，他说：“现代悲剧和古代悲剧之所以不同，就是因为我们再没有支配人类的‘命运’，古代的‘命运’已经由‘政治’代替了。”[②]这里说的“古代悲剧”指的是古罗马，它与欧洲中世纪即拿破仑所说的“现代悲剧”不同的是，前者讲“政治”即统一性原则，而后者则不讲“政治”，因而失去了“支配人类‘命运’”的能力。为此，拿破仑认为今后的欧洲必须注重统一性，他说：“‘政治’必须用在现代悲剧里，来代替古代悲剧里‘命运’的地位，作为环境不可抵抗、个体不得不顺从的势力。”[③]拿破仑在康普福米欧和平会议[④]前表示：“法兰西共和国不需要承认，正如太阳不需要承认一样。”[⑤]拿破仑的意思是说，现代国家不需要教皇承认。明乎此，也就明白了1804年12月2日在巴黎圣母院大教堂举

① ［法］卢梭：《社会契约论》，何兆武译，北京：商务印书馆，2003 年，第 170 页。

②③转引自［德］黑格尔：《历史哲学》，王造时译，上海：上海书店出版社，2001 年，第 276 页。

④ 1797 年拿破仑在第一次意大利战役结束时召开的会议。

⑤转引自［德］黑格尔：《法哲学原理》，范扬、张企泰译，北京：商务印书馆，2009，第 347 页。

行的加冕典礼上，当教皇庇护七世举起很大的皇冠要给拿破仑戴上时，“拿破仑突然从教皇手中夺过皇冠。自己戴上”[①]这一举动的政治含意。

44．王夫之在《读通鉴论》一书中开篇盛赞秦始皇：“郡县之制，垂二千年而弗能改矣，合古今上下皆安之，势之所趋，岂非理而能然哉。”[②]谭嗣同则说“二千年之政，秦政也，皆大盗”[③]，痛斥李斯“其为祸亦暴著于世矣”“自放纵横暴而涂锢天下之人心”。[④]而司马迁对秦始皇的“暴力”持赞扬态度，认为“秦取天下多暴，然世异变，成功大”。[⑤]笔者认为，谭嗣同的认识破坏性有余而建设性不足。

45．商鞅与崔浩

至于秦帝国建立的第一功臣商鞅，苏轼则评价说：“唯商鞅变法，不顾人言，虽能骤至富强，亦以召怨天下，使其民知利而不知义，见刑而不见德，虽得天下，旋踵而失也；至于其身，亦卒不免，负罪出走，而诸侯不纳，车裂以徇，而秦人莫哀。”[⑥]与商鞅相似的还有打破中国反佛最初“坚冰”的北魏太武帝的重要幕僚崔浩。《魏书》对崔浩的抱负和“油盐不进”的执着个性通过与其表兄卢玄的对话有细致的刻画：

浩大欲齐整人伦，分明姓族。玄劝之曰：“夫创制立事，各有其时，乐为此者，讵几人也？宜其三思。”浩当时虽无异言，竟不纳，浩败颇亦由

---

①［苏］叶·维塔尔列：《拿破仑传》，任田升、陈国雄译，北京：商务印书馆，1976年，第126页。

②王夫之：《读通鉴论》，北京：中华书局，1975年，第1页。

③④谭嗣同：《仁学》，吴海兰评注，北京：华夏出版社，2002年，第95-96页。

⑤（汉）司马迁：《史记》卷十五《表第三·六国年表》，见许嘉璐：《二十四史全译·史记》第一册，上海：汉语大词典出版社，2004年，第248页。

⑥（宋）苏轼：《上神宗皇帝书》，见《苏轼文集》（第三册），孔繁礼校点，北京：中华书局，1986年，第730页。

此。[①]浩非毁佛法，而妻郭氏敬好释典，时时读诵。浩怒，取而焚之，捐灰于厕中。[②]

由这两段文字可以看出崔浩与商鞅一样有志于“欲齐人伦”“创制立事”，其性格与商鞅也一样执着甚至“刻薄”[③]，如书所言“浩败颇亦由此”。

废佛是崔浩坚持的事业，他——与商鞅一样——坚定不移。书载废佛之初“始谦之[④]与浩同从车驾，苦与浩诤，浩不肯，谓浩曰：‘卿今促年受戮，灭门户矣。’”[⑤]四年后即太平真君十一年（公元450年），此言成真。

真君十一年六月诛浩，清河崔氏无远近，范阳卢氏、太原郭氏、河东柳氏，皆浩之姻亲，尽夷其族。[⑥]

浩诛，备五刑，时年七十。[⑦]

崔浩死于极刑，刑前还尽受侮辱，书上说他被押往城南行刑的路上：

卫士数十人溲（撒尿）其上，呼声嗷嗷，闻于行路。自宰司之被戮，未有如浩者。[⑧]

---

①《魏书》卷四十七《卢玄传》，见许嘉璐：《二十四史全译 · 魏书》第二册，上海：汉语大词典出版社，2004 年，第 855 页。

②⑥⑧《魏书》卷三十五《崔浩传》，见许嘉璐：《二十四史全译 · 魏书》第二册，上海：汉语大词典出版社，2004 年，第 669-670 页。

③太史公曰：“商君，其天资刻薄人也。迹其欲干孝公以帝王术，挟持浮说，非其质矣。且所因由嬖臣，及得用，刑公子虔，欺魏将印，不师赵良之言，亦足发明商君之少恩矣。余尝读商君开塞耕战书，与其人行事相类。卒受恶名於秦，有以也夫！”参阅（汉）司马迁：《史记》卷六十八《商君列传》，见许嘉璐：《二十四史全译 · 史记》第二册，上海：汉语大词典出版社，2004 年，第 934-935 页。

④“谦之”，即寇谦之（365—448 年），北朝道教领袖。

⑤⑦《魏书》卷一一四《释老志》，见许嘉璐：《二十四史全译 · 魏书》第四册，上海：汉语大词典出版社，2004 年，第 2449 页。

崔浩与商鞅受到的都是极刑，其死因也都是旧贵族对新政的抵制。陈寅恪先生分析得十分透彻：

崔浩想要建立的姓族与人伦、高官与儒学合而为一的贵族政治像梦一样幻灭了，北方门第最高的两个士族清河崔氏与范阳卢氏，基本上被杀绝了。对原鲜卑部酋来说，如果不消灭崔浩，崔浩的姻亲及其姓族，那就是他们自身将被汉人所同化。当时所谓汉化，就是要推崇有文化的士族，要与他们合而为一。鲜卑部酋已经走在这条路上了，所以他们对《国记》“备而不典”[①]反感。但这时他们的汉化是不自觉的，自觉的是鲜卑部酋对汉化的抵制。崔浩事件的发生，表明在北魏的政治上，鲜卑部酋反汉化的力量超过了汉人儒家大族的汉化力量。但是汉化对当时的少数民族说来，是大势所趋，挡不住。到孝文帝时，北魏进入一个新的汉化时期。[②]

陈寅恪说的北魏“汉化”的进程，对鲜卑人来说是不得已因而也是不自觉的，但对崔浩乃至太武帝来说，可就是自觉和理性的。因为如果不反佛，北魏将失去皇权；而要反佛就不能反儒，不然北魏就不会有自己的意识

①太延五年（公元439年）十二月，太武帝命崔浩以司徒监秘书事，中书侍郎高允、散骑侍郎张伟参著作事，续修国史。太武帝叮嘱写国史一定要根据实录。崔浩他们按照这个要求，采集了魏国上代的资料，编写了一本魏国的国史。《国记》修毕后，参与其事的著作令史闵湛、郗标建议把《国记》刊刻在石上，以彰直笔，同时刊刻崔浩所注的《五经》。他们的建议被崔浩采纳，太子也表示赞赏。于是，在天坛东三里处，营造了一个《国书》和《五经注》的碑林，方圆一百三十步，用工三百万才告完成。由于《国记》秉笔直书，尽述拓跋氏的历史，详备而无所避讳。招鲜卑贵族愤怒，指控崔浩有意暴扬国恶。太武帝命令收捕崔浩及秘书郎吏，审查罪状。太平真君十一年六月己亥（公元450年7月5日），太武帝诛杀崔浩。魏书载：“初，郗标等立石铭刊《国记》，浩尽述国事，备而不典。而石铭显在衢路，往来行者咸以为言，事遂闻发。有司按验浩，取秘书郎吏及长历生数百人意状，浩伏受赇，其秘书郎吏以下尽死。”参阅《魏书》卷三十五《崔浩传》，见许嘉璐：《二十四史全译·魏书》第二册，上海：汉语大词典出版社，2004年，第669页。

②陈寅恪：《魏晋南北朝史讲演录》，合肥：黄山书社，1987年，第252-253页。

形态。与汉景帝不得已杀晁错[①]的原因一样，北魏太武帝借《国记》事件杀崔浩显然也是为了平息贵族抵制汉化的情绪——这种情绪即使到孝文帝时仍然很大——不得已而为之的无奈之举。说不得已，是因为北魏统治者在尝试有独立于世俗皇权特质的佛教甚至道教后，意识到没有一种意识形态能比以“致君尧舜上，再使风俗淳”[②]为使命的儒学更有利于国家的稳定和发展。因此，中国胡人反复试错实践后还是极不情愿地选择了儒学。在王权和教权面前，一千多年后的莎士比亚说“生存还是毁灭，这是一个问题”[③]，对当时的北魏太武帝来说，同样是人主（皇权）还是佛主（教权）的问题。胡人不可能放弃人主而就佛主，这样才产生了太武帝有那么大的决心毁灭已近乎“胡神”的佛教。结果与商鞅以“极刑”的结局换来秦“世异变，成功大”[④]的万世之功一样，崔浩的极刑则使胡人接受儒化并由此矫正了当时中国可能出现的欧洲式的政教二元冲突的历史方向。与此同期，西方陷入政教二元冲突，这使西方从此失去了其自罗马以来长久不衰的繁荣和辉煌。对于崔浩的死，《魏书》作者扼腕叹曰：

崔浩才艺通博，究览天人，政事筹策，时莫之二，此其所以自比于子房也。属太宗为政之秋，值世祖经营之日，言听计从，宁廓区夏。遇既隆也，勤亦茂哉。谋虽盖世，威未震主，末途邂逅，遂不自全。岂鸟尽弓藏，民恶其上？将器盈必概，阴害贻祸？何斯人而遭斯酷，悲夫！[⑤]

①晁错（前200—前154年），汉族，颍川（今河南禹县）人，西汉政治家、文学家。汉文帝时，任太常掌故，后历任太子舍人、博士、太子家令；景帝即位后，任为内史，后迁至御史大夫。晁错发展了“重农抑商”政策，主张纳粟受爵，增加农业生产，振兴经济；在抵御匈奴侵边问题上，提出“移民实边”的思想，建议募民充实边塞，积极备御匈奴攻掠；政治上，进言削藩，剥夺诸侯王的政治特权以巩固中央集权，损害了诸侯利益，以吴王刘濞为首的七国诸侯以“请诛晁错，以清君侧”为名，举兵反叛。景帝听从袁盎之计，腰斩晁错于东市。

②“致君尧舜上，再使风俗淳。”参阅（唐）杜甫：《奉赠韦左丞丈二十二韵》，见萧涤非等：《唐诗鉴赏辞典》，上海：上海辞书出版社，2004年，第427页。

③“To be, or not to be, that is the question”。参阅［英］莎士比亚：《哈姆莱特》（1601），见《莎士比亚全集》第32卷，北京：中国广播电视出版社，2002年，第134页。

④（汉）司马迁：《史记》卷十五《表第三 · 六国年表》，见许嘉璐：《二十四史全译 · 史记》第一册，上海：汉语大词典出版社，2004年，第248页。

⑤《魏书》卷三十五《崔浩列传》，见许嘉璐：《二十四史全译 · 魏书》第二册，上海：汉语大词典出版社，2004年，第671页。

无疑，与商鞅一样，崔浩对中华民族的历史贡献是巨大的。如果将王夫之对秦始皇的盛赞用在崔浩遑论商鞅身上也不无道理，秦始皇创立的郡县制在中国“垂二千年而弗能改矣，合古今上下皆安之”①。崔浩在太武帝崇佛、南方佞佛的历史条件下，以大无畏的反潮流精神说服太武帝排佛，确立了中国以君主而非佛主为中心的儒家思想体系并由此使中国避免了欧洲正在形成的政教二元冲突的历史恶果。卢梭曾评价霍布斯说：

基督教的统治精神是和他的体系不能相容的，而且牧师的利益永远要比国家的利益更强。霍布斯之所以为人憎恶，倒不在于他的政治理论中的可怕的和错误的东西，反而在于其中的真实的东西。②

将卢梭这句评论用于概括崔浩的思想也不为过。这就是：崔浩的政治理论为觊觎国家权力的宗教势力所憎恶，倒不在于其中的过激部分，而在于其中具有真理性的部分。由此笔者想到马克思青年时说的一句话，他说：

如果我们选择了最能为人类福利而劳动的职业，那么，重担就不能把我们压倒，因为这是为大家而献身；那时我们所感到的就不是可怜的、有限的、自私的乐趣，我们的幸福将属于千百万人，我们的事业将默默地、但是永恒发挥作用地存在下去，而面对我们的骨灰，高尚的人们将洒下热泪。③

这句话用于概括商鞅、崔浩等人物是合适的。崔浩对中华民族的历史贡献与商鞅一样有着无论如何估计都不会过高的世界意义。面对他们的骨灰，高尚的人们将洒下热泪。

46．1915年，当时只有26岁的汤因比进入英国外交部情报司工作，他还

---

①王夫之：《读通鉴论》，北京：中华书局，1975 年，第 1 页。

②［法］卢梭：《社会契约论》，何兆武译，北京：商务印书馆，2003 年，第 172 页。

③［德］马克思：《青年在选择职业时的考虑》（1835 年 12 月），见《马克思恩格斯全集》第 40 卷，北京：人民出版社，1982 年，第 7 页。

于1919年代表英国政府出席巴黎和会。此后，汤因比的仕途引人注目。[①]1939年至1943年汤因比担任英国皇家国际事务学会外交事务研究部主任，1943年至1946年担任外交部研究司司长。在这段时间里英国政府开始将对外意识形态宣传纳入外交战略的轨道。1934年11月，“英国对外关系委员会”成立，负责推进英国的海外利益的“特别文化使命”。鉴于当时的身份及相应的工作任务，可以推测，汤因比此时从事如此巨大篇幅的《历史研究》的写作，若没有国家人力财力支持是难以——与马克思写作和出版《资本论》比较——完成和出版的，而要得到国家的支持，那就不可能不服务于英国外交的“特别文化使命”。

47. “乔布斯”（Jobs）和“苹果”，对2011年10月6日的美国人来说，真是一语双关。这天，苹果公司前首席执行官史蒂夫·乔布斯（Steve Jobs）逝世。真是巧合，伴随这位执行官谢幕的是成千上万的美国人失去工作（Lose Jobs）并因此发起“占领华尔街”的示威运动。群情激昂的人们高喊“现在就革命！现在就革命！”的口号，更有不少人在高呼“要工作！要工作！”[②]

对失去“Jobs（工作）”的美国人来说，“苹果”似乎也成了某种不祥的预兆。希腊神话说，在英雄帕琉斯和海洋女神忒提斯的婚礼上，妒忌成性的厄里斯抛下一个写着“送给最美的女神”的金苹果，由此便引发了赫拉、雅典娜、阿芙罗狄忒的争执和随后的“特洛伊战争”。现在，上帝在将Jobs召回天堂的同时，厄里斯女神又把金苹果留给在当今国际社会中已不是“最美的”美国。2011年9月17日，美国的阶级斗争从华尔街兴起；史蒂夫·乔布斯去世后，它又以翻倍的规模迅速向洛杉矶、波士顿、芝加哥等美国各大城市蔓延。

---

①冯契：《外国哲学大辞典》，上海：上海辞书出版社，2008年，第454页。

②《高呼“现在就革命！”“我们要工作！”美国民众华尔街示威抗议》，载《淮北晨刊》，2011年9月20日，第11版。

Jobs走了，美国的阶级斗争来了。这两件事对未来的世界将有很大的意义。

48．苏联历史学家鲍里斯·亚历山大罗维奇·罗曼诺夫对“李鸿章基金”在华支出范围做过统计，认为：“在‘侵占’旅顺口以前的整整一年内，便已开始从基金中付款给中国人了。”[①]他在1928年出版的《俄国在满洲》一书中根据俄国财政部总务司第三处第51号密卷提供的档案文件，对“李鸿章基金”的支出做了具体统计：

在1897—1902年期间，这样的支付一共有五次，旅顺口的那次付款按先后是第二次。除了这五次外，有几次拟议中的付款由于不同原因而没有兑现。中国人在五次收款中共得到1 700 947.71卢布。[②]到1908年3月7日“基金”的余额是1 264 539卢布。[③]

如果将上述五次170多万的贿赂款总额与1908年的“基金”余额相加，与三百万卢布的“基金”总额大体相等。从上面的资料分析，李鸿章在其中得到半数；至于另一半则用于包括张荫桓在内的官级低于李鸿章的中国官员，其范围还是相当可观的。至于1908年留下的余额部分的去向，罗曼诺夫在《俄国在满洲》一书中也有实事求是的披露：

1905年以前，基金中支出的款项一般都用于和远东的事务有关的开销，而当时和付款有关的信函也带有政治性质。1905年后，随着俄国势力在远东的极端削弱，基金仍然相当可观的余额成了父母双亡的政治孤儿，被滥用在五花八门的“需要上”了，而关于基金的简单信函几乎只有账单的性质。1908—1910年期间，向尼古拉二世“呈送”款项共有九次，每次都是应他的手谕的要求。这些款项是打包加封后由专人送进宫去的，共计103万卢布。

---

①～③［苏］鲍里斯·罗曼诺夫：《俄国在满洲》，陶文钊、李金秋、姚宝珠译，北京：商务印书馆，1980 年，第 48-49 页。

到1914年1月，基金总共只剩下373 717.50卢布。16年中竟花去了4 492 151.50卢布。[①]

这四百多万花销数额与1896年沙皇尼古拉二世批准的中东铁路公司“从俄国政府得到四百万卢布的贷款”[②]大体吻合。

49. 李鸿章在中国近代史上是一个极有争议的人物，但不管是非如何，其中关键的定性是李鸿章受贿并因此出卖国家利益问题。

目前与此相关的档案文件多出自俄国国家档案馆，来源比较单一，这是不足之处。但问题是像李鸿章这样位高权重而死后又给予极高荣誉的人，其接受俄国贿赂的事总不能要求在中方档案馆中备案，也不能要求其他国家备有“第一手资料”，更不能用受贿当事人的“日记”（比如《张荫桓戊戌日记手稿》《翁同龢日记》或李鸿章的书信手稿等）来证明他们是否受贿的事实[③]。这正如调查盗窃行为不从当地派出所而从窃贼的“日记”中或他的家人那里取证一样，是不合逻辑的。李鸿章受贿的当事人只有俄方和李鸿章及其儿子李经方。

尽管出处单一，但却是多方面、多时段的证明，重要证人的政治立场是多元的，他们之间的关系有的还是政治上的对手；最重要的是，俄国官方档案并没有——尽管这样做可以让当时的俄国官员规避受到制裁的风险，也可以隐去俄皇的历史“污点”——将这个四百多万卢布花销全栽到中国官员身上，而是实事求是地指出其中相当部分的“款项是打包加封后由专人送进宫去的”“向尼古拉二世‘呈送’”。这说明，沙俄政府的档案还是比较严肃

①统计资料来源于俄国财政部总务司第51号密卷第4部分：《关于特别基金的设立与从中对各种人士的支出》。参阅［苏］鲍里斯·罗曼诺夫：《俄国在满洲》，陶文钊、李金秋、姚宝珠译，北京：商务印书馆，1980年，第49页注释①。

②［苏］鲍里斯·罗曼诺夫：《俄国在满洲》，陶文钊、李金秋、姚宝珠译，北京：商务印书馆，1980年，第111页。

③马忠文：《旅大租借交涉中李鸿章、张荫桓的“受贿”问题》，载《学术界》，2003年第2期。

和实事求是的：既然连俄皇本人都不回避，那俄国档案就更没有必要人为地向李鸿章栽赃。此外，鲍里斯·罗曼诺夫是苏联时期的历史学者，见证过新中国诞生并对维特的沙文主义对华政策持批判立场，因而他提供的资料及其分析结论有相当的可信度[①]。

上述文件对李鸿章较有利的证词只是，李鸿章受贿数额的确不是300万卢布。至于李鸿章至死因没有全得那300万贿款而耿耿于怀，也不能解释为李鸿章贪心。事实上，以李鸿章所拥有的财富[②]，也不至于让他为300万卢布郁闷至死[③]。他出国时极尽奢华，除了虚荣心外，似也在向洋人证明他不在乎那点浮财。最可能的解释是李鸿章看重的是面子，他认为受到俄国人的戏弄，是奇耻大辱，以至他临死都对俄人恨之入骨。

---

①关于此，《中国社会科学》杂志社马忠文先生提出“监守自盗”的判断可备一说，但并没有提供明确结论。他在《旅大租借交涉中李鸿章、张荫桓的“受贿”问题》（载《学术界》，2003 年第 2 期）一文中认为：在收买中国官员的过程中，彼得堡的领导者与北京的具体执行者之间始终存在难以克服的矛盾。维特最关心的是收买计划的具体效果，对具体实施过程则鞭长莫及。对何人行贿，以及在怎样的情况下付诸实施，完全取决于璞科第与巴甫洛夫，维特只能被动听从。由于彼得堡方面的授权，璞科第与巴甫洛夫二人拥有“就地共同商量必需的款项”的权力。他们各自向国内财政部、外交部汇报情况，将收买活动的每一次进展分别致电财政部和外交部。这种做法表明，支付巨额贿款是得到上司批准的，并且两个经手人之间存在一定程度的监督，至少，档案中反映的情况是这样的。然而，这种互证式的监督毫无意义，也可能正好是监守自盗的障眼法。俄国驻华官员为争取借款权秘密约见李鸿章、张荫桓，实有其事；至于为租借旅大事再次收买李、张则是璞科第与巴甫洛夫虚构的故事，是沙俄驻华官员为私吞巨款编造的借口。3 月 24 日巴甫洛夫致电彼得堡，“希望在 3 月 15 日（公历 3 月 27 日）签订条约以后即迅速支付所允款项”。3 月 28 日，即条约签订的次日，璞科第致电维特，称他已“付给李鸿章五十万两”。俄国驻北京的官员如此急切地将政府名下的公款转为私人款项，似不能认为是为了体现对李鸿章的“信义”。

笔者认为，用马忠文先生的判断也可反推，即在俄国封建专制政府中的官员“自盗”皇帝批准的用于外交目的的款项，也是有非常大的心理障碍的。因而我们也不能没有根据地用“也可能”式的“莫须有”推测随便否认俄官方外交官员对国家和沙皇的忠诚。

② 1904 年 4 月李鸿章直系子孙在分家时，曾订有一份遗产分配“合同”。美国学者福尔索在李经迈的儿子李国超处见到过这份合同，征得主人同意，将其收入自己的著作中。这份李氏家产合同的详细清单，可参阅苑书义：《李鸿章传》，北京：人民出版社，2004 年，第 519-520 页。

③马忠文认为：“像李鸿章这样一位长期主持清廷外交决策且爵位显赫的大臣，是否会因贪恋钱财以致沦落到如此境地，实在值得怀疑。”参阅马忠文：《旅大租借交涉中李鸿章、张荫桓的“受贿”问题》，载《学术界》，2003 年第 2 期。

至于俄国人行贿对中国人的影响，时任陆军大臣的库罗帕特金当时就有比较深刻的评论，他说：

谢尔盖·维特收买了卑鄙的李鸿章，他接受了这一横暴行为，为此中国将永远不会饶恕俄国。中国将永远力争将横贯满洲的铁路干线变为本国的铁路，而不是俄国的铁路。①

库罗帕特金算是说对了，经过中国人民的长期斗争，尤其是1950年年初毛泽东、周恩来在莫斯科与斯大林的据理力争，这条“横贯满洲的铁路干线”②终于1953年1月完全无偿转归中华人民共和国。

看到这些，笔者认为，如果没有更有力的档案为李鸿章等受贿行为翻案的话，说李鸿章是一个民族的罪人，并不为过，因为在受贿的条件下损害国家和民族利益，已不是由政治立场和认识水平造成的失误，而是主动出卖国家和民族利益的犯罪行为。当然这并不否认李鸿章在位期间也做过一些有益于民族的事。但如果因此而对他的受贿并因此出卖国家和民族利益的罪行文

---

①［苏俄］国家中央档案馆：《日俄战争》（库罗巴特金、利涅维奇日记摘编），吉林省哲学社会科学研究所翻译组译，北京：商务印书馆，1976 年，第 15 页。

②此指中东铁路，即沙俄修筑的从俄国赤塔经中国满洲里、哈尔滨、绥芬河到达符拉迪沃斯托克（海参崴）的铁路在中国境内的一段铁路，亦称“东清路”，民国以后改称“中国东省铁路”（简称“中东铁路”或“中东路”）。光绪二十二年（1896 年），清政府特使李鸿章赴俄祝贺沙皇加冕典礼，与沙俄签订了《中俄御敌相互援助条约》（简称《中俄密约》），在这个条约中规定了有关东清铁路的建设事宜。铁路从 1897 年 8 月破土动工，以哈尔滨为中心，分东、西、南部三线，由六处同时开始相向施工。1903 年 7 月 14 日，铁路全线通车营业。同时修筑的从哈尔滨直达旅顺的支线铁路（“中东铁路南满支线”）习惯上也认为是中东铁路的一部分。1905 年日俄战争结束时长春以南路段改属日本，称为南满铁路。俄国东省铁路公司还取得铁路两侧数十公里宽地带的行政管理权、司法管理权和驻军的特权，形成比一般租界规模大得多的“国中之国”。沿线兴起一批大小城镇，特别是东省铁路公司的管理中心，铁路枢纽哈尔滨。20 世纪 30 年代，日本占领东北以后，苏联将中东铁路卖给了日本。1945 年，苏联一度又拥有这条铁路。1945 年 8 月，南京国民政府与苏联政府签订《关于中国长春铁路之协定》，规定：中东铁路和南满铁路的干线合并为中国长春铁路，简称“中长铁路”，归中苏两国共同所有并共同经营，30 年期满后，无偿交还中国。1952 年 9 月 15 日，中苏两国发布公告，中长铁路正式移交给中华人民共和国。今天，这条铁路称为滨洲铁路和滨绥铁路，都属于哈尔滨铁路局管理。

过饰非，甚至美化，那就是不应该采取的学术态度。

50．论朱熹

朱熹诞生于宋朝南迁的第三年即1130年（建炎四年），知识分子的亡国之痛自然伴随他的成长和学习经历。这是研究朱熹生平必须考虑的大背景。

一

英国学者安格斯·麦迪森（Angus Maddison）的研究表明“西欧收入在公元1000年左右处于最低点。其水平显著低于其在公元1世纪时的水平，也低于同期的中国、印度以及东亚、西亚的其他地区的水平”；麦迪森同时也认为“11世纪是西欧经济开始上升的转折点”①。这就是说，中国宋朝经济已处于世界经济发展的巅峰，同时也处于世界历史政治转换即工业文明取代农业文明的新起点，这个新起点也是中国封建社会开始衰落的历史节点，②用马克思的话说就是“历史向世界历史的转变”③的节点。

国家多崛起于贫寒，衰败于恬嬉。宋朝世风侈靡，国富而兵骄，造成这些问题的原因，还主要是它那脱离实际的浮华学风。

宋代哲学成就曾达到了很高的水平，与此同时，人的认识离实际却是渐行渐远，唯心主义成了意识形态的主流。北宋（960—1127年）末期周敦颐（1017—1073年）及其学生程颢（1032—1085年）、程颐（1033—1107年）

---

① ［英］安格斯·麦迪森：《世界经济千年史》，伍晓鹰等译，北京：北京大学出版社，2003年，第30页。

②“几乎所有的权威人士都认为，在宋朝（960—1280年），中国经济出现了强劲发展新势头，人口急剧增加，农业有了明显的进步，专业化和贸易加强了，城市经济也更加繁荣。”“我们有理由认为，宋朝的经济增长速度确实很快。人口增长的速度明显增加了，人均国民收入好象也有可能增加了。”“到了宋朝时，有充分的理由相信，欧洲已大大落后于中国的水平了。我认为宋朝时的人均收入增长了大约三分之一。从14到17世纪，极有可能又降下来了，而在明清两朝的漫长年代里，可能大致保持了平稳。”参阅［英］安格斯·麦迪森：《中国经济的长远未来》，楚序平、吴湘松译，北京：新华出版社，1999年，第32-33、35-36页。

③《马克思恩格斯选集》第1卷，北京：人民出版社，1972年，第51页。

将“太极”之说推高至普世“天理”，认为理先于事，天下只有一理[①]。这时的“理”，类似今天一些人讲的所谓高于具体国情的“普世价值”。这导致宋代政学两界空论风盛：为事者“不事其本，而先举其末”[②]，为政者则“好同而恶异，疾成而喜败”[③]。人取仕途功名的路径与实际经验严重脱节[④]，这使国家许多官员的政治见识多流于“纸上空谈耳”[⑤]。苏辙（1039—1112年）曾向皇帝痛陈：“今世之取人，诵文书，习程课，未有不可为吏者也。其求之不难而得之甚乐，是以群起而趋之。凡今农工商贾之家，未有不舍其旧而为士者也。为士者日多，然而天下益以不治。举今世所谓居家不事生产，仰不养父母，俯不恤妻子，浮游四方，侵扰州县，造作诽谤者，农工商贾不与也。祖宗之世，士之多少，其比于今不能一二也。然其削平僭乱，创制立法，功业卓然，见于后世，今世之士，不敢望其万一也。”[⑥]这种现实与盛唐时那“纨袴不饿死，儒冠多误身”[⑦]的情势形成鲜明反差，而与目前中国大学生蜂拥直考国家公务员的情势及其后果却十分相似。

人的思想及其理论一旦脱离实际，学风也就随之堕落，接踵而至的就

---

①《二程遗书》卷二上，上海：上海古籍出版社，2000年，第80、89页。

②（宋）苏辙：《上皇帝书》，见《苏辙集》，北京：中华书局，1990年，第379页。

③“今世之士大夫，好同而恶异，疾成而喜败，事苟不出于己，小有龃龉不合，则群起而噪之。”参阅（宋）苏辙：《上皇帝书》，见《苏辙集》，北京：中华书局，1990年，第378页。

④宋代士大夫入仕的途径很多，诸如科举、资荫、摄官、特奏名、胥吏、纳粟以及从军补授，外戚推荐等。但其中最为重要的是科举。宋代科举主要有进士、诸科两大形式。由进士科出身而位至宰辅者大多于诸科出身。一般而言，进士录取名额较少，但大多为才智卓异之士，所以说“宋之得才，多由进士”。欧阳修谓：“自太宗崇奖儒学，骤耀高科至辅弼者多矣。盖太平兴国二年（977年）至天圣八年（1030年）二十三榜，由吕文穆公而下，大用二十七（一作五）人。”魏泰称：“本朝状元及第，不五年即为两制，亦有十年至宰相者。”所以由进士出身，是士大夫擢升为宰相的一条主要途径。据统计，北宋从太祖建隆元年（960年）开始至钦宗靖康元年（1126年）凡166年有宰相72人，南宋从高宗建炎元年（1127年）开始至赵昺祥兴二年（1279年）凡153年，有宰相63人。其中进士出身的，北宋有63人，占总数87%强，南宋有48人，占总数76%强。可见宋代宰相以进士出身为最多。参阅王翠：《从贵族到庶民——唐宋宰相家庭出身及入仕途径的比较研究》，载《文艺评论》，2011年第8期。

⑤毛泽东读北宋策论时的批注。转引自陈晋：《读毛泽东札记》，北京：生活·读书·新知三联书店，2009年，第93页。

⑥（宋）苏辙：《上皇帝书》，见《苏辙集》，北京：中华书局，1990年，第370页。

⑦（唐）杜甫：《奉赠韦左丞丈二十二韵》，见萧涤非等：《唐诗鉴赏辞典》，上海：上海辞书出版社，2004年，第426页。

是国家的衰落。与苏辙同代的司马光也感受到空谈普世价值（即所谓“天理”）给国家带来的危险。他虽身系朝政，却仍无力回天，无奈只有将自己对国家前途的忧虑寄托于笔下。在司马光笔下的《资治通鉴》，“专取关国家兴衰，系生民休戚”[①]的历史事件，其目的是“鉴前世之兴衰，考当今之得失”。[②]全书因事命篇，直面矛盾，以周天子导致国家分裂、诸侯雄起的政策失误开篇[③]，记载了长达1362年的历史，一个故事一摊血，没有口号，绝无大话，更无空话[④]。它犹如暗夜里的闪电，晴空中的惊雷，与当时那严重脱离实际、空论普世理学的学风[⑤]形成强烈的对比。

二

有生命力的思想崛起往往是以物质社会的衰败为代价的。北宋司马光的正确认识在南宋朱熹这里得到助推并通过教育改革形成了一套改造封建知识分子的教育机制。

绍兴十八年（1148年）春，朱熹入都科举，中王佐榜第五甲第九十名，准敕赐同进士出身；绍兴二十一年（1151年），朱熹再次入都铨试中等，授

①②（宋）司马光：《进资治通鉴表》，见王仲荦等：《资治通鉴选》，北京：中华书局，1965 年，第 397-398 页。

③司马光将国家分裂看作万恶之首并以此为通鉴的开篇，他毫不留情地指出：韩、赵、魏“受天子之命而为诸侯”“非三晋之坏礼，乃天子自坏之也”。它导致“天下以智力相雄长，遂使圣贤之后为诸侯者，社稷无不泯绝，生民之类糜灭几尽”（《资治通鉴》卷一《周纪一》）。宋神宗在为通鉴写的序中也认为：“威烈王自陪臣命韩、赵、魏为诸侯，周虽未灭，王制尽矣！”毛泽东说：司马光从周威烈王二十三年写起，是因为这一年中国历史上发生了一件大事。这年，周天子命韩、赵、魏三家为诸侯，这使原先不合法的三家分晋变成合法的了，司马光认为这是周室衰落的关键（薛泽石：《听毛泽东讲史》，北京：中央文献出版社，2003 年，第 361 页）。

④南宋胡寅转述司马文正的见解认为，司马光的《资治通鉴》“事虽备而立义少”。参阅（宋）胡寅：《读史管见 · 旧序》，刘依平校点，长沙：岳麓书社，2011 年，第 3 页。

⑤宋代以文学见长（比如王安石、欧阳修、苏轼、苏洵、苏辙、曾巩等）的政治人物甚多，而有政治建树的却极少。毛泽东读他们的政论文章，评价普遍不高。他在读马周给唐太宗的上疏时，想到宋人的策论，批注说：“宋人万言书，如苏轼之流所为者，纸上空谈耳。”读欧阳修的《朋党论》，他批注说：“似是而非。”读苏洵的《谏论》，批注说“空话连篇”“皆书人欺人之谈”。对苏洵所著《六国论》中提出六国如果联合起来“并力向西”，就不会为秦国所灭的议论，毛泽东批注：“此论未必然”“凡势强力敌之联军，罕有成功者”。读曾巩的《唐论》，毛泽东批注说：“此文什么也没有说。”转引自陈晋：《读毛泽东札记》，北京：生活 · 读书 · 新知三联书店，2009 年，第 93 页。

左迪功郎、泉州同安县主簿。这时的朱熹与少年杜甫那“自谓颇挺出，立登要路津”经历相似，同样怀着“致君尧舜上，再使风俗淳”①的伟大抱负。绍兴三十二年（1162年），宋孝宗即位，诏求臣民意见。年仅32岁的朱熹应诏上封事，力陈反和主战、反佛崇儒的主张，详陈讲学明理、定计恢复、任贤修政的意见。隆兴元年（1163年）十月，朱熹应诏入对垂拱殿，向宋孝宗面奏三札：一札论正心诚意、格物致知之学，反对老、佛异端之学；二札论外攘夷狄之复仇大义，反对和议；三札论内修政事之道，反对宠信佞臣。朱熹的抗金主张没有被采纳，十一月，朝廷任朱熹为国子监武学博士。朱熹辞职不就，请祠归崇安。

1178年（淳熙五年），宋孝宗任朱熹知南康军兼管内劝农事。1179年（淳熙六年）朱熹到任。1180年（淳熙七年），朱熹重立白鹿洞书院，1194年（绍熙五年），朱熹在知潭州荆湖南路安抚使任内，又在长沙重建了岳麓书院。决心从教育入手，再造救亡新人。其中最重要的是确立“四书”为学生必读的至尊科目。1182年（淳熙九年），朱熹将《大学章句》《中庸章句》《论语集注》《孟子集注》四书合刊，经学史上的“四书”之名才第一次出现。之后，朱熹仍呕心沥血修改《四书集注》，临终前一天朱熹还在修改《大学章句》。朱熹将“四书”定为封建士子修身的准则，“四书”构成了朱熹的一个完整的理学思想体系。元朝迄至明清，《四书集注》遂长期为历代封建王朝所垂青，作为治国之本，也作为人们思想行为的规范，成为封建科举的标准教科书。1183年（淳熙十年），朱熹在武夷山九曲溪畔大隐屏峰脚下创建武夷精舍，潜心著书立说，广收门徒，聚众讲学，直至1200年（庆元六年）去世。

理论的价值在于时代赋予的问题。

与历史上许多曾推动社会进步的改革在完成它的使命后便遭遇“否定之否定”的命运一样，“四书”被列入国家科举的主修课目的教育改革，在其初期——尽管它后来也走到自身的反面——对当时的中国思想进步有着重大

① （唐）杜甫：《奉赠韦左丞丈二十二韵》，见萧涤非等：《唐诗鉴赏辞典》，上海：上海辞书出版社，2004年，第426页。

的积极意义。“四书”首篇《大学》讲“致知在格物”[①]，这里，“格物”即“实事”被当作“致知”即“求是”的绝对前提。《大学》将“正心”作为人生事业即“诚意、正心、修身、齐家、治国、平天下”的绝对前提，其意义在于要求知识分子在认识世界的普遍性之前先要认识世界的特殊性，具体事务具体分析，在改造客观世界之前先改造主观世界；要求治学应先有明确而坚决的立场，而不能有那种“横看成岭侧成峰，远近高低各不同”[②]式的相对或说无“诚意”的立场。《大学》强调“格物致知”，这是东汉学者班固（32—92年）——大概是对西汉（公元前206—公元23年）大衰败反思的结果——特别重视并提倡的“实事求是”的认识方法，经北宋普世“理学”的否定后在新的历史条件下再次得到肯定。

北宋亡国刺激了南宋知识分子及由此提出的以朱熹为旗手的“教育改革”。其中最重要的是确立“四书”为学生必读的至尊科目。

后人将朱熹当作宋朝著名的理学家，但这不够，确切说，朱熹是宋朝理学的革命家。与德国黑格尔一样，黑格尔将被康德“二律背反”打散了的世界再用“对立统一”整合起来，朱熹也试图将北宋以禅思为底色的理学打散了的人心用“四书”整合起来，他在正统的理学概念中注入了革命的内容，将理学改造为可以治国理政的学问。朱熹强力主张将《大学》与《中庸》《论语》《孟子》这几部重视实际经验的著作并作“四书”，作为国家教育和科举的至尊课目，通过“格物致知”——这是“实事求是”的不同提法——的教育，将中国知识分子培养和改造为可以图存救亡的骨干力量。飘浮在天上的北宋二程理学就这样到南宋时期被朱熹拉到了大地上，这与马克思将飘在天上的黑格尔辩证法拉到德国的大地上的思想贡献有些类似。此后中国知识分子开始重经验，轻学理，将格物致知作为寻求真理的主要方法。

---

①“古之欲明明德于天下者，先治其国。欲治其国者，先齐其家。欲齐其家者，先修其身。欲修其身者，先正其心。欲正其心者，先诚其意。欲诚其意者，先致其知。致知在格物。物格而后知至，知至而后意诚。意诚而后心正。心正而后身修。身修而后家齐。家齐而后国治。国治而后天下平。”参阅《四书全译》，刘俊田、林松、禹克坤译注，贵阳：贵州人民出版社，1988年，第5-6页。

②（宋）苏轼：《题西林壁》，见《苏轼选集》，王水照选注，上海，上海古籍出版社，1984年，第159页。

为什么朱熹会有这样的认识呢？因为他有北宋的亡国之痛，南宋有点正义感的知识分子都不可能坐视半壁江山在沦陷而不图收复。如果脱离了这样的历史背景，我们就抓不住朱熹思想的要义，就会从“普世”的角度淡化、歪曲或抹杀朱熹思想的革命价值。

三

列宁说：“马克思主义在理论上的胜利，逼得它的敌人装扮成马克思主义者，历史的辩证法就是如此。”[①]其实历史上一切有成就的思想家的命运大体相同。也就是说，他们许多人的思想中的能动的、积极的和革命的部分被后来人“修正”为“普世”即人人可以接受的学说。比如孔子、朱熹、王阳明等的命运都是这样。今天我们有些人也把王阳明（1472—1529年）学歪了，把王阳明的学问偷换成禅宗的内容，一天坐着没事练心，这是对阳明学说偷梁换柱式的歪曲。与朱熹一样，王阳明学问的核心是要解决知识分子的立场问题，为什么要“正心”呢？正心就是立场，有了立场才能谈观点和方法论。为什么王阳明要提出来这个，因为他看到明朝空论造成的误国问题，当然这也是北宋普世理学带来的同样问题。

从司马光《资治通鉴》的泣血疾呼，经南宋朱熹教育革命的大力助推，中国封建知识分子有了文化自觉。与朱熹(1130—1200年)同时代的岳飞（1103—1142年）、辛弃疾（1140—1207年）及稍后的文天祥（1236—1283年）诗词中已有强烈的抗战精神；王阳明之后，中国封建知识分子更加注重实践之于学问的意义，其普遍特点是学问也做得好，但手不离枪。王阳明就拿枪，黄宗羲、顾炎武、王夫之三个人都不失枪杆子，曾国藩、张之洞、左宗棠等全是这样。这个传统在20世纪初中国大革命中，对中国知识分子产生了极为重大的积极影响。

从这些意义上说，朱熹不是一个简单的理学家，本质上说，他是一个继往开来的理学革命家。

---

① ［俄］列宁：《马克思学说的历史命运》，见《列宁选集》第 2 卷，北京：人民出版社，1972 年，第 439 页。

之二

“好施小惠，言不及义”式的牧师情怀，既无益于内政也无补于外交

1．失败的政治人物，在历史文献中留下一幅幅轻浮的漫画，而成功的政治家，则永是正面素描。但这不是历史，而是童话。童话并不能解释历史。可我们读到的史书多不自觉地匍匐在童话的而非历史的后面。这实在是史学的悲哀。

2．历史上的伟大人物，一般要经历两次否定，第一次是在起步阶段，这时他的见解受到人们的否定；第二次是他预见到的历史来临并使他的见解成为主流意见之后，此时他的见解的优点已释放殆尽，已不足以应付新的形势和新问题。紧随两次否定便是两次肯定。在这个“否定—肯定—否定”的过程中，经受检验的还不完全是见解本身，还有提出这种观点的人坚守真理的品质。有许多人不败在见解，而败在其见风使舵的机会主义心理品质。

3．在德国，没有康德和黑格尔，就不会有俾斯麦。若只有康德或黑格尔，也不会有俾斯麦。俾斯麦将四分五裂的德国统为一体，是黑格尔“对立统一”辩证方法的历史展现；统一后，俾斯麦固守其利益边界，在准确地把握周边大国利益边界中实现交叉结盟，在结盟中获得时间消化德国统一带来的新利益。这是康德“二律背反”辩证方法的历史运用。“由于他（俾斯麦）了不起的建树，使得他所缔造的德国经历了两次世界大战的失败、两度

遭外国占领及国家分裂达两个世代之久，却仍巍峨屹立。”[①]

4．康德和黑格尔的历史贡献在于，前者用“二律背反”从外部规定了世界，由此否定了欧洲神学至尊，从而引发了欧洲近世革命；后者则用“对立统一”从内部规定了世界，将近代欧洲民族国家的精神聚合为一。前破后立，由此开辟了近代欧洲思想解放和建设的伟大前景。毛泽东说：“黑格尔的先生就是康德。黑格尔是唯心主义者，他大大地发展了唯心主义的辩证法，即客观的辩证法，他是马克思、恩格斯的先生，也是列宁的先生，也是我们的先生。”[②]

5．名师未必总出高徒：孟子继承和发展了儒学，但他不是孔子的直接学生；庄子继承和发展了道家学说，他也不是老子的直接学生；列宁、斯大林和毛泽东等继承和创造性地发展了马克思主义，但他们也是无缘聆听马克思、恩格斯直接的教诲。相反直接受教于马克思和恩格斯的伯恩斯坦等，则被恩格斯斥为播下龙种后收上来的“跳蚤”[③]。

6．萨达姆确实是“自废武功”的楷模和绝对“建构主义”的样板。他全面放弃武装后，就被美国送进了总统牢房而非“总统套房”。因为拥有“大规模杀伤武器”的小布什认为：美国在伊拉克寻找不到的“大规模杀伤

---

①［美］亨利·基辛格：《大外交》，顾淑馨、林添贵译，海口：海南出版社，1998年，第116页。

②中共中央文献研究室：《毛泽东年谱（1949—1976）》第5卷，北京：中央文献出版社，2013年，第313页。

③ 1890年8月27日，恩格斯给保·拉法格写了一封信，对当时一些自称“马克思主义者”的人作了评论。他说：“所有这些先生们都在搞马克思主义，然而是10年前你在法国就很熟悉的那一种马克思主义，关于这种马克思主义，马克思曾经说过：‘我只知道我自己不是马克思主义者。’马克思大概会把海涅对自己的模仿者说的话转送给这些先生们：‘我播下的是龙种，收获的却是跳蚤。’”参阅《恩格斯致保·拉法格》，见《马克思恩格斯选集》第4卷，北京：人民出版社，1972年，第476页。

武器”藏在萨达姆脑子里[1]。

同为“邪恶轴心”，萨达姆自废武功，自觉销毁“大规模杀伤性武器”，以为国际法可以帮助弱小民族，结果自己却被送进“特别法庭”；金正日说干就干，进行了核试爆，美国却立即表态无意军事打击朝鲜，结果朝鲜又被邀参加了半岛N轮会谈。

萨达姆死了，使人想起了宋江。萨达姆造反成功后不久就投降美国，然后就去打伊朗，打不过伊朗又去打科威特。在美国入侵前，他彻底背叛曾与他共同奋斗的“梁山好汉”们，主动销毁了最令美国人害怕的“大规模杀伤性武器”。其结局与宋江被毒死的下场无异，萨达姆为美国大兵从地洞里拖出后不久，就送上了绞刑台。

萨达姆真正的反美活动并不是在战场上，而是在美国人的监狱里。这时他运用的不是武器而是美国人给他定的“法律”。萨达姆的死使反美者更加坚定，使美国的追随者，尤其是在第三世界的追随者更加胆战和没有信心。

萨达姆不懂政治又好作秀，以至临死还不忘尽其所能扮秀态。萨达姆对伊朗和科威特是“横眉冷对”，可对美国却是“俯首甘为”。美国让他交枪就交枪，很像陈独秀和戈尔巴乔夫。美国人说你有大规模杀伤性武器，他说没有。为取信于美国，他让美国搜身直到“裸体”。美国此后就出兵伊拉克。布什后来解释说，尽管在伊拉克没找到大规模杀伤性武器，还是要打伊拉克。为什么？因为萨达姆脑子里有大规模杀伤性武器[2]，脑子里有也得收拾你。

萨达姆背叛了早年的战友。这很像出卖梁山兄弟们的宋江。这些兄弟被“满门抄斩”后，宋江就被毒酒毒死了；伊拉克亡国后，美国人就把萨达姆

---

① 2004年10月6日，美国对伊核查最终报告出炉，结论是萨达姆没有大规模杀伤性武器计划。10月7日，美国总统布什与副总统切尼承认报告的真实性。参阅中国国际问题研究所：《单边受阻 多极发展：2004年国际形式发展轨迹》，北京：世界知识出版社，2005年，第134页。

② 2004年7月22日，美国“9·11”调查委员会公布的最终报告认为，造成美国政府对“9·11”误判的“最大的失误是某种基于推测的想象”。参阅军事科学院《世界军事年鉴》编辑部：《世界军事年鉴 2005》，北京：解放军出版社，2005年，第104页。

从地洞里面抓出来，放在监狱里面让他学美式法律，最后还是被吊死了。死前萨达姆仍不忘秀，很像阿Q，“妈妈的，20年后老子又是一条好汉”。其实小布什不懂，要打伊朗，还得靠萨达姆。

纵观萨氏一生，其特点是：起家时只反“贪官”，不反“皇帝”；当权后只打“方腊”，不打美国。

7．我们这一代人目睹了历史上极为罕见的现象，两个帝国先后或解体或衰落：一个苏联没了，一个美国衰落了，而我们中国还在持续发展，这不仅是因为我们所具备的先进理论和世界观，它还有一大批政治成熟，能力优秀的干部。我们党的干部来自实践，而不来自学院：一次是长征，另一次是下乡。长征给我们留下了一大批干部，像毛泽东、邓小平那一代领导集体，下乡给我们又推出以习近平主席为核心的领导集体。今天我们的教育也要为中国的未来作人才布局。如果有了一大批成熟的治国理政的人才，其他事情就好办。今天我们一些孩子是从游戏机、娱乐圈或追星族里成长出来的，这是令人担心的事。

8．目前我们面临许多问题，其实这些都是十九大报告提出并在下一历史阶段着手要解决的“不充分、不平衡”的问题。历史要看大势。斯大林说：锯树还得留点锯末子。不能说为了避免留下锯末子就不锯树了，锯树就是时代的主要任务；清理锯末则是下一时期的主要任务。主要任务也就是时代要解决的主要矛盾。

9．如果能够掌握中国革命规律、中国建设规律、中国发展规律，你就是乐观的。只要是规律，它就会一天天展示出现，人的感情要和历史的步调一致，不能跟个人情绪一致，在历史的大道理中，掌握真理的人会一天天好起来的。你如果不讲大道理，心情就会越来越糟，最多只是强作镇定。大家注意蒋介石文章里特别多的字是“忍”，为什么？倒行逆施，越搞越难。赢了一点，失去十分。

10．在旧中国，资本赢利的增长远不如失业的人数增长，失业的人数增长是几何式的，资本的增加是算术式的，到时候下岗失业的人会把资本推翻。红军的强大是由谁制造的？蒋介石。大量引进外资下乡，让农民加速变成“李自成”。毛泽东重视明朝研究，后来他为什么对人民公社那么下功夫，其目的是不能让中国共产党领导下的农村再出“李自成”。我们的真理就是沿着这条辩证法逻辑展示的：是蒋介石的买办政策给我们送来了千千万万的红军战士。当时是虚假繁荣，看着一时好。民国时GDP最好的年份是1936年，但到1937年日本却发动了全面对华战争。

11．“王侯将相宁有种”[①]，家国运势不守常。

12．1918年，毛泽东曾在北京大学图书馆当助理员，在这里毛泽东开始了解十月革命和马克思主义并从此走上改造中国的革命道路。不要说战争理论，就是在哲学、文学、诗词、书法领域，毛泽东的成就至今难有超越，堪称典范。现在北大四处拉校友，给名人立像，其中就是没见毛泽东，令人扼腕。

13．俾斯麦外交思想的精华在于：在主权问题上不惧挑战，敢于果断使用武力；而在国际问题上准确把握大国间的利益边际；在大国竞争中既不吝惜也不透支国力。俾斯麦外交的重要经验在于：国力只能用于国家可承受并且是对国家有重要利益的地方。

14．普京到中国直奔少林寺，他告诉人们：这个世界得靠掰手腕！

---

①“且壮士不死即已，死即举大名耳，王侯将相宁有种乎！”参阅（汉）司马迁：《史记·陈涉世家》，见许嘉璐：《二十四史全译·史记》第一册，上海：汉语大词典出版社，2004年，第770页。

15．与牧师正好相反，奠定政治家历史地位的不是眼泪和不着调的之乎者也，而是像“二战”中斯大林带给苏联人民的那种实在的贡献。

16．丘吉尔说斯大林：“他接过俄国时，俄国只有木犁；他撒手人寰时，俄国已经拥有核武器。”[①]丘吉尔说这句话时可能同时也联想到自己在接手英国时，英国还是一个世界帝国；当他卸任时，英帝国的财产已为苏联和美国人拍卖。

17．“二战”期间英国外交大臣艾登在回忆录中比较丘吉尔和斯大林说：“丘吉尔是豁达大度、易动感情的人，但这在会议桌上却是不利的条件。丘吉尔喜欢说话，不喜欢听话，他总是急不可耐地要找机会讲话，轮到他讲话的时候就更不肯放过了。但是，外交赌局上的赢家，何尝都是最热心辩论的人呢。斯大林有时就故意逗他发作。”至于斯大林，他评价说：“作为一个谈判对手，斯大林是所有人中最厉害的一个。是啊，如果让我这个积三十年形形色色国际会议经验的人，挑选一个出席会议的班子，我第一个就挑斯大林。不用说，此人是铁面无情的，不用说，此人也是胸有成竹的。他从无一字废话，也从不大发雷霆，甚至很少怒形于色。他深沉而镇静，从不大声说话。他避免莫洛托夫反复使用的那种使人生厌的否定语气。他善于运用较为巧妙的方法取得他想要的东西，却又不显得那么凶狠。”[②]

18．丘吉尔——与斯大林、罗斯福正好相反——留下的只是超长卷的回忆录，失去的却是整个大英帝国。1945年年初波茨坦会议的开幕式上，“三巨头”里已是“遥知兄弟登高处，插遍茱萸少一人”。[③]英国人民不等太平洋战争结束便将丘吉尔赶下了台，以回报他“二战”中对英国的“贡献”。

---

① ［苏］费·丘耶夫：《同莫洛托夫的140次谈话》，王南枝等译，北京：新华出版社，1992年，第87页。

② ［英］安东尼·艾登：《艾登回忆录·清算》，瞿同祖、赵曾玖译，北京：商务印书馆，1976年，第897-898页。

③（唐）王维：《九月九日忆山东兄弟》。

19．20世纪七八十年代卡特与勃列日涅夫及戈尔巴乔夫与里根博弈结果说明，毛泽东批评的那种“好施小惠，言不及义”式的牧师情怀，既无益于内政也无补于外交。

20．人民英雄钱学森2009年10月31日去世。噩耗传来，当晚北京开始下雨，继而下雪，次日鹅毛大雪席卷天地，落雪压弯了道路两旁的树枝，天地瞬间一片洁白，天下素缟，神人共泣，为钱老送行。

据报，这次下雪比往年提前一月。

钱老终年九十八岁。九，乾也，乾为天；八，坤也，坤为地。天地立人，是为仁人。

联想朱德、周恩来、毛泽东等伟人逝世时那地动天摇的景象，让人感受到中华民族的魂魄和天命。

天将降大任于我中国人民，为中国人民有大贡献者，天佑之。

21．“志大而智小，色厉而胆薄”是曹操对袁绍的评价，其实明思宗崇祯也有这个致命缺点，很有些戈尔巴乔夫、萨达姆之类好虚名轻实功的作秀功夫。据载崇祯不让女人抬轿，要在政治家身上“流淌着道德的血液”，可不久就被逼自缢于煤山。李自成入城前，崇祯还像萨达姆一样要做威武不屈秀，声称：“朕愿督师，亲决一战，身死沙场无所恨，但死不瞑目耳。”自缢前还在蓝色袍服上大书：“诸臣误朕也，朕死无面目见祖宗于地下，以发覆面而死，任贼分裂朕尸，勿伤我百姓一人。”①

崇祯在位17年，死时年仅35岁。

22．两个人的悔罪与空谈误国的教训

当年满口“公开透明”和代表“改革运动”力量的李宗仁，后来知道了

---

①（明）冯梦龙：《甲申纪闻》，见樊树志：《崇祯传》，北京：人民出版社，1997年，第554页。

说大话易而落实大话却是何等之难，认识到了空话有可能还会给民族造成难以承受的灾难。他后来在其回忆录中曾悔罪说：

但在今天回顾那时的情况，我不禁不寒而栗了。我今天庆幸的是：当年与我打交道的美国方面的领袖人物都是一些没有经验的人。这些人在现状不变的局势下指导世界事务是能干的，但处理起严重的国际危机时，则肯定是无能为力。如果他们要像约瑟夫·斯大林那样冷酷和精明，像他一样善于抓住时机，中国肯定是会完了。如果美国人全力支持我，使我得以沿长江和毛泽东划分中国，中国就会陷入像今天的朝鲜、德国、老挝和越南同样悲惨的局面了。南部政府得靠美国生存，而北部政府也只能仰苏联鼻息，除各树一帜、互相残杀外，二者都无法求得真正之独立。又因中国是六亿人的大国，这样一来，她就会陷于比前面提到过的三个小国家更为深重的痛苦之中，而民族所受的创伤则恐怕几代也无法治好了。如果这种事情真的发生了，在我们敬爱祖国的未来的历史上，我会成为什么样的罪人呢？[①]

读了这段文字，使人联想起中共党内的满嘴大话空话而又无力落实的“左”、右人物如王明、陈独秀等，以及苏共党内的叶利钦、戈尔巴乔夫等。好在中共方面有毛泽东纠正了他们的错误，而苏共方面则无力纠正他们的错误终至苏联解体。曾参与解体苏联并成为俄罗斯联邦第一任总统的叶利钦在世纪末的最后一天，主动辞职并怀着内疚的心情也向俄罗斯人民发出了与上述李宗仁同样的忏悔。他说：

我想请求你们的原谅，因为有许多我们共同的愿望都没有实现。那些我们曾认为很容易的事情完成起来实际上却十分艰难。我请求你们原谅我，因为我没有实现某些人的愿望，他们相信我们可以轻易地从灰色、停滞、极权的过去，一跃而进入光明、富裕、文明的未来。我自己也曾相信一切都可以一蹴而就，仿佛轻松一跃就可以越过所有困难。

事实上没能一跃而过。在这一点上我太幼稚。有些问题极其复杂。我们

---

①《李宗仁回忆录》，南宁：广西人民出版社，1980 年，第 949-950 页。

是在不断犯错误和经历失败的同时向前迈进的。在这一艰难时期许多人都受到了震荡。

我想让你们知道这些。关于它们，以前我从未谈及过，而今天对于我来说最重要的就是告诉你们。你们每个人的痛楚都引起了我心中的苦痛。多少个不眠之夜，多少次心力交瘁，我总在考虑，为了让人们能够过得更轻松一点、更好一点，我们应该做什么呢？对于我来说没有比这更重要的任务。

我将辞职，我已经做了我所能做的一切。接替我的是新一代领导人，他们能够做得更多、更好。①

叶利钦请求原谅的可不是一般错误，而是不可弥补的即国家分裂这样颠覆性的错误，其造成的苦痛也不是个人的，而是整个民族的。殷鉴不远，宋、明两朝覆亡的教训以及苏联解体的教训告诉我们力戒空谈，是中华民族实现伟大复兴的关键所在。

23．国家稳健前进的条件是要有熟悉历史且熟悉历史政治及其本质的领袖人物，而不是拿破仑三世及戈尔巴乔夫式的“满嘴跑火车”的作秀人物。基辛格谈到拿破仑三世的外交失败时总结说：

政治家的责任在于解决问题而非思考问题。对缺乏决断力的领导者而言，审慎便成了拖延决定的托辞。拿破仑三世自认为坐而言才算明智，便听任普奥决定石勒苏益格与荷尔斯泰因的前途。在欧洲其他国家袖手旁观的情况下，切断石勒苏益格、荷尔斯泰因与丹麦的关系并合力加以占领，这在梅特涅时代是难以想象的举动。法国最恐惧的梦魇，也是拿破仑三世逃避了十年的德国的统一，终于就要来临。

拿破仑（三世）执行外交政策的方式，如同现代政治领袖行事风格，成功与否就靠电视晚间新闻的反应来衡量。拿破仑（三世）也像现代的政客一

① [俄] 鲍里斯·叶利钦：《午夜日记——叶利钦自传》，曹缦西、张俊翔译，南京：译林出版社，2001年，第444页。

样，让自己成为纯战术、只注重短期目标和立即成效手段的囚徒，只想以施压的方式来加深群众印象。在这种过程中，拿破仑（三世）把外交政策和巫师念咒行为搞混了。事情到了最终，决定一个领袖人物是否有不同作为的，是事实，而不是宣传。①

关于俾斯麦及其与同时代的拿破仑三世的差异，基辛格说：

俾斯麦对依据自己的判断行事信心十足。他对基本的现实及普鲁士的机会何在，分析得十分透彻。由于他了不起的建树，使得他所缔造的德国经历了两次世界大战的失败、两度遭到外国占领及国家分裂达两个世代之久，却仍巍峨屹立。但他的失策之处在于，他把德国社会建构成务必每一代都要出一位能人，才能继续他所留下的传统。

拿破仑三世的可悲之处是他眼高手低；俾斯麦的遗憾则是他的能力超出社会可接受的程度。拿破仑三世留给法国的是策略上的动弹不得；俾斯麦留给德国的则是难以企及的丰功伟业。②

24. 在中国文化中，一个中心曰“忠”，两个中心曰“患”；“贫”非不富，分财是也，“富”，家有一口田，地不分也。总之，中国人的观念永是整体大于局部，“一”总是高于“二”，统一总是高于分裂；中国人只说“双”“对”，不说“二”，这与西方“微积分”式的思维正好相反。

正是在这样的文化背景下，中国明末思想家李贽（1527—1602年）因坚持“天下万物皆生于两，不生于一”的观点，被迫长期流浪并终以“敢倡乱道，惑世诬民”的罪名被捕入狱而自杀。比李贽晚一个多世纪提出“二律背反”定律的德国哲学家康德（1724—1804年）一生不离乡土，在大学执教而终。康德主张“二律背反”，这个思想打倒了欧洲宗教权威并使康德誉满全球，而中国李贽主张“执一便是害道”的观点则反为宗法权威所打倒且遭受

---

①② [美] 亨利·基辛格：《大外交》，顾淑馨、林添贵译，海口：海南出版社，1998 年，第 93、115-116 页。

冷遇迄今。如果联想起与李贽同期生平的意大利哲学家布鲁诺（1548—1600年）被宗教裁判所烧死的结局，我们很难做出东方或西方社会谁更“民主”的价值判断，因为不管什么社会制度它都有自己特定的“民主”范围。李贽与康德的人生悲喜剧产生的原因，大概是康德哲学比较适应将“分离”原则看作自由的绝对前提的欧洲人的文化特征，而李贽的观念则与中国文化中的统一高于分裂、整体高于局部的绝对原则格格不入。好在德国黑格尔在将康德强调事物对立方面的“二律背反”纳入了强调事物统一方面的“对立统一”范畴并由此凝聚了德国的力量，这为德国后来在俾斯麦的领导下从分裂的弱国转变为统一和强大的国家奠定了思想基础。

如果说康德使德国人的精神获得了自由，那么，黑格尔则使德国人获得了力量。从这个意义上说俾斯麦时期的德国是康德和黑格尔先后共同完成的作品。黑格尔使德国成为在西方世界中观念最接近东方哲学整体性思维的国家：东方国家并不否认李贽、康德等强调的事物的对立性，而只是强调这种对立性隶属于事物的统一的原则。

25．丘吉尔是西方著名的反共反苏斗士，但在对斯大林的评价上，与我们党内外的一些所谓“自由派”人士，甚至与赫鲁晓夫、戈尔巴乔夫时期的苏联共产党的评价比较，倒显得更为正面。1959年12月21日，他在纪念斯大林八十诞辰的讲演中对斯大林做了这样的评价：

俄罗斯是非常幸运的，因为在最困难的年代，一个天才，一位坚强不屈的统帅——斯大林领导了这个国家。在他度过一生的风云变幻的残酷年代，他是最杰出的人物之一，给时代留下了深刻的印象。斯大林是一个精力超凡、意志坚强不屈、毫不动情、在言谈中不留情面的人。连我这个在英国议会久经锻炼的人，也无法与之抗衡。斯大林首先具有深刻的幽默感，讲话极为尖刻，具有准确领悟对方的能力。斯大林的这种力量巨大无比，他是历代各国领导人中独一无二的佼佼者。

斯大林给我们留下了最伟大的印象。他深谋远虑、英毅沉稳、顺情合理、睿哲智慧。他是善于在最没有出路的困难时刻找到出路的大师。此外，无论在最危急的关头，还是在胜利的时刻，他都是同样神色安详，从不抱任何幻想。他是一个非常复杂的人，他开创和统治的是一个巨大的帝国。这个人借敌人之手消灭了自己的敌人。斯大林是世界上无与伦比的大独裁者，他接手的是一个用木犁耕作的俄罗斯，而留下的却是拥有原子弹的俄国。当然，历史和人民不会忘记这样的人。①

丘吉尔明白，即使是反共，也得客观。这与那些患有“公知”病的反共人士相比，显然要“成熟”许多。

26. 基辛格论斯大林

斯大林的确是个难猜之谜；但在处理国际关系上他是个极端的现实主义者——耐心、精明、不妥协，可谓他那个时代的黎塞留。西方民主国家却对此一无所知，以为斯大林与希特勒之间的思想冲突绝无和好的可能，便将命运玩弄于股掌之上：给斯大林一个与法国的条约，却又放弃军事合作，不邀请苏联参加慕尼黑会议；又在大势已去，已无法阻止他与希特勒签署协定后，才勉强与斯大林展开军事谈判。民主国家领袖误以为斯大林长篇大论、略带宗教意味的演讲，反映出他一成不变的思想与政策。但斯大林坚持的仅限于共产主义思想，而这种共产主义意识形态反使他在战术上极有弹性。

不过，斯大林冷静的算计中有一个不变的原则：绝不为可疑的动机打没有把握的战争。自哲学意义上来看，苏联与纳粹德国的意识形态冲突，属于共产主义与资本主义的整体对立，而且在斯大林眼中，英法也包括在内。因此苏联的敌意会针对哪一国而发，完全要看当时莫斯科认为哪一国的威胁最大。②

---

①《大不列颠百科全书》，见［俄］B. A. 利西奇金、JI. A. 谢列平：《第三次世界大战——信息心理战》，徐日翰等译，北京：社会科学文献出版社，2003 年，第 131-132 页。

②［美］亨利·基辛格：《大外交》，顾淑馨、林添贵译，海口：海南出版社，1998 年，第 290-292 页。

斯大林这位意识形态高手，事实上是以意识形态为现实政治服务的，黎塞留或俾斯麦应该对他的战略很能理解。反倒是代表民主国家的政治家戴着意识形态的有色眼镜；他们否定权力政治，认为国家之间关系的好坏，必须视双方是否共同接受集体安全的前提，因此意识形态的对立，使共产主义者与法西斯主义者不可能真正的合作。民主国家在这两方面都站不住脚。[①]

27. 丘吉尔和罗斯福

1945年2月10日、11日，三国首脑在雅尔塔召开第七、第八次会议。讨论的主要内容有修改蒙特勒海峡公约问题，以及最终审议会议的各项文件公报等。八次会议内容主要集中在欧洲战后安排。最后，会议发表了《苏英美三国克里米亚会议公报》。

公报分九个部分。其中第五部分“关于被解放的欧洲的宣言”，可能是对大英帝国及整个欧洲殖民主义具有致命但丘吉尔又不好意思拒绝的部分。宣言第一段称：

苏维埃社会主义共和国联盟人民委员会主席、联合王国首相和美利坚合众国总统为了本国人民和被解放欧洲各国人民的利益，彼此进行了协商。他们共同宣布，他们已经商定，在被解放的欧洲处于暂时不稳定的时期里，三国政府在帮助从纳粹德国统治下获得解放的各国人民以及欧洲前轴心国各国人民用民主的方式解决其迫切的政治和经济问题，将协调它们的政策。[②]

这言下之意，就是目前欧洲已无力治理这个世界，我们美国、苏联连同英国将代理这种权力，未来世界的政治经济问题的解放方向，将由三大国（实际上是美苏）来“协调”。值得注意的是，在宣言开篇提到的“从纳粹德国统治下获得解放的各国人民以及欧洲前轴心国各国人民”的概念已暗含

---

① [美] 亨利 · 基辛格：《大外交》，顾淑馨、林添贵译，海口：海南出版社，1998 年，第 290-292 页。

②《苏联、美国和英国三大盟国领导人克里木会议公报》（1945 年 2 月 11 日），见沈志华：《苏联历史档案选编》第 18 卷，北京：社会科学文献出版社，2002 年，第 617 页。

了大英帝国的殖民地范围。也就是说，本“宣言”的原则将同样适用于英帝国内的原殖民地国家。

在欧洲建立秩序和改建国家经济生活应当通过这样的途径来达到，即能使被解放的各国人民消灭纳粹主义和法西斯主义的最后痕迹，并按照他们自己的选择建立民主机构。按照大西洋宪章关于各国人民有权选择他们赖以生活的政府形式的原则，必须确保被侵略国家以暴力夺去主权和自治权的各国人民恢复其主权和自治权。

为了改善被解放的各国人民能够实现这些权利的环境，如果三国政府认为情势需要，它们将共同帮助任何被解放的欧洲国家或欧洲前轴心集团仆从国的人民：（1）创造内部和平的条件；（2）采取刻不容缓的措施，以援助贫困的人民；（3）建立广泛代表居民中一切民主力量的临时政权，并责成它尽快通过自由选举建立符合人民意志的政府；（4）必要时协助这些选举的进行。①

这实际上是在重申一战后威尔逊民族自决的呼吁，当时威尔逊这一呼吁直接杀伤的是欧洲的世界殖民统治，这次罗斯福和斯大林拉着丘吉尔呼吁“各国人民恢复主权和自治权”直接杀伤的主要是大英帝国。值得注意的是，这实际上在告诉原殖民地——当然包括英帝国的——国家，你们的主权和自治权我们将帮助你们予以保证。这些原殖民地国家的主权一旦建立，那大英帝国的末日也就接踵而至。如果有些国家没有能力独立实现主权，那三国承诺以暂时托管的方式来逐渐达到目标。“宣言”还表示：

在研究与欧洲其他联合国家以及临时政府或其他政府直接相关的问题时，三国政府将与它们进行协商。

当三国政府认为欧洲任何被解放的国家或欧洲任何前轴心国集团仆从国家的情况使得这些行动成为必要时，三国政府即成立适当的机构，以便履行本宣言所确定的共同责任。②

---

①②《苏联、美国和英国三大盟国领导人克里木会议公报》(1945年2月11日)，见沈志华:《苏联历史档案选编》第18卷，北京：社会科学文献出版社，2002年，第617-618页。

破产的大英帝国的世界遗产就这么被“三大国”分割了！不幸的是，英国自己这份家业在被人拍卖时还要被迫扮演着“数钱”的角色。罗斯福和斯大林已成了世界的真正主人！

“宣言”第六、第七部分涉及波兰和南斯拉夫，基本反映了苏联的意志。第八、第九部分为会后议程安排和结束语。

总之，继德黑兰会议后的雅尔塔会议既宣判了轴心国的死刑，也给大英帝国下达了死缓通知。艾登清醒地认识到这一点，他说：

罗斯福之厌恶殖民主义并不限于对英帝国。这是他信奉的一个原则，而且也是着眼于它可能带来的好处。他实指望，从前的殖民地一旦从他们的主人那里得到自由，就会在政治经济上依靠美国，而他是不用担心别的国家能担当得了这个角色。[①]

会议结束时罗斯福和斯大林的心情大有一种“千门万户曈曈日，总把新桃换旧符”[②]的感觉，他俩此时的关系几乎就是准“哥们”的关系。就在公报发表的前一天（2月10日），罗斯福还就“在国际组织中票数问题”求斯大林——而不是丘吉尔——帮他“救火”。他告诉斯大林：

尊敬的斯大林元帅：

我已经考虑到了——因为我必须这样考虑，我可能因大国在国际组织大会上拥有的投票数的差别而在美国遇到可能的政治麻烦。我们已经商定，即将举行的联合国家代表会议上支持接纳乌克兰和白俄罗斯两个共和国为国际组织全体大会成员，而我无疑将履行这项协议。我感到有点不安的是，人们可能会说，美国在大会上只有1票。所以，为了使美国国会和人民完全赞成我国加入国际组织，或许我必须要求增加在大会的一个投票数以使美国拥有

① [英] 安东尼·艾登：《艾登回忆录·清算》，瞿同祖、赵曾玖译，北京：商务印书馆，1976年，第895页。

② (宋) 王安石《元日》：“爆竹声中一岁除，春风送暖入屠苏。千门万户曈曈日，总把新桃换旧符。”参阅姚奠中：《唐宋绝句名篇评析》，北京：商务印书馆，2017年，第398页。

平等的地位。

我希望在碰到这个问题之前就知道，如果我在即将召开的代表大会上必须这样做的话，您不会提出异议，并且将支持这种建议。如果您在复信中把您的意见告诉我，我将十分感谢。

您诚挚的

富兰克林·德·罗斯福①

这封信长话短说，就是我承诺了支持“接纳乌克兰和白俄罗斯两个共和国为国际组织全体大会成员”，现在也希望你在表决时支持我“增加在大会的一个投票数”的要求。第二天（2月11日），斯大林即给罗斯福回信，信不长，有情有义：

尊敬的罗斯福先生：

您2月10日的信函收到了。我完全同意您的意见，即既然因苏维埃乌克兰和苏维埃白俄罗斯列入大会成员国名单而使苏联的票数增至3票，美国拥有的票数也应当增加。

我认为，美国的票数可以增加到3票，就如苏联及其两个主要加盟共和国一样。如果需要，我准备正式支持这一建议。

致

深深的敬意！

约·斯大林②

①②《罗斯福和斯大林关于两国在国际组织中票数问题的通信》（1945年2月11日），见沈志华：《苏联历史档案选编》第18卷，北京：社会科学文献出版社，2002年，第611-612页。

罗斯福与斯大林这种“兄弟般的友谊”始于1943年11月28日德黑兰会议前一小时两人的私下会晤。[1]就在这一刻他们建立了针对英国的美苏暗盟。此后，罗斯福与斯大林在谈判桌上总是所向披靡。罗斯福曾向担任劳工部长的老朋友柏金斯谈过他在德黑兰期间是如何与斯大林建立起这种准“哥们”友谊的。他说在会上他总是刻意与丘吉尔保持距离，以至“丘吉尔脸红气胀地皱眉蹙额；他越是这样，斯大林就越是微笑。最后，斯大林忍不住爆出大笑。三天来，我第一次见到阳光！我先忍住了，后来终于和斯大林笑成一团。这时，我开始称呼他为‘约瑟夫’。他笑着走过来和我握手。从此我们的交情又深化为个人关系，我们可以像兄弟般交谈”。[2]在雅尔塔的5天会议中，罗斯福就更是“一直避免单独和丘吉尔见面”。哈里曼认为“这是罗斯福的一种战术，而非对首相的有意轻视”[3]。而上面所表现出的哥们义气，只不过是从德黑兰会议以来两人合作中的小事一桩。

如果说德黑兰会议使英国人意识到欧洲的沉落，那么雅尔塔会议则使英国人意识到了大英帝国的完结。英国人民对此如此痛心以致不等太平洋战争结束便抛弃了丘吉尔。在1945年7月的波茨坦会议[4]上，“三巨头”里已是“遍插朱萸少一人”[5]。

因欧洲战事结束，英国战时内阁解散。5月8日，就在德国宣布无条件投

---

①参阅《斯大林与罗斯福的会谈记录》（1943年11月28日），见沈志华：《苏联历史档案选编》第17卷，北京：社会科学文献出版社，2002年，第401-403页。

②［美］亨利·基辛格：《大外交》，顾淑馨、林添贵译，海口：海南出版社，1998年，第366页。

③［美］W.艾夫里尔·哈里曼、伊利·艾贝尔：《哈里曼回忆录》，吴世民等译，北京：东方出版社，2007年，第467页。

④波茨坦会议于1945年7月17日至8月2日在德国柏林西南的波茨坦举行。这是战争期间三国政府首脑举行的第三次会议。参加会议的有斯大林、杜鲁门和丘吉尔以及三国的外长等。美国前总统罗斯福已于1945年4月12日因脑出血逝世，新上任的美国总统杜鲁门第一次代表美国参加会议。会议期间正值英国大选，英国首相丘吉尔半途回国参加大选。由于英国保守党在大选中失败，丘吉尔下台，新任英国工党首相艾德礼偕新外长贝文于1945年7月28日参加了会议。

⑤（唐）王维：《九月九日忆山东兄弟》：“独在异乡为异客，每逢佳节倍思亲。遥知兄弟登高处，遍插茱萸少一人。”萧涤非等：《唐诗鉴赏辞典》，上海：上海辞书出版社，2004年，第196页。

降的第二天，丘吉尔向英国人民宣告，英国已经赢得了第二次世界大战的胜利。原本认为凭借战争胜利功劳定能顺利连任首相的丘吉尔，却在1945年7月5日的大选中惨败。保守党只获得了197席，而工党却赢得393席，得以组阁，工党领袖克莱门特·艾德礼当选首相。

这时的丘吉尔一定将自己与已经四连任的美国总统富兰克林·罗斯福比较。7月26日，卸任告别会后，丘吉尔与艾登单独谈了半个小时。艾登写道："他伤心得很，可怜的老头儿。"他告诉艾登，他今天上午告别会上"不但没有感到自在一些，反而觉得更加难过，好像刚受了伤又动到伤口，倍增痛苦。他不禁感到他所受的待遇未免太残忍了"[①]。艾登知道，这些天美、英、苏三大国正在德国召开决定世界前途的波茨坦会议，而丘吉尔却被他的人民赶了下来，这是丘吉尔内心真正的伤痛。丘吉尔告诉艾登，他曾向新政府建议，如果必要的话至少让能贯彻他的政策的艾登"去波茨坦帮一个时期的忙"，但他们告诉丘吉尔"没有必要"。[②]不仅如此，更"残忍"的事还在二十多天后，8月15日，艾德礼政府在向英国人民宣布接受日本投降的广播里，"丘吉尔先生竟没有被邀请对全国说几句话！"[③]

这时的丘吉尔一定想到了张伯伦，一定理解了当年英国人拥护张伯伦绥靖政策的原因。雅尔塔会议后，英国人觉得丘吉尔让他们失去了大英帝国，他们对丘吉尔彻底失望了。雅尔塔会议后的丘吉尔算是对罗斯福彻底失望了，以致对这位他曾信任的"老乡"结下终生怨恨。

1945年4月12日下午罗斯福去世，丘吉尔在回忆录中称"有很多压力让我不能在这个最危急和困难的时刻离开本国"，因而未能参加罗斯福的葬礼。[④]但同样也"有很多压力"，也"不能在这个最危急和困难的时刻离开本国"的斯大林则与丘吉尔的态度完全相反，据哈里曼回忆：

---

①～③［英］安东尼·艾登：《艾登回忆录·清算》，瞿同祖、赵曾玖译，北京：商务印书馆，1976年，第964、967、975页。

④［英］温斯顿·丘吉尔：《丘吉尔文集——二战回忆录》，魏群、高虹译，南京：江苏人民出版社，2000年，第1125页。

4月15日大使馆简朴的追思礼拜引来了四百人之众，庄严肃穆地哀悼富兰克林·罗斯福的逝世。莫洛托夫偕同其外交人民委员部所有副部长到场，只有李维诺夫因病除外。米高扬率领其对外贸易人民委员部主要助手前来，还有安东诺夫将军代表红军总参谋部，以及苏联海军的加夫里洛夫上将，各联合国家大使馆的高级外交官和在莫斯科的每一个美国人——使馆工作人员，军人和新闻记者。莫斯科从未见到对一个外国政治家如此情感盈溢。[①]

1954年6月，已80岁高龄的丘吉尔访问美国时，当听到尼克松告诉他说自己刚读完他的“二战”回忆录第四卷《命运的关键》时，丘吉尔说：在罗斯福去世前四个月中，他丘吉尔与美国政府之间几乎没有联系，也没有谅解。尼克松回忆说，“他（丘吉尔）以令人吃惊的直率态度补充说，‘罗斯福总统已经不是原来的罗斯福了’”。[②]丘吉尔告诉尼克松：“罗斯福过早地迫使英国和其他殖民帝国容许其殖民地获得独立”，他认为，“这些国家尚未准备好就负起管理国家的责任，其结果比独立前更糟”。[③]

最能表现丘吉尔对罗斯福怨恨的事件是1954年4月他与正在伦敦访问的美国参谋长联席会议主席阿瑟·雷德福海军上将的那场辩论。当时法国军队在奠边府即将遭到重大军事失败。雷德福曾敦促丘吉尔帮助法国人维持在印度支那的殖民地，丘吉尔感到恼火并粗暴地问：英国自己不愿为保住印度而作战，为什么要为法国保住印度支那去打仗？雷德福对这位用“铁幕演说”忽悠倒了整个西方世界的反共斗士说：如果英国人拒绝与我们一起去击败共产主义在亚洲的侵略，国会也许对英国人会不高兴的。丘吉尔一听这话就气不打一处来，生硬地回击说：“当我们不再依赖美国的援助时我将感到高兴。”[④]

雷德福可能听不懂丘吉尔这段话的含义，尼克松也可能不理解丘吉尔为什么要动这么大的气，如果我们了解了上述在德黑兰和雅尔塔会议的背景，

---

① ［美］W. 艾夫里尔·哈里曼、伊利·艾贝尔：《哈里曼回忆录》，吴世民等译，北京：东方出版社，2007年，第529页。

②～④转引自尼克松：《领导者》，尤勰等译，北京：世界知识出版社，1997年，第13、54页。

了解到罗斯福与斯大林针对英国结下的盟中暗盟，就对丘吉尔的心情不难理解了。这话简单意译就是：罗斯福昨天利用我与希特勒的战争及我对美国援助的依赖，在帮助我打败希特勒之后又将我踹倒。同样，当我看到美国被苏联拖着，甚至被拖垮的时候，我当然高兴，更犯不上这时再去为你救火。曾任富兰克林·罗斯福内阁中的农业部长和杜鲁门内阁中的商业部长的亨利·华莱士的观点“一直是冷战年代美国激进派批评论点的主要部分，到了越战期间更跃为主流”[①]，华莱士看透了丘吉尔铁幕演说的目的，他说：

英国政策显然就是要刺激美、俄之间的不信任感，因此替第三次世界大战铺路。[②]

总之，丘吉尔是不幸的，这是由于在他精力最旺盛的时候，他碰上的对手是斯大林和罗斯福。除了留下了更厚的著作和更长寿的生命外，在政治成就方面，丘吉尔与这两位对手相比确实不是一个量级。即使如此，相比而言，丘吉尔对斯大林更有好感，这可能是由于斯大林在打败他这位反共斗士的过程中始终没有用阴招。据奥·阿·勒热舍夫斯基在《斯大林和丘吉尔（1941—1945）》一书中披露，“丘吉尔不止一次在私人谈话中表示，‘斯大林从未欺骗过他’，他在1946年发表了富尔顿讲话之后非常想和斯大林见面”。丘吉尔言下之意是在影射罗斯福曾欺骗了他。[③]1959年12月21日，在斯大林80周年诞辰之际，丘吉尔在英国下议院演说，其对斯大林的评价既中肯又耐人寻味。他说：

斯大林是一个世上无出其右的最伟大的独裁者，他接过俄国时，俄国只有木犁，他撒手人寰时，俄国已经拥有核武器。[④]

---

①② ［美］亨利·基辛格：《大外交》，顾淑馨、林添贵译，海口：海南出版社，1998年，第420、422页。

③ ［俄］奥·阿·勒热舍夫斯基：《斯大林和丘吉尔（1941—1945）》，王仲宣、齐仲、高春兴译，北京：东方出版社，2006年，第615页。

④ ［苏］费·丘耶夫：《同莫洛托夫的140次谈话》，王南枝等译，北京：新华出版社，1992年，第87页。

丘吉尔说这句话时可能同时也联想到自己。1942年，斯大林曾先给他与之联袂再造欧洲“神圣同盟”[①]的机会，但被他拒绝了——为此还惹得斯大林很生气，即使如此，后来斯大林许多场合还是很义气地拉着美国与丘吉尔一起参加了战后利益“分红”。因此，他对斯大林与美国结盟不仅没有怨意，而且对斯大林本人充满敬意，因为，他也曾想与罗斯福结盟暗算斯大林。令他没有料到，当然也令他最为痛心的是，他被罗斯福这个“老乡”出卖了。这使得他在接手英国时，英国还是一个世界帝国，当他卸任时，英帝国的财产已被人拍卖。与斯大林、罗斯福正好相反，丘吉尔留下了超长卷的著作，失去的却是整个大英帝国。正因此，英国人民回报丘吉尔在“二战”中“贡献”的是不等太平洋战争结束便将他赶下了台。

艾登对罗斯福的评价可能是丘吉尔不便直说的看法的转述。他说：

罗斯福这人的首要特色在于他是一位十足的政客。在认清眼前目标并善用手腕达到这个目标方面，很少有人能比得上他。他有了这些禀赋，因此眼光就不够远大。美国人中流行一种对昔日的英帝国的反感，总统对此是抱有同情的。因此，尽管他对世界事务所知甚博，却老是急于向斯大林表明，美国并没有“伙同”英国整俄国。其结果是在英美关系上造成了某些混乱，便宜了俄国。[②]

1944年，斯大林对南斯拉夫的一位共产党政治家说道：“丘吉尔连你口袋里的一分钱都不放过，而罗斯福可不是这样，他只把大票子掏走。”[③]英

---

①神圣同盟。拿破仑帝国崩溃后欧洲国家结成的意在通过维护欧洲内部稳定以延续以欧洲为主导的世界秩序的同盟。英俄主导的欧洲反法联军击溃了拿破仑后，1815 年 9 月 26 日，在沙皇亚历山大一世的倡议下，俄、普、奥三国在巴黎发表宣言，缔结所谓“神圣同盟”，公开宣称共同捍卫欧洲君主政体，稍后，几乎欧洲所有的君主制国家都签字加入这个联盟。曾联合武装干涉西班牙和意大利的革命，扼杀希腊独立运动，讨伐波兰起义，镇压匈牙利革命，并企图干涉拉丁美洲独立运动。1848 年欧洲各国普遍发生革命风暴，“神圣同盟”解体。

②［英］安东尼 · 艾登：《艾登回忆录 · 清算》，瞿同祖、赵曾玖译，北京：商务印书馆，1976 年，第 895 页。

③［加拿大］康拉德 · 布莱克：《罗斯福传》，张帆等译，北京：中信出版社，2005 年，第 347 页。

国人以精明崛起，也因精明而衰落。

丘吉尔又是幸运的，他活到了斯大林和罗斯福死后苏美双双失去巨人的时期。正因为没有巨人，1946年3月丘吉尔那极富煽动力的“铁幕演说”才能在美国那些找不到北的政客们身上奏效，才能在美国忽悠出一个麦卡锡和凯南，最后才能将美国大兵们忽悠到并耗死在朝鲜半岛和中南半岛。与此同时，丘吉尔还以罗斯福之道还治于美国之身，就在美国在前方与红色中国较劲的关键年头，英国与英联邦国家率先与中国建立外交关系。[①]只是到了20世纪70年代，美国人才明白了这个事理，尼克松再用罗斯福的德黑兰方式与毛泽东联手，在一周内抛弃了整个西方。美国才由此躲过一劫。

28. 印度的甘地，南非的曼德拉，美国的马丁·路德·金，三个人本是英美人由一个模子浇铸出来的“和平斗士”。这种手法早已在清朝的统治者那里烂熟于心，他们为征服汉人，将那个以乞讨攒钱办学而不置枪的武训立为汉人学习的楷模。在明十三陵中，专捡那个好面子特清廉却治国无能，很有些戈尔巴乔夫范儿的崇祯墓予以高规格改葬并多次隆重修缮。

黑格尔对崇祯有一段非常到位的评价，他写道：“当十七世纪中叶的革命的时候，明朝最后的那位皇帝是很温和的、很光荣的；但是因为他个性柔顺，政府的纲纪废弛了。国内的骚乱便难以遏止。叛党引了满洲人进来。那位皇帝即行自杀，以免陷入敌手，临死的时候，他还蘸血作书，在他女儿的裙边写了几行字，深恨他臣民的不义。”[②]

29. 当年俾斯麦为统一德国，在南方打败奥地利后，皇帝身边的将军还要直捣维也纳，俾斯麦不答应。因为这意味着德国要在奥地利这个对手之上

---

①“值得注意的是，在这一时期中国外交大丰收的背后，除了有中国支持第三世界的努力及苏联社会主义阵营推动之外，还有英法国家反美的‘影子’。与五六十年代印度、巴基斯坦等亚洲英联邦国家比较早地承认中华人民共和国的背景一样，六七十年代非洲较早地承认中华人民共和国的也多是与英国政治联系密切的国家。”参阅张文木：《全球视野中的中国国家安全战略》上卷，济南：山东人民出版社，2008年，第225页。

②［德］黑格尔：《历史哲学》，王造时译，上海：上海书店出版社，2001年，第127页。

又添加法国和俄国，其后果是德国国力不可承受的。俾斯麦在回忆录中说他当时“情绪极坏”，真想跳楼以死相谏。[①]俾斯麦是离拿破仑帝国的失败并不远并善于从这场大劫难中总结教训，形成自己的战略哲学的政治家。地缘政治先驱学者哈·麦金德将两者比较后说：“拿破仑和俾斯麦都具有最了不得的‘手段和方法’的头脑，但俾斯麦还另有所长。他并不像爱默生形容拿破仑那样只是一个大企业家。从来没有一个政治家比俾斯麦更善于判断如何把战争和政策结合起来。他打了三次时间短暂、胜利结束的战争，缔结了三项和约，每回都给普鲁士带来许多利益。而这些条约内容大不相同！”“真正的比较不能在拿破仑和俾斯麦之间进行，而该在拿破仑和整个普鲁士集团之间进行。这一集团的结局，我们现在正看得到，那是和拿破仑的结局相似的。那盲目地从事组织的人走向他的莫斯科大败；那盲目地从事组织的国家走向它的世界大战。那使全族充满了‘手段和方法’的思想的哲学和教育，被命名为日耳曼文化。法国人是富有艺术性的，因而也是理想主义的人民；拿破仑以其天才的荣誉歪曲了他们的理想主义，而在另一面，俾斯麦是唯物主义的日耳曼文化的产儿，但是他比本族一般的人伟大，还能慎重处理精神力量方面的问题。”[②]基辛格说俾斯麦“由于他了不起的建树，使得他所缔造的德国经历了两次世界大战的失败、两度遭到外国占领及国家分裂达两个世代之久，却仍巍峨屹立。”[③]与大和民族不同，德意志是有哲学素养的，其战略有弹性，德国因此很快就平复了战争的创伤。日本人自称是“大和民族”，可日本人最欠缺的就是和合能力。

---

①“在我看来，军人方面滋长的不愿中止胜利进军的情绪在国王陛下身上已占优势。根据我的见解，我必须抵制国王陛下利用军事上的胜利和要继续胜利进军的意图，这使国王异常激动，致使我们之间的谈话不可能再继续下去。我的印象是我的解释已被拒绝，于是我走出房间，打算恳求国王允许我作为一个军官回我的团队去。我回到自己的房间时情绪极坏，一个念头油然而生，觉得不如从四层楼打开的窗口跳下去。”参阅［德］奥托·冯·俾斯麦：《思考与回忆——俾斯麦回忆录》第2卷，杨德友、同鸿印等译，北京：生活·读书·新知三联书店，2006年，第42-43页。

②［英］哈·麦金德：《民主的理想与现实》，武原译，北京：商务印书馆，1965年，第26页。

③［美］亨利·基辛格：《大外交》，顾淑馨、林添贵译，海口：海南出版社，1998年，第116页。

30．诸葛亮在创业之初，将蜀汉的国都建于位于川西边陲因而远离上庸和荆州的成都，此为谨慎之举：它保证了蜀国据险偏安，也有利于诸葛亮东联孙吴、北拒曹魏的战略；其不足之处却是对北出剑门路途艰难程度估计不足，且又拉长、削弱了对上庸和荆州的控制力，而失去荆州和上庸，蜀汉就完全被封死在三峡以西。诸葛亮明知“王业不偏安”[①]的道理，但立都于益州（成都）不仅使蜀汉政权的偏安地位更加固化，而且还使《隆中对》提出的“将荆州之军，以向宛、洛”的目标成了遥不可及的画饼。此实乃诸葛亮——比较曹操迁都许昌以扼控西蜀东进要道和明成祖迁都北京以逼压蒙古残部——缺乏胆识的表现。清人赵藩为成都武侯祠撰写的楹联对诸葛亮提出婉转的批评：

能攻心则反侧自消，从古知兵非好战。不审势即宽严皆误，后来治蜀要深思。

上联是对诸葛亮南征攻心政策的肯定，下联则是对“诸葛亮一生唯谨慎，吕端大事不糊涂”[②]之说的另种表述。[③]

31．晋人陈寿评价诸葛亮“于治戎为长，奇谋为短，理民之干，优于将略”[④]；评价刘备“机权干略，不逮魏武，是以基宇亦狭”[⑤]，这与司马懿

①“先帝虑汉、贼不两立，王业不偏安。”参阅诸葛亮：《后出师表》，见《古文观止》上册，阙勋吾、许凌云、张孝美等译注，长沙：湖南人民出版社，1982年，第436页。

②毛泽东多次称赞叶剑英。据档案记载，毛泽东是1962年9月24日在中共八届十中全会的讲话中送叶剑英那两句话的。原话是“叶剑英同志搞了一篇文章，很尖锐，大关节是不糊涂的。我送你两句话，‘诸葛一生唯谨慎，吕端大事不糊涂’。诸葛，大家都知道，是诸葛亮，吕端是宋朝的一个宰相，说这个人大事不糊涂。”据薄一波回忆，大概在20世纪50年代末或60年代初，他在一次中央工作会议上讲到旧戏中王佐断臂“为国家尽忠心，昼夜奔忙”时，毛泽东插话说：“我曾送给叶剑英同志两句话：‘诸葛一生唯谨慎，吕端大事不糊涂。’”参阅陈晋：《读毛泽东札记》，北京：生活·读书·新知三联书店，2009年，第170-171页。

③史念海：《论诸葛亮的攻守策略》，见史念海：《河山集》第1集，北京：生活·读书·新知三联书店，1963年，第300-301页。

④⑤（晋）陈寿：《三国志·蜀书五·诸葛亮传》，上海：上海古籍出版社，2002年，第826、859页。

对诸葛亮“志大而不见机，多谋而少决，好兵而无权”①的评价大体一致。1959年6月，毛泽东同吴冷西谈话时也认为：“刘备同孙权、袁绍一样，都有多谋寡断的缺点，不如曹操多谋善断。”②鲁迅将话说得透，他在《中国小说史略》中批评《三国演义》的作者罗贯中：“至于写人，亦颇有失，以致欲显刘备之长厚而似伪，状诸葛多智而近妖。”③

但这都是技术性比较，反映不出政治人物的本质。研究政治人物，重在“审势”。研究诸葛亮，不仅要注意他一生留下的文字——他比刘备更会作文，更要注意他一生留下的足迹。二人比较，刘备更具经营中原的大视野：都在汉川，刘备想方设法向东发展，而诸葛亮则东辕西向；复汉在刘备那里不仅是说辞更多的还是冒死的实践，而在诸葛亮这里除了日益高亢的誓词，我们见到的却是日益远离中原却又貌似攻势的逃遁。“堪笑书生轻性命，每逢险处更徘徊”④，用陆游这句自嘲的话评价诸葛亮也是合适的。

32．宋人苏洵也看出诸葛亮《隆中对》的不切实际。他在《权书·项籍》中对此批评得比较中肯：

古之取天下者，常先图所守。诸葛孔明弃荆州而就西蜀，吾知其无能为也。且彼未尝见大险也，彼以为剑门者可以不亡也。吾尝观蜀之险，其守不可出，其出不可继，兢兢而自完，犹且不给，而何足以制中原哉！⑤

毛泽东在读苏洵的上述分析时进一步补充道：“三国时代，刘备终不能取天下，首先是因为误于诸葛亮初出茅庐时的《隆中对》，其为刘备设计的

---

①许嘉璐：《二十四史全译·晋书》第一册，上海：汉语大词典出版社，2004年，第7页。笔者认为，文中的“权”字，如理解为“权变”而不是目前译家理解的权力，可能更符合全句的内容。

②薛泽石：《听毛泽东讲史》，北京：中央文献出版社，2003年，第140页。

③鲁迅：《中国小说史略》，上海：上海古籍出版社，1998年，第87页。

④“一春客路厌风埃，小雨山行亦乐哉。危栈巧依青嶂出，飞花并下绿岩来。面前云气翔孤凤，脚底江声转疾雷。堪笑书生轻性命，每逢险处更徘徊。”参阅（宋）陆游：《剑南诗稿》卷三《嘉川铺遇小雨景物尤奇》，钱仲联校注：《剑南诗稿校注》，上海：上海古籍出版社，1985年，第228页。

⑤（宋）苏洵：《权书》，北京：民族出版社，2000年，第71页。

战略本身就有错误。千里之遥而二分兵力，其终则关羽、刘备、诸葛亮三分兵力，安得不败？”[①]其实，两分兵力也是在关羽失去荆州、进而上庸并由此造成汉中与荆州联系缺环后不得已的事。不驻重兵于汉中，谁能保证不会重蹈商纣王因用力东征而被周武王由西乘虚颠覆[②]的覆辙？问题的关键在于毛泽东说的“千里之遥”这四个字，正是由于诸葛亮立都于成都，才造成已被两分的兵力因战线太长而更难收拢，以致难以迅速弥补关羽失去荆州出现的战略缺环；也正是因为立都于成都，才使刘备率兵东进陷入同样也让一百多年前公孙述政权纠结的“空国千里之外，决成败于一举”[③]的危境。

毛泽东借曹操的话说：“刘备很厉害，不过得计稍迟。”[④]这个“计”，如结合毛泽东以重庆为重点的三线布局，笔者认为并不是“隆中对”中的“计”，而是说刘备认识到重庆的战略地位的时间——很可能就在失去荆州和夷陵失败后——太迟。但比起诸葛亮，刘备可能是蜀国政治家中认识到重庆战略地位最早的人。这一认识是用血换来的，而诸葛亮北出失败又反证了这一真理。“渝，变也。”[⑤]不管是向好的方向变，还是向坏的方向变，重庆都是打开四川全局的钥匙。

33．在识人问题上，刘备的失误已不是“得计稍迟”，而是太迟：天下还有让皇帝在前方打仗，自己在后方“常镇守成都，足食足兵”[⑥]、皇帝被打败且“于永安病笃”后，不及时前往接援，自己反坐拥雄兵于数百里之

---

①中共中央文献研究室：《毛泽东年谱（1949—1976）》第2卷，北京：中央文献出版社，2013年，第180页。

②商纣在讨伐东夷之时，没有注意对西面周人的防范，约公元前1046年，周武王联合西方11个小国会师孟津，乘机对商朝发起进攻，牧野一战，商亡。

③《后汉书》卷四十三《公孙述传》，见许嘉璐：《二十四史全译·后汉书》第一册，上海：汉语大词典出版社，2004年，第496页。

④中共中央文献研究室：《毛泽东年谱（1949—1976）》第3卷，北京：中央文献出版社，2013年，第596页。

⑤李学勤：《十三经注疏·尔雅注疏》，北京：北京大学出版社，1999年，第78页。

⑥“先主外出，亮常镇守成都，足食足兵。”参阅（晋）陈寿：《三国志·蜀书二·诸葛亮传》，上海：上海古籍出版社，2002年，第846页。

外等皇帝落荒回城喊门的宰相吗？如果有，那就是诸葛亮。书说“章武三年（公元223年）春，先主于永安病笃，召亮于成都，属以后事”，这说明在皇帝打败且病情日深时，诸葛亮不是主动接驾而是被刘备临终前从成都召到永安的——这已是大不忠；到永安后，刘备话题直涉九鼎之事——这已让人感到他对诸葛亮的担忧，嘱亮：“君才十倍于曹丕，必能安国，终定大事。若嗣可辅，辅之；如不才，君可自取。”①在诸葛亮表态“效忠贞之节，继之以死”后，刘备才诏敕后主：“汝与丞相从事，事之如父。”②——这已让人感到他对无时间处理诸葛亮问题的无奈。蜀建兴五年（公元227年），诸葛亮率军北驻汉中，准备北伐，出发前又作《出师表》：“先帝知臣谨慎，故临崩寄臣以大事也。”③通读全文，无非是在告诉其身后“常镇守成都，足食足兵”的朝廷大臣，不要有其他想法，先帝对我曾有“你办事，我放心”④的嘱托。可以设想，如果刘备能多活两年，仅就诸葛亮在国事出现重大危机的蜀章武三年（223年）间的政治表现而言，刘备对这位爱惜羽毛胜于爱国的诸葛宰相的放心程度将会大打折扣。“惟工书，名过其实”⑤，这是陈寿评对诸葛亮之子诸葛瞻的评价，有其父必有其子，这个评价用在诸葛亮身上也是贴切。

34．公元222年8月，刘备兵败夷陵，陈寿在《三国志》中说：“先主自猇亭还秭归，收合离散兵，遂弃船舫，由步道还鱼复，改鱼复县曰永安。”⑥永安，长安也。永安，今奉节，治所在重庆市，地处瞿塘峡口，荆楚上游，控巴蜀东门，为川东军事重镇。书说刘备“由步道还鱼复，改鱼复县曰永

---

①～③⑥（晋）陈寿：《三国志·蜀书二·诸葛亮传》，上海：上海古籍出版社，2002年，824，847-848，850页。

④这里借用毛泽东的批示中的话。这是毛泽东给华国锋的亲笔批示中的一句话。1976年4月30日，毛泽东在会见外宾之后，华国锋向毛泽东汇报说国内总的形势好，有几个省不太好。毛泽东当即给华国锋亲笔写了“照过去方针办”“你办事，我放心”。参阅乔明甫、翟泰丰：《中国共产党建设大辞典》，成都：四川人民出版社，1991年，第223页。

⑤（晋）陈寿：《三国志·蜀书五·诸葛亮传》，上海：上海古籍出版社，2002年，第859页。

安”。这一细节告诉我们，刘备步入城后即改旧名，这有强烈的政治宣示的意味。我们不能说刘备要迁都于此，但可以肯定刘备决意帝乡此地。次年（公元223年）刘备病逝于永安宫。罗贯中在《三国演义》中说刘备定居永安是因为他自觉“今有何面目复回成都见群臣乎”[①]，这种以在乌江边长叹“纵江东父兄怜而王我，我何面目见之”[②]的项羽境界揣度政治家刘备失败后改名且定居永安的心思显然是不准确的。毛泽东批评说：“《三国演义》的作者罗贯中不是继承司马迁的传统，而是继承朱熹的传统。”[③]主题先行，是贯穿罗贯中创作思想的致命短板。

35．罗贯中是元末明初人，书称他“有志图王者”[④]。1356年他加入农民起义军张士诚麾下，主张不纳便离张而去。1366年（元至正二十六年）朱元璋发表檄文声讨张士诚，十一月，杭州、湖州先后投降朱元璋，平江成为孤城。朱元璋以重兵包围平江，发动平江战役并于次年消灭张士诚。1366年罗贯中来到杭州并埋首投入《三国演义》的创作。与陈寿《三国志》中的态度不同，罗贯中在《三国演义》中同情杨修，褒誉诸葛亮，贬低曹操，原因是罗贯中也是杨修式的人物。这本书中最动人——也是最害人——的章节是“三顾草庐”[⑤]那部分。为什么？这是因为此时罗贯中从政欲不减，但又不想自己主动找上门，而是希望皇帝——可能就是朱元璋——来请他，幻想请一次都不成，得请他三次。结果他至死也没有等到这一天。与孔子的命运相似，本想当政治家的他不想却当了著名小说家。《三国演义》中诸葛亮的形象比刘备还高大，是刘备离不开的智囊人物。为什么这样写呢？罗贯中在

---

①（元）罗贯中：《三国演义·第八十五回》，北京：十月文艺出版社，1993年，第669页。

②（汉）司马迁：《史记·项羽本纪》，见许嘉璐：《二十四史全译·史记》第一册，上海：汉语大词典出版社，2004年，第118页。

③中共中央文献研究室：《毛泽东年谱（1949—1976）》第3卷，北京：中央文献出版社，2013年，第596页。

④（明）王圻：《稗史汇编·卷一百三》，转引自朱一玄、刘毓忱：《三国演义资料汇编》，天津：百花文艺出版社，1983年，第229页。

⑤见《三国演义》第三十七回《司马徽再荐名士 刘玄德三顾草庐》。

暗示自己对新皇帝的重要性。与《三国志》不同，《三国演义》弥漫着古今知识分子有点本事就容易膨胀的通病。曹操不喜欢杨修是有道理的。杨修汉末人，名士做派重，小聪明，但没有建设性。将他与曹操麾下的郭嘉一比，就有了泥云之分。郭嘉有些像在统一六国中起了大作用的秦朝丞相李斯，他在曹操统一北方的事业中出了不少经世好主意。曹操不是对知识分子不好，他需要的是有经世致用精神的知识分子。朱自清《论气节》中说“向来论气节的，大概总从东汉末年的党祸起头。那是所谓处士横议的时代。”[①]诸葛亮、杨修，乃至罗贯中，都不是曹操遑论朱元璋喜欢的那类知识分子，《三国演义》受到古今热捧，除其本有的一些谋略外，更多的是由于它满足了古今文人的处士横议的通病。

36. 巴顿和麦克阿瑟，这两个人很像，往好处说是有个性，往坏处说是好表现，热衷于个人英雄主义。个人英雄主义与风头主义是对孪生子，其优点是能最大限度地发挥个人的能动性，但缺点也是最大限度地强化了个人主义对全局的破坏性。

比如，巴顿在战役上是把好手，但他打败德国法西斯后又要扩大战争，执着坚持利用纳粹残余再打倒苏联。这从战略上看就具有极大的破坏性，且不说当时世界和平对美国多么重要，就说巴顿的反苏观点若转为行动，那美国就可能在与苏联冲突中失去已经确立的战后霸主地位。正因此，在反复规劝无效后，美国将巴顿召回，不久巴顿死于车祸。

再看麦克阿瑟，这个人的优点还是战役性的。此人善于剑走偏锋，性格上也比较爱出风头。1942年2月8日，艾森豪威尔在收到麦克阿瑟关于战略方针问题的一些建议后，在日记中写道：“他对我们这些年来的研究的想法令人诧异。他的谴责可能只对军校一年级学生有好处。”2月23日，他给麦克阿瑟的通电发出后，在日记中写道：“爱出风头可能毁掉了他（麦克阿

①朱自清：《论气节》，见蔡清富：《朱自清散文选集》，天津：百花文艺出版社，1986年，第283页。

瑟——笔者注）。”[①]1950年9月，仁川登陆使麦氏一举成名，但麦氏的战役性的优点也由此将大战刚结束后还未缓过神来的美国又推向新的战火。就在杜鲁门犹豫之际，麦氏的轻率结论又将美国引向灾难。1950年10月15日，杜鲁门飞往威克岛了解战场情况，麦克阿瑟以赵括式的轻率告诉总统，他相信对整个南北朝鲜进行的正式援助将在感恩节前结束；他希望能在圣诞节前把第八集团军撤到日本；他希望联合国能在新年第一天组织选举。军事占领一无所获。所有的占领都是失败[②]。麦氏完全不知道，就在他们谈话的前几天中国人民志愿军已进入朝鲜。麦克阿瑟的轻率导致美国在朝鲜战场大丢其丑。

事后看来，这种不顾国家命运只爱惜个人“羽毛”的所谓“英雄”，对于中国的发展是有害的，不值得鼓励。

37. 具有“麦克阿瑟品质”的人才，在战役上往往可以创造奇迹，但在战略上的表现却常常幼稚可笑。[③]希特勒身上有太多的“麦克阿瑟气质”，以至他在战略上的弱智令斯大林即使在德国大兵压境的时候也不敢相信。罗斯福曾经当面对道格拉斯·麦克阿瑟说：“道格拉斯，我认为你是我们最出

---

① [美] 罗伯特·H. 费雷尔:《艾森豪威尔日记》，陈子思等译，北京: 新华出版社，1987 年，第 68、71 页。

② “我相信对整个南北朝鲜进行的正式援助将在感恩节前结束。北朝鲜几乎没有什么抵抗力量——只剩下约 1.5 万人——而那些我们没有消灭的力量将会随着冬季的来临被消灭。在我们的临时集中营里现在约有 6 万名战俘。十分不幸的是，他们正在北朝鲜追求一个无望的目标。他们有 10 万人作为补充兵员接受训练，这些人训练无素，领导无方，装备极差，但他们却十分固执，我讨厌去消灭他们。他们只是为了保全面子而战。东方人宁可死也不愿丢面子。我希望能在圣诞节前把第八集团军撤到日本。那将使重组的第五集团军由第二师、第三师和联合国分遣队组成。我希望联合国能在新年第一天组织选举。军事占领一无所获。所有的占领都是失败。（总统点头称是）大选过后，我希望能撤出一切占领军。”参阅《1950 年 10 月 15 日威克岛会议纪要》，见陶文钊：《美国对华政策文件集（1949—1972）》第一卷下，北京：世界知识出版社，2003 年，第 488 页。

③ 1942 年 2 月 8 日艾森豪威尔在收到麦克阿瑟关于战略方针问题的一些建议后，在日记中写道：“他对我们这些年来的研究的想法令人诧异。他的谴责可能只对军校一年级学生有好处。”2 月 23 日，他给麦克阿瑟的通电发出后，在日记中写道：“爱出风头可能毁掉了他（麦克阿瑟）”。参阅 [美] 罗伯特·H. 费雷尔：《艾森豪威尔日记》，陈子思等译，北京：新华出版社，1987 年，第 68、71 页。

色的将军，但我觉得你将是我们最蹩脚的政治家。”[①]麦克阿瑟晚年也认识到这一点，他在回忆录中援引了罗斯福的这个评价来评价自己。如果希特勒在战后能够活下来，想必他会从麦克阿瑟——当然还有巴顿将军——身上看到自己的影子。依赖奇谋而非战略大道是希特勒做出闪击苏联决定的思想基础，这种具有侠客品质的思想在军事上的表现就是剑走偏锋，出其不意，攻其不备，以速度取胜；与之相应的缺点就是因缺乏作战资源的持久供给而使部队没有耐性，不能持久攻坚。正如麦克阿瑟那著名的“仁川登陆”奇迹却铸定了美国在朝鲜战场上的耻辱一样，希特勒以闪电的速度横扫北欧并打败法国后，却用同样的“灭此朝食”的风格向苏联发起进攻并在对苏联的攻坚中遭遇了“滑铁卢”。

38. 阅读过司徒雷登任驻华大使期间给美国国务院呈写的大量报告[②]的人，都不会怀疑司徒先生真是一个“平素装着爱美国也爱中国”[③]，但在关键时候却又很“懂政治”的人物。

1948年年底，中共军队在辽沈战役中的胜利已成定局，司徒雷登看到国民党政府垮台的可能性，于6月16日给马歇尔写信，哀叹“现时的国民党领导已再也不能充当美国努力阻止中国共产主义扩展（实则是阻止中国统一——引者注）的有效工具了”[④]。这时的司徒雷登一抹平素斯文，给美国政府主动提出更阴险的即“用典型的中国式处理方式”致中国再陷军阀割据的建议。他写道：

鉴于这种情况，我们必须构想某种典型的中国式处理方式，让委员长引

---

① ［美］尼克松：《领导者》，尤勰等译，北京：世界知识出版社，1997年，第191页。

② ［美］肯尼斯·雷、约翰·布鲁尔：《被遗忘的大使：司徒雷登驻华报告（1946—1949）》，尤存、牛军译，南京：江苏人民出版社，1990年。

③毛泽东：《别了，司徒雷登》，见《毛泽东选集》第4卷，北京：人民出版社，1991年，第1491页。

④《司徒致国务卿》（南京，1948年6月11日），见［美］肯尼斯·雷、约翰·布鲁尔：《被遗忘的大使：司徒雷登驻华报告（1946—1949）》，尤存、牛军译，南京：江苏人民出版社，1990年，第252页。

退，并组成联合政府，由张治中与马家（五马将军：马鸿逵、马步芳、马步青、马鸿实[①]、马占祥[②]）节制西北，四川、云南、贵州也分别由各省主席控制，这样就可免受共产党干扰，这在联合政府初期是完全可能的。同样，共产党在联合政府的名义下会加紧巩固其北部地区，而宋子文则会在华南获得喘息之机。这期间，美国必须保持政策的灵活性。无论谁统治中国，都需要外援，而美国是目前唯一可以依赖的外援提供者。由此出发，我们就能在美国利益所在的地区的局势更为明朗的时候，利用我们的这种地位左右形势。[③]

不仅如此，司徒雷登也没有忘记分裂中国西藏。1949年7月8日，他在即将离任回国前写信给艾奇逊说：

我们希望建议新德里使馆今夏向拉萨派出小型代表团（国务院7月5日上午1时传阅电报信息）。广州政府对西藏的管辖权已经不存在了，我们赞成在同中国共产党政府建立关系之前，采取任何具有承认西藏自治地位的行动。[④]

常言道：人之将死，其言也善。可在美国在华利益即将失去的时候，美国及其帮闲反动势力即将退出中国的时候，司徒雷登先生一点也不善良，他已顾不上"平素装着爱美国也爱中国"的斯文面罩，在情急之中留下这白纸黑字的斑斑铁证。我们通过这些"建议"看到了司徒先生在面对中国国家统一的大趋势时的阴暗心理：他不仅要使中国倒退到20世纪初的那种军阀割据的乱局，而且还要在这种割据中实现美国的主导地位。

事后看来，司徒雷登干的结果显然没有让马歇尔满意。毛泽东说司徒雷登"在他代表马歇尔系统的政策在中国当大使的整个时期，恰恰就是这

---

①原文如此，应为马鸿宾。

②原文如此，疑为马仲英。

③引文中有的人名可能有误，原文如此。《司徒致国务卿》（南京，1948 年 10 月 16 日），见［美］肯尼斯·雷、约翰·布鲁尔：《被遗忘的大使：司徒雷登驻华报告（1946—1949）》，尤存、牛军译，南京：江苏人民出版社，1990 年，第 252 页。

④《司徒雷登致艾奇逊》（南京，1949 年 7 月 8 日），见陶文钊：《美国对华政策文件集 1949—1972》第一卷上，北京：世界知识出版社，2003 年，第 319 页。

个政策彻底地被中国人民打败了的时期，这个责任可不小”[①]。为了减小这个“责任”，司徒雷登先生面对无可挽回的失败，却是屡败屡战，干得和想得比马歇尔要求的还要卖力、还要恶毒。这些大概才是最伤中国人民感情的地方。

39．1949年6月，司徒雷登还托即将赴北平参加新政治协商会议的陈铭枢和罗隆基等民主人士传话：“如果新中国采取中间态度，不完全亲苏，美国可以一次性借给新政府50亿美元，接近印度15年所得的贷款。”[②]两个月后，毛泽东在《别了，司徒雷登》一文中用“嗟来之食”形容司徒先生的“好意”，说：“太公钓鱼，愿者上钩。嗟来之食，吃下去肚子要痛的。”[③]

40．仅从司徒雷登个人而言，他在就任大使前后的表现当分别而论。如果说1946年就任大使之前的司徒雷登还可以说得上是一个“教育家”的话，那么1946年以后的司徒雷登就成了美国在华利益的忠实代言人，其个人人格已经过了帝国主义的“格式化”。我们所说的“别了”并不愿再见到的，就是这一时期——而不是其他诸如儿时或年轻时期——的司徒雷登。路遥知马力，患难见人心。1949年是中国历史的紧要关头，是中国人民处于帝国主义压迫深重的时期，这一时期的司徒雷登已没了他时常挂在嘴边的那些包括李宗仁在内的“中国朋友”，这时他心目中有的只有美国在中国的殖民利益。

41．杭州是司徒先生出生的地方，半个世纪后，司徒雷登骨灰被接纳并安葬在杭州半山安贤陵园文星苑。但“司徒雷登的归来”并不表明中国人民对司徒雷登罪行的谅解，也没有因此减轻司徒雷登在中国犯下的罪行。

---

①③毛泽东：《别了，司徒雷登》，见《毛泽东选集》第4卷，北京：人民出版社，1991年，第1491页。

②黄华：《亲历与见闻——黄华回忆录》，北京：世界知识出版社，2007年，第84页。

42．李宗仁先生曾见证了中国人民站了起来并为自己当年提出“划江而治”的建议而悔罪。司徒雷登先生活着的时候已经见证了中国人民善于破坏一个旧世界，现在他躺在西子湖畔可以再见证一下中国人民还善于建设一个新世界。毛泽东1949年3月5日在中共第七届第二次全体会议上说：

中国人民不但可以不要向帝国主义者讨乞也能活下去，而且还将活得比帝国主义国家要好些。①

毛泽东说的这一切已经变为事实。如果司徒先生还真有那么一点良知的话，就应为自己在任大使期间曾对中国人民的所作所为写些至少像李宗仁先生那样的忏悔文字。李宗仁先生的忏悔获得了中国人民的宽容和原谅，他去世后葬于八宝山；可司徒先生至死对中国人民没有只字悔罪，即使如此，中国人民还是将1946年任驻华大使前后的司徒雷登区别对待，满足他的部分愿望，接纳他回到其出生地杭州。若司徒先生还有那么一点良知，在九泉之下应该感谢中国人民。

43．凯南是美国遏制战略从而冷战理论的开创人，当他看到美国被遏制战略拖垮后，在其晚年便对克林顿和奥尔布赖特的北约东扩政策持批评态度。在一次讲演中，凯南“以一个上了年纪的人”的身份告诫年青的一代：“我们的国力还是有限的；为争取自由我们必须付出代价。我们要承认世界上有些问题我们是没有本领解决的，我们深深卷入其中既无益也于事无补；地球其他地区的难题只好在没有我们插手的情况下让人家自己去解决。”他认为美国的外交政策应尽量“谦虚一些，作为一个国家，我们要更现实地承认我们的局限性，在卷入远离我国海岸的复杂局面时要比最近几十年表现的克制一些。我请大家记住：各民族之间相处也像个人之间相处那样，身教重于言教。而今天美利坚合众国向全世界做出的榜样较之它能够做到也应当做

---

①毛泽东：《在中国共产党第七届中央委员会第二次全体会议上的报告》，见《毛泽东选集》第4卷，北京：人民出版社，1991年，第1439页。

到的相差太远了”[①]。凯南这一思想显然不容于美国的决策层（实则不容于华尔街）。越到晚年，他的这一思想越清晰。1999年，凯南接受采访时，批评美国政府四处充当教师爷的做法“不过脑子，虚荣，讨人嫌”，并表示，美国人要避免对别国指手画脚，特别是对中国和俄罗斯。[②]2005年，也就在凯南去世当年的9月24日，奥尔布赖特在艾奥瓦州出席一个研讨会时发表措辞严厉的声明，抨击布什的伊拉克政策，指出美国2003年入侵伊拉克“不仅没有赢得朋友，伊拉克战争毒化了美国与中东地区和穆斯林世界许多国家的关系”。在伊拉克问题上，美国“现在没有好的选择，坏日子也许还在前头”[③]。2010年10月12日，美国前国务卿赖斯承认，布什政府在“9 · 11”事件后犯了若干错误，她在新近出版的回忆录中，却对发动伊拉克战争决议缄默不评[④]。2011年2月25日，曾积极支持美军参与阿富汗、伊拉克战争的美国国防部长盖茨离任前夕在美国西点军校演讲时警告说：未来任何国防部长如果建议总统向亚洲、中东或非洲大规模派遣地面部队，“都应该检查他的脑子是否正常”[⑤]。

44. 似乎是历史的讽刺，就在麦金德对英国海洋实践做出如此经典的理论总结且因此誉满全球的时候，他却看到了帝国的黄昏。好在眼不见为净：1947年3月6日麦金德去世，同年8月15日印度和巴基斯坦分治，印度独立。无独有偶，也就在布热津斯基挂满学术桂冠的时候，他也看到了美帝国的黄昏：中国与俄罗斯结成日益紧密的战略伙伴关系且日益不可战胜；俄罗斯与法国、德国在乌克兰达成谅解；克里米亚已转入俄罗斯手中等。在这快速转

---

① [美] 乔治 · 凯南：《美国外交》（增订本），葵阳、南木、李活译，北京：世界知识出版社，1989 年，第 142 页。

②《老成谋国的忠告》，载《人民日报》，1999 年 8 月 10 日，第 6 版。

③《奥尔布赖特炮轰布什伊政策，坏日子也许还在前头》，http: //cn. news. yahoo. com/050925/1057/2f6ba. html。

④《美前国务卿承认布什政府“9 · 11”后曾数次“犯错”》，http: //www. chinanews. com. cn/gj/2010/10-14/2588427. shtml。

⑤李健：《2020 年美国陆军战略转型研究》，北京：航空工业出版社，2015 年，第 243-244 页。

变的世界大局下，布热津斯基随其理论也提前谢幕了，时间定格在2017年5月27日。

45. 拿破仑·波拿巴（Napoléon Bonaparte）在圣赫勒拿岛流放期间，看到英国利用欧洲战争在印度洋的收获，对当年放弃征服埃及追悔莫及。他认为他应该留在东方，征服阿拉伯、印度，成为东方皇帝而不是西方的皇帝。他说："如果我占领了阿克尔，我就可以进攻印度。谁统治埃及，谁就能够统治印度。"关于英国人在印度的统治，他说，如果他带着一小队人到印度去，就能把英国人赶跑。①

46. 尼赫鲁是成长于麦金德和马汉陆权和海权理论风靡及西方殖民扩张达到高峰时代的思想者，他们所受到的良好的西方教育使他们对麦金德、马汉、斯皮克曼的理论，尤其是他们理论中关于印度次大陆的地缘政治意义的分析更是了然于胸，②早在英印时期尼赫鲁曾在狱中草就《印度的发现》一书，他在这本书中对印度的未来做出让世界广泛误解的预言：

印度以它现在所处的地位，是不能在世界上扮演二等角色的。要么做一个有声有色的大国，要么就销声匿迹。中间地位不能引动我。我也不相信任

---

① ［苏］叶·维·塔尔列：《拿破仑传》，任田升等译，北京：商务印书馆，1976年，第382页。

②尼赫鲁《印度的发现》一书中对麦金德"心脏地""边缘地"理论做了介绍并认为有"部分真理"。他写道："地理政治学现在已经成为现实主义者的支柱。它那'核心地'和'边缘地'的谰言也被认为可以阐明民族盛衰的神秘了。这学说发源于英国（也许是苏格兰？），后来成为给纳粹引路的明灯，满足了他们独霸世界的迷梦和野心，而又把他们引到了大灾大难。部分的真理有时会比虚妄更为危险；这时的真理是会使人昧于眼前的现实。后来在德国发展的H. J. 麦金德的地理政治学理论是建筑在认为文明都发展于沿着海洋边缘的大陆（欧洲和亚洲），而这些边缘地带都必须防守使其免于从'核心地'来的侵略者的压力，而这里所指的核心地就是欧洲大陆的中心地带。控制了这个'核心地'就意味着统治全世界。然而文明已经不再局限于海洋的边缘了，而且它的范围和内容也有变为普遍的趋向。美洲的成长更不能与这欧亚核心地统治全世界的学说相适合。况且空中威力所带来的新因素也已经推翻了海上威力和陆地威力的均势。"参阅［印度］贾瓦拉哈尔·尼赫鲁：《印度的发现》，北京：世界知识出版社，1956年，第716–717页。

何中间地位是可能的。[①]

实际上，在这两难判断中，尼赫鲁最担忧的是后者。鉴于古典地缘政治理论都将印度列入枢纽国家和海上强国为控制印度洋必须占据的“基地”国家，又鉴于英国一百多年中对印度洋形成的绝对制海权的实践前提就是对印度的占领的历史经验，尼赫鲁深知：印度如果不能将印度洋控制在自己手里，那么印度“销声匿迹”的未来恐怕就不是不可思议的。尼赫鲁说得非常肯定，他说：“中间地位不能引动我。我也不相信任何中间地位是可能的。”

47．好朋友，勤算账，好邻居，勤打墙。第二次世界大战前，英国人跟苏联人谈判时玩深沉，就是不直奔主题，结果总是失去最好的时机。而德国人跟苏联人谈判，直截了当地讲势力范围划分，双方很快达成协议，这使希特勒得以挥师横扫西欧。1944年10月，丘吉尔来到莫斯科见了斯大林，一改前任张伯伦虚与委蛇的做派，一上来就写了个纸条，标出英苏在东欧的划分比例：罗马尼亚，俄国占90%，英国占10%；希腊，俄国占10%，英国占90%；南斯拉夫、匈牙利各占50%；保加利亚，俄国占75%，英国占25%。斯大林说好，画钩表示同意，这个事就办成了。国际政治就是这样，玩不得虚：说是战略互惠伙伴，那就要先算账、打墙，其余以后再说。强者跟弱者可以不谈条件，但弱者跟强者甚至强者与强者谈判都不能玩虚活。

48．与今天的布热津斯基、基辛格爱到处跑，写厚书的特点不同，马歇尔这个人不爱出头露面，难得见到马歇尔留下的只字片语，更无“自传”。他长期默默地站在罗斯福后面帮助他规划世界：分裂完欧洲再分裂亚洲，出

---

① ［印度］贾瓦拉哈尔·尼赫鲁：《印度的发现》，北京：世界知识出版社，1956年，第57页。

卖且分裂中国的《雅尔塔秘密协定》[①]背后就有马歇尔的影子，其目的无非是要使中国国内政治力量对等分治继而国家分裂，而中国分裂则是亚洲欧洲化的先决条件。他逼蒋介石与共产党以长城划线，被蒋介石拒绝后又扶持李宗仁上台与共产党沿长江划线，并通过斯大林向毛泽东施压，以使这一方案得以推行。毛泽东顶住了斯大林一次次的劝和“建议”[②]，这样才有今天的大中国。

49．斯大林对罗斯福的爱将马歇尔将军表示了特别的关切。德黑兰会议前，他特别询问罗斯福：“马歇尔将军是否同总统一起来了。”罗斯福作了肯定的回答，并说：“马歇尔将军对西线事态的发展感到满意。”[③]罗斯福明白斯大林对马歇尔有着特殊的感情。在德黑兰会议期间，罗斯福主动选择四处都有监听设备的苏联使馆下榻，有意让斯大林对罗斯福和他的将军们关

---

①全称《苏美英三国关于日本的协定》，是苏、美、英三国就苏联参加对日作战条件的秘密协定。1945 年 2 月 4—11 日，面临希特勒德国即将崩溃，反法西斯的第二次世界大战胜利在望的关键时刻，美、苏、英三国首脑罗斯福、斯大林和丘吉尔在苏联克里米亚半岛的雅尔塔召开会议，就结束战争和安排战后世界政治等重大问题达成一系列协议和谅解。2 月 11 日，三国首脑就远东问题签订了雅尔塔秘密协定。协定的主要内容是：在德国投降及欧洲战争结束后两个月或三个月内苏联将参加同盟国方面对日作战，其条件为：一、蒙古人民共和国的现状须予维持。二、俄国在 1904 年日俄战争中所丧失的权益须予恢复，即：库页岛南部及邻近一切岛屿须交还苏联；大连商港须国际化，苏联在该港的优越权益须予保证，苏联之租用旅顺港为海军基地须予恢复；中东铁路和南满铁路应设立苏中合办的公司共同经营，苏联的优越权益须予保证而中国须保持在东北的全部主权。三、千岛群岛须交予苏联。参阅王绳祖、何春超、吴世民：《国际关系史资料选编（17 世纪中叶—1945）》，北京：法律出版社，1988 年，第 868 页。

②关于这几次斯大林“劝和”建议，参阅刘彦章、项国兰、高晓惠：《斯大林年谱》，北京：人民出版社，2003 年，第 727-728 页。1958 年 7 月 22 日，毛泽东对苏联驻华大使尤金说：“斯大林支持王明路线，使我们的革命力量损失了百分之九十以上。当革命处在关键的时候，他不让我们革命，反对我们革命。革命胜利后，他又不信任我们。他大吹自己，说什么中国的胜利是在他的理论指导下取得的。一定要彻底打破对他的迷信。斯大林对中国所做的这些事，我在死以前，一定写篇文章，准备一万年以后发表。”参阅《同苏联驻华大使尤金的谈话》（1958 年 7 月 22 日），见中共中央文献研究室：《毛泽东文集》第 7 卷，北京：人民出版社，1999 年 6 月，第 393 页。

③《斯大林和罗斯福的谈话记录》（1945 年 2 月 4 日），见沈志华：《苏联历史档案选编》第 18 卷，北京：社会科学文献出版社，2002 年版，第 389 页。

于战后政治的意图有所了解。[①]其间，斯大林一定了解到马歇尔在说服罗斯福支持诺曼底登陆的“霸王”计划中做出了不可磨灭的贡献，这个计划及由此引起的“西线战事”决定了苏联在战后高于欧洲并与美国平分天下的国际地位。据斯大林的译员别列什科夫回忆，在德黑兰会议期间：

> 军事专家们被多次请来，以便使“三巨头”能够在这个或者那个具体问题上听取他们的意见。马歇尔将军的论据无论是形式还是实质，都让斯大林喜欢。将军把自己的想法表述得清晰明确，没有英国代表所特有的词义未尽和模棱两可。马歇尔将军始终一贯坚持通过英吉利海峡登陆优越性的立场也使苏联领袖印象深刻。[②]

斯大林对马歇尔的好感并不是他发言的逻辑清晰，而是他政治头脑清晰，战略视野宏大，仅从第二战场开辟地点选择在法国北部这一点，就启动了欧洲沉沦和苏美双双崛起的大棋局。这样的人才，不能不让斯大林发自内心地欣赏他。

德黑兰会议期间斯大林曾给马歇尔以特别的礼遇，有一次斯大林约马歇尔散步，马歇尔告诉斯大林他曾救过三个因事故迫降的苏联飞行员，而因报纸报道了这一消息又使马歇尔交上好运，他因此让他的上司想到他并将他调到华盛顿任军事计划局局长。斯大林听得乐不可支。[③]罗斯福当然对这些十分了解，他知道斯大林对马歇尔的问候在间接地传达对“西线战事”的关心，因而也就通过马歇尔的口告诉斯大林，请放心，我们在德黑兰的“承诺”不仅依然有效，而且还得到了“满意”的执行。而马歇尔在“西线”

---

①据在这次会议上为斯大林担任翻译的别列什科夫回忆，“尽管美国情报机构尽最大努力使总统免遭窃听，但是，在德黑兰苏联大使馆罗斯福下榻的房间里，克格勃的‘小甲虫’一直在正常运转。每天早晨，我替莫洛托夫连通行证一起，领到一叠克里姆林宫专用‘直纹’纸打印的谈话内容，上面用笔补写着与罗斯福总统谈话的每个人的姓名。同样的文件也送给斯大林”。［俄］瓦列金·别列什科夫：《斯大林私人翻译回忆录》，薛福岐译，海口：海南出版社，2004 年，第 339 页。

②③［俄］瓦列金·别列什科夫：《斯大林私人翻译回忆录》，薛福岐译，海口：海南出版社，2004 年，第 254-256 页。

并没有让斯大林失望。在罗斯福去世前一个月，西线战事实际是马歇尔在担纲。3月28日，时任“霸王”行动盟军最高司令的艾森豪威尔致函通知斯大林，他不会挥师向柏林前进，并且建议美苏两国军队在德累斯顿附近会师。[①]当时丘吉尔一直怂恿着美军尽量向东与苏联争夺东欧地盘，而艾森豪威尔给斯大林这样的表态，在丘吉尔的激烈反对下，如果没有马歇尔的首肯显然是不可能的。3月31日，马歇尔给艾森豪威尔复信认为他应当“继续与苏军最高司令自由地保持联系”[②]。艾森豪威尔是对马歇尔战略思想理解和执行得比较好的高级将领[③]——这大概也是艾森豪威尔战后仕途再上层楼的重要原因，据哈里曼回忆：

> 1942年的冬末春初，华盛顿正就更为紧迫的战略问题争论不休。也许，主张横渡英吉利海峡袭击希特勒的欧洲堡垒的最强有力的鼓吹者是史汀生和马歇尔。他们的立场，是由作战计划处一位不大知名的参谋德怀特·艾森豪威尔清楚地加以阐明的。[④]

斯大林对马歇尔将军如此偏爱，以至在1945年4月15日，即罗斯福去世后的第三天，斯大林接见哈里曼及美国驻华大使帕特里克·J. 赫尔利一行，在谈到苏美在波兰问题上关系恶化时，面对“怒不可遏”的哈里曼，斯大林“语调和缓”地说：“我愿把自己的生命信托马歇尔将军，此事与他无涉，只关下级军官。”[⑤]斯大林的意思是：你们这些崽卖爷田不心疼的“下级军官”不会明白，将东欧让给苏联是马歇尔劝说罗斯福为美国制定的大战

---

① [美] 亨利·基辛格：《大外交》，顾淑馨、林添贵译，海口：海南出版社，1998年，第371页。

② [美] 哈里·杜鲁门：《杜鲁门回忆录》上卷，李石译，北京：东方出版社，2007年，第141页。

③斯大林很看重这一点，1945年艾森豪威尔访苏，斯大林告诉哈里曼“艾森豪威尔是一位极其伟大的人物”。转引自 [美] W. 艾夫里尔·哈里曼、伊利·艾贝尔：《哈里曼回忆录》，吴世民等译，北京：东方出版社，2007年，第601页。

④⑤ [美] W. 艾夫里尔·哈里曼、伊利·艾贝尔：《哈里曼回忆录》，吴世民等译，北京：东方出版社，2007年，第156、532页。

略；正是这个战略，美国和苏联才能有今天这样的战后地位。可能出于保密，也可能由于哈里曼商业眼光影响其战略判断[①]，哈里曼确实没有搞懂马歇尔与罗斯福“葫芦里卖的是什么药”，以致哈里曼在回忆录中埋怨“特别是马歇尔，一直拒绝承认美国跟俄国人面临着一个麻烦时期，直至1947年春在莫斯科举行的最后一次外长会议上与莫洛托夫面对面打交道后才承认这一点”[②]，而12月23日，斯大林接见美国国务卿贝尔纳斯，听罢这位新上任的国务卿为美对华政策那喋喋不休而又不着要领的申辩，在会见结束时，斯大林对贝尔纳斯感叹道：“马歇尔是仅有的几个既是政治家又是军人中的一个。”[③]

斯大林欣赏马歇尔是因为他对世界政治及其治理的理解，两人几乎不用见面交谈就知道对方的心思并能十分到位地在谋篇布局中使双方的利益最大化。再加上马歇尔那低调不事张扬的工作作风，更使斯大林对马歇尔偏爱有加。因此，只有将马歇尔的世界战略及其政策——比如他在1946年在中国推行的“停火”政策——与斯大林的世界战略联系起来考察，才能拨去外交辞令的掩饰并看出其中真义。

50．1945年艾森豪威尔访苏，斯大林告诉随行的哈里曼：“艾森豪威尔将军是一位极其伟大的人物。”[④]

---

①哈里曼曾在20世纪20—30年代创办商业造船公司、投资银行公司。1946—1948年任美商务部长。

②［美］W. 艾夫里尔·哈里曼、伊利·艾贝尔：《哈里曼回忆录》，吴世民等译，北京：东方出版社，2007年，第600页。

③转引自《战后世界历史长编　1946年》（第1编第2分册），上海：上海人民出版社，1976年，第329页。

④转引自［美］W. 艾夫里尔·哈里曼、伊利·艾贝尔：《哈里曼回忆录》，吴世民等译，北京：东方出版社，2007年，第601页。

人生

战略学札记

目录

之一　《老子》，天下第一 //521

之二　生死之地有真理 //526

之三　竞争乃境界之争 //531

之四　落潮之时，越游离岸越远；涨潮之际，静漂自可登陆 //537

之五　人压不垮，但可吹垮；国事亦然 //543

之六　朋友要好，谈钱要少；感情要深，主义要真 //549

之七　没有历史坐标的道德是苍白的 //556

之一

《老子》，天下第一

1. 战略和养生同理，从某种意义上说，战略是关于国家养生而非拼命的学问。曹操在《龟虽寿》说“盈缩之期，不但在天；养怡之福，可得永年”，说的既是养生又是战略；曹操“得陇不复望蜀”①的思想则是其养生观念在政治领域的应用。1963年10月26日，毛泽东为日本前首相石桥湛山书写了曹操的这首诗；毛泽东说：“曹操这首诗有辩证法的观点。”②

2. “上医医国，中医医人，下医医病。”毛泽东评论说：“这意思是强调人的整体性。”③

3. 责任越遥远，保票就打得越响。

4. 人为事生，事推人成。

5. 《易》曰：天行健，君子以自强不息；地势坤，君子以厚德载物。

---

①曹操占领汉中后，司马懿和刘晔主张乘胜入蜀，曹感慨地说：“人苦无足，既得陇，复望蜀邪。”参阅（宋）司马光：《资治通鉴》卷第六十七，北京：中华书局，1956年，第2140页。

②中共中央文献研究室：《毛泽东年谱（1949—1976）》第5卷，北京：中央文献出版社，2013年，第272页。

③中共中央文献研究室：《毛泽东年谱（1949—1976）》第2卷，北京：中央文献出版社，2013年，第259页。

自强而德薄，则气量狭促；德厚而不自强，则易愚俗。二者不可偏废。合二为一方为君子之道。

6. 思想家本无思想成见，他只不过为天下不同的思想者提供了一个可休息的家而已。思想家亦即思想之家。

7. 舆论不负责任，民主建设常成于斯，亦毁于斯。

8. 男性之美在于结果，女性之美在于过程。

9. 用辩证法可把握人生极限，用唯物论可守好人生底线。

10. 如果想知道自己如何伟大，你就看蚂蚁，看蚂蚁可使你找到上帝的感觉；如果想知道自己如何渺小，你就看天空，看天空可以帮你认识上帝。

11. 人生中最老实的路，就是最近的路。

12. 辩证法是安身的，唯物主义是立命的。

13. 爱的反意不是恨，而是假爱。爱的真谛是简爱。爱情是简单的；复杂的不是爱情而是结婚，尽管结婚是以爱情为基础的。

14. 吃五谷杂粮，写天下文章；只有吃五谷杂粮，才可写出天下文章。

15. 最永恒的事大概就是最简单的事。工人做工，农人种粮，学人写文章。学人作文犹如农人种地，即使有几次“丰收”，也不可轻易自称“专家”。做好简单的事是人的本分，也是人生成就的基本。

16. 文章是名片，但名片却不能印成文章。

17．教师之难，不在于向学生教授多少知识，而在于是否经得住学生对教师的怀疑和批判，尤其是青年必须经历的自以为是却又是无知的批判。学生意识到自己的无知和教师对自己人生的意义，是在四十岁前后。而这时的教师，已是饱受心理冲创的花甲老人，或已去世。因此，真正的好教师并不仅存在于课堂上学生对他的掌声和崇拜中，而存在于学生晚年的记忆中。父母亦然。

18．少年均存大志，老来方知大事靠天，小事靠己。多有自视才高的年轻人，为速成而不顾天伦，得小位而抛弃情义，结果多是惨命。人之品行，亦有轮回，人不报天自报是也。自强而德薄者，不可远。

19．困难是人生进步的最稳固和最靠得住的阶梯。

20．阿Q意识是禅宗的堕落形态。

21．人之复杂是为了保卫简单，而非相反。

22．人与钱没仇，是钱与人有仇。钱是要吃人的，而人并不吃钱。

23．读大家之书，看现实变化。

24．在人生的跑道上，只有第一名和最后一名可以成为赢家。人生是循环，当人生回转时，最后一名就成了第一名，陈景润就是这样。前者是形式逻辑中的冠军，后者则是辩证逻辑中的冠军。与夹在中间的“追星族”不同的只是，前两种人赢的是胆识而不是力气。

25．跳棋之妙在于空间换时间；围棋反之。前者是弱者制胜之道，后者为强者御敌之法。故兵无常势，水无常形，能因敌变化而取胜者，谓之神。

26. “人生难得几回搏”，意即少搏。人应以静为根，守阴抱阳。不搏则已，搏则成。

27. 政治即生死；生死即学问。

28. 名利实乃上帝在人堆里打向空中的一道光柱。名利不可没有，但越追越虚。

29. 获奖的，确有名篇，但古今名篇却绝少有获奖的。

30. 经济投资必须反复，政治投资一生却只能有一次。

31. 嘴是吃饭的，手是说话的，脚是思考的，脑是休息的。①

32. 交友之难不在广交朋友，而在于不要树敌太多；交友不可用力过甚，过甚则适得其反。

33. 《老子》，天下第一。

34. 人须有志气、和气与浩然之气。志气为中、和气为表，内圣而外王。

35. 屋不在大小，有贤妻则灵；家不在富贫，孩子好则兴。

36. 读旧书，看新闻。

---

①“嘴是吃饭的，手是说话的”，意即少说多做；“脚是思考的”，意即多到现实中做调查研究，“脑是休息的”，意即使大脑不要为琐事困扰，“宁静致远”，想点长远的大事。

37．君子动于无声，行于无形，善用势而少求于力。

38．天兵若风，大象无形。

39．战场是国民教育的最后课堂；敌人是爱国课堂上最无情的老师。

40．先看《动物世界》，再读国际政治。

41．天寒最忆家中暖，难时长思兄弟情。

42．漂亮姑娘是扛不得麻袋的，文凭太高的人是看不了大门的。

43．敲锣打鼓中诞生的多不是真理。

44．苦为甜根，守苦本而求甜，幸福之道。

45．傍“大腕”远不如傍国运。与民族共命运，与祖国同沉浮，人间正道。

46．敬、静、精，成事之基。

47．英名只能镌刻在伟业中，伟业只能镌刻在祖国的命运中。

48．喧哗热闹不能创造历史，更不能产生伟人。

49．诚可近人，善可增寿。

50．炒作，尤其是自我炒作，是英雄的死地。

之二

生死之地有真理

1. 低调谦逊是一种上升的状态。

2. 人之奋斗，犹如推墙。墙倒方知万事如初，景色依旧。

3. 狭隘致病，妒忌夺命。

4. 在诸多风险中，最致命的莫过于没有理想加机会主义。

5. 休息是另种节奏的运动。

6. 冷落是福，边缘有运。

7. 小白鼠在玩具转笼中快乐地奔跑，只有上帝知道它仍原地没动。

8. 天伦无原罪。父母从孩子那里也得到了莫大幸福，感谢是相互的。

9. 孝，笑也，老少之亲。大孝求温不求顺，其乐融融。

10. 名，缘事起，随声落。名藏于事，名副其实。

11．名可鸣，非常名。

12．谦虚是最好的广告，低调是最好的宣传。

13．用思想而非生活阐释出来的思想，苍白无力。

14．男人肩上扛着的不仅是责任，更是自己的幸福。因此，逃避责任的同时也逃避了幸福。

15．“非典”，飞点也。随地吐痰，祸从口出。

16．爱，对年轻人是一种思想，对老年人则是一种习惯。

17．生命似乎就是一串文字。

18．所谓“人算不如天算”，势也。故，事人不如事天，胜人不如换势，妙算不如神通。

19．个人名利往往使学问成为闹剧，而集体无知又使闹剧变成“学问”。

20．生命在于运动，健康在于胸怀。

21．忘我使人永恒。

22．会游泳的水声小，会跳水的水花小，会打拳的动作小，会办事的说话少。

23．自行车倒放最稳，因为它紧扣大地。

24．境界决定命运，眼光决定成败。

25．做大学问，过小日子。

26．没有亚里士多德就不会有亚历山大，没有卢梭就不会有拿破仑，没有康德和黑格尔就不会有俾斯麦。大思想总有行动利剑随护。

27．行方正之事，做厚重之文。

28．树木愈耐寒坚挺，其底部就愈盘根错节；花儿愈香艳名贵，其根茎就愈植于污浊。

29．简单才能有力。人生同理。

30．学问成就于严肃的历史责任感之中。

31．偶然好感生发兴趣，兴趣持续生发习惯，习惯积淀生发本能。

32．名，命也。不可预支，更不可透支。

33．生死之地有真理。

34．不得要领者，往往靠不着边际的气势唬人。

35．有人为工作而上升，有人为上升而工作。表面相似，境界却判若云泥。

36．帮忙，帮不好就帮出了仇人。因此，帮助，乃至国家援助，是一门艺术。

37．帮人的要义在于让受助者建立信心而非更觉无能、轻松而非歉疚地面对未来。如果帮助使受助者有了需要回报的负担，那这就是天下最失败的，因而是还不如没有的帮助。

38．百分之百努力后的结果，便是命运。

39．皈依即归一。

40．师道无情，敌是恩师。

41．参天大树生长于荒野，旷世英杰诞生于边缘。

42．大树下面尽小草，这是因为大树在上面为小草遮风挡雨的同时，也在下面吸尽了草木生长所需的养料。①

43．时下最奢侈的事是读书，最奢侈的时间是安静。

44．以读书为基础，以写作为主导，用写作带动读书和思考，而不是相反，是研究能力提高的秘密。读书如无写作拉动，其结果是愈读包袱愈重，愈不敢下笔。其结果是“慎重”一生，终无成果。

45．写作，是学术研究中最能动的因素。

---

①（汉）桓宽：《盐铁论·轻重》：“茂林之下无丰草，大块之间无美苗。”《左传·襄公二十九年》：“松柏之下，其草不殖。”

46. 语言，不仅仅是交流的工具，它更是人生的姿态。

47. 有了基本写作能力，检验论文水平高下的就是内容的真假。

48. 战场是市场的继续，是市场的特殊形态。

49. 批判，是对对象的规定；保守，则是对自我的规定。二者都是肯定事物的方式。

50. 青年喜欢从事物内部读康德思想，认识到“二律背反”是世界存在样式，知道彼岸世界是可以批判的，但这时期的批判往往是无限的，因而是幼稚的。老来知道从事物外部理解康德的世界，知道事物的存在是有限的，有限性产生于事物的相互规定之中，自我约束才是人的力量源泉。消灭有限性——不管这是个人还是国家行为——的同时也消灭了自己。完成了从批判别人到批判自己的循环后，人生也就进入不惑和天命年。

之三

竞争乃境界之争

1．人生最靠得住的进步是自己“提拔”自己。

2．如果派系对某些人是入仕捷径，那对学者言，它更多的是不归的短途。

3．君子恩威。

4．最好的相机是心灵，最好的底片是记忆。

5．在深圳“明斯克”号航空母舰甲板上看到俄罗斯姑娘为游客舞蹈和售货，就像妹妹在为被卖掉的哥哥数钱，这使我想到近代中国，不禁潸然泪下。

6．竞争乃境界之争。

7．人才，只为特定时代而非一切时代而生。因而他只需要拥抱属于他的而非一切时代。对于真正的人才而非机会主义式的庸才而言，这种机遇一生大概只有一次。人只有拥有了一个时代，他才能拥有（影响）一切时代。

8．时下国际政治文章中使用频率日见增多的词是“软”字：“软挤压”“软外交”“软实力”“软权力”“软战略”等，软并没有错，但太多了就会让人心冷骨软。

9．我喜欢黄河，尤其是在心情不好的时候爱听黄河交响乐。你看九曲黄河，你可说它百折不挠，也可说它因势而为，但它可贵的是始终东向大海。黄河和平威严：表面平静，但威不可侮。曾听有人在其软地岸边跺脚，竟生生陷下去而无人能救。

人生百折，但目标若能始终如一，他就有了黄河的精神。

10．上善若水：水力于无形，强取不获，压挤不服，非敬盛而不能得也。

11．谎言说多了可以变为所谓“真理”，而在许多情况下，真理说多了也可变为所谓“谎言”。二者从形式上的区别在于：谎言不怕多说，只怕不说；真理不怕不说，只怕多说。

12．君子群而不党，小人党而不群。

13．学而优则学，仕而优则仕。

14．推动历史的人往往为历史所伤害，究其因多是没有把握住个人作用的边界和历史转折的关节点。

15．批评乃至指责，尤其是当面批评指责，不管其中有多少恶意成分，多出于真心；而赞扬，尤其是当面赞扬，不管好意与否，则一定有相当的水分。

16. 简单是复杂的基础：要想理解复杂，须先学会简单。

17. 心有千千结，何以成宏文。

18. 真正拥有财富的不是投资人，而是投资对象。

19. 去掉了虚荣心，人生就轻松了一半；而失去上进心，人就老了一半。

20. 压力见底时的心情反而轻松。

21. 有许多时候，人不求反而上进，求之反而不得。

22. 人对死亡的恐惧多来自生命之外的牵挂，而非生命本身。

23. 学者研究天理，政治家则关注人欲。前者通过天理改变人欲，而后者则通过人欲实现天理。

24. 大会造势，小会办事。

25. 人之交流，其目的不是让人佩服，而是让人接受。

26. 无路可走，也意味着无路可退；如果后退只能是历史，而前进就可能有未来。

27. 坏运来了想想底线，便知坏不到哪儿去，这样使人不至过于沮丧。好运来前想想极限，便知也好不到哪儿去，这样使人不至忘乎所以。过于沮丧与过于得意，才是人生厄运的前奏。

28．希望，生于绝望；可能，生于不可能。

29．人之关系，更多的是与自己的关系。

30．孤独是人生的常态。

31．捡破烂的，如果捡到金砖，若再加上在家中的不当渲染，其结果一定会激起其后代继续捡破烂的决心；一介书生，如果读到一本好书，即使不加宣传，它也会燃起读书人及其后代齐家治国的理想和实践。

32．简单长寿。

33．人生有许多短平快的好事，如都应承了，看似热闹，却乱了人生主线及其可持续发展。游牧民族勇猛但敌不过农业民族的原因在于它不像农业民族那样有可持续性的积累。可持续积累须有方向，人生亦然。孟子曰：万物皆备于我。若以我备于万物，其结果不是累死，就是没有结果。前一种人生轨迹是标量的，后一种人生轨迹是矢量的。只有矢量人生才是有意义和有前途的。

34．政治无色彩，只有成和败。

35．好出风头爱打扮，是失败型政治家的致命通病。

36．在悟空画的圈里，唐僧是一尊菩萨；出了圈，就是一堆唐僧肉。在悟空自己的天地里，悟空是齐天大圣；若钻进了他为师父画的圈中，悟空就是“泼皮猴儿”。

37．活力不是火力，沉静是生命的本质。

38．体育舒身，读书舒心。

39．以人为本，即以劳动人民为本。劳动创造人类，人民创造历史，公民的主体不是“公知”，而是劳动人民。劳动人民是国家民族性的底色。

40．砍树多是纳凉人。[①]

41．世界上没有绝对的“休息”或“运动”，而只有身体和心理的平衡。平衡是健康的关键，也是养生的关键。中医上说，动和静都是一种能量支出的方式，睡觉也是一种能量支出：常静者，动为休息；常动者，静为休息；户内多者，户外为休息；户外多者，户内为休息；多睡者，醒为休息；多醒者，睡为休息。总之，休息只是一种调节平衡的形式。

生命最好的方式是平衡而不是“丰富的活动”或“多彩的生活”，而实现平衡的最好方法就是简单地生活。简单易于平衡，复杂易于失衡。少则得，多则惑。生活简单些，生命就健康些。添一“好事”，为巩固其中的利益，就需要增加更多的烦人事，那么，对它的追求，就不是明智的求福之道。休息是一种身体平衡，幸福则是一种心理平衡。

42．天下博弈，正奇而已。正为本，奇为用。

43．庙堂是古人通天接地的地方；书房是今人静心立志的地方。

44．用中医调理中国，用中医调理世界，用中医迎接世界新文明。

45．关系网，既系住了别人也网住了自己，其在政治上的表现必然是“团团伙伙”。

①这是年轻时代读过并记忆深刻的诗句。作者无从稽考。

46. 美容的原理不是锦上添花，而是弥补不足。最好的美容，是最少的美容。

47. 常回家看看易，回家住长了难。

48. 生命是一种平衡，病亡是生命的失衡。故癌症不是病而是症，是免疫系统因生命失衡而崩溃的后果。

49. 四十岁时，曾写过一篇散文《四十岁，真好》，现人已过六十，心静如水，追求不改：一生在做一件事，这就是学业，选择了，就把它做好；一生在为一个目标，这就是我的民族与国家，选择了，就为她献身。生起于这片土地，落归于这片土地，就像天空的秋叶。有方向的人生，的确很好。

50. 我爱秋天，因为它以严酷的方式扫荡了天下的虚荣。

之四

落潮之时，越游离岸越远；涨潮之际，静漂自可登陆

1. 苦生甜，苦尽甘来，故曰“苦口良药”；甜极生酸，酸极生寒，寒伤脾胃，故曰“口蜜腹剑”。

2. 动物太轻了过不了冬，人太浮了扛不得事。

3. 研究释迦牟尼，又分析弗洛伊德，可称佛徒；容纳并消化一切有价值的思想，是为佛。

4. 四十岁前，人想得最多的是为何而生，知道了生的目的，生的喜悦就化为平静；四十岁后，人想得最多的是为何而死，知道了死的意义，死亡的恐惧就可置之度外。

5. 心有多宽，路有多宽；量有多大，福有多大。（前辈箴言）

6. 漂亮的女人常说自己难看，平庸的男人爱说自己能干；没文化的多说自己爱看书，风风火火的人多没方向感。

7. 游泳比赛中，速度最快的，是水中露面最少的。

8．学术打假，先从自己打起。

9．人不必用尽生命去做一个漂亮的人，而应用尽生命去做一件让民族叫好的漂亮事。

10．人最怕的是用写诗的心办事或用办事的心写诗。

11．冬天美于简洁。

12．人生至少要干一件漂亮的事。学问也罢，经商也罢，从政也罢，艺术也罢，做工也罢，非经炼狱式的考验则不能成就；没有勇气向生理和心理极限挑战的人，绝难有非凡的事业：文人如司马迁，他将自己的生命托付给了《史记》，而《史记》则使他永恒；军人如黄继光，一个人若有了像黄继光用身体堵敌人枪眼这样一种忘我气势，那在你的人生大路上，几乎就没有什么人与你竞争了。

13．时下常见仅有几岁的女孩浓艳超短装上台“献艺”并由此赢得阵阵掌声，这使人不由得想起唐天宝年间。历史表明：人们仅凭娱乐就可轻取头功并由此迅速暴富的国家，是危险的。

14．贵州印象江山，新疆印象天下，江浙印象风水，北京印象国家。

15．老子说：“不失其所者久，死而不亡者寿。”[①]这是说人有双重生命，人一半活在身前，另一半活在身后；“不失其所”即不失其本分的人生会得到后人的尊重。

---

①见《老子》第三十三章，意思是“不迷失根本者就是长久，身死而道存者就是长寿。”参阅任继愈：《老子新译》（修订本），上海：上海古籍出版社，1985 年，第 132 页。

16．人近话远，人远话近。

17．圣人不盖棺则无定论，小人不定论决不盖棺。

18．只有为人充分预留退路，才能让他们大胆前进。所谓“破釜沉舟”，只是历史中的非常道。

19．大事至察而于小事不敬者，轻则一无所得，重则断送人生。

20．审事之要在于察人。察人之要在于审事。

21．人过五十，当为身后留些可以传世的功事或文字。这时如还计较斤两得失和忙碌于现世虚名，那就真是没活明白。

22．学问居高而位居下者，最易感受到大地的呼吸。

23．天命之年的人，不知什么时候就不能做事了。要到不能做事的份上，多大的才华也没有用。人要趁身体健康时，赶快做些有益于人民和有益于国家的事。身体好，继续做；身体不能做了，走时也能心安理得。王选在走时特别安详，是因为他身前的事都做好了，且做得完美，在他身后也立起了让全体中国人忘不了的精神丰碑。

天命之年的人，现世的功事都大体有了定数，而后世的修行，尤其是思想的传世价值还是“其修远兮”。正如一杯清茶不能掺和饭肉的道理一样，传世的东西最不能带现世俗风，如这时的人写文做事还有短期目的，那样的长寿就已脱离了生命的意义。老子有言，死而不亡为寿。死的是身体，不亡的是思想。

人是要有点精神的。

24．如果想在来世多留一点，那就要在现世少占一点。

25．如果说“文革”中给学人戴“高帽子”不好，那么，现在一些学人接受或默认外界戴给他的诸如“大师”之类的“高帽子”的后果更可怕。前一种“高帽”压垮了一些学人的自信，但也给学界一种清醒；而后一种“高帽”则催生了学界那七彩泡沫般的虚浮，虚浮不摧自垮。“文革”前后的历史表明，人的自信压不垮却可以吹垮：“文革”中相当一些工农干部就是这么被吹垮的，现在一些学人也是或也将倒在这样的浮夸和吹捧之中。

26．学术与种地一样是一种最诚恳的劳动，而不是小资式的消遣。只有在感觉到读书是一种非常辛苦，有时甚至是令人作呕的劳动之后，读书人才获得了作为学者的初步资格。

27．灵感，那是上帝发给人类特定人群的短信，而能捕捉到——时间一般都在凌晨——这种短信的人便是天才。

28．恋人如梦，那是想象出来的；情人如酒，那是泡出来的；夫妻如水中石，那是磨出来的；生活经验如草药汁，那是熬出来的。

29．正如太阳与月亮的运行一样，人间的许多情谊是明暗逆行的，彼此尾随一生而不见，却随时给着对方以凉热。

30．人正行大道，大道直正，唯国家民族；人歪找左道，左道旁门，有牌有号。

31．送孩子上幼儿园时，孩子哭，这时孩子看到的是父母的背影；送孩子上小学时，孩子依依不舍说再见，这时父母看到的总是孩子企盼早点来接的眼神和孩子进教室的背影；送孩子上初中时，孩子示意性地回头说再见，这时父母看到的只是孩子背后越来越重的书包；孩子上高中时，头也不回说再见；接着，父母看到的只是黎明前的夜色、雪地、晨月和伴随孩子瞬间远离的车影。孩子成人后，父母再送的就是年饭后“另一家子”回家的背影。

32．孩子认识父母并不在父母给予之时，而在父母不能给予而孩子自己又做了父母之后。因此，在孩子青少年时说他们“忘恩负义”，还为时尚早；而在孩子成人时还说他们“忘恩负义”，那时父母则要检讨自己。

33．一个羸弱的人身着运动服，另有壮汉身穿病号服，其结果是前者获得发展投资，后者则获慈善捐款。这说明，社会的共识许多时候是建立在错觉之上的，而以文凭取人的价值判断与以貌取人一样，则是这种错觉的结果。

34．预计未来人的体型将退化回鱼形：小头小胳膊、短腿大肚子。为什么呢，现代人以车代步，一天坐在办公室打电脑，胳膊腿都不用力了，不用就退化。

35．作品是学者灵魂的安息地。

36．恋爱前靠“志同道合”式的学理设计未来恋人，恋爱后才知学理须符合情理；结婚前用情理设计未来婚姻，婚后才知在家中过日子夫妻只认事理。故曰“家事无理”。

37．家道可道，非常道；家理可理，非常理。

38．命理与事理同一。

39．人愈近生命极限，便愈近事理。正可谓人之将死，其言也善。

40. 人生如无哲学，留下的就只有酒饭。

41. 文近身远，善存之道。

42. 目下美式西服敞胸露怀，不利于人胸腹保暖，这种服装设计只不过是先民裹衣扎绳装式的简单翻版。而像欧洲和中国这样文明悠久的国度的传统装式多是具有双层护胸暖腹功能的“大襟袄”式设计，这种设计最有利于人，尤其老人的胸腹胃肠健康。

43. 人生容不得太多的自私，私心最终是绝了自己。看风使舵，趋炎附势，均为私利使然。人一生若只是这般地生活，终将无价值地葬入黄土。

44. 没有和死神握过手的人，当慎言政治。

45. 人生如攀岩，有人起步抓的藤枝是绿的，却中途跌入深渊，这是由于藤末虽绿而根已腐烂；有人起步抓的藤枝是枯白的，却登上山顶，这是由于藤末虽白而根已泛绿，因而越拉越坚实。

46. 落潮之时，越游离岸越远；涨潮之际，静漂自可登陆。

47. 男人说这女人真烦，那是喜欢她；女人说这男人真烦，那是在下逐客令。

48. 男人说恨，那是绝望；女人说恨，那还有希望。

49. 男人说“活该”，那是轻蔑；女人说“活该”，那是心疼。

50. 个高影长，利为弊之舍。

之五

人压不垮，但可吹垮；国事亦然

1．守不住穷，就过不得富。有了最低生活保障，守穷就是守做人的底线；有底线，就有了事业的根基。能守住底线的人，就有希望达到事业的高峰。

2．不想见血的军人只会出现在广场而不会出现在战场。

3．行政有事办事，学术没事找事。

4．为文者可以不识人，但不可不认字；为政者可以少识字，但不能不多识人。

5．行政交人，学问交神。

6．人骂不垮，但可以吹垮；如果是自吹，那垮得就更快。

7．过去孩子上山下乡受苦，现在孩子进城受苦。佛有“苦蒂”，苦，是上帝造人的前奏。

8．冷落、边缘，是上帝赐予文人的特别恩惠，也是文人的宿命。

9．想象力是艺术之魂。

10．每逢佳节倍思亲，是因为每逢佳节倍孤独。

11．玫瑰，如移入心中，当混着粪土，不然它既不能持久保鲜，也不会茁壮成长。

12．缺点是优点之母，大缺点必有大优点影随。交通事故中，鲜有残疾人的记录。

13．高考报名如排队上车，选择学校无非是选择座排。车开动后，二者的差别逐渐归于消失，因为大家下车时面临的世界都是一样的，都得重新开始。学校说到底只是一种人生包装，正果与否往往在“九九八十一难”的磨砺之后。

14．今人出名靠电视包装，古人出名靠民间的传颂和想象。

15．改革开放初，周末图书馆门前的自行车早已黑压压堆满一片；现在周末，有些舞蹈学院门前的小轿车早已排起接人的长龙。

16．我们现在五十多岁的学者，是计划经济时代的受益者，读书从小学到大学，有的还从本科到博士，都是在国家和人民完全资助下完成的。即使从纯经济学的角度看，我们也要对国家和人民有所感谢和回报。

17．人才犹如美丽的气球，被压时众人拍打取乐；一旦它冲出人群，却又受到众星捧月般的待遇，但前提是他不能再回来。

18．适合思想性人才的成长环境，不是重用，而是冷落。

19．孩子长大前都得摔几次跤，打几次架，不然他在成人堆里是混不下去的。国家也是这样。

20．友谊不表现为亲密无间，而表现为不能分离。

21．君子低位看人，高位看事。前者可以更多地看到人的个性，后者可以超脱个人恩怨，更多地看到人的共性。

22．人之所以不易发现自己的缺点，是因为缺点总是与优点紧密相连。有时缺点就是优点，它只不过是优点的一种过度展现。事本无对错，过了才错。中国人说“过错”“罪过”，说“记大过”，都是这个意思。

23．过错过错，过了才错。罪过罪过，罪于过。《说文》：“过，度也。”过，错之端，小过曰错；大过曰罪。毛泽东说：“什么事情不能过分，过分就要犯错误。”[①]黑格尔说：“中国的宗教，亦即度的宗教”，“对这些度及其演化的详细探考，则成为对整个中国哲学和学术的研究”。[②]

24．学习他人优点，必然也要带入与之相伴的缺点。避免缺点的方法就是不要过度表现和依赖这些优点。

25．观察苏联解体前后人性百态，极右与极左相通。

26．人因心小而丑，因心丑而小，故曰“小丑”。

---

①中共中央文献研究室：《毛泽东年谱（1949—1976）》第2卷，北京：中央文献出版社，2013年，第589页。

②［德］黑格尔：《宗教哲学》，魏庆征译，北京：中国社会出版社，2005年，第199页。

27. 青年，尤其是刚刚进城闯天下的青年成长，靠的不是受到某人的“栽培和提携”而是遭到别人的反复拒绝及由此引起的生活艰难——也就是毛主席所说的“大风大浪”。这样说、这样做可能令青年人委屈，但会让他们终生受益。谁都知道：大树下面是长不出另一棵大树的；谁都知道，华盛顿早年参加英国殖民军队，幸亏没有得到他多次请求而被英国殖民上司拒绝的提拔，反当了美国历史上最伟大的总统；谁都知道，早年共产党想与中国大党国民党一起干革命，在被国民党彻底拒绝的“四·一二”惨案之后，共产党才学到革命的真本领；谁都知道，毛泽东正是在“四不管”的地方走出了引导中国革命全国胜利的井冈山道路。

28. 与人身体的免疫力增加来自病菌侵入的刺激而非抗生素加量的道理一样，人生进步动力大小源自环境阻力而非人为助力的大小，这正合老子说的“反者道之动”的原理。

29. 糖尿病本不是病，而是自然对人类奢侈消费的惩戒。其实，治疗糖尿病与治理目前的社会病一样，并不需要特别的努力，它只需要人类重返朴素的生活方式，并将这种方式视为正常而不是“病”。

30. 人的缺点潜藏在优点中，出现于优点的过度展示后。

31. 人生有许多期盼的事情，是在不太需要时来临。

32. 长寿不仅是一个生物的概念，更是生命境界的概念。不能达观的人，是难以长寿的。

33. 本正身立，故人当以正为本，以奇为用。俗语“菩萨心肠，霹雳手段”，前为正，后为奇。一生修性，最难为正。正，不妄语，不言力、神、鬼、怪。正，平也、常也。能常者归于大本，奇亦不难。人走奇险，似倒置三角，不可久立。

34．动物与人的差别在于，前者享受过程，后者享受结果。前者是“最终目的是微不足道的，运动就是一切”（伯恩斯坦语），后者相反。

35．最难以战胜的对手是时间，最难以对付的手段是辩证法。

36．人生喜悦可以分享，而痛苦则必须独自承受。

37．五尺高的人在三尺平台跳舞，它是巨人；在五尺平台跳舞，他是常人；在十五尺平台跳舞，他是小人；如果在二十尺平台跳舞，他就成了小丑。学者同理。

38．儿女尽孝莫如自立，自立才能让父母省心；父母爱子莫如健康，父母健康，孩子们就能为国做出更多的成绩。

39．举止轻者心浮，话语激者气躁。

40．自然在秋季开始成熟，人至五十开始懂事。

41．竹节是压出来的，节密者高壮，疏者短细。人生同理。

42．人压不垮，但可吹垮；国事亦然。

43．2008年5月12日，汶川大地震前两天，窗前的文竹独有一枝突长近米高，不吐片叶，震后她渐渐地垂下了那高昂的头。这使人想起杜甫“感时花溅泪”的诗句。

44. 唐山和汶川大地震中，动物对震灾的预警能力远比掌握科学的人类强，还出现不少家犬预警救主的事情，一时间让人竟不知谁是“高级动物”。

45. 享受过程而不图结果，那是圈猪的哲学。

46. 儿童与成人的差异不在眼光，而在自理能力。相当的时候，儿童的一句话胜于成人的一叠专著。因此，保持思维深刻性的奥秘，在于保持童心；从事战略研究的前提，是要有赤子之心。

47. 将谎言重复一千遍就变成“真理”，而只有将谎言当作真理的人，才能重复一千遍。

48. 与其收藏他人的作品，不如收藏人家的精神，并使自己的作品具有收藏价值。从没听说过秦桧的字能卖出好价钱。

49. 美丽，其实是一种智慧。

50. 美丽的前提是得体，而得体本身则是一种哲学。

之六

朋友要好，谈钱要少；感情要深，主义要真

1．真美女不争翡翠，真画家不争丹青，真书家不争笔墨，真兵家不争城池。

2．中医开药的原则是“效不改方”，这也应作为中国政治体制改革的原则。

3．富贵不嫌弃，危难不放弃，是为夫妻。

4．跟风者必随风而散。

5．人过五十，当做些风吹不走的事。

6．与农村庙堂的功能一样，一个家庭，除了厨房外，一定要有书房。有了书房，全家就有了精神休息、塑造和追求的地方。没有厨房，全家肚子会不得安宁，而没有书房，全家灵魂则不得安宁。没有粮食的家庭可能会逼出几个有出息的儿子，可没有灵魂的家庭则要有灭种之灾。

7．政治上，尤其国际政治上的事并不是振臂一呼就可以了事的，心血来潮，之乎者也，只能演戏而不能为政。

8．剑桥，有剑无桥。面对曾打到中国跑进紫禁城劫掠的英国人，仅靠普世深情，之乎者也，是不足以避邪的。

9．生命本质上是实践的，只有在实践过程中的生命才有审美意义；而单纯的肉体生命存在，那是活着而不是生活，只有生活中的生命才具有审美价值。

10．泡沫总比实体多，虚的总比实的多，看电视的总比读书的多，上电视的学者总比写书的多，提建议的总比解决问题的多，批判的总比建设的多。前者比后者容易，是后者的衍生品，而衍生的东西没有一个不是短命的，2008年次贷危机正是衍生品过度膨胀而发生的。

11．用眼泪铺就业绩，那叫宗教；用业绩换来眼泪，那叫政治。

12．文化人以言立世，言多则惑；政治家以权治国，权滥国乱。

13．人生本质是冰凉（孤独）的，只是人不甘心，还有的是出于不自信，才用各种理论说它是“热火朝天”的；人生本质上是有价值的，而人的价值恰恰产生并存在于冰凉的自信而非“热火朝天”的“鼓舞”之中。

14．缺点是过度表现的优点，优点是缺点的合理校正。常见车技高超的司机栽倒在高速路上，鲜有盲人被车撞的事故记录。列宁说：“人的缺点多半是同人们的优点相联系的。从伟大到可笑只有一步之差。狐狸的被捉，正是由于它的过分谨慎。”①

15．评价政治家不能参照牧师标准，这与评价牧师不能参照政治家标准

① 《列宁选集》第4卷，北京：人民出版社，1972年，第476、598页。

的道理一样。

16. 奥运游泳比赛得冠者都是在水面最收缩而在水下最用力者，水面用力大小与前进速度成反比。人生亦然。尤其是五十岁左右的人，正逢人生黄金期，这时也是社会面子工程——比如各类课题和会议——最多的时期，几件热闹的事折腾下来，人也就老了，冷静时才发现自己离目标不是更近而是更远了。

17. 礼炮因空而响，礼花因虚而明。

18. 逻辑思维能力极低，语言混乱，好虚荣，好吹捧，极自私，目光不坚定，钱又极多，用斯文一点的话说就是素质与收入极不匹配，是近现代卖国汉奸们的普遍特征。

19. 针对糖尿病，西医发明胰岛人工替换技术。正如自行车换下因老化而不堪重负的中轴，其他部件如圈、条、链子等的压力会同比增大。对人体而言，胰岛替换了，那肠胃继而心脏等压力也同比增大了，它们是否也要做人工替换？如不能，那我们还得用平衡的即根据零部件磨损程度而同比减压的方式改善人体健康。

20. 当面赞扬必有水分，而当面批评定是干货。

21. 根为花本，根占阴，花居阳，各得其位而终不得见。阴阳相会——不管是自觉的拔根而起，还是自然的落叶归根——则死期至。人同理。

22. 当听人称呼“老张”，我明白这是在肯定我的能力与年龄；何时若听人称呼“张老”，须知这是在客气地请你退场。如会议合影，最受尊重并排坐最前的，也是快要或已经退休离职的。

23．开书单如开药方，要有针对性，不同的人用同一方子会出事的。一般而言，文史哲是几味基础“药”，针对不同的对象，侧重不同。对青年人而言，多读史少读诗为好。史可弥补其经验不足。老年人则要多读诗少读史，诗以怡情，利于健康。

24．汶川救灾中，艺人砸的是钱，军人砸的是命，人民军队是不朽的。

25．人如竹，无节则气不存。

26．有时间收藏历史，远不如去创造历史。

27．最好看却又是最糟糕的吏治是将政治家治成牧师，将牧师治成政治家。而牧师型政治家①——比如李宗仁、尼赫鲁、卡特、戈尔巴乔夫等——只能作秀而不能做事。

28．青年的人生可多用加法以支撑减法：多寻找些成长的机会是为了将来有拒绝机会的能力。这期间人俗一些还是可以理解的，因为人总要养家糊口，而养家本身就是很世俗的事。五十以后的人生则要多用减法以支撑加法：多拒绝些社会诱惑以保证向着人生的目标做最后的冲刺。如果这时人还很世俗，那就无可救药了，因为人生目标与世俗目的是格格不入的。跑道上鲜有进入冲刺阶段的运动员还在左顾右盼。

29．俗事俗办，雅事雅办。

30．“大爱无疆”，不如“血浓于水”。

---

①列宁批评这类人“把自己降到牧师的水平，每逢礼拜天向富翁宣扬基督教宽大为怀，劝他们周济贫民……如果不能每年拿出几十亿卢布，那就拿出几百卢布。”参阅［俄］列宁：《论欧洲联邦口号》，见《列宁选集》第2卷，北京：人民出版社，1972年，第708页。

31. 大爱有界。言不及义的“爱”是要不得的，不然东郭先生就是前车之鉴。老子说得完全对：“上德不德，是以有德。下德不失德，是为无德。”①孟子说：“大人者，言不必信，行不必果，惟义所在。”②

32. 朋友要好，谈钱要少；感情要深，主义要真。

33. 长寿主要是一种精神状态。鲜见有心机重重的人能通过锻炼延年增寿。年龄能过90岁的人，哪怕是不识字的山中翁妪，他们也一定是哲学家。

34. 人之差别并不表现在相会之处，而表现在分别时各自的返回之地。

35. 爱情就是嫌年轻时与爱人谈恋爱太晚，到老时相伴时间太短。青年人的爱情是想与伴侣过一辈子，老人的爱情是想与老伴再过一辈子。

36. 改革开放初人们拼着命要打破和挣脱“大锅饭”，说它束缚了人的创造性；现在人们却拼着命要攀入门槛比过去高得多、要求已近苛刻的公务员队伍，说公务员收入稳定。

37. 道家散淡的哲学认识基于时空无限和相对，故老子说：“天长地久”；儒家进取的哲学认识基于时空有限和绝对，故有“子在川上曰：逝者如斯夫”。

38. 不怎么读书的文化人，在许多时候表现得很“文化”；相反，有许多书读得很好的人，看起来却土得掉渣。

---

①《老子全译》，沙少海、徐子宏译注，贵阳：贵州人民出版社，1989年，第73页。

②《四书全译》，刘俊田、林松、禹克坤译注，贵阳：贵州人民出版社，1988年，第511页。

39. 要让木头沉到水下，除非它腐烂成渣；要让铁锭漂现水面，除非锈透。质量决定存在方式。人亦然。

40. 谁也不想得罪而又想获利，想四面落好而又不肯吃亏，这种政治的后果，用毛泽东的话说就是“言不及义，好行小惠，难矣哉”[①]。

41. 媒体上赞扬人可用化名，批评——乃至辱骂——人最好用真名。用真名赞扬，有吹捧之嫌，而用化名批评，则显得不够磊落。在责任面前，君子当行不更名，坐不改姓。

42. 人若能终生治学并学有所成，那真是佛对他的终极眷顾。

43. 孔子说“三十而立”，意思是三十岁的人应完成人格和精神独立，而不是所谓“事业有成”。如果这时的人虽事业有成——比如官职很高、赚钱也多——而人格和精神还没有摆脱甚至还加重了其年少时的依附性，后面的“四十而不惑，五十而知天命，六十而耳顺，七十而从心所欲，不逾矩”等，就是可望而不可即的人生高境，甚至还是其生命走不完的人生阶段。

44. 东方人做事长于减法，西方人做事长于加法；西方文化“加”的概念在东方文化中曰“补”。“加”是一个二元对等的换算概念，而“补”则是一个有主要矛盾的概念。

45. 聚会时场面越热闹豪华，人之间的关系就越冷淡疏远。其间，人见面说得最多的一句话是：“有几年没见了，还好吧？”

---

①《关于农业互助合作社的两次谈话》，见《毛泽东选集》第5卷，北京：人民出版社，1977年，第120页。

46. 热闹之地情孤独，喧嚣之时人不亲。

47. 贺岁感言：

平生苍凉孤寂心，最忧国事女儿亲。

只见生死年年有，不觉荣华岁岁新。

48. 春日偶得：

少年最爱四月天，未名踏青情依然。

他日若有倚天剑，蟠桃会上问台湾。

49. 今天大城市的人如果能多吃山里人吃的粗粮，多干些山里人干的体力活；山里人如果也能多吃些大城市人的精米细食，多过些大城市日子，那双方的许多疾病——比如贫血、高血脂、高胆固醇和高血糖等——就会大为缓解。

50. 现在隔两天就要扛桶“洁净水”回家，比较20世纪五六十年代——那时家用可直取自来水，感觉人又回到了挑水做饭的时代。真不知这是社会的进步还是倒退。

之七

没有历史坐标的道德是苍白的

1．榜样的力量是无穷的。目前支持食物转基因的专家们与其开许多会，写许多让百姓看不懂的论文论证转基因食物的“好处”，不如以身作则，在全国公开带头连续吃上近十年的转基因食品。如果己所不欲，而又强施于人，这样的人的观点是没有说服力的。

2．前几年有在美国的同学电话中说他拿到了绿卡，我说他登上的是“泰坦尼克”号豪华游轮。

3．人输多不在极限而在底线，事败多不在前方而在后方。

4．“饿死胆小的，撑死胆大的”。自古饿死的不多，撑死的不少。身家国事，概莫能外。

5．绝地放胆，盈期收心。

6．年轻时你若以单位为荣，老了就应做到单位以你为荣。

7．常言“富不过三代”，其实穷也不过三代。穷则思变。穷富只不过是磨砺人类精神的轮回。

8. 大会报告结束时的掌声，有时是出于报告内容的精彩，有时则出于报告内容的苍白。前者是由于听众还想继续，后者则由于听众终于熬到了结束。

9. 亲人去世引起的痛苦，不仅在痛哭的当时，更在哭不出声的事后。

10. 荣誉需要外来赋予，而能力则需要自生自长；前者可以瞬间失去，而后者则会伴随终生。

11. 能力可以带来荣誉，而荣誉却极难带来——过度的话还会让人丧失——能力。

12. 小福可让可不让，大福则不可尽享。前者带来的最多是小磨难，后者带来的一定是人祸天灾。

13. 思想要落在纸上而不是嘴上，行动要落在地上而不是会上。

14. 马丁·路德·金说他有一个“梦”，美国资本家可以为他塑像；卡斯特罗说他有理想，美国资本家就对他恨之入骨。

15. 老子说：“不失其所者久，死而不亡者寿。”[①]这前半句话应用在学业上有两层意思：第一层意思是要守本分、坐得住，才能有成就；第二层意思是，不失立场者才能写出好文章。只有在死后还活在人民心中的人，才是长寿的人。

16. 政治上同样是“等待”，孔子曰“忍”：“小不忍，则乱大谋”[②]；

---

①《老子》第三十三章，见《老子全译》，沙少海、徐子宏译注，贵阳：贵州人民出版社，1989年，第64页。

②《论语·卫灵公》，见《四书全译》，刘俊田、林松、禹克坤译注，贵阳：贵州人民出版社，1988年，第285页。

老子曰“静”：“清静可以为天下正。”[①]一字之别，判若泥云。阅读蒋介石文章和手书，满目“忍”术，通读毛泽东选集，鲜有“忍”言。竞争乃境界之争：解放战争的结局正是毛蒋二人哲学境界高下对决的结果。

17. 人人都说伯乐好，不想伯乐有快刀。扶起一才裁八千，又惹万人怨声讨。

18. 同学，犹如坐在同一列车中前往不同目的地的游人，同班不一定同学；同志则如乘在不同列车上却去往同一目的地的旅客，有同一个志向。同学可以办事，同志则可担当。

同志永恒！

同志万岁！

19. 一代贵族，贵而不富；二代贵族，富而不贵；三代贵族，不富不贵。

20. 冲至风口浪尖需要非凡的本领，而风浪过后仍能坚如磐石则是真功。

21. 糖尿病（II期）本不是病，它只说明人的食物结构与其特定年龄的体质及其运化能力不再匹配。人毕竟是从猿变来的，老了难道还要变为虎豹不成？

22. 幸福的人不是受到热捧的人，而是有能力谢绝热捧的人。人如果被捧得脱离大地，那他就会变成“故事里的故事”：说是就是，不是也是；说不是就不是，是也不是。[②]

---

①《老子》第四十五章，见《老子全译》，沙少海、徐子宏译注，贵阳：《贵州人民出版社，1989 年，第 90 页。

②电视连续剧《宰相刘罗锅》中的片尾曲《故事里的事》，后来收入戴娆的专辑《锦上添花》，更名为《故事里的故事》。

23．权变不离经常。

24．当石头值钱时，钱就不值钱了。

25．生命宁可短暂，也要精彩。如脱离了事业，尤其是民族大业，长寿就是一个没有意义的生物概念。

26．替天行道者，其数在天；天命者，常人不可造，更不可问。替人行道者，其数在大，强者可也。大，出人头地，天，大之巅。

27．毛泽东时代的人得到表扬太难了，以至人们视荣誉为生命，可将一张奖状压在箱底收藏一辈子；近些年表扬和奖状不仅易得且规格越来越高，以至有人用蛇皮袋装奖状和证书，更有人一边得奖一边犯法。

28．人之友谊如杯盛水，冲急则空，缓则满。

29．高手接招后感触到的不仅是赛局的输赢，还有对手事业的大限。

30．人走路有时觉得路远，那是因路不熟而自设了较多参照物；觉得路近则是因路熟而在观念中少了许多参照物。可见，走自己的路，在相当的情况下是走最近的路。

31．不讲重点而讲“平衡”，那是平庸；不讲根本利益而讲“包容”“理性”，那是宋人的空论。宋人的空论将国家丢失殆尽，今人空论将危害中国人民的根本利益。

32．所谓“缘分”，是恋爱男女规避责任的托词：说“有缘”，是想好；说“无缘”，是想跑。

33. “粉丝”，下到开水锅里就是糨糊。

34. 爱，不在仰慕，而在包容；直言之，爱主要体现在可以在多大程度上接受对方合理的缺点。

35. 谄媚是一种看似廉价却实则昂贵的人格预支，支出人的预期回报值更是极其高昂，如不能兑现，那接受者将来至少也要以同等的人格折损被支出人索还。

36. 做人仅能“出淤泥而不染”是不够的，若还能出淤泥而强壮，才是值得赞扬的。毛泽东说“毒草共香花同生，牛鬼蛇神与麟凤龟龙并长”①，老子说“反者道之动”，黑格尔说“历史恶动力”②，都是在说事物是在反面力量的推动下成长。

37. 肾虚的人火大，无能的人气急。

38. 将凤凰羽毛拔掉看似鸡，但不是鸡；给鸡插上长羽毛，看似凤但不是凤。

39. 洗澡不搓泥，那是白洗；刺刀不见红，那是游戏；整风不整坏人，那是瞎整。

40. 只谈恋爱而不结婚，那是在演肥皂剧。为了演这类剧，好多演员到了四五十岁还真的没有结婚。

---

①中共中央文献研究室：《毛泽东年谱（1949—1976）》第3卷，北京：中央文献出版社，2013年，第156页。

②关于黑格尔历史“恶动力”思想参见《法哲学原理》第18、139节以及《宗教哲学讲演录》第3部第2篇第3章。

41．逝者安详，生者奋进，是为清明。

42．学习雷锋的关键是“接过雷锋的枪”；热爱人民的前提是与人民的敌人不懈斗争。

43．生死面前无专业。

44．大人物睡觉，写到书里叫“休息”；小人物休息，写到书里叫“睡觉”。

45．生得其时，死得其所，生命大善，莫过于此。

46．没有历史坐标的道德是苍白的。

47．没有人的性，与没有性的人一样，也是没有人性的。

48．人生设计需要考虑的往往不是人生最重要的事，而是既重要又能做成的事。

49．雷锋精神是爱憎分明的对立统一体，雷锋只对同志才有“春天般温暖”，对敌人从来都是“冬天一样残酷无情”①。因此，在资本前喊“劳动光荣”，与在血吸虫前争着献血一样，那不是“雷锋”而是“雷人”。

50．平凡不是平庸，平凡是有方向的努力，而平庸则是无方向的活动。人与动物的差别就在于此。

---

①“对待同志像春天一样温暖，对待工作像夏天一样火热，对待个人主义像秋风扫落叶一样，对待敌人像冬天一样残酷无情。”参阅刘玥辛：《雷锋日记》长春：吉林人民出版社，2012年，第27页。

文艺

目录

之一　好作家创造的是一个时代，而不是一群“粉丝”//565

之二　在当下，只要“我想去延安”，中国就有希望//576

之一

好作家创造的是一个时代，而不是一群“粉丝”

1. 所谓“力作”，并不是用力气去做，相反，它是天然而成的作品。过于人为不如无为。艺术亦然。

2. 艺术的真谛不在开拓创新，而在返璞归真。

3. 杜诗《春夜喜雨》也是人生艺术的感悟。前四句告诉人们：做事要把握时机和恰到好处（好雨知时节，当春乃发生）；解决问题要借势却不事声张（随风潜入夜，润物细无声）。后四句告诉人们：道路曲折，但前途光明（野径云俱黑，江船火独明）；坚持下去，待风雨过后，回首来路已是硕果累累（晓看红湿处，花重锦官城）。1958年，毛泽东在成都游览杜甫草堂时，望着陈列在橱内的杜甫诗集说：“是政治诗。”[①]

4. 东北米香的原因在于低温冷落和一年一产[②]，创作同理。

5. 古典来自沙场而非沙龙。

---

①中共中央文献研究室：《毛泽东年谱（1949—1976）》第3卷，北京：中央文献出版社，2013年，第308页。

②东北大米生长积温时间长：积温导致东北的水稻生长缓慢，生长期长，一年一熟，因此，质量较好。生长期一般在130天左右，在海南，水稻一年三熟，生长过快。

6．面子大，里子小，是故宫建筑思想的人文特征：前面皇帝用于接见臣民的华伟殿堂是为了大面子，而皇帝在御花园住的精致小屋则是为了过自己的小日子。

7．作家一旦脱离了生活，就只有追求形式上的唯美，其结果便是虚无和堕落。

8．与自然物不同，意识中的规定应当是艺术的，这是因为它不仅是有限的，更是自觉的。

9．张艺谋导演的《英雄》，讲的是战国时一个叫无名的刺客寻杀并终归于秦王“天下”霸业的心路历程，故事以刺客无名放弃刺杀目标被万箭射死于秦王脚下为结局。其中的经典台词是：“赵国和秦国的仇恨，放在天下，便不再是仇恨。”《英雄》放映时间是2002年12月，正值美国出兵阿富汗（2001年10月）和入侵伊拉克（2003年3月）战争期间。《英雄》在西方得到一连串奖励和相当高的票房纪录[①]。

10．一部《英雄》，“好就好在投降”[②]。

11．靠自贬或挖苦同伴来取悦听众的，那不叫相声而叫洋相。

---

① 《英雄》票房纪录（内地：2.5 亿人民币；全球：1.77 亿美金）。获奖情况：美国影评学会最佳外语片奖、多伦多影评学会最佳外语片奖、第 53 届柏林国际电影节阿尔弗雷德·鲍尔奖、第 75 届奥斯卡最佳外语片提名、第 22 届香港电影金像奖等。

② 1975 年 8 月 14 日，毛泽东与芦荻谈《三国演义》《红楼梦》和《水浒》等几部古典小说的时候，曾说过：“《水浒》这部书，好就好在投降。做反面教材，使人们都知道投降派。”鲁迅评《水浒》说：“一部《水浒》，说得很分明：因为不反对天子，所以大军一到，便受招安，替国家打别的强盗——不‘替天行道’的强盗去了。终于是奴才。”（《三闲集·流氓的变迁》）《毛泽东评〈水浒〉谈话的真相》，中共中央文献研究室：《毛泽东年谱（1949—1976）》第 6 卷，北京：中央文献出版社，2013 年，第 603 页。

12. 说相声，要义在一个“说”字，而喊出的相声则没有一个不失败的。

13. 梅兰芳，张国荣，同演旦角，形似而神不同。1941年，在中国抗日战争最艰苦的时刻，日本人特意“邀请”梅兰芳出场唱花旦，日本人知道，使对手国家中的男性心理在不知不觉中普遍雌化——这种现象目前在东南亚一些曾被英国、日本殖民过而又没有经历社会主义革命的国家和地区中普遍存在，在其影视文艺中已是主流——是击败这个国家的重要手段。梅兰芳在日本的屠刀威逼下拒绝与日本人合作，决定“蓄须明志”“息影舞台”，以此激励中国男儿英勇杀敌，誓死报国①。

张国荣在英殖时代的作品就红粉纤艳，香港回归五年后即2003年跳楼身亡。在其诸多作品中，日本捧挺最为给力的是由张国荣主演而又娘气十足的《霸王别姬》。②

---

①关于这一段事迹，参阅梅绍武回忆文章：《傲骨从来耐岁寒——忆父亲坚决拒为敌伪演出的事迹》，见梅绍武：《我的父亲梅兰芳》，天津：百花文艺出版社，1984年，第177-183页。

② 1993年张国荣受邀担任东京国际电影节评委，成为首位担任该奖项评委的华人男演员。1994年，他主演的电影《霸王别姬》在韩国、新加坡等国家公映，在日本东京更是创造了连续放映43周的纪录；《霸王别姬》的成功不仅令他蜚声国际，同时也奠定了他在亚洲影坛的巨星地位。1994年，他凭借《霸王别姬》获得第四届“日本影评人大奖”最佳外语片男主角奖，成为首位获得该奖项的华人男演员。1994年，张国荣登上《ELLE》国际中文版封面，成为首位登上该杂志封面的男明星。1996年，他获得日本《ASIA POP》颁发的“人气最旺”“最佳艺人”两项大奖。1998年，有日本“《时代》杂志”之称的新闻周刊《AERA》在创刊10周年纪念专号以张国荣作为封面人物。1999年，他主演的电影《星月童话》由香港与日本共同制作，在亚洲多个国家上映。2000年，他主演的电影《恋战冲绳》及《流星语》在日本上映。2001年，他位居日本雅虎外国明星人气榜第一位。2001年他获得日本“Cine City”颁发的最佳男演员奖，该奖项举办11年，张国荣就有10年夺冠。2003年，韩国电影频道OCN联合21家韩国电影网站合作举办“百大影星”评选，张国荣排海外影星第一位。2004年，张国荣入选日本《日经娱乐》评出的“在日本最受欢迎的十大亚洲男艺人”。2005年，新加坡《联合早报》举办“亚洲明星人气50强”评选，张国荣位居第四，这是香港艺人截至2005年的最佳名次。2006年，日本国家电视台NHK举办在日本最受欢迎的演员评选，张国荣当选“国际十佳男演员”；同年韩国电影杂志《Movieweek》与电影频道OCN合作选出100部最受欢迎的电影，张国荣主演的《霸王别姬》是上榜的两部华语电影之一。2007年，张国荣主演的《霸王别姬》在日本横滨的艺术展被列入中日交流年官方活动。2009年，韩国举办“张国荣电影节”，用为期一个月的时间上映张国荣的经典影片，这是韩国首次为怀念特定明星而举办的电影节。2013年，世界三大百科全书之一的《大英百科全书》将“张国荣”作为词条收录其中。

14. 一个民族不能靠“超女”崛起，盛世也不因那铺天的大红灯笼和超短裙而出现。杨贵妃曾是个大“超女”，就在她风光无限之际，李隆基开始颠簸于逃亡四川的路上。

15. 歌还是要唱的，在今天尤其要多唱“向前、向前、向前，我们的队伍向太阳”，要唱“我们的队伍是一支不可战胜的力量”。我们应该有这个气度，别老是一天到晚爱啊爱。要知道，在一个朝气蓬勃的社会中，真爱情历来都是献给英雄，而不是给无病呻吟者的。

16. 一个民族不能失去原始的力量，失去原始力量就会被人欺负。艺术也是这样。你看汉代的艺术，一块巨石，简单几个线条，浑然一体，大气磅礴，象征那个时代向上的劲头。看看清朝是什么艺术，龙的睫毛都刻出来了，艺术到此，也就死亡了。艺术永远要有大气，要有血气，要有腥气，要有原始野气。你看魏晋南北朝王羲之的字，字体里面透露着中华民族从北到南大迁移中的那种张力。宋、明、清末期多秀才，诗多禅意，词多婉约，结果国家就被打败了。有几个像岳飞、辛弃疾、冯子材等有气节、有才干的人，也是无力回天。辛弃疾是军人，却不幸成了词人；严复是中国海军事业的先驱，从英国海军学院回来要振兴中国海军，不幸却成了翻译家。好好一个军人打不了仗，逼得人家去填词，去翻译，尽管词风豪迈，文字也“信、达、雅”，但比较一下太平洋对面同期的美国及与严复同时代的海权理论的创始人马汉，真让人扼腕唏嘘。

17. 在市场经济中，许多东西可以卖，就是国家不能卖，这与在自然经济中，许多东西可以卖，就是祖宗不能卖的道理一样。

18. 心中有诗情，眼中有画意。技巧的因素在艺术创作中是第二位的。

19. 世界流行的审美标准其实多是胜利者的标准，以强者为美。现在人造美女的标准多以西方人为参照，有色人种将自己的脸整得白白的。如果当年是非洲人征服了世界，那今天的美女标准也一定是以黑为美。中国崛起后，西方人的审美标准也会向中国参照系偏斜。中国人鼻子扁，那时他们也会做手术将高鼻梁砸低，将双眼皮划拉成单眼皮，大眼睛缝成细眯眼。现在我们到广州来，都学广州话，因为广州富裕了。此前，北方人什么时候学过广州话呢？我们学英语也是因为英语母语国家富强。语言是身份的表示，在潜意识中也是立场的显示。英语里头有法语，为什么？因为法国人征服过它。

20．这个世界本质上是平的，如果不自垮，谁也消灭不了谁。太平洋地区，美国灭不了中国，中国也灭不了美国，平等和解才是出路。美国人不要指望中国人可以任人欺负，平起平坐才是与中国交朋友的正道。美国人看中国电影不要只看《夜宴》《黄金甲》，要多看看《上甘岭》《亮剑》《三八线》《惊沙》，那才是中国人的真精神。

21．中国的危险不是来自外敌，而是来自内心。苏联解体时，军事上照样可以向美国“亮剑”，可思想之剑，在戈尔巴乔夫、叶利钦那里，早已锈迹斑斑。现在一些人有意妖魔化中国人民的革命历史，虚化中华民族英雄人物。什么岳飞不是英雄，雷锋也不是宣传的那种榜样人物，黄继光其实也是为了自己才去堵枪眼，等等。这些话说多了，中国人的脊梁骨就会被蚀断，灵魂被蚀裂，我们民族的存在就没有道德价值和历史意义了。这是要命的，是会亡国的。好在现在这些人的洋主子不争气，他们已是日薄西山。

22．每几年西方人就设一个什么“甘地奖”“曼德拉奖”等，我想西方人永远不会为东方人设“毛泽东奖”，尽管西方人自己不乏“罗斯福奖”或“丘吉尔奖”之类奖项。美国人宁可在南美多出几个甘地，也不能再出格瓦拉。

23．1937年，日本人在中国南京真是有色无戒：色胆包了天，杀人也如麻。糟蹋了那么多的中国妇女，也没见他们对中国人“人性复苏”，手下留情。

24．北京大学是一个很不错的学校，思想开放，但也有不接地气的缺点：其法律、国际政治、经济学等学科的教材多以西方理论为范本。北大为一些名人塑像，还拉了许多有钱有势有名有望的“校友”“校董”①，但唯独没有1918年至1919年间在北大图书馆当过管理员，还参加了北京大学哲学研究会②的毛泽东。这真的说不过去。且不说军事、书法、诗歌等领域的成就，即使是毛泽东的哲学思想，其深度和高度迄今也难有学人企及，如果北大学子能够学会并掌握了毛泽东哲学思想，就不会在“文革”和“六四”中忽左忽右走极端。如果能在今天的北大图书馆前立个青年毛泽东手握《湘江评论》、立志“改造中国和世界”③的雕像，我们的孩子看了以后就会有报国壮志。好在目前北大校牌和校徽还是毛泽东的手书。

25．演员与戏子的差别在于，演员是有原则的，而戏子是什么都演，其中包括出演卖国的电影。

26．前两年，中国有艺人身披日本军旗拍时装照，这两年更有艺人“一身兼二任”：刚演完“格拉玛”艇上的格瓦拉，又在《色戒》中扮演被美化了的汉奸情妇，这不由得使人想起抗战中不顾生命危险数次拒绝日本人邀请

---

①在接受校友捐赠数额方面，1980年至2018年，北京大学22.99亿元，位列第二。《清华、北大、人大位列2018大学校友捐赠排行榜前三名》，载《中国青年报》，2017年12月27日。

②中共中央文献研究室：《毛泽东年谱（1893—1949）》上卷，北京：中央文献出版社，2013年，第38-39页。

③ 1920年12月1日，毛泽东写信和回信给蔡和森、萧子升等表明自己接受马克思主义，走俄国十月革命的道路，赞同以“改造中国与世界”为学会的方针。参阅中共中央文献研究室：《毛泽东年谱（1893—1949）》上卷，北京：中央文献出版社，2013年，第73页。

演出的京剧大师梅兰芳。前后相比，我们懂得了什么叫戏子，什么叫演员。

27. 梅兰芳一生的艺术实践告诉我们：艺术品质的高下不仅仅在于技巧，更在于气节。

28. 汉初茂陵与清末故宫里的艺术品的差异不在技巧而在贯穿其中的倔强之气。

29. 《无极》，无聊之极；《色戒》，有色无戒。

30. 从《庐山恋》的冲击到《士兵突击》的热浪，说明中国人的审美倾向正在迅速从华美铺陈的浪漫主义向简约文本的现实主义回归。而造成这种转变的原因是被严重的两极分化击碎了的“盛世”梦幻。中华盛世，当在中国农村繁荣和两岸统一之后。

31. 真正的乐观主义是以悲观主义为前提的。使命即宿命，所有的宿命都是悲观的；知道宿命的使命才可能使人乐观。不知宿命的使命感会使人疯狂。

32. 现在改编过的“红色经典”与原著比，长于艺术表现形式，短于穷苦人的阶级感情。事实上，经典无法复制，更无法改编，正如古希腊艺术不能复制和改编一样。马克思说：“某些有重大意义的艺术形式只有在艺术发展的不发达阶段才是可能的。”[①]毛泽东时代的红色经典，就是这样的“只有在艺术发展的不发达阶段”才可能出现的，因此是永远不可复制的“有重大意义的艺术形式”。

---

① [德] 马克思：《〈政治经济学批判〉导言》，见《马克思恩格斯选集》第2卷，北京：人民出版社，1972年，第113页。

33. 改编经典，犹如成人与儿童比“天真”——用现代的话说就是“装萌”，是非常可笑的。马克思责问说：

一个成人不能再变成儿童，否则就变得稚气了。但是，儿童的天真不使它感到愉快吗？他自己不该努力在一个更高的阶梯上把自己的真实再现出来吗？在每一个时代，它的固有的性格不是在儿童的天性中纯真地复活着吗？为什么历史上的人类童年时代，在它发展得最完美的地方，不该作为永不复返的阶段而显示出永久的魅力呢？有粗野的儿童，有早熟的儿童。古代民族中有许多是属于这一类的。希腊人是正常的儿童。他们的艺术对我们所产生的魅力，同它在其中生长的那个不发达的社会并不矛盾。它倒是这个社会阶段的结果，并且是同它在其中产生而且只能在其中产生的那些未成熟的社会条件永远不能复返这一点分不开的。①

34. 从复杂看出简单而非相反，是思维能力高下的关键，而这恰是儿童思维的长项。

35. 比较古希腊和古埃及的艺术，人们会发现，奥运美学的元素是力量、速度、准确，奥运美学的风格是简洁、明快、对等，而绝对不是远古那等级森严的沉重呼唤——观看2008年奥运会开幕式直播有感。

36. 浮夸毁人，奢靡亡国。

37. 简洁源于自信。

38. 缶，不直击，侧拍。

---

① ［德］马克思：《〈政治经济学批判〉导言》，见《马克思恩格斯选集》第 2 卷，北京：人民出版社，1972 年，第 114 页。

39. 当英雄成为公众取笑或嘲弄，而笑星和“超女”成为公众狂热追捧的对象时，这个国家被人宰割的危险也就将悄然而至。

40. “文革”中的人秀“粗”，现在的人秀“嫩”。

41. 其实，“文革”文艺中有许多健康的内容，但由于长期一家独大，其创造的人物形象亦不容置疑，这为20世纪80年代初王朔等反权威文化崛起做了铺垫。王朔反权威文化蜂拥而起后又泛滥成灾，最终异化为“痞子”文化——比如这些年进入年末各式晚会的“性错位”表演——并将王朔文化送入末途，这又为“文革”文艺中的英雄主义内容重返舞台做了铺垫。

42. 生活愈接近本质，其艺术表现形式也就愈安静、朴素和简约。

43. 收获时人的心情是平静的，而人为制造的“豪华大场面”反衬出人的心虚和浮躁。心虚需要声势以壮胆，浮躁则需要不停地注射“鸡血”以煽情。

44. 神是生产资料所有权在人世间的图腾。

45. 培植对手民族中最无力的思想是征服这个民族的有效手段。与英国人在印度将印度式“武训”——主张“非暴力不合作”的甘地捧为“圣雄”的目的一样，明思宗崇祯死后，清封其为庄烈愍皇帝，庙号怀宗。葬北京昌平思陵。苏联解体前，西方为了鼓励戈尔巴乔夫，于1990年10月15日向他颁发诺贝尔和平奖；苏联解体多年后的2008年9月18日，美国国家宪法中心作为奖励，又向戈尔巴乔夫颁发“自由勋章”，而为戈氏挂奖章的人就是当年利用戈氏善意瞬间踹倒苏联的美国总统乔治·布什。布什对戈氏说：这是一个真正的荣誉。但这个“真正的荣誉”对俄罗斯民族来说却是一个真正的灾难。可以肯定，戈氏如果离世，美国也会将其树为世界级的“圣雄”，正如美国为了统治黑人，将厌恶其黑皮肤的杰克逊捧为“歌王”的目的如出一辙。

46. “文革”中有“红海洋”，主要是红旗和“红宝书”等，现在有“中国红”，主要是大红灯笼和红裙子等；“文革”中与红色搭配常用绿色，如绿军装、绿书包、绿军用鞋等，今天常用的则是只有古代帝王才能御用的金黄色，如电影《满城尽带黄金甲》、2008年奥运会开幕式以及2010年春晚的开幕场面。

色彩变化反映了不同时期人的审美偏好。绿色象征着生命力，所以韩愈《早春》诗说：“天街小雨润如酥，草色遥看近却无。最是一年春好处，绝胜烟柳满皇都。”金黄色象征金钱和地位，所以黄巢《不第后赋菊》诗说：“待到秋来九月八，我花开后百花杀。冲天香阵透长安，满城尽带黄金甲。”

47. 看看目前那充斥于社会上下空而又空的学风和假模假式、不男不女的戏风，再环视东海那日益逼近的虎狼，不由得让人想起历史上的宋（960—1279年）明（1368—1628年）两朝和眼前的奥地利。奥地利在19世纪曾是雄视大半个欧洲的奥地利帝国（1804—1867年）和奥匈帝国（1867—1918年）的国都，其首相梅特涅在拿破仑失败后的维也纳会议上还是决定欧洲未来利益分配格局的关键人物，可到20世纪它在地图上却成了需要借助放大镜才能找到的米粒小国。沧海桑田，往事并不如风。我们今天的中国人是否严肃地考虑过奥地利的厄运是否会落在中国，以及为避免这种厄运，我们今天应当担当什么责任和做些什么呢?

48. 伟大的作家绝不是一味揣摩和顺应读者口味的人，而是积极引导和塑造读者的人，是让读者愿意追随而不是追随读者的人。这样的作家创造的是一个时代，而不是一群“粉丝”（Fans）。

49. 西方人是有文化战略的。东南亚曾是欧美殖民地，看看目前流行于东亚地区的一些武打片，其中的主角形象多是一些好勇斗狠的地摊侠客，只讲义气而无主义。相反，像霍元甲、李小龙这些有理想和主义并为中国人打出威武和正义的拳手，则没有活得太久——在他们去世后，其形象也被英国殖民者严重妖魔化。李小龙只活了33岁，决心继承父业的李小龙长子李国豪在其事业初有声色的时候，也随一起“误击事件”而英年早逝，死时年仅28岁；清末曾多次打败洋人的爱国武术大师霍元甲也是在年仅42岁时便“不意中毒身亡”。这些同类人物同命结局使我们不能不怀疑其后有着某种联系。但历史的辩证法是无情的，这些民族英雄们那被缩短了的生命，却被他们的民族即中华民族几乎是无限延长了。

50. 香港武打片中有不少自称“龙”的主演，而具有龙的真精神的大概只有李小龙一个。在他之外给人留下的武打形象多是英国殖民统治需要的地摊上的混混形象，而李小龙留在人心目中的则是格瓦拉式的有理想和主义的英雄。

之二

在当下，只要“我想去延安”，中国就有希望

1．曾被殖民统治过的东亚国家和地区的言情片中的三角苦恋多以一方“已买了去纽约的机票”或另一方在机场目送已经升起飞往西方某国的飞机为最终解脱。这样的结局其实是在误导观众：西方才是人生的“伊甸园”，到了西方也就找到了道德的制高点。

2．大音希声，最高级别的修饰词当慎用，不然就会走向反面。“文革”中人们多用“最”字以示极端重要。后来包括“林副统帅”这样的人又自造出“最最”这样的修饰语来表达感情，终成为笑话。当今使用频率较高的词汇是“震撼”，如此多的小事都能让人“震撼”，那碰到真正的大事——如果不能再造出“震撼的震撼”这样的语词——那人真只能无语了。

3．由徐沛东作曲，化方作词，李龙演唱的《我要去延安》，旋律优美，但与贺敬之的《回延安》比较，徐沛东、化方的《我要去延安》听起更像一首旅游宣传作品，其心境有些像功成名就后回乡的知青在“忆苦思甜”，缺乏那种对劳动人民生死依存的感情。歌词照录如下：

黄河边，延水岸，黄土筑高原。窑洞前，石磨碾，仿佛回到昨天。风清清天蓝蓝，我要去延安。先登宝塔山，再看南泥湾。我要去延安，先听安塞鼓，再看山丹丹，我要去延安。梦里边，枕儿畔，千呼与万唤。泪咸咸，

地平线，万水与那千山。夜无眠，星月远，我要去延安。先去杨家岭，再看青枣园。我要去延安，先喝羊杂汤，再吃黄米饭。我要去延安，先去忆苦思甜，再看山花烂漫。我要去延安，看时间荏苒，看万山红遍，我要、我要去延安。

再看1956年3月贺敬之写的《回延安》：

（1）心口呀莫要这么厉害地跳，灰尘呀莫把我眼睛挡住了……手抓黄土我不放，紧紧儿贴在心窝上。……几回回梦里回延安，双手搂定宝塔山。千声万声呼唤你——母亲延安就在这里！杜甫川唱来柳林铺笑，红旗飘飘把手招。白羊肚手巾红腰带，亲人们迎过延河来。满心话登时说不出来，一头扑进亲人怀……

（2）……二十里铺送过柳林铺迎，分别十年又回家中。树梢树枝树根根，亲山亲水有亲人。羊羔羔吃奶眼望着妈，小米饭养活我长大。东山的糜子西山的谷，肩膀上的红旗手中的书。手把手儿教会了我，母亲打发我们过黄河。革命的道路千万里，天南海北想着你……

（3）米酒油馍木炭火，团团围定炕上坐。满窑里围得不透风，脑畔上还响着脚步声。老爷爷进门气喘得紧："我梦见鸡毛信来——可真见亲人……"亲人见了亲人面，欢喜的眼泪眼眶里转。"保卫延安你们费了心，白头发添了几根根。"团支书又领进社主任，当年的放羊娃如今长成人。白生生的窗纸红窗花，娃娃们争抢来把手拉。一口口的米酒千万句话，长江大河起浪花。十年来革命大发展，说不尽这三千六百天……

（4）千万条腿来千万只眼，也不够我走来也不够我看！头顶着蓝天大明镜，延安城照在我心中；一条条街道宽又平，一座座楼房披彩虹；一盏盏电灯亮又明，一排排绿树迎春风……对照过去我认不出了你，母亲延安换新衣。

（5）杨家岭的红旗啊高高地飘，革命万里起高潮！宝塔山下留脚印，毛主席登上了天安门！枣园的灯光照人心，延河滚滚喊"前进"！赤卫军……青年团……红领巾，走着咱英雄几辈辈人……社会主义路上大踏步走，光荣的延河还要在前头！身长翅膀吧脚生云，再回延安看母亲！

但不管如何，《我想去延安》总体上还是一首不错的歌曲。因为在目前的中国，只要“我想去延安”（而不是去纽约），中国就有希望。

4．演员的脸——与学者的字一样——是有政治的。借脸打脸，借名演员的脸弱化和丑化他们自己的民族和国家，是西方宣传战的重要手法。

5．20世纪40年代末，据俄罗斯媒体披露，美国中央情报局曾制订用于对付苏联的代号为“Dropshot”即所谓的“滴水穿石”心理战计划。其中就提出“广泛进行心理战，是美国最重要的任务之一”[①]。20世纪90年代，俄罗斯媒体广泛援引艾伦·杜勒斯[②]为对抗“共产主义”国家向美国情报机关所作的指示：

战争必将结束，一切好歹会得到安排解决，那时我们将以我们现在所拥有的一切：所有的金钱，所有的物质援助去愚弄和欺骗。

人类的大脑，人们的意识具有改变能力。我们可以在那里作乱，我们还将悄无声息地将他们有重要价值的东西偷换成赝品，还要让他们相信这些赝品的真实性。怎么做？我们一定能在俄罗斯国内找到自己的同谋，找到自己的同盟者。最不驯服的民族的死亡，这一民族自我意识终极消亡的悲剧将一件接一件地大规模上演。比如，我们将从文学及艺术中渐渐根除它们的社会本质，使艺术家放弃创作，打消他们从事艺术的兴趣及发自民众内心深处的对研究创作的兴致。文学、戏剧、电影艺术，所有这一切都将被描绘为最为低劣的人类情感。我们将全力支持并抬举那些我们所谓的艺术家，这些人将会挺身而出向人类的意识中灌输性崇拜、强权、暴力、背叛，可以用一句话概括为：灌输所有的不道德行为。我们将在国家的管理过程中制造混乱。

---

①［俄］B.A.利西奇金、Л.A.谢列平：《第三次世界大战——信息心理战》，徐日翰等译，北京：社会科学文献出版社，2003年，第72页。

②艾伦·杜勒斯，美国前国务卿约·福·杜勒斯的弟弟，从20世纪40年代参加与组织对苏情报工作，1953—1961年任美国中央情报局局长。

我们将悄无声息地，但积极稳妥地促使官员、受贿者毫无原则地肆意妄为；官僚主义和因循守旧将被宣传为美德；忠诚和正直将受到讥讽和嘲笑而变成过去的残余，没有人再需要它们。愚蠢无知与蛮横无理、谎言与欺骗、醉酒与吸毒，彼此之间的本能恐惧、厚颜无耻、变节背叛、民族主义和民族敌对，首先是民族敌对和对俄罗斯民族的痛恨——所有这些我们都将巧妙地、悄无声息地培养推行，所有这些必将绽放出绚丽的色彩……只有一小部分人，很少的一部分人会产生怀疑甚或明白正在发生的事情。但我们会将这种人置于孤立无援的境地，使之受到嘲弄。我们定能找到诽谤他们，将他们宣布为社会垃圾的办法。我们将清除布尔什维克的精神根源，将精神德行之根本庸俗化，并消灭它。我们将会如此动摇一代又一代人，根除他们对列宁主义的狂热崇拜。我们将从童年、青年时期着手对付他们，而把希望寄托在年轻人身上，分化他们，腐蚀他们，败坏他们。我们一定要将他们培养成厚颜无耻之徒，俗不可耐之人，世界主义者。我们一定会这样做的。①

俄罗斯学者谢·卡拉-穆尔扎在《论意识操纵》一书中写道：

西方的大众传媒实际上根本没有关于亚洲的认真报道。来自中国、印度，甚至日本的报道除了一些奇风异俗（农历春节、空手道、中国的饮食），就是一些令人厌恶的东西（色情旅游、麻风病、黑社会），再不就是有刺激的政治报道（恐怖主义、宗教暴力、毒品贩子的公开死刑）。②

6．打倒被压迫者的反抗英雄是西方人推行殖民文化的关键。俄国学者

---

①《杜勒斯在国际关系委员会非公开会议上的报告提纲》，见［俄］亚·舍维亚金：《苏联灭亡之谜》，李锦霞、孙武、宋祖敏译，北京：东方出版社，2011年，第6-7页。俄罗斯学者亚·舍维亚金在其著作中引用杜勒斯这个讲演并对其加以评论道："最近几年一些研究质疑这篇文章是否为杜勒斯所作。不过，这一已为经典的文章，即便不是字字属实，而仅就其实质而言，许多地方与现实状况是相符的。"笔者对亚·舍维亚金的这个评论深以为然。

②［俄］谢·卡拉－穆尔扎：《论意识操纵》上，徐昌翰等译，北京：社会科学文献出版社，2004年，第335-336页。

注意到西方人就是用这种宣传手段击垮苏联的。B. A. 利西奇金和Л. A. 谢列平在其合著的《第三次世界大战——信息心理战》一书中，以苏联为例揭露说：

败坏并从精神上铲除斯大林、朱可夫、列宁、彼得大帝、苏沃罗夫和卫国战争中的英雄人物，就是要铲除俄罗斯精神世界的支柱，压制抵抗能力。

在这场战争中把俄罗斯民族引以为荣、视为民族骄傲的所有英雄和杰出人物统统通过信息手段在道德上加以诛杀。80年代，在第五纵队文人笔下，卫国战争时期的英雄几乎全被安上精心罗织的罪名，受到诽谤和侮辱。对更加久远的俄国历史的评价也如法炮制，其中包括彼得大帝、叶卡捷琳娜、伊凡雷帝。被颂扬的只有像彼得三世那样的低能儿。按照80年代末当时的高论，整个俄罗斯历史简直是微不足道。俄罗斯民族素性低劣的思想就这样逐渐地、一步一步地灌输到了思想中。①

与清朝统治者只接受明毅宗朱由检（崇祯）而不提明成祖朱棣（永乐），出于同样的原因，西方人接受东方“英雄”的底线只能是像俄国那个低能的彼得三世和后来的戈尔巴乔夫，在印度则是甘地那样“非暴力、不合作”的“圣雄”。英国人不怕“不合作”，只要你“非暴力”就行。毛泽东不同意甘地道路，他说：“没有一个人民的军队，便没有人民的一切。”②这话是对中国人民反帝反霸斗争成功经验的高度概括。

7. 恩格斯在批评资产阶级史学时曾尖锐指出：“资产阶级把一切都变成商品，对历史学也是如此。资产阶级的本性，它生存的条件，就是要伪造一切商品，因而也要伪造历史，伪造得最符合于资产阶级利益的历史著作，

① [俄] B.A. 利西奇金、Л. A. 谢列平：《第三次世界大战——信息心理战》，徐日翰等译，北京：社会科学文献出版社，2003 年，第 39、44 页。

②毛泽东：《论联合政府》，见《毛泽东选集》第 3 卷，北京：人民出版社，1991 年，第 1074 页。

所获得的报酬也最多。”[①]恩格斯一生大部分时间生活在英国，恩格斯这句话对于后人理解包括汤因比历史学在内的英国的学术，是有益的。

关于宗教的历史，恩格斯又补充说：

> 从中世纪的自由思想者到18世纪的启蒙运动者，流行着这样一种观点，即认为一切宗教，包括基督教在内，都是骗子手的捏造。但是，自从黑格尔向哲学提出了说明世界史中的理性发展的任务之后，上述观点便再也不能令人满意了。
>
> 事情很清楚，自发的宗教，如黑人对偶像的膜拜或雅利安人共有的原始宗教，在它产生的时候，并没有欺骗的成分，但在以后的发展中，很快地免不了有僧侣的欺诈。至于人为的宗教，虽然充满着虔诚的狂热，但在其创立的时候便少不了欺骗和伪造历史，而基督教，正如鲍威尔在批判新约时所指出的，也一开始就在这方面表现出了可观的成绩。但这只是肯定了一般现象，却没有说明这里所要谈的具体情况。[②]

恩格斯的意思是说，要用辩证的眼光看待古代宗教文献，它并不全是伪造的作品，但在其诞生之初，它仍具有相当的真实性。

8. “发展”的本质是有针对性地扬弃和批判，不斗争就不能进步。没有积极思想斗争的“民族文化大繁荣”的范本，就是宋朝文化。

9. 梅兰芳在日寇时期反而有李小龙龙飞九天的气势，而李小龙之后香港武术界却产生了向武旦[③]角色靠拢的偏好，在英国殖民者面前，武者主动

---

①［德］恩格斯：《“爱尔兰史”的片断》，见《马克思恩格斯全集》第16卷，北京：人民出版社，1964年，第573页。

②［德］恩格斯：《布鲁诺·鲍威尔和早期基督教》，见《马克思恩格斯全集》第19卷，北京：人民出版社，1963年，第327-328页。

③武旦，旦行的一种。大多扮演勇武的女性，如武将和江湖人物中的各类女侠，表演上重武打和绝技的运用。昆剧原无武旦这一行，清代中叶后，武旦这一行当也应时而生。

降格为阴沟里的扶贫义士；在回归祖国后的改革开放时代，他们摇身一变，成了“没有买卖，就没有杀害”的环保人士。

10．用放大青春痘病理的方法否定青春，是目前一些“伤痕文学”的惯用套路。1949年以来，中国的问题是“青春痘”问题，西方的问题是“癌变”问题，将这两种本质不同的问题混淆甚至有意颠倒，是隐藏在这类作品中的黑线，其心不良。

11．文化人，有话语权。可说话写字要实事求是。轻率跟风，老了再看自己那改不了的“白纸黑字”，轻则不好意思，重则就要悔罪了。

12．纵容涣散人心的不负责的文艺宣传就是犯罪。历史教训并不遥远。当年大秦帝国的意识形态工作是战斗力标准，讲究经世致用。它将商鞅、韩非子、李斯这些人的思想和作品用于安邦治国，教化民众；而把那些不靠谱的、像坚持“戈尔巴乔夫”式新思维的那帮人全逐出秦国。齐国接纳了这些人，到齐国办的稷下学宫[①]“做课题”、带“研究生”，搞不靠谱的“百家争鸣”，秦国还送大量黄金——也算是那个时代的“课题费”——资助齐国的处士横议。结果如何呢，结果是当秦国军队开到了齐国城下的时候，齐国文人竟集体静音，与苏联解体前的情形一样，偌大的齐国“竟无一人是男儿”，没有什么像样的抵抗。当年汉武帝反匈奴战争最紧张的时刻，有儒生狄山力劝汉武帝对匈奴施仁政，汉武帝让他去“贴近战场”，问他“我派你驻守一个郡，能够不让匈奴进入掳掠吗？”狄山说：“不能。”再问：“驻守一个县呢？”狄山又说：“不能。”武帝最后问：“驻守一个要塞城堡呢？”狄山自知理屈，硬着头皮说：“能。”于是武帝派他去守边，结果此

①稷下学宫，又称稷下之学，战国时期田齐的官办高等学府，始建于齐桓公田午。位于齐国国都临淄（今山东淄博市）稷门附近。蔚为壮观的“百家争鸣”，是以齐国稷下学宫为中心的。它作为当时百家学术争鸣的中心园地。兴盛时汇集了天下文士多达千人左右。

人走在半路上就被匈奴砍了脑袋[1]。如果我们文艺工作者在党和国家需要的时候，创作这种不靠谱即满口"之乎者也"就是不贴近战场的作品，别的不说，至少作为军队文艺工作者来说，就是不合格的；这样的文艺创作人员就不接地气，就失去了为师的资质。

13. 文艺工作者仅有艺术和学问指标是非常不够的，他们应当有为民族担当的意识和气节。比如鲁迅和周作人，都很有学问，但民族气节却有云泥之别。在两个人中间，我们当然要以鲁迅为导师。

14. 我们的军队文艺工作者不是普通的演员，而是有特定政治使命担当的战士。没有理想的演员也许会变成身披万国旗的小丑，但演员一旦穿上军装，他们就必须是战士。战士是要有理想的，要是仅作为一种职业就不需要理想，它就是个赚钱的饭碗，给钱就行了。如果我们变成这样，我们就失败了，在战场上官兵就散了，就不会有黄继光了。黄继光用身体堵住了枪眼，他要是没有为人民利益而奋斗的精神信仰，仅靠市场利益，他为什么要用身体堵枪眼？现在有人用世俗化的方式肢解我们军人的核心价值观，说什么黄继光也不是说的那样，雷锋也戴过表，谈过恋爱，邱少云不一定能经受住高温火烧等，这有意思吗？当黄继光堵枪眼那一刹那，他就定格了，他就是英雄。这就叫盖棺定论。我们在宣传上就是要塑造、歌颂这些英雄，我们的战士需要的就是这些英雄。当英雄成为公众取笑或嘲弄、恶搞而笑星和"超

---

①匈奴求和亲，群臣议前，博士狄山曰："和亲便。"上问其便，山曰："兵，凶器，未易数动。高帝欲伐匈奴，大困平城，乃遂结和亲。孝惠、高后时，天下安乐，及文帝欲事匈奴，北边萧然苦兵。孝景时，吴、楚七国反，景帝往来东宫间，天下寒心数月。吴、楚已破，竟景帝不言兵，天下富实。今自陛下兴兵击匈奴，中国以空虚，边大困贫。由是观之，不如和亲。"上问汤，汤曰："此愚儒无知。"狄山曰："臣固愚忠，若御史大夫汤，乃诈忠。汤之治淮南、江都，以深文痛诋诸侯，别疏骨肉，使籓臣不自安，臣固知汤之诈忠。"于是上作色曰："吾使生居一郡，能无使虏入盗乎？"山曰："不能。"曰："居一县？"曰："不能。"复曰："居一鄣间？"山自度辩穷且下吏，曰："能。"乃遣山乘鄣。至月余，匈奴斩山头而去。是后群臣震詟。参阅《汉书》卷五十九《张汤传》，见许嘉璐：《二十四史全译·汉书》第二册下，上海：汉语大词典出版社，2004 年，第 1251 页。

女”成为公众狂热追捧的对象时，这个国家被人宰割的危险也就将悄然而至。没有英雄的国家是要散架的。美国现在都包围过来了，如果我们战士还以“职业”的心态打仗，那就保卫不了我们的国家了。

15. 目前文艺创作中有两个问题需要注意，一是有些文艺创作缺乏生活经验，脱离生活实际。这是今天文艺作品中历史虚无主义产生的认识论根源。比如现在泛滥的抗战剧，多是美女抗战，荒郊野外和深山老林的游击队多是美女领导，这不符合实际。有位经历抗战的老同志跟我讲，现在抗战剧里共产党游击队吃白馒头，动辄要求请客，这根本不符合实际。那个时候日本人搞“三光政策”，游击队找到点粮食极不容易，哪还有请客吃饭的事呢？还有的临死前还要问爱不爱，这反映的是当下年轻作家的小资情调而不是从生死斗争中走出来的老兵经验。爱情在那个时候是放在第二位的，生死存亡是第一位的。

16. 有人说我们军队文艺也需要“大师”，这没有错。这与英雄一样，要看是什么标准中的“大师”。我们说，军队文艺要聚焦战场，如果在你的笔下出了更多黄继光、邱少云、雷锋、王杰这样的英雄，那你就是人民军队文艺当之无愧的大师。军队文艺工作者和一般学者不同的地方在于，军队文艺工作者写出的作品聚焦的主要是战场，功能主要在于促进战斗力的生长，它赞美的是战士们为祖国、为人民的利益勇于牺牲的精神。汶川地震，艺人砸的是钱，砸钱后就走人；我们军人砸的是命，砸了命还不能走。为什么，因为国家和那里的人民需要军队托底。

17. 今天有人改编“红色经典”，将其中的红色偷换为粉红色。忘记过去就意味着背叛，“去红”的结果不仅是让我们的后代不知不觉地忘记或误记我们中国共产党浴血奋斗的历史，诱使我们的后代背叛共产党的历史使命，这都是最要命的。拿破仑说：“大炮摧毁了封建制度，墨水正在摧毁现在的社会制度。”[①]如果联系目前社会上一些教科书中虚无主义内容、否定和虚化甚至丑化中国革命英雄的内容，我们就不能不对这些“墨水正在摧毁现在的社会制度”的文艺暗流予以高度警惕。

18. 娱乐是人类接受教育中最具“自发”性的方式，但我们可以自问我们今天学习的知识有多少是娱乐而不是一层层考试即“灌输”得来的，尽管我们不喜欢考试这种“灌输”方式，甚至到处嘲讽这种方式的生硬性，但它在特定的，比如人接受知识的初期确实很有效，它使我们以比“娱乐”的自发方式快得多的速度掌握了那么多的文理知识。因此，要辩证地看待“灌输”式宣传与娱乐式宣传问题，不能单纯地把娱乐当成文艺宣传的主要方式，更不能娱乐至上。对于中国社会主义及其伟大成就，还是要靠效果显现周期较长的正面教育，娱乐只是正面教育的配合形式。

19. 我们的军队文艺要有战斗力标准，检验我们军队文艺作品是否优秀不能以“国际承认”与否为标准，而要以能鼓励起战士的士气和作战精神为原则。我们说“为战士服务”，不是简单地只为战士的一般生活服务，而是要为战士在战场的冲锋陷阵服务。如果战士上战场之前看了你的文艺作品之后，更加奋勇向前，那你的作品就是优秀作品。比如《英雄儿女》中的王成的形象，鼓舞了我们的战士在朝鲜战场上的一往无前的大无畏精神，鼓舞了中国人民敢于和帝国主义斗争并取得胜利的精神，尽管没有什么高科技声像表现手段，但这个作品无疑就是优秀作品。再比如1951年魏巍同志从朝鲜战场归来后所著的报告文学《谁是最可爱的人》，鼓舞了朝鲜战场的战士和数代中国人对人民解放军和祖国的热爱，这样的作品就是优秀作品。如果看了你的作品后犹豫了、彷徨了，甚至当了逃兵，那你这个作品就是失败甚至是有害的作品。这种作品的艺术手法越高，它的破坏性就越大。比如《色戒》

---

① [俄] 列宁：《哲学笔记》，北京：人民出版社，1974 年，第 379 页。

这类的作品，传播的是无原则的跟谁干都一样活命和赚钱的资本主义市场经济价值，不利于战士一往无前和为国家民族奋斗牺牲的精神和军队战斗力的生成，这样的作品，不管它的艺术表现形式如何丰富，也不管西方人将它捧得如何高，它对军队文艺就不是好作品，甚至还是有害的作品。

20．我们军队文艺工作的聚焦点应最大可能地贴近战场实战。在战场上政治浪漫主义——比如当年的王明、李德等的瞎指挥——是以战士生命的牺牲为代价的。今天有些人将军队文艺创作与一般社会文艺的创作等同，提出什么军队文艺“多元”“开放”以及“职业化”的改革指向，以出“大师”“思想家”为目标，这些放在社会领域，其正确与否姑且不论；但放在军队文艺领域，放在党绝对领导下的战斗力标准的语境下，危害就不言而喻了。军队是党和国家事业的托底部分，党对军队的绝对领导和铁的纪律是军队建设最起码的前提，在这样的前提下，我们的所有理论都要聚焦战场，你可以这样那样说，但前提是要有利于战斗力的生成。你得让我们的战士在战场上奋勇向前，这是祖国命运的依托，仅靠“学术逻辑”是解决不了这些问题的。

21．读谢·卡拉-穆尔扎（徐昌翰等译）《论意识操纵》①：

（1）重复，是宣传战中的有效手段。重复产生习惯，习惯产生本能。决定民众接受事物态度的并不主要是理性思考而主要是现成概念，不断重复某一概念会造成民众对其无意识的默认，并由此形成适应概念要求的习惯和本能。本能一旦形成，除非出现重大灾变的警醒，理性则对其产生的行动无能为力。

（2）这种广泛用于宣传战的手段，既可为资产阶级服务，也可为无产阶级服务。鉴于“资产阶级思想体系的渊源比社会主义思想体系久远得多，他经过了更加全面的加工，它拥有的传播工具也多得不能相比”的历史条

① [俄] 谢·卡拉-穆尔扎：《论意识操纵》，徐昌翰等译，北京：社会科学文献出版社，2004年。

件，1902年，列宁在《怎么办？》这部小册子中同意卡·考茨基将“社会主义意识是一种从外面灌输到无产阶级的阶级斗争中去的东西，并不是一种从这个斗争中自发产生出来的东西”[①]的观点，并要求无产阶级政党“为了执行这个任务，同自发性进行殊死的斗争”[②]。灌输的关键是将核心概念绕过受众的意识直接植入下意识并用重复的方式使之强行转化为行为偏好。

（3）重复灌输手段的使用是有其辩证极限的。谎言说上一千遍就可变为“真理”，但真理如果说上一千遍，也会被人误认为是“谎言”。因此，遏制“重复”手段有效性的方式是重复本身，即将对手“重复”的内容推向极端——比如“文革”中那无限量重复的“万岁”“万万岁”——则会造成适得其反的心理后果。

22．侵华战争期间，日本学者杉山平助在《论支那人》文章中将日本对华“笔战”的作用概括为：“军人用刀剑刺支那人，我们文化人就是要用笔把他们的灵魂挖出来。”[③]这话反过来说也可理解为：当日本的文化人不能用笔把中国人的“灵魂挖出来”时，那军人的刺刀就要派上用场。

23．国家安全是民族生存和发展安全的依托。历史上已有很多语言都被埋在地下，成了考古学研究的对象，如果我们语言研究的注意力只集中在它的音素、音节等“纯学术”的细节上而不关心这种语言的命运及其相关政治因素，那我们的研究就失去了真义。据信原本是中华先民的北美印第安人[④]

---

①② ［俄］列宁：《怎么办？》，见《列宁选集》第1卷，北京：人民出版社，1972年，第255、257页。

③王向远：《日本对中国的文化侵略——学者、文化人的侵华战争》，北京：昆仑出版社，2005年，第179页。

④“约15 000年至12 000年前，人类便通过冰冻的白令海峡进入北美大陆，人类学的研究证明美洲印第安人属于蒙古人种。”参阅周一良、吴于廑：《世界通史·上古部分》，北京：人民出版社，1973年，第21页。关于这方面的最近研究可参阅［瑞典］埃尔南·奥尔纳：《亚洲人向安第斯地区的移徙》，见北京大学亚太研究院：《亚太研究论丛》，北京：北京大学出版社，2009年，第140-149页。

的语言今天已成考古学研究的对象，如果我们今天的语言学研究的结果在未来也使中国语言成了一种“古老的传说”，那至少对我们中华民族来说，就是失败无比的研究。

24．语言的张力与民族的命运息息相关，某种语言能否成为战略语言与使用该语言的民族命运息息相关。斯大林总结说，在阶级压迫的历史条件没有消失之前：“只能有胜利的语言和失败的语言。”[①]在欧洲殖民者来到东亚之前，中华文明及其主体语言即汉语是这一地区强势语言即斯大林所说的“胜利的语言”，这也就是中华帝国的战略语言。

25．语词变迁史表明，有较强张力的语言多是征服者的语言。当代最强势的英语中有许多法语词汇，说英语的人如能带两句法语就会给人一种很有身份、有教养的印象，这是因为法国人征服过英国；[②]俄国虽没有被法国征服过，但由于法国在历史上的强势，曾使得“俄国贵族有一个时候在宫廷和沙龙里也有好讲法语的风尚，他们以讲俄语时夹杂些法语、以会讲总是带法国口音的俄语而自鸣得意”[③]。法语中有许多拉丁语词汇，说法语的人拽上两句拉丁语是有学问、有身份的象征，那是由于罗马人征服过法国。[④]拉丁语对法国文化人的影响如此深刻，以至直到1539年法国国王弗朗索瓦才颁布《维莱-科特雷敕令》，要求往后所有官方文件都必须“以法语为母语而不是其他语言”，“尤其是不能用拉丁语”书写。[⑤]民族的征服，在许多情况

---

①③［苏］斯大林：《马克思主义与语言学问题》，见《斯大林选集》下卷，北京：人民出版社，1979年，第511、537页。

② 1066年威廉一世，史称“征服者”，从法国出发下海征服英国并自立为英王。此后法语曾被当作英国国语，在很长时间内通行于英国上层封建主之间和宫廷、议会、法院、教会等统治机构中，这种状况直到14世纪才改变过来。

④公元前58年至公元前52年罗马恺撒征服高卢，高卢全境成为罗马行省。

⑤尼古拉斯·奥斯特勒：《语言帝国：世界语言史》，章璐、梵非、蒋哲杰等译，上海：上海人民出版社，2009年，第374页。

下也是语言的征服。

26. 2000年10月31日，第九届全国人民代表大会常务委员会第十八次会议通过的《中华人民共和国国家通用语言文字法》提出的“国家通用语言”的概念，2007年，国家语言文字工作委员会提出“语言战略是国家发展战略的有机组成部分”[①]的命题，这些不仅是中国语言学界，更是中国学术界的大事。

27. 苏联解体后，西方将弱化或分化的目标转向中国，据说也有一些西方学者跑到我们的新疆、西藏等地区进行“学术考察”，出钱“资助”中国的一些学者为其做“语言学”或“民族学”研究，让我们自己的学者说那里原来有多少处于不同语系中的“民族”，并由此得出西方人想要的并符合他们战略目标的结论。这种“随风潜入夜”式的“学术研究”的后果不利于中国人民的团结和中国的政治统一，需要我们高度警惕。由西方导演的苏联解体使俄罗斯学者对此有深刻的体验。B. A. 利西奇金和Л. A. 谢列平在其合著的《第三次世界大战——信息心理战》一书中说西方人：

从今天的利益出发，挖掘历史论据来证明今天的观点是正确的。民族间的冲突往往以此为据。亚美尼亚与阿塞拜疆之间的冲突正是这种心理战手法酿出的恶果。历史上双方都可以找出大量资料证明，卡拉巴赫属于此方或彼方。当受到西方第五纵队操纵的新闻界，公然煽动被移居的人民，就其实质而言是组织了奥塞梯-印古什冲突以及其他一些冲突，酿成了大量伤亡。[②]

---

① 2007年国家语言文字工作委员会公布的《国家语委语言文字应用科研工作“十一五”规划》提出我国将开展国家语言战略研究，《规划》指出，语言战略是国家发展战略的有机组成部分。我国当前语言生活正快速发展变化，语言生活中各种矛盾凸显，社会需要提供语言服务的类型与方式与日俱增，虚拟空间迅猛拓展，汉语走向世界的脚步空前加快，争取国际话语权正成为民族的自觉意识。参阅 http: //www. moe. edu. cn/edoas/website18/62/info28662. htm; http: //www.chinalanguage. net/。

② [俄] B. A. 利西奇金，Л. A. 谢列平：《第三次世界大战——信息心理战》，徐日翰等译，北京：社会科学文献出版社，2003年，第39页。

28．美国民族成分复杂程度不亚于印度，他们赞美印度是“语言博物馆”，可对本国同类现象却从不加以渲染。他们不仅不鼓励而且是尽量减少和弱化本国民族的多样性发展。“美国的语言教育，尤其是针对移民的语言教育发展所诠释的是‘同一面旗帜，同一种语言，同一个国家’的理念”[①]。

29．国家的命运决定民族的命运，而民族的命运就是语言的命运。

30．与“美利坚合众国”概念的重点在“合众”（United）而非“众国”（States）的道理一样，事实上，中国“民族区域自治”概念的重点也不在于“民族”而在于“区域”，它主要是因“区域”差别而非“民族”差异产生的区域行政而非政治的概念。现代国家理论表明，主权国家建成后，民族的多样性只存在于文化层面而非政治层面，民族差异已归属于地理经济学中的地区差异范畴；在政治学范畴内，公民的原则代替了民族的原则，多样性的民族身份转化为无差异的公民身份；与此相应，在多样性的族群语言和地区方言间的交流，更多地为无差异的公民共同使用的“国家通用语言”所取代。

31．在国家主权形态下的族群语言是从属于而非对等于国家通用语言的，这在民族国家历史较长的西方国家中已成为语言通则。在中国塑造其地位高于族群语言和地区方言的国家战略语言，绝不意味着要消灭包括汉语在内的族群语言；恰恰相反，我们不仅要研究，而且要在保证中国语（即“中华人民共和国国家通用语言”）主体地位的前提下，在中国民间大力保护各地的族群语言和地区方言的多样性。但是，诚如斯大林同志所

---

①孙渝红：《语言教育与国家战略》，重庆：西南大学，博士学位论文，2009，http://cdmd.cnki.com.cn/Article/CDMD-10635-2009198012.htm。

说，“方言和习惯语是全民语言的支派，并且从属于全民语言”①。今天我们也应当根据中国的实践，提升中国语的主体性，保留和丰富族群语言和地区方言的多样性。它们和中国语的关系是多样性和统一性，在统一性中展示多样性，在多样性中体现统一性的关系。“汉语”与“藏语”“维语”等在国家语言政策中都属于具有平等地位并从属于“国家通用语言”的族群语言，而中国语则是全体公民有义务采用的无差别的“中华人民共和国国家通用语言”。

32．法理上讲，多民族国家联合组建起统一主权的共和国家后，“民族”的内涵就由政治范畴转入文化范畴，民族身份就转为国家公民身份。从法权的角度分析，在统一的国家主权确定的条件下，民族自决权已让位于国家主权，这时，公民效忠的对象是国家而不是民族。与此相应的变化是，这时“民族分裂”已不能准确地表述“分裂国家”的含义，因为民族分合在这时已不是一个法权或说主权再造的过程，而是一个文化再造的过程。比如今天你可以说自己是汉族，明天你也可说自己是其他民族，这种角色转换只形成了新的文化类型，并不触及法律；但如果你说自己不是中国公民或要分裂国家主权，那就要触及政治原则和触犯法律了。同理，这时的“民族自治”，也成了一个用于突出特定国家区域行政的概念，而不是突出特定民族的行政概念。在“公民国家”语境中，当个人的人权与公民权冲突时，公民权高于人权，因为这时的人权的主体即个人自决权为获得国家保护已在建国时自觉地让渡给了公民权；当民族宗教的权利和义务与公民的权利和义务发生冲突时，公民权利和义务高于宗教权利和义务，国家只依法保护履行纳

① [苏] 斯大林：《马克思主义与语言学问题》，见《斯大林选集》下卷，北京：人民出版社，1979年，第514页。

税和效忠国家等义务的公民的宗教权利；[1]当民族选择权（而非“民族自决权”，国家建立后“民族自决权”自动消亡）与国家主权矛盾时，国家主权高于民族选择权。与此相应，国内的族群语言和地区方言在民族和地区中的主体地位就应自觉地让位于国家主体语言——这在中国就是以“汉语”为基础的国家通用语言即“中国语”或“国语”。

33. 在国家语言层面，将国语语境中的“汉语”与语族[2]语境中的“汉语”分离开来，在保留语族语境中的“汉语”概念前提下，将目前事实上起着国语作用的“汉语”的概念，进一步推进并提升为“中国语”的概念，以此为起点塑造其在国家中的地位高于包括汉语在内的族群语言的国家战略语言，对于推进中国语言战略意义重大。

34. 国语的使用有助于国家认同。目前在台海两岸，同是中国语言，可台湾的“国语”与大陆的“汉语”在理论上并不对接，这也不利于推进两岸的主权认同。在中国境内，族群语言和地区方言的使用有利于地域族群认同，而不利于国家认同。中华民国时期国民政府曾推广过“国语”和“国文”，中华人民共和国建立后，中央政府推广国家通用“普通话”和“语

---

①比如，拿破仑与罗马教皇之间达成和解的《政教协议》（亦称“教务专约”）就是处于上升时期的法国资产阶级处理国家与宗教关系的法律文件，这个文件后来成为法国国家宗教政策的法典范本。文件于 1801 年 7 月 15 日在巴黎签字，并不久得到罗马教廷批准。翌年，经法国立法院同意，元老院批准，最后由拿破仑作为国家法律正式颁布实施。其特点是国家保证教徒的宗教信仰自由，但“他们要起誓”服从和忠于国家宪法，“并不会参与任何会对人民安宁造成危害的行为”，“从此所有的宗教活动都只能在指定的地点进行：应该避免所有打着宗教活动的幌子所进行的集会，否则有利于搞一些串通起来的欺诈和阴谋活动。”“协议”组织条例的公布施行，以法律的形式既维护了法国广大民众信教的自由，又使天主教从属法国资产阶级国家政权，将天主教由封建专制王权的精神支柱，变成了法国资产阶级国家的精神工具。参阅［法］拿破仑：《拿破仑流放日记》，奥黛特·多西奥·巴特拉整理，王宝泉译，海口：海南出版社，2007 年，第 112-113 页。

②语族，语言系属分类，主要依据语言语音、词汇、语法规则之间某些对应关系，把具有相似的语言归于同一类语群，这种语群称为同族语言即“语族”；按“语族”之间的某些对应关系，又归在一起，这类同类语族称为同系语言即“语系”。

文”，这些都是塑造国家战略语言、提升全体公民的国家认同意识的有效实践。但是，比较而言，与“国语”“国文”“普通话”“语文”，甚至有人提出的“华语”等概念比较，“中国语（Chinese）”的概念具有更鲜明的国家认同和更明确的主权归属认同的内涵。①主权归属认同是国家问题的实质，也是当代华人世界的政治认同的基本前提。因此，用“中国话”的概念替代事实上起着国语作用的“普通话”的概念，在保留族群语境中的“汉语”概念的同时，将“汉语”概念中具有“国语”语境的部分进一步提升为明确的“中国语”的概念，这对于增进中华民族的凝聚力，对于中国统一大业的顺利完成，是有益的。

35. 中华人民共和国建立后，中央政府推广基于汉语的“普通话”，这对于弱化汉语的族群性，强化其公民的通用性，使中国各民族从自在的族群认同过渡到自觉的国家认同，起到了巨大作用，它事实上完成了中国境内族群语言和地区方言向“新的语言”即公民通用语言的过渡。尽管如此，“普通话”在理论上还是欠缺国家主权认同的意识，其使用的结果往往成了族群意义上的“汉语”概念的同义反复。比如目前我们在对外需要强调语言的主权认同时，我们常用“对外汉语教学”，这实则是中国“普通话教学”的同义表述，但这样的结果无形中突出了族群认同，淡化了国家认同。这既不符合现代国家政治中各民族间通过对无差别的公民身份认同实现国家认同的一般原则，也不利于而且还会延缓中国尚未完全实现的国家统一任务的完成。比如，有“汉语”，就得有“藏语”“维语”等不胜枚举的族群语言与之平行，这样做表面上看是“尊重各民族传统”，若深入分析，这种通过民族

---

①“普通话”从来都不是一个术语概念。从字面上看，所谓“普通话”，只能理解为“普普通通的话”，而与“国语”“官方语言”“通用语言”等正规语言学术语无涉，使人不得要领。“稍有语言学常识的人都知道这个概念不仅不标准而且完全缺乏科学性，是一个外行至极、很不规范的人造专用名词。自它面世这半个多世纪以来，不仅国人费解，而且“老外”更无从理解，教师亦无法给学生以合理、合适的解释，造成了使用中和理解上的许多困惑和尴尬，而这本来是有可能避免的。参阅田惠刚：《赞同“普通话”改称国语——也谈国家通用语言的定位》，载《语文建设通讯》，第81期。

认同实现国家认同的做法并不利于国家的统一。在统一的国家中，不统一的民族自决权让位于统一的国家主权、不统一的民族身份让位于统一的公民身份、不统一的民族认同让位于统一的国家认同，不统一的地区和族群语言让位于统一的国家通用语言。试想，如果美国也要如此“尊重”各民族的“传统习惯”，那光一个地名就不是“双语”可以说得清楚的。但美国的主流媒体统一使用的“官方语言”只是英语，英语就是他们的“普通话”，就是他们的国家战略语言。美国前总统西奥多·罗斯福对此说得明明白白：“在这个国家，我们只有容纳一种语言的空间，这就是英语，因为我们将会看到，这个熔炉把我们的人民变成美国人，变成具有美国国民性的美国人，而不是成为在讲多种语言的寄宿处的居民。”[①]

36. 将具有语言认同积极作用的“普通话”的概念进一步向国家主权认同方向推进，将“普通话”概念提升为突出国家认同的“中国语”的概念，使“中国语”成为在国内其地位高于族群“方言”，在台海两岸有利于双方语言理论对接并由此推进国家主权认同，在国际上有利于祖国认同的统一的国家战略语言，维护中国的语言主权。

37. 2000年10月31日第九届全国人民代表大会常务委员会第十八次会议通过《中华人民共和国国家通用语言文字法》已为“中国语”概念提出做好了法律准备。该法第二条明确指出“国家通用语言文字是普通话和规范汉字”，这里已将“普通话”归入“国语”即“国家通用语言”，将“汉字”进行规范性改造后使之成为“国家通用文字”即“国文”。它包括“普通话”和“规范汉字”两部分。“国家通用语言文字法”要求“国家机关以普通话和规范汉字为公务用语用字”；“学校及其他教育机构以普通话和规范汉字为基本的教育教学用语用字”；“广播电台、电视台以普通话为基本

①转引自王淳：《安全诉求与认同危机：论美国国家语言战略的重塑》，载《国外理论动态》，2010 年第 9 期，http: //www. cctb. net/llyj/llsy/llwz/201009/t20100929_23479. htm。

的播音用语”（第九条、第十条、第十二条）。明确要求“国家推广普通话”，并将“学习和使用国家通用语言文字”列入受国家保护的公民权利，要求“国家为公民学习和使用国家通用语言文字提供条件”（第三条、第四条）。“公民”概念就是中国境内高于所有族群身份的统一身份，与此相适应的语言形式只能是“中国语”。

38. “中国语”即“中华人民共和国国家通用语言”，汉语，只是中国语中的大方言。方言不是国家语言，它只不过是国家语言形成的必要元素。

英语中将中国百姓用“汉语”要想表达“中国语”的意思，更多地表述为“Chinese”。Chinese，英文的基本解释是“基于北京话的标准中国语”：

Chinese, the standard language of the Chinese, based on Peking speech. ①

而比较接近语族意义的“汉语”一词，英文则用“Mandarin”，该词英文的基本解释是“官方或大多数中国人说的主要方言”：

The official or main dialect of Chinese, spoken in about nine tenths of mainland China and comprising a standard northern, a southwestern, and southern variety. ②

既然国际上为我们准备好了只等我们利用而不需费力改造的现成语境，那我们就应当考虑与这种国际语境“接轨”：在对内对外主流电视报纸杂志中逐渐用“中国语（Chinese）”代替“普通话”的概念，以此对内将中国公民的国家认同意识提升为高于族群认同的主流意识，对外使国际社会对中国语言的理解减少不必要的歧义，使“中国语”成为用于提升公民国家认同和中国国际形象并因此被尊定为一的为全体公民通用的战略性语言。

---

①② Webster’s newworld dictionary, Second College Edition. Copyright by William Collins Publishers Inc. pp. 248、860.

39．1965年7月16日，毛泽东阅中央美术学院教师闻立鹏、王式廓、李化吉关于美术院校使用模特问题给江青的信。毛泽东在信末批注：“齐白石、陈半丁之流，就花木而论，还不如清末某些画家。中国画家，就我见过的，只有一个徐悲鸿留下了人体素描。其余如齐白石、陈半丁之流，没有一个能画人物的。”①

40．1965年6月11日，毛泽东在杭州接见中共中央华东局书记处成员时说：文艺座谈会我讲了话，放了空炮，以后二十几年没有整个抓文艺战线，结果长期以来照样是帝王将相、才子佳人占统治地位，尽是那一套，劳动人民只是打武场、跑龙套。现在要改一改，让劳动人民当主人，才符合我们现在的情况。②

41．国画水墨，至简至美。

42．毛泽东说：字的结构有大小、疏密，笔画有长短、粗细、曲直、交叉，笔势上又有虚与实、动与静，布局上有行与行间的关系、黑白之间的关系。比如王羲之的行笔，我就喜欢他的行笔流畅，看了使人舒服。我对草书开始感兴趣，就是看了此人的帖产生的。他的草书有《十七帖》。记住了王羲之的行笔，你再看郑板桥的帖，就又感到苍劲有力。这种美不仅是秀丽，把一串字连起来看，有震地之威，就像要奔赴沙场的一名勇猛武将，好一派威武之姿啊！郑板桥的每一个字都有分量，掉在地上，能砸出铿锵的声音。这就叫掷地有声啊。③毛泽东还说，字是有个性的，你可以从它的笔法，从它的一撇一捺来判断这是谁的手笔。可以说，个人的笔迹和字体就代表他本人，代表他的性格。④

---

①②中共中央文献研究室：《毛泽东年谱（1949—1976）》第5卷，北京：中央文献出版社，2013年，第498、510页。

③④盛巽昌、欧薇薇、盛仰红：《毛泽东这样学习历史，这样评点历史》，北京：人民出版社，2005年，第95、144页。

43．单纯追求网站高点击率的结果一定是先点倒自己。

44．心理伤疤，是人因心灵脆弱受到冲创的记录，更是人战胜脆弱和克服困难的刻痕。心理没有伤疤的人是没有的，如有，那这人如果不是神也一定是天使，反正不属于这个社会。但总揭心理伤疤，更会使人无片刻安宁。一般而言，越是敏感的人，心理伤疤就会越多；同理，这样的人成功的概率也会越大，其前提是不能将敏感变为脆弱。治愈心理创伤的方法是用不断的实践成功让它“结痂”“钙化”和平复。

45．1975年9月，毛泽东对芦荻说：学文科的人必须懂历史，这是基本功，二十四史大半是假的，所谓野史也大半是假的。可是，你不能因为它假的多，就自己来搞一套历史，不懂了，那是形而上学，是傻子。所以，还必须要扎扎实实地把二十四史学好。①

46．1959年，毛泽东在同吴冷西谈话时说：“新闻工作，要看是政治家办，还是书生办。有些人是书生，最大的缺点是多谋寡断。”②毛泽东批评这些人不会“读无字之书，听无弦音”③。“多谋寡断”的认识根源还是不懂和不讲政治，尤其不懂和不讲文化传播与政治的关系。

47．在各国“笔部队”中最老谋深算的是英国，美国及其他西方国家只是英国“谋略派”④时好时坏的学生。

---

①盛巽昌、欧薇薇、盛仰红：《毛泽东这样学习历史，这样评点历史》，北京：人民出版社，2005年，第313页。

②1959年6月，毛泽东同《人民日报》负责人吴冷西谈话，转引自薛泽石：《听毛泽东讲史》，北京：中央文献出版社，2003年，第140页。

③1959年6月，毛泽东在湖南长沙蓉园和省委书记周惠谈话，转引自盛巽昌、欧薇薇、盛仰红：《毛泽东这样学习历史，这样评点历史》，北京：人民出版社，2005年，第224页。

④日本“二战”史学者池田德真在《宣传战史》一书中认为英国的宣传战中的风格属“谋略派”，德国属“论理派”，美国属“报道派”，法国属“平时派”，苏联是英国的“亚流”。参阅［日］池田德真：《宣传战史》，北京：新华出版社，1984年，第88-101页。

48. 比较而言，英国的文化传播更是一个系统工程：从编撰世界主要国家的历史（比如“剑桥中国史”系列）到塑造国际文化观念（比如英国有意捧红的汤因比的历史观）、国际主流经济学（如连英国人自己也不信的亚当·斯密的经济学说）、生物学等工程，几乎全被纳入其文化传播的战略之中。英国人不在乎世界是什么样的，只在乎他们的传播受众心目中的世界与其编造的“世界”是否合拍，其最终目的是让对手国家乃至它的盟国按着英国各式“皇家学会”认可的标准存在或不存在。

49. 常言道，“君子报仇，十年不晚”，可英国人要报起仇来，百年也不晚。自丘吉尔起，英国政治家们就开始呼吁欧洲团结以实现欧洲复兴。汤因比在其主编的《第二次世界大战史大全》中号召欧洲人痛定思痛，用“五十到一百年”的历史，推动欧洲“内部的一次大革命”，最终使欧洲得以“恢复原状”：

第一次和第二次世界大战使欧洲的传统组织一再受到打击，欧洲是否能恢复原状，这仍然是一个大问题，要由今后50年到100年的历史来解答。只有经过内部的一次大革命，改变早已确立的政治与经济组织方式，形成全欧的社会组织，欧洲似乎才有可能在俄美两个超级大国控制的世界中恢复主权。然而，千百年来的因循守旧、各国的既得利益以及年深月久的憎恨与恐惧，都是压在欧洲背上的负担，阻碍了上述那种革新。从技术上讲，肯定是可以革新的，但从社会与政治上说，或许不可能进行改革。欧洲人作为个人，作为民族，常具有卓越的理智、洞察力和行政手腕，但这些因素同传统的势力、感情以及复旧情绪将会有一场艰苦的斗争，而这种斗争决不能摆脱在欧洲边缘已站住了脚的超级大国的操纵和摆布。看来俄美之间争夺欧洲资源的斗争，不可能有助于欧洲改组的事业。[①]

---

① ［英］阿诺德·托因比：《第二次世界大战史大全》第5卷，叶佐译，上海：上海译文出版社，1995年，第1164页。阿诺德·托因比也译作阿诺德·汤因比，本书正文统一为阿诺德·汤因比。

英国的政治家和学者们并没有忘记"二战"中为罗斯福出卖的耻辱，他们一直在用捧杀的方式削弱美国并借美国之手为欧洲收复在雅尔塔体制中失去的战略利益。英国前首相托尼·布莱尔在回忆录《旅程：我的政治生涯》的序言中将这个目的说得更加明白：

我想改革英国，使它保留20世纪初、身披世界最强大帝国斗篷的骄傲，同时，面对21世纪的到来，不会由于那件斗篷不再合身而自觉失落和衰退。①

50. 在当时英国对外宣传工作取得相当的成效，以至希特勒在《我的奋斗》中无不羡慕地说："在英国，宣传被作为第一级的武器使用；在我国，却是失业政客的饭碗，或者至多不过是一些腼腆的英雄们的一种职业。结果宣传对我们来说，其效果等于零。"②

---

①［英］托尼·布莱尔：《旅程：布莱尔回忆录·序言》，李永学、董宇虹、江凌译，南京：译林出版社，2011年，第4页。

②转引自王向远：《日本对中国的文化侵略：学者、文化人的侵华战争》，北京：昆仑出版社，2005年，第186页。

字词

目录

之一　一个中心为“忠”，两个中心为“患”//603

之二　吴，东南之谓，主谈。不谈曰“吞”//608

之三　势由形出，形随势变，是谓“形势”//613

之四　祖，族之根//621

之五　毛泽东说：“我发明了一个英文词汇 paper tiger”//626

之一

一个中心为“忠”，两个中心为“患”

1．礼，离也。

2．险，先也。

3．张，屈伸之合，屈伸自如曰张。

4．强，弱也，躬屈也，虽弱却强。

5．歪，不正。

6．正，不上，不下，止于一。荀子：“上者，下之本也。”①

7．急，不争，事急心不急。

8．意，心之音。故曰：“只可意会，不可言传。”

9．春，三阳开泰。

①荀子：《正论》，见杨柳桥：《荀子诂译》，济南：齐鲁出版社，1985年，第466页。

10．跑，包足也，上古无鞋，远行裹足。

11．王，封土也，封地为王。

12．主，王之首。

13．旺，日之王。

14．思，心之田。

15．想，心之相。

16．同，合也，一口同声。

17．会，人云也，人如云，人云亦云。

18．江，水之桥。

19．婚，女子非昏昏然而不能嫁。

20．国，口中玉。玉，资源也；口，需求也。大国无“玉”，空口无凭。

21．湘，去木为泪。

22．富，福也。一口田，聚财于家。

23．贫，非不富也，分财也。家国同理。

24．一个中心为“忠”，两个中心为“患”。

25．耻，止于耳，非礼勿听，不耻下问。

26．一，天地之始。合二而一，事物的自在阶段。二，天地初分。二律背反，事物的外部规定。三，矛盾显现。对立统一，事物的内部规定，事物进入自为阶段。庞朴先生说：“儒家是由二进到三，以三来中和二；道家则是由二返回一，以一来泯灭二。”①寥寥数语，道尽两门真义。

27．人，直立为人。

28．大，出人头地，无法无天。

29．天，天人合一，大之巅。

30．夫，破天之人，大丈夫。

31．仁，《说文》：“仁，亲也，从人从二。”解一：二人之亲，仁者爱人，故曰“仁人”。《孟子·尽心下》：“仁也者，人也。合而言之，道也。”②解二：天、地、人。通达者仁，接天通地，仁者寿。

32．志，士心也。士无恒心，则无恒志，故曰“志士”。孟子说：“无恒产而有恒心者，惟士为能。”③

①庞朴：《阴阳五行探源》，载《中国社会科学》，1984年第3期。

②《四书全译》，刘俊田、林松、禹克坤译注，贵阳：贵州人民出版社，1988年，第641页。

③《孟子·梁惠王上》，见《四书全译》，刘俊田、林松、禹克坤译注，贵阳：贵州人民出版社，1988年，第335页。

33．伴，人之半。

34．灾，家中火，内患也。

35．患，多中心，不忠也。董仲舒：“心止于一中者，谓之忠；持二中者，谓之患。患，人之中不一者也。”[①]

36．灭，封火于下。

37．炎，启火于上，重火也。

38．师，帅之巅。

39．帅，无师自通。

40．吵，少说两句。

41．炒，小火功夫。

42．妙，不可言，少女之期。

43．唠，口之累，烦不胜烦。

44．叨，口如刀，嘴不饶人。河东吼狮，夫多殁于癌。

45．师，事也。事无师，故可为师。事，史也。史有事，为师之舍。

---

①苏舆：《春秋繁露义证》，钟哲校，北京：中华书局，1992 年，第 346 页。

46．拿，合手。

47．掰，分手。

48．体，人之本。

49．俗，食五谷者，形而下。

50．仙，山中人。

之二

吴，东南之谓，主谈。不谈曰“吞”

1．睡，垂目也。

2．人，立直为人。

3．鬼，跪也，半跪为鬼。

4．魂，云中鬼，升天为魂。

5．傀，人鬼之间。

6．魁，好斗之鬼。

7．愧，心中有鬼。

8．囚，人之困，掘地为牢。

9．牢，牛之家，牛棚也。

10．明，日月同辉。

11. 暗，日之阴（音）。

12. 甜，舌之甘。

13. 活，舌之津；人将死，舌先干。

14. 话，舌之言。

15. 信，人之言。言而无信，不知其可。

16. 沙，少水。

17. 漠，没水。

18. 穷，力于穴。

19. 男，力于田。

20. 累，系于田。

21. 画，围田而作，耕耘也。

22. 卡，上下之间。

23. 否，说不也。

24. 中，不偏不倚，一以贯之。

25. 捉，手足并用。

26. 犬，兽词部首，非狗也，当为万兽母。

27. 狼，可驯之良犬（兽）也。

28. 吴，东南之谓，主谈。不谈曰“吞”。

29. 吞，天之口；一大口。天怒状。

30. 运，云之动，天行为运。

31. 动，云之力，天力为动。

32. 和，口粮也。丰衣足食，人民小康。

33. 谐，皆言也。知无不言，人民民主。

34. 越南，越之南。

35. 评，言贵平；议，言及义。言平义深，当为语言的最高境界。

36. 研，开石之功。

37. 究，穷尽于穴。九，高深之极。

38. 镇，真铁之谓。

39．英语Hero（英雄）可能就是天神宙斯的妻子Hera（赫拉）一词的延伸；Athena（雅典娜）既是艺术之神、智慧之神，也是战神。哲学最高词汇Matter（物质）可能就源于Mother（母亲），相比区区几千年男性主宰的历史，此前女性曾有过百万年英雄般洪荒历史，先民认识到的最原始的创造活动就是生育，按先来后到的习惯法，女人是万物之始祖。

40．英文Agriculture（农业）一词由gri + cult + ture三部分构成。gri表示“农业”；cult表示“祭祀”；culture表示“文化”，其中核心词是cult。这说明祭祀是农业活动和文化的源头形式。这与汉字中“社”字意义相同。社，拜土状。社时集会，是为社会。社会，初为祭祀活动，后展扩为文化群体。

41．Woman，女人，woo，求爱，man，男人。

42．混，浑水摸鱼比日子。

43．龙，隆也，崛起之谓。

44．云南，云之南。

45．歹，一夕，命不远也。自作孽，不可活。

46．母，《说文》：牧也。双乳垂胸状，养育本部族之女人，敬辞。[①]故后有“国母”之称，而无“国妈”之说。

---

①“母权时代，族中最高主宰为母”，“祖妣父母称谓古亦有别。其在周人，一切男子均称父，一切女子均称母”。参阅郭沫若：《释祖妣》，见郭沫若著作编辑委员会：《郭沫若全集·考古编·第一卷》，北京：科学出版社，1982年，第21、48页。

47．父，双斧交叉状[①]，“法西斯”（fascism，意即插立于捆绑着的木棍中间的斧头）。绝对父权，敬重之极，故有“国父”之称。

48．爸，从父权。巴，本义蛇，爬伏状，当为男奴父称[②]，与“妈”对应。

49．妈，女马，不敬诬字。小篆媽呈马绑携女人状。它最初可能指从其他部落掳掠来用于干活和生育的女奴。与其他家畜关在一起，视同女“马”。6世纪中叶，突厥汗国就有法律规定：反叛、杀人者死，伤人者“以女或马赔偿”[③]。由此可推，奴隶的生母称“妈”，本部族的生母曰“母”。奴隶身份解放后，母、妈二字通用，但实际使用中还有差别，今人生活中有“老妈子”与“老母亲”之说，但二者在感情上的差异是显而易见的，而这些差异产生的根源可在上述古意中寻找。

50．家，本义为圈养包括奴隶在内的家畜场所[④]，与拉丁语Familia同义。Familus，指一个奴隶，而Familia，则指全体奴隶。

---

①父，《说文》：矩也。家长率教者。从又，举杖。

②甚至到了19世纪的缅甸克钦山区，“奴隶与奴隶结婚生下的孩子是父亲的主人的奴隶（因为他付了聘礼）。与此类似，甚至一个男奴如果娶了一个自由的女人，生下的孩子也要给偿付了聘礼的主人做奴隶。”参阅［英］埃德蒙·R.利奇：《缅甸高地诸政治体系》，杨春宇、周歆红译，北京：商务印书馆，2012年，第206页。

③翦伯赞：《中国史纲要》第二册，北京：人民出版社，1965年，第80页。

④《说文》：家，居也，从宀，豭省聲。周伯温曰：豕居之圈曰家，故从宀从豕。后人借为室家之家。（汉语大词典编纂处：《康熙字典》（标点整理本），上海：汉语大词典出版社，2005年，第224页。）段玉裁则认为家最初不是人而很可能是家畜甚至是罪人（奴隶）合处之所，他说：“窃谓此篆本义乃豕之尻也，引申、假借以为人之尻，字义之转移多如此。牢，牛之尻也，引伸为所以拘罪陛牢。庸有异乎。豢豕之生子冣多，故人尻聚处借用其字，久而忘其字之本义，使引伸之义得冒据之，盖自古而然。”［（汉）许慎撰：《说文解字注》上，（清）段玉裁注，许惟贤整理，苏州：凤凰出版社，2015年，第590页。］清人段玉裁的解释与恩格斯的解释比较接近。恩格斯说：“familia（家庭）这个词，最初并不是表示现代庸人那种脉脉温情同家庭龃龉相结合的理想；在罗马人那里，它起初甚至不是指夫妻及其子女，而只是指奴隶。”（《马克思恩格斯选集》第4卷，北京：人民出版社，1972年，第52-53页。）

之三

势由形出，形随势变，是谓“形势”

1. 闲，门前种树，闲庭信步。

2. 四，肆也，野之谓；川，路路通。

3. 足，止于口。调查研究，杜绝空论。

4. 走，止于土。落根于地，足不踏空。

5. 位，人立有位，人跪为傀。

6. 势由形出，形随势变，是谓“形势”。

7. 贵州，贵于周，周，周边也。开门大吉。

8. 情，不老心。

9. 光，小π[①]之谓。

10. 闪，人过门之刹那。

11. 团，结才之地；困，才人对立，兄弟阋于墙，团之殇。

12. 洗，水为先。

13. 以前使用繁体字被当作保守，现在使用繁体字被当成开放。

14. 智，知日。日，时也，识时务者为俊杰。

15. 和尚，尚和。

16. Money（钱）一词源于古罗马神话的主神朱庇特之妻名（Juno Moneta），为战争之神，主要职责是向人们发布战争警报。[②]这些字源印证了马克思对资本本质的分析。马克思说："在真正的历史上，征服、奴役、劫掠、杀戮，总之，暴力起着巨大作用"；"暴力本身就是一种经济力"。[③]用现在流行的广告词说就是："没有买卖，就没有杀害。"

17. 钱，铁戈叠架，凶相也，源于战。

18. 钱，仅从字形上看就知它包含着的是一大堆对立着的生产关系。穷

---

①在强子层次上，原子核或强子物质的基本组元是核子和介子。在各种介子中，π 介子是最轻且最重要的介子。

②庄和诚：《英语词源趣谈》，上海：上海外语教育出版社，2009 年，第 428 页。

③［德］马克思：《资本论》第 1 卷，北京：人民出版社，1975 年，第 790、819 页。

时出匪，富时出贼，曾国藩因此告诫他的后人“有福之人善退财”[①]。

19．舍得，舍即得，舍而后得；舍不得，不舍得，舍而不得。

20．甩，不用之谓。

21．贪，现钱，有今没明，图眼前利益。

22．Chinamerica[②]，意译为“中美国”，音意合译就是“亲美国”。

23．乱，本训不治。徒逞口舌之快，事败之因，国之大患。

24．孩子识字之于弹琴之类，前者是里子，有它可以饱暖走天下，后者是面子，好看不顶饥，只能让人将就一时。

25．稳，急于禾，无粮不稳。

26．糖，唐米。陆游《老学庵笔记》载云：

沙糖中国本无之。唐太宗时外国贡至。问其使人：“此何物？”云：“以甘蔗汁煎。”用其法煎成，与外国者等。自此中国方有沙糖。唐以前书传，凡言及糖者，皆糟[③]耳，如糖蟹、糖姜皆是。[④]

---

①“申甫所谓好汉打脱牙和血吞，星冈公所谓有福之人善退财，真处逆境者之良法也。”参阅曾国藩：《致沅弟（同治六年正月初三）》，见《曾国藩全集·家书》，长沙：岳麓书社，1985年，第1317页。

② 2007年3月4日美国经济史学家尼尔-弗格森在英国《星期日电讯报》发表《不是两个国家，而是一个：中美国》文章，提出“中美国”（Chinamerica）概念。此概念一经提出便迅速为中国知识界广为议论的并由此推出“中美共同体”的构想。

③如陕西小吃“醪糟”，可为一证。——引者。

④（宋）陆游：《老学庵笔记》卷六，北京：中华书局，1979年，第80页。

陆游的说法有大量的文献根据[①]。《新唐书·摩揭它》载云：

摩揭它，一曰摩伽陀，本中天竺属国。环五千里，土沃宜稼穑，有异稻巨粒，号供大人米。王居拘阇揭罗布罗城，或曰俱苏摩补罗，曰波吒厘子城，北濒殑伽河。贞观二十一年，始遣使者自通于天子，献波罗树，树类白杨。太宗遣使取熬糖法，即诏扬州上诸蔗，拃沈如其剂，色味愈西域远甚。[②]

27. 经常，经，理论也[③]；常，常识也[④]。经不离常——这是在讲唯物论，常不守——这是在讲辩证法。

28. 老子有《道德经》，它本原是《德道经》[⑤]，这反映了中国传统思维中“道”从“德”出，即先讲“实事”（德）再谈“道”理，先谈“问题”，再谈“主义”的特点。在老子《道德经》中，形而上者曰“道”，形而下者曰“德”。“上德不德，是以有德”[⑥]，是说真“德”是有“道”之“德”；“下德不失德，是以无德”，是说那种徒有虚表的无“道”之

---

①季羡林：《糖史·印度制糖技术传入中国》，见《季羡林全集》第10卷，南昌：江西教育出版社，1998年，第104-115页。

②《新唐书》卷二百二十一《西域列传》，见许嘉璐：《二十四史全译·新唐书》第八册，上海：汉语大词典出版社，2004年，第4783页。

③“三纲五常六艺谓之天地之常经。”参阅（汉）许慎：《说文解字注》，（清）段玉裁注，上海：上海古籍出版社，1981年，第644页。

④《周礼·春官·司常》：“日月为常”。参阅《十三经》，吴树平等校点，北京：北京燕山出版社，1996年，第114页。

⑤《老子》最初又名《德道经》，书中的内容顺序是《德经》在前，《道经》在后，这与后世的《老子》是不同的。后世的《老子》，如王弼本、傅奕本、河上公本等，均名《道德经》，其文是《道经》在前，《德经》在后，可能主要是被道教篡改所致。在先秦，韩非是第一个对《老子》做过系统研究和阐发的人，他在《解老》和《喻老》中所述的《老子》，其内容的排列顺序便是《德经》在前，《道经》在后。韩非所见的《老子》应是古本。1973年，长沙马王堆出土了《老子》帛书甲、乙本，该墓主是西汉初人，死于文帝十二年，该帛书《老子》亦应是古本。帛书《老子》甲、乙本亦是《德经》在前，《道经》在后，与韩非在《解老》和《喻老》中所述的《老子》相同。这说明古本《老子》是《德道经》，而非《道德经》。《德道经》与《道德经》虽只一字颠倒，但这充分说明《老子》最重视的范畴是德，不是道。参阅孙景坛：《关于道家研究中的几个关键问题》，载《南京社会科学》，2001年第10期，http: //www. confucius2000. com/taoist/gydjyjzdjggjwt. htm。

⑥《老子今注今译》，陈鼓应注译，商务印书馆，2003年，第215页。

“德”，可称为“无德”。这与“道，可道，非常道”是同类判断句式：意即形而上的“道”是不可言的，而可言之道则是形而下的，因而不是真“道”；“非常道”，接近于形而下的“德”。《老子》说万物“道生之，德畜之”①，这与管子说的“德者，道之舍”是一个意思，即“德”是“道”的具体物质载体，是事物的存在方式。《易·乾》：“君子进德修业”。这是后世先入“事实”再去“求是”、先“格物”再来“致知”、先谈“问题”再谈“主义”的认识方法的较早的表述。

29. 春秋时期反对脱离具体对象的坐而论道的思想方法，到秦汉之际的《大学》中进一步演化为“格物致知”，它是“大学之道，在明明德”这一核心思想的进一步阐述。格物，即先确定了事物的“德”性；致知，即后知事物的本性。学习之道，在于且也难于先明“实事”（“明明德”）；明于“事”，方知“道”；明乎“实事”，方可“求是”。正可谓“欲诚其意者，先致其知，致知在格物”。

东汉时，这种思想方法又被概括为“实事求是”②，而后宋人“器”与“理”关系的讨论、20世纪20年代中国人关于“问题与主义”的讨论及40年代中国共产党“理论联系实际”的延安整风，都是中国春秋时期“德”“道”关系认识的继续。

30. “近取诸身，远取诸物”，是“认识源于生活”思想的原始表述。《易》曰：

---

①《老子今注今译》，陈鼓应注译，商务印书馆，2003年，第260页。

②“实事求是”，中国学者对唯物主义方法论基本要求的通俗表达。源出东汉班固《汉书·河间献王传》：“修学好古，实事求是。”唐颜师古解释为“务得事实，每求真是也”。毛泽东在《改造我们的学习》一文中，对这一古语作了新的解释：“‘实事’就是客观存在着的一切事物，‘是’就是客观事物的内部联系，即规律性，‘求’就是我们去研究。我们要从国内外……的实际情况出发，从其中引出其固有的而不是臆造的规律性，即找出周围事变的内部联系，作为我们行动的向导。”从此，“实事求是”成了一个具有中国特色的辩证唯物主义哲学概念。中国共产党坚持实事求是的优良传统，把实事求是作为制定路线、方针政策的基础。

古者包牺氏之王，天下也，仰则观象于天，俯则观法于地。观鸟兽之文，与地之宜，近取诸身，远取诸物，于是始作八卦，以通神明之德，以类万物之情。[①]

发现了的真理，不仅要用于解释和改变客观世界，而且还要用于解释和改变主观世界。《大学》对后者有着突出的贡献。

大学之道，在明明德，在亲民，在止于至善。知止而后有定，定而后能静，静而后能安，安而后能虑，虑而后能得。

“明明德”，即明察秋毫于显现眼前的事物。其目的在于“亲民”即做新人，做新人才可“从心所欲，不逾矩”[②]，才可达到“止于至善”的最高境界。

明察于事，方知处于特殊“德性”中的真理的有限性，方知“止于至善”乃“大学之道”。“知止”是“格物”的结果，“至善”是“致知”的结果。明乎有限性，方有“定”“静”“安”，方有思考问题的起点，方有安身立命之本，最终方能完成“亲民”（新人）的塑造或曰“世界观改造”的过程。“规定即否定”[③]，当然也可以说“规定即肯定”，规定是“格物”，肯定则是“致知”，是“止于至善”。其中，“格物”是最基础的功夫。

31. 晶，三日共并，光多棱折射状。

32. 看，手遮目上。

---

①《易 · 系辞下传》。

②孔子《论语 · 为政》：“吾十有五而志于学，三十而立，四十而不惑，五十而知天命，六十而耳顺，七十而从心所欲，不逾矩。”参阅《四书全译》，刘俊田、林松、禹克坤译注，贵阳：贵州人民出版，1988 年，第 92 页。

③转引自［德］马克思：《〈政治经济学批判〉导言》，见《马克思恩格斯选集》第 2 卷，北京：人民出版社，1972 年，第 93 页。马克思此处援引的斯宾莎的命题是采用黑格尔的解释。

33. 财，才为因；贝为果。

34. 安，家无女则不安[①]。

35. 宁，家无丁则不宁。

36. 定，家事止于一[②]。

37. 吉，士开口。

38. 娟，如月，婵娟是也。

39. 出，山外有山。

40. 宾，家以兵为贵。

41. 刑，开刀。

42. 背，坐北面南。月，从肉，身也。

43. 息，心自在处；反为忐忑。

44. 问，登门请教。

45. 突，犬出穴之刹那[③]。

---

①《说文》：安，静也。从女在“宀”下。
②《说文》：定，安也。从“宀”从正。
③《说文》：犬从穴中暂出也。从犬在穴中。

46. 儒，人之需。

47. 泪，目溢水状。

48. 宝，家中玉。

49. 咱，说起来也是自家人。

50. 惩，征其心。

之四

祖，族之根

1. “福”，“礻”，作揖状[①]，拜田一口。畐，“满也”[②]，不求多。它传达出的信息在于：幸福来自守底和节制。有一口田，肯定饿不死，这是底线；此后防止的是被撑死。前者讲的是唯物论，后者讲的是辩证法。

2. 回，哪来哪去。

3. 韵，匀音也。

4. 祥，“礻”，作揖状，拜羊也。羊，祥物；羊大为美。

5. 庆，非广大不能欢庆。

6. 社，“礻”，作揖状，祭土也。社时相会，是为“社会”。

7. 闻，隔门有耳。

---

① 《说文》：示，神事也。

② 《说文》：畐（fú），满也。象高厚之形。

8. 时，寸日。一寸光阴。

9. 间，门中日，白驹过隙。

10. 贺，加贝也。喜事发钱，以表贺意。

11. 祝，“礻”，作揖状，兄弟互道吉祥。

12. 闷，闭门心思。

13. 停，遇亭小憩。

14. 止，不上，不下，止于一。

15. 尖，大之小。

16. 私，据禾为己；公，私之背。韩愈《五蠹》：“背厶为‘公’。”

17. 分，刀分也。八，平分之谓。

18. 城，成于土。

19. 波，水之皮。

20. 娘，良女。良，《说文》：善也。

21. 坐，两人席地。

22．吓，喝其下，威胁也。

23．让，言其上，君子互礼。

24．话，舌之言，说说而已；信，人之言，言而无信，不知其可。

25．版，反片。

26．秋，火耨禾草于秋收之后。

27．拜，手托拳。

28．瓶，双瓦合并。

29．好，有女有子，传宗接代。

30．合，人一口，均贫富，天之道。

31．生，初生牛犊。

32．牛，破午；午，忤（牾），不从也。

33．早，日出平地。卓，早而上。上，进也。闻鸡起舞，卓尔不群。《论语·子罕第九》：“如有所立，卓尔。”

34．树，柳暗花明又一村。

35．eye，“眼”，英文象形字，双眼于鼻两侧。

36. 重庆，形取千里，意及广大。

37. 雅，佳牙；佳，美也。雅士，牙美之人。

38. 资，按次循环增值的货币。

39. 党，拜堂兄弟。

40. 姓，女生女育，随母取姓。

41. 圣，取土者也。《说文》：“谓致力于地曰圣。”

42. 夷，大、弓、人，三合一，持弓之人。古中国东有九夷，推少昊为首，尚鸟，以鸟名官，当以弯弓射鸟为营生。

43. 吻，勿用口。《说文》：“口边也。”《释名》：吻，免也，拉也，卷也。反意“咬”。

44. Bill Gates（比尔·盖茨）①，账单之门。

45. Confucius②，孔夫子，con（孔）+fu（夫）+cius（子），cius，在文法上相当于英文sir。

---

①威廉·亨利·盖茨（William Henry Gates III），昵称比尔·盖茨（Bill Gates），全球个人计算机软件的领先供应商——微软公司的创始人、前任董事长和首席执行官，2009 年《福布斯》全球亿万富豪排行榜盖茨的资产净值：400 亿美元，重回全球首富；2010 年《福布斯》全球亿万富豪排行榜以 530 亿美元位列第二，卡洛斯·斯利姆位列榜首。

② Name of Kung Fu-tse, Websters, Second College Eddition. pp. 298.

46. 物，旗下牛，公有物。《说文》：勿，旗状。

47. 件，人主之牛，私产之谓。《说文》：件，分也；牛，件也。

48. 祖，族之根①；族，国之本。

49. 疗，病了。

50. 腰，身之要。《说文》：身中也。月，肉身也②。

---

①郭沫若说，“古来凡神事之字大抵从示”，“余所见，土、且、士，实同为牡器之象形”。参阅郭沫若：《释祖妣》，见郭沫若著作编辑委员会：《郭沫若全集·考古编·第一卷》，北京：科学出版社，1982年，第11、39页。

②《正字通》：肉字偏旁之文本作肉。石经改作月，中二画连左右，与日月之月异。今俗作月以别之。月中从冫，不从二作。

之五

毛泽东说：“我发明了一个英文词汇 paper tiger”

1. 赌，为钱者。

2. 药，草之约。

3. 疆。持弓守土，土，众田也。

4. 命，人一叩，极虔诚如藏佛徒：一步一叩地走向生命的圣地。

5. 佛说“慈悲为怀”。慈，兹心也，宽严相济；悲，无心于此，佛无恨。

6. 赋，费于战。

7. 答，竹之合；合竹为应。

8. 1972年尼克松访问中国前，最担心的是毛主席不接见。知道毛主席战争年代养成了夜晚工作的习惯，提前一个月昼眠夜作进行练习。当听到周总理说，主席要见你。尼克松仅带了基辛格和温斯顿·洛德来到毛主席的书房。学着周总理称毛泽东为“主席”。基辛格在会见时问：“主席正在学习英文吗？”毛泽东说：“我听说外面传说我正在学英文，我不在意这些传闻，它们都是假的，我认识几个英文单字，但不懂文法。”基辛格也不放过任何一个说笑的机会：“主席发明了一个英文字。”对此毛泽东说：“是的，我发明了一个英文词汇paper tiger。”基辛格马上对号入座：“纸老虎。对了，那是指我们。”[①]宾主大笑。

9. 九，古为至尊，亦为至恶。馗，《山海经》作夔（kuí），乃古传说中的一种龙形异兽。仇，从人从九，不亲。宄，家中鬼也。说文：外为盗，内为宄。究，《诗·唐风》：自我人究究；《尔雅·释训》：究究，恶也。轨，《左传·成公十七年》：“臣闻乱在外为奸，在内为轨。”

10. 岳，山丘之合。

11. 旱，日下干。

12. 氓，流民也，故曰“流氓”。《说文》：亡，逃也。

13. 旦，日出地平，新始之谓。

14. 毒，多也。

15. 宪，《说文》：敏也。家事之先。

16. 祸，天灾也。呙［wā］，不正。娲[②]，补天女。

---

① William Burr: The Kissinger Transcripts, New York: The New Press. 1998, pp. 97.

②女娲，中国古代神话传说中的女帝王，她曾炼五色石补天。

17．“不二法门”，意亦法门不二。二，反也。《荀子·议兵篇》：“权出一者，强；权出二者，弱。是强弱之常也。”①

18．“写字先写正楷再学草体”②，打拳先蹲马步再学招式。

19．酒，久九谐音，其意吉祥。

20．中国，即中道③之国。

21．英文Fans，音意合译既可为“粉丝”，也可译为“疯子”。

22．在20世纪初的中国，只有像郭沫若、钱钟书这样有学问的人才谈汉字改革，其主旨是由繁到简；21世纪初更多的是艺人谈汉字改革，而且都是在人大、政协会议上提“改革方案”，其主旨是由简到繁。前两年开两会有艺人提恢复繁体字④，2015年两会期间更有艺人语出惊人，说：“把书法作为艺术形式，是对汉字的一种亵渎。”网友读后跟帖：“王羲之哭晕在厕所。”⑤

23．望，《说文》：出亡在外，望其还也。从亡。

24．观，又见。《说文》：谛视也。详察之谓，反复看。

---

①杨柳桥：《荀子诂译》，济南：齐鲁书社，1985年，第380页。

②中共中央文献研究室：《毛泽东年谱（1949—1976）》第4卷，北京：中央文献出版社，2013年，第373页。

③《孟子·尽心下》：“孔子岂不欲中道哉？”赵岐注：“中正之大道也。”（唐）柳宗元《时令论下》：“圣人之为教，立中道以于后。”郭沫若《中国古代社会研究》第二篇第一章：“平康正直就是所谓中道。”

④《宋祖英等联名提议小学应增加繁体字教育》，http://news.sohu.com/20080313/n255676618.shtml。

⑤《2015全国两会郁钧剑：把书法作为艺术是亵渎汉字》，http://www.guancha.cn/art/2015_03_06_311200.shtml。

25. 视，居高而下察之。《谷梁传》曰：常事曰视，非常曰观。凡以我谛视物曰观。使人得以谛视我亦曰观。犹之以我见人、使人见我皆曰视。

26. 呸，责其不一。

27. 烟，火之因。

28. 忘，亡于心；记，言己莫忘。

29. 红，丝工，女红是也。

30. 叹，又一口，唏嘘不已。

31. 官司，官本位，讼事官主司。

32. 满，水草两合。

33. 势利，有势才有利；不得大势者，为利所伤。得大势者，为利所养。势，大道也。

34. 中国人是讲究和文化，和与合不同，和，《广韵》顺也，谐也，不坚不柔也。《书 · 尧典》协和万邦。合，《说文》，合口也；《玉篇》同也。中国人强调己所不欲，勿施于人，重“和”轻“合”，中国人不求“苟合”。

35. 中国人不求二分。这一点可从中国对数字的偏爱中反映。中国人喜欢“一”，反感“二”，比如“一以贯之”“坚贞不二”等。“二”在中国文化中多是贬词，说这个人缺心眼就说他特“二”，说人不忠就说“有二心”，说这人莽撞，就说他“二百五”。中国人表达“二”的意思时常说“对”，说“双”，说“俩”，说“伴”，说夫妻双双把家还，成双成对，说“哥俩好”，这是对立统一。西方人热迷康德的“二律背反”[①]。

36．没有事的人，是没有意义的孤立人。人事，有人就有事；事情，有事才有情。事是情的纽带，人是以事连接在一起的关系的总和。

37．布，币也[②]。

38．币，帛也[③]。

39．金因为有价值才流通，纸票却因为流通才有价值。[④]

40．势利，利于势中。

41．势力，力于势中。

42．“华者花也。”[⑤]（毛泽东，1958年）

---

①二律背反（antinomies）是18世纪德国古典哲学家康德（Immanuel Kant, 1724—1804年）提出的哲学基本概念，指对同一个对象或问题所形成的两种理论或学说虽然各自成立，但是却相互矛盾的现象。比如，正命题：宇宙在时间上有起点，在空间中也有限制；反命题：宇宙没有起点，在空间中也没有任何限制；它在时间与空间中都是无限的。

②《管子·国蓄篇》以珠玉为上币，黄金为中币，刀布为下币。《史记·平准书》以白鹿皮方尺，缘以藻缋为皮币，直四十万。《前汉·武帝纪》有司以币轻多奸，农伤而末众，又禁兼并之塗，故改币以约之。《注》币，钱也。更去半两钱，行五铢钱，皮币，以捡约奸邪。

③《说文》币，帛也。

④［德］马克思：《经济学著作和手稿（1859—1861）》，北京：人民出版社，1998年，第516页。

⑤中共中央文献研究室：《毛泽东年谱（1949—1976）》第3卷，北京：中央文献出版社，2013年，第351页。

43．事情，事在先，情在后，事成情至。

44．事理，事在先，理在后，事成理至，实事求是。

45．理，玉之里。《说文》治玉也。郑人谓玉之未理者为璞。是理为剖析也。玉虽至坚。而治之得其理以成器不难。谓之理。

46．情理，情在先，理在后，家国失和则万理不存。

47．人事，人在先，事在后，不安身无以立命。

48．道理，道在先，理在后，道统先于法统。

49．明代的王阳明强调“正心”。是要叫你知道自己是谁即自己的社会属性，这叫正心。正心就是正根，讲的就是立场。有立场才能有正确的观点和方法论，根正，修身、齐家，才能治国平天下。心歪国歪。

50．白话文运动以来，老百姓所说的“谣言”，到2012年3月14日以后被称为“谣诼”。害得人还得查字典。这显然不符合毛泽东在延安文艺座谈会上的讲话精神。